ui Jia Tian Hou 上

最佳天后

陶嘉月 著

百花洲文艺出版社

BAIHUAZHOU LITERATURE AND ART PRESS

图书在版编目（CIP）数据

最佳天后 / 陶嘉月著 . -- 南昌：百花洲文艺出版
社，2018.10（2021.4 重印）
ISBN 978-7-5500-2797-8

Ⅰ．①最… Ⅱ．①陶… Ⅲ．①言情小说－中国－当代
Ⅳ．① I247.5

中国版本图书馆 CIP 数据核字 (2018) 第 079346 号

最佳天后（全二册）

陶嘉月　著

特约策划　秦　瑶　涂继文
责任编辑　袁　蓉　兰　瑶
特约编辑　秦　瑶
插　画　Starry 阿星
封面设计　姚姚设计工作室
出版发行　百花洲文艺出版社
社　址　南昌市红谷滩新区世贸路 898 号博能中心一期 A 座 20 楼
邮　编　330038
经　销　全国新华书店
印　刷　三河市嵩川印刷有限公司
开　本　700mm×1000mm　　1/16
印　张　30
版　次　2018 年 10 月第 1 版　2021 年 4 月第 2 次印刷
字　数　400 千字
书　号　ISBN 978-7-5500-2797-8
定　价　79.00 元（全二册）

赣版权登字　05-2018-185

邮购联系　0791-86895108
网　址　http://www.bhzwy.com
图书若有印装错误，影响阅读，可向承印厂联系调换。

目录

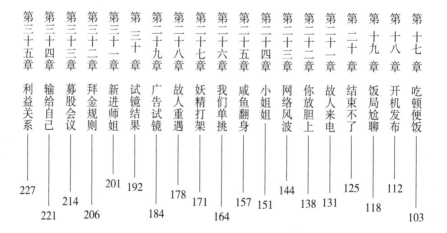

目录

伴随着窗外淅淅沥沥的雨声，英式咖啡厅里的大钟敲响了整点的钟声。

上班日的下午，即便是 CBD 商业中心，咖啡厅里的生意也相当冷清。

怎么看窗边那对坐着的男女也不像是来洽谈商务的，大雨天，也恐怕没几个人会戴墨镜了吧？

气氛看起来很紧张啊。

约莫等了两分钟，西装革履的男人浓眉深深地皱起，抬手间眼角的余光已经扫过手腕上昂贵的表盘。

他抿起了嘴唇，脸色不善地看着对面的女人："我的耐心有限。"

终于沉不住气了。

令嘉放下抱着臂弯的双手，透过墨镜看男人气急败坏的样子，心里有一丝小得意。

他这是真不认识自己了，还是在假装？

随着钟声结束，令嘉收起昂起的下巴，将垂在胸前的长发撩至脑后，慢条斯理地摘下遮住她大半张脸的墨镜，一双涂着深红色指甲油的手轻轻敲击着桌面，缓缓道："既然给我发了律师函吓唬我，不若让聂先生申请上仲裁，你还来找我谈判个什么劲儿。"

方纫秋的眉头依旧紧锁，沉吟了一下，将文件袋里的和解书推到她面前。

"站在律师的角度，我奉劝令嘉小姐还是同意聂先生的提议，你是公众人物，闹上法庭，暴力打人的事情说起来也不太好听。"

"怎么？那浑蛋让你来威胁我？"

"令嘉小姐，浑蛋这个词语实在不应该从你口中说出来。"

"难不成我还要叫他什么欧巴、阿加西？也是，一把年纪还被人揍到医院，哈哈，看来骨头是有些年头了。"

"不管怎么说，你对聂先生确实造成了伤害。"

令嘉做出一副惊悚的表情，轻拍着自己的胸口："天哪，好可怕，会碰瓷的老爷爷就是厉害。"压根没有将方纫秋的话当回事。

方纫秋微微蹙起眉头，沉吟了一下，才冷冰冰地劝说道："聂先生只需要得到你一个保证和道歉，这事便作罢了。我实在想不出，有何理由，令嘉小姐要拒绝这个提议。"

其实方纫秋说得不错，只是事关面子。

令嘉怎么会允许自己向"恶势力"低头呢？

在令嘉眼里，给她发律师函的眼前的代表律师方纫秋同那个被自己打了的当事人一般可恶，她自然不会给他好脸色。

只是，她正要拍桌子撕破脸时，一个女服务生好像认出她来，借着送茶水的工夫顺便递来了一个小本子，局促地请求："那个，令嘉姐，您可以给我签名吗？"

令嘉不愧是演技派，脸上很快堆砌起笑容，露出了八颗牙齿："当然可以。"

小姑娘拿了签名，兴奋得脸都红了，激动再三："我真的好喜欢你，你真人比照片上漂亮好多。"

提及照片，令嘉心里一咯噔。

她可没忘记网上对她的评价——表情包教主，她拍照片有那么丑吗？

尽管心里很不是滋味，但被人夸奖的令嘉依然感谢了她："谢谢。"

小姑娘见两人还在谈事，也没有多打扰，识相地很快离开了。

身后再次响起一阵窃窃私语，令嘉竖起耳朵听了听，大意是夸奖她真人漂亮、有礼貌之类，这才缓缓勾起唇角。

碍于粉丝在场，不免对方纫秋也客气了些。

"既然聂洋想和解，为何他不出面来同我谈，这就是他的诚意？"

方纫秋笑了笑："我想令嘉小姐你误会了，作为被告人的你，能得到原告的谅解获得和解，是最好的选择。聂先生无须拿出诚意。"

令嘉翻了下白眼，她最讨厌方纫秋唯我独尊的模样。

她冷哼一声："如果我不和解呢？"

方纫秋有些头疼地摘掉了挂在鼻梁上的金边眼镜，捏了捏鼻梁，表情很无奈："令嘉小姐，我是一个非常忙的律师，并没有很多时间同你耗在这点小事上。"

"呵，我凭什么要在意你有没有时间？"

显然，方纫秋并不将她的话当回事儿，他已经推开椅子站了起来，拿起外套打算离开："既然令小姐执意上法庭，那么我也无话可说。作为绅士，我给你最后提一个建议。"

令嘉愣了愣，莫非他认出自己了？

"请一个好点儿的律师，毕竟，放眼整个阳城，能打败我的律师几乎没有。"

"呵，自大。"居然比她还会装，简直找死！

"哦，对了，"令嘉的话还未说完，方纫秋将自己的名片拿出了一张，递给她，"就当我给你一个机会吧。最好不要对外传播一些关于聂先生不好的传闻，不然，下次令嘉小姐见到的就不是我了，而是法院的传票。"

似乎知道令嘉下一秒就要抬手打人了，他很有先见之明地一把先按住了她的手，似笑非笑地靠近她："来之前聂先生就提醒我，最好不要让你有动手的机会。"说着，就连他自己也笑了。

令嘉和方纫秋谈判破裂的消息第一时间传入了经纪人陈尔的耳朵里。

她就知道不应该让令嘉独自去办事，好好的民事纠纷非要被她整出刑事案件的架势。越想越来气，不管三七二十一地一把拧起令嘉的耳朵，气得老脸通红："令嘉你这猪，打了天王不说，人家主动求和了你居然还想上法庭，是不是嫌我事情少？"

陈尔是真生气了，开始数落起她的桩桩惨剧："我怎么这么命苦啊，摊上你这么个不成器的，又能吃又能打，你去瞅瞅网上都把你说成什么样了。"

令嘉可没觉得自己哪点不好，当场就要反驳。

"我怎么不好了？长得漂亮演技又好，还会唱主题曲，你上哪里找我这么好的潜力股？难不成你还真喜欢乔云珠那种大胸器？她除了会卖萌还会做什么？"一想到乔云珠庞大的身躯摇晃着胸前两坨胸器，小碎步追着聂洋一面跑一面叫"欧巴"的小模样，她就受不了地打了个寒噤。

令嘉是标准外表女神，性格堪忧的两面派。

专业水平不错，演技好又是歌手出身，早些年在大妈观众的口碑中是竖大拇指的，如今因为互联网崛起，她总是一不小心暴露性格上的缺陷。

这不，翻白眼事件还没过去，又出了一桩殴打天王的新闻。

陈尔实在想不明白，别的女明星见到聂洋这等电影界的大咖前辈哪敢如此嚣张，也就自己这个养不熟的白眼狼令嘉，非要整点闹心事，问她到底为什么要打人，她还将脑袋摇晃成拨浪鼓，一副宁死不屈的可怜样。

陈尔也怀疑过，小心翼翼地问她："是不是聂天王对你……""动手动脚"几个字她还没说出口，自己先否认了这个想法。

聂洋在业内的口碑堪比科学界的史蒂芬·霍金，令嘉虽说长得不错，但还不至于让人家一个天王巨星做如此不入流的事情。

果然，令嘉一听说这话就怒了："他要胆敢对我动手动脚，这般轻的伤算便宜他了。"

陈尔对令嘉屡教不改的执拗给气着了。

"那你好歹告诉我血案到底如何引发的。"收到律师函第二天，陈尔便透过重重关系找到了聂洋经纪人，多方打听，也没能打听出事情的原委。聂洋的经纪人比她还纳闷儿，对聂洋推掉工作非要住院闹小孩情绪也是挺无奈。

令嘉还是老样子，脑袋摇晃得厉害："我是个很有原则的人，不到万不得已不会出卖敌人。"

"你……你这个二百五。我警告你，聂洋的事情接下来你不准插手，我去处理。你给我乖乖地在家里待上十天半个月。"

"处理个……"陈尔那恶毒的眼神一扫来，令嘉便不敢再说话了，气焰顿时熄了下去。陈尔她是不敢得罪的，这就是她的衣食父母，如果没有陈尔替她操心工作上的事情，她哪里有钱供养自己奢侈的生活？她不得不咽着口水放缓语气，"大姐，我觉得你就应该不管这件事，专心去处理翻白眼事件，聂洋除非是不想要脸面了，他一定不敢真的上法庭的。"

提到"翻白眼"事件，令嘉气得牙痒痒，两个月之前，她还是微博上默默无闻勤勤恳恳以作品说话的低调劳模，也不知道是不是橘子娱乐的主编跟她有杀父杀母之仇，居然心血来潮做了一整辑她出席各大场合、一不小心将眼珠子瞪大了的照片，凑成了"翻白眼"全集，从此令嘉在微博上的另一个名头打响了。

翻白眼界的一姐，想她一个实力派，居然沦落成了表情包教主。

既然令嘉打死不说，陈尔还是找到了医院。

事发当天，令嘉去了在泌尿科做主任医师的表姐赵家禾的办公室。医院的工作忙，陈尔硬生生排了两小时的队，以患者的身份见到了赵家禾。

按照规定，医生是不能透露医患情况的。

赵家禾也没想到事态会如此严重："这两个人还真是不消停。"

陈尔一听这话就明白了，赵家禾果然是当事人，她精明的小眼睛用力一瞪："那天到底发生了什么事情？"

赵家禾迟疑了一瞬，犹豫着缓缓将事情道来。

橘子娱乐爆出了令嘉翻白眼照片合集后，常年以女神形象出现的令嘉顿时在微博上有了名气，成为群嘲的对象，一时无法接受的令嘉忧心忡忡地找到表姐赵家禾，希望这位做医生的姐姐能开导自己。

正巧当天赵家禾休息，只有一个专家挂诊。

赵家禾查阅了网上评论后，当即笑到不行，猛拍大腿安抚自己的小表妹："行，既然你在困难的时候想着姐姐，姐也不能辜负你是不？我给你露一手。"

心理辅导治疗最高层次，不正是催眠吗？

刚从电视上通过医教栏目学到一点皮毛的假心理医生赵家禾摩拳擦掌地让令嘉躺在休息室内的床上，做了有史以来的第一个实战试验。

赵家禾没想到，令嘉还真被自己给催眠睡着了，后来挂诊的贵宾患者聂洋出现了，她也就没搭理自己的小表妹，干正经事去了。

令嘉从迷迷糊糊中醒来，隔着一道门听见了熟悉的声音，出于好奇心便挤开了一道小门缝。

聂洋正面对着门，那难以言语的小表情被令嘉看得一清二楚。

令嘉还真没见过聂洋小媳妇的扭捏样，讲话也吞吞吐吐："医生，我吧……其实没什么大毛病……"

没什么毛病你来看医生？

赵家禾在神圣的医学领域是出了名的严苛，眼皮都懒得抬一下，直接问他："什么症状？"作为泌尿科一把手，早已经历尽千帆的赵家禾不能理解影帝的羞于启齿。

说白了，能来这里的，无非就是老二出了问题。

聂洋不得已，还是照实说了，吞吞吐吐的，不像是电影里总演侠客的男人："咳咳……那个，提不起精神。"

令嘉听了也忍不住扑哧一声笑了，这一笑可就大事不妙了。

聂洋当即脸红，一把捉住了偷瞄的令嘉，气得当场便将人扯了出来。赵家禾也蒙了，她工作起来压根忘记了自己的小表妹还在休息室。

是旁人也就算了，偏偏令嘉还是个圈内人。

虽然聂洋同令嘉从前毫无交集，但如今让她听见了自己的秘密，聂洋仍然觉得难堪。一股脑地拖着令嘉去了了无人烟的楼梯间谈判。

怒急攻心的聂洋很快恢复到平日里冷艳男神的路线。

"说出你的要求，是要钱还是要资源？"在聂洋看来，令嘉这般在娱乐圈有一定知名度但还够不上一线的女明星，就一种人，死要钱以及死要名。

令嘉还因为他老二没精神头的事情笑得花枝乱颤，压根没反应过来："我都不要，哈哈哈哈。"

聂洋老脸一红，扯了扯衣服："你想要我的人？休想！"

这回令嘉听清楚了，她也蒙了，傻傻地回了一句："你都没精神头，要来干吗？"

这下彻底激怒了聂洋，他咬牙切齿地威胁她。

"你叫令嘉是吧？我警告你，在这个圈子混，最好不要乱说话，小心你的舌头。"

"守不住又怎么样？"令嘉停止了笑声，瞪大圆目，丝毫不畏惧聂洋的警告。

"你……"聂洋第一次撞见这般不识抬举，还敢冲自己怒目相视的人！这让习惯了高高在上的聂天王觉得自己很窝囊，上前一步，就要撩袖子，打算叉腰理论，抬头便被飞来的一拳头给打偏了脑袋。

聂洋愣了半晌，愕然看向令嘉，一双明目写满了不可置信："你居然敢打我……"

令嘉双手互捏着拳头，学着港片里的黑帮大佬，伸手，拉了拉自己衬衫的袖子："我平生最恨你这种凶女人的男人，还撩袖子，想打我？"

聂洋被令嘉说蒙了，低头看了看自己一双挽起的衣袖，张口要解释，但想一想，自己凭什么要解释啊？挺着胸脯反抗。

被打了一拳头的聂洋怎肯罢休，即便他不动手打女人，也不能白给人打一拳头。

当然，最后聂洋也没有当面做出任何实质性的反击。

事后炮地发来了一通律师函，夸大其词地将自己送进了医院，打算碰瓷到底。

"这下真完了。"听了事情原委的陈尔也急了，没想到令嘉惹出这么个乱子来。

"令嘉是急性子，她恐怕是误会聂洋要动手，所以先动手打了人。"娱乐圈最忌讳的不正是知道得太多吗？哪怕聂洋不发律师函，暗地里要整点幺蛾子，令嘉的演艺事业也难说。

赵家禾听陈尔的话，也一脸的为难："不然我去找聂天王，赔礼道歉。毕竟事情是因我而起的。"

陈尔认真考虑过了，这事情还真得赵家禾出面。

赵家禾是聂洋的私人医生，令嘉又是她妹妹，别人出面还真不合适，赵家禾去说两句好话，她再押着令嘉前去道个歉，事态应该能控制一些。

第
二
章

／

你行你上

　　陈尔去找赵家禾的事情没让令嘉知道，令嘉的脾气她是知道的。

　　在陈尔看来，混娱乐圈的分三种人。第一种是带脑子打拼的，这类人必然走得最远。第二种嘛，是没有脑子，靠后台和脸蛋死了命往上爬的，其实吧，明眼人都能看出来那满脸的利欲熏心，却还要假装小白兔。令嘉是第三种人，脑子是有，只是偶尔会落在家忘记带出门。

　　刚推开休息区的门，就见到令嘉眨巴着一双灵动的大眼睛，嘟着嘴巴朝着同公司新进的小师妹嘘了一声，一副好商量的语气："得到《黑客帝国》试镜的事儿你可不能说出去，毕竟我低调。"

　　陈尔正面对着那位侧着身听令嘉说话的小师妹，瞥见她脸上微微僵硬了一瞬，违心地笑着点头道："师姐放心吧。我绝对不对外说，你只是拿到了《黑客帝国》的面试通知。"

　　坚定的小模样别提多真诚了。

　　小姑娘抬头时正巧看见了陈尔，连忙站了起来，乖巧地喊了一声："陈姐。"

陈尔是耀星娱乐公司的资深经纪人了，一手捧红多名花旦，如今活跃于银幕的几个大小花旦多少都跟她有点关系。令嘉虽没有大红大紫，却也在演艺界占据着一定的地位，新人多会巴结经纪人，眼熟后，以后有资源起码想得起。

依着陈尔的辈分，在耀星公司也是个说一不二的人，外人面前总要佯装点架子，只略略点了一下头，便没有说什么了。

被冷落的小姑娘有些尴尬，忙说："你们聊，我先出去了。"

陈尔自然不会挽留她，瞅着小姑娘落荒而逃，盯着扭腰摆臀的背影发出啧啧声："小样儿，演技还挺好。"

转头见令嘉似笑非笑的模样，拉了张椅子坐下，问她："她找你做什么？"

"还能做什么？给我送好消息呗。""好消息"三个字被令嘉咬着说道。

陈尔听明白了，小姑娘看令嘉平日里一脸好说话的样子，前来探探风。《黑客帝国》是大导演楚天的十二集迷你剧，新闻报道的卡司想来也是巨制了。不过，楚天的电话是打给总经理办公室的，方才走的那小丫头多半同总经理有些扯不清的关系，要不怎么秘书不来，她一个新晋演员凑这热闹干什么？

只是，这些年轻人实在识人不清，令嘉的演技也不怎么能上眼，怎么就看不出她的本性实在糟糕呢？得罪令嘉可没好处。

"就你俩刚提到的《黑客帝国》的事儿？"

"嗯。"令嘉若有所思地摸了一把下巴，"这事不靠谱，我觉得我没戏。"

"你觉得总经理会找刚才那小丫头顶上去？"

《黑客帝国》是一部讲述网络警察在抓捕罪犯时对峙黑客的热血主流电视剧，是令嘉以往的路子，当然，以男人戏为主，令嘉将要面试的角色是剧中少有的女性角色，网络安全局的女教官。戏份不多，剧本陈尔在早前就看过了，在她看来，令嘉已经不再适合这部剧了。

令嘉从歌手转战演员起，便在演电视剧了，可奇怪的是，她不像别的偶像转型，会从偶像剧、言情剧起步。令嘉拍摄的第一部电视剧便是民国时期的革命剧，她饰演一位为了新社会发展献出生命的女记者。

端正主流的形象便从此落入人心。

其实令嘉有着一张精致的脸，很难从某个角度找到瑕疵，她几乎每处都不差，但也算不上顶好。但也不知为何，她上镜时将真实的美貌打了折扣，有人说拍照会比真人丑上十分，那么令嘉的照片绝对比本人丑了二十分，正因为如此，才被某些个调皮的媒体凑成翻白眼合集，从此树下了女明星里最不雅观的里程碑。

也因为长相，一连几年，令嘉接拍了几部大制作电视剧，多以历史或正剧为主，演技倒有大幅度的提升，加上令嘉这人也不算讨人厌，一些前辈倒也有提携之意。只是，成功打入实力派演员路子的令嘉，却处在了不尴不尬的地位，番位足了，人气不足，与同期明星完全无法相比。

如今这部新剧，在人物设定上并没有大突破，戏份也不算多。对令嘉来说，不是最好的选择，但楚天……

"我看不一定，这部剧涉及面比较特殊，楚天回归电视剧后的第一部作品，在制作上要求肯定不会低，楚天挑演员的眼光最是独到，你又符合这电视剧。就算是总经理出面，也怕是没什么用。"

"那就想办法让楚天答应。我很公平的，谁行谁上。"

"你……"陈尔摸了摸下巴，这意思是不打算接？

令嘉对《黑客帝国》没有太大的兴趣，她是怕麻烦的人，不讨好还得罪总经理的事情，哪怕是破罐子破摔，不做就是不做。

但陈尔仍然有些顾虑，楚天在电影界也是前辈了，令嘉电视剧拍得多了，电影却没拍几部，如果一门心思想要把演技派走到顶，没有一两部电影代表作确实也拿不出手。

"你还是考虑一番，给楚天留点好印象。再说，我听人提及男主人选拟定了聂洋，聂洋在大银幕可是票房保障，你跟着这几个人拍戏，哪怕只是电视剧，也总是没错的。"

一听陈尔提及聂洋，令嘉便皱起了眉头："他不是'重伤'在床吗？还有空闲拍戏？"

令嘉脾气耿直，对聂洋也说不上有什么深仇大恨，只是不喜欢那副惺惺作态的样子，给了一拳头，也没怎么着，反而被他威胁了。

气不打一处来，令嘉叹气，做无奈状："那这戏更不能去试了。"

陈尔同令嘉相处几年下来，她动什么心思，哪会不知道？

"我告诉你，你别想忽悠我。不管你去不去试这部戏，聂洋那里，都要去给我道歉，女明星闹上法庭这事可不好玩。"话虽说得理直气壮，但陈尔心里仍然发虚。

也不知道赵家禾那边的情况如何了。

如果事情真如自己听说的那样，想来这位所谓的天王巨星脾气不是那么好的，指不定赵家禾会面临什么面孔。令嘉这人有时候虽然混账了些，但对家人很是维护，定然不会让赵家禾去受这委屈。

接到陈尔询问情况的电话时，赵家禾正好下班，挂了电话她便去了聂洋所在的科室。聂洋就住在医院的 VIP 病房，养着那根本没有的重伤。

护士长对此格外有怨言，听说赵家禾是来见聂洋的，拉着她不住地摇头："你说这大明星到底怎么想的？将医院当酒店来住，占着床位，还真不是个事儿。要是你真认识这人，多少也劝两句。医院里有很多患者，床位缺得紧。"

赵家禾听着话，尴尬地摸鼻子，说到底确实是自己不应该，怎么就忘记令嘉在她科室里。闹大了，也是她这个主治医生的失职。

"您放心，我会尽量想办法。"赵家禾宽慰了护士长两句。

护士长叹气，指了指远处站着两个黑衣人的病房门口："喏，仗势还不小。"

赵家禾顺着她的手瞄了两眼，有点想打退堂鼓。刚要抬脚走人，转头就听见那房间的门被人从里面推开了，走出来的男人很快便看见了她。

"赵家禾。"那人叫住了她。

赵家禾没想到能在聂洋这里见到方纫秋。

方纫秋作为聂洋的代理律师，原原本本地将和令嘉谈判的经过转告了。事情刚交代得差不多，赵家禾便来了。

他好看的眉毛一蹙，很快想到她前来所为何事。

"你来见聂先生？"

赵家禾愣了愣，多年不见方纫秋，他似没有什么变化，只是个子高了，神色严肃了些。再看他挺直的身体，剪裁合身的西装，不免有些意外。

"你……怎么会来？"

方纫秋一手插在裤兜里，一副闲散的模样，朝身后看了两眼："我是聂先生的代表律师。"

"啊？"赵家禾很是惊讶，不是很理解方纫秋怎么突然接这种小案子了。

但方纫秋似乎没有要介意的意思，他侧了侧身子，抬手示意她进去："聂先生在里面，你先进去。"

赵家禾回过神，抬脚走了进去。

对于赵家禾这个主治医生，聂洋也没什么好脸色。

说到底，罪魁祸首是她。

但为了佯装自己受伤严重，聂洋不得不发挥出了自己的灵魂演技，在听见赵家禾的声响时，快速地戴上了氧气面罩，颤抖着手，用眼神痛斥刚进门的赵家禾："你……你还来干什么？"

赵家禾眼见这情况，不得不在心里为影帝鼓掌，活生生的老人碰瓷时应该出现的画面。

"聂先生，实在打扰您了。我是为令嘉的事情来的，这件事吧，确实是我的不对，是我不小心泄露了你……"

"你……你闭嘴！走，我不想见到你们，你们这些恶魔！"聂洋声色俱厉，还在演戏。

站在门口的方纫秋也忍不住低头笑了笑，有时候他觉得令嘉还挺像女版的聂洋，都不是好玩意儿。

两人都听见了方纫秋的笑声，聂洋感觉自己被嘲笑了，一个枕头砸过去，实在演不下去了。

"你们都滚出去。"

方纫秋一个帅气的抬手，单手接住了飞来的枕头。

他深知聂洋的脾性，不仅自己要离开，临走时，还不忘记解救赵家禾："赵小姐一起吧。"

赵家禾虽然不明白方纫秋为何要让自己出去，但凭着对他的信任，犹豫着退出了病房。

"小秋。"方纫秋腿长，步子大，赵家禾追了两步才追上。

方纫秋终于停下了步子，思考了一阵劝慰她："依我看，你先回去吧。这事情不应该你来出面，是令嘉太冲动了，她这样迟早要吃点苦头。"

一听方纫秋提到令嘉，赵家禾也惊讶了："你见过令嘉？"

"嗯。见了。脾气没怎么变。"

赵家禾笑了笑，自家的小表妹她是知道的。因为出身运动世家，小时候被父母逼着锻炼举重，力气大，没少同方纫秋几个兄弟打打闹闹。

像是想起以前，方纫秋一改方才拧眉的样子："我没想到，她居然做了演员。"

"是啊，我们也没想到。"

"你们有十年没见了吧？"赵家禾觉得意外，两人十年没见，当初闹得那样难看，如今却还因为这样的方式见面了。

方纫秋点了点头，想起当日见面时，令嘉小得意的模样。

令嘉同以前，不一样了。但哪里不一样，他也说不上来，容貌还是性格，或许多少都有一些不同吧。

其实聂洋这个人并没有难缠到哪里去。

方纫秋一连两日没有去医院，聂洋盼得双眼发直，却也没见到人影。

聂洋的经纪人连易是在圈内混迹多年的老油条，即便如今以聂洋的声望，事情真要闹大也不会有什么负面新闻，但他依然主张息事宁人。

于是私下来找方纫秋，希望能大事化小，小事化无。

方纫秋的办公室坐落在商业中心最繁华的地带，室内的装修意外的豪华，巨大的落地窗透来的光让视野很好，就连见过世面的连大经纪人也忍不住啧啧地发出赞叹。

"方律师不愧是鼎鼎有名的大状，这地界就值不少钱了。"

方纫秋被人夸奖了，面不改色，谦虚道："以前做经济律师，赚了一些，老板大方，便把这块地分给我办公。"

什么老板，高申事务所恐怕也有他一份儿吧。

方纫秋客气的话，连易自然没有当一回事儿。

在金融圈，谁不知道方纫秋的大名。那可是一等一的大状，哪件经济纠纷案落在他手上不是百分百的胜算率？不少集团董事长，亲自来请也没能请得动。起初连易见到方纫秋答应担任聂洋的代表律师时也相当意外，还一度埋怨聂洋花钱大手大脚，方纫秋的律师费得多贵啊，那可是按秒计算的吧？

只是，连易一时还弄不清楚方纫秋为何会接这么一桩小纠纷的活儿。

连易前来，是希望方纫秋能出主意打消聂洋闹上法庭的想法。

"其实这事情不难。"方纫秋坐在旋转办公椅上，整个人窝进了皮沙发，半低着脑袋，偶尔抬起的双目视线扫过，一双手闲闲地搭在桌子上，修长的指尖还不停地转动着签字笔。

连易从没见过这般气质不凡的律师。方纫秋的脸，如同名字一般清隽无俦，当红小生中，只怕也没人比得上。

"什么方法？"说话间，连易的视线不由得也被那转动的笔吸引了去。

"聂先生最担心什么？"

聂洋闹这么一出，无非是担心令嘉将他去泌尿科检查的事情抖出来，传出绯闻。

"方律师的意思……"

方纫秋手中转动的笔停了下来："事情出在医院，聂先生何不去找赵医生？如果聂先生聘请赵医生为私家医生，这个秘密自然也就不会被人传出去了。"

"方先生的意思是赌上赵医生的职业生涯？"

连易的话让方纫秋愣了愣，他露出一个古怪的表情，不禁开始怀疑自己是否有过如此阴暗的设想。

"赵医生是令嘉的表姐，说服令嘉由身为主治医生的赵家禾出面是不是事半功倍？"

连易皱起的眉毛舒展开来，拍了一把自己的大腿："方律师说得没错。归根结底，聂洋无非是担心自己的私事被传了出去。只是，聂洋的脾气急躁了些，对令小姐说了些不好的话，反而被打了一拳头，心里有气，过两日气消了，也会为大局着想。"

连易说得不假。聂洋打心眼儿里没想过真对令嘉一个小姑娘下狠手的，只是被打了，面子上总是过不去，令嘉的态度又那样，搞得他下不来台，只好僵着。方纫秋连着两日不去见他，也是这个理。

时间一久，工作日程提上来，聂洋便不得不出院。

离开医院之前，他决定主动去见一次赵家禾。这次，连易随行，大概留下了心理阴影，第一时间将办公室里犄角旮旯检查了个遍，确定没有外人之后才关起门来谈判。

赵家禾对于突然闯入的两人自然没什么好脸色。

尽管对方是受害者。

办公桌后的赵家禾，脸上架着一副与她美艳的脸丝毫不匹配的金边眼镜，眼角余光瞄见聂洋大摇大摆地在自己面前坐下，她吸了口气，压下了胸腔中的怒火。

"聂先生的伤势可好了？前些日子见还摊在床上半死的模样，今日便好了。"赵家禾也是个爱记仇的人，被赶出病房的事情她可没忘记，如今见聂洋自己送上门来，也全然没有了早前的愧疚之心。

聂洋经她提醒，也想起自己当日那夸张的演技，有些恼羞成怒："你在咒我死？"

赵家禾视线再次一扫，余光从连易扭曲的脸上落到聂洋一张隐忍的面上，她张了张口，嗯哼了一声："医者父母心，我可没这么说。"

"你对我有什么不满？"聂洋也冷哼出声，"毕竟以后是要长期见面的人，我希望你最好不要再带着情绪为我工作。"

"工作？"赵家禾不是很明白。

旁边的连易见两人不对付，赶紧笑着上前解释起来："赵小姐，我们希望能聘请你做一段时间的私人医生，"停顿了一瞬，扭头去看聂洋的脸色并无异常才继续道，"毕竟聂洋这病症，痊愈也需要一段时间的治疗……"

聂洋显然对连易口中的"病症"两字有所不满，好看的剑眉拢成一团。

连易感受到他怨毒的视线，假装没看见，扭头殷切地看赵家禾。

赵家禾听明白了，这是要收买自己，顺带捎上令嘉。

对于连易提出的要求，她是很为难的。赵家禾心里很清楚，依着令嘉的性子，是打死也不会在外乱讲的，只是自己知道，聂洋肯定也不会相信。如今要打消他的顾虑确实只要答应做私人医生最好。

只是……

"连先生，我恐怕没有做私人医生的时间。"

连易早已经准备妥当，很快从公文包里抽出一纸合同："我们不会占用赵小姐太多时间，只需要在某些固定的时间上门治疗便好。合同里写了待遇，时间安排上，我们会同赵小姐商议，确保是你休息的时候。另外，我们还有一份保密协议，双方都有义务履行。"

赵家禾接过合同，快速地过了一遍。

合同内容很简单，无非是一些束缚她不能对外泄露的要求。

"赵小姐请你务必考虑我们的提议……"

"如果我签了这份合同，是不是你们也会撤销对令嘉的指控？"赵家禾皱起眉，想到了陈尔来找自己的事情。

"当然，我们原本也无意将事情闹大，只要令嘉小姐遵守承诺，不对外泄露便好。"连易抢在聂洋开口前，痛快地答应了下来。

连易的痛快也让赵家禾松开敛起的眉，她点点头，从办公桌前抽出一支笔，痛快地在合同上签上了名字。

聂洋原本还想说两句不能原谅令嘉的话。见赵家禾如此痛快，表情讪讪，一脸的神圣不可侵犯道："既然合同都签了，我们的合作关系也算成立了。"

赵家禾抬眸，瞥了聂洋一眼，嗯了一声。拖着腮，思绪已经神游。

聂洋有点生气，气势汹汹地从她手中抽出另一份合同，咬牙切齿地警告她："不要以为做了我的私人医生就能有什么不同，你不可以对我有其他的非分之想。"

"对，这一条也要加进合同里。"连易附和着。

赵家禾便眼见着两个法盲自作主张地在合约书上，用签字笔增加了新的内容。

"乙方不得在合约期间对甲方有任何的欲念。"

欲念……欲念……

"欲念是什么意思？"赵家禾摘掉了金边眼镜，露出一双不甚理解的眼睛，以为自己认错字了。

"字面上的意思。"聂洋凶巴巴的，斜眼睨赵家禾，"该不会赵医生还要我深入解释一番？这不太符合我的身份。"

你做的事情哪一样符合自己的身份了？赵家禾吞咽了自己的不满，胡乱地点了头。不想再与两人纠缠，妥协道："两位还有什么其他的吩咐吗？"

聂洋托着腮帮子思考了一阵："没什么特别的了。只要令嘉诚心道歉，我就彻底原谅她。"

诶？

赵家禾为难地看了眼连易，在她看来，身为经纪人的连易应该比聂洋好对付一些。但事关聂天王的面子问题，连易也只好假装没看见，尴尬地扭开了头。

既然如此……

"聂先生的意思，一定非要令嘉道歉不可对吧？"

"嗯哼。我可不是小气的人。"

赵家禾冲天看了一眼："只要道歉，任何形式都可以接受？"

"当然。"

"好。聂先生给我一点时间，第一次出诊就约在后天，到时我亲自上门让聂先生看到诚意。"

赵家禾的痛快不禁让聂洋竖起了大拇指，他的表情愉悦一些了。用指尖弹开额前的碎发，做了个帅气的动作，昂头发出一声嗯。就连推开椅子时的动作都畅快了许多，赵家禾觉得，聂洋的心情应该很好，只差没扭腰摆臀了。

"那么，就拜托赵医生了。"连易见聂洋没有其他的要求了，心中也是很痛快，总算解决掉一桩麻烦事。

两人一离开，赵家禾便给正在陪同令嘉试镜的陈尔打了电话。

"道歉声明？"陈尔放低了音量，不敢让正对着镜子练习的令嘉听见。

"我有个计划……"赵家禾商量的语气从电话那头传来，陈尔瞥了眼严肃认真的令嘉，退出了化妆室溜到了楼道间，有些不可思议："你的意思是让我弄一份道歉声明，糊弄一下让令嘉签字？"

令嘉平日里多数在打马虎眼，想要糊弄下让她签一份道歉声明不是难事。思考了一阵，陈尔便答应了，毕竟令嘉是鲜少带脑子出门的那类人。

赵家禾的办事效率非同一般，不出五分钟，一份洋洋洒洒的道歉检讨书就出现在了陈尔的邮箱里。

选角风波

试镜的地点在电视台，想要找到打印机不是难事。

陈尔将道歉声明书打印出来后，混合在一堆其他文件里。回到化妆室，陈尔意外发现乔云珠已经来了，正跷着二郎腿坐在小圆桌边上翻动着时尚杂志。小助理不知道被她打发去了什么地方，狭小的化妆室就令嘉同她两个人。

陈尔心道不好。这两人何时能和平共处了？

令嘉也没想到，楚天居然还给乔云珠发了试镜邀请，如果说一开始令嘉对这部电视剧兴趣寥寥，但仍然愿意为了同楚天套近乎来试试，那么如今见了乔云珠，她彻底就没了兴致。将台本默默地收起来，令嘉半句话都懒得说，干脆放弃了练习。

陈尔深吸了一口气，佯装着东张西望地找了一番令嘉的助理，碎碎念着："这该死的小喜子不知道去哪里了。"说着话，便此地无银三百两地退了出去，顺手还将房门关上。

乔云珠见陈尔如此识相，气焰嚣张地将杂志翻动得哗啦啦响。

令嘉透过化妆镜瞥见乔云珠一脸轻蔑的笑容，战斗魂瞬间被点燃。她沉住气，保持人不犯我我不犯人的原则。

两人之间，通常是乔云珠先沉不住气，她将杂志翻到某一页，停了下来，视线上上下下地扫了令嘉一眼，发出嗤笑："恕我直言，你穿了条俗不可耐的裙子，不知道的人还以为你要去参加谁的葬礼。"

令嘉抬头看了眼镜子中的自己，一心想要拒绝试镜的她早知道乔云珠会来，定然不会穿黑漆漆的过膝裙。她对着镜子捋了捋碎发，笑道："看在你丑的分上，就当你说的是对的吧。"将头发的手在半空中停顿了半秒，"毕竟你的葬礼，一定高雅不到哪里去。"

乔云珠气得手指发颤："在嘴上逞能也没什么了不起的。有本事你今天把这角色从我手中拿走。"

令嘉也没想到乔云珠如此不要脸，张口闭口就是自己的角色。

"你的角色？"令嘉摇头晃脑地笑得更大声了，"听说胸部和脑子成反比，看来你长了一个跟胸很衬的脑子。"

"你……"乔云珠是出了名的童颜巨乳，瘦小的身形却有一对 E 罩杯的胸，这也是她立足娱乐圈的利器之一，从来都引以为傲，如今被令嘉这么一说，气得当即就要上前去挠她，"我要撕了你的嘴。"

她哪里会是令嘉的对手。手长腿长的令嘉单手支着她的脑门，乔云珠张牙舞爪地挥着双手也够不着她的脸，谁让她比令嘉矮了足足十厘米呢。

眼皮下的乔云珠实在够滑稽，令嘉有些头痛地抚着额头，手上使了点儿力，一把将她推远了一些，摇晃了一番食指，无比痛心疾首："你可省省你的白骨爪，我的脸都被你丢尽了。"

令嘉觉得自己没必要同乔云珠这般胸无大脑的人争执，实在有够丢份儿，她露出了圣母般的微笑，阻挡了再次想要上前的乔云珠，用口型说"真蠢"但显然，乔云珠压根没看明白口型。

说不赢、打不过的乔云珠觉得自己遭遇了人生的冰点，明明屡试屡败，却不自量力地多次要惹恼令嘉。乔云珠气得红了眼眶，正要夺门而出哭喊令嘉欺负自己，转头却又被一直守在门口的陈尔给堵了个正着，她悔不当初，为什么早早打发了自己的助理去打点副导演，害得自己在这里受窝囊气？

陈尔从门缝中挤出一个脑袋，笑嘻嘻地看恨不得要吃人的乔云珠，"导演那边准备完毕，要试镜了，乔小姐您可别真哭了，哭花了脸不值当。"

乔云珠本还想再反驳两句，确实听见门外自己的助理在叫她的名字了，陈尔合时宜地让开了道，做了一个请的动作。

乔云珠气不打一处来，推了一把陈尔才消气走了出去。

陈尔在门外听得清清楚楚，这一局，令嘉完胜，但她并没有觉得这有什么值得高兴的。

"令嘉，不是我说你，你这无法无天的脾性得好好收敛。要真在外界引起骂战，你那少得可怜的粉丝能骂得过乔云珠的脑残粉？"

令嘉最烦有人拿粉丝量说事，横眉冷眼了一番："粉丝重质不在量。她一百个乔云珠都不可能是我的对手。"

陈尔见令嘉不在意，又是一阵垂头丧气，都怪自己当年识人不清，只觉得令嘉长得漂亮，还能演戏，就放心大胆地收了。哪知道自己收了个大麻烦。好在令嘉也正因为粉丝不多，话题度又少，形象还算维持得好，大小算个二线的实力派女明星，在一众新晋小花旦里，还数得上前辈的名号。

副导演是肥嘟嘟的胖子，秃顶的脑袋和肚子都圆溜溜的。也是熟人了，令嘉私下里叫他滚滚。

滚滚跑来通知轮到令嘉时，陈尔正将一部分文件扔给令嘉签字。

"什么时候起，还没正式进入剧组就开始让人签保密协议了？"令嘉盯着文件开头的一行字，有些纳闷儿。

陈尔面不改色地说道："毕竟导演是楚天，大牌导演要求多。"

滚滚催促着，令嘉也没当回事儿，顺手一连几页纸都签了名字，扔下笔就匆匆跟着去了现场。

乔云珠在她前面结束。试完镜的乔云珠信心十足，路过时冲令嘉冷哼一声，令嘉权当没看见，眼风一转，视线落在在走廊一旁等待着的另一个女孩，不正是前些日子"特意"来给她送好消息的那位新晋小师妹吗？那女孩也看见了她，正要上前来打招呼，令嘉却被陈尔推了一把，"你先进去。"

令嘉盯着女孩露出一个略抱歉的眼神，便转身走了进去。

试镜的场地很宽，角落里站着摄像老师，正对着台面的下首有一排椅子和长桌，传说中的大导演楚天坐在正中间的位置，两侧是两位上了年纪的男人。令嘉视线一扫，却落在了楚天身后那似笑非笑看着自己的聂洋脸上。

聂洋是楚天拟定的男主角绝对人选，原本他是没心思凑这个热闹的，但听说令嘉也是女主角人选之一，途中转道偏偏来了，片方自然将他奉若上宾，虽没有评委的权利，在一旁说上两句话还是可以的。

这不，令嘉刚走进去就听见他阴阳怪气地凑在正中间的男人的耳边说着话："我看刚才那个乔云珠还不错，穿上制服别有一番韵味。"

令嘉忍住了向上翻了白眼，笑吟吟地看着台下的几位，安静地等着副导演喊开始。

但侧耳听聂洋讲话的楚天没有发话，圆滚滚的副导演也就只好尴尬地站在原地，对令嘉挤眉弄眼，示意她不要在意。令嘉假装没有看到，目光直直地落在正中央的两人身上。

楚天四十来岁，但是保养得宜，一身的休闲服衬托着儒雅的气质，乍一眼看上去是文质彬彬类型的导演，偶然抬头看看令嘉的眼神倒是异常锐利，令嘉不明所以，正面迎上他的目光。

楚天愣了愣，抬了抬手，聂洋也坐直了身体没有再说话。另一头的副导演正要说话，楚天已经开口，手上还翻看着她的资料。

"令嘉小姐，请开始你的表演。"

试戏的片段早已由各自的经纪人发放到演员手上，令嘉要饰演的片段分为两个时间线，前面一段是剧中女主角出生在部队大院里与男孩子一同长大后，首次进入军校的画面。

刚刚到军校的女主角身上带着天然的野性，又是部队里出来的孩子，自然比其他女孩子行事磊落些。令嘉穿着裙子，表现起来稍微有点难度，她索性脱了鞋子光脚踩在地面上。与她试戏的是扮演军校师兄的男演员，男演员站定时，令嘉已经阔步走来，丝毫没有扭捏做作之意，野猴子一样拍了拍师兄的肩膀，圆溜溜的眼珠子胡乱转动着："嗨，你以后便是我的师兄吧？"

男演员还未开口说话，她一双手已经勾上了他的肩膀："我给你打个商量呗，你给我透露透露咱们的教官是个什么样儿呗。"

剧中的女主角是个北方大妞，但在南方住了几年，语调中带点北方味道又有南方平调的语气，这部分令嘉还是拿捏得很好的。

令嘉听见楚天发出了声音："好，下个场景。"他并没有给她很多时间调整，短短不到一分钟的场景，令嘉要快速切换到六年后。

这剧原本的剧本是倒叙的形式，最初女主角面对观众便是六年后已经成为严苛教官时的景象。

由于剧中人物年龄有所跨度，所以楚天才特意将演员分成两个场景来转换，台词也近乎相似，就是想看看演员的应变能力。

很快，令嘉便调整好了，她依然光着脚，只是向前迈着的步子与先前不同，步伐小点儿，也规整了，隐约带了点走正步的感觉。

令嘉头上没有帽子，她却在见到迎面走来的男演员时，抬手在脑门前方的位置上往右边扯了扯，随后五指才并拢放在一侧，半眯着眼瞥向男演员的身后，仿佛那一片空地便是操场，而操场上仿佛传来了年轻学员们打闹的声音。

她很快收回视线，目光转到男演员脸上："这一批学员中有没有一两个好苗子？"语调平静，隐隐中透露着威严。

"好。可以了。"令嘉话落，楚天便喊道。

令嘉很快便收回了方才的状态，穿上高跟鞋。

她注意到楚天在她穿鞋时脸上露出的微妙情绪，眉宇间有一瞬的轻蹙。这一举动明显让他有些不愉快了。但令嘉没当回事儿，她心里琢磨着，自己方才的表现不算太差，也没有好到非自己莫属。

即便她并不在意自己能否得到这个角色，但在演技上，她绝对不能放松警惕。哪怕只是走个过场，她也不能在外人面前示弱。尤其是，对面还坐着一个讨人厌的聂洋。

提到聂洋，令嘉的视线一动，便看见他正盯着看。聂洋发现令嘉也在看自己时，脸上的表情当即一滞，做出一副瞧不上的神情。但眼角的余光又忍不住去瞟她，却不想，令嘉如此胆大包天，竟然不顾如此多的目光，一只手藏在身后，悄悄露出了中指，正对着聂洋。

聂洋眼神一暗，气得不行。正要再看清楚一些时，令嘉很快收回了手，面上依旧是乖巧听话的模样等着楚天下定论。

楚天盯着自己手中的剧本一阵思考后，才抬起头来正视眼前的令嘉。

他在通知试镜时，从耀星娱乐那边要来了一些影像资料。令嘉在耀星公司算不上一线，但绝对超过二线了，这些年也出了不少好作品，只是，比起宁安这等超一线的实力派来说，差了点时机和历练，加上拍正剧的女明星多少缺少了点人气，如今才没有更上一层楼。

令嘉的演技是可圈可点的，比上不足比下有余，灵性也有，只是合作不合作得成，还真要看缘分。

思及此，楚天也不由得扭头看了眼此时门口已经在做准备的另一个年轻女孩子。那是耀星娱乐总经理亲自推荐的人员，用了她，耀星娱乐也会算上一份投资。

楚天不由得暗暗摇头，同是一个公司的艺人，这待遇可不同。

"下一位。"楚天并没有对令嘉做出评价，只吩咐下一个面试者入场。

令嘉也不恼，心里知道自己此行多半是为了自己那位小师妹。她略略鞠躬，便转身下了场。

陈尔等在门口，全程看在眼里，心里也明白了总经理打的算盘。楚天邀请令嘉来面试，总经理顺势便推荐了自己的小情人，或许还许诺了什么好处。让小情人来送消息，变着法打探令嘉的口风，要是令嘉恼了呢，也就作罢；没恼呢，也就上纲上线正大光明地上了。

敢情搞半天是来做陪衬的。陈尔心里也有怨气，但她能怎么样呢？自己不过是一个经纪人。

只是为难了令嘉，原本便不想来的，却还要硬着头皮来。

陈尔叹了口气，面上带了笑，迎上了令嘉。

"走起，找家禾吃火锅。"令嘉压根没将此事当回事儿，抬手搂住了陈尔的脖子。

陈尔见她没心没肺，也就没在意了。扭头看见聂洋不知道何时从后门溜了出来，正面对上两人。

看聂洋那表情，就知道没好事。好歹聂洋是前辈，陈尔毕恭毕敬地打了招呼："聂先生。"

"哟，您老伤势可见好了。"令嘉可不像陈尔这般狗腿，肆无忌惮的目光扫过他不可描述的位置。

聂洋老脸一红，下意识地就要抬手遮住那位置。冷哼一声，心想自己当着这么多人的面，还是不要同一个女人计较，可令嘉的表情又欠揍得紧。现在想起来，半边脸还有点痛呢。

"你方才在台上，那手指是什么意思？"他自然不会当众说出令嘉对自己竖中指。

这就来兴师问罪了，令嘉可不怕他。打都打过了，人也得罪过了，便更加肆无忌惮，不顾陈尔在身后掐她了。令嘉做出一副不懂的表情，抬起了手，动了动五根指头："我不明白前辈的话是什么意思。"

"你别想赖，我可是看得一清二楚，令嘉你别以为我原谅了你第一次，就会原谅你第二次。你要是闷牛一样，一个劲往前冲，我也不拦着你，只是接下来可没你什么好果子吃……"

令嘉心想这小子吃了我那一拳头怎么还没学乖。但这情景又不太好再挥拳头，仔细想一想，聂洋这般幼稚的男人也是懒得搭理。

她索性冲天翻了翻眼皮，朴实的微笑中露出一丝关爱："你说完了吗？如果说完了我就先走了。不然，我可控制不住我的中指。"

"别让我再看见你！"聂洋气不打一处来，走廊上已经人来人往，纷纷放缓了脚步打算看好戏。聂洋不打算与她多做纠缠，暗自咬牙，哼出一声来。

令嘉倒是乖巧，规矩地鞠了一躬："好吧。前辈，后会无期。"

第五章／冤家路窄

令嘉没想到自己居然被亲表姐和亲经纪人组团给卖了。

接到方纫秋电话之前，令嘉厚着脸皮推掉了一期杂志平面拍照，好不容易得来的休息日，自然要躺着度过，将零食和电影都准备完毕，令嘉舒服地跷起腿，整个人窝进了沙发。

作为经纪人的陈尔也没闲着，假日依然按时到她家报到，顺便带来了最新一期的八卦杂志，在一旁翻动得哗啦啦响。

电话铃声响起时，陈尔习惯性抬手一阵摸索，眼皮也懒得抬一下，顺势递给了令嘉。

完全沉迷到剧情里的令嘉不耐烦地接过电话，胡乱地放到耳边："什么事？"

"我已经收到你的道歉声明书了，态度还算端正，抽空来律所将和解协议书一并签了。"

"你是谁？"令嘉看了看手机屏幕，陌生号码，诈骗电话？

"我是方纫秋。"

令嘉哦了一声，顺手挂断了电话。

家庭影院的屏幕上还在播放着无人岛上惊悚的画面，令嘉像想起了什么一般，将见底的爆米花盒子扔在了矮柜上，扭头去看陈尔："现在的诈骗犯功课做得还挺到位，连我以前穿开裆裤时的发小名字都调查了一番。"

纯粹抱着好奇态度的令嘉打算同陈尔好好讨论一番。

陈尔手翻着杂志，并不在意她的什么发小，意兴阑珊地问了一句："哪个发小啊？"

"方纫秋啊，就是聂洋的代表律师……"话落，令嘉也觉察到什么地方不对劲。

陈尔被方纫秋的名字给惊到了。两人面面相觑，陈尔张了张嘴，小声问道："方纫秋是你发小……他给你打电话了？说什么？"不会因为令嘉再次得罪了聂洋，对方干脆破罐子破摔要上法庭了吧？

令嘉怎么也没想到方纫秋会给自己打电话，仍旧一脸的蒙圈："说什么我的道歉书写得很好，态度很端正，让我趁此机会去签署和解协议……"令嘉越想越不对劲，见陈尔的脸色也越发难看，她微眯起眼，深切感觉到自己可能被出卖了。

"你是不是背着我做了什么事情？道歉声明是你写的对不对？！"令嘉从沙发上跳起来，指着陈尔，一脸抓住你小辫子的得逞样。

刚要冲到门口，走了两步又退了回来，她意识到自己就算现在去律所抢回道歉声明，也绝对没有任何意义，脸已经丢尽……捡不回来了。

令嘉恨不能一巴掌将陈尔拍在地上，陈尔却举起了手，打算出卖队友："报告，是赵家禾写的道歉声明。我看过了，文笔真的还不错……"

令嘉见陈尔如此厚颜无耻，愤怒地指着她的鼻尖："不要找死。你们伤害了我的自尊。"

"比起自尊，赚钱不是更重要吗？"陈尔默默地小声道。

令嘉狠狠地吐了口气，双手捂住脸，但是又不得不承认陈尔说得特别有道理。但为了表达自己的愤怒，她必须如同受害者一般指控罪魁祸

第五章 / 冤家路窄

029

首："我不会原谅你们的。"

陈尔显然一点也不在意令嘉会不会原谅自己，她撩了撩脑门前的刘海，淡定地看着令嘉。

一身浅蓝色睡衣的令嘉一只脚上穿着地毯袜，另一只上却是光溜溜地露出半截小腿，她抬手烦躁地抓了一把头发，乱成一团。

真不敢相信，这就是自己带的艺人。

无奈地摇头，正要说点什么挽救一下令嘉的形象，手机却不合时宜地响起，来电人是耀星娱乐宣传部的负责人，米雪。

对于令嘉这类型的演员，宣传部找上门的机会甚少，上次接米雪的电话是因为橘子娱乐做了一期特刊，刊登了令嘉翻白眼的合集，这一组照片同时也被发布在网络上，一时之间，原本在网上了无人气的令嘉得了个表情包教主之称，成为大众戏弄的对象。

好在表情包事件算不上坏事，陈尔同米雪一合计，两人都认为干脆就任由事态发展算了。

时隔不到一个月，米雪又来电话了。陈尔不知为何，总有一种不祥的预感，扭头走到走廊上接了电话。

挂掉电话的陈尔第一次感受到被雷劈是什么感觉。

但身为雷厉风行的超级经纪人，她很快恢复了情绪，扭头就看见还在扮演受害者的令嘉蹲在沙发边上，用雪白的牙齿死咬着袖扣的衣料。

"别装可怜了。真出事了。"

令嘉见陈尔神色严肃，蹭地一下站起来，以光速走到她身后："看你表情，不像是好事。"

"我也说不上是好还是坏。"陈尔发出的声音是从牙缝里挤出来的。

翻出平板电脑，登录了近乎几个月没有搭理过的微博之后，令嘉也被突如其来的上万条评论给震惊到了。

令嘉捂住胸口，没让自己倒下："陈尔，你捏捏我的脸，我这算是红了吗？"

陈尔敲了一下她的后脑勺："如果你非要这么认为的话，我承认你确实红了。只是……红的是你的照片，被各位网络大神改编成的表情包。"

令嘉做了个痛心的表情："你就不能装作很高兴的样子？"

陈尔冲天翻了翻白眼："你这形象，只怕以后也接不到什么好广告。"其实米雪担心的事情也说不上多严重，令嘉前几日在咖啡厅里与方纫秋见面时的画面被路人偷拍传到网络，起初乏人问津，却不想，这照片被橘子娱乐的人发现，转发了出来，一跃成为了热门新闻。

只是这热度……却也比不上令嘉沦为表情包教主的热度……

翻开令嘉认证的个人微博，最近一条微博下面留言已经上万条，空前的盛况。只是点开评论一看，满屏的表情包五花八门，被添加上了各种各样的文字，有几个还特别好笑。令嘉自己看了，也扑哧一声笑了出来。

注意到陈尔责怪的眼神，她才忍住了笑意，一条条往下翻。

居然有不少是看了她被人拍到"约会"照片前来祝福的留言。

只是诸如……

"铁树开花啊，不容易。教主是哪年生的？依稀记得我上小学的时候你已经在唱歌了，原来已经步入中年了吗？这么多年终于被男人看上，委实不容易。值得祝贺。"

"服气！看照片上男人的背影，多半是个帅哥。就没人想知道他看上令哪一点吗？"

"哪位小学就听她唱歌的等等我，你不是一个人。"

"我的天哪，令嘉原来年纪这么大了吗？我竟然是今天才重新认识她，有点后悔！完全的童颜啊！童颜！"

"……"

明明这些评论好像都在夸奖她，但令嘉怎么也笑不出来。

她撸起袖子，一双手握成了拳头，仿佛下一秒就要钻进电脑里与那几条评论的博主来个你死我活。

陈尔及时将她拉回原点，手伸在背后，替令嘉顺了顺气，后知后觉地想起来米雪交代的重大事件。搜索到橘子娱乐的微博，今日头条果然是"知名实力派女星终于谈恋爱了！"的新闻。

不知道哪位不长眼的大号，转发时写着"老树开花"四个字，而后一连串的人论起了该四字成语。

"这些人有没有文化，成语都写错了。"令嘉抱怨了一通，点开那位博主的微博瞧了眼，粉丝居然比她多上一倍。

令嘉向来识时务，当即打消了开小号去怼人的念头。

陈尔恨铁不成钢地瞪了她一眼："能不能搞清楚重点了？重点是，你，令嘉，出道这么久以来，第一次传出了绯闻，你是上升期的女演员，谈恋爱多影响你的事业。"尽管陈尔内心里并不觉得这次的新闻有什么大问题，但作为一个严苛经纪人，她仍然耳提面命地表达了自己不支持令嘉谈恋爱的观点。

经过陈尔这一番严肃的话，令嘉彻底认清了自己是女演员的事实。

她也开始忧心起来，这张照片的角度好像冥冥之中在预示着什么，整张照片里能看得清楚的只有她的脸，而对面的男人方纫秋仅仅背对着镜头，从照片上看是一张不足为奇正常社交的模样，只是新闻报道文字被橘子娱乐的编辑硬生生搞成了一出秀恩爱大戏。

被冷冷的狗粮砸中的单身狗们便开始了咆哮。

她们在心里质疑着，为什么令嘉可以找到男朋友……老天太不公平了。

既然给了美貌，给了华丽的演艺事业，为何还要给一个帅哥？

令嘉无奈地扶额，心力交瘁："唉，果然我成为了所有网民仇视的对象，大家都在嫉妒我的美貌。"

陈尔站在令嘉身旁，将她暗地里脑补的话听得一清二楚，不由得黑了脸。

"我看，你还是收拾东西去律所见一见方纫秋。毕竟作为受害者的他现在肯定很彷徨。"

"受害者？彷徨？"令嘉音调都变了。不敢相信，这话居然是从自己的经纪人口中说出来的！"陈尔，我越来越怀疑你的工作能力了，出了这么大的绯闻，你作为经纪人不站在当事人——我的角度替我排忧解难就算了，居然抱着电脑丝毫不动摇？现在，你难道不应该马不停蹄地回公司，找米雪商量怎么压下新闻吗？"一口气说完自己的不满，尾声处，令嘉还哼唧了一声，以此来表达自己对她工作态度的不满！

看完新闻的陈尔不仅没有按照令嘉的计划行事，反而松了一口气般，说起了风凉话。

"你闹点绯闻也不算什么，咱们正正经经谈恋爱，又不是被包养。这事，我看不能去压。"

"为什么？"令嘉自然不明白陈尔的算盘。

"你想想，你多久没上过新闻了？绯闻的事情……总比没有半点消息来的好。不过有件事你得去弄清楚，方纫秋结婚了没？不要到时候有人跳出来指认你是那啥。"

"你这是打算让我炒绯闻？"令嘉表情跟吃了屎一样难看。

"诶，我说你这人说话怎么这么直接，这怎么算是炒作？你看，是你跟人家去咖啡厅被拍到的吧？"

令嘉点头。

"那被拍到不能怪我对不对？"陈尔继续洗脑。

令嘉点头，但脑子还是清醒的，陈尔这一套糊弄别人可以，糊弄她可不行。

"照你的意思，这件事公司绝对不会管。"

令嘉没想到陈尔果然厚着脸皮点头了，大有一副你看着办的意思。

令嘉怒了，一脚踢中了墙角，握着的拳头发出了咔咔声，陈尔斜着眼看她，脚下已经往后退了两步，大有掉头就跑的举动，但令嘉一双手撑住了墙面，拦住了她的去路，呵呵冷笑着，从牙缝里挤出了声音："好。很好。"

被壁咚的陈尔脸刷地一下红了，倒不是害羞，而是觉得丢人，真没想到自己居然有一天被一个女人给壁咚了，这实在有碍她超级经纪人的颜面。

陈尔张嘴要说点什么缓解两人的气氛，但令嘉很快有了主意，脸上浮出了一抹诡异的笑容，转身拿起了手机，按了回拨键。

第六章

绯闻漫天

"你准备一下，我下午会去你们律所。"

方纫秋捏着手机拿远了一些，以为自己接错了电话，他皱起眉头认真地看了看手机屏幕上"猴精怪"三个字，确认来电是令嘉没错后，彻底摁断了电话。

他转头给秘书室接通了内线电话："下午很可能会有一个神经病来找我，你接待一下，让她把协议书签了。"

"神经病？"秘书小荣面无表情道，"哪一个神经病？"律所每天接待的神经病多了去了，吵吵闹闹的哭哭啼啼的，总之，他已经习惯了。

"令嘉。"

"你……是说那个演戏的令嘉？"小荣秀气的眉毛挑了起来，抬头望了望电脑桌面上正在播报的娱乐新闻。

新闻出来时，他就觉得这个同大明星令嘉传出绯闻的人不是自己老大是谁。

小荣内心很是受伤，觉得自己受到了欺骗。老大平日里不苟言笑，居然也会被美色所迷惑。难不成老大因为两个月之前那件事受到了刺激，大变了性子，这才不得已沉迷美色？

方纫秋所在的高申律师事务所，是 B 城出了名的难搞的存在，在金融圈和检方面前回回都牛气冲天的，方纫秋自然是律师事务所的一大招牌，在律政界有着"完美之神"的称号，除了业绩让人望尘莫及以外，他帅气的长相和引以为傲的八块腹肌哪一样不是传说？

要说和明星谈恋爱，恐怕也没有几个人不愿意，但这事情搁在方纫秋身上吧，俗气了。将方纫秋浑身上下看个遍，也只看到一个字：贵！与生俱来的贵气和饱读诗书的书卷气浑然天成，与小明星搭配在一起，就仿佛一朵白莲花被污染了。

"好吧。Boss，我知道了。"小荣暗地里下决心，待会儿那个演戏唱歌跳舞的女猴子一定会被自己扼杀在秘书室。

挂了电话后的小荣才后知后觉，什么协议书？

莫非……是老大要同女明星分手，自己不好开口？脑补过多的小荣开心地哼起了不成调的歌，自作主张地起草了一纸分手协议书。

挂完电话，办公室的门就被人从外面推开了。

如此没有礼貌的行径，大约也只有一人所为。

"顾明朗，下次到我办公室之前请你跟我的秘书先打招呼。"方纫秋连眼皮都懒得抬，便知道不速之客是何人。

顾明朗不像别的律师穿着西装三件套，偏他就喜欢在办公室里随性着来，一身运动服就来了。额角还冒着汗，多半是刚从外边回来，直奔了方纫秋的办公室，一屁股在皮质沙发上坐下："你最近是不是太闲了，没什么事情做，我见小荣在外面看八卦新闻很欢乐，我就没打扰他了。"

方纫秋依旧冷冰冰着一张脸，将顾明朗的话当空气。

顾明朗吃了冷炮弹，也不恼，就是抓抓脑袋一脸的费解："我实在不明白你，几千万的大单子不做，推了一单又一单，一门心思地帮人解决普通的民事纠纷。怎么？用这种方式向老高抗议？"

提及老高，方纫秋的面色不是很好看。他终于有了动静，从椅子上站了起来，走到会客厅在他对面坐下，懒懒地瘫在背椅上，一脸的不愿意多提。

老高是高申律师事务所的老板，高其盛，也是方纫秋和顾明朗在大学期间的博导，在业界名头响当当，是方纫秋在业内最尊敬的人。

顾明朗知道他是个闷葫芦，也不生气，猛拍脑门像想起什么来："嗨，我都忘记跟你说了，我已经正式提交辞呈了，但我估摸着你恐怕也任性不了几日了。"

方纫秋不明所以，看他一眼。

顾明朗已经在正式办理离职的流程，在高申多年混着日子，如今也混不下去了，打算出去另立门户。

"看你这样，就知道你还什么都不知道。外面都闹起来了。我今日陪世佳的副总去打高尔夫，可是听人说你跟一女明星闹起了绯闻，这才急着跑回来的，张总还当我出什么大事了呢。"

"什么绯闻？"方纫秋哪里会有时间关注八卦新闻。

顾明朗掏出手机将今日的头条新闻翻出来给他看："你看，这不是你还有谁？这姑娘倒是长得真水灵。"

方纫秋脸色骤变。

知名实力派女星找到属于自己的幸福，另一半或是圈外人士？

光是标题看得方纫秋就眼皮直跳。

"你可别小看这些八卦记者，人肉水平一流，比中情局还厉害。我可提醒过你了，上次的事情你正面对上老高，如今再闹出绯闻说不定就真要跟我一起去另立门户了。"

"老高知道吗？"方纫秋头痛地揉了揉眉心。

顾明朗摇头："没听见什么动静，不过我看迟早要知道。"比起方纫秋的八卦绯闻，他却更在意方纫秋的态度，"你还真谈恋爱了？找女明星也行，但你知道我们这行，帮着不少集团老总冲前锋，多少有些顾及。"

方纫秋懒得与他解释，并没有将这件事太当回事儿。

"咱们在高申这么多年，确实也帮着老高赚了不少钱，老高现在膨胀得厉害，你也算是他的头痛病一号了，这时候闹出绯闻……不管你到底留在高申有什么目的，都绝对不是好事。"顾明朗与方纫秋认识多年，两人曾是普林斯顿法学院前后辈的关系，又一起修完了研究生再到博士生，关系自然不言说。

只是方纫秋这个人，鲜少提及自己的事情，顾明朗也说不上多了解他，却也从来不敢小瞧了这位师弟。

方纫秋的心思，太深。哪怕是与老高闹到如今的田地，他依然没有动静。

与老高正面冲突的事，还得从两个月之前说起。

方纫秋接手了顾明朗的案子，世佳集团引入一笔投资资金，对方要求世佳集团将所有的账目清算公证，方纫秋作为世佳集团的代理律师自然参与其中。但很快，他就琢磨出世佳集团旗下几个子公司的名堂来，内部员工怨声载道，账目资金看似漂亮，其实是空架子一个。

钱的去处，却不得而知了。方纫秋出于负责人的态度，调查过几条线，发现最有可能的是，世佳集团内部高层相互勾结，将资金流入了国外一家不知名公司的户头。如今，世佳集团拿着假账目资本运作，空手套白狼，被方纫秋发现。

方纫秋备份了证据，打算找老高商议，却不想，昔日自己所尊敬的严师却要求他为其主，恭其事。

方纫秋虽然失望，但理解老师在圈内多年，门门道道经历不少，索性也就不想再管，打算拖一阵。

岂料，世佳集团高层分崩离析，产生分歧的董事将事情闹到投资集团面前，投资商向税务局提交了账目清查的申请，方纫秋手中掌握的证据便成了烫手山芋，拿也不是，不拿也不是。

高其盛与方纫秋两人在价值观上产生了严重的分歧。

最终，方纫秋干脆甩手不干，高其盛接手做了，将其他几个子公司做倒闭破产处理，以经营不善为由解散百余名员工。高其盛接手以后，方纫秋也跟着放弃了一般，做个闲散律师，一连两个月，外面排队的集团企业多少人找上门，都被他拒之门外。

听说这事，顾明朗曾极力劝说方纫秋随同自己另立门户。

但方纫秋一直没松口，顾明朗越来越看不透他，索性后来也就不再提。

直到这次，看笑话似的发现了方纫秋的绯闻，顾明朗本着看好戏的态度火急火燎地跑来，想窃取点有用的信息。方纫秋依然什么都不提。

顾明朗差点就失望了，正要犯嘀咕，却不想，方纫秋突然开口提到老高。

"老高想将高申转型。"

"什么？"

方纫秋双手叠在下巴处，露出了一抹深不可测的神色："这次世佳集团 IPO（首次公开募股）上市仅仅是开始。你出去了也好，我入股你的律所，但这件事要保密。"

顾明朗这回是彻底傻眼了，被突然接收到太多的消息砸晕，他有点蒙，也不知道是震惊老高的决定还是意外方纫秋提出的入股。大脑当机了几秒的顾明朗，反应极快，提出疑问："为什么呀？你为什么要入股我的律所？"

方纫秋的手中不知何时已经握了一枚光秃秃的白色棒球，在双手中抛高再收紧。他没有正面回答顾明朗的话："你不是差点钱嘛，我这个财主来得及时不好吗？"

严格说起来，顾明朗不差钱。

顾明朗是所里最没章法的律师，业绩一般般，碍于有个有钱的老爹，在所里也算混得如鱼得水。只是这人有个最大的毛病，只要看见小姑娘任谁都想要调戏两句，惹了不少乱子。有钱的老爹下达了最后通牒，再这么闹下去，一分钱也别想得到，顾明朗便自己掏钱打算另立门户，自然捉襟见肘。

可方纫秋入股的事情，顾明朗怎么想也不觉得会是好事。

"你这尊大佛，只怕我供不起啊。"顾明朗似玩笑、似真话一般笑道。

方纫秋见他难得正经，也无心瞒他："我知道你担心什么，我只是在想，或许未来某一天，我会用到你的律所来对抗高申。"话落的同时，他手中的球飞了出去，砸在墙面上，砰砰响了两声，"当然，我并非希望有这一天。我现在给你任何保证你肯定不信，来日方长，你也可以选择拒绝我。"

方纫秋如此直截了当反而让顾明朗为了难。

顾明朗同高其盛闹掰，是极早的事情，世佳集团的事情闹上台面，老高转型做非诉律所的苗头初现，才彻底决裂。自从中国加入 WTO 以后，老高一直在琢磨这件事。这当然与当初加入法律行业，抱着赤诚之心的年轻人相悖。顾明朗便是这年轻人中的一员，尽管看起来不学无术，实则专业水平不低，经手的案子也没有办砸的，别看他那吊儿郎当的样子，手段却是不少。

方纫秋当然有自己的打算，在此时，他没有离开，那么为何又要入股顾明朗的事务所？他又怎么会笃定未来自己一定也会对上老高呢？

顾明朗凝重地沉默了，半晌没回话。

第七章

揭穿老底

门外突然响起一阵骚乱。

秘书室的小荣尖锐的嗓门格外引人注意："我说你这女人怎么这么麻烦？男人不喜欢你了，你和平分手签署分手协议就是了，你这么个闹法，丢人的还不是你，亏你还是大明星呢。"

令嘉透过墨镜，居高临下地看着眼前拍桌子叉腰的气势汹汹的小个子伪娘，嫌弃地动了动鼻尖。

"你居然还拿眼睛瞪我，真是没礼貌。"小个子男人更生气了，从鼻缝里喷出一丝气。

令嘉很是无辜地摊手，这个小矮子到底在说什么？乱七八糟的，她半句话都没听懂。

"大明星果然了不起，居然无视我，我要去发微博爆料你。"小荣用酸不溜丢的语气说道。

没见到令嘉前，小荣还能心平气和，毕竟只是一个花瓶女明星而已，方纫秋这样的男人怎么可能喜欢一个只会演戏的女人？哼，看照片，长得也不怎么样嘛。但见令嘉真人走来，一副新款墨镜，遮了大半的脸，这说明她的脸很小巧，露出的鼻尖很秀气，哦，该死的嘴唇特别迷人，小小的，形状分明。尤其是，她笑的时候，两颊露出浅浅的酒窝。

碎花连衣裙搭配浅咖色巴宝莉外套，怎么看都是很随性的装扮，但迎面走来时，小荣依然感受到了强烈的威胁。这个女人，居然长得这么好看！不似其他女星一般的肤如凝脂，她的肌肤是健康的小麦色，不深，露出来的一小截小腿肌肉均匀纤细，看得出来她的腿一定修长。

小荣有些词穷，不知道如何形容这样一个他刚刚还在电脑屏幕上盯着照片鄙视的女人，她突然出现在自己面前，一举一动都表现得完美，看似温婉，实际上，她比太多以前追着方纫秋跑的女人都漂亮。

嫉妒心让小荣同志暴躁了，像是被抛弃的怨妇一般火冒三丈。

哪怕令嘉非常有礼貌地向他打听："你好，请问方律师在吗？我跟他约了今天下午见面。"

哪怕令嘉脸上还带着温和的笑容，小荣也透过虚伪的表象认定这个女人是狐狸精。

令嘉在公共场所时，一向发挥出最顶尖的演技。就算戴着墨镜，也眼观六路耳听八方，时刻注意着周围人的动静。办公室外已经有人冒头来探听发生什么事了。

望着令嘉那半张脸上越发加深的笑容，小荣气得在内心里颤抖。

好一朵白莲花！

同样的，令嘉的心里也在咬牙切齿：小矮子，你倒是快让老娘去见方纫秋。再废话，老子找人灭了你。

就在两人僵持不下时，左侧的玻璃房门被人从里面推开了。

方纫秋就站在门口，冷冰冰地看着两人。他身后是探出半个脑袋看热闹的顾明朗，与方纫秋不同，却是笑嘻嘻的样子。

"还真没想到，这令嘉真人比电视上漂亮多了。"

顾明朗从嘴里发出的啧啧声让方纫秋的表情更加难看，他微眯着眼，抬手挥了挥，对着令嘉："过来。"

令嘉收起脸上即将僵硬的笑容，转身便要小跑着过去。

刚走了两步，自己先愣住了，突然刹车停了下来，摸了摸自己的鼻头，收敛起脚步上的雀跃，放缓步伐慢腾腾地走过去。

方纫秋见她低头时藏在眼镜后的两道眉毛拢在了一起，小嘴巴也下意识地噘起来。他想起什么来，嘴角微弯。

这一抹笑容被方才抬起头的令嘉一眼捕捉到，她暗自握了握拳头，低声骂了一句该死，怎么突然就想起了以前呢？小时候的方纫秋也这么对自己招之即来挥之即去，吃过无数次大亏的自己，偏还如此听话。

为了给自己壮胆，她板起脸，昂起了脖子站定在方纫秋面前："你们律所就是这样接待客户的？"

方纫秋斜睨小荣，对方见他目光扫来，缩起脖子不说话，脸已经涨得通红。

"哦，可能我秘书把你当什么黑道大姐了。毕竟，令嘉小姐可是差点让聂先生成为残废的罪魁祸首。"

"方纫秋，我没有下那么重的手，如果你继续污蔑我，别怪我不念旧情，去律政举报你替聂洋做伪证。"令嘉已经摘掉了墨镜，眼露凶光，死死地盯着方纫秋。

"旧情？"方纫秋也从鼻尖哼出一丝气，"我同令嘉小姐何来的旧情需要顾念？"

早前令嘉假装不认识他的事儿，方纫秋没忘记，他的心眼不会广阔到哪里去。尤其是面对令嘉。

在一旁听两人互相埋怨的顾明朗深切地感受到自己这个局外人有点多余，直到听见从方纫秋口中说出旧情两字，他才微妙地在两人之间扫了一圈，不等令嘉再开口，便插话道："纫秋你也真是的，居然让令嘉小姐站在门口与你说话。"干咳一声，拉低了音量，小声在方纫秋耳边道：

"你俩现在绯闻满天的，还想让人看笑话？"

经顾明朗提醒，方纫秋抬头扫了一圈大办公室里的其他人，所有人都在埋头做事，好似没有在关注他们。其实，他心里很清楚，多少人竖起耳朵在听。方纫秋转身进了门，给令嘉让开了道，令嘉戴上墨镜，冷哼一声还是走了进去。

顾明朗见两人这闹别扭的态度，心情甚好，主动将办公室的门给关上了。

方纫秋的脸色依然难看，一坐下，便抬头来看顾明朗，下逐客令："你还待在这里做什么？有没有规矩？"

顾明朗典型的脸皮厚，嬉皮笑脸地道："这有什么关系嘛，反正你是同令嘉小姐叙旧，我就站在边上不发出声响，你当我是空气就好了。"说话时，他还不时地朝着令嘉眨眼睛，展现自己富三代的魅力。

令嘉抬了抬往下滑的眼镜，在没人看得见的地方冲天翻了翻白眼。

方纫秋果然就把他当成空气了，昂头瞥了眼站得离自己远远的令嘉，眸子一暗，说出口的话冷冰冰的："新闻你看到了，尽快处理了。"话语里满是疏离。

令嘉张了张口想反驳他，但很快住了口，依然隔着灰蒙蒙的墨镜看他。不得不承认，方纫秋同十年前一样器宇轩昂，只是，当年那总爱逗她的少年变了个样子，成熟了，穿起西装来同三年前他那总是被前呼后拥的父亲一样，威严而严肃，当然，眉宇间也尽是疏离。

仿佛感应到她在偷看，方纫秋突然抬起头来，直直地望她。以为，她会像小时候那样害羞地慌忙低下头，但令嘉没有动静，墨镜后面的眼睛猜不透在想什么。

气氛一度陷入了冷寂，令嘉听见那自称空气的顾明朗故意咳嗽了一声，她似没有任何波动般转开眼，抬手拿下了墨镜。

"方律师，我来找你有两件事。"

那一声"方律师"格外刺耳，方纫秋双眼微闪，这才示意她在对面的位置坐下来："令小姐请坐，坐下聊。你这样站着看我，我会感觉你在审视我。"不知为何，说这话时，他淡淡勾起了唇角，角纹处是满满的讽刺。

令嘉迟疑了下，还是拉开椅子坐了下来。

如果说上次见面，她还抱着恶作剧的态度假装不认识，那么此刻，她是彻底后悔认识了方纫秋这个人，心里别扭极了，说不清道不明的感觉，她不理解方纫秋为何要这样对待自己，十年前是这样，如今也这样。

那时她长得又黑又瘦，满腹心思都是他。他对她呼来喝去，能感觉得出来，他从来没喜欢过她。

如今十年未见，她早已不是当年那又黑又瘦的杨顺心，她是常常出现在聚光灯下的二线女明星，见过她的人，没有人不夸奖她长得漂亮，再也不用妄自菲薄。

所以，她两次见他，都要挺直了背脊，生怕被小瞧了去。

方纫秋推来一纸协议书，用硬壳的板子垫着，一共两张，下面是有她签字的道歉声明书。她低头看了几眼，表示承认赵家禾的文笔确实不错，将道歉声明写成了一封唯美且又诚意十足的道歉诗，她甚至一度怀疑"惠书已悉，近因琐务，未即奉答为歉"这句话聂洋是否能看懂。

修长的指，点在和解协议书的末尾："在这里签字。"方纫秋提醒着她。

令嘉原本想同他再纠缠一番，依着以往的脾气，她只会当场撕碎了这玩意儿，但如今来了他这里，她反而半点想要周旋的心思也没了，抬起笔就要签名。

方纫秋又抬手，握住了她的笔。

"你……"

"签本名。杨顺心。"

"噗……"令嘉听见身后当背景板的顾明朗没守住底线，居然扑哧一声笑了出来，见到令嘉恶狠狠地扭头看自己时，欲盖弥彰地捂住了嘴，"我没笑。"

鬼才信。

令嘉不再顾及脸面地翻了白眼。这模样，果真如网上的白眼一姐合辑一样，顾明朗再一次失守，终于笑出了声音，一巴掌拍在沙发上："哈哈，令嘉……哦不，杨顺心小姐，你千万原谅我，我不是故意的。"

杨顺心是令嘉的原名，难听到爆，一直以来都是她心里最不可泯灭的黑历史。令嘉差点儿推椅子冲过去撕烂这家伙的嘴，却被方纫秋捷足先登，一本资料册早已经飞了过去，重重地砸在顾明朗脑门上。

第
八
章
／
青梅竹马

　　"方律师，你这下手也太狠了点。"捂着受伤的额头，顾明朗龇牙咧嘴地埋怨方纫秋。

　　"闭嘴。再说话，就自己滚出去。"方纫秋丝毫不给面子。

　　顾明朗做出可怜样，嘀嘀咕咕："是你先开始的，两人都将矛头指向我，这情况未免有点太不公平了。"听上去还真像受了多大的委屈似的。

　　"这位先生，我有必要提醒你作为空气是没有嘴可以说话的。如果你觉得实在委屈，我可以帮你把嘴巴封上——用胶布。"其实比起顾明朗这个大煞风景的人，令嘉更气方纫秋，她一个女人都不介意当年暗恋不成被拒绝当众出丑的事情了，他一个不是受害者的受害者偏偏还记仇。到底是谁欠了谁的有没有搞清楚啊？现在还来揭自己的老底。

　　见令嘉已经将牙齿磨得咔咔响，顾明朗总算收敛了许多。赔着笑举手投降："我知道了。令嘉小姐，你这么美丽的女人可不能再生气了，一个名字算什么，再土也无法减少你半点的美貌，哪怕是为了你，我也不能再开口说话了。"

顾明朗又不是傻，一早听明白了，这两人压根不是那种关系。自然而然，便发作起来，对单身女性，总是无法收敛那轻浮的态度，秋波一阵一阵地送来。

对于别人夸奖自己长得漂亮，令嘉还是很受用的。

脸色缓和了许多，抬手摸了自己的脸一把，尽量抑制自己不笑："嗯。算你有眼光。"语气还是故作严肃时的调子。

对于两人一来一往的夸奖与受用，方纫秋的脸色别提多难看了。

他皱起眉认真打量令嘉的脸，依然是十年前那个忽胖忽瘦又黑的傻妞。他不得不怀疑起顾明朗的审美来。

"别高兴得太早，就你的长相距离国际水准差了不止一个银河系。"

"方纫秋，我长得如何跟你有什么关系？你在嫉妒什么？"令嘉没想到方纫秋会加入对她容貌的攻击，错愕一阵，突然意识到方纫秋在嫉恨自己女大十八变，越变越好看。一来气，就要同他好好理论。

"是啊，方律师你在嫉妒我们家令嘉长得漂亮是不是？"顾明朗也参与进来，幸灾乐祸的样子看得方纫秋一阵眼热。

方纫秋冷哼一声："你们家？她漂亮？"他探了下身，抬手就用两根指头弹了弹令嘉的鼻梁，"鼻子扁平，玻尿酸没注射够，起码还要再打两支。下巴太短，一支也不够。脸太圆，令嘉你一定是猪变的，躺着吃零食才变得这样胖，你作为演员，这样上镜不担心观众得眼疾吗？"

令嘉一直都知道方纫秋毒舌，只是多年未曾领教，一时还有些不习惯。

"方纫秋，你神经病。"他竟然让一向以舌战群雄的令嘉词穷。

"你再多说一句，我就会起诉你辱骂国家栋梁之罪了。"方纫秋显然不打算让她半分。

令嘉一口气憋在心口，出不来。下意识就要动手去抓他。

方纫秋半仰着身子，不让她抓到，继续攻击："别像个泼妇一样，就算你脑子里没有墨水，好歹也读了几天书，应该知道你刚刚才解决一桩暴力案。"大约是觉得眼前一双爪子太过碍眼，他一把将她的手抓在手心里，冷哼道："对了，忘记提醒你，少看点港片，多读书。不然你连投诉的门都摸不到，我们大陆可没有律政司，你要么去司法局告我，要么只能去律师委员会举牌子。"

一双手被方纫秋抓在手里的令嘉微愣，但很快，猛地抽出了自己的手，因为动作太快，方纫秋也有些意外，突然手心里落了空，看了看自己的手再看令嘉，她的脸上带着不曾见过的笑容。

"方律师课本知识学得透彻，也应该知道，你方才的举动，我也可以告你非礼了。"说着话，令嘉还特意动了动自己的手腕，小心地揉了揉。

听见这话的方纫秋还没有来得及反应，顾明朗倒先搭腔了："对对，令嘉小姐说得没错，方律师你方才的动作很像是在耍流氓。"

令嘉给了顾明朗一个赞赏的眼神。

顾明朗一本正经地教训方纫秋，终于逮着机会扬扬得意。方纫秋压根不搭理他，横了他一眼，便转头嗤笑一声看着令嘉："你倒是不傻，学会举一反三了。"

"方纫秋，我来找你不是同你要嘴皮子的。"令嘉不想同他多纠缠，表明来意，"和解书我可以签。但是，绯闻的事情，我们需要通力合作。"

一听说令嘉有事情"求"自己，方纫秋姿态便换了，连坐姿都慵懒了一些，指尖习惯性地转动着笔尖，闲闲地搭在办公桌上。这个小动作令嘉还记得，当初两人在同一个高中，方纫秋坐在靠窗的位置，上课时，他也总这样，低垂着眼不知道在瞧什么。夏天的时候，太阳光总是先从他那个窗户口透进来，因为长得高，他总把光源隔绝在自己的一侧，每次令嘉抬头看他时，都以为他金光加身，如来佛祖降临般，老神在在。偶尔，她以为他上课走神，却不想，门门功课排名第一，方纫秋很聪明，这种聪慧来自母胎，令嘉无论多努力也无法赶上。

方纫秋觉察到她在走神，手上停滞了一瞬，钢笔落在桌面上发出响声。

令嘉回过神，见方纫秋微眯起了眼在打量自己，很快调整好面部表情："我的公司摆明了不会去理这件事，他们……希望我们能顺应大众，炒绯闻。但这件事太荒唐了，我无法接受，所以我想……”

“为什么无法接受？”方纫秋停下了转动钢笔的动作，状似无意，问她。

令嘉被问蒙了，不太明白方纫秋的意思，“你的意思是？”

方纫秋垂下眼，轻微地吐了口气，再抬头时做了个耸肩的动作：“你想如何？”

“我在想，能否聘请你为我的代理律师，替我处理广告或合约方面的顾问律师，如此一来，我们的见面既不会带出聂洋，也顺理成章。”

显然方纫秋没想到令嘉会提出这个建议。

他没有很快作答，令嘉有些烦恼地抓了抓脑袋：“你别误会，我对你没有想法，只希望这件事能顺利过去。”

“好。我答应你。”方纫秋难得没有反驳她，轻易答应了下来，令嘉还挺意外，从前没觉得他是如此好说话的人，下意识地“啊”了一声。

方纫秋低头，勾起了嘴角。

“我看过新闻，很平常的新闻，没有太多实质性内容，为什么你要在意这么一则新闻？在我看来，它并不影响什么。”

方纫秋说得没错，这则看图写作文的新闻对娱乐圈来说屡见不鲜，实在也不够打眼。令嘉有些许难以启齿，“这些年我的新闻少，我尽量不让自己弄出太大动静。或许也正因为如此吧，总有人揪着我不放。这则新闻我自然不在意，但总有人在意。”她曾答应过家人，不会丢了杨家的脸面，才有了机会改名换姓进了演艺圈。

“男朋友在意？”方纫秋问道。

令嘉咦了一声，思考方才自己有说过让人误解的话吗？显然没有，但是她也并不觉得有什么可以解释的必要，愣了愣，便点点头，“嗯。算是吧。”未来男朋友也会介意她绯闻太多吧？她想。

“哦。”方纫秋继续捡起了搁在桌面上的钢笔，捏在手心里，但没有再转动。

谈判很顺利，两人没有了接下去的话题。方纫秋只好招呼秘书室的小荣进来，高效率工作地吩咐他："起草一份代理合约书。"

小荣看了眼令嘉，再扫过沙发上强忍着憋笑的顾明朗，不明所以。

"按照流程她是需要知道……价格……"

方纫秋反应过来，哦了一声，对令嘉道："对了，我的代理费不低，这个数。"他伸出手对令嘉比了个数字，还不等令嘉回复，便自说自话："做演员赚钱不少吧，我帮你这么大的忙，你不会舍不得钱吧？"

既然他都如此说了，令嘉怎么好开口讲价……只得硬生生将到口的话吞下了肚。只是看方纫秋那笑容，怎么看都觉得刺目，令嘉感觉自己好像被报复了……

"合约书没什么问题后，我会安排人通知你。令嘉小姐，我的时间很宝贵。"小荣一离开，方纫秋便开始下逐客令了。

令嘉深深地瞥了他一眼，从椅子上站起来。

"好。希望这件事能尽快。"

"对了，照片的事情，你需要我出面解决吗？"方纫秋没等她转身，伸手将桌面上的电脑转过来，给她看偌大的电脑屏幕上那一组翻白眼的照片，令嘉收回脚，张嘴想说什么，方纫秋很愉悦地笑了起来："我很乐意替你去索取赔偿的。"

见到方纫秋脸上的笑容，令嘉心里百般不爽。她冷哼一声，习惯性地扬起下巴："跳梁小丑而已，我怎么会在意。"

方纫秋知道她死鸭子嘴硬，笑了笑，讪讪挥手："你走吧。"

他已经站起身，要伸手去拉门，却被人捷足先登，顾明朗一张放大了的笑脸就在眼前，厚颜无耻道："方律师时间宝贵，送令嘉小姐离开的重任交给我等闲人便好了。"

方纫秋眉毛微挑，仍是松开了手，转身回到了原位。

令嘉被顾明朗带出了办公室，一路上有美人相伴，顾明朗心情甚好，忍不住吹起了口哨。电梯来了，令嘉抬脚走进去，回身便要礼貌拒绝："这位先生，不必送了。我自己开车来了。"

顾明朗当然不会错过与美人相处的时间，跟着踏入了电梯："令嘉小姐，我叫顾明朗，你可以叫我明朗，也可以叫我朗。"

令嘉泛起恶心之意在心头："顾先生，你有没有感觉到一股冷风吹过，怪尴尬的。"

顾明朗笑了笑，抬手，抹了一把头发，一手抵住电梯墙面，靠令嘉近了一些，但还算有分寸地停在了一拳之隔处："令嘉你是觉得冷吗？"

令嘉摇头："绝对不是。"她在心里告诉自己，如果这家伙再靠近一分，恐怕他下半生就要在医院度过了。

但顾明朗似乎很懂套路一般，没有更加靠近了，只是不依不饶地邀请起来："不知道令嘉小姐有没有兴趣同我这个富三代共进晚餐？"

令嘉露出一个为难的表情，心情甚为复杂，犹豫再三还是回答道："富三代？这么说起来，身为富一代的我，可是你爷爷辈的人了。你这样轻浮很不好，差了辈分。"

令嘉说的时候表情生动，虽然嘴上在骂人，但听上去有点意思。

顾明朗作为标准的中央空调，怎么会同女人生气呢？他死皮赖脸地笑嘻嘻着："不差不差，难不成还真要我爷爷来，才请得动你？姑奶奶就当给小辈一个念想呗。"风情万种地眨眼睛。

令嘉感觉自己浑身的鸡皮疙瘩都起来了。最难缠的就是死不要脸的："你如此好意，我原本不想打扰你的兴致，只是看你……"她上上下下将顾明朗看了个遍，从嘴里发出啧啧声："咱俩这颜值差走出去会被人误以为我饥不择食吧。"

顾明朗自我感觉还是不错的，抹了把脸，丝毫不生气地笑出了一朵花："饥不择食好歹也是食嘛，再说，我觉得自己挺好的呀，不要有这种配不上我的心思，我会生气的。"说着话，他佯装生气地哼了一声，小拳头差点就要捶上令嘉的胸口。

吓得令嘉赶紧捂住了前胸，好不容易抽出一根手指头，抵住了他靠近的脑门："对不起，我经纪人不让我跟智障一起吃饭。"

顾明朗第一次被人怼到不知道如何开口，他愣了愣，旋即笑出了声："既然如此，那我们下次再约好了。"

"不，顾先生，希望我们下次不会再见面。"

顾明朗笑意更浓了，推了她一把："你真没良心。"

令嘉感觉到一阵冷风再次吹过，不想跟他再废话，推开挡道的顾明朗，大步跨出了电梯，她的车就停在附近，很快便找到了，拉开车门便一脚将油门踩到底，一个帅气的出库，开出了地下停车场。

"还挺有意思。"顾明朗站在车屁股后，也不管自己是否被甩了一脸的尾气，笑得更欢快了。

他心情甚好地再次上了楼。已经到了下班时间，最近的方纫秋总是很准时地下班收拾东西，顾明朗再次推门进来时，他已经穿上了外套，做好了下班的准备。

顾明朗托着腮看他："我还真难得见你如此准时地下班。"

"没什么事情。"方纫秋说着，扣好西装扣子，转头看他，"我今日说的事情，你回去仔细考虑一下，我希望能尽快得到你的回复。"

顾明朗好奇道："怎么突然又如此着急了？"莫非是因为见了令嘉？但怎么想也不应该啊。

方纫秋没有很快回复他，人已经走到门口，拉着门把手，盯着他看，示意他赶紧滚出办公室。顾明朗大步跨了过去，走到方纫秋前面，过了半晌才听见他在身后说起："没有太多时间了。"

至于为什么没有时间了，顾明朗没有再问。

他知道，依着方纫秋的脾气，不想说的事情，哪怕是有人拿着刀架在他脖子上，也不会说。

其实仔细想一想，下午时，方纫秋也没有如此紧张，这一切的变化是在见过令嘉后。待到反应过来时，顾明朗已经傻眼了，心想，这位漂亮的小姐姐多半和方纫秋确有不清不楚的关系。

绯闻的热度还没有过，《黑客帝国》却先一步在网上公布了主演名单。

令嘉也是通过网络才看到名单的，女主角人选最终依然落在她头上。只是让令嘉没有想到的是，乔云珠同总经理的心头肉，那位新晋小师妹的名字也在里面。

陈尔来接她时，令嘉正抱着平板电脑盘腿坐在地毯上，手边放着新从海外带回来的芒果干，正拿了一块放在嘴边撕咬。

"呵呵，今天被我给抓住了吧？"陈尔阴森的笑声传来时，令嘉才欲盖弥彰地将包装袋往身后挪了一挪，还未来得及有下一步动作，陈尔一个箭步冲上去，一脚将令嘉踢倒在地，手已经伸在后背，将芒果干从她毫不设防的手中抢了过来，啪的一声扔进了垃圾桶。

"我的芒果干……"陈尔的动作快得令嘉来不及有所反应，只能趴在地上痛心疾首。

陈尔痛快地从地上跳起来，拍了拍手掌："还有没有这类高热量的零食？最好老实交代，不然小心我让小喜子搬到你家来住。"

小喜子是令嘉的助理，也是个可爱呆萌的小女孩。

说曹操，曹操便到了。后脚跟来的小喜子，一推开房门就听见陈尔说要让自己来与令嘉做伴，吓得毛骨悚然，声调都变了："陈姐……不要啊。"

陈尔指着在地上爬行伸长手指摸索着垃圾桶边缘的令嘉，一脚踩上她好看的手："令嘉，做明星做到你这样连狗都嫌弃的，我真的没见过。你有点出息行吗？"

"陈姐……我不是狗。"小喜子小声地举手抗议。

但显然，两个势如水火的女人压根没将她的话当一回事儿。令嘉趴在地上扭头看陈尔，露出一个阴险的笑容。

不好！上当了！

陈尔还来不及反应，令嘉已经反手捏住了她的脚踝，眨眼间，她反手就将陈尔往前拉了一把，就在陈尔即将倒地摔个屁股开花时，令嘉连滚一圈从地上跳起，一把打横扛起了她，顺势扔在了沙发上，从高处落地的陈尔由于惯性连弹了两下才没有从沙发上滚到地上。尽管是柔软的皮质沙发，但按照令嘉的暴力度，屁股也很痛。

"令嘉，你这个浑蛋！"陈尔揉着屁股的手忍不住发颤。

令嘉冷笑着从垃圾桶里找出了芒果干，挑拣了一阵，选出了藏在最中间的一片，送到嘴边，咀嚼了一阵，才将其余的芒果干连带包装扔进了垃圾桶。

"芒果干是在新加坡的小姐姐寄来的，很贵。"

"你有哪门子的姐姐，我怎么不知道？"陈尔敏锐地抓住了不是重点的重点。

"你不用知道。"

缓过气的陈尔也不再追问，从沙发上站起来，扭头看已经被方才的场面吓得躲到门后的小喜子，对她招招手："威廉到了吗？"

小喜子从门后扶墙露出半张脸："回……回陈姐，说是到停车场了，但是找不到路。"

"那你下去接他。"

"好！"小喜子巴不得赶紧逃离现场，用力地点头，掉头就跑了出去。

望着小喜子跑远的身影，令嘉发出了啧啧声："她这样百米冲刺的姿势很不雅观，行动也很不方便，容易挤压胸腔，到目的地时会上不来气。"

陈尔向上翻了翻白眼，一巴掌拍在令嘉脑门上："给我老实点。"

令嘉的父母都是运动员，小时候的令嘉也被作为摔跤运动员培养。

只是十七岁那年，遭遇了一件事。令嘉的日子突然变得灰暗，失败，疏于练习，再回到赛场时，教练也放弃了她，劝说她离开运动生涯。曾一度变得无所事事的令嘉心血来潮，便跑去参加唱歌比赛，从此便进入了娱乐行业。

"你来找我是因为《黑客帝国》的事情？"大多时候，陈尔不会不通知便找上门。

总算令嘉在工作的时候还算比较认真负责，不然陈尔早就放弃她这匹野马。

陈尔在来之前确实提前接到了楚天助理的电话，令嘉依然是女主角的不二人选，只是她并不确定这是否是好事。

"嗯。公司已经替你接了邀约，因为绯闻事件，他们觉得此时你不应该放弃这部电视剧。"

令嘉嗯哼了一声，没作声。

陈尔在她身旁找了个位置坐下："另一件事就是，总经理想要同你聊聊，你的合约快到期了……"

"哼，只怕他是醉翁之意不在酒吧。"

其实令嘉说得没错："宋允儿的面子还挺大，居然让楚天特意为她加了一个配角的戏份。"

令嘉冷哼，从沙发上站了起来，转着步子走到衣帽间，挑挑拣拣了一番。在这个圈子里混了多年怎么会不明白，"毕竟是老头的人。"

耀星集团的总经理是一个三十大几的大龄男青年，但因为压力过大，早年便开始谢顶，私底下常有人偷偷地称呼他为"老头"。

令嘉在镜子面前一面比画衣服，一面扭头去看跟着自己到了衣帽间的陈尔，手里已经捧了一本自己放在矮柜上的时尚杂志。陈尔抬头瞥了眼她手里提着的衣服，皱眉摇头："我给你换个新的造型师，怎么说你现在也算有点知名度了，不要再穿你的黑寡妇装了。"

令嘉并非太过纤细的类型，她最美的地方在于看上去很健康，肌肉分布均匀，身材比例很好，属于穿什么都会好看的类型，但这并不是什么好事，因为令嘉过于精致的面容，穿什么都好看却也穿不出风格。

"等会儿新的设计师过来，你不要插嘴。"

"就是你口中那个威廉？"令嘉摊手，懒得同陈尔计较的模样，"反正我穿什么都好看，你让我做个任人摆布的娃娃我不动就是。"

新的造型师比令嘉想象中正常，没有浮夸的亮片，没有妖艳的眼妆，更加没有 gay 里 gay 气的兰花指。

一身白西装穿得规规矩矩，头发也梳得一丝不苟。总之看起来清爽得跟正常人无异。

令嘉表示很满意这次的安排，之前的造型师是个妖娆的小年轻，总喜欢用大拇指和食指捻起裙子在她眼前比画，一面翻白眼一面在嘴里念："我的小姐姐美是真美，就是这皮肤呀不太白，上镜不好看。要不用一用我推荐的那款美白丸？保证你脱胎换骨重新做人。"

令嘉在外人面前向来保持微笑，她嘴角两边有两个酒窝，不说话笑起来的时候也算得上沉鱼落雁了，只是显然这位造型师对女人没什么爱好，始终用嫌弃中透露着嫉妒的眼神盯着她看。

回回两人都这样一个笑着不回话，一个跟吃了苍蝇一样不知道如何继续这个话题，再下去是不是就被当成传销了？再看令嘉那似笑非笑的表情，总感觉被嘲笑了一样。玻璃心的造型师哥感觉受到了侮辱，时间久了，只当令嘉是个草包听不懂暗示，就懒得再跟她说了，工作起来也很敷衍，借来的大牌大部分先给了其他女明星，所以这些年，令嘉也不怎么爱出风头，出席什么活动都躲着记者，尽量能不撞见便不撞见。

令嘉的造型管理这些年确实没有好好抓起来。

新来的造型师威廉一脸的正经，吩咐自己的助理将带来的行李箱在眼前打开，自己则摸着下巴好一番端详令嘉，从下至上："腰围和臀围的标准都不错，只是……"威廉的声音迟疑了一阵，"胸平了些。"

令嘉平生最恨人拿自己的平胸说事，当即便黑了脸，怒道："我是挺省布料的。"

威廉抬头瞥她一眼，压根没有觉察到她在生气，点头认同道："我不建议不走花瓶路线的女明星丰胸，你比较适合走气质款，胸平一些穿衣服比较有质感。"

令嘉张了张嘴，也不知道威廉的话是在夸奖自己还是在讽刺自己。她选择了聪明地闭嘴，经过前些年的经验，她弄明白了，得罪造型师一定不是明智之举。

威廉显然醉心于工作，令嘉配合着他试了几身衣服，他都有在认真地端详和做笔记，捯饬了差不多两个钟头，他才啪的一声打了个响指。令嘉上身着一件军绿色机车款衬衣，外搭是深绿色的绗缝夹克外套，松紧袖捋至手肘处，露出内搭的军绿色衬衣袖子和小半截小麦色手腕，往下，一条蓝色破洞卷边牛仔裤包裹着她一双均匀修长笔直的腿，裸粉色的尖头高跟鞋恰到好处地衬出好看的脚踝，同时也给略刚硬的装扮增加了一抹柔和。

威廉似乎很满意她这一身装扮，指挥小助理："将上次思比嘉赞助的蛇形腕表和戒指拿来。"

小助理是个机灵的小伙子，全程甘愿只做个背景板，没有发出过任何声响。威廉将腕表和戒指为令嘉戴上，站在原地看了眼她的脑袋，将她随意绑着的头发大散，一伸手，小助理立刻递上了电卷棒，威廉的动作很快，将死板的头发烫至蓬松便没有再动。

"看形象，威廉老师你是打算让令嘉走影后的路子？"陈尔虽说很喜欢令嘉此时的造型，这感觉隐约透露着一股子的实力派的味道，跟外面的妖艳贱货完全不是一个路子，但是，她心里依然有疑虑，"我只担心令嘉的形象太硬，太正派。"

威廉点头嗯了一声："我看过令嘉这几年来的路透照片，她的五官是长得很好的，但是穿衣风格多变，漂亮的东西看多了，也就不稀奇了。"他回头看令嘉，"穿出风格也是一种美。"

"你是专业的，我听你的意见。"陈尔时常也有这类的顾虑，就好比，一个人美习惯了，但样子没什么变化，也被人看厌烦了。

做明星，个人风格很重要，令嘉就输在这些年并没有很好的资源让她有资本走风格。

"当然，凹造型也不能太过了。"威廉将平板电脑给令嘉，"我查看过你接下来的行程，除了出席活动以外，还将有一部新剧拍摄，这部电视剧跟以往的路子相似，但从前没有让人加深印象，实在可惜。这次楚天的复出，影帝的加盟，在戏外，关注度会增加。我已经准备了几套固定搭配的机场造型装。你们可以放心地让媒体多拍点照。"

陈尔听了威廉的话，愣愣地点头，觉得自己是不是请了个假的造型师。这人应该去做公关。

就连令嘉也趁威廉不注意时凑过去问陈尔："你从哪里找来这么个人才？"

陈尔从喉咙里咕噜两声，有些迟疑："我可以说，是我捡来的吗？"

令嘉看她的眼神，写着："你别逗我。"

陈尔才将事情娓娓道来："前些日子我向公司提议给你换造型师，公司没同意也没说不同意，他就自己找上门来了，这人我还真不认识。不过，我看过他替周文搭配做的造型，实在没有什么理由拒绝这块送上门的肥肉。"说着话，陈尔笑着看威廉此时同助理小声嘀咕的背影，顿时觉得伟岸了许多。

"周文？"比宁安段位还要高些许的超一线大牌女星？"给周文做

过造型的大牌凭什么给我一个二线女星做御用造型师？"

陈尔虽然也不是很明白，但秉着经纪人的原则，很快找到借口安抚令嘉："毕竟刚从国外回来，路子不同，说不定人家也是不清楚国内的现状。"

"不！我总觉得，他一定是看中了我身上的某个特质。"令嘉自信道。

"什么特质？"

"国际巨星的特质，这说明我有红的潜力。"令嘉绝对是心理学上所说的那种，高自尊人类，如果让她给自己打分的话，她一定打一百分没跑了。

陈尔不着痕迹地翻起眼皮，就见到威廉扭头看令嘉，一脸的严肃认真："我是受人之托而来。令嘉小姐，你的年纪已经不符合做不实际的梦。"

威廉的当场拆穿让令嘉严肃起来，手托着下巴思索良久："这么说起来，我的走红生涯背后，一定有个隐藏很深的大 BOSS，威廉我说得对吧？一定是这个人请你来协助我的！"

威廉因为令嘉的脑洞脸色难看，他诶了一声，一时半会儿没答出话来。

令嘉显然已经陷入了她的内心戏中："我果然是个有故事的女明星。"

陈尔不想再同她说下去，看了看时间，吩咐小喜子："让司机老张将车开到公寓门口。"

小喜子深深地看了令嘉一眼，这才离开。

令嘉今日没有特别行程，主要是去公司见一见总经理，晚上同楚天导演见一面，楚天似乎有话要叮嘱令嘉，陈尔当然不会错过这次让令嘉与楚天套近乎的机会。

威廉没有同行。令嘉的保姆车也不够大，除了日常的一些用品，最多也就能挤下四个人。一上车，令嘉就扯过陈尔的手臂，凑近了问："你真是什么人都敢往我身边带。你也不调查清楚这个威廉什么背景。"

令嘉虽然看起来不靠谱，但警戒心很足，做事情也不冒进。对于威廉的来意，她是怎么也没想明白的："你说他刚从国外回来，是从哪里回来的？"

"纽约。我知道你担心什么，背景我调查过，这人除了牛气一点，其他还真看不出毛病。"

"纽约？"令嘉微眯起眼，还真想不起来有任何交集，她的父母因为工作原因常年居住在国外，但他们住在芝加哥，同纽约八竿子打不着的关系。再说，父母并不支持她做明星。

"你就别多疑虑了。我想过了，这事情无论如何对我们来说都不是坏事。"

其实陈尔说得对，令嘉混迹娱乐圈多年，确实没有什么拿得出手的成绩，如今一个新出道的小三线演员也敢仗着有背景光明正大地抢角色，如果再这般下去，说不定，哪天她这个耀星娱乐唯一走主流路线的二线女明星的地位也不保了。

耀星娱乐虽说财大气粗，但大多以捧偶像出名，尤其是女明星，走红的多，但从电视剧一姐再往高了走的就实在没有了。哪怕是宁安，这位耀星集团的超一线演员，能到手的资源也只能是南派一圈的一线电视剧制作，以至于外界眼红的人常年说耀星集团不过是个小作坊，是业界最会讨好粉丝的那类不入流的公司。

如今两年，令嘉也才受到一些重视，不管怎么说，无论是从路线到演技，她都是有可能问鼎影后的唯一人选。

第十章 ／ 幕后操控

第十一章 ／ 角色风波

　　总经理的办公室在顶层，因为是家族企业，整个耀星集团也就老头说了算。

　　"令嘉来了，来来，先坐。"老头最会做人，在公司里向来一派祥和，对谁都是一张笑脸。

　　他那一张长着褶子的圆脸笑起来就跟弥勒佛似的。

　　老头姓邹，令嘉问他："邹总，您找我来有什么吩咐？"

　　将令嘉送到了总经理办公室，陈尔便退了下去，关门时恶狠狠地盯着令嘉看的眼神示意她老实点。

　　老邹对自家重视的艺人是不会乱下手的，只怕是这个宋允儿还真戳了他的心窝，让他太喜欢了。这不，陈尔刚走，他便让秘书将宋允儿也叫了进来。

　　眼下，三人占据着三方沙发，倒有点三方会谈的架势了。

　　"令嘉姐，真是不好意思，为了我的事情还特意叫你跑一趟。"宋允儿说话甜，上前便亲密地叫人，打破了尴尬。

令嘉自然不会同她一个小姑娘计较，摆摆手大气回应："小师妹有问题只管跟我说，我能帮忙的自然答应。"想一想，她又换了双腿交叉的姿势，一只手搭在腿上朝后，身体半前倾。这样坐，配得上今日这身霸气的衣服吧？

这会儿宋允儿反倒矜持上了，害羞得硬是半句话都说不出来，可怜巴巴地望着坐在首位的、弥勒佛一般的老邹。

老邹咳嗽一声，一副好商量的语气："是这样的，令嘉啊，我看过《黑客帝国》的剧本了。这回的女主角太正派了，也没什么特别之处，我想着，这剧情跟你以往的电视剧不是有点撞吗？"

"那……邹总您的意思是？"

老邹依旧厚颜无耻道："我琢磨着，你是否可以同允儿换个角色。"

令嘉皱眉，敢情这么张口要的还是第一次遇上，她虽然并不在意这女主角的戏份，但也不能任由一个新人欺负道到这步田地。

令嘉为难道："邹总你应该也知道，换不换角色，我说了不算。"

老邹笑了笑，好似令嘉正好撞到枪口上一般："如此，你不用担心这个问题。我会与楚天沟通。这次叫你来，主要是，公司想要得到你的同意，你的意见比其他都重要。"

令嘉淡笑了一声："允儿的角色……"

"这是新添加的角色，人物很有魅力，是个反派。"

宋允儿的新角色她看过，的确是个非常有魅力的人物。男主角在黑客大赛后隐退，藏了十几年。而宋允儿的角色，便是造成男主角当年自信心受挫的人物，黑客史上最顶尖的大手，在男主还是少年时期，带他入门，却也亲手毁掉了他的黑客生涯。

男主角对这个人物的情感很复杂，亦师亦友，甚至有点小爱慕，两人的关系有点御姐和小狼狗的味道在里面。这个人物一直是生活在男主角回忆里的痛楚，多年后再遇，两人便是明面上敌对的角色，而对于女主角来说，这个人物则是最大的威胁。

比起女主角，令嘉更想挑战这类人物。

只是……

"邹总，您应该也听说了吧。乔云珠在剧中也会担任某个重要角色，虽说这是部男人戏，但是女性角色一下子就增多了，观众多半会反感。不如，我做个退让，既不给乔云珠做配，也可以让允儿小师妹正式上任女主角。"

"你想如何？"

"这部剧，我就不掺和了。下一部剧，邹总您再想着我一些便好。"

令嘉的一推再推反而让老邹为难了呢。

老邹愁眉苦脸的样子一出，在一旁等着消息的宋允儿先急了："令嘉姐，对不起，我没有想要抢角色的意思。"一副要哭不哭的可怜样儿，我见犹怜。

令嘉拧着好看的眉毛，一脸的心疼："姐怎么会怪你，哎哟哟，可别哭了，姐姐我可心疼的。"说着话，令嘉就起身替她抽了纸巾，"我原本也不想接这戏，女主的戏看过了，确实是邹总说的那个意思。只是乔云珠毕竟不是我们公司的演员，她出道比我晚，我去做配实在……"

"这样，令嘉你先别着急。戏份的事情，我与楚天商议一番。"

令嘉张嘴想要说什么，办公室房门被人从外面敲响了，陈尔推门进来，见到三人的场景，略抱歉道："不好意思邹总，我们跟楚天导演约了时间吃饭。这会儿……"陈尔看着时间，提醒着。

听陈尔提及约了楚天，老邹原本藏有郁色的脸瞬间荡漾出笑容："也好，令嘉你先同楚天见一面。说不定你会改变主意。"

令嘉当然知道他话里的意思。

她点头笑笑，视线却看向在老邹身后咬着手指头局促不安的宋允儿："小师妹这一路来一直得到贵人的相助，未来的路可是长着，可不要辜负了大家啊。"

"令嘉姐……"

"邹总，如果没有别的事我就先离开了。导演那里，可就麻烦您去疏通，今晚，我就做个陪，吃顿饭就撤，可行？"

老邹错愕一瞬，没想到令嘉会当面驳了他的面子，脸上有点挂不住，但这事情确实对令嘉不公允，他沉吟了会儿，上前一步语重心长，"令嘉，你是前辈，对新来的后辈多多提携也在情理之中嘛。这样吧，你先去赴约，导演这边我打电话说说，不过我听说，你在'健力'的合约也快到期了，我前些日子与广告部总监的人打过招呼，这回新合约续签会带上允儿，你在广告上面，也可要多照看一番。"

"健力"集团是令嘉从出道起便在代言的一款运动品牌。该品牌是由前奥运冠军杨家人创立的，如今由长子掌管，公司知名度高，形象健康，一直是令嘉收入来源最重要的一部分。

整个耀星公司的人都知道，这是独属于令嘉的殊荣，如今听老邹的意思……

他在跟谈续约条件时，捎带上了宋允儿？

令嘉很快从发愣中回过神，脸上的表情已然不太好了，她仍是笑了笑："照顾后辈自然是应该的，我只怕要照顾的人多了，力不从心。"熟知的陈尔一眼便看穿她此时心里跟吃了火药一般，即将爆炸。

老邹依然呵呵笑了，继续虚伪地做出老好人的模样："不碍事，公司可是站在你们背后的保护盾，你只需要稍微上点心便好。"

令嘉从牙缝里挤出声音："好的吧。我定然好好关照。"

老邹这才缓和了少许，挥挥手示意陈尔："你们去吧。"

娱乐圈里所谓的"一起吃个饭"总有那么一些说不清楚的门道在里面，起初陈尔接到楚天助理电话时也不由得皱起了眉头，心说传闻中的楚天不是这样的人啊！

半天没听见陈尔有所回应，助理才恍然道："简单喝杯茶，因为工作室最近在装修，实在不合适见客人，便在楼下找了间安静的中西餐厅。"

陈尔这才听明白，楚天是真要谈事来的。

楚天的工作室并不在市区，在四环外一处安静的创业区。四周的建筑物都是新建起来的，看上去还很新，B市的人口密集，一路过来时令嘉也不觉得地处偏远，只是比起市区来车辆少了许多。

鼎丰大厦门口，楚天的助理已经在那里了，见令嘉从车里下来忙上前来迎："导演已经等着了。"

令嘉看看时间，离约定的时间还差十分钟，她有些奇怪："导演在等我？"

助理笑笑，说道："工作室的油漆味很重，导演今天的工作比较多，所以干脆将处理公事的场地放在咖啡厅里了。"沿着路，三人进了最底层的商务咖啡厅，这里非常安静，偶尔才看得见一两个西装革履的人在说着什么，拐弯走到最深处，才看小隔间里楚天本人，四方桌面前摆着一台电脑，楚天很忙，手里拿着服装的设计图，偶尔还要抽空出来敲击一下电脑键盘。

抬头间看见令嘉，紧锁的眉头舒展开来，招呼她坐："喝什么？"

"两杯乌龙茶就可以了。谢谢楚导。"陈尔礼貌道。

楚天助理很快便退了出去，楚天将一堆的文件归拢一番后，才眼带趣味地打量了一番令嘉今日的装扮："这么看起来你倒是很符合新增加的这个角色。"

令嘉看了眼自己的脚尖，笑着没回话。

楚天见她不开口，似乎这才想起什么来，迟疑地问道："听说你打算辞演？因为不是女主角？"

看来，在来的路上老邹已经同楚天电话沟通过自己的问题了。令嘉心想，这样也好，免去了自己出头的打算。令嘉淡淡地摇头想说话，恰逢助理端了茶来，她抬手给她挪了地方，轻声道了谢后，这才扭头看楚天，比起上次在台上远远地看他，这次的见面，他的神色好了许多。

"其实，从一开始接到面试邀请时我心里就有点疑问的，楚导应该看过我之前的一些作品，大多数都是一些比较正面、严肃的角色。我一直在犹豫，这个路线是否还需要继续走下去。我希望角色能有一些突破。"

楚天听着令嘉的话，停下了手中的工作，没有因为她说出真实想法而有什么不满，只是好奇："那么你为什么又答应来试镜呢？"

令嘉腼腆地笑了笑，捧着茶杯："是因为您，导演。这是您回归电视剧的第一个作品，我想着或许错过了，就没有下次机会了。"

"所以你硬着头皮来了？"

令嘉非常诚实地点头："嗯。导演，希望您不要怪我。"

楚天是出了名的暴脾气，曾听拍过戏的前辈在采访中说起过，他为了让演员找到角色里的感觉，什么方法都能使，指着鼻子骂这种都算轻的，脾气上来，动手都在所难免，哪怕演员哭闹也没用。

令嘉却没有见到他此时发脾气，反而见他抿着嘴角笑了："你还没说为什么辞演。新增加的角色我很满意，人物设定很出彩很适合你。如此，你也还要辞演吗？"

令嘉蹙眉，明显地犹豫了。但她咬着嘴唇还是答道："要的。"

"为什么？"

"导演您有所不知。女明星当真不好混，我出道的时间也不短了，乔云珠和宋允儿虽说都是新人，但论外在年纪，我看起来也与她们相差不了太多，如果我这么年纪轻轻地就为这两人做配，往后我的戏应该怎么接呢？"

楚天没想到令嘉是如此老实巴交的孩子，连面子也懒得做，三言两语便将此类其他演员羞于启齿的话说了出来。这个圈子里，谁不会客气？面子上总要过得去的，哪怕是明争暗夺，也没有人傻到因此直言不讳地拒绝国际大导演。

楚天的目光在她的脸上短暂地停留了一瞬。

看模样是个难得的好容貌了，五官秀气，每一处都无不是被上帝精雕细琢过的，好看是好看，但缺少点什么，很难给观众留下一丝记忆。

令嘉擅长演戏，在外人面前，举止一向落落大方。她见楚天不说话，轻轻撇嘴道："导演您别嫌我目光短浅，您的戏，肯定大热，我就算不为自己打算，也得为我身后忙前忙后的工作人员负责。"

"你当真不考虑了？"楚天忽而笑了，认真打量她。

令嘉坚定地点头："当真。"

"不后悔？"

"我从不为自己做的决定后悔。"唯独……十七岁时那件摸不着头脑的事儿。

时间仿若静止了一般，空气里再没有传来楚天的声音。坐在令嘉身旁的陈尔偷偷拿眼睛瞥面不改色的令嘉，暗地里捏了一把汗。

眼下已经于事无补，只能在心里祈祷楚天大人大量千万别同令嘉计较。

可哪位导演能有如此好的气度，被一个不红的女明星如此当面驳颜面？

气氛尴尬了几秒钟，不知道打哪冒出的一个人影从另一个路口走来，从口里发出啧啧声："我就说这个人性子倔得不行吧。"

令嘉顺着声音望去，不正是前些日子两人还互相约定老死不相往来的影帝聂洋吗？在室内脸上还戴着硕大的墨镜，一身的骚包新款夹克衫，浑身上下无不透露着"巨富"二字，活像谁不知道他是大明星似的。

楚天对于聂洋的出现一点也不意外，他见令嘉没叫人，也不恼："你俩都认识吧？今日叫你们来，我是想与你们一道谈谈。"

这么说起来，楚天是故意叫两人来的。只是令嘉来得早。

"你还真想将蓝蝶那个角色给她演？"聂洋非常自觉地挤在了楚天身边，摘下墨镜时，略略抬头瞥了眼令嘉，没有表露任何情绪。

令嘉见他没搭理自己，自然也不会凑上去找不痛快。

"嗯。"楚天没做多余解释，只淡淡应了一声，从笔记本电脑旁边的一个黑色文件袋里拿出一沓文稿，"看完剧本后，你再确定是否演。"

令嘉有些意外，原本以为楚天在听见自己的话后，便不会再挽留她了。

只是此时，人家导演已经给了台阶了，自己再不顺着下的话，也太不识抬举了。令嘉迟疑地伸手接了过来，看见文稿上用各种颜色的笔标注了记号，整整一叠。

蓝蝶这个人物的确是新增加的角色，但令嘉没想到，她的戏份这么多。

觉察到令嘉的疑问，楚天解释道："这剧本的原著作里便有蓝蝶这么个人物，着墨的确不多，毕竟这戏少了些儿女私情，多的是热血英雄情结。"

"为什么会想着扩写这个人物呢？"令嘉看着人物小传，有点兴趣。

楚天笑了笑："蓝蝶同男主角之间，亦师亦友亦敌，这种情感，不比爱情来得更出彩吗？做剧本之初，我们便将两条人物线索列了出来，如果没有找到合适的人来演，也就作罢了。"

"您认为我合适？"

楚天点头："看过试镜短篇后，原作者和编剧一致认为你适合这个角色，你手中拿到的剧本是调整后的关于蓝蝶方面的剧情，不亚于女主角。"

令嘉听说不亚于女主角后，便认真翻看了前两页的简单介绍。蓝蝶这个人物确实复杂，年龄跨度也大，之初是一群爱好电竞的热血少年凑到了一块，初露了黑客天赋，但经过一系列变故后，从飒爽天真的18岁少女成为35岁阴险腹黑看似中庸却隐藏最深的，也是男主最难于跨越的阶级敌人，一路的心路历程也很丰富。

这个人物，确实有点意思，不过……

"可是导演……您不觉得这个人物与女主角的人设有些许的碰撞？"令嘉提出的疑问正中楚天的下怀，他笑眯眯地看着令嘉，甚是欣慰，这才是认真研究剧本的好演员。

"不着急，你先看剧本，容后我再与你说。"楚天抬手看了眼腕上的机械表，助理准时上前，"先生，您的饭点到了。"

楚天看看身旁的聂洋，老熟人了，也就没多在意，只向陈尔和令嘉解释："我有点机能上的毛病，一日三餐要准时。既然大家难得聚在一起，一起吃顿便饭，令嘉你还有什么疑问便可以再问我。"

令嘉与陈尔两人相互看了一眼。这些年，如非必要她是会拒绝的。陈尔虽然没说话，但正冲她眨眼睛。令嘉叹口气，看看剧本再看导演，笑起来："那便谢谢导演的款待了。"陈尔松口气，脸上总算露出欣慰的表情来。

"那便走吧。带你们去个好地方。"率先站起来的人是聂洋，他拍拍大衣衣摆，斜睨着令嘉，露出一个看穿你丫的表情。

令嘉没有搭理他，也站了起来，等楚天将桌面收拾妥当。

聂洋这人虽然不靠谱，但找吃的地方的能耐还是有的。

位于市区，却藏在静处的高级会所。古色古香的装潢，通过一道长长的走廊方能走到吃饭的包厢，建于湖上的偌大人造亭林，被分成了四个房间，取着雅号，招呼着这个城市里最上等的客人。

即便是聂洋这样的影帝到场，训练有素的服务生也没有露出半点的惊喜之色，中规中矩地做着服务，耳边时不时有倒茶的水流声。

趁着那两人点菜的工夫，陈尔探过身体扯了扯令嘉的衣角："你见好就收吧。这戏能接。"

在来的路上令嘉大致看了剧本，蓝蝶这个人物当真饱满，演起来也很有挑战。陈尔的话，她不是没有考虑，只是方才自己那般斩钉截铁的拒绝后，多少有点不好意思。

令嘉悄悄将剧本合了起来，端着面前的水杯灌了一大口。

放下杯子时，对面的两个男人已经点完了菜，服务生捧着做成帛书的菜单已站在她身侧。

"呵，参加饭局紧张啊？喝这么多水。"聂洋坐在令嘉的正对面，将她与陈尔的举动全程看在眼里，小小声地冷哼着，逮着机会就想怼令嘉两句。

令嘉笑眯眯地接过菜单，抽空回应他："毕竟我经历得少，不如影帝你有经验，当然紧张了。加上，楚天导演一直以来是我的偶像，在偶像面前，紧张在所难免。"

是个人都爱听夸奖，令嘉夸人的时候并不刻意，听起来确是挺舒服的。

楚天心情不错，招呼令嘉："今天我请客。对了，等会儿还会来个人，她是行家，你们好好聊。"

还来人？这倒是令嘉没有想到的。

"是哪位……"

门后有了些许动静，楚天抬头看去："刚说起你，这便来了。"

众人看去，站在门口的人却是个年轻的姑娘，利落的短发，小巧精致的面容，背上一个双肩背包，穿着也很是简单，套头的卫衣外面是牛仔夹克。全身上下都很随意，唯独耳垂上那条长长的金线耳环在灯光下异常打眼。

看模样很年轻。

女孩朝楚天点了点头，目光便快速地搜索到令嘉身上，上下看了一圈，便弯着眼角笑着上前："你就是令嘉吧？你本人比电视上漂亮诶。"

虽然是一句烂熟的夸奖，但似乎从这个笑起来很好看的女孩口中说出来，一点也不虚伪。

令嘉回以和善的笑容："谢谢。"

"林燕妮，是咱们这部剧的编剧兼原著作者。"楚天简单为女孩做了介绍。

令嘉和陈尔相视一眼，两人都没想到，原来大名鼎鼎的林燕妮居然这般年轻。说起林燕妮，便不得不提到楚天。这两人是固定搭配，早期楚天便拍摄过她的两部作品，其中讲述战争后战俘在异国他乡生活举步维艰的电影《回到故里》一举横扫金桔奖三大奖杯，其中便有最佳编剧奖。

令嘉没想到，《黑客帝国》也是林燕妮的作品，之前似乎完全没有听见任何风声。

"林老师，幸会。"令嘉忍不住多看了几眼林燕妮，得到她笑眯眯的回应。

"令嘉你这话可就不对了，你没看我们林老师年纪轻轻，你一声老师便是将她叫老了。"聂洋突然插嘴道，看他脸上那幸灾乐祸的笑容，令嘉便猜到这两位也是老熟人了。

令嘉在心里翻了白眼，笑盈盈的样子："虽说我们做演员的，时间确实不多，但挤出时间来多看两本书还是有必要的。分不清楚老师一词是尊称与否就不太好了。"

"你的意思是我读书少？"

"我说了不算，林老师是行家，她说了才算。"

转头看林燕妮，她慢慢坐下。一旁的陈尔周到地为她布置了碗筷，她便笑着道了谢，听着两人的话，慢悠悠地点了点头："要说，按照我的年纪和资历，一声老师还是当得起的。"

听林燕妮这话中的意思，令嘉明白了，两人熟归熟，但关系嘛说不上多好就是了。也是，传言林燕妮是个脾性大的编剧，电影开拍着，改剧本的事情也是有的，这么一来，令嘉倒欣赏起这人了。当今的世道，爆出不少丑闻，当红小生为了出镜率强行改剧本的多不胜数，林燕妮这样的，反倒成了业界良心了。

"林老师何出此言，我看着就跟二八年华的小姑娘一般无二。"陈尔听着两人的对话，担心令嘉再次同聂洋杠上，便捡了话题来。

女人当然都喜欢被人夸年轻，林燕妮又确实看上去年轻，自然高兴。

如果不是一旁的楚天拆穿："你别夸她年轻，要上天。她啊，就是仗着这张脸年轻而已，我二人合作多年，她便没什么变化。"

"原来还是童颜作家。"令嘉笑着接话，心里暗自发誓，得和她套交情啊，童颜秘诀可是每个女明星都想要的一手资料。

"楚先生惯会排挤我。"林燕妮显然没有因为楚天的话生气，依然是笑眯眯的样子，过来拉令嘉的手，"我平日里吧，明星见得不少，令嘉这样好看的还是头一回见到。就我俩这颜值，多半要合作的。"

令嘉喜欢这姑娘说话的调调，有着上海女人的软糯和嗲怪。听上去怪动听的。

"我也如此认为呢。"

"方才不还大放厥词要弃演吗？你这变脸速度也快了点。"聂洋继续朝着无心恋战的令嘉开炮。

令嘉挥了挥手，赶苍蝇似的："哎呀，看来影帝吃饭的地方也不过如此，不知道从哪里放了苍蝇来，怪吵的。"

"你……"聂洋再次吃了个哑巴亏，气得竟然说不出话来。

"令嘉你不是要同林老师讨论剧本？"不得不掌控全场的陈尔心力交瘁，忍不住在心里嘀咕，自己怎么稍微一放松令嘉这张嘴就管不住。

经陈尔提醒，令嘉这才作罢，想起什么来，翻开手中的剧本："我倒真有问题想问问林老师。"

"嗯？请说。"林燕妮很喜欢明星同自己讨论剧情，对令嘉也忍不住高看了一眼。

"蓝蝶的人物轨迹虽说同安颜之间相差很远，但毕竟同一部剧里，两人也都以成长为背景，我仔细琢磨了一番，确实觉得有点多余。"

金牌编剧林燕妮自然早便想到了这个问题，她笑了笑，回答说："这也正是今日楚先生单独请了你与聂先生来的原因。我们当日其实是将蓝蝶作为备用方案而准备的，安颜的人物轨迹确实有蓝蝶的影子。这之后，我会稍做修改，安颜虽然是女一号，但配男主这般历经磨难的人，我认为还是只保留天真善良这面好了。"

"你的意思是，删戏？"令嘉很是意外。

林燕妮却点了点头："其实从原作来看，安颜的人物反而才像是新增人物，对于豹子（剧中男演员的昵称）来说，对他影响最深的人毕竟还是蓝蝶。她教会他电竞，再将他带入了黑客圈，从辉煌到低谷，都离不开蓝蝶的推波助澜。"

令嘉听明白了。《黑客帝国》是林燕妮并没有上市的作品，所有人拿到剧本时，压根也没想过原作的内容，自然而然地认为安颜为女一号。

其实反过来，自己才是真捡了个大便宜。原著作中，蓝蝶才是真正的女一号。

"你们也知道现在的审查，蓝蝶不应该作为主流人物出现。所以，才有了我们的两套备案。"

"林老师，"令嘉听明白了这一切的来龙去脉，也明白楚天叫自己和聂洋出来吃饭的用意，"我很喜欢你的作品，很荣幸能参演。"

令嘉有时候还是好的，比如，她确实不算矫情，剧本好的话，也愿意自己争取。

只是，令嘉委屈些，干着女一的活儿，名头却是女二。聂洋则是完全不清楚这中间的变化，只怕到时候戏一开始，为了赶进度，两人还要重新培养默契。

如此，一顿饭，几个人便正式将大半个剧组给定下来了。

第十三章 ／ 饭局相遇

一顿饭吃得宾主尽欢，在座的也因为大家办事利落心里高兴，喝了几杯。

令嘉这人有个毛病，喝了酒就喜欢往洗手间跑。她是在第三次上洗手间回来的路上撞见方纫秋的，方纫秋正推门从另一个包厢出来，手中还搭着他的西装外套，一派绅士的模样。

见到令嘉红着脸迎面差点撞上自己，他一把抵住了她的脑门。

"方纫秋？"令嘉喝酒上脸，醉意倒没什么，只是瞪大的眼珠子圆溜溜地看着眼前的男人，方纫秋忍不住皱了眉头，食指戳着她的眉心，"你来这里做什么？"

如果有得选，令嘉打死也不想偶遇方纫秋，总是摆出一副嫌弃死她的模样，这张脸见得次数多了，再美的人也觉得脸面无存啊。

"来这里还能做什么？当然是吃饭。"令嘉一把拍开他抵住眉心的指头，有点不高兴，"管好你的手，不要碰我。"

方纫秋显然没想到令嘉会一巴掌将自己的手拍开，脸上带着错愕，再抬头时看令嘉的眼神里更加凶了几分，这模样就像是小时候一样。那时候的方纫秋性子清冷，永远一副高高在上的模样，而那时的令嘉，比现在瘦，胳膊小腿都没肉，比现在黑，比现在矮，整个一个矮冬瓜，所以他总叫她："黑子，黑妞儿，猴精怪。"

方纫秋因为性格太差，所以身边也就只有令嘉一人转悠。令嘉的脸皮当属最厚，怎么都赶不走。当然他同令嘉做朋友也并非因为两家人关系不错，最主要的原因是令嘉好使唤，他指东，令嘉绝对不会往西边打，这非常利于正处于叛逆时期的方纫秋。使唤令嘉去偷母老虎的项链、在她的化妆水里吐口水……这种不入流的事情，方纫秋绝对是不会干的，在他眼里，令嘉的形象很符合。

令嘉这人，从小就仗义。曾经被逮到过几次，就算被她爹老杨用铁棍打得屁股开花，她也没有出卖过方纫秋。

对小时候的令嘉来说，方纫秋是她的光，她的神。

如今的令嘉，无比地鄙视当年那个傻不拉几的自己。如果可以选择，她多希望，从出生开始人就不会走上歧路，遇上良人，不犯错。

令嘉避开了方纫秋的眼神，抬脚就要走人。

方纫秋长腿一横，便拦住了她的去路："你哥在里面，你应该不想让他从我口中听见你的事情。"流氓律师做久了，开口闭口都是威胁人的茬。

见方纫秋一努嘴，她就知道他没说谎话。探着脖子朝方才他走出来的包厢里看了眼，只瞥见了一角蓝色西装的衣料，令嘉灵敏的鼻子便觉察到那人的确是自己的哥哥杨冠军。

"他找你做什么？"令嘉很戒备。

方纫秋幽幽看她一眼，声音凉凉："你说呢？"

令嘉一瞪眼："绯闻的事？他拿了一大笔钱让你离开我？"

方纫秋翻白眼，不答话。

"不然你勉强答应他好了，反正我俩也不对付，他给你，你就收着，我们对半分。"

"你……让我说你什么好。"

令嘉眉头一皱，鼻子一抽，眯起眼睛凑近方纫秋，小心翼翼地问："你想全吞了？这不行，好赖杨冠军是我哥哥，再说，我根本没有跟你谈恋爱的打算，我最多答应你咱们四六分成。"令嘉抬起两只手，一手比六一手比四，还特意警告他："这是我最后的底线了。"

令嘉一本正经的样子，下定决心要骗哥哥一笔。方纫秋差点怀疑是不是自己真做了什么坏事一般，抬手去摩擦下巴，思考是否要接受她的提议。

当然，令嘉的忽悠大法，方纫秋在多年以前便领教过了。

"怎么样？要求还算合理吧，你拿了我哥的钱，就对外公布你是我的律师，这交易不吃亏，毕竟我哥那人你很清楚，出手大方，这比你跟我合作来得划算。你也看见了，现在的我，是大明星，腿长貌美，还有一大批忠实的粉丝，就你……"令嘉上上下下扫过方纫秋，非常想满脸鄙视地说点什么恶毒的话来，但是看见他一身精致的手工三件套，笔挺的长腿，再往上，性感的肌肉均匀地被包裹在白色衬衣里，加上方纫秋似笑非笑看自己就像看笑话一样的神情，她"呃"了一声，吞下口水，很有骨气地挺起胸，"咳，就你这一看就不是成功人士的落魄样，怎么配和我传绯闻？要让我那些粉丝们看见你这样子，一人吐一口口水也能淹死你了。你可别对我有其他想法，最好老实把杨冠军给你的钱都交出来，不然，我连律师费也不给你。"

"你是指那些在微博上亲切地祝贺你'老树开花'的粉丝吗？"方纫秋没笑，一只手托着下巴，严肃认真地向她请教。

令嘉咂摸了下嘴，再次用力地挺了下胸，以显示自己的气魄逼人。

"你居然在网上偷窥我？"

方纫秋半眯起眼，沉默了一下，眼角带着笑，目光扫过她平坦的胸："别挺了，你有多大的胸我都知道。"

令嘉没想到自己被耍流氓了！猛地一下子收回了挺起的胸腔："你瞎说什么？"

方纫秋的目光依旧没有挪开，笑着摇头："你什么样的发育我不清楚？要是你真想吃演员这碗饭，我奉劝你一句，下了楼出门，右转开车十公里左右，有一家整容医院，听说技术不错，你倒是给自己花点钱捯饬一下，不然这模样出现在镜头前，我也不好意思跟别人提你是我绯闻女友。"

令嘉咬牙，知道方纫秋的恶毒劲，也不甘示弱。

"你凭什么知道我的发育情况？还有，我可不是你的绯闻女友，我们说好的，你做我的律师，解决这件事。"

"是吗？我有答应过你这件事？"

"你想赖账？"

方纫秋见令嘉真的来气了，昂头看自己时鼻孔里都快冒烟了，他抬起手，用食指弹了一下她的脑门："我倒是想跟你讨论一下，我凭什么不应该知道你的发育情况？"

令嘉觉得这句话越听越不对，猛地看了眼四周，确定没有什么可疑人物后才猛地抱紧前胸："方纫秋，你是不是对我有非分之想。"

方纫秋摇头失笑，不按套路地突然抬起手，大掌落在她的脑袋顶，轻敲了几下，像是在对待某只巨型犬。凝重的脸看上去还以为在研究什么高难度数学题，需要深思熟虑。可是等了半晌，令嘉也没得到他的下文。

她还想说点什么，却被突如其来的咳嗽声打断。

"方律师，真巧。我还真没想到，你同令嘉原来是老相好。"不知道何时出现在走廊另一头的聂洋耍帅地靠在墙，探究地瞧着眼前的两人。

令嘉的绯闻事件他也略有耳闻，只是没太当回事儿。毕竟令嘉是个小姑娘，他又没有真正想要为难一个女孩子的意思。只是偶尔良心发现一般，为被偷拍误会成令嘉绯闻男友的方纫秋默哀。

聂洋的"老相好"三字用得甚是微妙，一股子的戏谑味。

令嘉作为当红二线女明星当然爱惜羽毛，很是懂得如何应对如此尴尬的场景，不慌不忙地朝身后退了一步，脱离开了方纫秋的手。

"说起来还要谢谢聂先生的牵线，我才能请到方律师这样好的代理人，方律师毕竟是金融圈有名的律师，接下来我的理财业务由他代理管束少了许多麻烦。"

"代理律师？"聂洋愣了愣，将信将疑。

"当然。法律没有规定我不能和你请同一个律师。"

聂洋奇怪地看方纫秋一眼，起初他的确找过方纫秋作为自己的代理律师，但连方纫秋本人的面都没见上，便被他那娘娘腔的助理给打发了。后来，不知是出于什么原因，方纫秋又主动找上来说替他去见当事人，也就是令嘉。

对方收回了手，没有开口回应的打算。他很意外，以方纫秋的身家背景，怎么肯甘愿替小艺人做专属代理律师。

聂洋也是圈子里的老人了，怎么会看不懂这点小套路。

看来自己开玩笑的一句"老相好"说得没差。

聂洋抿着嘴笑了笑，深以为然地朝着令嘉瞥了一眼："我当你去洗手间做什么呢？大伙都担心着。原来是遇见'律师'了，自然要好好聊聊，这样，我便不叨扰你们叙旧。"

聂洋将两人的误会加深了一些，话中明明带有歧义。令嘉闭上嘴巴，不打算再越描越黑。比起被聂洋撞见，她更害怕被自己哥哥看见。

她抬腿退了一步，与方纫秋彻底拉开了距离。视线掠过方才瞧见哥哥所在的房间裂开的门缝，这回她看清楚了，他哥对面还坐着另外两人，看装扮是来商务洽谈的。

她不由得扭头看了方纫秋一眼，方纫秋何时同哥哥有业务上的往来？

杨家老父亲在拿到冠军第四个年头便放弃了运动生涯，走上了从商的路子，凭着早年累积的奥运冠军之名气，旗下开设的运动品牌也收获了口碑，一跃跻身商业大鳄之列。

如今，杨家两老早已退休，公司的事情都交给了哥哥打理。令嘉从小欠缺管教，也就没有继承家业这方面的后顾之忧，虽然家里人并不赞同她走这一行，但好赖也算走出了一点成绩。

眼见着房间里的三人有了动静，她眼珠一转，也不同聂洋计较了，扭头便要走，心知此时不走更待何时。于是火速掉头，说道："怎么想是你们的事情，我就不奉陪了。我先走了。"说完，也不等其他人的回应，匆匆忙忙地便大步跑掉。

聂洋有些意外，怎么突然变成她逃跑了？

他鼓着眼睛看方纫秋，似笑非笑。

"恭喜你了，方大律师。"

"恭喜什么？"

聂洋眨着眼睛："恭喜你抱得美人归啊。"

方纫秋低头，呵笑了一声，没有多余的解释，转头看向走廊另一边，盯着令嘉匆忙离开的背影，皱起了眉头。

第
十
四
章

猴
子
妹
妹

早在 6 岁那年方纫秋就认识令嘉了。

6 岁之前的令嘉住在纽约。但因她哥哥杨冠军在短跑赛场上肌肉拉伤，双腿严重萎缩，再也不能参加比赛，身为运动员老将的父亲老杨经过一整夜的深思熟虑后，决定培养令嘉成为下一个奥运冠军，所以老杨带着令嘉回到了国内。

起初老杨打算让令嘉参与体操训练，偶然一次见到令嘉在学校将男同学打落了一颗门牙，这才改变了他的想法。通过测试，令嘉的食量和力量都超过了同龄的小孩，老杨最终将令嘉交给了前女子摔跤冠军尹再华，令嘉接受了长达近十年的训练。

方纫秋第一次见到令嘉就抱着他三姐的腿哭了，那时的令嘉又黑又瘦，铜铃大的双眼在巴掌大的脸蛋上占据了不少的位置，在小孩子的眼里看来如同一只长相丑陋的猴子。

"比猴子还丑。"

丑归丑，可好歹令嘉还是个女孩儿，被人当场嫌弃第一反应就是拎起方纫秋的衣领子一个拳头砸在脑门上。

"猪八戒，你才是丑八怪。"

令嘉龇牙咧嘴的模样再一次吓得方纫秋号啕大哭。

哭声最终引来了铁血真汉子老杨，二话不说对着令嘉的屁股就是两巴掌："你个小流氓，不许欺负弟弟知道不？"

方纫秋哭成泪人样躲在三姐身后，偷偷拿眼看，委屈地抽噎、一边抹眼泪一边咬牙切齿反驳的令嘉："他才不是我弟弟！"

令嘉比方纫秋早出生4天，是老杨赞助商老板的儿子。

方纫秋也并不稀罕这多出来的姐姐。

在老方家最不缺的就是姐姐。方纫秋出身于大家族，父亲那辈子女就多，伯父们家里生的都是女孩儿，方纫秋是父亲最小的儿子，他上头有三个哥哥，但并非出自同一个母亲。方纫秋的父亲早年风流成性，娶了离、离了娶，经过了五次婚姻，方纫秋的出生并不光彩。

方纫秋是家中的老小，加上私生子的缘故，性格有一些阴郁。

所以才养成了这么个娇生惯养的爱哭性子。

而令嘉从小在训练基地长大，随小男孩成天转悠，早被晒得不成样，黑就算了还精瘦精瘦的，果真是比猴儿还丑。

方纫秋最怕的动物之一，就是猴子。

这年的夏天，姥姥带方纫秋几个兄弟们上山庄去避暑，上山之前，管理员明文禁止大家带食物，但方纫秋年纪小不懂事，被哥哥们哄骗，背的小书包里面装满了食物。

刚到半山腰就被猴群给拦路打劫了，三五只猴子围着他，抢了他的背包，得意扬扬地当着面吃光了所有的零食还不够又翻了他的裤兜，把他的衣服裤子都掀翻了，方纫秋白嫩嫩的小脸也被抓得伤痕累累，方纫秋受到惊吓，好几天抑郁症发作没缓过劲。

令嘉就是看不惯方纫秋堂堂男子汉，胆儿却比蚂蚁小。

大年初一，两家人约定一起去游湖。一见面令嘉就偷笑着将早买好的美猴王的面具用橡皮筋绑着套在了脑袋上，张牙舞爪地要去挠他。

方绐秋果然一见美猴王又哭得眼泪鼻涕满脸都是。

最后还是令嘉的妈妈看不过去，哄着令嘉说："你看，你好歹是姐姐，该让着弟弟不是？"

令嘉扁着嘴巴大发善心，摘掉了美猴王面具，指着方绐秋的脑门："你知道你欠了我多大的人情吗？"

这个"人情"并没有令方绐秋心存感激。

受到伤害的方绐秋当天晚上趁大家都睡着后在花园里挖来一小筒子沾了雪水的稀泥，在令嘉脸上画了个大花猫。

隔天，脸上的稀泥干成了泥块一点点往被窝里掉，令嘉气得大喊大叫，方绐秋硬是不承认这是他干的。最后还是被顾老爹以武力镇压，方绐秋才肿着脸脖子抽抽噎噎地跟令嘉道歉。

"猴子妹妹……呜呜，你就原谅我吧。"6岁的方绐秋并不承认令嘉是姐姐辈的，在他看来，那么小只的猴子应该是妹妹才对，而他一直想要一个可以欺负的妹妹。

令嘉的脾气从小就冲，但时间久了，方绐秋就摸清楚了她的路子。

令嘉的生活环境太过简单，一就是一，绝对不会变成二。但方绐秋不同，他从懂事后便明白，自己的家庭和别人不一样，他需要非常努力才能得到父亲的关注。

聪明的方绐秋并不与令嘉武力相拼。

他使出了五花八门的计谋，一开始是在令嘉面前哭或装可怜，但这只会让令嘉更加讨厌他，令嘉尤其讨厌小白脸。但无疑令嘉善良到可爱，自从无意撞见方绐秋被哥哥们欺负以后，便对方绐秋下意识地好了起来。

两人的关系颠倒是在10岁那年。方绐秋的父亲成为方家继承人，举家搬入在新加坡的老宅，但是方绐秋的爷爷并不能接受他这个私生子。方绐秋被迫留在了海城，由令嘉父亲代为抚养。

那年的春天，令嘉跟老杨去为方家人送行，小小年纪的方绐秋蹭着墙壁哭得撕心裂肺，他已多年不痛哭流涕，每次哭都会被令嘉揍，但10岁的他已经明白了自己是被父亲抛弃了。

父亲和哥哥们没有妥协，仍然上了飞机去了千里之外。年幼的方纫秋除了哭别无办法。

"真丢人……"幸灾乐祸的令嘉话还没说完，方纫秋张嘴就咬在她的手脖子上。

如果不是老杨及时分开两人，恐怕得见血了。

咬了人方纫秋坚决不道歉，固执地在机场大厅蹲了好几个小时，谁劝都不行，死活不愿意回家。耿直 gril 令嘉终于意识到自己作为姐姐的本分，买了一堆零食陪他在角落席地而坐。

薯片吃得咔咔响，时不时抬头看怏怏的方纫秋。

"虽然你咬了我，但是看你可怜，我觉得陪陪你还是应该的。

"听说新加坡的芒果干好吃，明年让你三堂姐从新加坡给我带点回来。"

方纫秋不理她，她继续嗑瓜子，然后是芒果干。

任谁也无法忍受自己沉浸在悲伤情绪时有这么个煞风景的人吧？方纫秋只好抢了仅存的虾条，脸红脖子粗地指责令嘉："你还有没有同情心啊？我都这样了，你还把零食都吃完了。"

令嘉撇撇嘴巴，毫无同情心。

"我是为你着想，你看你要是以后长胖有女孩子愿意喜欢你？"

方纫秋气结，这辈子他最后悔的事情就是得罪了令嘉。

"你就不能对我好点？"好歹也是唯一一个青梅竹马。

"叫我姐姐，我就对你好点。"

方纫秋固执起来还真是如倔牛，头也不回地拒绝了："你才不是我姐姐，一辈子也别想。"

他并没有忘记刚上初一那会儿，因为爱哭，班上的男孩子都不怎么喜欢他，调皮的小男生还会整蛊他，向他扔橡皮泥，说他是个娘们儿。

有一回正好被令嘉撞见，她抄起地上的石头就砸了其中一个男生，正在抢篮板的高个子男孩被天外飞来的石头一击即中，脑门上当场鲜血直流。

老师闻风赶来，可恶的令嘉居然当场指着他说："是方纫秋砸的。别赖我啊！"

被诬陷的方纫秋气得脑袋冒烟，恨不得掐死令嘉。

后来因为这事，方纫秋被请了家长，直到现在，他也没把这件事的真相告诉任何人。

被气到的方纫秋抱走了最后的零食。这一气就是整整大半个学期，直到三堂姐从新加坡邮寄了一大箱子热带水果。

方纫秋第一时间给令嘉送了来，满满一大箱子："够你吃一整年了。"

令嘉捧着大箱子傻笑："放心放心，为了维持你的形象，我勉为其难地一个人解决这箱子，绝对不麻烦你。"

方纫秋早已经习惯了令嘉的厚脸皮，懒得跟她计较。

方纫秋在杨家一住，就是8年，方家不闻不问，似乎早已忘记了有这么一支血脉。自此，方纫秋名副其实地成为了杨家的养子，寄人篱下。

也是从那时起，方纫秋便不再爱说话了，他变得异常沉默。

杨家人对他没得说，老杨恨不得直接纳他为女婿。方纫秋长得好，成绩好，每回开家长会，老杨都恨不得与令嘉解除父女关系，拍着胸口说自己是方纫秋的亲生儿子，哦，不对，是方纫秋的亲生老爹。

好在令嘉并不吃方纫秋的醋。比起老杨，她是最希望方纫秋走出阴霾的人。

令嘉是一个热心的女孩，越大越明白被抛弃的滋味多么难受，而年幼的她对方纫秋犯下了什么样的大过错。后来，她变着花样地讨好方纫秋，企图用自己温暖他。将方纫秋当作亲人一样关照的那些年，是令嘉最开心的日子。

她以为，方纫秋哪怕是再狠的心也会接受和原谅那个不懂事的自己了。

只是后来，这些美好的幻想，都被方纫秋亲手打碎了。

《黑客帝国》正式开拍前两周，宋允儿早前拍的偶像剧正式开播了。一个女三号的角色，但人设还不错。

这部偶像剧由当红偶像唐梦担任女主角，一个有着自卑心理的胆怯女，女三是剧中女主角的闺密，时常给予女主帮助和心理辅导。唐梦的粉丝在看剧时，自动带入人设，也乐得自家偶像的人缘好，加上唐梦和宋允儿在片场自拍放得多，宋允儿自然也就抱上了这粗腿，搭着当红一线收视女王唐梦的顺风车，小红了一把。

"这回老邹算是高兴坏了。"陈尔翻看着 iPad 查看时事新闻，在狭小的保姆车里发出啧啧声。

小助理胆子小，担心自己会被令嘉误伤，回回都率先抢占了后排的位置。有什么八卦新闻感兴趣了，总是探着个脑袋凑过来看："什么新闻，什么新闻？"

没那胆子还敢八卦？令嘉一巴掌将她的脑袋推了回去。

"小孩家家的，看什么八卦？快准备等会儿的采访稿。"

小助理觉得令嘉的手劲儿太大，吃痛地揉额头，可怜巴巴地应了一声："哦。"

令嘉小时候成绩就不好，长大了后，肚子里更加没几瓶墨水。陈尔正是了解这点，担心她不小心说错话暴露自己，所以这些年鲜少为她接专访的节目，如非令嘉坚持她一定不会同意这次的门户网的采访视频录制。

下了车，已经有工作人员在视频大楼下等着。

带工牌扛摄像机的师傅跟在身后，令嘉刚同带头的工作人员打了招呼，抬头便瞧见摄像机是开着的，她笑着朝镜头挥了挥手。

"令嘉姐真的是很难请的艺人呢，公司想要做一期特辑，请勿怪。"

陈尔的脸色自然不太好看，这同她们对过的流程不一样，但说出来的话还是很不在意的样子："居然是要做特辑吗？看来你们很重视哦。"陈尔顺着人家给的台阶下，顺带要了点资源："年终特辑的时候播吗？"

工作人员没想到她突然提到这茬，愣了愣，很快反应过来点头笑道，"一般会视节目效果来定，但令嘉小姐的大驾光临，如此荣幸，我们当然要在年终特辑上播出。"

令嘉走在两人身后，嘴角微弯。一道进了休息室。

导演还要同她顺一遍流程，但现场拿到手上的流程显然同之前发来的邮件有很大的出入，这并非是一档单纯的谈话节目，现场有两位主持人，都是从卫视请来的忽悠高手，这是一档脱口秀节目，三十位嘉宾观众现场围观。

主要以两位主持人为中心，每期一位嘉宾，另外有三位助演主持人。节目开始是以五人的脱口秀以及现场即兴段子小品开场，通过话题邀请出嘉宾。

一位主持人就很难以应付了，同时来两个，陈尔看见流程表脑子都大了。

休息间里，摄像师没有跟进来，但不妨碍他们安装隐藏摄像机。陈尔将台本递给令嘉："令嘉你可得好好看看，这两位主持人都是业界前辈。

到时候可别说错话了。"嘴角依然带着笑，但熟悉她的令嘉倒看得出来她的不耐烦。

在两位大咖主持人前辈面前，令嘉当然不能撂挑子不干。节目组无非就是看明白了这一点，才想着法地欺骗令嘉。令嘉在圈内没什么不好的口碑，大概因为常走在主流路线，看起来长了一张亲善的脸，特别好说话。

令嘉接过台本看了看，她出场的时间不多，整个节目的前半场是两位主持人的活儿，说故事讲段子，观众也能看得津津有味。中场时间令嘉才被请上场，面对嘉宾有一个十问十答的环节。

大部分谈话节目的问话环节都是从入圈史开始聊，对于大多数明星来说，这一项挺无趣的，多是走过场。令嘉因为参加热门节目的机会少，工作人员反而有兴致。

"这个环节令嘉姐可能需要现场谈话，台本也就没准备多少。"工作人员实时地跳出来，解释着。

令嘉正好翻到问话台本处，一连十个问题，看起来很常规。其中关于少年问题，她微微蹙眉，用手抵了抵额头，工作人员见她皱眉以为她当真是个草包女明星，肚子里没什么货，怯场，便解释道："我们竭尽所能在网上查过您的资料，除了最近的绯闻外，其他的讯息太少。"

令嘉点头一笑："怪我，生活太单纯了。"

工作人员没想她突然开起了玩笑，也跟着笑了笑，"令嘉姐，方才跟池老师对台本，听说您十几年前还跟他一起合作过呢，当真是挺有缘分的。"

这人见令嘉挺好说话，凑过来又搭了几句话。

她差点忘记了，这次的主持人可是主持界的大拿，也是老前辈了，十几年前她还在运动训练营的时候，池央在海城拍过一档子古装戏，当时片场找小演员正好找到了当地的运动馆，挑中的就是令嘉，演剧中的小和尚，扛棍子，打拳头。十二三岁的令嘉就被几个场记摁着剃了头。

这戏在令嘉人生中数得上黑历史中的一次了。本以为事情过了便过了，没想到事情还在这里等着呢。

她鼓着眼珠子，一阵恍惚："池老师记性当真是好，十几年前的事儿还能记得，佩服。可惜，他大约是认错人了。"

听见令嘉如此说，陈尔精明的小眼睛一动，明白过来，打圆场："哟，这时间可紧着了，化妆师来了没，前面的场子也到时间结束了吧。"

所谓场子便是池央和马旭的两人"双簧"时间。有嘉宾时，这两人的段子时间会缩短，后期播出时会补录。陈尔的话刚落，正好化妆师过来了，她让出了位置，让令嘉端正坐在镜子面前。化妆师一阵忙碌，替她拆掉了头发，卸了脸上的淡妆。

令嘉没忘记刚问自己的那小姑娘，挤着眼睛从镜子里看那戴眼镜的小姑娘，看上去比较年轻，不像是工作中的老油条。她是喜欢同这样的人聊天的，借着空闲时间随口聊了几句。

约莫半小时，有人来敲门，通知她上场了。

演播厅比电视台的演播厅小，灯光打得很亮。令嘉在主持人的介绍中入场，今日她上节目的服装是陈尔请来的造型师搭配的，偏轻松的休闲正装，做节目时身心会舒适许多。

台下的观众很给面子地一阵欢呼，台上三台沙发，两位男主持主动地将中间的位置让给了令嘉，令嘉坐下时马旭还在笑呵呵地说："哟，没想到我今日还能托池老师的福见到令嘉这么个大美人。"

"马老师客气。"令嘉笑容大方，丝毫没有表现出不适应。

令嘉空下来的时候也看过这两人主持节目，主职业都不是网络视频主持人，两人都是高价请来的，虽是首次合作一个完整的节目，但这两人的功力深厚，是难得的好搭档。分工明确，池央因为性格温和，专门负责打圆场，马旭这人话多，见多识广，说的话虽常常不着调逗得观众大笑，但句句扎心。

"令嘉最近挺红的啊。好长时间没这么引人注意了吧？还习惯不？"屁股还没坐热，马旭的话头子便递过来了。

池央作势要打他："诶诶，怎么说话呢。"

"哟，我这说实话的大嘴巴，该抽。"马旭赶紧地接话，可真听不出歉意。等着令嘉接了话筒，他笑嘻嘻地凑来，总算正经道："其实令嘉啊，人虽然是低调了点，但作品可是不低调，个个角色都是经典人物。《上海乱》中的方棠、《血色》中的李薇、《安乐传奇》中的安宁公主，个个都是拿得出手去竞争影后的人物，令嘉这些年也拿过不少奖吧？"

令嘉喜欢听人跟她唠嗑拿奖的事儿，这年头，好像上节目大家更喜欢聊八卦绯闻一些，拿奖这等光荣事迹都被抛诸脑后了，她递给马旭一个赞赏的眼神，端正了身体，一本正经道："马老师真讨厌，人家想低调来的。"

马旭偷偷笑了笑："你呀，别谦虚了。我记得金剧影后的奖就是你拿的吧，我看过这部拿过奖的电视剧，你是演一个女军官吧，那气魄，当真是摄人。"

令嘉对着镜头做了一个娇羞的表情，谦虚道："这算不得什么啦，其实成就我的还是各位前辈，与我搭戏的都是老戏骨，特别能带动我的情绪。"

"我可是听说令嘉也是老戏骨呢。池老师今天还念叨，没想到啊，十几年前跟你就有缘分了。"马旭眼角一睐，话题就抛给了池央。

"是的，印象很深刻呢。"池央大约是觉得好笑，这个话题接下去就没收住，"就是我拍《游龙天子》那会儿，我不是演皇帝微服出访吗？令嘉也就十二三岁的样子吧，一个小姑娘，跟十几个男孩子剃了光头，满脸涂成铜光，是演什么来的，十八铜人对吧？"池央说得来劲，不时还询问令嘉。

他当然没有注意到令嘉整张脸都黑了，半张着嘴巴，微微朝天翻了个白眼："池老师你怕是记错人了吧……呵呵，我怎么会演十八铜人？"嘴角的笑容都不自然了。

池央只当没看见，猛地一拍大腿："我怎么会记错。前些日子我翻看以前的母带，正巧发现了，不信你看看视频，我可真带来了。"

令嘉的眼白不由自主地再次变多了。听见观众热情的高呼声，令嘉觉得自己的一世英名就要毁在这里了，她捏着衣角，又不得不说："不是吧。池老师居然连这么老的母带都保存了，当真是对这部电视剧情深义重！"后面四个字的咬字故意加重，引来池央和马旭两人一笑。

很快大屏幕上还真的播出那老旧的、不堪入目的画面。

画面里，小令嘉虽然和现在不太一样，但是看五官还是看得出来……这的确是她啊，一本正经的小眼神无比犀利地盯着镜头，认真的小模样好像势必要红出宇宙的节奏。

听着大屏幕上那嘿嘿哈哈哈的打拳声，马旭肆无忌惮，一面笑一面嚷嚷着："令嘉啊，没想到你小时候就这么好看，虽然剃了光头，但看五官也看得出来你果然没整过容。"

令嘉现在明白什么叫装腔作势被雷劈了。

她偷偷抬眼看了看舞台一侧脸色铁青的陈尔，对方给她做了个抹脖子的动作，用口型告诉她："给我老实点。"

捏紧的拳头被她松开了，令嘉假笑着捂脸，一脸的懊悔："看来，死不承认也不成了。这的确是我拍的第一部作品，可这是偶然事件，后来很长一段时间我也没接触过电视行业，真正的出道算是在十年前。"

台下的观众又是一片哄笑，大家是觉得现场看见活表情包心情还算愉悦。

池央给了她一个早承认不就好了的眼神。

"你出道是以歌手的身份吧？"

话题总算上了正轨，但令嘉不敢再掉以轻心。她谨慎道："是的。"就不敢再说其他的话。

池央同马旭快速对视一眼，知道这是令嘉起了警戒心。

马旭继续笑道："今天听说令嘉要来，我们的工作人员可是找遍了网上的资料，最多的也就是你近来很红的表情包和绯闻事件。"话音还没落下，底下的观众便适宜地起哄，马旭视线一转，看向令嘉："看来大家都很想听你谈谈感情生活。"

令嘉嫌弃地瞥了眼底下的观众，嘴角上还带着笑："你们倒是会选话题呢。"

台下的人发出笑声。她哪里知道，这些人都是网站的托，录制视频节目是个非常孤单的事情，邀一些观众来无非就是让现场气氛活跃点儿。

"令嘉既然来了，就说说前些日子那个'圈外人士'吧。"池央也接话道。

令嘉叹气，装似无奈道："其实哪有什么绯闻啊，那位是我的代理律师，大家都知道我们这一行时间紧，忙得根本没时间理财，所以就找了个靠谱的人。"

"对令嘉来说靠得住的人是什么样的人呢？"

毕竟照片没拍到什么实锤，原本一张照片也证明不了什么，怪只怪令嘉身上的新闻太少了，想要抓到爆点，确实有点困难，只好纠缠着几个容易剪成宣传广告片的话题聊。

但令嘉似乎压根没明白问话人口中的意思，一本正经道："起码看上去比较靠得住吧，做事沉稳，内敛的人。"

"长相呢？有什么要求吗？"马旭嫌她说得太官方。

令嘉惊讶了一下："找个靠谱的合作伙伴还要看长相的呀？"

马旭嗔怪地看她一眼："你明知道我在问什么。就不要装傻啦。"

"呵呵呵，长相嘛，起码要跟我的颜值差不多吧？不然只有我一个人耀眼也不太好吧。"她低头笑了笑，接了马旭扔来的台阶。

"哟，看来我们令嘉对自己的美貌认知度很高嘛。"

令嘉捂嘴呵呵笑了一声："马老师说一不二，我听你夸我便要当真的。要是我还妄自菲薄，岂不是落了你的面子？"

"是是是，说来说去，你还是为了我。"马旭笑着朝池央看了一眼。池央点头，笑眯眯地看向令嘉，看上去他还挺喜欢令嘉的。

大约是小时候就同令嘉合作过，总有一种长辈看晚辈的感觉："我可记得当初你哭喊着不拍戏，陪你来的那个小男生长得就特别好看呢，怎么样，那小竹马不是你的初恋啊？"

令嘉眯着眼睛回忆了一阵才意识到池央所说的长得好看的小男生便

是指方纫秋。她回头瞧着池央温和的笑容，在心里暗暗将对方画上了腹黑的等号，原来这里还有坑在等着自己。

好生气！并不想微笑。

但令嘉还是笑着摸了一把下巴，左顾右盼地道："如果不是这脑袋上的大 LOGO 真怀疑我是来参加了相亲节目。两位老师如此热衷我的感情生活，一定是觉得我还不错，想给我介绍男朋友对吧？"

两人爽朗地笑了起来，马旭接着道："这么说起来你现在是单身咯。"

令嘉无比认真地点头："单身与否好像跟我的工作没太大关系。有没有绯闻，都过了这么些年了，有戏拍，饿不死，也就不差承认这档子事。"

"言下之意是，有好消息一定会分享？"

令嘉偏头想了想："不能这么解释。我只是觉得，我的感情生活没有理由通告大家。当然，如果有人拍到实锤，承不承认有什么关系？不承认你们就信啦？"

这番话难得地引起了两位老前辈的认同。虽说主持界同演艺圈有一些实质区别，但毕竟都是公众人物，对此类问题都有相似的心境。池央很是满意她的回答，一拍手，做该话题的总结陈词："经我和老马的鉴定，令嘉的确是单身狗一只。希望你能早日找到如意郎君咯。"

"是的，毕竟年纪也不小了。"马旭说话真的扎人心。没有话听起来是让人舒服的。

令嘉趁人不注意斜眼瞥他。

马旭笑呵呵的，并没有打算就此放过令嘉，感情话题一结束，他很快绕到网络上盛行的令嘉稳坐表情包教主之位的事情。

"你对表情包发酵有什么看法呢？"

其实对令嘉来说，她以往的剧照和自拍照被人制作成表情包，有利有弊。她在网上算是小小引起了一波热度，这对她来说肯定是好事。烦恼也是有的，任谁看见自己被人故意丑化玩笑也会开心不起来吧，尤其很多时候在微信上同工作人员沟通工作细节，偶尔也会看见自己的脸做成了表情包被发上来。

令嘉做出一脸的苦恼状，为难地抬手扶额："大家如此喜欢我的表情包，本来我也挺高兴的。但是这事情吧，有时候还挺苦恼的，我现在同朋友聊天，满屏都看见自己的脸。这种感觉，怎么说呢，有点怪怪的……哎。"她说这话的时候，表情和扶额的动作像足了另一款表情包，加上那慢吞吞失落的语气，让观众怎么看来也不是在埋怨，这明明是在搞笑嘛！

大伙不客气地笑起来。

池央也笑了笑，安慰她："从另一个方向看，这不正好证明你红了嘛。"

令嘉点头，大方承认："是的。第一次尝到红的烦恼，很是无措。"

"哈哈，你这小丫头当真是不客气。"马旭笑她，居然就这么顺着池央的客套话下台阶。

令嘉眨巴眼睛："难道池老师说我红，仅仅是在安慰我？"

"不不，我可没这么说。"

"看来你还是很在乎红不红的问题嘛。"

"马老师当真是了解我的。我进入这个圈子的梦想就是能红到宇宙。"

马旭觉得自己采访了一个假的令嘉，没忍住，放声笑了起来："好好，那我们就祝你红到宇宙。令嘉你有所不知，来过我们节目的明星，后来都大紫大红了。"

令嘉双眼一亮："真的。那下次可要我再来。"

"好好，来来。"

接下来三人又根据网友的提问，随意地聊一些工作上的事情。令嘉的表现不多不少，还算出众，尤其是她后来的坦诚，小丫头一样狡猾露骨地表示要红的正经脸，居然也圈了不少现场粉。

尤其是池央，自从知道令嘉是十几年前跟自己合作过电视剧的小演员以后，对令嘉私下也关照了不少，甚至主动留了微信号给令嘉。

为此，令嘉也是相当感激。

第十六章／番位之争

　　陈尔没想到，令嘉的综艺效果还不错，起码没有预想中的呆板或犯错，深感欣慰。

　　"看来，我需要给你多找几个节目上上了。"回程的路上陈尔对现场观众的表现回味无穷，"早知道你还可以这样好好说话，说不定早红了。"

　　令嘉手里捏着湿纸巾，对着镜子擦脸上夸张的上镜妆容，翻了翻白眼："这种被拷问的节目上一次还嫌不够？"

　　陈尔耸耸肩，正色道："我说你要么怎么就不红呢。还是觉悟不够高啊，你看看宋允儿，这才几天，人就有一大波'小可爱'了。"

　　"小可爱"是宋允儿粉丝的自称，据说是这次宋允儿随同唐梦的剧组参加池央在卫视主持的周播综艺节目时，偶像剧一哥梁录无意中提及了宋允儿在片场时的绰号，粉丝们便自发地叫上了这个名字，在他们看来，宋允儿就是他们的大可爱。

　　令嘉收起小镜子，做了一个呕吐的表情。

"我的'大宝贝'也不比她少。"令嘉的粉丝大多上了些年纪，在以前，确实不如偶像明星粉丝的量大，难以抗衡。但最近令嘉关注过了，以表情包事件为源头，她的微博涨粉幅度很快，甚至也有了由一批自来水组织成了的取名叫"嘉宝"的粉丝团。

陈尔在第一时间联系了以往粉丝后援会的负责人，将官网以及组织的名字统一改为"嘉宝"，"大宝贝"由此而来。

涨粉本来是好事，但陈尔听不得令嘉自吹自擂，嫌弃地发出啧啧声："你怎么好意思同一个刚刚出道的小姑娘比粉丝量？"

"怎么不能比了。起码我的身价还在，代言费没降，许多导演也乐意找我拍戏。"令嘉的性格与其说是不争气，不如说她是懒惰，因为懒得去思考所谓的关系经济，所以到现如今在圈内也没有一个拿得出手的好友。大家只当她独来独往，无心经营，身家清白不惹乱子，戏走得好，又不要大牌，所以这些年不少公司还是非常乐意找她。

令嘉这话说得没错。可是哪家公司真靠拍戏就能赚得盆满钵满的？令嘉身上的代言和广告价值不高。哪怕是步入了一线的演技派，拍了十部电视剧也抵不过一个当红偶像一年的广告代言费。

提到广告的事情陈尔就头痛。

她偷偷瞥了眼令嘉，小心翼翼地问道："明日要去广告公司的事情没忘记吧？'健力'的新合约已经到了，广告要开拍了。"

听陈尔的语气，令嘉立即想起宋允儿来。一脸的诧异："老邹还真不要脸地捎上了宋允儿？"

"'健力'那边也没说完全可以。只说先试试看，毕竟宋允儿是附赠……"

"附赠品？"令嘉愣了愣，"老邹真是不惜血本地要捧宋允儿啊。"

"可不是嘛。"陈尔也好打抱不平，"老邹好歹也秃顶的人了，怎么这点事情也想不明白，健力不就是看上了你出淤泥而不染的气质嘛。硬捎上宋允儿算个什么事。"

"健力最近有什么大动作吗？老邹可是生意人，怎么会答应做这亏本买卖？"令嘉知道陈尔担心自己发飙，话里已经有拍马屁的嫌疑。但她压根不关心陈尔是否同仇敌忾，抓住了核心。

陈尔支支吾吾："有是有……听说健力那边的人要主打的新产品光是在广告推广方面，就有这个数的费用了。"说着话，陈尔眼馋地竖起了几个指头。

"三百万？"

"诶，真没出息，往大了猜。"

"三千万……"

陈尔继续翻白眼摇头，"继续猜。"

令嘉感觉自己的舌头都在打结了，不敢置信："三个亿？"

陈尔重重地点头："我听说这还是最少的数。也不知道健力这是怎么了，突然怎么这么大手笔。这可是只是广告片的推广费，我听说，几大卫视那边的平台已经沟通好了。"

"这……"

"这支广告，不出意外的话，会像'脑白金'一样红遍大江南北，而你，你的广告牌会占据各大商场。"

令嘉吞咽了下口水。微妙而古怪地耸起鼻头："消息来源可靠？"

"绝对可靠。"

然而令嘉扭头正好看见窗外，车子路过健力公司的大楼。仍然不敢相信的样子，什么时候起，杨冠军这么大手笔了？莫非家里最近发了一笔横财是自己不知道的？她是不是应该回去争夺财产？不能让杨冠军一个人独吞啊。

"所以，我的意见是，不管宋允儿，这次的广告你不能错过。"陈尔还在担心令嘉会因为突然多出来的宋允儿而死脑筋，要抵死不从。她哪里知道，就算令嘉毁掉整个前途，也不可能拒绝拍健力饮品的广告片，那可是他爹妈一手创建的公司，是她的衣食父母。

就算现在公司交到了她那二百五势利眼哥哥杨冠军的手上，她也不可能砸了自家的牌子。

"嗯。我知道了。"令嘉答应得很痛快,这反而让陈尔心里很不是滋味。

这种不良的感觉持续到了广告开拍的当天。

大清早,令嘉就被她从床上挖起来,简单装扮后送上了去广告公司的车。

广告公司临时将摄影棚设置在了健力大楼的本部,令嘉虽然是健力饮品的代言人,但也甚少有机会能到本部,进电梯的时候还撞上了两个女粉丝,偷偷找她要了签名。

刚一踏出电梯门就正面撞上宋允儿,她最近正因为偶像剧的热播小红,身边围了几个男士,大献殷勤。

说来奇怪,令嘉长得比宋允儿好看,却始终很难吸引到男粉丝。

见到令嘉,宋允儿笑着迎了上来,还是前些日子所见那样天真无邪的模样:"令嘉姐,你终于来了,我们都在等你呢。"

听见她的话,陈尔皱眉看了眼手表,与约定的时间还差十分钟。哪门子的等了好久了。

小伎俩。令嘉低头笑了笑,并不打算同她计较。

"是吗?还真是辛苦你了,既然你来早了,可以先拍呀。等我做什么?"

这话就扎心了。潜台词是,你来得早又怎么样,不一样也要等她令嘉来了才能开工?

令嘉朝前走,迎面过来的正是这次广告拍摄的导演,江宇。他替她拍过几条广告,所以两人也算熟识了。

江宇抬手打了招呼,便忙去了。

拍摄前的灯光还没有调好,江宇对广告片的大灯效果非常重视,次次都要自己盯着。

剧本早在一天前就给了令嘉,此次的广告内容是两个青春活力的女孩子,姐姐是个耀眼的前女排运动员,而妹妹是个娇弱病小姐,总是躲在背后偷看活力四射的姐姐,当某一天,姐姐这颗耀眼的星星陨落了,她不得不鼓励自己的妹妹去完成自己的梦想。

星星终将陨落，也要尽情燃烧光芒。

八千里路云和月，健力，是你的后盾。

广告片里没有太多台词，以默片的形式展现情感和画面。只在最末尾的时候，由令嘉说出广告词。留下一个最终的、目睹妹妹成功的身影。

宋允儿饰演妹妹的角色，整整两分钟的广告里，她有大半的时间只露了背影。拿到剧本以后，她找过老邹，表达了自己对戏份的不满意。但老邹也无能为力，健力公司这些年以来，一直用令嘉做代言人，看中的就是令嘉的好形象，令嘉人虽然不红，但形象气质佳，走的又是实力派路线，倒也符合健力的品牌设定，广告一经推出，颇受好评。健力旗下的几个子品牌，运动服和运动器材，也悉数在令嘉的囊中。看健力对令嘉亲妈似的态度，就知道，谁也动摇不了令嘉的位置，哪能轻易就说动的。

耀星娱乐还不打算得罪健力这个每年奉上巨额代言费的金主。

所以宋允儿心里有不服气，这很正常。

令嘉在圈子里没有什么走得近的朋友，也不怎么混圈子，但毕竟在这行待久了，潜规则的事情见怪不怪了，她也不是个爱管闲事的，如果撞上了，最多假装没看见罢了。只是令嘉万万没想到，宋允儿的胆子居然如此大。开拍前十分钟，好好的剧本不看，居然躲在楼道处假装偶遇健力新上任的品牌总监，方东林。

方东林三十多岁，继承了家里的好基因，长得还算不错，一身的精英范儿。只是，说起话来却又跟他的外表丝毫不匹配。

"小美人，这么急着找我来可是有什么烦恼了？"那一声"小美人"唤得人心肝直颤。

令嘉原本正找了个安静的地方揣摩人物角色，无心偷听墙角，意识到这一对野鸳鸯时，她不是没想过当面让两人难堪一下，可没有实锤，她又觉得无趣，只好藏在门口看笑话一样当个围观群众。

透过门缝看见方东林轻佻地抬着宋允儿的下巴，令嘉似想起什么来，摸索到手机，偷偷打开了摄像头。

宋允儿可不是那么好调戏的，娇羞地笑着，柔柔地推搡了一把："方少，明知故问。"

听这话，两人原来还是旧相识啊。

方东林花名在外。在健力虽然仅仅身兼品牌总监的职位，但识货的人都知道，方东林还有另一层身份，香江方家的第三子，方家驰骋商场，背景深厚。也就正因为这方家与健力的杨家关系密切，这不，才纡尊降贵地来做了个小总监。加上方东林本人又招摇，身边的莺莺燕燕自然不少，宋允儿在未进公司之前两人便认识了。

宋允儿找了老邹这么个靠山以后，原本以为自己的地位会扶摇直上，没想到仅仅一处广告，就落了那半红不紫的令嘉一成。这人吧，有了一便一定要有二，抢了令嘉女主角的位置后，尝到了甜头，这便想在广告上也插一脚。

方东林这人虽然混账，但心里还是清楚什么事情该做，什么事情不该插手。冷呵一声，也不拒绝宋允儿的投怀送抱，手掌揉着那细嫩嫩的脸蛋，叹着气："允儿小美人这次可真是失策了，健力饮品的代言人可是杨总亲自拍板定的。"

"哪个杨总呀？竟然连你方大少也不好得罪。"宋允儿轻轻哼唧了一声，心不甘情不愿。

"你说哪个杨总？自然是说得上话的杨总经理。"

健力的总经理，宋允儿还是听过的，排名前十的青年才俊，运动员出身，退役后便接任了父母的公司，现如今是健力品牌国内的总负责人："他呀，可是阳城的大人物。这人什么都好，就是名字土了一点，杨冠军。你说他爸妈是不是特别渴望他拿冠军啊？"

令嘉最恨别人拿自家爹妈取名字的水平开玩笑。

哪怕不是说她自己，也非常生气，用力地皱眉头，啪的一下收起了手机。听见响动的宋允儿警觉地从方东林怀里跳开，惊慌失措地看见令嘉嘴里叼着一根棒棒糖，手里捏着剧本，一脚踢开了楼道的大门，发出咣啷的一声。

"令……令嘉姐，你什么时候在……"

令嘉暴露于人前，丝毫没有为自己的偷听行为表现出什么愧疚之心，沉着一张脸扫过方东林，见他没什么异样，这才将目光扫到宋允儿脸上，冷哼一声："从一开始我就在啊。"

"你……你看见了什么？"宋允儿这才惊慌失措地看看方东林。

"你不用紧张，反正该看见的都看见了。"

"不是你想的那样。"宋允儿倒不是怕令嘉，只是担心她留了什么证据，到头来去同老邹吹耳边风，自己的前途可就没了。

"我又没多想，你紧张什么。"令嘉可没空同宋允儿纠缠，斜睨一眼方东林，对方正为这突如其来的大美人脸上带笑，只差没吹口哨了。

方东林可不是怜香惜玉的主儿，见宋允儿一脸的为难，也没有出口帮忙的打算。看好戏般双手抱胸，冲令嘉吹了一声口哨："不知小姐我们可否见过，好生眼熟啊。"

令嘉横他一眼，从鼻孔里哼出气："大约是在白日梦里见过我吧。方先生，调戏品牌代言人的毛病可不是好习惯。"

方东林被美人怼也不生气，呵呵笑了一声，见令嘉是带刺的，也没了调戏的兴致，只好冲宋允儿眨巴下眼睛："既然此地不方便同允儿小美人二人世界，只能下次了，找个安静的地方。"说着话，临走之前还特意扫了一眼令嘉。

令嘉对方东林没什么好感源自方纫秋。

她至今都记得很清楚，在方纫秋的便当盒里放死老鼠的人，不是方东林是谁？就因为仗着自己是老方家嫡出的儿子，对方纫秋这个弟弟怠慢轻视。

小时候的方东林没少吃令嘉的拳头，对他来说，令嘉不是什么好回忆。加上令嘉当年确实长得不怎么样，十多年不见了，方东林几乎没有认出她来。

吃顿便饭

整个下午的拍摄现场，令嘉表现正常。宋允儿却好几次 NG，发挥失常，惹来导演一阵烦恼。不到一分钟的戏份，硬生生给耽误到了午夜才算结束。

导演一喊结束，宋允儿便快步拦住了令嘉的去路。

"小师妹，没听过好狗不挡道这句话吗？"令嘉可没给宋允儿什么好脸色。谁让她当场嫌弃杨冠军的名字，她就感觉自己的脸也被打了一样生气。

宋允儿双眼一眯，也不装可爱天真了。

"令师姐在人前装得可真辛苦，我还当你真是一位好前辈呢。"

"那可真是你眼拙了。"令嘉抬起胳膊，用两根指头捏起她拦在自己身前的手，嫌弃地往一旁挪，"宋师妹不仅眼瞎，果真还没文化。"

"你说什么？"

"我说你听不懂好狗不挡道这句话的含义。"

"你……"宋允儿气得脸通红，"令嘉，忘记你今天看见的，最好管住嘴巴，不要在外面造谣。"

又是威胁。以为自己演电视剧呢。

令嘉被宋允儿给气笑了，插着腰笑了两声，拿着手机在她眼前晃了几下，"你是不知道我记忆力有多好，有过目不忘的本领。还有，不用我造谣啊，我都拍下来了，明天就会发到老邹的邮箱里。"

没见过这么实诚的，宋允儿抬手就要抓令嘉。陈尔打完瞌睡从休息室里出来，路上遇到导演听说结束了，一推门就看见了这一幕，还不等令嘉亲自出手，她已经用飞毛腿般的速度冲上前，一把摁住了宋允儿的脑袋："宋允儿，还要脸不？大家都看着呢。"拍摄虽然结束了，但还有不少留下来的工作人员收拾残余呢。

这些人，从宋允儿拦住令嘉开始便默默地凑起了热闹，时不时拿眼瞄两下。

还有什么比看女明星撕逼更有意思的？

只是宋允儿的战斗力也未免太弱了，她的经纪人跟个傻子一样，傻站在一边不敢上前，这一时半会儿的，也没有个帮手。除了会威胁加抬手要打人以外，别的什么也不会，看得大家兴趣索然。

宋允儿丢了人，又被陈尔摁住脑袋自然不服气。扭动着身体要反抗，一把从毫无防备的陈尔手中挣脱开，抬手就要去扯令嘉的头发，但被反应敏捷的令嘉突然闪身躲开了，令嘉反手一把抓住了她的手腕，捏得宋允儿痛得叫出了声。

"令嘉，你这个贱人，快放手！"

令嘉正在兴头上，还想顺便将被抢了角色的仇给报了，手却被一道突如其来的力量给拦住了。来不及反应，令嘉人已经被那道力量给扯开了。

令嘉踉跄了几步，差点摔倒。好不容易站稳，正要看清楚是谁居然敢对自己动手，抬头便看见杨冠军瞪着眼睛火冒三丈地看自己。而站在他身后的人，不是方礽秋又是谁？

几个看热闹的工作人员也没想到老板会突然到访，都吓得不敢再围观，匆匆喊了几声："杨总。"便小跑着离开了。

杨冠军瞪了两眼令嘉，扭头见到宋允儿已经换上了一副哭哭啼啼的脸，活像自己受了多大的委屈，被令嘉给暴打过了一顿似的，抽抽噎噎地吸着鼻子："杨总，令嘉她……"

杨冠军因常年锻炼，身材魁梧高大，三十六七的人了，看上去还跟二十多岁的壮年差不多，但可能因为常年身处高位，表情看上去凶巴巴的。宋允儿怎么会放过这个勾搭的好机会，小可怜样，眼巴巴地看着杨冠军，企图得到一点同情。

纵观整个过程的陈尔则是一头大，虽然不明白方纫秋为何在此，但得罪了健力的杨总可没好果子吃。她猛地一拍大腿，咬碎了后牙槽，差点儿当场要拧令嘉的耳朵了，但此时最大的威胁宋允儿已经开始发嗲功，眼下只好先解决完宋允儿再找令嘉算账。

陈尔赔着笑脸要解释："杨总，可不是我们令嘉先动手打人的……"

岂料杨冠军连听都懒得听，皱着眉头抬手阻止她继续往下说。锐利的眼扫过令嘉，最后落在宋允儿身上，眉头更紧了："哭个屁。再哭我揍人了。"

这……

不按套路出牌的杨冠军不仅让宋允儿傻眼了，陈尔也蒙了一脸。她猛地收了声，不可思议地看他。

说好的霸道总裁好像不是这样的……

杨冠军打小就不喜欢哭哭啼啼的女孩子。看见就心烦，眼不见为净，转头一把拧起令嘉的衣领。瘦弱的令嘉怎么会是他的对手，轻松地就被他脱离了地面，吓得陈尔大气不敢出，撒丫子就要跑上来帮忙，刚抬脚便见到杨冠军好端端又放下了令嘉。

眯着眼睛扫了扫原本一同进来的方纫秋，方纫秋的表情很微妙，似乎在笑，但又没笑出声。被令嘉恶狠狠地瞪了一眼后，他不怕死地耸了耸肩，一副你拿我怎么办的流氓样。

杨冠军扒了扒脑袋，放缓了语调问令嘉："吃过饭没？"

广告拍摄结束都已经临近午夜了，又被宋允儿闹腾了一会儿，令嘉的肚子非常合时宜地咕咕叫了一声。

不言而喻。

"一起去吃点儿。"杨冠军也不询问令嘉的意见，当即做了决定，率先抬脚踏出了摄影棚大门。

陈尔赶紧凑到令嘉身旁，用眼神询问她到底怎么回事。

令嘉张了张嘴巴，正琢磨要怎么解释，就听见跟着杨冠军走出大门的方纫秋突然停在门口喊她："顺心，快跟上。"

令嘉眼里充斥着阴霾，咬了一下嘴唇，只好跟了上去。陈尔不明所以，小跑着跟了上来。一道坐高层专用电梯下到了负一层，风风火火的杨冠军才突然收住了脚，他扭头瞥见陈尔缩着脖子跟在令嘉身后，拼了命地扯令嘉的衣袖，用口型示意令嘉是不是突然想开了要下海……

注意到杨冠军那犀利的目光在盯着自己看的陈尔感觉头顶发凉，她呵呵笑着问道："杨总，时间够晚了，我们令嘉是不陪人饭……"

"你。"杨冠军还没等她的话说完，已经抬手指了指停在车库里的保姆车，"自己开车回去。"

陈尔看看令嘉再看看方纫秋："这不好吧……如果杨总执意，我还是一起去好。"

"陈姐你别担心，我吃过了消夜就回去。"令嘉见陈尔总算遇到了对手，心情还有点愉快，将陈尔拉到旁边，一脸的视死如归。

这表情让陈尔有点愧疚，偷偷瞥了眼杨冠军，心里说不害怕肯定是假的。她虽然平时对令嘉恨铁不成钢，但还是不赞同女明星靠混饭局上位的。她又不敢说太大声让杨冠军听见，只能好言相劝："令嘉啊，咱们可不能做这么不上台面的事儿。"

"陈姐，我知道你要什么，我会把握住机会的！"令嘉演上瘾了，引来方纫秋一阵嗤笑。

陈尔闻言又看了眼方纫秋，这可是个赏心悦目的主儿。要是这两人真发生点什么，指不定谁占谁便宜。

陈尔想着，居然有一些松动的迹象了，令嘉笑了两声，决定不再逗她："你忘记了，方绹秋是我的发小。"

"啊？"陈尔这才想起这茬，"那你与杨……杨总？"

"所以你现在放心了吧？"

陈尔缩了缩脖子，又看看那两个站在黑色轿车前等令嘉的男人。勉强算是放下心来，一步三回头地上了车，又交代令嘉到家以后一定要给自己来电话这才放心地离开。

"经纪人请得还不错，就是担心错了人，就你这姿色还饭局呢？跟你一起吃饭，估计也吃不下两口吧。"上了车，杨冠军做司机，方绹秋自然也跟着令嘉坐在后排。嗤笑的声音就传入了令嘉耳朵里。

令嘉冲天翻了翻白眼，就知道有方绹秋在的地方，听不到什么好话。

"方绹秋，你是早上出门的时候嘴巴上抹了砒霜吗？怎么还没把你毒死。"

"呵呵，毒死我？那没几年功力估计是做不到。"方绹秋沾沾自喜，压根不将令嘉的恼怒放在眼里。好像，天生，他就是要气令嘉的，最好是气死人不偿命。

"是，祸害遗千年嘛。"

车子遇到红灯的时候，杨冠军停车回头分别看了两人一眼，忽而脸上露出了笑容："我有多久没看到你们这样好好说话了？"

令嘉盯着杨冠军的后脑勺掀起眼皮："你眼瞎就算了，脑子进水我就真没办法原谅了。就方绹秋这说话的态度，能跟好好说话搭边吗？"

"杨顺心，你居然说我脑子进水？"杨冠军一生气就叫令嘉的本名。

令嘉深知自己打不过杨冠军，每次都吃暗亏。在她看来，能用拳头解决的事情都不是问题，关键是，她这些年，都没有能力打过杨冠军。识时务为俊杰向来是杨家人的应对方针。

闷着不说话的令嘉，依然带了些许少女时期的小情绪，微微噘起的小嘴，可以挂油瓶了，小鼻子里还不服气地哼着气。方绹秋知道令嘉的性格有多恶劣，微眯着眼打量她的侧脸，因为拍摄时间要很久，杨冠军又是个火急火燎的人，令嘉身上还穿着拍摄用的休闲运动服。这次的拍摄是青春时期的女主角，妆容也很淡，从发型上判断，大约是个十八九岁的年轻姑娘的模样。

方纫秋转开脸，不再看她。

奇异的是，因为杨冠军的打岔，两人也没有再继续说话。

说是吃消夜，但碍于令嘉女明星的身份，杨冠军让秘书定了比较隐秘的火锅店。杨冠军没忘记令嘉的最爱，找了包厢飞快地点了菜。

席间，令嘉只闷头吃东西，半句话不说，方纫秋和杨冠军两人像两大护法一般坐在她左右两侧，杨冠军可不是个会照顾人的主儿，同令嘉一般只顾着吃。方纫秋因为在国外待的时间久，早已经对这类食物没了什么兴致，只是下意识的，看见令嘉夹了什么，他也夹一块放在碗里，油碟碗里都堆满了食物，也没见他张口吃点儿。

令嘉皱眉瞥他，刚要指责，开口却被刚吞下的食物给呛到，辛辣味鼓着劲地钻进了喉咙和鼻腔，她猛地咳嗽起来，抬手就要去找杯子。却被方纫秋抢先了一步，令嘉辣得难受，想要去抢杯子，方纫秋却已经抬手摁着她的额头，将水杯送到她嘴边。

"咳……唔，方纫秋，你想要谋杀我啊！"一口凉水灌入了口中，令嘉才得空喘气。舌尖不仅有麻辣的刺激感，还有因为方纫秋粗暴灌水时压住舌尖的疼痛感。

令嘉捂着喉咙恶狠狠地瞪他，东西也不吃了，非要等他给自己一个说法。

方纫秋放下杯子，迎上她凶狠的目光。

"你是饿死鬼投胎？怎么没被呛死。"他说了一句风马牛不相及的话。

"我死了你就是凶手。"令嘉觉得自己不应该跟方纫秋再次见面的，他们就应该像十年前那样，默契地约定好老死不相往来。她知道，遇上方纫秋自己肯定会少活几年。

"好了，你们两人也老大不小了。还学高中生拌嘴有什么意思？"

杨冠军吃得饱饱的，抽了空来扮和事佬。

令嘉烦他这和稀泥的样子，一口气没上来："杨冠军你没吃错药吧？以前你可没少挤对方纫秋，怎么？年纪大了什么都冰释前嫌了？"

方纫秋住在杨家的那些年，杨冠军已经是个什么都懂一点又高大强壮的退役运动员了。年轻气盛的一大一小，谁也看不上谁。杨冠军嫌弃方纫秋每天苦瓜脸，还把自己的妹妹使唤得团团转。私下里对方纫秋没啥好脸色。

他也瞧不上方纫秋这样的私生子。

这两人，十年后却几番坐在一起吃饭，实在让令嘉有些意外和奇怪。她稍微一动脑筋就想到什么不对劲，忽然扭头看方纫秋："你们两人最近如此频繁地聚在一起，是有什么不可告人的勾当吗？"令嘉想起方东林来，好端端的，方伯伯为什么要将方东林放在"健力"？

令嘉的确不傻，只是过于懒散，很多事情想到了却不想往深了去想。

方纫秋这副样子就知道不是个会说真话的人。他神色淡然，表现得无懈可击，让人抓不住一丝把柄。

"我是'健力'集团的非诉讼律师，你哥给我工资，我当然要陪他吃喝玩乐。"

好在令嘉也没指望他能说真话。冷哼一声："你们最好别背着我干转移财产的事情。"她突然扭头指着杨冠军的鼻子，"我可是你亲妹妹，杨家的财产有我的一半，你好好给我们赚钱，别想着坐享其成。"

杨冠军脸一黑，只觉得令嘉这般倒打一耙的人也是少见："好像坐享成果的人是你。"他指出事实。

令嘉哪里听得进去："我每天辛苦拍广告还不是为了公司。"

"我花了钱请你来拍的。"

"杨冠军！你是不是想把我踢出健力？为了利益灭掉你漂亮的妹妹我。"

"杨顺心。你的内心戏能不能少一点？"杨冠军扶额，这不是在拍八点档商战夺权戏码好吗？难道令嘉感觉不出来，他一直在努力朝着温馨的亲情剧奔波？

"算你识相。还有，我不喜欢宋允儿，但听说她是免费使的，我就不跟你计较了。以后出席什么品牌活动就让她去吧。钱打到我账上。"

"你很缺钱？"虽然知道令嘉是个霸道的主儿，但方纫秋还是小心地询问了一句。

令嘉被这突如其来的提问给问住了。她眨了两下眼，下意识地想反驳："你很缺钱对吧？我实在想不出你有什么理由肯同杨冠军合作？我以前没少听你在背后编排杨冠军是力大无脑的大块头。"

"你非要这么实在地挑拨我们的关系吗？"方纫秋也是很奇怪。

令嘉吞了下口水，不甘示弱："方纫秋你可别忘了，在十年前那一别，我们就是仇人了。你如此阴险凶狠，我怎么放心让你留在我单纯的哥哥身边？"

"仇人？"

"难道不是？"令嘉看他。

"很好。你是这样想的，杨顺心，看来我没看错你。"

令嘉总觉得方纫秋顿时变得阴阳怪气，有些恼怒："你装什么不知情？方纫秋，是你亲口说的，咬牙切齿地对我说的，你希望这辈子没有认识我。那时我被惊吓到，一时来不及回复你。正好，我今天回你一句，我，跟你当年的想法一样。"

"你再说一遍。"就连坐在一旁脸色不太好看的杨冠军都感受到方纫秋此时浑身的冷气了。

方纫秋生起气来，气场竟然如此强大。杨冠军一时不知道要不要说话。

但令嘉是个死倔。她忽而一笑，凑近他耳边，似笑非笑："我啊，非常后悔当年及时踩了刹车。我就应该在那时候……"

"闭嘴！"方纫秋顿时恼怒。趁其不备，一把捏住了令嘉的双颊。

令嘉感觉到来自脸上的两道力，有些吃痛。她抬手就要去推，但被方另一只手给挡住了，知道令嘉力气大，方纫秋没有僵持多久，先她一步甩开了手。哗啦一声，从椅子上站了起来，瞥了一眼杨冠军，没有再看过一眼令嘉。

令嘉被他那一甩，差点踉跄。待她坐稳时，方纫秋已经转身离开了包间。

令嘉的手扶在桌沿边，紧了紧，再抬头看杨冠军，他的脸色也不算很好看。没来由地叹了口气："虽然我理解你的心情，方纫秋这家伙确实有些讨人厌。但你这么伤害自己也没啥意思。"

令嘉低着头继续吃东西，压根儿不想回话。

她知道每说一句重伤方纫秋的话，自己也会受伤一次。但是那又怎么样？看见方纫秋脸部扭曲时的凶狠模样，她只会觉得他是因为心虚。

第十八章

开机发布

令嘉录制的脱口秀节目在周五晚上由平台播出了。

这一期节目反响很好。

广大网民再次收获了一大波关于令嘉的表情包图片，节目组甚至在剪辑宣传片时，将她那句"红出宇宙"做了特效，配上她偷偷翻白眼时的动态视频，成为了新一代网红用语。

令嘉虽然特意在节目中澄清了绯闻，但广大网民似乎并不太关心这件事，反而集中火力将注意力落在十几年前那坑爹的十八铜人视频上。

小令嘉挥舞着铁棍，哼哼哈哈地认真地跟一群小孩子伪装成铜人为难男主角。小令嘉认真的小表情乐坏了众人，加上她那奇怪的光头造型，还有只简单用一块布料从腰侧夺拉到肩头的破衣服，露出整个大膀子，却被抹了一身铜漆的小模样，说不出的好玩。

网上正热闹时，令嘉的微博也涨了一大拨粉丝。

虽然知道令嘉对这种走红方式很不感冒，陈尔却还是乐坏了，一个劲地夸令嘉有综艺感。

“下次我再帮你接两档其他节目？”

坐在保姆车里闭目养神的令嘉瞥她一眼，闲闲地挥手：“你别给我瞎搞。”

“嘿嘿，咱们乘胜追击嘛。”

令嘉再次瞥她，懒得再说话。

陈尔笑了笑，对令嘉近来的表情有点守得云开见月明的感觉。所以心情也甚好地附和了两句：“行，你最近就好好拍戏。啥也别想。”

这会儿，车子正开往市区的希尔顿酒店，《黑客帝国》剧组的开机发布会在酒店内举行。

令嘉突然想起什么来，从椅子上坐直，回头看低着头正在捣鼓 iPad 看微博的小喜子：“我让你带的东西带了吗？”

小喜子被令嘉突然一问，愣了下，才想起来从背包里掏出一瓶“健力”旗下品牌的饮品，以为令嘉现在就要喝，正打算抬手拧开盖子，却被令嘉及时叫住。

“别开。我让你买五瓶，你都买了？”

“嗯，都买了。”小喜子乖乖回话，不知道她要做什么。

陈尔也有点弄不明白她的想法：“你买这么多饮料做什么？”

令嘉呵呵笑了一声，对小喜子吩咐道：“开场之前，你帮我送给导演和其他几个演员。”

陈尔好似明白她的心思来。

“没见过你这么敬业的代言人，看来我得找健力给你涨代言费。”

小喜子依然不太明白。但按照令嘉的吩咐，在发布会开始之前，早早将饮品拿在了手里，等着工作人员来通知。

陈尔随令嘉到了化妆间，打发走了化妆师后她有些担忧地看了看令嘉放在台上的饮料。

“乔云珠这人的脾气可不算好，你非要故意招惹她做什么？看见健力两个字，再眼瞎的人都知道是你代言的产品，你就这么让小喜子塞到他们手上，不怕适得其反？”

令嘉呵呵笑了一声，盯着镜子里的自己看了会儿，对自己的颜值还是很自信的。

"只要导演接了，我就不信乔云珠不会接。"这就是令嘉非要安排小喜子一定要在上场之前给各位嘉宾的原因。

出席此次发布会的人，是《黑客帝国》里的六位主要演员。

乔云珠作为女二号，当然在列。聂洋和其他几个男主演自然也在，令嘉让小喜子守在门口是等着有机会上场的时候塞给大家，明面上是令嘉会做人，考虑周到。当然，她早有准备，自己留了一瓶。

就算不让健力见报，这种在公众场所的捆绑销售手段，也能恶心死乔云珠。

过了不久，就有人敲门了。

是小喜子，她探出半个脑袋看化妆间里的两人："令嘉姐，陈姐，快开始了。"

令嘉走出化妆室，手上没忘记自带水。这种场面，要发言，主办方一般都会准备水喝，但是偶尔有一些明星只愿意喝自己带的东西，也在所难免。除非心思敏感的女人，其他几个人在入场时被小喜子强行塞了水后也没什么特别的举动。

反而是在路过乔云珠的时候，她接过水时深深地皱起了眉。抬头瞥了眼笑脸盈盈的小喜子："乔小姐，这是我们令嘉姐特意为大家准备的呢。"

主持人催促着上台，乔云珠被赶鸭子上架，一时没人接手那该死的饮料，只好一同带上了台。

宋允儿，令嘉是压根儿没放在眼里，所以也就没准备她的。

台上齐刷刷的几个人都拿了饮料，唯独聂洋和宋允儿空着手上台，媒体中也有人觉得奇怪，但并不是大事，很快就没放在心上了。

演员的站位其实也是有讲究的。

但是这次，令嘉的身份对外可是女三号。所以，她站在女演员这边最末尾的位置。当然发布会现场，大家的重心始终是影帝聂洋，多年没有回归小银幕的聂洋和楚天被媒体竞相追逐，反之左边的女演员们，令嘉虽然算得上超二线准一线的女演员，但没什么特别的话题度，只零星地被人询问到网上大热的十八铜人的事态。其余的便被乔云珠给分流了一些过去，乔云珠出道七年，一路走来，也算得上小花里的候补生了。粉丝也不少，媒体环节之后，也有短时间的粉丝见面活动，现场的女演员里，就数她的粉丝最多。

在媒体提问环节，也闹哄哄地喊"珠珠宝贝加油"。

宋允儿见这些粉丝大声喧哗，瞥了眼乔云珠，在心里冷哼。

什么猪宝贝？不就是那一对胸器嘛，有什么了不起。再看另一边，是更加讨厌的令嘉，脸色顿时铁青。

令嘉无暇理会宋允儿，只用余光回应着乔云珠朝着她抛来的炫耀，乔云珠是在场女明星中最众星捧月的，媒体们自然围着她转。

但乔云珠也不见得多高兴，看见令嘉不怀好意地笑着晃了两下手中的饮料，抬头喝了一口，心情越发不好了。暗暗骂了一句脏话，这才收回视线，目光正好落在努力想要表现、摆出很好的造型给媒体拍照的宋允儿身上。

一股子闷气，直窜脑门。乔云珠比令嘉还要讨厌宋允儿。好不容易争取来的角色最后居然给新人做了配，这戏虽说主要以男主角的成长背景为主，但聂洋可是实打实的影帝，宋允儿的戏份再少她也是女主角，这样的组合一经公布，不仅遭遇到外界的非议，组内的其他人也是相当地不看好。

乔云珠此时迫切地想要找到与自己站在统一战线的伙伴，她的目光落在令嘉身上，只见对方笑盈盈地看着自己，虽然生气，但乔云珠打算先压下和令嘉的恩怨，合力杀杀宋允儿的傲气，让她老实点。

第二位的乔云珠离令嘉本来就近。她凑过去，附在令嘉耳边，眼角的余光却看向台下的媒体并露出笑脸："就这么任由新人踩着上位？"

令嘉当然理解乔云珠突然的示好是什么意思。

微微一笑，全然不在意的模样："作为前辈提携下后辈有什么不应该的吗？"

乔云珠愣了愣，没想到令嘉是这样的想法。但很快，她从鼻子里哼出一声来："真的假的？你把人家当后辈，人家还真拿你当前辈？"

令嘉淡淡侧身看了她一眼，没有松口的迹象："我可不管别人怎么想。"

乔云珠呵呵冷笑了一声："你倒是大度。"

她自然不是真心夸奖令嘉大度，只要稍稍关注一下两人的互动，便猜得到两人之间肯定是不和睦的。只当令嘉这是不想和自己合伙，在外人面前逞强呢。

注意到乔云珠微妙的表情变化，令嘉微微弯起了嘴角。

转头，却发现聂洋正巧在看自己，咧开嘴角，笑得意味深长。令嘉很快收起嘴角，她知道聂洋在笑什么，再看看台上的其他人，令嘉的视线最终落在正回答着媒体提问的楚天身上。

楚天在发布会之前，再次约见过令嘉。

林燕妮将改好的剧本送了过来，乔云珠和宋允儿的戏份都减弱了，令嘉的戏份成为了主导线索。比起宋允儿这个女主角，聂洋这位票房影帝同女性角色的对手戏很大一部分是和令嘉饰演的角色的。

改过的剧本角色比令嘉所想的要吃重，这在令嘉看来也不是什么好事。她甚至觉得有些为难。

林燕妮一看她皱眉咬手指就猜到了她的想法。

"这可不是因为我是你的粉丝故意偏袒你，是聂洋要求的。"

"他？为什么？"

"大概因为你给他介绍的医生比较管用吧。他最近身体不太舒服，经常看医生,听说,他的主治医师是你表姐？"林燕妮也有些摸不着头脑。

赵家禾？这是哪一出……

令嘉也不太明白的样子，林燕妮拍了拍她的手，安抚她："别多想。聂洋好歹是三亿影帝，接这片子本来就是看在楚天的面上，女主角还是个名不见经传的背景女，他当然有意见。"

如果说因为这个原因的话，是有可能的。

　　"你在思考怎么感谢我对不对？"不知道何时，主持人安排大家入座，聂洋主动坐在了令嘉身旁，小声道。

　　令嘉回过神来，看了他一眼。

　　"谢谢你给我树敌众多吗？"

　　"嘶……"似乎没想到令嘉会这么想，聂洋板起脸，但是很快又笑了，"我就是故意的。"

　　令嘉白他一眼。

　　但嘴上还是说道："谢啦，改天请你吃饭。"

　　聂洋知道按照令嘉的毛性子，能说出这种话，必然是真心的感谢，他便笑得更加开心了一些，一口答应下来："好啊，叫上赵医生。"

　　令嘉奇怪地看他一眼，何时起两人关系这般不错了？

第十九章 / 饭局尬聊

"聂影帝最喜欢电视剧里哪一位角色？"

有媒体不嫌事大，见聂洋同令嘉两人交头接耳，便很快将话题转了过来："是不是最喜欢令嘉？"

这坑人的问题果然是橘子娱乐的人问出口的。

令嘉因为同聂洋坐得近，必不可免地被人盯着看了一圈，加上两人交头接耳，不免让其他人也想到这两人的关系还不错。

"在此之前，令嘉似乎并没有拍摄过电影，有很长一段时间聂影帝都在大银幕，两人没有合作过，令嘉是私底下和聂影帝有什么来往吗？"这话就问得有意思了。

不仅仅令嘉如此想，聂洋也笑了笑，开玩笑似的口吻："你这话问得有点意思。先代表我喜欢上令嘉，别说我没这种想法，就算有，也不应该由你来代表。"聂洋瞥了眼问话的男记者，"你应该没有女朋友吧？小伙子不太绅士。"

聂洋的话，引来其他人的发笑声。橘子娱乐的男记者也扯着嘴角笑了笑，但明显没有笑意。

令嘉侧头，看见聂洋摸了下鼻子："不过既然你发问了，我就代替剧中的角色豹子回答一下。豹子可能最喜欢安颜的性格以及队友梦洁的身材。"

梦洁是乔云珠的角色，是个人也听明白了。

"那令嘉饰演的蓝蝶呢？对豹子来说，是个什么样的存在？"

"蓝蝶的话……"聂洋故意笑着扭头看令嘉，见她冲自己挤眉弄眼，笑容更盛，"蓝蝶在剧中是豹子的入门老师，听说她很凶，这样的女人，我猜豹子当然只有敬爱咯。"

"真的只有这些吗？"

聂洋颔首："当然我也喜欢用表情包。"

令嘉的表情包在网上红了个透彻，在座的人自然都明白他在开玩笑，跟着再次发出了笑声。

橘子娱乐的小伙子是不敢贸然顶撞聂洋的，话锋一转，话筒对准了令嘉。

"令嘉呢？你第一次同影帝合作，会不会很紧张？听说你们的对手戏不少，前些日子拍到你和男朋友一起，他对此有什么异议吗？"

令嘉不着痕迹弯起嘴角笑了笑："对于此事，我上次在节目中已经解释过了，也就不再多解释了，如果你真的很想知道答案可以去网上看播出的节目。"

主持人见记者开始询问绯闻了，笑着接过话头："各位媒体朋友们，今日是《黑客帝国》的发布会现场，关于各位主创私人的问题，接下来我们有安排专访。"

但专访的明星里没有令嘉，也没有聂洋。

发布会四十多分钟后结束，其他人被邀请去酒店的房间里做专访。陈尔领着令嘉挤过匆匆的媒体人群，往停车场走，聂洋同她一样，两人的行程比较满，主办方并没有安排专访，两队人马一前一后地出来。

"剧组跟《Esaly》杂志约了封面拍摄，邀请的是你和聂洋。"

《Esaly》算是国内顶尖的时尚杂志，一般来说，邀请的封面女郎大多是当红花旦之流，作为青衣的令嘉是少有机会拍杂志封面的，这次算是托了聂洋的福。

陈尔一边走一边向她汇报接下来的工作，令嘉听见自己要和聂洋一起拍封面，她斜睨了一眼也到了停车场的聂洋。

对方正冲自己眨眼睛："请我吃饭的事情，就定在明天晚上。"

令嘉还没回话，他已经跳上黑色豪华保姆车，只留给令嘉一串的黑色尾气。

陈尔摸着下巴，很是好奇。

"你什么时候答应了要请他吃饭？这么熟了。"一脸探究和阴谋的样子。

令嘉一巴掌捂住她的脸："你的脑子里有什么阴谋诡计？"

陈尔扒拉下她的手："聂洋是棵大树，你抱上他的大腿说不定会跻身一线。不过，聂洋的女粉丝太多了，要是被拍到点什么绯闻，就说不好了。"

令嘉瞪了她一眼，拉开车门坐上车。

"你是不是嫌我事情不够多？一线、二线对我来说不那么重要。"这是实话，也不是谦虚的话。

"那什么对你重要？"

令嘉沉默一阵，高深莫测地半眯着眼，却不免俗地道："钱。"

陈尔气恼，一把拍开令嘉的手，红等于钱，这是不争的事实。

令嘉不得不承认，聂洋这人虽然没什么优点，但在工作的时候是百分之两百认真的。杂志拍摄很顺利，原定两天的拍摄一个下午就顺利拍完。

搞得《Esaly》中国区总编也对两人赞不绝口，称赞两人有 CP 感。

这话可就让令嘉不乐意了，这话传出去她可怎么做人。

但看另一边，聂洋已经收拾妥当，冲她挑眉，示意她楼下等。

两人的神情在别人看来，就好像……有那么一腿？

总编大人立马会意，推着令嘉往外走："你们这些小年轻肯定有聚会吧？我就不留你们吃晚饭了。"

令嘉被她推着，一个转身，叹气道："你还是留我们吃饭吧。"

"不不，坚决不留！"说完，总编一溜烟跑了。

聂洋冷眼看着令嘉拙劣的演出："跟我扯上关系是你的荣幸。"上了车，便表示出了自己的不满。

令嘉一只脚刚踏上车，抬起头来看聂洋气乎乎的脸。

"荣幸自己守活寡吗？"

"噗……"

聂洋还没反应过来，他的金牌经纪人连易率先笑了出来。

聂洋气得半死，那眼睛恶狠狠地瞪了他一眼，抬手就想要赶令嘉下车。令嘉动作不知有多迅速，一闪身人已经坐了下来："我可是为了你聂影帝好，才打发经纪人先离开的。难不成，你想让我叫她回来？"

聂洋不说话了，吩咐司机开车。

对于聂洋，赵家禾也没多上心，不然怎么会接到令嘉的电话后一口就答应了。顺便还带上了令嘉那两月不见的六岁侄儿，赵球球。

从进门开始，令嘉就发现了聂洋的不对劲，平日里趾高气扬的男人这会儿有点坐立不安。严肃地盯着眼前精致的菜样，也不说话，像是在和谁赌气。

令嘉夹起一筷子蜜豆往赵球球碗里放，半个身子探到赵家禾眼前，压低了嗓音："你得罪了这尊大佛？"

吃饭前令嘉才从聂洋经纪人连易口中得知，赵家禾偷偷摸摸做了聂洋的私人医生，这一段日子，赵家禾没少去聂洋家里。孤男寡女的，有点矛盾很正常。连易给了她一个放心的表情。

令嘉护着表姐，总担心是不是被聂洋欺负了，看连易的眼神也露出了几分凶相。但这会儿看，反而像是赵家禾对聂洋做了什么……

赵球球也是个耿直小朋友，听见令嘉的话，小嘴巴里嚼着好吃的蜜豆，还不忘记抹黑赵家禾："妈妈说这个叔叔是软蛋。"

　　赵家禾没料到平日里在聂洋那里受了气在家里抱怨的话被赵球球就这么爆出，扔下筷子就要去捂住那张小嘴，来不及了，聂洋听了手里的筷子啪的一声扔在桌上："赵家禾，你破坏我们的君子协议！"

　　令嘉到嘴里的食物差点没喷出来："好球球，软蛋可不是你应该说的词语。"虽然令嘉非常想笑，但看赵家禾尴尬的表情，知道这时候不应该逞嘴快。

　　赵家禾的确尴尬得无地自容，她在外人面前向来表现出一副公事公办、专业过硬的成功女性模样。只有回家的时候，才会跟乖儿子球球抱怨两句。令嘉了解她，如果不是被聂洋欺负惨了，赵家禾这般书生气的人怎会跟球球说如此的话？

　　"我没破坏协议，小孩子不知情。"赵家禾暗自咬着下嘴唇，想起聂洋对自己说的那些狠话，心里也对这人有了意见。

　　"我需要提醒赵小姐，你是签署了合同的，有必要的时候我们也会按照合同办事。"关键时候，经纪人连易就会跳出来假装黑面神了。

　　令嘉见不得两人仗势欺人，见聂洋涨红着脸，显然还没消气。

　　"好球球，有些事情啊，咱们心里知道就行了。"

　　"令嘉，你什么意思？"

　　令嘉眨眼，一脸的无辜："难道聂大天王你真想让我把你……"视线扫过他的下首，嘴角带起笑："是软蛋的事儿搞得尽人皆知？"

　　聂洋还没发火，她又说道："我可没跟你们签协议。"

　　还是连易老辣，一听这事态不对，立马换了脸色："令嘉小姐说笑呢。"他抬手招呼了服务生进来，吩咐着让人给大家把酒满上。

　　"其实，两位小姐误会聂洋了，这次我们来，其实也是想向赵小姐赔罪的。前日听说聂洋对你说了一些不太中听的话。"

　　还真被欺负了呀。令嘉眼风从聂洋扫到赵家禾脸上。

　　两人的表情都不太自然，令嘉总算明白自己今日这顿饭，算是被聂洋敲竹杠了，敢情就是拉着自己来做配的。

　　"他怎么欺负你了？"令嘉问自己表姐。

赵家禾动了动嘴巴，想起前日发生的事情，着实有点难为情。

聂洋在赵家禾几番的治疗调整下，觉得距离重振雄风指日可待，一时忘形，勾搭了个追他追得紧的小模特上家里，这些日子赵家禾每日来给他做检查他都觉得特别尴尬，小兄弟抬头的趋势还不错，可不知怎么的，面对性感火辣的嫩模就又难以提起精神头。聂洋尤其沮丧，将一切的过错都推到赵家禾身上，正巧当日是赵家禾出诊的日子，他一个老大不爽当着她的面摔了一屋子东西，大骂她是庸医。

赵家禾耐心地劝解他，并建议他要相信自己找出源头。聂洋没什么身体上的毛病，这问题显然是出在心理上，要治疗需要花时间。

脱了裤子做检查，感受到赵家禾手上冰冰凉凉的触感，聂洋彻底恼羞成怒了。因为小兄弟可耻地抬头了，聂洋一怒之下就犯下大错。

至于犯下了什么大错，令嘉就不得而知了。但看赵家禾的表现，应该也算不上什么挽回不了的事情。

"我只是想给赵小姐加工资。"聂洋见赵家禾没开口，便主动说了，只是视线扫过了乖乖吃自己食物的小男孩，嘴角隐隐勾起，"现在一看确实是我做错了。"

"是的，聂洋是真心道歉的。"连易抬起了酒杯，示意聂洋也朝赵家禾敬酒，"还真没想到，赵小姐看着年纪轻轻，孩子都这么大了。不知道您的先生是做什么的？"

赵家禾端起酒杯的手顿了顿，令嘉横了连易一眼，真是哪壶不开提哪壶。

"怎么？现在做私人医生还要被调查户口啊？"

"呵呵，哪里哪里，只是好奇。"连易连忙说道，视线有意无意地扫过聂洋，恨铁不成钢。

一顿饭吃得不算满意，最后还是连易买的单。

聂洋只在最后说："你的饭欠着，下次请回来。"

令嘉撇嘴，真是周扒皮。

令嘉是在拍摄结束后搭聂洋的顺风车独自赴宴的，没带司机没开车，饭局结束赵球球也困得不行，不停地打着哈欠，小家伙明天还要上幼儿园，令嘉不忍心让赵家禾送自己，最后这重任就被一心想要表现的连易给揽了活。

尽管，聂洋百般不乐意，令嘉还是上了聂洋的保姆车。对她来说，聂洋的不开心快乐就是自己的开心快乐，想一想都觉得刺激。

第二十章 / 结束不了

聂洋让司机将令嘉扔到了公寓楼下便扬长而去了，喷了令嘉一股子倒霉的尾气。

真没礼貌。令嘉嘀嘀咕咕地进了大门，刚要按电梯，突然一双白皙修长的手赶在了她之前。感觉身后贴着一堵热墙，令嘉吓了一跳，赶紧缩回手。

"见到鬼了？"身后响起熟悉的声音。

令嘉回头，瞥见方纫秋阴森的脸，抿成一条线的唇角冷冰冰的："这么晚回来还怕遇见鬼？"他讽刺她。

"你怎么知道这里？"她其实是想问他怎么会知道自己的住址。不过，她知道自己一旦问出口方纫秋又会讽刺她自作多情。

方纫秋没回话，沉默地盯着电子屏幕上变换的数字。很快电梯门打开了，他率先走了进去，站在里面看令嘉没动静："不打算回家了？"

"你要做什么？"令嘉皱眉，总觉得方纫秋来者不善。

方纫秋却是一只手揣进了西装裤口袋："去你家参观参观。"

自从上次两人在饭店闹得不愉快之后，令嘉便以为不会再见到方纫秋了，毕竟他是那样骄傲的一个人，上了中学，方纫秋就再也不是那爱哭的讨厌鬼了，他变了许多，成为了学霸，个子也长高了，深受学校里女孩子的喜欢，所以他养成了傲慢的性子，闹了别扭，也都是令嘉变着花样地道歉。

令嘉收起腿，声音很冷："我家不欢迎你。"

方纫秋似乎没生气，指了指电梯角落上的摄像头："你是女明星，应该不想被人看到不合适的画面。"

就会威胁人，流氓律师！

令嘉也不怕他，干脆抬脚走了进去，电梯门叮的一声关上了。电梯的空间不小，但令嘉仍然感觉到了不适应，她有些懊恼地扯了扯衣角，看见数字停在 16 层时，迅速地抬脚往外走。似乎是有预谋，在她毫无防备时，方纫秋已经先她一步跨了出去，待到她走出，电梯门一关上，他一把将她挤在走道的墙根。整个身体压在她身上，让令嘉一时无法动弹。

"你要做什么？方纫秋！"

两根指头捏住了她的下巴，迫使着令嘉抬头对上方纫秋的眼睛，狭长的眼半眯着，嘴唇开合一字一句："上次你说的男朋友就是聂洋？"

令嘉瞪大眼睛，不明所以地看他。男朋友？

"回答我。"方纫秋又说了一句。

"我和聂洋的关系你不是一清二楚吗？"令嘉感觉方纫秋使出了吃奶的劲，她居然推不开他，胸腔里一股子闷气压得她难受。于是抬手要去抓方纫秋的脑袋，被他仰头躲开了。

方纫秋脸上的冷若冰霜缓和了一些："你以为这些年就你练了点拳脚上的功夫？就你这点能耐，也就对付一些弱鸡。"

"放开我。"令嘉的手被他抓住了，整个拉在头顶，特别像投降的样子，令嘉感觉受到了侮辱。恼羞成怒，想要抬脚去踢他，但被他整个压住了。

"如果你好好说话，请我去你房里喝一杯茶。"

令嘉赌气，别开了脸。

"看来你更喜欢我们这样被别人看见。"方纫秋冷呵一声。

令嘉这才咬牙切齿地点了头。

方纫秋松开了手,手掌落在她脑袋上,用力按了两下:"我还是喜欢你乖一点。"

令嘉开门的手愣了愣,表情难看地推开了房门。

她的房间一如既往的乱。方纫秋蹙起眉头,说不上来的滋味,但心里却有一丝欣慰。他不知道自己在欣慰什么,只是觉得此时的令嘉跟十年前的杨顺心总算有一处没有变化了吧。

"喝什么?"既然人已经进来了,令嘉也不做他想,便做足了主人的模样。

"咖啡。"

令嘉在厨房里没发出声音,过了一会儿手上端了一杯白水出来,"我家只有白水。"还是冰的。

方纫秋也知道她大约是倒了自来水给自己。至于吐没吐口水,就难说了。

眼瞧着方纫秋将水杯推远了一些,令嘉冲天翻了个白眼,心想他真是没变化,被害妄想症。

"你到底找我做什么?"她相信他无事不登三宝殿。

方纫秋这才收回打量房屋的视线,转头来看着令嘉,眸子里表现得很专注:"你就不想问问这些年我在国外生活得如何?"

令嘉张了张口,想说跟她有什么关系。十年前,他们就老死不相往来了。但想起上次在餐厅,方纫秋那暴怒的模样,她哼唧了一声,敷衍道:"我看你过得挺好。"

方纫秋摇头,看上去不像是开玩笑:"不好。我一点也不好。"

定然是不好的。方家对他,就像洪水猛兽。令嘉怎会不知道?可是……她不会同情他啊。

令嘉咧开嘴,没心没肺地笑:"我怎么这么开心呢。"知道你过得不好,我就满足了。

"别这样笑。"方纫秋沉声,"这样笑起来,很丑。"

"我不跟你耍嘴皮子，你赶紧把水喝了就走吧。"

方纫秋不说话了，还是伸手端起了水杯，浅抿了一口。

令嘉实在搞不太明白他，这天晚上方纫秋没有再做任何事，他只是沉默着喝了水，坐了半个小时左右，一言不发地离开了。

盯着方纫秋离开的背影，消失在门后，令嘉才大喘气地哀号一声。

方才那家伙将她压在墙上……想起那一幕，令嘉捏着自己的拳头用了劲，她刚刚怎么就没有使出吃奶的劲呢？方纫秋的动作太突然，搞得她惊慌失措，压根忘记了自己除了手脚还有嘴这利器，早知道就冲着方纫秋的手咬一口，起码解气！

令嘉懊悔得瘫在沙发上连打了几个滚，用力地扭动着身体，披头散发地喘着粗气，盯着天花板发呆。

很长一段时间，令嘉都没有动作。她的身体以一种奇怪的姿势瘫在沙发上。

她想起了许多以前的事情。高中的时候，方纫秋交女朋友了。

令嘉说不清楚的感觉，只觉得难受。但那时的她，没心没肺，不明白这所谓的难过就是喜欢。看着他同那被全校男生奉为女神的女孩出双入对，像是一根针扎了心。

但还好，她很快就调整了过来。

她那时除了没日没夜地练习摔跤，还认识了一个新朋友。罗野，一个放荡不羁，将花样自行车玩得出神入化的男孩子，他们臭味相投，很快成为无话不谈的好哥们儿。

方纫秋有了新的社交圈，而她也不甘示弱，有了自己的玩伴。

但没想到，这一切的错误都因此而发生。

方纫秋，不值得她原谅。

车子还没到家门口，手机就响了。

方纫秋揉着眉心，慢腾腾地接了电话："什么事？"他这人，对谁都一副冷冰冰的样子。

"方纫秋，你是不是去找过令嘉了？"电话那头杨冠军的声音气急败坏。

"怎么？我不能见她？"

杨冠军顿了顿，也不是不能见，只是接到令嘉的电话时他恍如隔梦，令嘉在电话里追问他最近为什么跟方纫秋走得近，那丫头是个人精，看起来傻傻的，其实聪明着呢。

"我们的事情，不要告诉她。"

"我知道。"

"她……记仇，这些年一直恨着你，不如算了？"杨冠军是了解令嘉的，动个脚指头就知道她在想什么。

算了？

方纫秋冷呵一声："杨冠军，不要跟我说废话。"

"……"杨冠军不知道要说什么好，很想劝导方纫秋，他的所作所为，在令嘉看来都是无用功。令嘉不看重那些，如果她真的喜欢方纫秋就不会在意爱情以外的任何原因。可是方纫秋就跟疯魔了一样。

"要我算了，还不如十年前，我俩同归于尽了。"

说完，方纫秋就挂了电话。他深吸一口气，将手机扔回车上，前方透过车窗可以看到隐没在黑暗中的别墅，大铁门看上去诡异得可怕。这是方家在阳城的老宅子，他回来后，一直住在这里，偌大的房子，一个人。

令嘉做梦也没想到，自己会用这样的方式再次走红网络。

脱口秀节目在播出后不到一周，网上有人将当年她第一部参演的电影，十八铜人的片段给放了出来，在网络上大肆传播。人人都以看笑话和猎奇的心理，截图、调笑。

"怎么会这样？"令嘉风风火火冲进办公室时，陈尔正在与公关部的米雪商量解决方案。

按理来说，这样的热度应该是好事才对，只是某些网友抓住视频中令嘉半裸着上身的画面，截图恶意描黑。一旦事情开始有苗头，橘子娱乐那群人又冒出来，将照片放大，提及到裸、凸点等恶心字眼。

"这些人也太丧心病狂了，对待一个不足十岁的小女孩……"陈尔也很气愤，捏着办公桌角的五根手指头青筋暴跳，但对令嘉也恨铁不成钢，"你怎么那么傻，即便是小时候也不能不穿衣服就上阵啊！"

令嘉也很委屈："我小时候长得……黑，又有点瘦，被人当男孩子……"按照她的性格，要说自己长得就像个野猴子也说不出口。

陈尔向来不怎么给面子："不仅黑瘦，还丑！"

"你不需要这样打击我的。"令嘉悻悻然。

陈尔不打算再跟她纠缠，转头找米雪商量正事："所以你们公关部有什么对策了吗？"

不是耀星娱乐的公关太差，主要这些年令嘉的确没出过什么事情，有时候一些小新闻他们还不放在眼里，最近有人接二连三地故意抹黑，说来事情也不大都是些小打小闹，可放任着不管又说不过去。

"买点水军，刷刷好感度吧？"米雪询问的眼神。

陈尔气不打一处来："这就是你们公关部的态度？"

"那你说想怎么做？"米雪摊手，表情认真地盯着令嘉看，她是当事人，应当最有发言权，"你们什么意见，我们照做就是。"

"你这意思，是让我们干公关经理的活……"

"反击吧。"令嘉担心陈尔说出什么不可挽回的话，扯了两把她，"橘子娱乐不是第一次抹黑我了，我认为我们有必要做点事情。"

"这……"米雪为了难，"我需要请示一下老邹。"

"那就等你的好消息了。"令嘉也不为难她。

送走了米雪，陈尔表情就不好看了："你为什么给她时间？这一拖下去，不知道又得多久，你的合约快到期了，公司这些年对你怎么样你是知道的，还指望他们在这时候大作为？"

陈尔在这方面倒是跟令嘉同一条心的。

令嘉这人没什么太大的野心，所以对公司这些年的碌碌无为也没有多大的怨言，只是陈尔心里有怨气她是知道的。

"也罢，你这时候马上要进组了，不好闹腾得太大。"陈尔泄了气。

《黑客帝国》进组的日子临近，令嘉和助理小喜打包了两大箱子，其中一箱子全是吃的，很多时候演员们在剧组里一关就是几个月，对于令嘉来说，食物才是一切！

"小喜，别忘记了我那一袋子芒果干。"

小喜答应着，将那一袋子芒果干硬塞进了箱子里。令嘉还在琢磨要带什么东西，电话不合时宜地响了。摸了把沾着零食屑的手，拿起手机，一看对方名字令嘉便坐直了身体，一改往日的懒洋洋。

电话是从新加坡打来的，来电人是方纫秋的三堂姐，方子怡。

"子怡姐，你怎么想着这个时间给我打电话了？"方子怡便是隔三差五给她邮寄芒果干的金主，对方家人，令嘉恐怕也就和方子怡还保持着良好的联系。

方子怡是方家唯一的女孩，比方纫秋这个私生子整整大了6岁，从小就宠爱方纫秋，像亲生弟弟一样对待。令嘉和方纫秋的过往，方子怡最清楚不过，正因为如此，她才遗憾令嘉居然最后没有和方纫秋走到一块儿。

"上回听你姐提到，你和小秋遇见了？"

想来是赵家禾跟她说了。令嘉闷哼着点了头："见了。"但没下文。

"小秋原来那个女朋友，早些年就没来往了，其实你同他……"

"子怡姐，我有喜欢的人了。"令嘉知道她要说什么，快速插话打断她，"我和方纫秋以前没可能，以后也没有。"

令嘉听见电话那头方子怡微微叹息了一声，她欲言又止地张了口，"其实……"但很快又停了下来，"你还喜欢着那个男孩？"

"谁？"

"罗野。"

已经有多少年没有听过这个名字了，令嘉一时之间有些恍惚。像是远古的记忆被唤醒。其实令嘉已经不太记得罗野长什么样了。罗野对她来说，从来都只是哥们儿。

但显然方纫秋不这么想。不管她说多少次，他都不信。可是，信或者不信，对方纫秋来说，有什么意义吗？他那时候和校花爱得难舍难分。

令嘉半晌没有回话，方子怡自知失言，叹气道："这么些年你还记恨他啊。"

"我不记恨方纫秋，只是没办法原谅他做的事情。那是一条人命。他太冷血了！"

"他只是嫉妒……"

"子怡姐，不管方纫秋出于什么原因。他所做的事情，都不值得原谅。"

"好了好了，不说他了。"方子怡听明白令嘉的意思了，不好再说下去，于是岔开话题，"你哥哥将家里的生意打理得很好，还要麻烦他多替我们关照一下方东林，四弟确实在某些方面有点毛病，但能力是有的。家里希望他能在你哥哥那里得到一些锻炼，将来……"

"将来继承方家的家业吗？"令嘉冷讽笑道。虽然她对方纫秋没什么好脸色，但不得不承认，方家这一代，方纫秋无论哪一方面，都最出色。

但方家的老太爷却因为他私生子的身份，频频打压。

"令嘉，你是聪明女孩。所以你应该很清楚，为什么我希望你和小秋走到一起。"

"我明白。"这是两个家族之间的关联。方纫秋没有方家的庇佑，而她令嘉是杨家唯一的女儿，这些年过去了，杨家再也不用依附方家，已经壮大到足以和方家抗衡。方纫秋和她走到一起是双方家里人都乐意见到的。方子怡，则是希望依着杨家的关系，方纫秋能正式在方家认祖归宗。

同方子怡的聊天并没有很愉快。

令嘉不管家里的事，更加不会在意两家族的利益。她捏着电话，沉默了一瞬间，而后才调整了情绪笑嘻嘻地道："三姐上次寄来的芒果干我又快吃完了呢。"

"芒果干？"方子怡愣了下，随后才笑道，"我让人再给你寄一些。你呀，从小到大就爱吃，也不见长肉。"

"我吃的东西都化为力气了。"

方子怡在电话里笑了起来。

网上截图的事情闹了个大热闹。

事情并没有因为公司的不作为而停息，愈演愈烈时，令嘉已经进了《黑客帝国》的剧组。下戏的时候，经助理小喜子的提醒才拿出手机来看新闻。

橘子娱乐那则抹黑视频里的男主持将下流当幽默，以"裸、露点"等恶劣的字眼引起关注，言语里尽是对女性的不尊重。

起初围观群众还只是旁观者的看法，没几个人真的站出来呵斥橘子娱乐的恶劣。直到令嘉动手转发了这条微博，言语不多，只说："对不起，太辣眼睛！"附带网上疯传的她翻白眼的照片。

令嘉的道歉让一部分人炸了，尤其是女性观众，纷纷指责她。

我是孙悟空："你道什么歉？"

叫我宝宝："认尿了？"

阿云晕："你的公关是死了吗！"

66666："没想到你是这样的令嘉，取关，后悔认你做偶像！"

MM 小鹿子："牛气爆了，这都不生气？"

一嘉之言回复 @阿云晕：要真的舍得死，我也舍得埋。@耀星娱乐

一嘉之言回复 @MM 小鹿子：老实说，我很生气！但男主持这语调，足以支撑起一座青楼，我为他高兴。（附带自己的白眼照片）

令嘉那一条艾特耀星娱乐的留言和表示自己很生气的留言，被点赞到了热门，众人纷纷诧异。开始猜测这是令嘉的反击，并且和公司内部矛盾迭起。

一堆凑热闹的媒体纷纷夸大言辞，诸如"令嘉和老东家闹掰，发言论引猜测""当红女星爆粗口，意指橘子娱乐是风月场所"。

网络上一时之间热闹非凡。但很快，媒体的揣测被打脸，令嘉和陈尔配合默契。耀星娱乐官网不得不按照令嘉的想法写了一份动之以情晓之以理的声明，发了出去。声明里写明了令嘉的愤怒和委屈："我们很感谢媒体朋友对令嘉的关心，令嘉是耀星娱乐的艺人也是我们的家人，平日里大家说话方式都很活跃。鉴于此次橘子娱乐所谓的'露点''裸露'事件，报道太过荒唐不堪！耀星娱乐强烈谴责，将追诉到底。一个十来岁被误以为是男孩的小朋友，不应该受到如此对待。耀星娱乐郑重恳请，请媒体朋友们良心播报新闻，还网络一片净土。"

令嘉随后便转发了该条微博。

一嘉之言：我小时候确实长得又黑又 MAN……

就在微博发出后不到十分钟，微博留言已经高达两千多条。令嘉随手翻了翻底下的评论。

"这次橘子娱乐确实过分了，如今的媒体良心大约都喂了狗。"

"支持令嘉，虽然你真的不年轻了，但看在十八铜人的小令嘉分儿上，勉强支持下长大后的你。"

"老实说，你整容了吧？"

"就没有有关部门管一管这些没道德无良媒体吗？

"其实你现在也挺黑，挺MAN……"

"你该不会以为自己现在女大十八变了吧？"附上前阵子令嘉微博的自拍照，一双炯炯有神的眼睛，此时看像一副斗鸡眼。

……

底下的评论大多是支持令嘉维权的，这算得上是一个好的开头。但一堆不知名的水军仍然出现，在她的微博里指责她教坏小孩，行为不规范。也有个别不明真相的群众被牵着鼻子走。

"这些人有没有脑子啊。"小喜子抱着iPad一通抱怨。

令嘉倒是没觉得什么。这世上有人喜欢她，就有更多的人讨厌她。只是心里一股子烦闷，感觉自己最近在走霉运，不仅网上倒腾一把，剧组的生活也不算如意。

最先进组的宋允儿频频NG，导演情绪不好，便让令嘉提前进组，拍摄了三日，宋允儿NG了三日。宋允儿将怨气撒在剧本上，私下里阴阳怪气地跟四周的工作人员提及，自己女主的戏份少得可怜哦，还不如一个女三号。

拿到修改后的全员剧本后，没想到令嘉和男主的对手戏竟然有61场，而自己作为陪着男主走到最后的女一号，居然戏份寥寥，宋允儿就长时间地闹别扭了。

宋允儿以罢演的形式表示了不满，却被第一编剧林燕妮傲慢地回击了："我写的剧本就这样，爱拍不拍！"

被无视的宋允儿气不过，这时候想起还未进组的乔云珠来。

令嘉第一天进组，就听到助理小喜子偷偷摸摸地来告诉自己，她听见宋允儿在给乔云珠的经纪人打电话。

网上的事情还热闹着，令嘉坐在化妆间刷着平板，正心烦气躁。啪的一下盖上平板电脑的套子，冷呵一声："这个宋允儿倒是不傻，知道敌人的敌人是朋友。想联合乔云珠来对付我？"还真是撞到枪口上了，"不行，我得出出气。"

小喜子听完令嘉的话，双眼一暗："你有什么想法？"

"找两个人套上麻袋打一顿行不行？骨头松了，人就尿了。"令嘉的手掌捏得咔咔响。

"别……还是别了。陈姐说了，我们是文化人，我们得文明点儿干事。"

"哈哈，傻帽。"令嘉见小喜子都快抹汗了，哈哈一笑，"我开玩笑的啦，你看我是那么暴力的人吗？"

"那……"

"傻蛋，乔云珠久经沙场能是她一个宋允儿当枪使的？"

令嘉说得没错，乔云珠压根就没亲自接宋允儿的电话，她也在同一时间接到新改的剧本，看得火冒三丈，好在乔云珠有一个脑子比较清醒的经纪人，当即劝说她忍一时风平浪静，毕竟，她女二的戏份没怎么大动。

乔云珠一边吃着木瓜，一边听着经纪人三言两语打发了宋允儿，突然心情不错，忙拿出电话来，沾沾自喜地给令嘉这位阶级敌人打电话。

乔云珠打电话来也是令嘉预料之中的。

两人较量不少时日，心里多少都明白一些，同一个级别的跟同一个级别的人较量才叫事儿。宋允儿一个靠背景糊弄上来的，简直懒得出手。

尽管令嘉并没有将乔云珠当作对手。

"猜猜看谁给我打电话了？"乔云珠倒是从未将令嘉这个对手当"外人"，开口连名都懒得报就直奔主题。

令嘉语气淡淡，很是不以为意："宋允儿呗，还能是谁。"

"哟，你倒是不傻。"

"是呀，我胸没你大，脑子当然也没你大而空旷了，你吧唧吧唧的，正吃木瓜丰胸呢吧。也是，脑子不够，大胸来凑。"

"靠……令嘉，你什么时候改改你这个臭脾气，我真烦你这张嘴巴。"嘴里嚼着木瓜沫沫的乔云珠一巴掌推开装水果的碗，经纪人眼疾手快没让其跌落。经纪人指了指她的胸，摇了摇头，又拿指头封住了嘴。

乔云珠气不打一处来："就你令嘉嘴皮子要得溜，不也被人在网上阴了。"

"我的事情就不劳烦你操心了，说吧，打电话来找我什么事情？"

"哼，宋允儿找我合作，你等着死吧！"

乔云珠也就是个嘴上硬气的主儿，听那浮夸的语气，令嘉就猜到了半分。

"得了吧，没有得益的事情，被人当枪使你会干？"令嘉嗤笑，"你就是来找我炫耀，放过我一马对吧？"

乔云珠还真没想到令嘉这样了解自己，冷哼一声："是，那你还不快感谢我？"

"我得好好谢谢你。你等着。"挂完电话，令嘉就吩咐小喜，"在网上给乔云珠团购一批健力出品的安神补脑液。"

"这样真的好吗……"

"对，这样不能表示我的礼貌，你物色一下有没有什么缩小胸部发育的药啊，统统给她寄过去。乔云珠那对胸太可怕了，我好怕她有一天会被自己给压死。"

第二十二章 / 你放胆上

　　网上的事情还没扯清楚，令嘉就被通知要上戏了。

　　令嘉到现场的时候，宋允儿气鼓鼓地坐在椅子上灌水，眼神恶毒地盯着林燕妮看个不停。林燕妮站在楚天跟前跟聂洋讲了下一场的戏，看见了令嘉也只是点点头，没多做招呼。

　　宋允儿这便将仇恨转移到令嘉身上了，令嘉见还没开戏，导演也没叫自己，让小喜备了椅子坐下研究剧本。

　　今日便是和聂洋的第一场对手戏，今日这戏份很是吃重。

　　蓝蝶和豹子摊牌的场景，剧本里写了蓝蝶要对豹子下狠手，对这个昔日的爱徒不惜一巴掌拍得他找不着北。

　　聂洋最先跳脚。

　　指着剧本就在楚天面前大声嚷嚷这是什么鬼？被一巴掌拍得找不到北这是什么鬼形容词。

　　林燕妮就坐在一旁，脸色阴森森地："怎么？大影帝这点理解能力也没有？"

楚天想说什么，但看林燕妮的神色，转头安抚聂洋："你反正是挨打的，这场戏让令嘉来表现就差不多了。"

聂洋一听，不由得抬头看坐在休息区戳着平板电脑的令嘉，她有感应似的，笑嘻嘻地抬起头，冲他眨眼睛。聂洋指了指她："我……她……"半天说不出个字来。

楚天也瞧见令嘉了，这几日令嘉的戏份走得还算顺利，楚天对她还算和言悦色："令嘉有没有问题？"

令嘉一听这话就精神了，当即站了起来走过来表忠心："导演，编剧老师，我肯定会好好表现的。"那叫一个忠心耿耿，只差没行军礼了。

为此，林燕妮又讽刺上了："堂堂的影帝，上场的时候应该不需要借位和替身吧？"

聂洋又是出了名的爱逞能，林燕妮这话激得他脸红脖子粗地表示："当然亲自上！"他还好面子地指了指自己的脸，"令嘉，你放心大胆地来，我敬业。"

令嘉扼腕，挽着袖口就打算上了。

还别说，令嘉扮上蓝蝶，一对着镜头整个人很快进入了状态。

"是你干的？！"豹子的语气里满是不敢相信，他捏紧的拳头青筋暴露，明明很愤怒，但眼里却藏着复杂的感情，眼前的人曾是他亦师亦友的伙伴，他们曾经无数个通宵并肩在网络前线，他们一起严守攻防入侵者，保卫着网络这片净土。如今，却发现藏匿在背后的黑手老K就是她！

他怎么能不愤怒？又怎么能愤怒？！

蓝蝶穿着阔腿西装裤，一双手插在裤兜里，她昂头闭上了眼，不知是同情豹子还是同情自己，她没有说话，再睁开眼时，眸子里写满了蔑视和执意。

"很好，蓝蝶的表情很到位。"楚天的声音传来，没有打扰到两人。

机位迅速换了位置。豹子的双手特写，已然颤抖，最终还是正义战胜了情感，声音从牙缝里挤出："我会亲手抓住你……"

"啪！"轰鸣一声，一记极响亮的耳光响彻整个场内。

隐约还听见了收声机里响起的回音。虽然明明知道下一场戏是这样，但进入了状态的聂洋根本没来得及做好心理准备，他彻底愣在当场，打偏了的脑袋似乎出现了迷茫现象，他感觉自己的耳朵有一瞬间的失聪，脑海里嗡嗡地回应着响声。

谁都没想到令嘉下手如此狠毒，这一巴掌还真打蒙了在场的所有人。

空气里突然没了声响，站在旁边的摄像师差点没手抖，豹子本能地怒目相视。

直到听见一声"卡！"，楚天喊了停，"这一场过。"

站在一旁观战的连易一个箭步冲上来，见聂洋状态不对，一个劲地在摸耳朵。

"我靠，令嘉你来真的！"聂洋捂着脸跺脚。

令嘉一瞬间从戏里回过神，见聂洋表情不对顿时感觉自己的手掌心也火辣辣一片，她张了张嘴："不是你说放胆上……"但看聂洋痛苦的表情不像是装出来的，她也迟疑着："不会吧……把你耳屎打出来了？"

令嘉见聂洋这副样子，心里当即也难过起来："我真不是故意的。你没什么事吧？"

楚天也注意到事态的严重，上前来询问。

聂洋在工作时还算是君子，可就是如此，口中也爆了粗口："靠，令嘉把我打聋了！"

"你还听得见，没聋。"令嘉插嘴。

聂洋恶狠狠地瞪她一眼，捂住左耳："左边耳朵嗡嗡响。"

楚天心里也清楚，方才令嘉那一巴掌还真是"放胆"上了。那清脆的一耳光，方才自己的老心脏都震了一下。

连易赶紧叫了随行医生来检查，一群人簇拥着聂洋去了休息区。

不知道是否被令嘉的武力值吓到，还是什么，大家自动将令嘉隔绝在外，不让她靠近聂洋半步。搞得令嘉坐立难安，好不容易坐下了，又想着去休息室看看情况。

聂洋可是影帝啊，她那一巴掌要真把他怎么了，自己可就难在这个圈子混了。

主角残了，楚天铁青着脸宣布中场休息，足足两个小时，聂洋也没从休息室出来。令嘉这下更难熬了，踱着步子思索起赔偿问题了。

工作人员指指点点的，她压根没当回事儿，只是不敢去看楚天的脸色。

她不知道自己这到底是倒了什么霉运，偏偏遇上聂洋这个柔弱的影帝，一巴掌还能把他给扇残了？

陈尔进来时，就见她这副样子。白眼满天飞，哎哟这小祖宗真的是要折磨得她犯心脏病。

一小时之前，接到电话的陈尔火急火燎地从公司赶了过来，为了缓和气氛，特意准备了全场工作人员的饮料，事已至此，她也不急着探问情况，命人将买的饮料分给了在场的工作人员，总算才让气氛好一些。

林燕妮可是令嘉的粉丝，捧着饮料站在她这边。

"我看啊，八成是这个假影帝装的。"她才不相信令嘉那一巴掌能有多严重。

令嘉自知理亏，也不好附和。其实她刚从门缝里瞅见了，脸肿得老高的聂洋正在捂着脸骂骂咧咧。楚天还在一旁指责他平日不锻炼，关键时刻掉链子。

楚天不是没有责怪令嘉，听说聂洋不能再上戏时，他也凶巴巴将令嘉骂了一通。令嘉低着脑袋，半句话不敢反驳，孙子似的连连点头："是，是我的错，我下手太狠了些，我道歉，我认罚。"

理亏的时候，令嘉就展现出了她狗腿的一面。

楚天这才缓和了脸色，只说让大家先等一阵，暂且将明天乔云珠的戏份给提上日程。

突然接到通知要赶戏的乔云珠，为了在导演面前刷好感，挂了电话当即就答应了要赶来片场。

《黑客帝国》这部剧，主要以男主人公进阶热血的剧情为主，有大部分的戏都在棚内拍摄的。制片方因为请来了楚天和聂洋担当主创,大手一挥,就在海城花钱搭了一个片场出来。

乔云珠从市区赶过来,也不过一个小时的行程,加上化妆等时间,不出两小时乔云珠人已经出现在片场了,正巧赶上了陈尔来处理问题,见着小喜在给大家伙发饮料呢。

一到拍摄现场,乔云珠就按捺不住看好戏的八卦之心。明知道令嘉不欢迎她,还是觍着脸挤进了令嘉的化妆室,前来冷嘲热讽。那还真是一张摩擦系数极大的脸,令嘉连看都懒得看。乔云珠非要凑上来,呵呵笑着:"好样的,令嘉你真是让我刮目相看了。连影帝都敢打,我看你是不想在这圈子里混了。"

令嘉这时正在焦虑着,哪有心情跟她闹,嫌弃地撇开脸,当着林燕妮的面也不装淑女了:"怎么?缺狗粮了?陈尔饮料还有没有,发一份给这位贵宾犬,免得她继续吠。"

"令嘉啊,你就损我呗,我不怕你。现在你得罪了导演和影帝,看我们谁笑到最后。"

不耐烦的令嘉双手托起下巴,一脸愁云冲小喜说道:"小喜我让给你乔大宝贝买的安神补脑液还没发货吧?要没发货退了改成狗粮,记得要那种硬硬的,堵住她的嘴巴成不?"

"呵呵,死到临头了还逞嘴快!"乔云珠食指在空中一点,"早知现在何必当初呢,你看你……我还没和宋允儿联手呢,你就认输了,真尿!"

令嘉由着乔云珠噼里啪啦地又说了一通。这会儿没回嘴了。乔云珠刚停下,觉得奇怪,眨巴了两下眼睛盯着令嘉看。气氛一度尴尬。

啪的一声,令嘉拍着桌子从椅子上站了起来,动了动脖子,一边走一边咔咔地弄得骨头响,撩起了袖子,五根手指头合拢发出声响:"说吧。除了你的胸不能打,还有哪里不能打?我绝对听取你的意见。"

"你这人就是这点不好,太冲了,要吃大亏的,知道不?"乔云珠可是领教过她的力大无穷,认尿的哼唧了一声脚步已经往外移,但令嘉没停下脚步，她跑得更快了，大喊大叫，"流氓！野蛮人！"

"你再说一百遍？"令嘉声音冷了几分。

乔云珠人已经退到了门口，见鬼了似的，张口想要再喊，她的经纪人已经冲上来一手捂住她的嘴，连拖带抱地将乔云珠给弄走了。

留下几个听见声响看热闹的人。

围观了整个战场的林燕妮越发觉得自己没有粉错人，从门口探出半个脑袋发出啧啧声："这乔云珠也是可爱，我怎么觉得她经纪人总护着你啊。"

令嘉摸着下巴，沉思："可能是因为我比乔云珠好看？"

陈尔一巴掌拍在她后脑上："给我去聂影帝那里好好道歉。"

第
二
十
三
章

／

网
络
风
波

一波未平一波又起。

聂洋还没从休息室里出来，小喜子抱着平板电脑兴冲冲地跑来，指着界面："公司还有第二招啊？"

陈尔狐疑地接过平板电脑，神色古怪，看看令嘉再看看电脑。

十分钟之前，一个蓝色企业认证的律师事务所，发布了一封律师函。微博内容没有只字片语，只有律师函里的内容提及了关于令嘉被几次爆出大量丑照以及恶意中伤的事情，甚至点名指出了橘子娱乐以及两个跟风的营销号。

"高申？"陈尔愣了愣，往下翻，看到末尾盖章的地方不仅有高申集团的官印，还有方纫秋的私印。"令嘉，我需要解释。"

令嘉比陈尔还震惊，鼓着眼睛点了微博下面的评论，没想到一个粉丝不到上千的官方认证居然被转发了上万条。

高申是业内顶尖的律师事务所，在业界大名鼎鼎，并以高冷著称。

而这上万条转发乃至到现在持续不断增长的转发量则需要归功于国

内几个带头的官方号，尤其一些爱凑热闹的大集团，常年在微博上以逗比风引得多名粉丝追捧。

这还是高申第一次因为一个二线女明星做代理，搞得如此高调。几个同行认证的律师纷纷转发了该条微博，背后都是一连的几个问号。

甚至连撰写律政金融小说鼎鼎大名的作家林枫也在几个大V后面转发，惊讶道："我没看错吧？律政界的金手指都出面了。爸爸！是我眼花了吗？"

林枫的出面导致微博上几个热门营销号跟风转发，甚至有人放出了方纫秋的官方资料。

方纫秋的照片和功绩被转发以后，众多围观群众炸了。

"天哪，这个律师……真是帅炸了！炸了！"

"苏得不要不要，性感的唇线，一本正经又魅惑的双眼，就算裹着碍事的西装，相信我，我已经透过他的皮囊看见了智慧和八块腹肌！"

"想嫁！不知道兄台娶亲否？"

"什么王思聪能有我老公帅吗？给你们介绍一下，我老公，方大壮。"

"楼上的，写错字了！"

……

因为照片，吃瓜群众越来越激动。抓住机遇的官博当即放出了一张方纫秋平日工作的偷拍照片，吸引了一大批的粉丝，短短半日，高申集团的官博居然涨了十万粉。

"呸！"令嘉看了下面一边倒眼瞎评论后，忍住了内心的熊熊烈火，"居然在这个时候蹭热度！真不要脸！"

"你这个时候还想着热度不热度的事情？"陈尔一巴掌拍在她脑门上。正要让令嘉给方纫秋打电话，陈尔的电话便先响了起来。多年的默契让两人对视一眼，陈尔用口型说了"米雪"两个字，转头走出了片场。

令嘉和小喜子又刷了一会微博，转发量已经达到了两万次。令嘉深吸一口气，捂着胸口问小喜子："宝贝儿，你有没有感觉到我快红了的气息？"

小喜子额了一声，愣了半晌，才红着脸说违心的话："令嘉姐，你一直很红啊！"

"你这孩子真会说话。"令嘉笑嘻嘻地看她一眼，小喜子感觉背脊发凉，她太了解令嘉了，虽然她笑得很欢快似的，但眼里明明没有染上笑意。

小喜子不敢再待下去了，匆匆忙忙找了个借口溜之大吉。

陈尔回来的时候，令嘉已经从休息间里走了出来，在聂洋门口打探情况。见到陈尔面色凝重，赶紧上前询问。

"听米雪的话，健力那边插手了。觉得你网上的形象不太正面健康，所以方纫秋便主动找上了公司，要发这封律师函。"

令嘉偏着脑袋听完，分析现状："也就是公司并没有想法，是健力公司要求的。"

"没错。"陈尔不太明白，"损坏的形象是你，他们大可以撤下你的代言，但如今这么大动干戈还真让人有些措手不及。"陈尔没有觉得这事是坏事，但绝对不是什么好事。她现在对舆论的情况拿捏不太准，已经陆续有人冒头说令嘉小气了。身为公众人物，原本就是娱乐大众的，没想到令嘉连芝麻绿豆点小事都要闹一出法庭戏。

陈尔很是怀疑令嘉和这个方纫秋的关系："或许你知道是什么原因？"

令嘉当然知道。她的确可以理解哥哥这么做，但以她的经验，这些年自己虽然没有大红大紫，负面新闻不多，但时不时也会传出一些诸如耍大牌的言论，哥哥从来视而不见。如今怎么这么大动作？

她能想到的不定因素就只有方纫秋。

令嘉面色凝重地对陈尔挥挥手，示意她先去忙，陈尔肯定要忙着回公司去看看情况。

待到陈尔走远，令嘉才摸出手机走到了街上，一边走一边还是给方纫秋打了电话。

电话很快接通，方纫秋在等她。

"你凭什么这么做？我并没有开口让你发律师函，还臭不要脸地让人放你的照片，你是想出道吗？"令嘉噼里啪啦一通指责，无非是不想让方纫秋干涉自己。这是她的人生，过得好与坏，方纫秋都没有资格一再地插手。

"是吗？可我看你公司声明上不是这么写的。莫非是我认错字了？'我将追诉到底'这六个字不是我所理解的含义？"

"你以为你很了解我吗？妄自断定那微博上说的话就是我想做的？不要代表我，方纫秋，你没有资格。"令嘉对着电话低吼，但在片场周围，她不敢太张扬，只能压低了声音。

显然她的愤怒方纫秋感受不到。

方纫秋冷呵一声："我当然了解你，比你以为的，要了解。"

"方纫秋。"

"你以前可叫我小秋。"

"管你以前叫什么，方纫秋你不要自以为了解我，我不是你当年认识的那个杨顺心了。我自己的事情，我可以解决。"

"最终你也只能来找我。"方纫秋无比断定。此时的他拿着电话，站在落地窗前，望着眼前的高楼大厦，目光异常坚定。

方纫秋说得没错，如果要找律师，她能想到的第一人便是他。正因为这点，令嘉才惊觉可怕，明明已经相互痛恨的两人之间，谈何而来的依赖？呵呵，默契……方纫秋真是讲了天大的笑话。

令嘉猛地闭上了眼。方才她同聂洋决裂的那一场戏，带入了情绪，入戏太深或因为被真实情感所影响，都是一个演员的大忌。她向来以专业引以为傲，居然犯了如此不专业的事情。

十年前的那一巴掌，她不知道有没有出气。

但也正因为她的那一巴掌，她和方纫秋两人，多年的情分也打出了隔阂。十年陌路。谁也没有低头，却也没有低头的理由。这些过往，她可以不在意了，但是如今，她在片场给聂洋的那一巴掌却让她情绪有些受到干扰。

令嘉非常讨厌这样的自己。

"敢情还挺悠然自得。"阴阳怪气的声音传来，令嘉下意识地睁开了眼。

聂洋捂着脸走出来的时候，令嘉用一种矜持的姿势蹲在门口，手里还捏着一包鼓鼓的东西，华丽的丝巾被浸出了水汽。聂洋见她满头大汗，当即明白过来。

原来是令嘉这家伙心生愧疚，找了半天没找到助理，自己裹着围巾跑了一条影视街买了几根老冰棍，用她的爱马仕丝巾包着，蹲在路边上等聂洋了。

明明模样和脸看上去很是温柔，但聂洋怎么看都觉得令嘉更像个小混混。他嫌弃地耸了耸鼻尖，伸手找她："拿来吧。勉强算原谅你了。毕竟你是猿人，跟我们不一样，我怎么可能会跟你一般见识呢？"

令嘉原本脸上还有点欣慰，心想聂洋也不算太坏，忙要把手里的东西递过去。岂料聂洋三言两语又要惹她，令嘉将冰棍布包扔给他，冷哼："怎么样，没把你打残，什么时候可以开戏？"

"不开！"

"这么多人等你，合适？"令嘉收敛起自己的脾气，还算客气道。

聂洋原本可以好好解释，但话到嘴边，偏要嘴欠："我就让大家等着了怎么着？谁叫有人惹爷不高兴了呢。"说完，也不等令嘉反应，转身就走。

身后跟着的林燕妮和楚天对视一眼，两人都没有作声。聂洋已经跟楚天告了半天假，打算回酒店。聂洋走得快，知道令嘉跟在身后猛地一个转身，两人差点撞一起，但令嘉稳稳地急刹车，没让聂洋抓到碰瓷的机会！

"诶，你这孩子咋还在火气上呢？"令嘉原本也是一脸烦闷，但想到自己如今负面新闻不断，好哥俩似的抬手轻轻地拍了一把聂洋的胳膊，"我给你道歉成不？我真不是故意的，你知道我手劲大。"

头一回见令嘉如此上道，聂洋有点小得意，从鼻子里哼唧一声："不准靠近我半步，不然我找人打你！"

令嘉眨眼，瞪他。怎么办？感觉手心有点发痒，令嘉用指甲刮了两下手心，她向来奉行能好好说话就不动手的原则。令嘉深吸一口气，赔着笑脸："我的影帝大人，我也没想到你的脸皮和你那啥一样软弱，这场戏过后，还有几场肢体……上的大动作，不然你还是找替身？"

"那啥是什么？"聂洋咬牙切齿，觉得自己被令嘉深深地侮辱了，不仅仅是他的专业还有作为男人的雄风都被令嘉踩在脚底下。

短短不到两分钟时间，聂洋已经在脑海里设想了几场报复令嘉的场景。第一步，逼迫楚天删掉她的戏份？紧接着抢走她的代言？向媒体爆料令嘉粗鲁打人还是个谎话精？曝光脸上的伤势，撺掇粉丝去骂她？

怎么想，都不是一个影帝该做的小动作。

作为影帝的聂洋犯了难，以往没人敢如此得罪他。只要他皱眉头，就有人鞍前马后地讨好。

"就是那什么啊。"令嘉视线扫过他的裤裆，当真是不依不饶了。

聂洋看令嘉的眼神更生气了，令嘉都能感觉到他的手在发颤。

"你不会要哭吧？"令嘉凑近了一些，见聂洋眼圈泛红。有些担心，"其实那什么功能也不用太在意，喜欢你的女人很多。也有可能是你以前不太节制，才变成这样的。人嘛，总不是那么完美的。你看你已经有天使般的面孔了，缺陷不是大事……"

聂洋恨不能上手就掐住令嘉的脖子，就此了结她的人生，可这样一来，自己星光熠熠的人生也就此断送了。聂洋打心底里告诉自己，对于令嘉这种人不用在意。

"闭嘴！"

令嘉果真闭了嘴，摆出一副关心的模样："我伤到你了吗？"故做惊讶地左右看看，没有其他外人，用食指在自己的嘴边做了一个嘘声的动作，"放心吧。我不会告诉任何人的。"

聂洋一脸的不信任。

"毕竟我们在同一条船上，这部电视剧结束以后，我还指望前辈您带我入电影圈呢。"

"你做梦！"

"是啊，我梦中都心疼你，早睡的日子肯定很煎熬。"她很同情的样子再次激怒了聂洋。

"你在威胁我？"

"不不，你真的想多了，我这么温柔善良的人可干不出那么出格的事情。我们都这么熟了，给个机会，大家以后好相见。毕竟未来我们还要相处几个月。"

聂洋在思考其中的利害。他也不是很明白，令嘉明明给自己写了道歉信，怎么到头来反而又被她拿捏出了短处呢？

聂洋给了令嘉一个帝王式的冷漠脸。近在咫尺的保姆车上，助理小王已经看见他们，挤眉弄眼地观察这边，瞅那表情聂洋就知道，这人误会自己和令嘉的关系了。聂洋不打算再逗留，他要远离令嘉，离开危险品。总不会遭殃了吧？

令嘉奇异地看他好几眼。心想，男人一旦变得软弱，连脾性也会变？

令嘉当然不会知道，聂洋在别处等着她。

比如他开始拿着剧本在楚天的身边转悠，时不时提一两句，"我觉得蓝蝶这两场戏不太重要啊，你们觉得一定有必要存在吗？"

除楚天以外的其他人纷纷摇头，附议："不需要，太不重要了！"

最终以楚天一人之力力挽狂澜，令嘉才没有被删戏份。

/

小
姐
姐

律师函事件未退热，很快，网上再次传出令嘉动手打同剧组的演员，甚至将人打残进了医院成了植物人的负面新闻。

新闻写得很诚恳翔实，这位记者绝对做了几年网文写手。

第一天，令嘉无视了。第二天，又再次爆出令嘉甚至拒不道歉的新闻。几个水军蹦跶了几日，始终没拿出证据，但言辞灼灼笃定万分，很是搅了一把浑水。

不管怎么说，令嘉觉得，这源源不断的负面新闻，背后一定有人推波助澜。

"听说被令嘉打的那个演员住在我们医院的加护病房呢。"

"真的？我还听说，她跟导演楚天有问题呢。这么牛的大腿，铁定不出来道歉啊。"

"何止楚天，我听说令嘉在片场勾搭聂洋。"

"不会吧！聂洋可是我的男神，千万不要被这个女人玷污了啊。你看她，皮肤黑黑的，长得也就一般嘛……"

女人嫉妒起来，就爱眍眼说瞎话。

赵家禾原本已经路过了护士站，突然听到熟悉的名字，掉头回来拍了拍几个小姑娘面前的桌子："上班时间，注意影响。"

"啊，对不起。赵医生。"

赵家禾在医院里是出了名的冷面，短短一句话，几个小护士已经不敢再八卦下去，与赵家禾同行的专科护士，在赵家禾那里见过几次令嘉。

她有些担忧："赵医生别在意，几个小姑娘不了解情况，在那里瞎闹。"

赵家禾嗯了一声，看似不太在意，但心里已经有了不满。

猜测令嘉是不是得罪了什么人的赵家禾当即给远在 S 城拍戏的令嘉打了电话，令嘉倒是不怎么在意，最近负面新闻已经让她习以为常。话说到一半，令嘉被叫去拍戏。

电话自然交给了前来探班的陈尔。

"陈尔你得跟我说实话，令嘉最近是不是惹了什么人？"令嘉在阳城，杨冠军对她是放养态度，杨家二老又一直生活在国外，能管令嘉的人也就赵家禾了。

陈尔认识赵家禾年份比较早，犹豫一阵还是将自己的猜测告诉了令嘉。

"我估摸着，令嘉大概是得罪了影帝聂洋。"陈尔前前后后地将事情说了一遍，尤其是拍戏现场的情况。

要不怎么说令嘉不合群呢。在片场，就连宋允儿也知道买点吃的喝的跟大家打好关系，令嘉偏我行我素，木呆子似的不懂得做这些表面的人情功夫，如果不是陈尔时不时来探班，帮她操持这些事情，估计令嘉早被传出要大牌的新闻了。

回回想要指责她两句吧，但她理由比谁都充分。

"这么多的工作人员，要真为大家好，难道不应该是练好演技，早点拍完早点收工吗？工作人员上班很累的。做那些虚的有什么用？"

你还不能反驳她的观点，因为说得很有道理啊！

上戏的时候也就算了，下戏以后，剧组里的莺莺燕燕围着聂洋夸这个夸那个，令嘉冷不丁地总在旁边嘲讽两句。

加上上次在拍戏时，令嘉那重重的一巴掌。

聂洋跟令嘉怎么太平得了？

听了前因后果的赵家禾打定主意要去找聂洋谈谈，她哪里知道，聂洋就这德行，反而是令嘉这样不做作能动手绝对不瞎BB的人，能入了他的眼。讨厌吧是真讨厌，但也没讨厌到那个份上，甚至有时候还挺欣赏这丫的脾性。

毕竟没人敢这么对自己。

在赵家禾看来，事情是她引起的，她不希望令嘉因此受到影响。

等聂洋回到阳城时，已经是一周后，其间聂洋和令嘉两人都没什么戏份，楚天干脆放假让两人把戏份往后面挪一挪，让其他人先拍了，两人的戏份集中拍。

赵家禾循例上门问诊。聂洋打开门看见她便主动转身去床上躺着了。在赵家禾不知道的时候，偷偷憋红了脸。虽说两人作为医生和患者的身份已经好几个月了，但要被一个女人扒掉裤子看那羞死人的地方，总还是有些不适应的。

聂洋规矩地躺好，已经做好了被扒裤子的准备，等了半天没等到人，弹开一只眼偷偷看赵家禾。赵家禾已经戴上了橡胶手套，抬着手在半空中，没动静。

"来呀！你傻愣着干什么？"聂洋本来就羞涩，见赵家禾盯着自己小腹以下的位置发呆，更是气得吼人。

赵家禾瞥他一眼，抬手扯掉一只手套，单手解开了聂洋的裤头。

聂洋猛地闭上眼，不忍看的样子，粗重的呼吸表达了他此时的心情。很快，感觉到有一丝冰凉扶着自己，纤细的手指左右捏了捏，最后将那啥给环住。

"怎么停住了，不检查了？"聂洋感觉不对劲，再次睁开眼看赵家禾。

赵家禾沉着一张脸，手握着那啥，视线朝聂洋看过去，阴森的眼神

第二十四章 / 小姐姐

看得聂洋虎躯一震，下意识地就要往后退，无奈自己的命被赵家禾捏在手里，加上方才的害羞，此时的他哑着嗓子。

"你……你要对我做啥？"声音都在颤抖，说不出的魅惑感。

聂洋感觉到下身传来一阵小小的闷痛，赵家禾蹙眉，捏着那玩意儿不撒手，加了一点力道。

"你到底要干啥啊，放手！"

面对聂洋惊恐的表情，赵家禾一脸淡定，稍微松开了一丝力度："是不是你找人抹黑令嘉？"

"啥？"聂洋一头雾水："你说什么玩意儿。"

赵家禾收紧了手："快说。"

聂洋被捏痛，哎呀呀叫了几声，"哎哟，我说，我说，别闹……"聂洋双手举过头顶，老脸涨得通红，不敢承认这种既酸爽又刺激的感觉，压抑着隐约要抬头的趋势，聂洋吞咽着口水咂嘴巴："那个，我觉得吧，我应该不是那种阴险小人。令嘉最近负面新闻缠身的事情，铁定不是我做的。"

"不是你还能是谁？！"赵家禾压根不信。

"这就得问令嘉本人了，她脾气那么冲，得罪的人不在少数，上次那个什么娱乐杂志不就是嘛。这种事情我见多了，令嘉这小丫头自……"聂洋斜眼注意到赵家禾脸色不好看，忙改口，"也是不容易的。"

"你没骗我？"赵家禾将信将疑，手上的动作轻了一些。

聂洋忙点头如捣蒜："嗯嗯嗯，没骗你。你看我是像那种骗人的人吗？"

赵家禾听这话，意味深长地多看了他几眼，怎么看都是一张会骗人的脸啊！松开手后，赵家禾像往常一样取下手套，替聂洋穿好裤子，语气温柔了几分："令嘉是聂先生的后辈，我不求聂先生关照，只请你大人大量不要太计较。她一个女孩子在娱乐圈打拼，家里人谁都不同意她走这条路，她硬着头皮干下来，再苦再累都受着了。我们家……家风比较严，闹出的这些新闻，很可能让她损失惨重。我也是一时情急，担心她。

如果有什么地方得罪你的，还请多担待。"

聂洋原本想说两句难听的话讽刺一下，但看赵家禾严肃认真的表情，到口的话给吞了进去。

赵家禾离开后，聂洋破天荒地主动给令嘉发了微信，一通怒骂："令嘉你这个懦夫，奸诈小人，居然跟你姐姐打小报告！"连发了十几个生气的表情包，几乎要刷屏了。

令嘉一头雾水，点开的语音嗓门大到让耳朵生疼！

"很好，我已经录音，等明天在各大娱乐微信公众号看自己的八卦新闻吧。"令嘉冷冰冰地回了几个字，嫌弃地盯着聂洋那完全不符合他形象的乔巴手办头像。

聂洋意识到自己犯了大错，赶紧发了一个痛哭流涕的表情包，求饶。

令嘉一手拿着手机，一面听着陈尔汇报接下来的行程，原本以为不拍戏的日子可以挺尸在家里好几天，老邹却偏看不惯她悠闲似的，安排了一堆工作，其中一项就是去公司与"健力"集团的律师团队见面。

用脚指头想，令嘉也猜到是方纫秋了。她有些烦恼地扒了扒脑门上的碎刘海，将气撒在聂洋这个找上门的出气筒身上。

"有事说事，有屁快放。"

另一头拿着电话的聂洋咬着半根手指头盯着手机里的回复，一阵呆愣，他怎么预感到有什么地方不对劲？什么时候起，自己居然对令嘉那个浑蛋丫头这么低声下气了？莫非是担心赵家禾的报复……

虽然意识到两人在气势上的高低，但是聂洋回复的信息依然好言好语到近乎讨好："你姐姐说你最近深受负面新闻的影响，抑郁不得志。"

"嗯？"

真冷漠……

"小姐姐不要气哈，需要我帮什么忙吗？"聂洋黑着脸回了信息。

"小姐姐"三个字终于引起了令嘉的注意，她猛地拍了拍脑门，一把捂住一直在碎碎念的陈尔的嘴，将手机递到陈尔面前："你说，这人啥意思？"

陈尔被令嘉捂着嘴发出呜呜声，好不容易才挣脱开令嘉的手，抓起手机认真看了一遍两人的对话。陈尔脸上一时红一时白一时青，最后潺潺呜呜地道："阴谋……感觉有阴谋。"

令嘉狂点头，"你也觉得有阴谋对吧？"

"赶紧回绝了这种送上门的。"

令嘉再次点头，义正辞严地回绝了聂洋："不用你假好心！"眼见令嘉回复的口气不对，陈尔抢过手机，啪啪啪地删掉了那几个字，改成："不用了，谢谢。"

看见最后那个笑脸，眼角隐隐跳动的聂洋呵呵了两声，扔掉了手机："令嘉居然还有点脑子，没上当！"

另一头，令嘉接过手机，对陈尔翻了翻白眼："哼，没出息。"知道这是陈尔在为自己好，也就随口吐槽了一句，没将陈尔的举动太放在心上。

"我可告诉你令嘉，你不能再给我招黑了。你知道现在因为你接二连三的负面新闻我被老邹骂了多少回吗？"

"可老邹也没怎么管我啊。"令嘉嘀咕，她从来不是个计较这些事情的人，但面对源源不断的负面新闻，令嘉心里也开始有些着急了，生怕被在国外生活的二老看见，按照老杨的脾性，自己要凑上前，肯定会被打残吧？

"你还埋怨？"陈尔吹胡子瞪眼。

令嘉不敢回嘴了，最近的确给身边的工作人员制造了许多麻烦。一连串的负面新闻扑面而来，像是有预谋一般，故意要做给谁看。

尽管令嘉有一百个不愿意，但还是被陈尔拖到了老邹的办公室。

大金主第一次上门，老邹特意为自己那少得可怜的头发做了个大背头，油乎得瘆人。

令嘉进门第一眼就被老邹那锃亮的脑袋给吸引了。

方纫秋这么大一尊佛坐在沙发对面，令嘉硬是没扭头去看他，偏着脑袋，搞得老邹好不尴尬，捂着嘴巴咳嗽了几声："咳咳，令嘉，方大律师还在呢……"老邹感觉自己再厚的脸皮也经不住令嘉这样盯着看，顿时娇羞了一番，绯红着脸。

令嘉脑袋没动，眼珠子却转了一下，眼角的余光瞥见了方纫秋。

可以说是很金光闪闪了。全身上下没有带任何 Logo，但方圆十里都能感受到他那昂贵的西装，十足的土豪。

"没关系，既然令嘉小姐有眼疾，我们这样谈也行。"方纫秋呵了一口气。熟悉的语调，讽刺的尾音。

令嘉的心里跑过了一群金钱豹，感觉自己那一颗高不可攀的内心被方绍秋践踏得连渣都不剩，但她不能认输，强迫自己不要动怒，要冷静，面对方绍秋，一定要出其不意攻其不备。

抬手，姿态优雅地拨开肩上的头发，交叠的双腿缓慢地转过来正面对着方绍秋："方律师也真是的，坐在这里半天了也不吭声，要么我怎么会现在才看见你呢。见谅啊，最近眼神不好，真没想到被你 0.1 的视力看出来了，实不相瞒，我最近看不见任何脏东西。"

"令嘉……"老邹一副猥琐中透露出一丝精明的模样，担心令嘉得罪自己的大金主爸爸，张口想要缓和一下气氛，却被方绍秋淡笑着拒绝了。

"不碍事，我们谈正事要紧。"故作大方。

令嘉可不会承他的情，方绍秋的全身上下都藏着毒药，她才不上这个当。

老邹是不会明面上找令嘉麻烦的，毕竟是给他赚钱的主儿。所以遭殃的人只会是陈尔，陈尔坐在角落里都被老邹一个眼神扫到，恶狠狠地瞪了她一眼。陈尔得多无辜啊，只好把幽怨的眼神再次转递给令嘉。

令嘉假装没有看见，此时公关部的米雪也敲门走了进来，还带了会议用的笔记本。方绍秋已经翻开了助理递过来的公文包，依旧是那个娘娘腔助理，无缘无故地冲着令嘉冷哼一声。令嘉想反击一下都来不及，方绍秋已经开口说正事："关于律师函发布以后令嘉小姐遭受到的恶意诽谤和一些不实报道，我们这边已经初步做了收集证据的工作。"文件被方绍秋一一摆放在桌子上，密密麻麻的文字和标红，还有一些网络截图。

"这……你们动作真快。"老邹一时有点尴尬，故作没事的扶着额头。

令嘉在一旁看着，冷不丁一笑。也难怪老邹会尴尬了，自家艺人的事情却让金主爸爸先做了功课。令嘉笑而不语，在老邹看来就是一种嘲讽的意味。

这一点，方绍秋比令嘉表现得更明显，他几乎呵笑出声："邹总，知道您贵人事忙，所以我们就先替你将工作做了。您不会怪责吧？"

"不不，怎么会呢，我感激还来不及呢，要您方大律师亲自出手。"

方纫秋抿嘴："不会就好。还担心您觉得我们多管闲事呢。令嘉是健力的代言人，她的一举一动都代表着健力，你们迟迟不出手，只好我们出手了。"

"惭愧惭愧。"老邹豆子大小的眼珠子一转，看那小眼令嘉就知道，这家伙心里肯定在想这次自己可算捡了大便宜，不仅不需要送上高昂的律师费，健力这么大个品牌摆在那里，还能让官司输了？

令嘉想得没错，老邹就是想利用这次的事情，好好炒作一番。

别说健力了，眼前的方纫秋老邹可也是调查过的，有多大的能耐是知道的，内幕消息，说不定这个方纫秋和香江的方家还有点关系呢。

老邹格外谄媚，令嘉已经没眼看下去了。

"我听说你是健力的非诉讼律师，就这么下海不太好吧？"令嘉也没想拆方纫秋的台，知道事情发展到这一步，应该是有人在背后捣鬼没跑了。只是，娱乐圈的事情，尤其是自己的事情她并不想牵扯到哥哥的公司。

"这次的事情已经严重影响到健力的股价，我当然不能坐视不管。"方纫秋没打算多解释，只是继续说着查到的资料，"连同之前的负面新闻，我们得出几条线索，橘子娱乐的确参与这次的抹黑行动。看来我们给出的律师函并没有吓到他们。"

"那接下来我们应该怎么做呢？"老邹皱起了眉毛，"这些年我们跟橘子娱乐的合作还是挺好的，今年也不知道怎么了，开年就在往令嘉身上涂黑料。"

"是要上法庭吗？"陈尔比较关心的是这个。女明星不管是从哪个方面出发，上法庭都不是好事。

方纫秋沉吟片刻，视线从令嘉脸上扫过，点头："要上。"

"可是……"

"令嘉身上不能有太多负面新闻。"他淡淡地说着，"哪怕她不红，做个小明星也不能身带这些污点。"

　　方纫秋的话虽然平淡，但很强势。就连老邹都不知道怎么回应，过了半晌，才看了眼令嘉。

　　一向跟方纫秋不对付的令嘉却破天荒地没有站在陈尔这一方，她心不在焉地点了点头，最终下了定义："就按照方律师的来吧。"

　　方纫秋的意思，应该是问过哥哥了。

　　杨家二老都是拿着金牌退役的，不能在她这里被抹黑了。

　　谈话很顺利，方纫秋方面着手开始收集证据，将几个转发散播谣言的营销号以及橘子娱乐告上法庭。另一方，老邹觉得这是个机会，给米雪打了个眼色。

　　懂味的米雪立马会意。在离开老邹办公室后，邀请了令嘉和陈尔商量抓住这次事件树立令嘉形象的问题。

　　"邹总的意思是，这是个好机会。前些年，令嘉一直洁身自好，虽说形象保持得不错，但……"米雪话说得比较委婉，"因为人气不足，与不少品牌失之交臂。这次虽说对我们不利，但只要人设立得好，走红是必然。"

　　"立人设？"令嘉觉得这个说法有意思，还是头一次听说，有点新鲜。

　　想来，是陈尔和米雪早前商量好的，两人对视一眼，由陈尔跟令嘉解释："是的。对你整体包装，根据你的走向确定你在公众面前的举止、言行，采访时回答问题的路线等一系列，都朝着符合你的人设发展。"

　　令嘉也不傻，很快抓住核心："难道我美貌如花的外表，没有足够的说服力？"这么没有人权的事情，她才不会同意。

　　陈尔和令嘉相处这么久，怎么可能不了解她内心的真实想法，蹙眉解释道："你不用担心，虽然会规定你的一些行为、言语，但我保证没人的地方你还是可以随心所欲！而且，我们的计划里，跟你本人……没什么区别。"陈尔试图说服令嘉，说了一通，令嘉始终没表态，她也有些着急了。道理不够，暴力来凑，陈尔张牙舞爪地挥着手道："你看看现在哪个明星不立人设？吃货人设、励志女神、少女妈妈。你呢？你看看你呢？"

"我也立人设啊，我可是女神。"

"门神还差不多。这年头在娱乐圈，女神多了去了，一抓一大把，你有什么特点？"

"我……"令嘉懊恼地抓了抓脑袋，虽然很想再次强调自己的美貌如同画报一般，但明显感觉到陈尔一巴掌已经贴在脑门上，顿时转变画风，抬起自己的小胳膊："我有肌肉！"

"噗……肌肉女神？"严肃认真地思考着下一步想法的米雪，突然听见令嘉如此一说，没忍住笑出了声。

陈尔恨铁不成钢地瞪她一眼，米雪这才收起笑容，一本正经地抽出一纸合约，递到令嘉面前。

"你放心吧，公司不会让你白干的。"

米雪奉上了一纸全新的合约，只是令嘉没想到这下从原来的白银合约一下子跳跃到了镶钻合约。

在娱乐圈，关于明星合同方面也是分档次的。最低的应该算青铜合约，签约年限长，自主性少，分成少，可以说是为公司做牛做马了。白银合约就是令嘉早前那样的，公司会适当地合理地给一些资源，但想要压榨的时候还是要压榨的。白金和钻石合约就不同了，白金合约等于公司全面包装推广，力度可以说是相当大的。钻石合约就有完全的自主权了，公司年底不仅分红利还有股份制奖励。令嘉设想过公司可能会用白金合约留住自己，毕竟在耀星，数得上真正会演戏、长相和气质都还算拿得出手的人当属令嘉了。老邹心里担心她一家独大，大力捧宋允儿她也是可以理解的。

只是这镶了钻石的合约，着实没想到。

"只要你同意，我们立即着手工作。公司会以你的名义在外注册工作室，配备全面的工作团队。另外，会倾尽全力为你接洽高端品牌的工作，大银幕也要触及。"

令嘉手拿着合约，疑惑地看向陈尔。陈尔一脸的扬眉吐气，像是早知道这件事。这其中，肯定少不了她的推波助澜。果不其然，陈尔冲她眨了眨眼，"关于这次楚天导演对你重视，以及"健力"品牌对你的重用，邹总都有看在眼里，你值得这个合约。"陈尔笑眯眯，令嘉心中猜到一半。想来是陈尔也正好利用这两次的机会，在老邹那里谈了什么条件，不仅如此，陈尔还探过身，以大家都听不见的声音故作神秘道："其实，我同意让你做这个事情，还有一个原因。你想不想知道？"

令嘉拿眼瞪她，意思是，不说拉倒。

陈尔自己先急了，忙说道："这次还真多亏了咱们的造型师，经他引线，我们搭上了一个既高端又古老到足够有质感的品牌，公司打算为你争取中国区的代言。"

"造型师？"令嘉立刻联想起那个神龙见首不见尾的威廉，一身笔挺的白西装，说话的语气一看就不是什么正经造型师，趾高气扬的，大有来头。

陈尔点头。米雪有些激动："是啊，这次公司对你拿下 Delvaux 中国区代言人，势在必得。"

"Delvaux？"令嘉差点以为自己耳背，听错了。如果真的是……那的确是一件值得深思熟虑的事情，"我怎么觉得这么不对劲啊？我难道已经不是以前的那条咸鱼了？"

"是的，你现在是一条鲤鱼了！所以我们要维护你的形象，让你成为名副其实的实力派巨星，毕竟超一线品牌相当注重代言人的质感。"

"这个 flag 立得有点大。"令嘉忍不住泼冷水，反被陈尔拍了一巴掌手臂，"你以为我们只是说说而已？Delvaux 已经对你做过简单的调查了，说明他们对你感兴趣。"

令嘉还是有些迟疑："你所说的 Delvaux 是我知道的那个 Delvaux吗？"

陈尔昂着脖子："当然！"

令嘉半天没反应，她在思考，自己要如何推托才不会伤和气？陈尔好奇，抬手在她眼前晃了一晃，岂料一只手被令嘉握在手里捏住："一个比 Hermès 还古老又傲慢的品牌，凭什么对我感兴趣？我不过是一个低调的二线女明星。"

"Delvaux 作为小众品牌，考虑你很正常。首先，你是威廉推荐的。威廉是周文在国外打拼时的造型师，在时尚圈没点人脉我不信。其次，你演技好，拿了几次奖，人低调，气质佳，身形又好。这无疑就是他们的品牌理念。"

"他们没理由不找周文……"国内，在国际上数得上名头的女明星没几个。周文首当其冲，比她资历更老一点的就是早年拿过几次国际大奖、成为格林奖终身评委的安之、成丽莎，奥尔奖评委程耳、王钟，另外一个就是国内影史女明星的传奇人物，同时囊括欧洲三大奖项的顶尖影后，单丹。

在这些人面前，令嘉这点成绩的确不算什么。她也无心去争这些名头，钱，好好赚就可以了。作为一条没什么上进心的富二代咸鱼，将工作干成她这样，令嘉对自己已经很满意了。

只是……身边的人，总是不满意的。比如陈尔，她兴奋的样子，令嘉看了也能感受到那一颗迫切的老心脏有多激动。

"周文这些年身上一直绑着 C 家的合约。"

经过陈尔提醒，令嘉也想起这茬来。她沉默了一阵，虽然对于最终是不是自己拿到代言的事情不强求，但架不住一堆人想让她这条咸鱼翻身。

"好吧。我考虑一下。"

"你放心考虑，请对自己有信心一些。"米雪以为是令嘉自卑，才想要推托。

令嘉懒得跟米雪解释，扯开嘴角礼貌地给了一个笑容，便提议要先离开。米雪见话聊到这个地步，也就高高兴兴送两人进了电梯。

第
二
十
六
章
／
我
们
单
挑

电梯里只剩下两人时，陈尔仍然不放弃地说服令嘉。

"你别忘记自己的优点，你是一个有质感的女明星。所以，这个代言我们一定要拿下。你也要配合。"两人在一起共事这么多年了，她怎么会看不清令嘉最后那敷衍的笑容，陈尔没想逼迫令嘉，但这是个难得的好机会，"我在老邹那里为你交换了钻石合约，合同时间只有三年，对你来说没坏处。拿到此次的代言，以 Delvaux 的地位，也会带动你在大银幕上的资源。"

陈尔考虑得很清楚了，这件事百利无一害。

令嘉还年轻，自然没有退休的想法。答应了会好好考虑就一定会认真思考，毕竟这事关金钱。

"你放心吧。我明白你的心意，这个合约我签是不会差。"

"那你……"

"我也想成功，赚更多的钱。只是没有那么迫切。"令嘉说了一个最真实的理由，她不会匆忙地做决定。这是方纫秋曾经教会她的一件事，如今也活学善用了。

出了电梯，令嘉没想到自己方才还在想方纫秋，转角就给遇上了。

方纫秋半靠在保姆车边，手指间还夹着香烟，烟雾飘在半空中，半遮半掩地透出他一张好看的脸。修长的指，夹烟的姿势真好看。

"怎么？被我迷倒了？"方纫秋吐出一口烟圈，明明两人还有一些距离，但那动作做起来怎么都有一丝挑逗的感觉。

令嘉回过神，蹙眉，大步走上前去推开他："靠着别人的车搔首弄姿，我的车都看不过去了，辣眼睛。"

脚下，已经有不少烟头。用脚指头想，方纫秋也是在等她。

陈尔也是觉得奇怪，这两人不像是令嘉表现的那种关系。

"方律师还没走啊？"

令嘉占据着一侧车门，气势汹汹的样子。

方纫秋深吸了一口烟后，扔掉了烟头，吐出烟圈："我在等令嘉。陈小姐，介不介意，我和令小姐单独相处一会儿？"

陈尔刚想摇头，令嘉就替她回话了："介意。"

方纫秋偏着头，半眯着眼盯着令嘉看，明明什么话都没说，但作为旁观者的陈尔明显感觉到他周身散发的气场，忽然觉得有点冷，陈尔抱紧臂弯飞快地拉开车门，坐了进去："你们好好聊，我在车里等。"

方纫秋转开视线，再次看了眼陈尔，眼神不善。

陈尔张嘴诶了一声，忙又说："那我还是先走了吧。"

方纫秋这才满意地收回视线。令嘉对着方纫秋的后脑勺翻了白眼，但还是留了下来，她知道，方纫秋有正事要跟自己说。

有些事情看淡一些，反而没那么排斥了。她如此安慰自己，也能自如地对方纫秋表现出礼貌的笑容。只是，她懒得费劲去这么做。

"说吧，什么事情？趁我还没有撩起袖子之前。"

"先上车，去吃晚饭。"方纫秋自然地伸出手来要去拉她，令嘉下意识地躲开了。

"我吃过了。"说完，抬头看见方纫秋僵持地站着，好吧，吃饭也不会少块肉，"不过，我还能再吃点。"

方纫秋这才满意，这次没有伸手过来。令嘉自发上了车。

碍于令嘉公众人物的身份，方纫秋找了一家相当安静人少的饭店。令嘉的饭量一向不错，但这会儿筷子戳在饭碗里，半点没有往嘴里送的意思。

方纫秋很是不满："别在我面前装淑女，你能吃下一锅饭的事情早就在学校传开了，不是什么秘密。"

令嘉没想跟他打嘴仗，闲闲地抬眼瞟他，有气无力："我对饲料没兴趣。"

"……"方纫秋放下了手中的筷子，从胸腔里叹出一口气，"你想说我是什么？"

令嘉也学他搁下碗筷，扶着脑门做出一番思考的样子，夸张地笑了笑："大猩猩？不不，也可能是河马……也不对，猪才吃饲料……"

"就算我是猪，你跟一只公猪坐在一起笑颜如花，很有做母猪的自觉？"

"方纫秋，你的心真毒。"令嘉黑了脸。

"令嘉，你真蠢。"

"你……"

"我没见过比你更蠢的女人，就算你讨厌我，更何况你并不可能讨厌我，甚至可能还暗恋我。但你这种损人不利己的勾引行为，未免显得太没脑子。我真想知道你这脑袋在哪里买的。"

"自视甚高是一种病，我建议你可以去住院了。我勾引你？暗恋你？笑话！"

"当然。你的行为已经表现出这些了。"

"我让你关注我的？"

"谁让你耀眼的外表吸引了我呢。"

令嘉愣了愣，两手拨了拨头发："你没瞎呢。"

方纫秋嘴里嚼着食物，慢条斯理地嗯了一声，也不知道什么意思，"对，看上去还算配得上我。"

放在腿上的拳头捏紧了一些，令嘉忍着自己的戾气："真想一拳头送你去熊猫研究基地，或许跟熊猫宝宝一起啃过竹子的你会学会什么叫可爱，方纫秋，你这性格会让你孤独终老的。"

　　"我是个拥有八块腹肌，还有超过 150 智商的金牌律师，想嫁给我的女人从阳城排队到纽约。我不需要靠这些来获取你的认可。"

　　"好。很好。算我输。"令嘉不想再跟他面对面下去了，站起来就要走人。

　　方纫秋怎肯放她这么离开，一把抓住她的手："你想逃？"

　　"放手！"

　　方纫秋的手劲大，令嘉又顾忌四周的工作人员，不敢声张。两人就这么僵持着，方纫秋坐着，她站着。明明是很有气魄的高度，但方纫秋的眼神冰冷得吓人，令嘉深吸了几口气才迎上他的目光，毫不示弱。

　　最终是方纫秋先开口，他动了动嘴唇，语调比方才温和："不要闹出绯闻，也不要闹出丑闻。我不想再替你擦屁股。"

　　"关你什么事？"

　　方纫秋难得没有反击令嘉，他嘴唇开合，不合时宜地提起过往："我在方家是怎么过来的，你都知道，就因为我的身世。我只是不希望，未来的你也遭遇这种异样。"

　　令嘉愣了愣，总感觉方纫秋说了很重要的话，但是仔细想想，又好像没什么。

　　是错觉吗？

　　"你什么意思？"

　　方纫秋松开了扯住她袖口的手，脸上荡起一抹让人无法理解的笑容，"字面上的意思。"

　　"我不懂你。方纫秋，以前没弄懂，现在更加没必要弄明白。我才懒得管你什么意思，你是你，我是我。你少管我的闲事。最好我们像之前的十年，老死不相往来。"

　　"呵呵，你做不到。"方纫秋脸上的笑容，无比的熟悉，那是一种天生的优越感，自带嘲讽属性。

面对永远都是那么帅气又欠抽的脸，令嘉沉默了，她停顿了半晌才悠悠地道："不，我做到了。忘记了你，因为遇到了比你好看的人。"

方纫秋的眉毛古怪地动了动："聂洋？"

"啥？"令嘉恶寒地抖动了两下肩膀，对方纫秋的审美表示嫌弃，"你觉得他很好……看？"

方纫秋摇头："当然没有我好看。所以我在质疑你的审美。"

"我不想跟你说话了。再见。"令嘉冲天翻白眼。

方纫秋这时也推开椅子站了起来："吃饱了，我送你。"

"我自己可以走。"

"你确定？"方纫秋摆出一副绅士的面孔，但身体却诚实地挡住了令嘉的去路，他高大，令嘉动一下他动一下，完全拦住了她的去路。

"让开！"令嘉开始又有点控制不了自己的情绪了，嗓门明显高了几个分贝。

"我送你。"方纫秋沉声道，捏住了她的手腕。

饭店里的人因为两人堵在门口，纷纷投来询问的目光。令嘉抬起被方纫秋捏红的手腕，压低了脑袋，用自己和方纫秋才能听见的声音咬牙切齿道："你非要这样？"

方纫秋老神在在，完全不受影响，偏头淡笑："所以你只好配合一点。"

"我不……"

方纫秋已经扯起她的手大步往外走，令嘉想挣脱，方纫秋更用力地扯了一下，让毫无防备的令嘉差点手臂脱臼，令嘉听见自己的肩膀咔嚓地发出了声响。

她有些绝望地看着前面比自己高出一个脑袋的方纫秋，咬着牙想要从后背袭击，但方纫秋像是后脑勺长了眼睛似的，突然回头吓得令嘉挥舞在半空中的手只好悻悻地收回。

"论打架，就凭你一个女人的身板？"

"方纫秋，我们单挑！"令嘉感觉自己被小看了。

令嘉撸起袖子的时候，方纫秋已经拉开了车门，回过头来看着令嘉，脸上说不清楚的表情，他微小弧度地扯开嘴角，忽而笑了："好啊，就这么单挑没意思，来点彩头？"

令嘉一见他那似笑非笑的模样就觉得有诈，向后缩瑟一阵，忙摆手，"还是算了。"

"怎么能算了呢？"

方纫秋借着拉令嘉的手向前靠近了一步，只差一厘米两人的身体就贴在一起了，令嘉愕然地瞪大眼珠看见方纫秋的喉结在自己眼前滚动，突如其来的热流从脑袋顶而下。

方纫秋的声音从头顶传来："我倒是想和你打一架的。"

令嘉无比厌烦，忙后退了一步。微微抬起头看他依旧似笑非笑的脸，在半遮半掩的路灯光晕里影影绰绰，说不清道不明的暧昧感。令嘉抬手想要挥开这种感觉，岂料方纫秋半低下脑袋，继而将唇凑到了令嘉脸颊，嗓音暗哑："看过红楼梦没？一对妖精打架，搞得整个贾府人仰马翻。"

纵然令嘉再蠢也还是听过'妖精打架'这个典故的。方纫秋这么不正经的话，一本正经地说出来……"我都替你脸红。方纫秋，仗着自己多读了几本书耍流氓很得意是吧！"下意识的，令嘉就要抬腿去踢方纫秋的下盘，但膝盖却被方纫秋眼疾手快地用手掌阻隔在半空中。

令嘉用力挣了一下，才让自己的腿得以空闲。涨红着一张脸，但绝对不是因为害羞，是恼羞成怒，她恨不得一巴掌拍飞眼前这个完全桎梏她的男人。

方纫秋对令嘉的愤怒置之不理，仍是淡淡呵出了一声："看来我们理解的单挑不是同一个意思。"他停顿了一下，拉开了车门，"不上车还傻愣着做什么？"

令嘉怎么可能乖乖就范，掉头就想要跑，手长的方纫秋开了挂似的，一把拎住了她的后领。两人因身高差距，远远看去，令嘉就像小鸡一样被方纫秋拉扯在手里，他以闪电般的速度一把将令嘉给塞进了副驾驶，反手套上安全带，在令嘉还没解开安全带的同时飞速回到驾驶位，锁上车门。

　　"我靠，方纫秋，你不应该做律师。你应该去做特工啊！"令嘉不满地嚷嚷了几句，既然木已成舟，也只能嘴上嘟囔几句。

妖精打架

中间耽搁的时间太久，车子到令嘉公寓楼下时已经临近午夜。

车子一停稳，令嘉就迫不及待地解开了安全带推门下车，她走得快也急，紧接着一同下车的方纫秋腿长，三两步就跟到了电梯口。令嘉背对着方纫秋暗自咬牙，但还是勉强做出一副我不欢迎你的表情："送到这里就可以了。"

她很清楚，方纫秋就跟杨冠军一样，自己用武力打不过，用脑力也比不过。她很识时务，知道在什么人面前逞能，在什么人面前放低身段。

比如聂洋，这人虽然是影帝，但容易暴躁、自大，甚至内心还有点小少女，属于敢怒不敢言，这样的人欺负起来比较有成就感。

方纫秋不同，她目睹过他这人多么阴险腹黑。

令嘉防备的姿态让方纫秋很不满，他沉下脸，盯着电梯数字的眼神阴霾，方纫秋一定不知道，在某一个瞬间，令嘉是害怕他的。说不清楚的微妙心情，明明她已经挺着背脊，但还是感觉自己比他气势弱了一头。

"叮"，电梯门开了。里面空空如也，方纫秋视线落回到令嘉脸上，像上次一样的情景。令嘉打定主意，这次一定不能让方纫秋得逞。

"你打算跟我在这里耗一辈子？"方纫秋停顿了半秒，抬手揉了揉眉心，"我有的是时间。"

"告诉我一个理由。"令嘉声音冷了下来，公事公办的口吻。

方纫秋听见她的语气，眼神微闪，抿了下唇角才说："我还有话要说。"

"你现在可以说。"她摆出一副洗耳恭听的架势来，摆明了敷衍。方纫秋沉默半秒，却是再也不给她时间，一弯腰，乘其不备将她整个人给扛在了肩上。

令嘉被这突然的举动吓得惊叫出声："方纫秋你干什么！！神经病，快放开我。"又是踢又是打，令嘉的手劲不小，拍打着方纫秋的背噗噗响，应该很痛，但方纫秋硬是咬着牙半点没发出声音。

眼见着方纫秋熟门熟路地按了电梯，朝着她家去，令嘉心里更烦，既然打没用，干脆去揪方纫秋的头发和挂在耳朵上的眼镜。梳得一丝不苟的发型被令嘉抓成了鸡窝，出了电梯，方纫秋忍无可忍，一把直接将令嘉扔在地上，令嘉的整个背撞到墙边，她"哎哟"一声，痛得龇牙咧嘴，"方纫秋你这个变态！一点也没有绅士风度。"既然要放下，为什么不好好放。

"在我好好说话之前，开门。"方纫秋的声音不太动听，大概是因为发型被弄乱了。他抬手扒了扒头发，恶狠狠地瞪令嘉。

这一眼真是像极了上初中那会儿。令嘉撞破方纫秋逃掉体育课躲在楼道里写的卷子，方纫秋被罚跑三千米结束后令嘉去给他送书，还大义凛然地教育他德智体美劳一样要抓。怒极的方纫秋满头大汗头发乌糟糟的，冲上前一个侧空翻就将令嘉摔了一跟头，痛得令嘉哇哇大叫他也不管。

两人都是睚眦必报的性格，方纫秋却比她更狠一点。

令嘉磨磨蹭蹭地开了门，方纫秋像上次一样自己把自己招呼得很好，找了位置坐，不忘记告诉令嘉自己要喝茶的请求。

令嘉在厨房捣鼓一阵，越想越觉得不对劲。一次就算了，怎么第二次还是让方纫秋给得逞了？偏自己还听话得很。她有些懊恼，又看了看正在倒水的手，不争气地拍了一巴掌："给我出息点！"给自己打完气，令嘉手里拿了一把木质的擀面杖，她不怎么做饭，厨房里能找来傍身的工具真的少之又少。

方纫秋原本低着头在看摆在矮柜上的书，冷不丁一个硬物放在脖子左侧。

"方纫秋，两个选择，我报警，或者你自己乖乖离开。"

方纫秋侧目，看见令嘉瞪着一双大眼睛恶狠狠地看着自己，像是在看地痞流氓。他忽然自嘲地笑了，何时起他方纫秋居然要被女人当成死皮赖脸了。

"你笑什么？"令嘉戒备地瞄他。

方纫秋没说话，半晌才哗地一下从沙发上站起来，强大的气魄让令嘉犯了难，方纫秋突然沉下的脸色有点严肃，伸手从衣服里拿出了黑色皮夹，翻开第一页。

居然是一张褪了色的照片，那时候他们最多十来岁，两个人头并着头，令嘉露出了八颗牙齿笑得很开心，而方纫秋愁眉苦脸，就好像是被逼着拍下照片。

"你怎么会有这张照片？"令嘉还记得，那时候她刚刚告别假小子的日子，开始续起了长发。为了留下纪念，她拖着方纫秋陪自己去拍照。方纫秋想当然一脸的不开心。照片只有一张，一直是令嘉存在抽屉里，久而久之她也没去关注过是不是弄丢了。

夜色已经晚了，方纫秋大概是累了。他合起钱夹，揉着头痛的眉心："令嘉，我不想跟你浪费时间拉锯战。就算你报警，看了这张照片，警察会说什么？"

"你到底想做什么？"偷了照片，想做什么……"把照片还给我！"她难以想象，这张照片被方纫秋收起来多年，他一直放在钱包里吗？而自己应该是什么样的心情,令嘉迟疑着,感觉到胸口闷闷的,啪的一声,擀面杖滚到地面去了,她跳起来去抢钱包。

预料到她会来抢,他将钱包举高,令嘉弹跳力不错,方纫秋也不能小看她的武力值,最后两人不得不因为钱包归属问题发生了肢体的碰撞,令嘉因方纫秋的躲避差点跌倒。

方纫秋一手牵制着令嘉,另一只手将钱包扔了出去,钱包被扔到了门口。但令嘉已然怒了,手和脚并用着想要在方纫秋身上脸上造成点伤害,上了拳头要去打方纫秋的侧脸,却只是挥掉了方纫秋的眼镜,被踩碎的眼镜让两人重心不稳,完全扭打在地上,推倒方纫秋的优势让令嘉占了上风,整个骑在方纫秋腰上,她能用的武器只有一张嘴,毫不犹豫地张开嘴朝着方纫秋咬去,而方纫秋一手捏着她的双手,一手抵住她猛踢的腿,全身上下唯一能让她攻击的地方只有没办法动弹的脖子。

那一块脆弱的皮肤很快泛起了血丝,方纫秋吃痛,松开了她的手,却反手将她推开,翻身将令嘉压在地上,令嘉脑袋砸落在沙发上,整个人半坐在地上。

"你疯了!"方纫秋能感受到脖子出了血丝。但他无暇顾及,只能恶狠狠地瞪令嘉。

令嘉看着狼狈的两人,大口大口地喘着粗气,明明脖子和手都很痛,但她却盯着方纫秋有力的手臂横在两人之间,哈哈笑了起来,差点笑岔气。

"你在害怕,怕我再次冲上前。方纫秋,你知道我的厉害了吧。我不是打不过你,我只是不想跟你闹得太难看。"

确定令嘉没有再动手的意思,方纫秋也跌坐在地上,抬手去摸了摸脖子。手心里有血丝,他的眼神阴霾。

"你要照片做什么?"方纫秋却没理会她那比哭还难看的笑,沉着声音问。

令嘉收敛起笑容,一字一句不留情面:"当然是撕了。"她不要留下属于两人的任何回忆。"你离开以后,我就把你留在我们家的所有东西都烧了，只是这张照片丢了，我忘记了它。"

就这么讨厌他吗？"我们没有杀父弑母之仇，令嘉。"声音很低很凉，"那些事情都过去了，没有那么严重。"

令嘉苦笑。没有那么严重。方纫秋的心得有多狠，才能说出这样的话？

她不愿意提起那些事情，会心痛，会内疚。

于是转移话题。

"安珂还好吗？三姐说，你们分手后，还有联系。"她闭上眼，不想看方纫秋的脸色，更加不想看见此时方纫秋眼里的自己。

她分明记得，当初事发后，方纫秋想要逃出国外。他可真是深情啊，出了那样的事情，他还打算带着安珂一起离开。她在机场高速上，拦下了他们，不惜差点撞了他们的车，安珂受了轻伤，但方纫秋愤怒了，只身一人站在她的车头，问她是不是想撞死自己。

他们都是臭脾气的人，她昂着脖子说是。恨不得撞死他们这对狗男女。踩了油门，也铆足了劲踩住了刹车，车子轰隆轰隆地发出着刺耳的声响，让人觉得可怕。

差一秒，真的只差一点，她就将车子直奔他去了。差点杀了他。

正因为如此，家里人不再让她参加比赛。她不得不放弃了运动。老杨说，送她去运动是为了给国家争光，而不是丢人！早知道她这么冲动，哪怕杨家没有下一个冠军也不会送她去参加比赛。

也好，反正她也倦了。

提及安珂，方纫秋的脸色变得难看。他看见令嘉闭上眼睛，心里的怒气难以抑制地决了堤。一只手撑在她脑后，强迫她面对着自己，吃痛的令嘉不得不睁开了眼，方纫秋的双眼近在咫尺，能感觉到离得很近的寒意。

"令嘉，我们结婚吧。"他说。丝毫没有感情。

令嘉瞪大了眼："娶了我你也得不到你想要的。"方家早就开始忌惮杨家的生意了，方东林留在"健力"没有那么简单。即便是两家人很希望他们在一起，可是方纫秋？也不会那么轻易得到认可。

"我不在乎那些。"方纫秋说。他只是不想再被厌恶下去了。

"方纫秋，你为什么一定要这么做？"这才是令嘉最不解的。

"嗯？"

"你为什么一定要招惹我？这十年，我们相安无事。你在国外，我在国内。如今你回国有些日子了，为什么偏偏现在一定要对我百般纠缠？大家回到过去那样不好吗？"

"不好。"方纫秋跟以前一样，高傲到从来不肯解释。他只是强硬地说着不好。令嘉的表情让他有些烦闷，上次在饭店，当着杨冠军的面她说的那些话，又一再地回想起，他如今才明白，比起自己的狠心，令嘉她才是真正的冷漠。她说不见，忘记了，是真的不见和忘记了。

所以他才生气，十年前是这样，现在同样。

那年，方纫秋谈恋爱了。

常年霸占校草风云榜的方纫秋，被全校的女生追捧崇拜。奈何他却没有一个瞧得上眼的女同学，在这新闻爆出来之前，令嘉从来不担心方纫秋会被人抢走。

但听说的时候，为时已晚。

方纫秋喜欢的那个女孩叫安珂。听名字就猜到她一定有一张温柔又漂亮的脸蛋。令嘉见过安珂，几次撞见她半低着头与方纫秋轻声说话的模样，方纫秋曾冷漠地解释过两人的关系，普通的男女同学。那时令嘉信了。

"小秋，我给你一次机会，就一次。是她还是我？奉劝你仔细考虑，我们在一起生活这么多年，你没道理选一个别人。"

那时的他哪怕身在尘埃，也有一颗束之高阁的骄傲心。

令嘉是杨家的千金，她有恩爱有加的父母、爱护她的哥哥。杨家的生意也做得如日中天。而他，只是一个被家族抛弃的孩子，他们将他扔在杨家，一扔就是十几年，不闻不问，寄人篱下。

小秋这孩子和顺心不配。

杨冠军一句话，是魔障。他过不去这个坎。而他，也努力地让自己不喜欢她。

所以他的回答是冷笑："在你和安珂之间，你觉得自己有胜算？哈哈，别妄想了，我一辈子也不会喜欢你。"他嘲笑令嘉不自量力，高估了自己。那一抹笑容，竭尽所能地展现出了对令嘉的不在意，对杨家的不屑。生怕，无法伤害厚脸皮的令嘉。

"不试试怎么会知道？"令嘉那时也只是一个十七岁的女孩，也会哭，嗓子哑得不像话。明明平时那样无法无天，整天像男孩一样。

是啊。不试试看，怎么知道是绝望。

令嘉说："好的。我尊重你的选择。"之后，他们就算在家里碰面，她也绕着他走。

起初，他猜测令嘉最多坚持十天半个月，却没想，她远着自己，一远就是大半年，宁愿躲在锻炼房里接受严苛的训练，也不愿意和方纫秋像以往那样，如同形影不离的双生子。再后来，她认识了罗野，那是个张扬的男孩，同她一样惹是生非，没个人样。

方纫秋看不上他们，他知道自己要走的路线是什么。最优异的成绩，最出色的成就，才能获得方家的仰视，而此时的他远远不够。

于是他们越来越远……直到决裂那天。

她说给一次机会，就真的只给了一次……从来都是一言九鼎。

第
二
十
八
章

故
人
重
遇

　　方纫秋没想到会在令嘉的小区里遇到安珂。

　　这是万分之一的概率，却让他碰到了。车子停在绿化带边上，他坐在车上一根一根地抽烟，突然听见有人在敲玻璃。

　　摇下车窗才看见一脸笑容的安珂，她手里提着从附近小卖部买的啤酒。见到方纫秋很是意外："我刚路过了几次，还不太确定是你。真没想到，我们一年不见，居然这么巧合地见面了。"

　　是啊，巧合得就好像是故意安排的。

　　以令嘉的心思，故意也说不准。她就是这么记仇。

　　安珂没什么变化，还是和一年前差不多，爱笑，笑起来很温暖。她拉开了车门主动坐在了副驾驶上，闻到了车里的烟味，她不动声色地打开了车窗，递给他一瓶啤酒。

　　"心情不好？"温和的嗓音，安珂仍然笑眯眯。

　　方纫秋点头，没说话。拉开了啤酒瓶盖。

　　其实令嘉说得没有错，他和安珂之间就算是分手了，也在联系。说来奇怪，安珂是他的初恋，两人交往七年，相敬如宾。他却始终觉得这个女人，维持着一副永远的好面孔，就连分手时，她不同意，也都是背对着哭。

方子怡曾说过："安珂她适合你，你们很配。但方家接受不了她，你应该知道。"

所有人都知道，他和安珂多么合适。方纫秋有些讽刺地笑了笑，即便再不合适的两人相处了七年，也会变得合适了。也可能只有安珂的脾气能忍受得了他。

安珂知道方纫秋闷，于是主动展开话题："你是来见顺心的吧。听说你们是青梅竹马。搬到这个小区一年，偶然一次撞见了她，我就想，我肯定有一天也会这么遇上你。"

"你见过她？"方纫秋掐灭了烟头，灌了一口酒，有些意外。

安珂点着头，也喝了一口酒，爽朗地发出了声响："是啊。她应该住在这里蛮长时间了。我住的房子，你知道的吧，是方家给的。"

方纫秋沉默着捏了捏方向盘。

那就不会是巧合了。方纫秋嘴角泛起了一丝苦笑。不是因为方子怡的这种方式让自己难堪，而是想起离开前和令嘉的那一番对话，正应对了他藏在心里的不安。

令嘉在他起身离开时，正经客气地回应了他提出的无理要求："我们不合适。对于你的求婚，我正式拒绝。"

他拉着门把的手顿了顿，静止停在原地，让人猜不透他在想什么。

"还有，你欠我们一个道歉。"

"我们？"方纫秋的声音带着迟疑，像是穿越了无数年份，嘴角讥讽地扯出笑容，"我们是指你和他？"

令嘉回头，终于直视他。点头："是的。我们。"

"如果是这样……我永远不会道歉。结婚的事情，你考虑清楚再回答我，不用这么着急回答，你会改变你的想法。"

其实他并不想给令嘉压力，按照原来的计划，他要一步一步走入她的生活，让她乖乖就范。知道她并不那么容易被冒犯。如今挑明了来，实在出于无奈之举，她惹人生气的天赋太高，每说一句话都能使他的怒气值达到某个极端，他不得不提出一些重磅消息，让她无力反击。

拳头捏着的易拉罐变了形。安珂看在眼里，但嘴角仍然是挂着笑容，"怎么了？"

方纫秋松开手，摇头道："没事。"停了半响，才想起来问安珂："你现在在世佳工作？"

安珂知道前一段时间方纫秋的律所接触过世佳集团的部分工作，那时她还在世佳集团旗下分管其他部门，后来方纫秋撂挑子，工作扔给老高后她才正式被调任上来做 CFO，如今主要管理世佳集团融资部分的工作。大学的时候，安珂在斯坦福经济学院就读，学的就是金融法。她从各方面都为了配合方纫秋，试图成为最契合方纫秋的那个人。可谓是用心良苦。只是，到最后两人仍然是分道扬镳。

"世佳在引入的资金，是通过你哥哥牵的线。"有些工作上的事情，两人是不应该通气的。但安珂在国外那几年，见过了几次方家的人，大致了解方纫秋在方家的处境。她于心不忍。哪怕，这件事违反法律，她也想要提醒两句。

只是聪明如方纫秋，他如何不知道？世佳集团的账目不清不楚，找上老高的集团不少，但偏偏老高愿意为了世佳冒险，那只能证明这背后有更大的利益交易。方纫秋手中掌握的东西，仅仅是让税务局对世佳集团在资产重组之前做的账目调查，并不能证明什么。而解决税务问题，是老高的拿手好戏。他并不认为这次审查会出问题。

老高和方东林两人逼退他。他怎么会不知道？方纫秋脸色不好看，但还是沉着气提醒安珂："你刚刚的举动属于违法行为，下次不要再做这种傻事。"

安珂略略点头，淡笑道："是我多事。其实你心里很清楚，才不想跟他们继续纠缠下去，你是个正直的人。"

方纫秋没想安珂会突然说这话，他奇怪地扭头看她一眼。

"你觉得很奇怪？"

"不是。"他只是惊觉到，原来相处了七年的两人，都打着相爱的名义，却从未了解过对方。他摇头，"我不是一个正直的人。"曾嫉妒，曾失控，也酿成大祸无法挽回。他在令嘉口中，已经是阴险狡诈的小人了。

安珂笑笑，只当他在客气。分手前，他们也这般客气地相处，分手后，愈加没有了立场。

后半夜，安珂从他的车中离开，眼见着方纫秋离开后，她才慢慢地踱着步子朝着公寓走。路过令嘉楼下的时候，她抬头看了眼那间房，玻璃窗户还亮着灯，一道瘦弱的黑影子，压根看不清楚对方在做什么。但安珂就是莫名其妙地觉得，那人在看他们。不，或许只是在看窗外。

杨……哦不，她改名字了，是叫令嘉对吗？

安珂和方纫秋在一起的第四年。方子怡特意到美国找过安珂，那个下午在咖啡厅里，方子怡打量她就像是在打量一个货品。方子怡是典型的香江阔太太，结婚后又移民了新加坡，讲的普通话不标准，混杂着英式口音的英语，端起咖啡杯的姿态很是优雅，她看上去就像是一个温和姐姐，但说出口的话，却句句让人心寒。

"没想到，你们真的在一起这么些年。"方子怡，乃至方纫秋的家人从未将安珂放在眼里，哪怕方纫秋并不是他们认同的子嗣，但也曾暗暗观察过方纫秋应该和谁在一起。

方纫秋的终身大事，在他们心里是有计较的。方子怡属于方家人里比较温和的那类人，她仅仅只是摆出了调查到的安珂所有的资料。安珂出生在一个并不宽裕的家庭，父母早早离婚，父亲后来再娶又有一个弟弟，但家庭条件窘迫，又是重男轻女的家庭观念，安珂生活不如意。他们家没有人能支撑她留学的费用。

方纫秋出事后，方家人不得不出面。老方要送他出国留学，方纫秋只提出了一个条件，他要带安珂一起走，两个境遇相同的人，是很容易走到一块去的，互相理解对方，相互舔舐伤口。那时年纪小，未触及谈婚论嫁的地步，所以方家人没有横插一脚。

但四年的时间足以让他们开始担心起来。所以由方子怡出面，约谈了安珂。

"我承认，看了你的资料，了解了你在学校的表现，包括你的性格，各方面都很适合小秋。可是，爱情不是合适就可以的。"这是方子怡给安珂的忠告，她没有像电视剧里的妈妈们一样，拿着钱或者逼着安珂离开方纫秋。方子怡比起其他人，更加有自信，她确信自己了解方纫秋。

安珂也很冷静，两个女人在一起像是在讨论一道学术论题："所谓爱情……所以你们认为方纫秋的爱情是谁？"她刻意加重了"爱情"两个字，讽刺方子怡。

方子怡不接招，面不改色地笑笑："应该不是你。"她的话，既诚实也伤人。

不是安珂，那会是谁呢？

安珂收回目光，那高处的灯光随之也熄灭了。安珂弯着嘴角，把手里捏着的塑料袋紧了紧。这套房子是方家人给她的，一年前，听说两人分手了，方子怡派人送了房产所有的证件来。

那人说，这是方家姐姐的一点心意，谢谢她这些年对方纫秋的照顾。

也不知道是否因为后半夜天气转凉，安珂觉得冷，环抱着自己，望了望这小区里的场景，影影绰绰的光影，过了晚上十一点就会准时关掉的音乐喷泉。这不是什么顶级高档小区，她住得起，一些小明星也住在这里，但不像是一个杨家千金会住的地方。

令嘉是在半小时后才发现方纫秋还在小区的。保安室的人拨打了业主电话，询问楼下那辆 ZZXX 牌照的车是不是她的朋友的，因为他们查看监控发现主人和令嘉一同上了楼，后来这人独自下了楼，却迟迟待在车里不肯离开。为确保安全，保安特意来询问。

挂了电话，令嘉才绕过客厅，贴着卧室的窗边看了一阵。她看见安珂坐进了车里，两人待了一些时间。

很模糊的身影，但她知道那人是安珂。

安珂住在这个小区。七年前，哥哥交了女朋友，令嘉一面想要摆脱杨冠军的关照，一面想要给大龄单身哥哥创造机会，所以选择从杨家搬出来，恰好方子怡回国，提及曾经在国内的同学在这个小区有一套房子打算转让，方子怡建议令嘉买下来。现在想来，只怕是方子怡特意安顿了那人住在这个小区。

在小区里撞见安珂的机会不多，令嘉工作忙，出入都有保姆车。只有安珂搬家那次，两人擦身而过，但谁都没有要跟对方打招呼的意思，更没有停下来互相寒暄两句。她们都是有自知之明的人，两人认识，唯一的联系是方纫秋，但那时的她们，谁都跟方纫秋没有关联，何来立场？

令嘉设想过方子怡这样做的用意。只觉得这做法，幼稚至极。这让她想起小时候，方家人还住在阳城的那段时间，方东林为了显示方纫秋与他的不同，往方纫秋的饭盒里藏蟑螂或死老鼠。同样的手笔。

第
二
十
九
章

／

广
告
试
镜

　　在合约到期之前，令嘉决定签署新合同。在那之前，陈尔在赵家禾的提议下将合同发给了方纫秋。这让陈尔一再地怀疑令嘉和方纫秋两人的具体关系，陈尔决定找令嘉好好谈一谈，这个时间就定在前往面见Delvaux 中国区营销负责人的路上。

　　"签署合约之前，你得维持好你的形象，哪怕是一丁点的绯闻也都有可能让这件事黄掉。"陈尔在变相地打探令嘉的感情状态，照理来说她每天跟令嘉在一起，没发现什么端倪。但最近，频繁的绯闻让陈尔也不得不怀疑令嘉是不是背着自己做了什么出格的事情。

　　相处多年，令嘉一听陈尔的语气就知道她在想什么。白眼翻了翻，心不在焉地嗯嗯哼哼地应着，如今不是她制造绯闻，是八卦新闻追着她跑。她也无能为力。

　　"我询问过方律师了，起诉营销号和橘子娱乐的事法院已经立项审查，不出多日就会排期上庭。"

　　"这么快？"提及这事，令嘉才有所反应。

别说令嘉，陈尔也没想到，"真没想到这个方纫秋办事效率如此之快，我和米雪的意思是，你无须出庭。给记者拍了照片，也不算好看。"

民事诉讼期间，原告可不出庭，但必须委托特殊代理人出庭辩护以及做出决断，令嘉明白陈尔的意思，让方律师代劳，但……令嘉心里始终有着迟疑，她没有立即回复陈尔，敷衍地点头。

不出十分钟，车子已经到了目的地。

Delvaux 在中国招募代言人的消息低调地扩散着，只有极少数手中有资源的大经纪人才听说，纷纷打听了门道，投递了履历，这一来一去的，也逐渐形成了一个小型的面试会。Delvaux 没想大张旗鼓地搞，也就通知了几个符合要求的演员一同前来试镜一小段广告。面试地点在广告公司搭设好的棚内。"健力"集团的广告中心，也在这栋楼。

乔云珠这样的，挤破头也想往自己身上招揽一个高端的品牌，自然不会放过机会。

虽然撞见乔云珠让两人都很意外，但只要想到如今这个社会什么事情都没可能，也就见怪不怪了。

"乔云珠能进入面试轮，也不知道她经纪人费了多大的劲。"休息期间，陈尔拉着令嘉嘀嘀咕咕。

尽管令嘉也不太明白自己为什么走到哪里都能碰见乔云珠，但丝毫没有附和陈尔的意思。

令嘉没回话，陈尔捅了捅她："你瞧，那是谁？"

低头看工作人员给的短片资料的令嘉听见陈尔的声音，才抬起头看了看门外。这次面试，主办方没有为前来的女星单独设立休息室，大家聚集在一间空置的房间里，长椅上已经坐了三两的女明星。放眼看过去，都是最近当红热门的，有熟稔的也寒暄了几句话，但毕竟大家都是来竞争同一个职位的，也没有太多的话聊，所有人都在查看资料。乔云珠从进门见着令嘉便厚着脸皮凑了上来，非要坐在一起，而后见到了最近大热门的四小花旦之一的唐梦。如今稳坐电视剧一姐的唐梦风头正劲，乔云珠自然凑上去打招呼了。

唐梦看着人挺随和的，跟乔云珠有一搭没一搭地聊着。此时，两人都听见门外的骚动。顺着令嘉的视线看向门外，有几个工作人员围着，当中的女人一身黑色套装，黑色墨镜遮住了大半张脸，即便看不清来人的脸，但那摄人的气场还是一眼让人判断出，是鲜少在新闻上出现的顶尖影后，单丹。

单丹是国内顶尖影后中身材最丰盈的女星，她从不为自己的身材不是平板的瘦弱型担忧。即便丰乳肥臀，年过半百，只要她出席活动，从来都是气场女王。可以说是娱乐圈稳坐第一位的女王。前年国内两大时尚巨头为争抢新月刊封面风头，大打出手，《Esaly》的杂志总编艾娃耗费了大力气，囊罗了四小花旦，还有六位一线女星联合拍摄豪华集封，也被当月《Dream》杂志的一张单丹的单封以一挑十。为这事情，时尚圈还闹了一段时间的风波。

真没想到，她居然会出现在这里。

唐梦是这间屋子里咖位最高规格的，当然认识单丹，已经动身前去打招呼。

就这么被冷落了的乔云珠找不到聊天对象，又凑上了令嘉。其他人都纷纷走出去了，令嘉也不好太别具一格，也顺着大家走到了门口，乔云珠与她并列一排，看着单丹在与几个人简单聊天，这其中大约也就唐梦还有幸跟她合作过一次吧，依稀记得是在去年上映的电影里，唐梦用新晋小花旦的身份去电影里打了个酱油。

"小道消息，单丹这次挑大梁演广告片的女主。"乔云珠小声凑到令嘉耳边。

大约是从唐梦那里听来的，虽然语气有些失望，但眼里明显也写着憧憬。

"所以，这次的广告片是和单丹合作？"陈尔抓住了关键字眼，这跟她收到的消息不符合，但单丹来挑大梁也不是坏事。娱乐圈始终也是个圈，跟谁合作，这些都是有规律的，大花带小花是必然的，但是带谁可就讲究学问了。

乔云珠故作惊讶地捂嘴："哎呀，你们不知道吗？单丹是这次面试的评委，也是这次广告片的绝对女主，这腕儿，多少女明星现在屈居其下也甘之若饴。"她的眼神若有似无地扫过令嘉的胸，再看单丹丰盈的身材，发出了呵呵笑声，"我看啊，令嘉你就别凑热闹了，你没听过什么叫物以类聚吗？同类总是惺惺相惜的。"

乔云珠有意无意地挺了挺自己的胸，想要证明什么不言而喻。

这举动反而逗笑了令嘉，她扑哧一声没敢让自己的声音太大，只能压低着音量靠近乔云珠，还恶作剧地碰了碰她的胸："哟，还挺结实的呢。看来不是假的。虽说我是认同你所谓的物以类聚，可你跟人家影后比起来，可算不上同类吧？人家前凸后翘，你嘛……"令嘉故意扫过她的臀部，"丰满是丰满，就是平了点、宽了点，不太翘。再看胸，你这两坨肉已经没法拯救了，感觉你腰都要断了。你累不累，需要找个人帮你托着不？"这不变相说她胸下垂吗？

陈尔在一旁听着两人的对话，心里觉得好笑，但脸上还是忍着没做出反应，时刻观察着前方的情况。单丹被迎进了面试室，乔云珠来不及反击，很快有工作人员来通知里面准备好了，导演和品牌负责人也已经准备好了。

面试室不如电影试镜的场地大，两边也架起了摄像头。一张长方桌子，大家围坐在一块儿。

工作人员收走了大家手中的资料，提出了广告片的概念词语，给每个人十分钟准备时间，让大家自行用自己的演艺形式展现。

概念词语是一个英文单词，graceful。翻译过来是"优雅"两个字。足以证明片方想要表现的质感是高要求的。

令嘉注意到，这间小房间里除开两个固定机位，另一侧角落里还有一个半长头发的男人，手里端着相机，酷酷的样子，在调试自己的摄像头。虽然不认识，但看身形和那摆弄相机时的专业模样，令嘉猜测这人不是普通的摄影师。

早年诸如这类的顶级品牌，无论是香水、包还是服装，最先出现是在杂志平面上的宣传。Delvaux是老品牌又有皇室坐镇，可想而知的刻板，在营销上，他们也不会为了迎合市场而做出太过新奇不容人接受的方式。所以，这次的广告片，主打显然还是以平面为主。但是graceful这个词，又是代表动作优雅的词语，不是名词，优雅的英文有几种翻译，他们选这个词语显然是有用意的。

十分钟里，令嘉已经固定了两个词语在自己脑海里。

镜头感和动态感，这应该是对方想要的，两方面都包括。也就是说，要求这个广告片女主人在动态下，每一帧画面都能让摄影师捕捉到平面照片的美感。这非常考究人的气质。

令嘉用笔在纸上画了两个圈，笔尖轻轻地落下，一次一次，在纸上落下了墨迹。她抬头看了眼其他人，此时的大家无暇顾及别人，都在为自己的表演做准备。陈尔也担心地看着她，这次参与竞争的人倒是不多，乔云珠不用想，她的形象应该不会符合这次的广告，唐梦是最大的威胁者。

但唐梦有一个致命的缺点也是最大的优点，粉丝量巨大，随便发一条微博都能有上十万条评论。这对Delvaux来说，是最大的威胁，人多不好管理，而往往很多明星出纰漏的不是自己本人，反而是一些无脑追随的粉丝。这也导致这类流量大的明星，看上去不那么有质感。讲难听点，在娱乐圈，明星就是商品，客户在挑选商品的时候，自然要考虑周全。

令嘉却丝毫没有担心，她微微一笑看着陈尔，给她一个放心的眼神。

如果说起初不知道单丹会单演广告片女主，她心里还有点晃荡，如今知道了反而心里踏实了许多。单丹会为自己的形象负责，单丹在成为明星之前，首先是一个演员，真正将演戏当成职业来看待的人，看重的也是演技，并非乔云珠所说的什么物以类聚。

如同令嘉所想，乔云珠第一个上场，现场的所有人都很清楚地看见了她拙劣的演出，分数一定不高。甚至有人在方桌上摇了头。

令嘉是最后一个，抽签的顺序不好不坏。唐梦就在她两个十分钟时间里不知道去哪里换了衣服，穿上了爱马仕的经典套装，有点时下时尚白领的味道，质感肯定是有的，高跟鞋加上西装裤从哪一方面都挑不出错。

"你说唐梦有戏吗？"陈尔偷偷扯了下令嘉的手臂。

令嘉原本在用心观察，听见陈尔的声音回头笑了笑，淡淡地摇头："我不知道。"说话的同时，手上的笔又在纸上写下了两个字：简单。

单丹是女主角，那么今天挑选的就是和她搭配的另一个主角，如果是一个分量轻的角色，主办方不太可能会这么大张旗鼓地开面试会。就像是一黑一白，一阴一阳，双面的东西一定都有差异化。

唐梦在刻意地模仿单丹，这虽然是个小计谋，但在令嘉看来是不明智的。尽管摸索到了这次广告片的精髓，摆拍。但明显，几个动作下来，都是单丹曾用过的经典姿势，画面好看，气势上已经输给了靠在椅子上表情冷漠的单丹。

"你有几成把握？"陈尔问令嘉。她也注意到令嘉脸上微妙的表情了，最初的担忧到淡定，如今的轻松。

"不知道。一半一半吧。"令嘉还没有自信到自己完全猜中，没有给陈尔太大希望。

陈尔想了想，又瞥了眼场上的唐梦，说道："也是，尽力就好。"

毕竟对令嘉来说，拥有四千万粉丝的唐梦的确是个超级大的威胁。

唐梦的模仿获得了围观群众的认可，令嘉前一位的女明星艾未未明显更紧张了，上场时感觉手在发抖。

陈尔见令嘉没动静，碰了她一下："你需要什么准备？"

令嘉若有所思地盯着陈尔看了一阵，陈尔觉得古怪，令嘉抬手却拿掉了陈尔架在鼻梁上的黑框眼镜，"借来一用。"陈尔还不明白她用来做什么，那可是她的工作眼镜，一点也不时尚。就见令嘉已经收起了纸和笔，对着玻璃窗面理了理自己的黑色连衣裙。

令嘉的造型是威廉做的。中规中矩的定制黑色连衣裙，背后拉链式，西装面料的质地，微微敞开的宽 V 字领，露出了些许锁骨，两肩是简单的短袖。令嘉的长发也被绾起，一个简单的马尾却耗费了威廉大半个小时。令嘉有一头黑发，再配上黑框眼镜，像极了电视剧里古板的上班族。

"你打算这样上去？"像个老处女……陈尔咂舌。广告片是 Delvaux 品牌旗下出的唯一一款香水。（现实中，是没有香水的。）香水意味着魅惑，迷人。但怎么看令嘉这会儿的造型都很普通，还不如唐梦的范思哲套装。

令嘉还没来得及解释，艾未未已经结束了，轮到令嘉了。

令嘉摘掉了脖子上的项链，手和脖子都干干净净的，没有任何饰品，但手里捏着方才的纸和笔。

灯光被关了，整个会场只看得见玻璃窗面的反光。安静如斯，一丝细跟高跟鞋在地上发出的噔噔声传来，循声看去，一个穿着黑色裙子的女人，双腿交叠着靠在玻璃上，镜面的玻璃映出了她的下颚，她背靠着玻璃墙，脚下轻轻敲击地面的动作没停，拿在手里的笔在纸上快速地写了什么，发出了沙沙声。埋头写字的女人跟专心工作的男人一样有魅力，摄像师一开始对于令嘉上台的造型并不满意，如今却一反常态地按下了快门键，随着咔嚓的声音，人们发现脚步声停止了，而令嘉写字的手也顿住了，她微微抬头，一张比预想中完美好看的脸，即便脸上戴了框架眼镜。但她对着镜头笑了，露出了八颗牙齿。

摄像师拍照的手顿了顿，拿开了镜头，呼出一口气，看着令嘉接下来的表演。短短五分钟，从一个让人误以为是死板的老处女，到利用声音吸引人们将视线从她的脚开始，到腿，然后往上，捏着笔低头写字的模样，娴静平淡，抬头时的微笑又……说不出来的吸引人。

但令嘉的演出到这里并没有结束，她突然收起笑容，合上了手中的本子。呼了口气，她的身体没有再呈现一种半倚的弯曲状态，笔挺了背，朝着会场中央走过去，一哒一哒的高跟鞋声，再次吸引大家的视线，令嘉走的动作不紧不慢，但说不出的优雅，纤细的手一抬，摘掉了眼镜，随着笔记本一起被扔在了地上，手却没有及时收回，指尖碰到了裙子的拉链，哗啦……向下拉开……

那看起来酷酷的摄像师好像突然明白了她的用意，唇角微微一勾，手中的快门按得更勤快。

所有人都屏住了呼吸，但拉链拉到一半停止了，只不过刚刚好露出了令嘉的整个背，她一手托着前胸，不让裙子下落，微微屈身，让自己健康、线条优美的背暴露在眼前。令嘉对着空气理了理头发，左右看看，手指轻擦过耳后，拆开了绑着的马尾，头发海藻一般垂落，滑下，紧接着，她对着空气犹豫一阵，眼神下移，忽然俏皮地笑了笑，手中拿起了什么东西，在空气中喷了喷，捂着胸口的令嘉仰头露出了一个满足的笑容。

黑暗里，洁白的肌肤和黑色背景反衬着脖子的线条和背，愈加优美。到此，令嘉的表演也结束了，"啪嗒"一声，会场里的灯光亮了起来。令嘉也眼疾手快地将自己的衣服拉链扣好。

她规矩地站好，一改方才表演中的模样。这反差，像极了两个人。

为首的人没说话，而是扭头去看单丹。单丹盯着令嘉脚下的那双高跟鞋，蹙眉，"下次换一双鞋。"

"诶？"令嘉微愣。

单丹却笑了笑，说道："你很漂亮。"

"谢谢。没人这么夸过我。"令嘉属于不太上镜那类人，现实的她有一种无法言说的气质和貌美，这种感觉应该被俗称为气质。但自拍照里，看不到她的气质。

单丹是慧眼识珠，没有掩饰对她的欣赏。

第三十章／试镜结果

　　这次的面试是当场宣布结果，其间有半小时的空当，时间比较紧的，例如唐梦这类的一线小花自然先行离去。而令嘉这类没什么通告的人便去了摄影大楼的咖啡厅。没料，自己前脚刚上，后脚乔云珠也跟来了。她似乎料到了结局，虽然对令嘉有各种不满，但表情轻松。

　　"我压根就没想过会拿到这次机会。"

　　"那你来这里做什么？"陈尔接茬。

　　乔云珠晃了晃自己的胸："见见世面呗。"

　　"噗。"令嘉不由得笑喷了，差点让咖啡渍弄脏了衣服，"你这人，不仅胸襟宽阔，心也是挺大的。"

　　说起来，令嘉不那么讨厌乔云珠，有时候甚至觉得她挺好玩。只是这人，今天老黏糊着自己，怎么想都觉得奇怪。

　　令嘉见乔云珠没反驳自己，正好奇，刚想开口询问点什么，乔云珠的视线早就被店外的人吸引了去。咖啡厅就在大楼里，这里来来往往的工作人员走来走去，倒也不稀奇。

"杨总？他怎么会在这里？"陈尔先令嘉一步认出杨冠军来。

杨冠军穿着笔挺的西装，身后跟着两三个工作人员正在跟他说着什么，手里还拿着样片用的光碟。

"你不去打个招呼吗？你的大金主诶。"乔云珠收起贪婪的眼神，推了令嘉一把。

令嘉这才反应过来，陈尔已经起身走了出去。杨冠军显然也没料到会遇到陈尔，两人说了两句话，他已经抬头往里面看了，看起来是在寻令嘉。视线从乔云珠身上扫过的时候，令嘉分明看见乔云珠激动的脸都红了。

令嘉蹙眉，看见杨冠军朝着自己这边走来。

"我来看上次的样片，要不要一起去看？你这边什么项目？"杨冠军很少关心她的事业，碰巧遇上了，还是问了问。

令嘉可不是凭家里吃饭的人，她没多说，只是略摇头问道："我就不去了。样片怎么样？"

"还不错。"杨冠军点头，他向来是办正事容易忽略其他人的主儿，压根没注意到乔云珠已经搔首弄姿好一番了。他虽然没看见，但令嘉可是看得清清楚楚的，心里觉得好笑，也不打算给乔云珠机会，找了机会挡住杨冠军的视线，特意绕到杨冠军面前："对了，我有话问你。我们借一步说话。"令嘉摸了摸鼻子，心里应该是有事。

陈尔想阻止来着，但一张口看到杨冠军那一脸凶相，想起上次他对宋允儿的态度，还是算了。就担心闹出个什么不必要的绯闻，于是上前代替了令嘉的位置，挡着了乔云珠，拉着她说话："云珠啊，上次你们那个戏……"

令嘉暗地里给陈尔点了赞。拖着杨冠军来到了无人的走廊。她要问的事儿还是关于方纫秋的，怎么想都觉得奇怪，这么久不联系，方纫秋怎么突然跟自己求婚了……哥哥以前可不喜欢他，这两人如今怎么倒走到一起去了。

"方纫秋跟我求婚，是怎么回事？不会是你们搞的鬼吧？"

"什么？"显然杨冠军也没想到这茬。

"你还装！"令嘉一脸我看透你们的阴谋的表情，双手抱胸，兴师问罪的模样。这不好，那不好，如今不也跟人打得火热？那么多律师不请，你偏偏请他。还有，方东林怎么回事？方家的经济链是倒闭了吗？他非要到我们家来混口饭吃？"

"……"

"啊，我知道了。"杨冠军还来不及说话，令嘉宛如洞察所有阴谋的精灵样，手舞足蹈的。

杨冠军惊恐："你又知道什么了？"

"是不是她们方家人嫉妒我们，特意派遣方东林这个祸害来搅乱公司，然后再让方纫秋娶我，谋夺我们的家产……好可怕，太有心机了……"

令嘉的话成功让杨冠军黑了脸，叹气，同情地看着令嘉，抬手敲了敲她的额头："我的傻妹妹。方家不至于看上我们这点东西，方东林是父亲举荐进公司的，方家在公司还有一些原始股。"令嘉的父亲创业的时候，方家帮了忙借了钱给老杨，后来老杨虽然把钱还上了，但公司上市的时候，老杨为了报答老方家的支持，特意留了一小部分的原始股给方伯伯。这些年，方家人没干预过杨家的生意，如今方东林进了"健力"的确会让人多想。

令嘉哎哟一声，忙捂住额头。杨冠军手劲大，轻轻一敲也能让令嘉的额头红出印子。杨冠军没理她的埋怨，沉吟半晌问道："那……你的回答呢？"

"嗯？"

"方纫秋的求婚。"

"当然……是拒绝啦。"这个问题，对令嘉来说，完全不用考虑。她还顾着脑门上的刺痛呢，哪里有时间去想。

杨冠军点点头，其实他也不喜欢方纫秋。只不过……"为什么呢？你喜欢他很长时间，错过了这些年，他终于回头。"所有人都曾清楚地知道，她喜欢方纫秋，喜欢了很久很久。就算嘴上拒绝，心还是会动摇吧？

令嘉知道哥哥担心自己逞强，她无奈地笑笑，杨冠军那弹指神功也不知道弹到哪根神经，令嘉揉着眼睛心不在焉地嗯嗯哼哼："管他呢。"

"很委屈？如果方纫秋不是因为别的原因，是真的想跟你在一起才求婚呢？"杨冠军没想到她会红了眼眶，愣了愣，随即抬手去拨她捂着脑门的手，果然一大片红印子已经泛青了。

令嘉不想让杨冠军碰自己，后仰着背躲着："嗯，委屈。很痛诶。"

也不知道她说的委屈是被杨冠军敲打了额头还是因为方纫秋的做法。但不管是什么，方纫秋都是个浑蛋。

还想说点什么，陈尔已经来找人了，站在走廊的一头对她招手。令嘉想起试镜的事儿，忙打招呼："我去忙了。你有空也多关心自己的婚姻大事吧。一把年纪了，还单身。"令嘉其实挺心疼哥哥的，19 岁的时候参加世锦赛肌肉拉伤，从此告别运动生涯，哥哥他那么热爱运动。消停了一段时间后，又重新回到了学校，一面读书一面学习照顾家里的生意，因为自己比哥哥小十来岁，从懂事起就是哥哥在操心家里的事情，年纪大了点，她又跑来拍戏，过着从不担心生活的日子。

"晚上一起吃饭。"令嘉走得急，杨冠军只能在背后喊。

令嘉做了明星之后，越来越忙，回头忙摆手："我这里结束后，还要去公司。"

陈尔听见杨冠军又在约饭局，表情难看。拉着令嘉就数落起来："杨总也真是锲而不舍，怎么这么爱找女明星吃饭？"听见令嘉笑出了声音，陈尔更恼，"令嘉你可得听我的，不要走歪路。我这个经纪人虽然没有特别多的资源，但咱们相处这么多年，我肯定还是为你着想的。眼看着咱们好日子快来了，你得稳住。"

"我知道的。"令嘉哈哈笑着，"陈尔，你对我这么好，我收了你做我大嫂好不好？"

陈尔也是大龄女青年了，近两年也去相过几次亲，但始终没遇上喜欢的也就耽搁了。一听说给介绍男人，陈尔双眼放光，"你哥哥长得好吗？"在娱乐圈摸爬滚打多少年了，果然是颜控无疑了。

令嘉指了指自己的脸："你看我这么好看，我哥哥肯定差不到哪里去了。"

"这个靠谱。"陈尔上上下下打量了一番令嘉，很满意地点头。就算令嘉这人不怎么靠谱，但光看脸还是很不错的。

令嘉偷偷地笑了笑，琢磨着自己要怎么做才能不动声色地让两人正常交往。首先，得让陈尔知道杨冠军不是那种爱约女明星吃饭的渣男，紧接着要展现男人的魅力……

"想什么呢？马上要公布结果了。你应该很得意吧？"两人已经走到了最开始试镜的小房间，乔云珠先一步到，见到令嘉，嘴上忍不住要说两句。

她的经纪人拦都拦不住。

令嘉心情好，没搭理乔云珠。留下来的人没几个，公布结果的时候先前的一些人也不见了。只有一个助理模样的，公事公办地推了推眼镜，视线从在座的几人脸上扫过，最终毫无悬念地落在令嘉脸上。

"恭喜你，令嘉小姐。"助理又对其他人略显抱歉地笑了笑，"其他几位，您们可以先行离开了。Delvaux 谢谢你们的支持。"

为免面子上过不去，其他人离开前礼貌性地对令嘉表示了恭喜，就连乔云珠都阴阳怪气说了几句。

其他人离开以后，助理跟陈尔交代了一些关于合约的问题，下周约着见一面，碰一下合约的事儿，没问题就可以签约了。

Delvaux 给的条件很优厚，时间不长，两支广告片，两年时间令嘉出席他们的品牌活动。另外，在代言期间令嘉的服装有一部分 Delvaux 还可以提供赞助。

陈尔跟助理聊得兴致勃勃，就算她极力掩饰，令嘉还是发现陈尔的脸笑开了花。

送走助理后，陈尔打电话通知了小喜和司机，让两人到停车场来，老邹约了两人讨论上庭事宜。

一向知道这栋大楼里经常遇见明星，但令嘉没想到自己会有一天能同时遇见杨冠军和单丹这样的大明星在电梯里谈笑风生。

"杨总，丹姐。"没注意到令嘉奇怪的表情，陈尔瞧见两人聊天似乎很愉快，也颇有些意外。

"令嘉？"单丹还记得她们。她回身来看令嘉。

令嘉悄悄抬眼看了杨冠军，脸色如常，她撇撇嘴，笑嘻嘻地喊了声："丹姐，您好。"在娱乐圈，辈分很重要。

"嗯。"单丹移动了步子，留出空间让令嘉和陈尔进电梯，此时的她一改上午初见时的冷漠，态度平和了许多，"我们应该很快会有合作，他们跟你们谈合约的相关事宜了吗？"

他们当然是指品牌方。令嘉没想到单丹会问自己这个问题，愣了愣才点头道："谈了。能跟您合作，我非常的荣幸。"

单丹怕是听过不少恭维的话了，没太放在心上，只是熟稔地说着："你最近在拍楚天的戏？"

单丹和楚天早期有合作过电影，两人是熟识，对于楚天重回影视圈拍电视剧的新闻，想必也关注到了。

"他这人拍起戏来挺认真的。从他手下拍出一部戏，也能进步很多。"

"是的。导演很认真，我还有很多要学习的。"令嘉暗地里挑眉，不是很明白单丹的用意。

单丹却笑了笑："你很不错。还年轻，有这演技，难怪他们愿意为你改剧本。"

没想到单丹还知道这事情。

"虽然我很少出现在公共场所，但八卦新闻我还是看的。"单丹笑了笑，很快为令嘉解惑，"我跟林燕妮也认识，她很喜欢你。"

令嘉不奇怪林燕妮居然和单丹是熟人，林燕妮在成名后期便定居在香江，单丹早期也大多和香江一派的知名导演合作，后来晋升为影后才搬去了新加坡。一个是当代最有底蕴和风骨的女作家，另一个是当代最有风情的女明星，相识也很正常。只是没想到，林燕妮居然会跟单丹提及自己。

很多时候，林燕妮提及自己喜欢令嘉，她也不过只当这是人家老师的客气话。

电梯很快到了，叮的一声打断了两人的对话。单丹率先踏出了电梯，杨冠军和陈尔在两人对话期间，也就没有开口。单丹的车很快就到了，她跟大家挥了挥手，礼貌地跟杨冠军客气道："下次你父母归国时，有机会的话我们见上一面。"

杨冠军点头，跟令嘉一起目送单丹上车离开。

陈尔正憋着一口气呢。见到女神单丹，她大气不敢出一声，无比佩服令嘉还能跟人家聊一路。如今单丹刚走，她便像泄了气的皮球似的，战战兢兢地戳令嘉："这气场也太足了，明明笑嘻嘻的，但总觉得有压力。"

令嘉嘲笑了陈尔两声："瞧你胆小的样子。"又偷偷指了指身后没发出声音的杨冠军，"你不怕杨总？"

虽然明知道令嘉调侃自己，突然意识到杨冠军还在身后的陈尔顿时又挺直了背，她可没忘记杨冠军那一脸的凶相，浑身的肌肉，还有单手就能拎起令嘉的手劲儿。

说话都结巴了："杨……杨总您还在呢……"

杨冠军一米九的个头，只斜斜地睨过陈尔。仅仅一个眼神，陈尔感觉背脊发凉，神色古怪铁青。

这一幕被令嘉看在眼里，微微挑眉，这两人，这么一看还挺配。

杨冠军在外人面前总是寒着一张脸，现在也没变化，想起令嘉和单丹两人在电梯里的对话来，询问道："你们要合作拍广告？"

令嘉点头："嗯。没想到吧。我也有这么出息的一天。"

"嗯哼。"杨冠军从鼻息里哼了一声，表示对令嘉的认同，没接茬。

"倒是你，怎么会认识人家大明星？"要知道，单丹可是顶级明星，她这个程度自己早已经成为了名门富豪，压根不用将某些富家子弟放在眼里。

令嘉询问的口吻过于随性，在陈尔听来就好像是正房在质问，顿时心一跳，去偷偷扯令嘉的衣服："令嘉，你这么问人家的隐私不太好吧。"

陈尔尴尬地笑着，压低的声音从牙缝里挤出来。

令嘉一看陈尔那小心翼翼给自己打眼色的模样就觉得好笑，安慰性地拍了拍陈尔扯着自己的手背："放心吧。杨总不会介意的。"

令嘉的话成功引起了杨冠军的注意，一双浓眉深眼扫到陈尔身上。

杨冠军板起脸来："我不会介意。"明明是一句让人放心的话，但那语调硬是让他说出了威胁的意味，陈尔哪里还敢插嘴，当即松了手，尴尬地笑了笑，"杨总别误会啊，我没有别的意思……"

"我没误会。"杨冠军有一张关公脸，不怒而威，"令嘉想问什么都可以。"

陈尔挫败，张了张嘴不敢说话，瞟到令嘉，示意她救命。

令嘉假装没看见，心里乐开了花。好你个陈尔，平时欺负我，现在遇到不敢惹的了吧？

显然神经大条的杨冠军压根没注意到两人的交锋，只是一本正经地回答起令嘉的问题来："单老师跟父亲相识。"

令嘉这才想起十几年前，冬奥运会过后，香江的政府机构邀请他参加过运动员的颁奖典礼，当年的香江繁华如纽约，主办方请了明星来祝贺。想来父亲也是在那些年代便与当时还是当红偶像的单丹认识了。只是那时候自己年纪小，对父母的朋友不太关注。加上令嘉又是老杨老来得女，自然不知道这一层关系所在。

陈尔正觉奇怪杨冠军为什么要跟令嘉解释缘由，耳边响起的车滴声，顿时拯救了她好奇的紧张小心脏。

"我们该回公司了。"陈尔小声提醒着令嘉。

令嘉朝杨冠军挥了挥手，没说再见，自顾自地爬进了车里。

陈尔抢先不成功，只得尴尬地也冲杨冠军挥了挥手，客气道："杨总我们走了，再见。"

杨冠军双手背在身后，只微微点头，"嗯"了一声。

陈尔这才爬上保姆车，哗啦一声关了车门。

"乖乖啊，这杨总怎么到你这里就成忠犬了。你还跟我说你们俩没关系？我不信！"陈尔从窗户口收回脑袋，发现杨冠军在目送保姆车，还心有余悸地拍着胸口，冷飕飕地看着令嘉。

再联想起上次消夜的事情，怎么都觉得奇怪。陈尔冷不丁地瞄了瞄令嘉："你该不会背着我偷偷谈恋爱？"对象是杨冠军？好像怎么看都不搭啊……

"谁？"令嘉不敢置信地指了指自己的鼻子，"你说我吗？"

陈尔半眯着眼看令嘉，点头："不然还能是小喜子吗？"

原本乖乖坐在后车位的小喜子听了陈尔的话，头皮发毛，怎么听上去自己好像就应该找不到男朋友似的？

"诶，真的吗？令嘉姐有男朋友了。值得恭喜啊……"被提及的小喜子适时地发表了意见，反被陈尔一瞪，给瞪回去了。

"令嘉你最好跟我说实话，你跟杨总什么关系？"不仅杨总，还有方纫秋，这都是她心头的大问号。

瞧着陈尔那一脸纠结的样子，令嘉扑哧一声笑了。

"是谁也不可能是杨总。你就放心好了。"

"当真？"

"嗯。不骗你。对了，你星期六晚上有时间吗？要是有空的话，你和我哥哥见个面约会呗。"

陈尔脸一皱，瞥了眼后排的小喜子，见她在看手中的 iPad，这才凑过脑袋到令嘉身旁，小声道："有是有。"

令嘉憋着笑，看见陈尔耳朵红了，也压低了声音："那我就安排了。"

陈尔犹豫了一下，但还是笑眯眯地点了点头。

"哎，我的妈呀，今天是什么日子？"下车了，令嘉刚一进公司，就听见陈尔捏着电话一脸愁容。

方才在车上，令嘉就听见陈尔在跟什么人打电话。这会儿出了电梯，看见老邹的秘书等在门口，猜到惹毛陈尔的想必是老邹了。老邹的秘书跟陈尔是老熟人了，两人互看一眼，什么都没说，陈尔已经会意，出了电梯就打发了小喜先去助理办公室休息。拖着令嘉到小办公室里，鬼鬼祟祟的模样。

"有什么事情就直说，我们两个人还要藏着什么？"令嘉烦这种畏畏缩缩的举动，靠着门就要赖，不走了。

陈尔面上的表情些许为难，但看了看令嘉的样子，还是咬牙说道："是这样的。这不是你马上要签新合约了吗？公司是铁定要捧你做一姐的，但是你下面就没有什么人能扛起你这个位置了。所以公司的意思，想要签个与你相差不多的……"

"所以，签进来做二姐吗？"令嘉不等陈尔说完这话，就明白过来了。

讽刺地笑笑，"陈尔你给我说实话，老邹打什么主意？"

陈尔也很烦老邹这样的做法，心里也憋着气呢，知道令嘉不是好糊弄的，干脆破罐子破摔，直说了："现在乔云珠在老邹办公室，谈合约的细节。"

令嘉没想到老邹居然打这个主意，知道自己跟乔云珠多年交锋。当即从鼻息里呵出了一丝气："我倒是不讨厌乔云珠，只是一个'二姐'的合约细节要他老邹亲自出马？"

"诶……这个事情是这样的，乔云珠的合约规格跟你肯定不一样。但是公司……"

"公司为了牵制我，会把我和乔云珠放在同等位置上。"

不得不说，令嘉在某些方面还是通透的。起初陈尔也觉得令嘉是个榆木脑袋。刚签耀星那会儿，令嘉已经是小有名气的青春歌手。几个同期生早就在巴结各大经纪人了，就令嘉闷声不作气的，接任她的经纪人田蕊当时正跟当红偶像剧一哥谈恋爱，全身心都在一哥身上，无心管理令嘉的事情，令嘉也不懂得为自己争取。沉寂了很长一段时间，直到偶像剧一哥出了事，闹出脚踏三条船的负面新闻后，田蕊才想起她来。陈尔那时还只是实习生，哪有什么资格挑选经纪人。但偏偏令嘉就是硬气的，当着田蕊和老邹的面，要换经纪人。换谁？所有实习生里，令嘉挑了一个看上去还算顺眼的。

被选中的陈尔一开始觉得令嘉选了一条死路，那时候的自己既没有经验，也没有资源。瘦死的骆驼比马大，田蕊手中好歹握着不少平台和一线导演。但是令嘉说，没关系，每个人都有自己的命运。经验和资源她们都可以共同创造。

也正因为如此，哪怕令嘉再不靠谱，陈尔也是惯着她的。

当然，如今来看。令嘉压根不是什么榆木脑袋，她从一开始就很清楚自己的路应该怎么走。继续唱歌，还是磨炼演技？令嘉这人还有一个让常人无法理解的点，基本上红了一点，哪一个不想影视全发展？令嘉自从拍了电视剧之后，也不怎么唱歌了。如今一心奔着电影去了，电视剧也不怎么爱接了。

"你们的路线不同。如果接下来你去拍电影，电视剧这一块公司肯定不能缺。"这是大实话。只是，电视剧明星本来就比电影明星圈粉，令嘉以往虽然演的电视剧口碑都不错，但并没有给她个人带来多少利益。

"呵，老邹怎么就没想过，就算把我和乔云珠放在同一个位置上，未来是怎样也得看个人造化。"令嘉其实不如陈尔那般生气，因为在她看来，乔云珠和自己只是两个个体，不能对比。

"你不生气？"陈尔意外。

令嘉慢吞吞地点头："我有什么好气的。"

"那……威廉也借给她们用？"最近令嘉对威廉这个造型师非常满意，陈尔之所以生气是因为老邹的秘书刚打电话来提及这个事儿。乔云珠的目标其实并不在电视剧，也不知道乔云珠哪根筋不对，之前还没提出要去拍电影的要求，今天在广告试镜片场见了单丹后，破天荒地提了这么个要求。

令嘉原本要转身离开，一听到威廉的事儿，就有点不高兴了。

"只要她乔云珠请得动。我能有什么意见？"令嘉说话的语气降低了几个音调，这说明她有点在意了。威廉的大牌陈尔感受过的，这人突然冒出来，算是拯救了令嘉一把，但那牛脾气也是让人无力抗争，每回来上妆都要把令嘉批评一通。上完妆就离开了，平日里怎么也找不到人。

这么淡定的人，肯定是个厉害的人物。令嘉见陈尔不动，叹口气："走吧。我们去看看老邹葫芦里到底卖什么药。"

其实客观评价，乔云珠这种有肉感的女明星不太适合走电视剧路线，在偶像剧里也是演一演坏女配，女一号那种青春傻白甜跟她沾不上边。这些年，乔云珠对自己认识不清晰，仗着宅男女神的名头，硬生生做了几次电视剧里的主角，反响平平，反而是她演的女二号，从来都是比女一号的口碑好。

老邹也不避讳令嘉，这件事虽然没有事先商量，但总算是通知过令嘉了，所以老邹大方让令嘉一起参与会议。

老邹喜欢在自己的土豪办公室开会，人少的时候一人占据一个沙发。令嘉没料到自己的专座上占位置的不是乔云珠，而是有过一面之缘的顾明朗。

两人进去的时候，顾明朗正笑嘻嘻地跟乔云珠说什么，老邹笑眯眯地看着乔云珠若隐若现的胸部轮廓，听见了响动几人才回身看见站在门口的令嘉。老邹眯着眼睛在抽雪茄，吐了烟圈殷切地打招呼："哟，我们的大明星凯旋而来。"

广告方自然早已经通知过了令嘉的公司，所有人都知道接下来令嘉要和单丹一起拍广告了。令嘉从以前的老窝窝头，一下子变成了如今的香饽饽。老邹看她的眼神都变了，还特意起身过来亲密地拉令嘉的手。令嘉故作捋头发，避开了老邹的贼手。老邹这人虽然不自觉了点，但是对令嘉还是没想法的。他清楚地知道，什么人能碰，什么人不能碰。老邹养小情人还是绅士的，起码会询问对方愿不愿意。

令嘉的举动虽然让老邹尴尬了一小下，但老邹的脸皮厚，没当回事，指了指顾明朗的旁边："我们令嘉就是有本事啊，这会儿又给我带了好消息来。令嘉你可别说我这个老板做得不厚道，今天呐，顾总也给你带好消息来了。"

令嘉原本还很诧异顾明朗来这里做什么，一听这话，敢情还是为自己来的？

接收到令嘉询问的眼神，顾明朗先移动了位置让令嘉坐，这才从公文包里取出几份文件来。

发言之前，顾明朗故意咳嗽了几声，为表正式："这是令嘉和耀星娱乐的续约合同，经由方律师同意，条款我们已经调整过，重新起草了一份。鄙人受方律师之托，暂时作为这份合约的代表律师，在我的见证下，你们可以签约了。"

令嘉莫名其妙，接了合约又看了眼陈尔。陈尔将合约发给方纫秋的事情没通知令嘉，看陈尔好奇的神情令嘉就猜到了。陈尔不清楚令嘉和方纫秋两人之间的缘由，没当回事儿，只是好奇地凑了过来接过合约看了看，顾明朗改过的合同将之前一些模棱两可的问题正面改了，包容比较广的字眼也被改掉了，着重在对于令嘉的包装上，这份合约将令嘉放在了主导位上。可以说是完全有利于令嘉的。

陈尔想就合同的事情跟老邹当面聊聊，但想起在座的乔云珠，便提议道："邹总和乔小姐的事情应该谈完了吧？"示意是不是应该离开了。

老邹只是呵呵笑了一声，不在意地摆摆手："没关系的，乔小姐以后就是自家人，有什么不能知道的。"

"就是。陈姐今天还拉着人家的手说跟人家投缘呢。令嘉姐有这么得力的律师团队，人家也想见识一下嘛。毕竟以后是一家人。"乔云珠翘起兰花指，捂了捂胸口作惊吓状，媚眼瞧着令嘉时，隔着两个人的距离，还是捏着拳头轻轻地敲了令嘉的胳膊一把。

令嘉感觉自己的眼睛受到了侮辱，乔云珠的动作太快，她还没反应过来，感觉手也中毒了……令嘉脸色难看地瞥了眼乔云珠："乔师姐，我没记错的话，您比我早出道吧，没记错的话你比我大两岁吧。上次天涯社区扒你谎报年龄和身高的事情可热闹了……"老邹和乔云珠合起伙来让令嘉找气受，她也就不计较了。捶她胳膊，还叫姐装嫩，令嘉可就不乐意了。

"你看的是假新闻吧。"乔云珠面不改色。

令嘉呵呵笑着："你看我，又一不小心说漏嘴了，忘记了这里还有外人呢。对不起啊。这是秘密我知道的。"

两个女人要闹起来就没完没了了，陈尔当机立断，沉着声音坚决反对老邹："合约是私密的东西，乔小姐留下来不合适。"

陈尔还是第一次这么强硬地跟老邹抬杠，搞得令嘉都想为她点赞了。

看这情况的顾明朗呵呵一笑，也忙说道："邹总，合约的事情毕竟牵涉到法律的确不好有外人在场。至于乔小姐……"他咧开嘴笑着，冲乔云珠眨了眨眼，视线不动声色地瞄了眼她高耸的胸，暧昧道："乔小姐如果有什么需求，私下里我们聊，我一定满足。"

乔云珠老脸泛白，但还是装作羞红了脸："顾先生，可要说到做到哦。"

顾明朗笑嘻嘻地点头，乔云珠这才扭捏地离开了办公室。

第三十二章 / 拜金规则

乔云珠走后，老邹抽雪茄的表情甚是微妙。

令嘉跟老邹认识多年，借着低头摸脖子的时候，眼角的余光瞥见老邹手指弹烟灰的小动作。令嘉嘴角微笑，主动提及了合约的事情："邹总您看过新合约了吧？"

老邹自然是看过的，顾明朗都找上门来了，当然会先目睹一番。只是，让令嘉意外的是，老邹居然没有在看见合同时赶走顾明朗，还留下他来聊天，这不寻常啊。老邹呵呵一笑，没有正面回答令嘉的问题，只是语气听似不甚在意，但实则夹带讽刺："我们令嘉最近倒是走了大运，区区一纸合约而已，却请来了顾氏集团的少东家。令嘉，你运气不错嘛。"

顾氏集团？令嘉没听说过，转头去看陈尔，却见到陈尔变了脸色。

没想到方纫秋随手抓来的一个壮丁居然这么大的来头，难怪老邹对待顾明朗和和气气，没有半点的不悦。顾氏集团是本地四大传媒业之一，旗下拥有广告公司、杂志传媒、视频网站等行业的股份。还有自己正经的汽车实业。在时尚资源和传媒平台算得上资源雄厚的家族。

顾明朗是不谦虚的，听见老邹介绍了自己后，笑着回应："哎，邹总过奖了。我只是个普通富三代。你说的那些都是我爷爷的功劳，当然我爷爷的功劳跟我也是有关系的。我现在也是为了让家族企业全面发展做贡献。"他停顿了下，特意加重了语气："我开了一家律师事务所，专门为娱乐圈的各位天王影后打官司，邹总以后可要多多关照业务啊。"

老邹没想到顾明朗这么不低调，嘴角微微抽搐，忙答道："是是，顾少爷的公司，肯定要关照的。"

顾明朗最喜欢显摆自己的富三代的身份，当然不会落下这个机会跟令嘉示好，转头又冲令嘉眨眼睛："令嘉小姐以后也多关照关照……"

令嘉瞥了他一眼，心想这人也不知道是假傻还是真诅咒自己。

"顾先生今日是代替方律师而来吧？"

顾明朗这才想起什么来，拍了拍脑门："哎，你不提我差点忘记了，你是方纫秋的顾客，以后有什么麻烦还是别找我好了。方纫秋肯定不喜欢被人撬墙角。"

撬墙角三个字的意思就有点含义不明了。老邹粗眉微挑，视线在令嘉脸上扫过，心里早已经有了一番计较。这方纫秋在他心里又被高看了几分，方纫秋的本事倒是不小，找个跑腿的都能找到顾明朗，看来对待令嘉需要改变方针。

老邹是聪明人，很快想明白这一点。笑呵呵着一张老脸，忙询问了几句方纫秋的近况，套了一番近乎。随后才正式说起合约的事情。不得不说，经过顾明朗的手修改过的合同，老邹这只老狐狸也无从下手，合约近乎严格要求了每一条事项，既保障了令嘉的利益又看上去似乎没让耀星娱乐吃大亏。

一番寒暄之后，老邹为表示自己的痛快，当场在合约书上签了字，并盛情邀请令嘉也签字。

老邹心情不错，尽管明知道自己签署了一份让自己不太满意的合同，但是顾明朗可是个送上门的香饽饽，自然是要讨好的。会谈结束后，老邹邀请顾明朗一起吃晚饭，却被顾明朗四两拨千斤地拒绝了。老邹虽然觉得遗憾，但面上还是笑呵呵地留了联系方式，并自作主张地让令嘉去送一送顾明朗。

令嘉心里一百个不愿意，将一路上都笑眯眯的顾明朗送到走廊上，见电梯口就在不远处便要借口离开，正犹豫准备措辞时好巧不巧的乔云珠从休息室里走了出来。撞见两人，一改方才和顾明朗调笑的模样，转而对令嘉道："令嘉，我们聊聊。"

令嘉瞥了眼顾明朗，选择了一个稍微正常的乔云珠，不好意思地对顾明朗道："顾先生自己认识路吧？你瞧我这里还有……"

顾明朗似乎是个识趣的，咧开嘴角笑笑："我明白。两位美人有私密话题，我在不方便。我自己下去便好。"说完，顾明朗还真自己离开了。

乔云珠今日没带经纪人，独自来耀星娱乐的。想必跳槽的事儿，乔云珠是打定主意的，这么一来她要找令嘉聊聊就是必然的事情了，毕竟如今耀星娱乐还是令嘉的地头，老话不是说嘛，地头蛇还要拜码头呢。

"你们两人要不要去休息室里聊？"陈尔四下望了望，没什么工作人员，但毕竟事关这两位……未免待会儿一言不合打起来太难看，她事前想到将两人关进小黑屋。

令嘉没有反对陈尔的提议，率先一步抬脚进了休息室，乔云珠紧跟其后。陈尔正巧接到米雪的来电，也简单交代了两声离开了。房间里只剩下两人，令嘉坐在方桌旁的椅子上，老神在在就等着看乔云珠葫芦里卖的是什么药。

乔云珠难得的没有张口就讽刺。示好一般拉了椅子在令嘉面前坐下，套起了近乎："我今天看了你的面试现场，心里很清楚这个广告片不会是我的。"

"突然转性了？"令嘉淡笑，低头看了眼放在腿上的双手。

乔云珠顺着她的视线，脸上带了笑："我来耀星娱乐可不是跟你对着干的。只是我在梦吃的路走到头了，想要换个环境而已。"这话说得很直白了，表明了自己跳槽并不是冲着令嘉来的，只是看中了耀星娱乐的平台。

这话令嘉是信的，梦呓在力捧新人的事情众人皆知，乔云珠虽然最近的资源看上去还不错，但回回都跟自己不搭，岂不是徒劳。

"你不傻嘛。"天地良心，这是令嘉真心夸奖乔云珠。

乔云珠和她对着干多年，对于这个自己的"敌人"多少也了解一点。如今自己虎落平阳被犬欺，是自己先破坏规矩踏上别人的地盘的，乔云珠也不是心术多么不正的人，当然知道这时候是自己理亏，有些尴尬地扒了扒刘海，赔着笑吐露心声："其实我们干女演员这行的……"

"女明星。"令嘉强调她，"你别说错了，你是女明星，我才是女演员。"

乔云珠愣了愣，不得不承认令嘉说得没错，"我们干女明星这行的，吃的都是青春饭，我的目标不是什么影后大奖，我就想找个有钱人嫁了在家里当阔太太。"

"那你还来耀星做什么，看你年纪也不小了，还拼呐？"

"这不是没辙嘛。梦呓手上可没有'健力'这样的资源。你知道我喜欢的人是谁吧？"

"我怎么会知道？"令嘉脑袋轰隆响，感觉有什么不好的预感。该不是自己想的那样吧？

乔云珠坚定地点了头："就是你想的那样。这女明星接触到富豪是捷径，当红女演员更有机遇。耀星能给我更好的机遇，我当然选后者。"乔云珠一边说，一边更凑近了令嘉，仗着自己体宽差点将令嘉挤在了椅子角落，好商量的语气，一脸讨好的笑容，"我看你跟'健力'的杨总挺熟的，杨总没有女朋友吧？"

"你什么意思？"

乔云珠恨铁不成钢，怎么令嘉听不懂自己的意思呢？

"我这么跟你说吧。你看我说得对不对，我呢，在梦呓一直是二线女明星，资源还算拿得出手，但跟耀星没的比。你看你，虽说没什么粉丝，但咖位毕竟在那里，你青衣出身去演电影天经地义。虽然我比你红那么一丢丢，人气也高一些，但路线不同。而豪门阔太太……尤其像是杨总这种正光伟的家庭应该不太喜欢我这种人气偶像明星。"

令嘉黑了脸："你到底想说什么？炫耀自己比我有人气？"

"哎呀，你这人怎么老误会我呢。"乔云珠不满地拍了一把令嘉的肩头。令嘉翻白眼离她远了一些。真担心乔云珠这一把拳头不是认真的，拍得她猝不及防有点痛。

"我志不在事业。令嘉我们做个交易吧，你给我杨总的情报，我不给你在公司添堵，我规矩地去演戏。"

敢情是看上了杨冠军……令嘉是个机灵鬼，但对感情的事儿后知后觉，其实乔云珠在广告大楼时已经表现出了对杨冠军浓厚的兴趣了。直到听了乔云珠的话，她才明白过来。

乔云珠做大嫂？令嘉连想想都觉得恶寒，下意识地就摇头："杨冠军不喜欢你这号的。"

乔云珠以为令嘉是想自己霸着杨冠军不愿意让自己得逞，当即道："我不信！"

令嘉上上下下扫了几眼乔云珠的胸，因为倾着身说话若隐若现的线条还是很瞩目的，令嘉嫌弃地瞥了眼自己："他不喜欢大胸。"

想要勾搭杨冠军，做梦！

"这年头还有喜欢平板身材的？"乔云珠冷哼，坐直了身体，知道令嘉是无论如何也不肯将杨冠军这个金主贡献出来了。在圈子里，这样的事情屡见不鲜，有一些女明星关系好，一来二去，你的朋友就成了我的朋友，你的人脉就成了我的人脉。乔云珠对于杨冠军是下过苦功夫的，一开始是因为令嘉关注到"健力"这个品牌，后来调查过一段时间杨冠军的资料，不看不知道，看了后忘不掉。这些年，令嘉一直霸占着健力代言的位置，着实让她好一番嫉妒。眼看着自己的年龄不小了，日子一天天过来了，乔云珠觉得自己该出手了。奈何几次在公众场合想要套近乎也没机会，都被杨冠军无视了。原本自尊心应该受挫，无奈乔云珠也不知道自己怎么就堕入爱河，一发不可收拾。

正巧接着老邹抛来的橄榄枝，乔云珠慎重考量了一番，一为了自己的发展，二为了能得到令嘉的情报，决定加入耀星娱乐。当然，合约上，该要的没少。

乔云珠可不是省油的灯，在娱乐圈里也算老油条了。装作一副梦呓给了不少好条件的样子，兴趣缺缺地跟老邹谈，适当地展现一下自己的女性魅力，老邹虽说不是精虫上脑的软脚虾，但女人的示好嘛总是能让男人心软的。说点好话，拿着点腔调自然而然一拍即合。老邹也是为了膈应令嘉，偏这些年令嘉跟谁都是泛泛之交，就乔云珠爱嘴上逞强，没少跟令嘉抬杠，一时半会儿老邹也找不到第二人选来牵制令嘉。

老邹和乔云珠想到的问题，令嘉当然心里也清楚。此时看乔云珠一脸认真的模样，还真有些怀疑了，这乔云珠是真不傻还是装傻？刚抢了自己的地盘，又不打招呼地就来了自己的地盘，两人正是要一决高下，现在居然还让她帮着泡自己哥哥？简直痴人说梦……

"杨总这人啊……"令嘉想了想，还是得抹黑自己哥哥，"这人吧，不是好东西，爱约女明星吃饭。你瞧他面相，凶神恶煞的，我为你着想你还是换一个目标吧。这阳城可是海口城市，富豪千千万何必单恋一枝花，我看今天那顾明朗就不错，你们很是合拍。"两个二货最合拍了。

"顾明朗？"乔云珠这会儿提及起来，好像压根没听过这人似的。

令嘉从嘴里发出啧啧声："就是跟你在老邹办公室，聊得很开心的顾先生，顾氏集团的少东家。"顾家在时尚圈有些资源，对女明星来说可是天大的好事。

乔云珠却出人意料地不感冒的样子，哦了一声，淡淡回应："话不能这么说，我可是矜持的纯洁少女，还是初恋呢。怎么能因为顾先生有钱就不喜欢杨总了？再说了，就算我拜金，也是有原则的。顾明朗一看就不是正经人，我可不喜欢。"

哟，这还嫌弃上人顾明朗了。

令嘉简直被乔云珠的一番言论给震惊了，上上下下打量她，也是，不能因为人家身材好就认定人家是不良妇女。

"杨冠军真不喜欢你这样的，你要真喜欢他我建议你先把自己的自身问题解决一下，比如，去医院看看能不能把硅胶取出来。"

乔云珠捂胸，摇头。"当然不！"

"那你没戏了，别妄想了。"令嘉一脸不耐烦，"我还有事儿，你自己想吧。"其实吧，杨冠军历任的女朋友都是前凸后翘的女神款……但乔云珠？令嘉是死也不会让两人有半点机会的！

说完，令嘉也懒得跟乔云珠再废话，站起来拍拍衣服就去拉门，乔云珠还想说什么，追着上来，却不料，令嘉一开门门外居然站着不速之客。

"顾明朗？你不是走了吗？"

乔云珠愣了愣，方才自己说的话……

顾明朗依然笑嘻嘻的一张脸，却没回答令嘉，盯着乔云珠捋了一把自己的头发，摆了一个搔首弄姿的姿势："乔小姐，我这人除了有钱之外还有第二个优点，嘴上轻浮是为了掩饰我内心的正直，你居然没透过我帅气的外表看到我的内涵。太让人失望了。"

果然是听见了。乔云珠一脸的尴尬之色，求救一般看向令嘉。令嘉稳坐观众席，没给乔云珠任何眼色。

顾明朗似乎感受到对方的尴尬，笑呵呵地耍流氓："乔小姐以后可要多跟我接触，感受一下我火热的内心。"乔云珠还未回答，他已经转过头对令嘉继续道："我方才忘记了事，方纫秋让我转告你，他帮你这么大的忙，你拿什么感谢他？他可等着你呢。"

"脸皮还挺厚。"方纫秋做了什么大事，就来讨赏了？

"是的！方纫秋的脸皮可比墙还厚。"顾明朗不能再认同了，忙点头，"还是令嘉有眼光。既然我们这么合拍，要不要跟我一起去吃个晚饭呀？"

令嘉脸一黑，躲开了顾明朗靠过来的脑袋："还是下次吧。"

"为何，择日不如撞日啊。机会可要懂得把握啊，少女。"

"我需要时间让我学学如何跟智障相处。"令嘉遇上顾明朗也不得不使出自己的十八般武艺，忙推开挡道的大块头，"乔云珠跟你更合拍，你们俩去吃吧。"说完一溜烟地跑了，顾明朗在身后叫也不回头。

刚远离顾明朗和乔云珠两个智障，令嘉直奔米雪的办公室。广告片拿到了，合约也签了，公司此刻肯定也会对令嘉接下来的工作做一些安排和包装。头等大事便是一纸状书起诉娱乐营销号和八卦杂志的事情。米雪的办公室里坐了几个人，企宣部的负责人、媒介部、网宣的人都来了。

令嘉站在门口看了一会儿，没有参与大家的谈话，自己去找了个地方休息。

第三十三章

募股会议

　　令嘉从剧组回来后还没有见过赵家禾，对于方纫秋她在心里憋着一股闷气，想来想去这心情跟杨冠军分享没意义，也只能跟赵家禾打电话了。

　　电话很快接通了，但赵家禾那边很是嘈杂，不像是在医院反而是超市。

　　赵家禾今日难得没有上班，赵球球又去了幼儿园，便去了聂洋家里看诊，聂洋人是见到了，却生病了抱着毯子来开了门，咳嗽个不停，身边也没个助理照看。赵家禾于心不忍，病也懒得看了，估摸着时间在球球放学之前跑了一趟超市，打算给聂洋熬点粥再离开。这会儿正穿过一群争抢打折菜的大妈。

　　"顺心，你有什么事情找我？"赵家禾用肩膀夹着电话，正仔细挑选适合给病人吃的蔬果。

　　"你很忙？"令嘉听着听筒那边挑选菜品的声音，有些意外，"你在买菜？"

"嗯。有点事情。怎么了？"赵家禾迟疑了一下，却没告诉令嘉聂洋的事情。

"我就是想跟你聊聊。"

"发生什么事情了吗？"

"方纫秋……"令嘉犹豫着，还是将这些日子方纫秋和自己的事情原原本本地交代了一遍，一面说一面在心里和言辞里数落方纫秋的不是，"你说我到底还要怎么做才能不遭受他折磨？我是真不想见他：他怎么好意思跟我求婚？他脸皮怎么能这么厚。"

令嘉数落完方纫秋的时候，赵家禾已经买完了自己需要的东西，结完账将东西放到了车上，赵家禾才迟疑着询问令嘉的看法，"你现在非常讨厌他？"

"嗯。非常非常讨厌。"令嘉担心自己的声音引起办公室里的人注意，抱着电话到了楼梯道，"毒舌，自恋自大，又小气。"

"所以你已经不喜欢他了？"赵家禾听见令嘉的话，嘴角微微勾起。

"嗯。不喜欢了。"

"小秋吧，能力是有的。小时候品学兼优又去了美国读博士，后来做律师也在行业内相当出色，从这方面来看，他的确算得上是一个良人，很优秀。只是可惜，出生在那样的家庭。性格是偏执了一些，年轻的时候犯下了错。你有没有想过他现在回过头来找你是想得到原谅？"

"嗯？"

"小秋的个性好强，他就算心里有什么嘴上也逞强。这点你们很像，说话不中听。其实是不合适的。但是令嘉，你有没有想过，当初你也太绝对了，青春期的男孩子要强、自尊心重，我相信小秋是喜欢你的。不然他不会落荒而逃。"

说完这话的时候，令嘉沉默了半晌。听筒里传来赵家禾停车的声音，令嘉看了看手机，皱着眉头告别。她不想去深究赵家禾所说的每一个可能，压根不知道怎么跟相熟的人提起过往。

挂了电话后的令嘉拍拍屁股再次在心里将方纫秋骂了一通。

此时正在商务厅里与世佳集团和"健力"集团双方财务代表开会的方纫秋冷不丁地打了个喷嚏。

坐在方纫秋上首的男人正是"健力"集团的高层代表，方东林。他是资金引入的牵头人，自然也是这次会议的主导人之一。而"健力"集团的杨冠军必然是这次会议的核心人物，他是资方。世佳的高层和代表是总裁以及方纫秋的老师，老高。安珂也在，作为财务汇报工作人员。

方纫秋的喷嚏成功引起了在座几位大佬的关注，方东林不怀好意地笑出了声音，故作轻松地抬头望了望窗外："不是被风吹的，想来是有人在背地里念叨你了，是女人吧？什么时候有的，怎么都不告诉我这个做哥哥的？"

两人虽然是兄弟，但方东林故作的亲密之态显然让方纫秋很不适应，方纫秋翻阅着手中的财务报表，微微蹙眉，语气冷淡："你想太多，只是身体机能反应而已。"

方东林本来就是花花公子，什么事情都能牵扯到女人身上。但这人心思深沉，你根本不知道他看似玩笑所说的那句话是在下套。正如现在，"女人"两个字眼，成功引起了安珂和杨冠军的反应。方东林虽然被方纫秋反驳了，但面上却还是那一副玩世的笑容。不依不饶地开着玩笑："我们老方家上至爷爷下到我们这一辈，都是情种。偏偏家里出了方纫秋一朵奇葩，专心专一得很呐。"也不知道方东林在说谁，话里话外看似在给这场严肃的会议增加谈资。几个年长的高层倒是附和着笑了笑，方东林也跟着笑，眼角的余光却是扫过安珂尴尬的脸上，再看杨冠军，老神在在一脸跟老子无关的不动声色样儿，顿时笑声更大："我们家老四小时候可是老杨家的养子，听说跟杨家老二还谈过一阵，差一点儿我们可就成了亲家了。"这话是对杨冠军说的。

在座的人，尤其是世佳集团的两位互看一眼，老高是方纫秋曾经的老师，最有发言权，笑着说："那看来，于情于理我都不能阻碍纫秋替杨总做这笔生意。"

说起来这场会议上，两家公司拥有同一家公司的律师代表是不合理的。老高也没想到，方纫秋真要跟自己对着干，前脚扔掉了世佳的活儿，下一秒就转投到了"健力"，世佳集团壳子里有多少真料他倒是了解得清清楚楚，如今又帮着资方打人情仗。这事情怎么看起来都不合理，但方东林这人自负，私下里压根没把方纫秋看在眼里，大笔一挥，就连老高都说不动。他就是想要借机踩一踩方纫秋，看看这人肚子里有什么，这两年值得方家人这么维护。

方东林对方纫秋的不满，源自父母一辈，乃至后来方纫秋越来越优秀，他心里就更不痛快了。大学初期，方纫秋闯祸了，这才消停了一段时间。如今，这方纫秋是想借着老杨家卷土重来，攻势猛烈，让人不得不防，据说他在短短三个月时间里就调查出了方东林和世佳集团背后的隐秘关系。

这算是一个把柄。如今，方纫秋才敢光明正大地坐在这张会议桌上。

只是，方东林还是小瞧了方纫秋，找了安珂来硌硬他之外，甚至破罐子破摔，干脆大张旗鼓地表明身份牵头拉线，让"健力"集团加入"世佳集团"的募股计划。

老杨又是个实诚人，老方家一打人情牌，顾念当初创业时的提携之恩，听说方东林想干一番事业，马上邮件一封，以董事长的名义赠送了自己的部分原始股给方东林，并推荐方东林担任品牌总监以及授以入驻股东会的权利。杨冠军说不动自己固执的老爹，心里再不愉快也还是遵从了老父亲的意见。方东林进入股东会后，干的第一番大事业便是拿到了董事会的入股投资授权。

"健力"集团在运动品牌行业算得上龙头企业，要投资一家以制造业为生的公司，说起来不算小事。但既然老杨出于恩情和面子，给予了支持，杨冠军不得不掺和进来。

事情原本到这里也就结束了，只是……方纫秋的出现，还是打乱了方东林的计划。被迫无奈的方东林不得不收买了老高，甚至高价请来了方纫秋的旧情人安珂，与方纫秋站在敌对一方。

原本以为投资计划会在方纫秋得知世佳集团内耗严重的情况下，就此爆胎。方东林却意外地没有遭遇到方纫秋的打压。杨冠军只字不提，计划继续。

今天这次的会议，便是在世佳集团重新内审以及制作账目之后的第一次双方会面。

账目做得很干净，市净率和利率都很可观。老高的手段，没让方纫秋看出任何破绽。事情似乎进行得很顺利，所以方东林这才放松了警觉，在会议期间调侃方纫秋，如同当年玩弄方纫秋一般，误以为，自己仍然占据高位。

方纫秋似乎并不将这些调笑放在眼里，看完最后一页账目，才礼貌地回应老高："我是高老师教出来的徒弟，老师无论如何也要放一马。"

老高哂笑，老狐狸过招，步步防范："放你一马当然没问题。纫秋可还懂得尊师重道？"

"自然。"老高说的是方纫秋离开高申的事。这是必然的结果，却是没有回转的余地。方纫秋让秘书整理世佳集团提供的所有文件资料，"文件资料送到杨总办公室便好。"秘书应了是，抱着资料离开了会议室。

基本上到这里就差不多了。方东林好似没有说够，哪壶不该提偏提，"哈哈，我最近听说了一个八卦新闻，倒是跟我这面瘫弟弟有关的。说起来好笑，听说你用高申的名义替一个女明星打官司，这也太不像你的风格了。还真不打算做杨家的女婿，爱上戏子了？"

在上一辈的香江人眼里，演员无非是供人娱乐消遣的玩意儿，方东林的话可不客气。他用意在调侃看笑话，却不料方纫秋还真将那女明星放在眼里，从椅子上站起来时表情不善："三哥说话还是客气些好。"

方东林愣了愣，嘲讽道："难不成你还真看上那戏子了？"

在场的人里，怕是只有方东林和他的忠犬不知道，那所谓戏子便是杨家老二了吧。

安珂看方纫秋的脸色都变了。她是知道的，新闻闹得沸沸扬扬，网络上早就传遍了，她当然知道令嘉就是杨顺心。视线划过杨冠军，到底没替自己妹妹说什么，只是那表情凶神恶煞的，一副要吃了方东林的架势,旁人看了也猜到几分,偏方东林二愣子似的还扬扬自得,没当回事儿,轻浮调笑。

杨冠军扫过方东林,蹙眉,最后将目光落在方纫秋身上,像是其他人一般在等着方纫秋给予解释。机会留给了方纫秋,毕竟方纫秋跟自己承诺过的事情,还是需要他来完成。

"三哥自小便如此,待在姨奶奶身边学了一副狗眼看人低的嘴脸。呵,只怕今日这单生意,三哥也是瞧不上眼的。"

"方纫秋你什么意思?"居然为了一个女明星当众讽刺他是狗?方东林跋扈惯了,以往多是方纫秋沉默容忍,今日这摆上台面的指责少之又少,一时之间竟然有些愣怔。

看方东林似是要动怒了,向来扮作和事佬的老高忙起身横亘在两人之间,以防方家四少爷真动起手来。这是个祖宗式的人物,说怒便怒了:"都是自家兄弟,何苦为此伤了和气。"

几亿的生意摆在眼前,方纫秋愣是没有半点反应,如今提到女人反而失常了。这其中必定有文章,老高是聪明人,比方东林反应快,与世佳集团的 CEO 欧文对视一眼,两人很快会意。方东林见两人交换了神色,这才收敛了脾性,从嘴里溢出冷笑:"老高说得在理,老四你这脾气要不得。"就算是认尿,方东林在口头上也要占尽方纫秋的便宜。

方纫秋自然不与他计较,只是沉默已久的杨冠军在这时突然离席,一巴掌拍在会议桌上,这一声巨响惊动了在座的所有人,还有守在门外的秘书。杨冠军的秘书是三十来岁的眼镜男,个头跟他相差不多,两人站在一起气氛瞬间剑拔弩张。

"杨老大……大家都是文明人你不能动粗。"方东林跟杨冠军早不对付,但明面上还没红过脸。方东林从小就怕杨家老大,连带着杨顺心的拳头也吃过不少,见杨冠军突然发难,说话下意识地哆嗦了几下。但很快找回气势,挺着胸膛质问。

杨冠军斜睨他一眼,视线扫过方纫秋,看口型是想说"废物"两个字。

杨家两兄妹都喜欢靠武力撑场面,还别说,杨冠军那凶狠的目光扫过来的时候，方东林感觉自己的脖子像小时候一样酸涩了一阵。但成年人有别的方式，杨冠军当然没想动手，只是恶狠狠地用手指着方东林："给我把嘴巴放干净点。如果你不想被我撕烂嘴的话。"豪门之间的斗阵一直没有停歇过，像杨冠军这样耿直、什么都说破的还是头一回见。

方东林是早就见识过杨家人拳头上的功夫，再傲气的脾性在拳头面前也吃了哑巴亏。

"你们都疯了。"方东林尴尬，望了望自己的同盟，如今他还是"健力"集团的品牌总监，其他人自然不会表现得太过明显。哪怕，打心眼里大家已经心知肚明，方东林不是杨家的支持者，老杨用自己的恩情很可能养了一匹白眼狼。

没想到一次商务会议居然以这样的结局收场，方东林怒气无处发泄，只能冲脚下的滑椅撒气，差点儿踢翻了椅子。

当然这举动，方东林没敢当着杨冠军的面做。会议室里只剩下他一人时，才敢如此明目张胆。杨冠军可是小气鬼，砸坏他的办公用品也是要赔钱的。

对于安珂来说，这场碰面不是正常的商务会议。而她的心也一再地遭受着煎熬。

跟着众人离开后，安珂也失神落魄。老高和欧文接下来是有自己的算盘要打的，偏偏留了她一个女子独自离开。走在廊道上时，远远望着方纫秋公事公办的背影，心生无力。她忍不住在口中念叨了一个名字，"令嘉……令嘉，是她吧。"

这像是心中的一根刺，怎么也拔不出去。

她不甘心啊。

明明她才是他的初恋，明明陪着他走过最痛苦的日子，一路而来长达七年的人是她。为什么他可以冷漠到对自己视而不见，公事公办？

手中的提包被安珂捏在手心里，凸起的钥匙圈正巧印在掌纹里，硌得手心刺痛。这一份痛，一再地提醒着她，自己是不堪的人，用七年的感情换来了一份满意的分手礼物，还有一个似景的前程，可以安心离开了。但怎么也移动不了转身的步伐。

方纫秋和杨冠军一同离开，两人已经有着超乎想象的默契。

安珂追上他们，说要单独找方纫秋聊聊时，杨冠军作为令嘉的哥哥，明明看透了一切，却什么都没说，只点点头自己先走一步。

跟方纫秋交往了七年的女人，他怎么不知道？她不是罪魁祸首，却也伤害了自己的妹妹。在感情的世界，他一个大男人不懂谁对谁错，但是谁的出现让妹妹不高兴了那就一定是错误的。他应该早派人把这个女人从方纫秋身边给弄走的，这才是一个袒护妹妹的好哥哥。可惜令嘉的坦率和干脆，就连身为最应该保护她的哥哥都无从做起，只能冷眼旁观着她从痛苦不堪中一点点走出来。

事到如今，什么痛恨都过去了。杨冠军反而明白，当初令嘉的选择多么正确，不管不问，甚至连看都不要看。

这是"健力"集团的大楼，方纫秋来的次数不多。被安珂叫停，他一时半会儿也找不到能让两人安静聊天的地方，只好将车开出了大楼，来到附近的咖啡厅。这间咖啡厅他来过一次，十年之后第一次约见令嘉就是在这里。

还是相同的，在角落但又靠近窗户的位置。方纫秋的位置，抬头就能看见窗外发生了什么。这个上班日的午后，这一片很娴静。当作分手后的叙旧，也好像不算什么。

安珂迟迟没有开口，看着方纫秋熟练地用银汤勺搅动咖啡，然后放下汤匙，端着咖啡浅抿，表情很淡然，远远看过去很是温和。这是方纫秋对外的表象，可悲的是安珂常常见到他这副样子，两个人在一起多年，他尽量满足她的任何要求，却鲜少展现最真实的情绪。她知道，在令嘉眼里方纫秋是个毒舌，但在安珂看来，方纫秋甚至有点闷。

耳边其他顾客的小声的对话停止以后，安珂才终于开了口。语气听上去很平淡，好像内心没有任何波澜。

"我有个问题想问你。"

"嗯？"方纫秋放下了杯子，双手交叠在腿上，像极了他在工作室里接待顾客时的动作。

"你跟我在一起七年，是因为爱我吗？"安珂有些难过，这些年她从不曾问过任何关于爱情的话题，她很清楚，他们一起去美国，是方纫秋最无奈的举动，因为留下来，这个城市再也没有站在他身边的人，与其孤身一人等着被抛弃，他选择了一条更难的路。

"我知道这个问题很俗气……"

"嗯，爱的吧？"

那分手是因为不爱了吗？安珂听见自己的心里差点就破口而出的询问，但被她强压下，这句话问出口会没有回旋的余地，丢掉的脸面就再也找不回来了。而她只有在方纫秋面前才这么要强，耳边响起一丝轻叹，她知道那是方纫秋在心底长叹了一口气，安珂强迫自己嘴角挤出一丝苦笑："你太低估我的承受能力，其实你可以说实话的。"

方纫秋低着头沉默片刻。男人总是不明白女人说某些话是在逞强，比如她们会逞强地告诉男人，我没关系。往往男人们却还是实话实说，就像此刻，方纫秋听着安珂说自己没关系，他也就一五一十说了实话："更多的，是我不想输给他们吧。"

"和我在一起七年是为了一个输赢？"安珂勉强自己笑了笑，如果不笑，她恐怕就要担心自己的眼泪会落下来了，"所以，跟我分手，是因为你输给他们了吗？"

方纫秋却摇头："我输给了我自己。"

输给了自己……

输给了自己什么？再也无法坚持下去的固执？就算自己浪费七年时间来赌气，也输给了那个他真正喜欢的人了吗？

明明知道，对方讨厌自己，还要死皮赖脸的感觉会不会和她一样？

安珂想起了十年前在机场的高速路上。那个女孩，对他们起了杀心。应该是恨极了，才会露出那样一双腥红的双眼，咬牙切齿也无法解除的愤怒围绕在她的周身。安珂透过车窗第一次见到了她，很奇怪啊，两人明明在同一个学校，都跟方纫秋有着千丝万缕的关系，却从未见过。

那时候不明白，后来才懂得。不是没有缘分遇上，只是在方纫秋做出选择以后，要让那个女孩甚至不惜放弃多年的青梅竹马的感情。不是方纫秋对她保护有力，而是那个女孩太干脆。

在高速路上的追击，车祸现场的初次见面，那一张面孔却再也没办法忘记。最后那个女孩并没有开车撞他们，做足了样子，最后收手了。从前的安珂不懂得在那么用力地踩下油门的时候，要用多大的劲同时踩住刹车才能做到那样。后来自己会开车了，安珂尝试着去做令嘉曾经做过的动作，在最后一刹那踩下刹车，用尽了浑身的力气，却也还是让自己的脑袋撞到了方向盘上。可见这种报复方式，多么的不公平，伤敌八百自损一千。安珂自认为做不到，但令嘉做到了，也是那次，她用尽了浑身的力气彻底走出了方纫秋的生活吧？

方纫秋那样的人，那么自负骄傲，面无表情地上了飞机，却独自一人躲在机舱的厕所里捂着胸口痛哭，他不知道她在细缝里看见了。这些，方纫秋没跟任何人说，她也就假装没发现了。

在某次方纫秋醉酒后，抱着她念叨再也回不去之前。安珂从未相信过，方纫秋或许是喜欢令嘉的。

因为方纫秋表现得太淡定了，他循规蹈矩地生活着，学校，家里，两点一线。偶尔参加同行之间的聚会，表现得跟没事人一样。安珂曾想啊，也是啊，年少时的感情能有多深刻？而且，她陪着他走了这么些年，那么一小段怎么抵得过？她也曾自信满满，但最终也输给了自己。

如今，方纫秋想要将那个曾经有充沛力量的女孩找回来，怎么可能？这算不算是报复？她得不到，方纫秋也休想轻易得到。

安珂心里的那么一丝阴暗，方纫秋猜不透。他实在不是一个了解女人的男人，哪怕这个女人跟随他多年，他也活在自己的世界里没有走出来。

"接下来呢？"安珂想问他，接下来打算怎么做？但话一出口，又后悔了。

方纫秋心不在焉。恍惚一阵后，才将视线从窗外移到室内。端起的咖啡杯挡在下颚前，埋头吹散聚集在一起的白色泡沫。

"你刚刚说什么？"

他竟然如此心不在焉，安珂面色难堪地欲言又止。终于才发现，他有什么不对劲。就算极力地想要掩饰，那颤抖的眼睫也很容易被发现端倪。原来他竭力地在看窗外的马路对面，"健力"大楼外，停着一辆保姆车，有个戴墨镜的女人站在车旁，手里端着一杯咖啡，没有送到嘴边喝，只是在跟身边的人聊天，但跟她说话的人被车身挡住了，整个视线里只能看见她一个人。

方纫秋从没想过有一天，自己会有偶遇的缘分。从美国回来两年，他有无数次站在令嘉很可能会路经的广告牌下，有时候他也会驻足在人行道上看商场外的偌大电子屏幕，偶尔会看见电视上的她，但从未遇见过一次真人。他处心积虑，制造着不算突兀的遇见，聂洋终于出现了，主动找上门成为他的代表律师，接到案子的当天他没有通知令嘉出来谈判，直到第三天，他才让秘书通知了她。律师函发到公司，经纪人打电话到律所询问，他才装似不知情地跟她相约。

这样不突兀吧？他对着镜子说，很自然。没有露出马脚。却还是让他心虚了一阵子。

哐啷一声，咖啡杯被推倒了，温热的液体流向了餐桌布，污迹染满了碎花棉布。方纫秋拿出自己的手帕给安珂擦拭指尖上的污迹，两个人都默不作声，他替她擦了手指，扶正了咖啡杯，被染了色的手帕被垫在了她的手腕下，以免浸湿其他地方。安珂冷静地看着方纫秋做完这一切，她不知道，原来窥见别人的内心竟然会让自己这么难堪。苦涩地笑着摇头："我刚什么都没说，你跟杨总还有事情聊吧？我打扰你们了。"

方纫秋点头，"你回公司吗？"

"今天不回了。我回家。"她停顿了一下，说道，"你不用送我。"

方纫秋点头，两人一起走到咖啡店门口，然后分道扬镳。拦车的时候，安珂还是忍不住回头看了眼那停着保姆车的方向，方纫秋站在车子的不远处，停下了脚步，没有上前打招呼，过了半晌他掉头从侧门走进了公司。

杨冠军与方纫秋在大厅相遇，没料到方纫秋还会回来，杨冠军有些意外，指了指旋转门外停着的车："要一起去吗？"

　　方纫秋犹豫了一阵，抬起头看见与令嘉在说话的另一个人，是那个他见过的经纪人。她们有说有笑，令嘉笑起来总是很好看。或许是因为很难再遇见这种从不掩饰自己的大笑的人吧？想起近来见过几面的令嘉，她没有在自己面前再这样笑过，从前是有的，直到罗野出现了。

　　他对安珂没有这种嫉妒到发狂的感觉。这种感觉很噬人心，哪怕明知道自己犯下的事情是错误的，也因为嫉妒的驱使去做了。就像令嘉跟他一同长大，他从未想过某一天令嘉会离自己很远，他们曾经不过一臂之间的距离，他一勾手就能勾住她的脖子，蹂躏她的脑袋。但是离别真的到来的时候，居然如此毫无防备，虽然人在不远处，可你发现对方的眼睛里再也看不见你时，嫉妒心就爆炸了。那种感觉太难受了，心脏像被人拿走了一块，变得不完整。

令嘉是来约杨冠军吃饭的，这还是头一遭，她主动约饭。做哥哥的受宠若惊，也有些发虚。按照令嘉的脾性，总觉得不是什么好事，所以杨冠军在看见方纫秋时当机立断邀请了他，找一个人壮胆是非常有必要的。

陈尔也感觉到了奇怪，她不太明白，为什么车子会停在"健力"大楼？

"我们是有什么工作没做完吗？"虽说对艺人来说没有什么周末之分，但今天这样的日子来金主的办公大楼也挺奇怪的吧？

令嘉卖关子，没有明说只笑嘻嘻地说："没有什么工作啊，我不是说好了周末要约你吃饭吗？"

陈尔想起相亲这茬来，但左看看右看看也没看见这周边出现一个单身适婚年龄的小哥哥，只看见了一个正朝他们走来的霸道总裁，杨冠军。

无论什么时候，陈尔见到杨冠军的脸都有一种老鼠见到猫的感觉，杨冠军这张凶神恶煞的脸有时候看其实还挺帅的，但有时候又担心自己会不会一不小心得罪了他，会挨揍。有这么一个大手笔的金主，陈尔为什么总是开心不起来呢？

陈尔眼皮微跳，总感觉事情不妙，小碎步挪动步子朝着令嘉走去，趁杨冠军不注意扯了扯衣袖："你该不会是我想的那样吧？"

令嘉低头猛笑："哈哈，你想的是什么样？"

陈尔见令嘉这般幸灾乐祸的模样，脑门上出现了几条黑线。但令嘉也没高兴多久，方纫秋紧随其后，两人一前一后地走了过来。见着方纫秋，令嘉的脸色当即就变了："你怎么会在这里？"最近的方纫秋瘟神一样，挥之不去。

方纫秋一贯高冷，杨冠军见两人剑拔弩张，解释说道："我们刚开完会。"

"哦。方律师是要下班回家了吧？不送。"令嘉低头要上保姆车，被方纫秋眼疾手快地扯住了衣领，这大庭广众之下，令嘉尴尬极了。挥爪子要去掰方纫秋的手，无奈手比他短，一怒之下令嘉干脆直接将手中的咖啡朝着方纫秋扔去。眼疾手快的方纫秋提早做了防御，顿时松开了手，避开了那飞来的咖啡渍。

"令嘉你……真是太粗鲁了。"陈尔没想到这两人还会来这一出，但两人的互动又像是并不意外……

令嘉心里憋着气，冷哼一声："方纫秋，不要碰我。也不要靠近我！"她总要在他面前张牙舞爪地表示自己的抗拒。

要是别的男人，估计早被她这么弄得没脸面了。偏方纫秋却不在乎她的态度，依然我行我素。

平时在她家走廊这么做也就算了，方纫秋到底有没有一点眼色啊？她大小是个女明星好吗？感受到令嘉埋怨的眼神，方纫秋这才想起什么来一般，冷冰冰地扯开嘴角强势要求着："我跟你们一起去吃饭。"

令嘉拿眼睛瞪他："我定的是两人位。"

"什么？"反应过来的陈尔最先炸毛，她指了指自己又指了指令嘉，最后再指了指杨冠军，"我们俩到底谁跟谁一起吃饭？"虽然眼前三人互动，看上去合拍又和谐，但要让陈尔现在接受杨冠军就是令嘉的哥哥，好像……有点难以消化。

令嘉狠狠瞪了一眼方纫秋这个大煞风景的，但眼前的事情为紧，没打算跟他计较，一把拦住陈尔的肩头，厚颜无耻地做着自己的安排："当然是你和……我哥一起去吃饭。"没等陈尔反应，转头又对杨冠军说："陈尔是我的金牌经纪人，杨冠军你可要温柔一点。"

被这安排搞得一头雾水的杨冠军还一脸懵懂又耿直："你要我们去约会？"

令嘉啊呀了一声，恨铁不成钢，知道就行了嘛，还说出来这让女孩子多没惊喜！

"我是让你请我的经纪人吃一顿饭，很难？"

杨冠军摇头，他向来对男女主方面的关系不太懂得如何处理，奇怪地看了陈尔一眼："不难，只是……"

"那就没问题了。你开车吧，陈尔你坐我哥的车。"令嘉想要赶紧促成这两个榆木脑袋的好事，不惜自己上手，从保姆车里翻出陈尔的背包，塞到她怀里就要推着陈尔往杨冠军身边送。陈尔真拼力气当然不会是令嘉的对手，感觉现在自己就算扎马步都来不及了，令嘉已经推着她径直去拉开了杨冠军的车门，陈尔还一头雾水，扒着车门不肯松手："令嘉你没开玩笑？你哥哥真是……真是杨总？"陈尔还惊魂未定，总感觉自己好像被算计了似的。再看沉着脸的杨冠军，吞咽了口水，这饭可怎么下得了口？

令嘉用力地点头，凑到陈尔耳边："亲生的。放心！"

"可是……"

"别可是了……难道你觉得我哥配不上你？"令嘉见这两人别扭，忍不住要发脾气了。

陈尔扭捏着，偷偷看杨冠军又看看令嘉，仔细看确实长得还有几分相似，以前怎么就没发现呢？

"当然不是，我只是……只是看杨总好像没有这方面的意思。还有……他，真的没有暴力倾向吗？"比起找到结婚对象，陈尔显然更关心自己的人身安全。

在一旁听着两人对话的方纫秋没忍住微微弯着嘴角，这样的"爱管闲事"的令嘉许多年没有再见过，他竟然觉得有点可爱。结合陈尔的话，好奇地去看杨冠军的表情，就算再不通人情世故，听见陈尔的话他也明白令嘉是想拉郎配，杨冠军确实长了一张会家暴的脸，尤其是他不怎么说话，嫌弃地盯着别人看的时候。

"你笑什么？"令嘉对方纫秋没有好脸色，"杨冠军虽然长得凶，但内心别提有多温柔了。你这个阴险小人有什么资格嘲笑我哥？"

方纫秋因这突如其来的指责收起了嘴角的弧度，"什么时候起，改行做红娘了？"扫了一眼陈尔，对于令嘉的看好他明白，但陈尔的确不像是杨冠军喜欢的那类人，杨冠军是肉食动物。

"这是我的事情，你别想搞破坏！"令嘉拦在陈尔和杨冠军之间，防备地看向方纫秋。

方纫秋张了张嘴，想说什么，但看令嘉那防备的样子很是碍眼。方纫秋抿着唇角想要掩饰内心的烦闷，连带着看杨冠军也很厌烦，眉毛微挑，给杨冠军使眼色："有美女相伴，还愣着做什么？"杨冠军确实应该找个女人了。也许，找个女人他就不会成为阻碍和麻烦了。

令嘉觉得奇怪，什么时候起方纫秋还站在自己这边了。

就连杨冠军也不明白他的用意，但方纫秋有自己的盘算："杨大哥你年纪不小，是应该多认识一些女孩子了。你老这么单着，叔叔阿姨担心，令嘉也被你耽误了。"

什么意思？

方纫秋继续给杨冠军递眼色："既然是令嘉的心意。"

方纫秋这眼色打得毫不避讳，令嘉看得似是而非，心里猜到这两人有事儿，转头正想问个究竟。杨冠军一咬牙，硬着头皮答应了，指了指自己的车后座对陈尔说："上车吧。"

陈尔慌了神，转眼间，杨冠军已经坐进了车里，摇下车窗看她。

陈尔心里没有底，还没从他和令嘉是两兄妹的真相中缓过劲来，但迫于杨冠军的压力只能低眉顺眼地钻进了车里，临开车，陈尔才反应过来，自己怎么就这么没出息地乖乖上车呢？再看车窗外令嘉高高兴兴地冲自己挥手，恶狠狠地瞪她一眼，但嘴里的指责却是不敢当着杨冠军的面说的。

车子一溜烟地开走了，留下一道黑色尾气。就算被扑了满脸的气体，令嘉心情却很是不错，高高兴兴地转身就要上车。

"去哪儿？"车门被方纫秋一脚拦住了。

令嘉横眉冷对："把你的爪子拿开。我的车不欢迎牲口。"

"你已经如此热心地给杨冠军介绍女朋友了，为何没为我考虑一下？"

"为你考虑？"

"我也是单身，也需要一个女朋友。"方纫秋摸了摸鼻子，他难得好脾气地没有以毒舌反驳，脸上带着笑，尽量告诉自己对令嘉要有耐心。

虚伪。令嘉认真瞧了瞧方纫秋的脸，心里不满地嘀咕着。她也不想在大门口跟方纫秋有肢体上的碰触，尤其自己还打不过方纫秋的情况下，动作难看是其次，关键是丢人。

"不要跟我绕弯子，你到底想做什么？"令嘉的白眼已经翻上了天。

方纫秋收回脚，整个人挡在车门旁，故意做出一副思考的模样来，一手托着下巴，食指轻轻摩擦着："我本来跟你哥约了一起吃晚饭有公事要谈，你把他弄走了。陪我吃顿饭算作补偿不算什么难事。"

令嘉冷哼一声，才不吃他这一套，都是套路。于是伸手，朝着商务车里的司机说道："把包给我。"

司机胖大叔看了一宿的戏，这会儿突然被令嘉点名，忙慌张地找了一下，将包递给了她。本以为令嘉会乖乖妥协，不料她掏出了钱包，痛心疾首地摸出一张毛爷爷头递给方纫秋："够买十斤狗不理了。算我补偿你的。"

方纫秋抱着臂弯，没料到她会有此举动。

见方纫秋没动，令嘉脸上的表情更加厌烦了，又忍着心痛掏出了一百："两百够你撑到脑袋顶，方纼秋别说我小气，两百块抬举你了。"

方纼秋冷哼一声："我以为做明星蛮赚钱的，两百块就能让你心疼到皱眉？"他停顿了一下，"如果生活这么拮据，不如换份工作好了。"

"少废话，要么你在这里把我扛走，要么，你滚。"令嘉再也不想像前几次，因为怕被人看见而妥协。

方纼秋显然没把她的话当一回事儿，微微屈身凑近了一些，嘴唇差点贴上令嘉的脸："方太太这个职业或许会让你轻松一些。"

令嘉感觉到脸颊边上的细绒毛微微浮动，有一些发痒。她不耐烦地摸了一把脸，往后退了一小步："方纼秋你好大的口气。就凭你在方家的地位，能给我带来什么？"明明都是真正在意金钱的人，却偏要拿这么点小事伤害对方。

令嘉说完这话就后悔了，她知道这话说出口对方纼秋的中伤有多深。但为了让自己看上去完全没心没肺，她用力地闭眼又睁开，冷漠的神色使得自己看上去没有任何的愧疚感。

她分明看见方纼秋眸子里的闪烁，但他显然比她更会演戏。一瞬的时间，嘴角已经挂起了笑容，再次倾身，靠着令嘉更近了一些。这次，他用手挡在她身后，她往后仰的姿势看上去像是倒在他手心里。声音更近了："如果中伤我能让你好过的话。"

"你……"令嘉愣了愣。

方纼秋无所谓地偏头，收回手插入裤兜，站直了身体，语气嘲讽："跟我在一起，能宣泄你的愤怒吧？时不时嘲笑我，冷眼旁观或者同情我在方家的处境，年末的时候家族聚会，你还可以看一场大戏。你看，还省下了看电影的钱。多有意思。"最后一个字的尾音拖长，喃喃着，像是从胸腔里发出来，极轻的调子，但那微抬的眉梢还是让令嘉看到密布的阴霾。

"这出大戏还不如我演的电视剧。"令嘉缓和了语气。

"方氏。"

"什么？"

"整个方氏集团作为聘礼的话，你有没有兴趣做方太太？"

令嘉深吸了一口气，不敢相信方纫秋会如此轻描淡写地说出这样的话来，甚至误以为自己是幻听了："你刚说什么？"

方纫秋嘴角一弯："你想听我说？上车吧，我们吃饭的时候详细地说。"

令嘉下意识就想要拒绝，脑中却一闪而过什么。将信将疑地点头："方纫秋，跟我说说我哥和你的事吧。"

杨冠军不喜欢方纫秋，从前，因为杨冠军对方纫秋的态度不好，两兄妹没少打架。能让两个不对盘的人变成合作伙伴，在成年人的世界，能让令嘉想到的只有"利益"二字。

方纫秋和杨冠军之间，无非也是各取所需。

杨冠军原本是不待见方纫秋的，方东林正式加入"健力"之后，确实在公司闹了一些风雨，杨冠军瞧不上他们方家人。心里憋屈着，也曾跟老爷子提起过，但老头的性格固执。杨冠军也无能为力。

方纫秋是在方东林通过董事会投资授权之后找上他的。一顿饭吃下来，杨冠军的顾虑也成了事实。方纫秋说动了他，方东林的人品狼子野心，不会甘愿屈居在"健力"集团下做个品牌总监。事出无因，必然有妖。方纫秋拿出证据，侧面印证了方东林和世佳集团背后的利益牵绊，杨冠军才逐渐信任方纫秋。

杨冠军想要"健力"脱离方家，从此分道扬镳。拿捏到方东林的把柄还不够，对方家人高高在上的嘴脸，杨冠军心里早已不满。和方纫秋的联手，对他来说，不值得信任。方纫秋的性子让人捉摸不定，甚至有些阴沉。他的目的又是什么？杨冠军无从得知，只依稀猜到那么一些。至于杨冠军为何要冒险跟方纫秋合作……

在杨冠军犹豫着是否要拒绝的时候，方纫秋将自己的婚姻摆上了台面。老杨喜欢方纫秋，甚至想过让他成为自己的女婿，但杨冠军没这意思，方纫秋提出联姻时，杨冠军当场拎起了他的衣领，一拳头就下去了，两人在饭店包间里互相吃了对方几个拳头。

最后，杨冠军还是认可了他的想法。抱着让方纫秋去令嘉那里碰一鼻子灰的念头，另一方面也藏着私心。

方东林的背后还有老方家最贪婪却又举足轻重的人物，方二太太。方老爷子的二太太，也就是方纫秋和方东林的亲奶奶。大夫人死后，方纫秋的父亲才被接回香江，做了方家的继承人，母以子贵，方二太太便正式入住了方家。方东林敢如此大胆跑到杨家的地盘来撒野，自然是得到了背后之人的支持。至于想做到哪一步，谁也不知道，但防人之心不可无，杨冠军决定同方纫秋联手，正面应对这次的投资案，再借机从幕后控股整个世佳集团，借此瓦解整个由世佳集团牵连的经济链。而方东林是方家最看好的继承人，如果他出了事，剩下的人选中必然有方纫秋。

方纫秋想要的是这样吗？

令嘉不禁怀疑，"你说的话我一个字都不信。"

古色古香的茶坊里，溪水哗啦啦地流。方纫秋挥退了茶艺师傅，自己挽起袖口，洗漱杯子，洗茶，然后泡茶。清澈的淡黄色茶水在白色瓷杯里晶莹剔透，让人有品尝的欲望。

令嘉迟疑了一阵，但还是端起来，浅抿了一口。

"杨冠军这人虽然没脑子，但还不至于相信你所说的因为想要娶我而费尽心思帮助他。"令嘉拆穿事实，她打心眼里没认同方纫秋所说的理由。食指和大拇指轻轻摩擦在杯壁沿，令嘉似乎已经猜透了与自己盘腿对坐的男人，"承认吧。你不甘心，你蓄谋已久，让方东林走入你的圈套，我、我哥哥，都是你的棋子。利用我们得到方家的认可……不，这不是你的终极目标。你的野心更大，你想要得到整个方氏。"

她想的没错，方纫秋多疑，哪怕再亲近的人，他也不会和盘托出。令嘉对他的了解在意料之中，方纫秋没有坦白自己的野心，甚至厚颜无耻地在言语间表达了自己的善意。被令嘉拆穿的时候，他接受得理所当然，语气平淡，死不承认："我跟你求婚的心意是真的。发自内心，你只要记住这一点就够了。"

令嘉淡笑，她不得不承认，方纫秋的心意百分之八十的概率是真的。

毕竟，娶了令嘉对他百无一害。

"做梦吧。方纫秋，我既不接受你的心意，也不甘愿成为棋子。"以她对他的了解，方东林事件里，恐怕笔笔都是方纫秋的杰作。

再干脆的拒绝，在方纫秋看来都不足为惧，他的信心来源于从前，年少时期的令嘉的确深爱过他，对他看重，保护，爱慕。哪怕这些都是过去式，但那份心，怎么也没办法抹去。

所以方纫秋的脸上不会看见恼羞成怒，依然云淡风轻，稳操胜券。

"你以为杨冠军为什么明明讨厌我，还默认我们的关系？"

"那是你们的事情，我根本不想听原因。"令嘉打断方纫秋，不想让他继续说下去。"你们之间的交易，跟我没有关系。方纫秋，你记住了。"

哥哥有私心，如果方纫秋真有那份能力，推翻方家百年基业的统治，那么对于杨家来说又何尝不是一件好事？起码，这会是名正言顺的利益共同体。方东林的心思和主意，很好猜透。从世佳集团和方东林搭上线，到方东林加入股东会，都在方纫秋计划内。

世佳的账目前因后果里，方纫秋都参与其中。以局外人的身份，向税务局和证监局提出警示，导致世佳集团最初的 IPO 计划暂停，随后资金重组。引导杨冠军但不真正地阻碍这次的投资计划。重新审查时间一长，方纫秋就有机会搭上一个最合适的合作伙伴。

于是……令嘉和方纫秋也才有了后续的频繁接触。

第三十五章／利益关系

Zui Jia Tian Hou 下

最佳天后

陶嘉月 著

百花洲文艺出版社
BAIHUAZHOU LITERATURE AND ART PRESS

这次，方纫秋没有跟上来。令嘉离开茶室径直上了自己的保姆车。车子停在了大门口，尽职的门童为她关上了车门，令嘉隔着一副墨镜跟对方道了谢。

车子缓缓开动了，直到绕过停车坪到了路边她才远远地从后视镜里看见方纫秋站在会所门口的身影。车子，他没开出来，正在低着头给谁打电话，绿灯了，车子飞驰在路上彻底将那道影子变成了黑点。

"与其这般避之不及，你何尝不愿意假设一下，我和你哥之间没有任何交易？我所做的一切，只是因为你呢？"这是令嘉起身离开时，方纫秋说的话。

令嘉对着空气冷哼叹气。她打心眼里不相信方纫秋的话。每一次方纫秋的出现，总能轻易地让她变得暴躁。普天之下，想必也只有方纫秋有这个能耐了。

心情不好。上了车也在唉声叹气。

没有工作时，她少有这个时间还在用保姆车的。今日为了方便陈尔和杨冠军约会，特意支开了助理，回去的路上也就只剩下她和司机两人。

"令嘉小姐，是直接回你家吗？"老李跟着令嘉做司机四年了，对她的一言一行还算了解，从后视镜里就看出令嘉的神色是不开心的，不免会联想到刚才的那位男士。

经过老李的提醒，令嘉才回过神来，忙抱歉道："对不起啊，老李头，这么晚还麻烦你。"

令嘉是个好老板。平日里在车里听见几个女孩子叽叽喳喳，人很开朗。老李的本意只是想缓和气氛，听到令嘉如此抱歉于是忙摇头："那您系好安全带。看您也累了，我开快一点早点送你回家休息。"

令嘉点头："谢谢你。"

艺人的秘密，司机通常最清楚。老李平日里不是爱说话的人，只是今日却也时不时搭话，以免令嘉继续板着一张脸。

意识到自己的情绪给周边的人带来影响的令嘉勉强挤出一个笑容，又闲话了一阵，车子才到了公寓楼下。令嘉担心老李回家太远不安全，也没多耽搁，下了车就让他先行离开了。自己则踱着步子，到小区外的二十四小时营业的超市。

没想到这个点，还有客人。令嘉用连帽衫遮住了半个脑袋，没被营业员拦着要签名，却被同为顾客的安珂给认出来了。

她买了两罐啤酒，而令嘉则是热了快餐便当。

"没吃饭？"突如其来被人问候，令嘉拆包装的手顿了顿，看见玻璃门上映出的影子，微微眯眼。她对安珂的长相没什么印象，只是这世上存在着这种人，明明你不认识甚至可能不记得她长什么样，但你就是知道她是谁。

令嘉快速地拆掉了三角饭团的包装纸，往嘴里塞了一口，咀嚼着说："唔，吃了，又饿了。"

安珂扫了几眼她买的东西，两人一前一后地走出便利店，朝着同样的路线前进。听得出来，令嘉无意搭话。安珂也不会给自己找麻烦，只是微微愣了愣，没想到女明星这么晚了还在吃饭团。惊讶着，也只是点了点头。

一条长长的绿化带的路程，周围太安静了。不说点什么，就会很尴尬。

安珂想起白天开会的情节，语气带羡慕："你有一个好哥哥。"

令嘉挑眉，不是很明白她怎么提及杨冠军。

安珂这才想起来令嘉对下午的事情不知情，忙解释道："今天下午跟他们一起开会。方东林……"到口的话，安珂停顿了，意识到自己不应该说太多无关的话题，又改口摇头，"其实也没大事，只是感觉你哥哥和纫秋对你很维护，有点羡慕。"

令嘉好奇地看了安珂一眼，她的表情不像是作假，撇撇嘴巴嗯了一声，在楼道口停下脚步指了指电梯门："我到了。"

安珂这才反应过来一般，忙说："不好意思啊，你上去吧。"

令嘉点头，她对安珂没什么特别的情绪，既没接受她谦虚的抱歉也没有格外冷落，只说让她注意安全，就算小区里出行管理严格，但防人之心不可无，还是善意地提醒了安珂几句。

收到安珂的答复，令嘉也不多做停留。第二个饭团被她一边进电梯，一边拆掉送进了肚子。

回到家的令嘉一倒下就睡着了。她有一个致命的毛病啊，就是吃饱了容易犯困，所以第二天一大早迷迷糊糊的睡梦间，接到陈尔的电话。还未睡醒的令嘉可没忘记自己干的好事，哼哼唧唧地还惦记着询问陈尔昨夜和杨冠军的进展。

"怎么样？你有没有爱上我哥？"

捏着电话的陈尔一通怒火无处发泄，阴恻恻的："敢情你还真想改行去做媒婆了？"

一听陈尔这腔调，令嘉就预感到了不妙。"怎么了？你们昨天很不顺利吗？"令嘉明知故问，杨冠军那性格，能有多愉快？

陈尔对这样的约会安排不太感冒，更何况这个对象还是昨天之前自己当成大金主的大粗腿，每每小心伺候，不敢得罪。怎么不到一天的工夫，这关系身份居然调了个儿。陈尔简直不敢相信，懒惰的令嘉居然还有这背景。早知道，自己也不用这样辛苦了。

"少给我扯废话。令嘉，昨天的事情我稍后再跟你算账。现在你给我用冷水洗洗脸，让脑子清醒一点，听着我跟你安排行程。"

陈尔的语气听上去，并没有对令嘉贡献出自己哥哥的事情而感激。这让令嘉心里好不是滋味，一面在心里对哥哥恨铁不成钢，一面还是听话地从床上爬了下来，慢吞吞地挪动到了洗手间清理自己。

冷水哗啦啦地拍打在脸上，瞬间清醒了的令嘉这才想起来陈尔有什么重大安排。

"你那个广告合约已经谈妥了。听对方的意思，广告拍摄安排在两周后，这个时期正好卡在你在剧组的日子，这次的广告拍摄我们要去意大利和巴黎，时间上我已经在跟剧组调整，楚天已经同意了，但为了赶进度你明天就得去临市的剧组准备拍摄。"

令嘉痛苦地呻吟了一声，刚没消停几天闹了一出法庭戏。还没好生睡一觉，如今又要进剧组了。

但怎么想也不对，"楚天同意了，可我这段时间连着的戏份都跟聂洋在一起，调整时间他会同意？"

陈尔叹口气，对令嘉表示非常不满。

"你看你，内心狭隘了吧？人家聂洋可是二话不说就同意了，我已经给连大哥打过电话了，人家影帝今天就赶回剧组了。"陈尔起初心里也没底，电话打过去后没想到连易想也没想就答应了。受宠若惊的陈尔恨不得一口一个连大哥，嘴巴那叫一个甜。

令嘉半信半疑地挂了电话，聂洋如此好说话是中了什么邪？

心里的疑惑一直到进入剧组见到了聂洋。

令嘉是在第二天凌晨，为了赶早班机，被小喜和陈尔合力从床上拖起来的。行李箱令嘉收了一大半了，出发前陈尔检查她的箱子发现带了一堆零食，连骂人的话都懒得讲了，直接将箱子里的东西倒掉重新打包。令嘉感觉自己的人身安全遭遇了威胁，企图反抗："我们签署的合同里写了，我有绝对的自主权。陈尔，你违反规则，行李箱我要自己打包。"

正使出全身的力气将箱子压在一起的陈尔懒得理她，一屁股坐了上去，最终扣上了。

"合同里还写了，经纪人有权利维护艺人的形象，你带这么多零食，吃胖了就是我的失职。"在剧组那种鸟不拉屎的地方，令嘉就算是想馋嘴都难，所以陈尔坚决不让她自带。

令嘉没辙，只能垂头丧气地上了车。陈尔手上还有一堆工作，方纫秋那边诉状的事情也要处理，所以陪同令嘉的只有司机老李和助理小喜。

送到机场口，陈尔婆婆妈妈地又一阵叮嘱小喜看着令嘉点儿，有什么事情第一时间给她电话，生怕令嘉闯祸。拍了这么多场戏，这还是陈尔第一次如此担心令嘉。最近连着负面新闻，加上令嘉戏还没拍，已经和影帝杠上了，陈尔心有余悸。

到临市一个半小时的行程，却因为当班的航班出了问题，晚点四个小时。下了飞机令嘉就直奔剧组。

剧组在大学里，离市区还有一段距离。三人到了学校周边却找不到入口，这是国内一所没有校门的学校，学校的路窄分支又多，关键时候导航也没什么用了。下飞机的时候令嘉接到导演的电话，询问是否要派人来接，但现在剧组里的工作人员都在忙，可能要等半小时。令嘉当即觉得，自己找剧组而已没问题，夸下海口。这会儿车子停在小道上，毕竟是公众人物，又不能下去走动。倒是为难了小喜找学生问，学生也不太清楚校方到底批了什么地方给剧组用。为避免引起学生的围观，不敢多问。

令嘉只好给楚天拨了电话，连着打了几次始终没人接。

僵持了十几分钟，令嘉透过车窗看到人群里挤进来一张熟悉的脸。

那不是聂洋的助理小陈吗？令嘉连忙让小喜拦住他。小陈跑得上气不接下气："找你们半天了。洋哥让我来接你们。"

令嘉还未说话，小陈已经表明了来意。

聂洋会有这么好心？小陈带路，穿过了几条复杂的小巷，终于来到了一栋安静的小院，院落四周是高楼，大门楼有一个牌匾，写着"网络大楼"四个字。这是剧中黑客培训学校的根据地。楼道中央有几个人影，应该是在拍几场室内的戏。

"洋哥一到剧组就被导演抓过去试戏了。"对了，这是在军校里，年轻演员们也进组了，聂洋作为前辈被抓过去看年轻人的表演这很正常。只是……

"聂洋叫你来接的我？"令嘉心里还有疑问。

小陈一边走，点着头，神色有些尴尬。"嗯。洋哥说您……这地形复杂，洋哥说您肯定不知道路。所以让我来接您。"

令嘉见小陈尴尬的神色就猜到这中间聂洋铁定说了什么难听的话。但聂洋如此好心，也是她没有想到的。

几个人没有直接上楼，老远看见身影的胖副导，从大楼里跑出来，见到令嘉忙摸头上的汗水："实在不好意思啊，因为在学校里的戏份演员多，一时没抽出时间去接你。"

令嘉不是难伺候的演员，两人合作过几次。预想中令嘉不太在意，胖导忙带着她先去宿舍。

在学校拍摄周期不算短，学校干脆批了这一处安静的地方和一些学生宿舍给演员们居住。楚天不是铺张浪费的导演，对演员也苛刻，自然对学校十分感激，就算是聂洋也住在了宿舍里，顶多是个单人间。

令嘉和聂洋一样，也是单人间，带了小小的卫浴。环境肯定不太好。令嘉没说什么，小喜自然也就当作什么都没看见她帮着收拾行李，接着令嘉被楚天叫了过去。

令嘉去的时候，聂洋正在和一个年轻演员对戏。其余的演员，诸如宋允儿之类的，也在一旁围观。和影帝对戏的机会可不是人人都有机会见到的，自然引起了不少年轻演员的围观。副导挤开人群，让令嘉过去，几个人也纷纷注意到令嘉了，甚至有女生激动地红了小脸。令嘉不习惯在剧组被这般注目，有些不好意思地嘘了声，指了指中央正在表演的两人。

楚天和林燕妮见了她，忙招手让她过去。

"正巧，令嘉来了。你也看看，这个年轻人有没有留下的必要。"

令嘉正奇怪，心想聂洋这个段位的影帝轻易不会给人对戏。原来是导演要求的啊，难怪了。

年轻演员饰演的角色是一个性格傲气的年轻学生，听说过豹子的战绩，但从未服气，一心想超越豹子。这一场戏，是豹子第一次见到他，两人之间火药味十足，但豹子又是爱才的人，远远看过他的操作，心里很是认同。但因为对象傲慢无理，作为前辈的豹子此时的心情相当复杂。

"所以？你的目标是超越我？"不得不说聂洋是影帝啊，一个眼神，一句简单的台词，却让人一怔。

年轻演员明显处于下风，演技当真不错，但聂洋的一颦一笑都逼得他拿出最好的演技，自然而然地接上："是！"拳头握紧，"你也不过如此。超越你，是早晚的事情。"

"呵，等你成熟一点再来跟我说这句话。"聂洋双手插兜，半眯眼斜睨着对方，"如今，你还不配！"台词和情绪完全吸引了观众的注意力。但说完这句话，聂洋没给对方其他反应的时间，后退了一步，抬起手拍了拍他的肩膀，"感觉找得很对。"他没有说那句，还需要磨炼一下的话。说完便转身朝着楚天走来。

年轻演员微愣片刻，当即反应过来，从戏中回过神来，慌忙对聂洋的背影鞠躬："谢谢您，聂老师。"

令嘉这才看清楚来人，这不是当红偶像、流量担当的新晋小生陆周吗？

陆周的人气，到了剧组怕是要拆房子的。这位从海外组合出道，累积了大批人气归国的年轻小鲜肉，居然加入《黑客帝国》。令嘉有些惊奇。官方宣布时似乎也没听说。

"是投资方那边要求的，陆周自己本人也想先试一试，毕竟是和大卡司合作。他虽然有人气，但演戏是第一回。"听见林燕妮如此一说，令嘉明白了。如今的电视剧，天王天后哪能有流量担当号召力强。

"老楚原本不乐意，便出了这个难题。说陆周要是能扛得住聂洋的压力，就留下。"林燕妮双眼放着光，盯着陆周的方向，从戏里出来他也随着聂洋朝着楚天方向走来，"不过呢，这陆周还真是讨人喜欢。性格和脾气都挺好的，没什么架子。这才有现在试戏的一段。"

令嘉点头。聂洋人已经走了过来，没说什么，只简单对楚天点了点头，楚天回以了另一个点头。

令嘉瞧着这俩狐狸的互动，心里猜到这陆周怕是要留下了。陆周相当礼貌，谦虚地上前来喊了几个人："林老师，楚导，聂老师，我能留下吗？"他的视线扫过令嘉时，眼里闪过一丝惊艳，仅仅一瞬。他没认出令嘉来，也就自动忽略了。不过这也不能怪他，实在是令嘉本人和电视上是有差距的。

楚天嗯哼了一句，没正面回答他，招手让胖副导来，说了什么。转头对陆周道："我这里的生活不轻松。你先去宿舍看看，能适应再说。"

楚天这话明显是给机会了。陆周是个懂礼貌的人，脸上一喜，忙感激地鞠躬："谢谢您，导演。还有非常感谢聂老师的帮助。"

聂洋这人喜欢在外人面前装大头，一副过来人的口吻："小事。不用放在心上。"引来陆周连连的感谢声。那得意的样子，让令嘉在一旁看得尴尬，忍不住呵出一口气。

聂洋本就关注着她的神色，看见她趁没人注意露出鄙夷之色，心里火气一冲，将矛头转向不插话装低调的令嘉："不过陆周啊，拍戏的时候你可要时刻注意这位前辈。"他指了指令嘉，"你令嘉姐打起人来可劲儿打。别怪我这个做前辈的没提醒你。"

令嘉那一声哈气陆周也听见了，起初没当回事儿，听见聂洋提及这才好奇地看向令嘉，恍然道："啊，前辈您好。"

令嘉微微点头，脸上笑容温婉，摆着一只手："不不，陆周你好。我是令嘉。你放心，我从不打人。"说起谎话来，连楚天都忍不了。

"对，我们令嘉从来不打人。"

"是的是的。谁说不是呢？"林燕妮也跟着附和，场面一度尴尬。原本一次解释就没事的事儿，被楚天和林燕妮玩笑似的说出口，反而不像是那么回事了。

陆周显然有些尴尬了,往后退了一小步:"好的。希望前辈多多指教。"

"多请教令嘉肯定没错的。陆周你不知道,你这位前辈可是单丹前辈欣赏的合作伙伴,跟着前辈学习……打人,哦不对,演戏。进步会非常大。"

单丹?

看来要拍广告的事儿经过请假,在聂洋这里已经不是秘密了。令嘉忙客气道:"哪有,这都是聂洋夸张了。"令嘉因陆周那闪躲的姿势,而后双眼冒出的意外之感,弄出些许的尴尬,不能撒气到无辜的陆周,只能恶狠狠地瞪了聂洋一眼,心里大骂这个大嘴巴。做影帝的人,这么嘴碎,实在欠揍。

聂洋难得见令嘉如此尴尬,心里乐开了花。扯了扯她的手臂,给了一个她能体会的眼神。

这一回合,聂洋赢。

令嘉毫不顾及形象地冲天翻了翻白眼,脸上挤出假笑:"聂老师,您方便跟我单独说几句吗?"

聂洋不傻。当即猜出令嘉要找自己单独算账,即便为了证明自己不是软柿子,他也应该硬着头皮继续对抗下去。哪知,一向有"骨气"的聂洋在挺直了背正打算大干一场时,突然认怂:"我不跟你去。我可忙了,昨天半夜的飞机,今天还没休息好呢。"说完,转头问楚天,"我们的戏份明天才开始吧?戏也试完了,我回到宿舍看剧本?"

不仅令嘉,就连楚天也很意外今天聂洋的认怂,弹了弹烟灰,慢腾腾地道:"行啊。"聂洋刚要高兴,就听见他对令嘉说道:"令嘉也下去休息吧。为了明天的工作补充电量。"

楚天这个老不死的,就想看好戏。令嘉和聂洋同时在心里翻了翻白眼,但还是听话地一同离开了片场。

出了片场,令嘉老远看见聂洋的助理小陈守在外面。突然想起来,摸了摸耳朵询问聂洋:"是你让小陈来接我的?"

聂洋走在她前面,趾高气扬的模样,嗯哼了一声。也不明说。

令嘉见他故弄玄虚,大步上前追上他:"听说你为了我调整了时间。

这不像你的风格。说吧，你到底有什么阴谋？"

"对你好呗，能有什么阴谋？你说你这人，心里怎么这么阴暗呢。谁对你好都是阴谋啊？"聂洋对于令嘉口中的"阴谋"两字异常不满，据理力争。

令嘉可听不得聂洋这样的话，以为自己演霸道总裁呢。上前一步，伸腿就拦住了他的去路，流氓一样将聂洋堵在了走廊："别给我扯那些没用的。你没有阴谋我怎么都不信。"

其实还真被令嘉说中了。聂洋有私心的，至于这个私心……就是连易都不知道。

令嘉一看聂洋犹豫的神色，就知道自己猜对了："果然……"

"令嘉，赵球球的爸爸人在哪里？"令嘉的话还未说完，聂洋率先一步开口，打断了她到嘴边的话。这没头没脑的一句问话，让令嘉愣住了。

"你说什么？赵球球？"

"嗯。你侄子的爸爸是谁？我想知道。"

聪明的令嘉只用了十秒钟反应，很快清楚了来龙去脉，脸色微变："你对赵家禾有企图？"

聂洋叹气，恨不得将令嘉这张嘴巴用针线缝起来："你就不能说点好听的？什么叫有企图，我这是合法合规地了解我的私人医生的生活。"

哼，死鸭子嘴硬。

"我为什么要告诉你？赵家禾是我的表姐，而你……是我的仇人。"令嘉收回了腿，意识到主导权回到了自己手里，便摆起谱来。

"这世上哪有永远的敌人啊。"聂洋有些着急，明明知道令嘉故意的，也还是追着说道，"你看，咱们好歹是同事吧，还是前后辈的关系，你帮我，我帮你，增进感情，天经地义。"

令嘉在心里冷笑了几声，抱起双臂："好啊。你既然都说了，知道怎么帮我了？我得看你有什么诚意，我再考虑帮不帮你好了。"说完，便心情甚好地转身就朝着宿舍走去，也不管聂洋在背后气急败坏地说她这是小人行径。

自从上次令嘉和聂洋在片场说开了后，聂洋最近学乖了。对待令嘉如春天般温暖，令嘉起晚了，去食堂发现聂洋已经给她预留了食物，殷勤地送到她手上，还半强迫性质地让令嘉一定要跟自己同桌吃饭。

令嘉对于影帝的"服侍"很是享受，久而久之，剧组里也传出了两人的笑话，比如说令嘉半夜去敲聂洋的房门啊；说令嘉死皮赖脸地要和聂洋同桌吃饭啊；聂洋嫌弃死她了，但是令嘉就是不知廉耻啊，等等。

小喜将听来的八卦跟令嘉说了。令嘉正在啃水果，这是陈尔交代的，令嘉的零食被没收了，但每天一个苹果是必需的。没有零食吃的令嘉格外珍惜能吃水果的时间，心情不错。满嘴的汁水，心里很是不屑。这些人不知道，半夜敲门的人通常是聂洋。

这不，令嘉刚咬了一口果肉，就听见房门被人敲响了。

令嘉和小喜对视一眼，两人连日来已经习惯了。"开吗？"小喜小心翼翼地征询令嘉的意见。

令嘉摇头，又点头。"让他敲，你快给你在剧组里的小伙伴们发微信吐槽。"

小喜愣了愣，看见令嘉眨眼睛瞬间秒懂。令嘉便脸贴着墙壁，果然不出所料，不过许久令嘉就听见走廊上有其他人走动的声音，隐约听见有一道女声，"洋哥好。"

令嘉没听到聂洋的回复，一把拉开了房门，恼羞成怒地嚷嚷了两句。"敲什么敲啊，大半夜的。"

站在门口的聂洋手里提着外卖，香气扑来。但聂洋的表情很是尴尬，扯着嘴角露出牙齿看看令嘉，再看看走廊另一头，那个看着他的工作人员。

妈的，被算计了。

但聂洋不能当场发飙，只能从牙缝里挤出声音："令嘉啊，看你连日来瘦得不成样，奉了导演的命令，我要对你多关心。"同时，晃了晃手中的食物。

令嘉吞咽了口水，忍痛瞟了眼他手中的夜宵。假装不在意地冷哼一声，"我不吃消夜的。谢谢聂前辈的关心哈。"

聂洋脸色难看，又装作温和地看了眼其他人。凑近令嘉咬牙切齿："明天应该就能听见你想要的新闻了。还不让我进去，我就当场制造别的新闻。"

聂洋的威胁不是说说而已。令嘉觉得玩够了，也就不再僵持，笑着说："哦，原来聂前辈是有戏要跟我对。好的。小喜和小陈也一起来吧。"

助理都在，宿舍就这么小，两个人也大大方方的，丝毫没有"奸情"的感觉。就算要被传什么新闻，也不攻自破吧。

助理小陈给令嘉竖起了大拇指，抬头一看聂洋长腿一抬，急忙地就跨了进去。

他实在受够了站在门外被无数双眼睛围观的傻样。别以为他不知道，听见响动后，其他房间的演员偷偷地挤开了一条门缝，正看热闹呢。

聂洋一进门就冷下脸，啪的一声将手中带的夜宵放在了小书桌上，声音阴沉："你就是这样对待给你带夜宵来的人？"

令嘉撇撇嘴，小步子走到书桌前，拿眼睛瞄了瞄桌上的食物，是这学校附近难得开到凌晨的小炒店里的，都是一些大油的食物，令嘉的最爱。一看令嘉那垂涎的表情，小喜的双手就痒了，不动声色地给聂洋搬来了木凳子，站在旁边没有下一步动静。此时大家的目光都在聂洋身上，自然没注意到她。

"前辈来这里所为何事啊？"令嘉明知故问。

聂洋恨得她牙痒痒，但还是从兜里掏出了一张皱巴巴的名片："喏，我已经打过招呼了，拍完这部戏，你去试试看他的新戏。能不能行就看你自己的本事了。"

令嘉接过名片。穆辰，东阳影业的制片人。

"他们打算开一部新戏，玄幻题材。这部戏是目前最为火热的大女主大 IP，成丽莎也参与其中。据说她是投资人之一，男主在周宇和陈暮之间选择。"

成丽莎、周宇和陈暮这几个人光是听名字，就知道是一部什么口碑的制作了。

尤其成丽莎，绝对的一线，比起单丹来也毫不逊色。但成丽莎的年纪摆在那里了，应该不是女一号的人选。至于周宇和陈暮，也是电影圈里口碑靠前的年轻演员。周宇是偶像组合明星出道，后来转型去香江拍了不少谍战电影，获得了业内不少专业人士的好评。陈暮则是近几年绝对口碑的男演员之一，三年前接连两部电影让他一战封神，尤其是《锦衣卫》里男主的人设，让他成为口碑巅峰，至今江湖上还流传着他在剧中的截图。

"什么时候试镜？"令嘉捏着名片，心里已经有了决定。这是难得的机会。

聂洋瞥她一眼："这次你要试镜的角色，是女主身边的侍女。这个角色守护女主上千年，原是男主座下的盘龙。后因三界大战，男主被封印。侍女盘算千年，是解开男主封印的关键人物。角色可以算女三号，但比较出彩。"聂洋话中的意思，令嘉听明白了。令嘉在电视剧圈虽然没有大红大紫，但总算演了不少女主的角色，眼下去给人做配，还是个三号的角色。担心令嘉傲，瞧不上。

"我明白。我转告经纪人，如果有机会的话我想试试。"

"嗯。我会联系他们。"

摆在眼前的机会，令嘉只稍做了思想斗争便安抚好了自己。这下子是真的欠了聂洋人情了，不还肯定不行。但令嘉又没有会卖了自己表姐为自己争取机会的想法。

一时之间犯了难。令嘉从聂洋离开后，就托着腮帮子思考这个严肃的问题了。想起聂洋临走时那个妩媚的眉眼，销魂地掐着嗓音说，"等你的好消息哟"，令嘉觉得头痛，一面是亲情，一面又是事业，太让人烦恼了，就想要吃东西。抬手正要去拆外卖盒的时候才发现，不知道何时被扔到了垃圾桶里，罪魁祸首却早已不见了人影。

令嘉因为心痛自己的外卖，外加良心上可能会受到的谴责，一整晚没睡好，导致第二天早上开戏，化妆师看着她一双熊猫眼，忍不住啧啧摇头。没过几日，剧组传出奇怪的言论。好一些小姑娘见着聂洋就红着小脸娇羞地跑开了，聂洋觉得莫名其妙，对着镜子摸下巴，问自己的造型师："难道我最近更帅了？"

造型师艾米是老司机了，在剧组这个无聊的地方也时不时会参与几个小姑娘的八卦新闻。早听说了聂影帝死皮赖脸半夜敲令嘉房门的事儿，第二天有人看见令嘉黑着眼圈来开戏，这……还能说明什么？

艾米听了聂洋的话，竖起了大拇指，认同道："我要是小姑娘，也喜欢你这样的。一看身体素质就好。"

聂洋满意地点头，心里美滋滋，压根没想到艾米口中的夸奖听上去似乎有那么一点奇怪。

单纯的聂洋压根没多想。一门心思地黏着令嘉，一有空就搬着自己的椅子坐到令嘉旁边，旁敲侧击地打听关于赵家禾前夫和后来的事情。令嘉嘴硬，但也架不住他如此黏糊，铆足了劲打定主意少说一些，但不知不觉总会被聂洋套出一两句话，导致令嘉心里后悔死了，每天都对赵家禾心生愧疚。

两周的拍摄一过，令嘉必须离开剧组去拍摄广告了。

一大早陈尔就到了现场来接人。去意大利之前，令嘉有一天休息时间，为了这天令嘉赶了一周的戏，楚天才舍得放人。回到阳城，刚下了飞机，令嘉就给赵家禾打了电话，约她晚上一起吃饭，令嘉决定在聂洋行动之前先找赵家禾谈一谈。她想过了，如果聂洋真的有那个意思，而赵家禾也的确单着，万一两个人真有发展可能，自己不帮忙，岂不是破坏了一段好姻缘？在令嘉看来，聂洋这个人还是没问题的，单凭人品上看，不像是坏人。

赵家禾虽然答应了见面，但没有约定时间。今日她要代表医院去疗养院看一批患者，什么时候能结束还是未知数。

两姐妹平日见面的机会本就少，令嘉这边也接到老邹的电话，立案审查已经下来了，上庭之日就在她去往国外拍摄广告的半个月之间，老邹想叫令嘉去公司聊一聊。至于聊什么，陈尔没明说，但令嘉猜到了一些，米雪跟几个公关公司达成了合作协议，关于塑造令嘉的形象。

"宣传会在官方宣布你和单丹合作之后，公司应该会利用一些舆论小范围设定你的形象。"

令嘉在保姆车里听着陈尔的汇报昏昏欲睡，广告方本就低调，在广告还没播出之前，自然不会大肆渲染。"前期公司会找人拍一些你在国外拍广告的单人画面，先放在网上。按照你现在的人气，这点新闻应该不太会被关注，我们既不转发也不发声。等到广告片播出后，再翻出来一看，又是另一回事了。你的人设就会变得低调敬业。一切都安排得很自然，到时候做一次热闹的宣传，这比长时间霸屏、鼓吹起来的人设更令人信服。"

米雪和陈尔商量了一条很好的出路。令嘉听了，心里很是满意，她表示："我没有异议。"

"这个时期，你上庭的事情就很关键了。官司赢了肯定对我们的宣传有力。如果官司输了，一切责任交给公司。"陈尔早已经打算好了，"所以，我和老邹的意思是，你不能上庭露面。"

让公司担一个尽责的虚名，老邹面子上过得去，这事做起来不亏。

令嘉小事上迷糊，关键时候却不掉链子，思前想后琢磨一番后，为了将自己的损害降到最低，决定授权陈尔代替自己出席庭审。

事情就这么定下后，陈尔电话通知方纫秋。

接到电话的方纫秋正将车子倒入在疗养院门口的停车场。陈尔在电话里将利弊都分析了一遍，询问方纫秋的态度。但显然方纫秋的心情不太好，沉着声音回应了两句匆匆把电话挂断了。大步跨入疗养院大厅，正厅的屏幕上正在播报新闻，好巧不巧是重复播出的上次《黑客帝国》开机时的新闻。主持人语速快捷，介绍了主创人员，还单独截了一小部分关于令嘉和聂洋的采访。

方纫秋抬脚的步子顿了顿，视线穿过大厅往回廊看过去。长走廊的尽头，一间被封闭了的房间里，藏着一个足以让他心惊和慌乱的人。如果可以，他希望那人永远沉睡下去，再也不要醒来。

"方先生？"来人是一个护士模样的女孩，起初见到方纫秋时眼里闪过一丝惊艳。

方纫秋点点头，视线扫过护士，抿着唇角说："带我去见见病人。"

女护士没想到那样好看的男人，说起话来如此不客气。眼里藏着的小心思瞬间被浇灭，咳嗽一声走在前方带路，公事公办地说起病人的情况："我们是在早上的时候发现病人有知觉的。当时病房里正在放着电视。"护士感受到方纫秋询问的视线，停顿了一下解释着："对于这类脑死亡的患者，我们通常会偶尔放一些声音给病人听，希望可以唤醒病人。"

没有人知道，方纫秋根本没想过那人会醒来。所以不会有人明白他接到电话通知时，有多么震惊，差一点就打碎了早餐盘。

两人停在了病房门口，但方纫秋迟迟没有抬脚向前的意思。

带路的护士并不觉得奇怪，很多病人家属在听说多年的植物人突然醒来之时也如他一般，兴奋到不相信这是真的。为了给予鼓励，她轻轻推了一把方纫秋："进去吧，病人在醒来的时候已经通过我们了解了部分情况，但毕竟事隔太久，有些事情作为亲属当面说更好一些。"

方纫秋这才有所反应，抬手推开了那扇没有关严实的门，一条门缝，他看见背对着门坐在病床上的人影。一个消瘦的、穿着病号服的男人，正紧紧盯着窗外，不知道那里有什么东西吸引了他，看得如此认真。

"0107号病人，你的家属来了。"女护士喊了一声，他才有所反应。

方纫秋感觉自己的呼吸都停滞了，他没有上前，护士却绕过病床走到他面前叮嘱了两声："病人的反应会比正常人迟缓一些，这些都是正常现象。时间留给你们，有什么事情按铃找我。"这是VIP病房，会有专属的护士管理，想来照顾0107的就是这位。

方纫秋回过神来，点点头。护士离开的同时，那人也迟缓地转过了头，好奇地看着方纫秋。那眼神和脸庞都很陌生，恍如隔世，方纫秋想起自己多年没有见过他了。虽然一直有接到医院关于病情的汇报，但面对面时，又是另一番场景。

"你是……"他显然不认得方纫秋。

方纫秋做律师久了，会习惯先看对方的眼神，确保没有撒谎后，他却不知自己为何会有松口气一般的心情。沉默半晌，才故作轻松地回答："我是方纫秋，你还有印象吗？"

对方沉默了。一张苍白的脸配上一对迷茫的眼。他刚刚刮了胡子，所以唇角四周是青色的，还有胡须水的味道。方纫秋看见他敛起眉宇，表情困难，像是在努力地回忆什么。脑子里闪过什么画面，应该是想起来了："是你啊……方纫秋。"

"是我。"方纫秋肯定道。严肃的表情很难让人看清他在想什么。

或许是在心底祈祷他失忆？但很可惜，电视剧里的情节没有发生。他想起了自己，也知道自己是谁。

"对了，我知道自己出了意外，差点死掉。但是这么多年，是你在照顾我？"不记得昏睡的这些年里发生了什么，而自己那唯一的亲人，白发苍苍的奶奶何在？

方纫秋心里极其不愿意，但知道自己不擅长撒谎。这里的护士医生每天汇报情况的对象是他，只要有心查，当然能查到。于是他点了点头，大方承认。

"是我。但也不完全是我。这些年我在国外生活，我只是花钱请了一些人来照顾你。你的亲人……"方纫秋停顿了一瞬，仿佛不愿意提及，"你奶奶在三年前去世了，很可惜，她没等到你醒来。不过老人家走得很安详，你不用担心。"

"葬礼……"

"是我安排的。"

"哦……"年轻的脸露出了笑，很平静地接受了。他应该是做了心理建设，从醒来那一刻起，他就很清楚自己经历了什么，这一段时间肯定发生了翻天覆地的变化，只是他却想不通，"为什么是你？花钱找人照顾我，还帮助我家人完成后事。你想要在我这里得到什么？"

方纫秋抿着唇角，仔细端详了那张年轻的脸，跟十年前没什么差别，因长时间躺着不见阳光，皮肤苍白，脸也比预想中稚嫩。

"我想要得到的，十年前找你谈过了。希望你还没忘记。"

对一个躺了多年的病人来说，十年前的记忆也如同昨天、前天的记忆。他用力地点头："我记得，我们之间应该是有什么约定。"

"履行你的承诺就好了。接下来的日子你好好休养，等身体没问题后，以后可能就要你自己学着照顾自己了。我不能照看你一辈子。"

"好的。谢谢你。"那人似乎很好说话。

方纫秋以为到这里就应该结束了。刚要转身走人，但对方好像还有话要说："不过……我还记得一些别的事情。"

方纫秋不明所以，抬头看他。

年轻的脸淡淡地笑了笑，因面色太白，笑起来时让人感觉到寒冷。"比如，我是谁。比如，你这么照看我是为了什么。如果我没有猜错，你一定有不得不照顾我的理由。所以，把我害成这样的人是你？"

这张有着十年前般青涩脸的男人夹带着笑意，明明是很轻的语气，但让人感觉到了压力。步步逼近，质问。

"是我。"方纫秋没有否认，表现得一派轻松。这样的他被有心人瞧见了，恐怕会指责他冷漠不近人情吧？他是方纫秋啊，天大的事情也能让他从容应对。"我会按照相关法律，假设你是个健康人，对在生病这段日子所能创造的价值，赔偿相应的额度。这笔钱，足以让你下辈子无忧虑。"

"呵，十年的年华和无法陪同家人的日子，你都能计算成金钱？"那人似乎觉得讽刺。

方纫秋昂头，攥起的拳头松开来。声音冷淡："当然不。但我相信，这世上所有的事情都有对等交换的条件。如果你觉得钱羞辱了你，你可以提出其他要求，当然我作为当事人也有权利拒绝。双方协商不行，再上法庭，用法律制裁。"一字一句，冷到骨子里。此时的方纫秋刻薄至极。

"我明白你的意思了。"空气中安静了许久，而后才听见那人无奈的声音。

方纫秋没有再说话，抬手拉开了房门，打算离去。他走得干脆，后续的事情都来不及亲自交代，侧手替病人关上了门。

没有人知道，没心没肺的方纫秋走进这间房里耗费了多少心力。他要面对的不是一个脑死亡十年之久的病人，而是一面镜子，照亮他所有的不堪，悔恨的镜子。这则消息，打得他措手不及，他还没有做好心理准备。如何正视那些曾因自私犯下的错？

第三十八章 ／ 新闻价值

　　"小秋？"刚结束通话的赵家禾没想到一会儿工夫，转头就会在走廊上撞见方纫秋，以为自己看错了，特意走近了一些才敢确定此时低垂着脑袋面对着一张紧闭房门的男人的确是方纫秋。这才唤了一声。

　　方纫秋是大忙人，能在这里遇上，赵家禾很是意外。眼尖地瞥见房门上的门牌号，却没有病人的名字。"是谁生病了吗？"

　　这里是中心医院的附属疗养院，住在这里的病人，大多是一些病情比较严重需要静养的病人。所以赵家禾的表情比较担忧，如果是方家的人，于情于理她都应该去看望一下。

　　方纫秋也没料到会这么巧合地遇上赵家禾。略略移动了脚步，高个子的他挡住了赵家禾的视线，摇头表示："一个客户的家属，我过来看看情况。"

　　赵家禾了然地点头，没有继续去看病房编号的意思。

　　"家禾姐来这边是有工作？"此时的赵家禾身上还穿着白大褂，一手拿着手机，另一只手里拿着病历本，显然是在工作状态。

赵家禾点头，有些无奈地往外走，一边道："这边今天有个病人出了点临时状况，但医院里人手不够，我正巧休息，他们便通知我过来看看。"被突然抓来加班的赵家禾有些为难，只当方纫秋是许多年前还被老杨养在家里的一分子，说起话来也很是亲密毫无顾忌，"原本还想着今天令嘉难得休息，带上球球约她一起吃个晚饭。保姆又请了假，这下不仅不行，幼儿园那边我还没办法抽空去接球球。这不刚给令嘉打了电话，她说会去接球球，可我实在心里担忧，令嘉毕竟是个公众人物，去接孩子怕会有什么意外。"

"球球在哪家幼儿园？"方纫秋原本没想和赵家禾寒暄太久，两人说着话朝着门口走，他突然停了一下，赵家禾吓了一跳，忙站定，愣怔半晌，"在苏美幼儿园，你问……"这个干什么？

不等赵家禾说完话，方纫秋已经抬脚大步往外走了："我去接她们。"

赵家禾这才反应过来，追到停车草坪上："晚上我可能会很晚，球球……"

"我们会照顾他。"

赵家禾这才点头，放心地看着方纫秋离开。等到方纫秋的车开走以后，她想起来要不要给令嘉打个电话通知一下，不料电话还未拨出去，护士急急忙忙地找来了，患者为大的赵家禾忙收了手机，掉头跑了进去。

令嘉在挂了赵家禾电话后就准备逃掉和老邹的会面了。

回到办公室门口冲陈尔扬了扬手机，此时的办公室里米雪和宣传部的人正在跟老邹汇报详细的计划书，见到令嘉招手示意，也都停了下来。为首的老邹难得关心令嘉的事情，本就对令嘉中途接电话的行为不满，现在还示意先走，脸色当然不会好看。

"令嘉你这是？"作为金牌经纪人的陈尔敏锐地感觉到了老邹的不满。起身挡住两人交会的视线，不停给令嘉使眼色。

虽然知道如今令嘉的情况，老邹不会甩脸真动怒。但体会到陈尔在中间不好做人，令嘉也发挥了自己十八般演技，示弱道："邹总，计划的事情您和两位资深人士商量了通知我照办就是。只是……实在不好意思，我那可怜的小侄儿如今没人管，我必须得去接他。"涉及家人的事情都是大事，老邹也不好说什么。再说，令嘉态度还算端正。老邹也就没有为难她，挥一挥手就让她先走了。

陈尔自然要跟着令嘉，毕竟是要出现在大街上的事情，她心里怎么可能不担心？万一被有心人士拍到，误会令嘉是未婚妈妈事小，曝光了小孩的长相就不见得是好事了。

"我知道你热心，你表姐离婚后自己一人带着小孩，你心疼她。可你也不想想这是什么事儿，那是你能出面的？"陈尔从车子往幼儿园方向开时就不停地数落令嘉冲动。

令嘉自然也想到这一层，但整个阳城，赵家禾没有其他亲人，关键时候要帮忙也就她这个表妹，自己不能坐视不管。

"你也知道我表姐在阳城没有亲人。这点小事我还不帮那哪行啊？再说，现在球球年纪小，让他一个人待在幼儿园，这对小孩的身心会造成不好的影响的。他会以为自己被抛弃了。"

赵家禾出生在家风严谨的书香门第，父母都是有名望的大学教授。研究生时期，赵家禾跟实验室的学长恋爱了，两人还未结婚时已经怀了球球，这对赵家父母来说，是一次沉重的打击。原本搁在现代社会不算大事的未婚先孕事件却在赵家看来成了败坏门第的坏事。无奈之下，赵家禾只得暂时休学和学长匆匆将婚事办了，好博得一个名正言顺的名头。岂知，赵家禾怀孕期间，发现那男人因为忍受不了赵家人强势的作风，出轨了。

一辈子都为了博得好名声的老赵家，还不得气得半死？虽然赵家禾当机立断和那渣男离了婚，但这败坏门风的责任就归咎到她身上了。

赵家禾为了让两老过个清净晚年，干脆就带着球球来了阳城投奔令嘉。这些年自己养大赵球球，也没敢打扰家里人。一直以来医院和家里两头跑，有保姆帮忙也算过得去。令嘉虽然忙，偶尔也会去家里吃顿饭，在球球这里，令嘉这个表姑姑可比爷爷奶奶都亲。

耀星娱乐出来不远就是市区地段，偏这个时间还是下班高峰期，不出一小时是没办法出城的。令嘉眼看着手机上的时间走远，而眼前堵成一排的车子丝毫没见动静。

老李知道令嘉担心，特意包抄了近路也没能赶上。到幼儿园的时候学校的大门已经关闭了，只微微留出一条缝。令嘉心道不妙，也懒得做掩饰，跳下车直奔进去。此时的幼儿园哪里有赵球球的身影啊？听见响动的工作人员从里间走了出来，看见令嘉急匆匆地找人，便告知她赵球球被一个自称是叔叔的男人接走了。

"男人？"令嘉想了半天也没想起来这个人会是谁。

"我们询问过球球是否认识，他表示认识这位叔叔我们才放行的。"老师说着，见令嘉表情不好，也不由得担心起来，"该不会是遇到坏人了吧？那个男人个子很高，穿一身西装，样子也很帅气。有点眼熟，跟个明星似的……这么一说，小姐你也很眼熟。"

令嘉听说球球被人接走了，脑子里一片混乱。这会儿哪里还在意老师是不是认出了自己。心里担忧着，急哄哄地就告辞跑上了车。

见着令嘉一人回来，陈尔也心道不妙。

"会不会是被你哥哥，或者你问问赵家禾她有什么男性朋友没？"令嘉将听到的事情转告了陈尔，自己已经掏出手机给赵家禾打了几通电话都无人接听，正急得像热锅上的蚂蚁。该不会是聂洋想要利用小朋友上位？

一想也不对啊，聂洋还在剧组……

令嘉思前想后，唯一有可能的人就是杨冠军了，拿起手机就要打电话，还没拨出去，就进来电话了。熟悉号码，没有备注名字。

方纫秋这个时间给她打电话做什么？令嘉想也未想，便挂断了。但很快，方纫秋又再次打来。

令嘉烦了，接了电话想破口大骂。

"方……"

"我现在带着孩子在你家楼下。"

"什么？"千算万算，令嘉没想到接走球球的人会是方纫秋，她提高了音量不得不以最大的恶意揣测方纫秋，"你在那里等着别动。我马上回来。"

令嘉气冲冲挂了电话，吩咐司机开车，车子刚启动她又想起别的事情来："等等，先别开车。陈尔，你们先离开，我自己回家。"

陈尔直觉令嘉那通电话蹊跷，担心有事不肯离开："我们先送你回去。你一个人我不放心。"

令嘉却执意如此："孩子找到了，就在我家楼下。"停顿了一下，她神色严肃，"我不想曝光我家里人。保姆车太显眼了。"

陈尔也跟着松了一口气，略思考一番，令嘉说得没错。"我们送你到公寓附近，你下车沿着小路走回去。"

令嘉同意。二十分钟后，令嘉戴着大墨镜出现在公寓楼下。方纫秋带着赵球球坐在车里，一大一小坐在车里谁也不搭理谁，见到令嘉的身影，赵球球心情甚好地推开车门就朝着她怀里奔去，糊了令嘉一身的冰激凌。

"表姑姑，我可想你了。你去哪里了？球球差点被坏叔叔带走。"令嘉哭笑不得，赵球球因为胖，已经满脑门的汗水，嘴里还厚颜无耻地舔着冰激凌，这怎么看都不是被坏叔叔带走的小可怜啊。

她捏了一把赵球球肥嫩的脸蛋："你知道是坏叔叔还跟着走？太笨了！"说话的同时，有意无意地扫过方纫秋。

方纫秋也走下了车，站在两人身后面无表情。严肃的样子确实不招小孩喜欢，他对赵球球倒打一耙的举动很是不满，在幼儿园接人的时候，小胖子看见自己撒丫子撒欢，还甜甜地一口一个帅叔叔，哄得方纫秋给他买了冰激凌。如今见到令嘉还会见风使舵。

赵球球可是人精，没少在自己妈妈和表姑姑聊天的时候听过方纫秋的坏话，心里可清楚令嘉不喜欢这个叔叔。当着令嘉的面就要说他坏话了。

"表姑姑，我偷偷告诉你。"赵球球还算有点良心，没当面说方纫秋的坏话，而是踮着小脚丫，伸长了手脖子去扒拉令嘉的脖子，凑到令嘉耳边偷偷地说，"我是被这个叔叔骗了。他用一根冰棍诱惑了我。"

小家伙声音虽然小，但话还是被耳尖的方纫秋听见了。

方纫秋狠瞪他一眼，实在不知道如何跟小朋友相处，干脆使坏："他妈妈说晚上可能要到很晚。今天晚上，我跟你一起照顾他。"

原本还被赵球球的同仇敌忾弄得笑呵呵的令嘉，一听方纫秋这话就怒了："我能自己照顾球球，你回去吧。"为了以防方纫秋抢孩子，令嘉宝贝似的一把将小胖子抱了起来，一时却低估了这颗球的重量，咔嚓一声闪到了老腰。

"哎哟……"

"噗。"方纫秋见令嘉这搬起石头砸自己脚的样子，没忍住冷呵出声，"你确定自己是靠谱的样子？说实话，你把自己照顾成这副鬼样子，很难说服别人会照顾好一个小孩。"方纫秋真是无时无刻不逮着机会要讽刺令嘉啊，不等令嘉有所反驳，他已经伸长手臂，强行将赵球球从令嘉怀里给抱了过来。

因闪到腰一时不能动弹的令嘉只能鼓着眼珠子用凶狠的眼神反击方纫秋，"你凭什么……"

"我知道你要说什么。难道你想给赵球球吃你那些垃圾食品？"方纫秋打断令嘉，无奈地摇了摇头，单手抱起孩子，一手去拉了令嘉一把，将她从一个奇怪的姿势摆正。

"表姑姑，妈妈说球球不能吃垃圾食品，要吃健康食品。"会见风使舵的赵球球通过眼前的局势，很快分析出，谁占据优势。顿时又倒戈向方纫秋。

见赵球球都帮腔了，方纫秋自信满满，斜睨了一眼令嘉："不能走？需要我帮忙？"

"恶霸！"令嘉没辙，只好妥协。强行让自己往前走一步，又听见咔嚓一声，紧接着又是哎哟声。方纫秋忍俊不禁，没让自己笑出声来，但放缓了脚步，站在了令嘉身后，掌心扶住了她的腰。

"哎……"

"不要啰唆，如果你不想我像抱球球这样抱你的话。"

好吧。令嘉愤愤地按了电梯。这还是令嘉这间小屋子第一次来一大一小的客人，令嘉随行惯了，家里什么都没准备齐全，站在门口找拖鞋找了半天，也没找到合适小孩的，后来干脆一狠心，直接将唯一的女士拖鞋让小朋友穿了，拖着个大拖鞋的赵球球虽然看起来笨拙，但行动自如，一进屋就自动自发地找到了电视机遥控器，熟练地翻出了自己想看……哎，最近大热门的仙侠剧。

站在一旁的令嘉傻了眼，看看方纫秋踩在地板上光着脚，再看看赵球球摆出一脸深沉入迷电视剧的小模样，感觉不是自己疯了就是……傻了？

方纫秋见令嘉半天没动，以为她腰还没缓和，不由分说地一弯腰就直接将令嘉打横抱了起来。

来不及反应的令嘉腾空而起，尖叫了一声，成功引来现场唯一观众赵球球的欢呼声，小家伙突然兴奋了似的，看看电视画面里男女主大红袍子，女主被男主抱进洞房的画面，拍着手跳起来："洞房洞房洞房……"

成年老司机的令嘉和方纫秋都愣住了，尤其是方纫秋作为一个男人，端着令嘉双腿的手顿时松开，猝不及防地给了令嘉一个狗吃屎的姿势。啪的一下，令嘉被扔在地上了。方纫秋也是一脸蒙，他没想真扔……只是一松手就……

"方纫秋，你是不是想谋杀我！"令嘉杀了方纫秋的心都有了。

"没。我不是故意的。"这是实话，方纫秋自己都没发觉到，他的耳根红了。但为了掩饰自己一颗严肃外表下骚动的内心，他不得不装作没看见，直接抬腿绕过地上的令嘉，逃到了厨房。

"该死的。方纫秋，就算你谋杀我，杨家也没有你的财产可分，你别白费心机了。"好不容易从地上爬起来的令嘉，终于扶着沙发找了位置坐。心里仍然不痛快，扭头看见厨房里的方纫秋已经打开冰箱在找事情做，压根没搭理自己的意思，她自觉无趣，骂骂咧咧了两句后也就没有再开腔。

令嘉的厨房里实在没什么算得上可口的食物。

方纫秋叹着气，却还是利用最后的食材做了一顿看似丰富健康的晚餐。香味从厨房传出来时，令嘉收起了内心对方纫秋的诅咒。

沙发上的一大一小就像是等着喂食的动物，方纫秋端什么出来，视线便跟随着移动一次。两人齐同步地吞咽口水，方纫秋每每看了，脸上掩饰不住的嫌弃。

"方纫秋，你什么时候学的厨艺？"要知道在令嘉记忆里，这家伙可是衣来伸手饭来张口的大少爷性格啊，在杨家住的那段时间，什么时候轮到他动手做事了？就算每回令嘉被老杨压榨，他也没舍得动方纫秋一根汗毛啊。

方纫秋将最后一个菜端上了桌，动作娴熟地解开了围裙，脸上有一些自得："我在国外那几年……"话没说完，已经意识到不能再说下去了。

令嘉也愣了愣，没等到方纫秋的下文。

"迫于形势学会了自己照顾自己。"

那些年在国外，老方家为惩罚方纫秋有一段时间中断了对他的经济支持，而这期间他是和安珂走过来的，学会做菜其实也不算大事。令嘉撇撇嘴，她心里不在意。

但方纫秋却有意无意地拿眼睛关注她。

看见令嘉不在意的表情，也不知道是难过还是怎么的。方纫秋没有继续这个话题，突然放下碗筷走到窗边。

"你要干吗？"令嘉觉得奇怪。转头就看见方纫秋将窗帘严密地拉上了。

"我听说最近的狗仔很厉害，你在家里从来不关窗户的？"

令嘉好似总要跟方纫秋对着干，走过来刷的一下再拉开了窗户，自嘲道："我没什么新闻价值，没人会花这多工夫跟我。"

"……"

"方纫秋吃饭，吃完你把这里收拾完了就离开。"令嘉回到桌子上，端起米饭，给球球夹了一块蔬菜后才埋头吃起来。

方纫秋见她吃得很香，也就没有再说什么。

然而此时的另一栋大楼里，两个驾着摄像机和相机的男人，将镜头正对着这三人，其中一个叼着烟的从瞌睡中醒来，紧紧盯着镜头，忽然高兴得一拍大腿。

"跟了这么长时间，总算让我拍到点有意思的了。"

"给我看看。"年轻一点的那个人抢了镜头过去看，画面里不算特别清晰，尤其男人只能看得见个轮廓，女人还是分得清楚是令嘉的。年轻人也兴奋了，"这令嘉也太无聊了点儿，咱蹲守快一个月了，她不是工作就是死宅在家里吃零食看电视，也没发生点惊天动地的新闻。今天这个算是家庭聚餐？"

"嘿嘿，不如就叫：一家三口恩爱用餐好了？"

"这不是令嘉的私生子吧？这男人也不露个脸。"

"你觉不觉得，这很有被抛弃的丈夫带着小孩上门的戏码？"

"像！"另一个人狂点头，两人找到新闻点整个人都兴奋了。

而此时，镜头里的三人丝毫没觉察到，自己已经是视频里的主人公。

吃过晚饭，令嘉满嘴油乎乎地带着赵球球继续看电视。时不时伸长脖子，观察下在厨房里忙碌的方纫秋。

"表姑姑，你是不是喜欢坏叔叔啊？"正在啃苹果的令嘉差点咬到舌头，扭过头来捏了一把球球肥嫩的脸蛋，"小家伙不要说让人误会的话。"

赵球球挣开令嘉的魔爪，小短手摸了摸自己脸蛋，小精明样："不喜欢那你盯着人家看？"

小家伙没收声，这话正巧被走出厨房的方纫秋听见。方纫秋低头抿唇角，假装没听见。

"方纫秋，收起你的偷笑。你有什么好娇羞的？我盯着你看，是在思考怎么把你弄走。"这会儿看窗外天色已经漆黑，令嘉不做他想，估摸着赵家禾今天没办法过来接球球了。

明天一大早令嘉就要去意大利，小朋友只能交给陈尔看一会儿。

已经完全将自己的整个计划在脑子里做了构思，唯独面对方纫秋犯了难，看方纫秋这架势肯定是要死皮赖脸待着了。

方纫秋脸皮的确够厚，擦净手后，压根没将令嘉的话放在心上，自动自发地在沙发上坐下，居高临下地看坐在地板上的一大一小，沉默着，客厅里突然变得安静，只听得见电视机发出的声音。

就这样安静了约莫十分钟，令嘉终于沉不住气哗地一下站起来，"方……"

"球球，已经十点了。你应该睡觉了。"方纫秋打断令嘉，起身一把将球球抱起。走出两步后，走到卫生间门口，问令嘉："我去帮球球洗一洗，你自己也去洗漱一下准备睡觉吧。"说完他已经进了大卫生间。令嘉跟了两步，追到门口看见方纫秋熟练地打开了花洒，用小木桶装了温水。

"新毛巾在哪里？"

令嘉傻了吧唧的，指了指洗漱台下的柜子。方纫秋做完一切，手肘处的衣袖已经湿了大半，但还是用毛巾将球球整个身体包起来端在手里。令嘉堵在洗手间门口不让他往外走："方纫秋，我没时间跟你耗。"

方纫秋环抱着光溜溜的球球，神色一暗，微微抬手示意令嘉："你确定这个时候要跟我谈这些？"他怀中的球球已经睡眼惺忪，打起了哈欠了："表姑姑，球球好困。"奶声奶气的，令嘉当即心软，不忍地看着球球，让开了道。

方纫秋将球球安顿到了主卧，动作轻柔地放上了床，又盖好了被子，球球因为换了陌生地方不安分地蹬着小腿，方纫秋为安抚他侧身在他额头上亲了亲，又轻声说了什么，球球这才乖乖闭上了眼睛。

令嘉站在一旁完全没机会插手，看着两人的互动傻了眼。她是一个对小孩完全束手无策的人，但没想到方纫秋这么有经验。

两人到了客厅，为避免说话声音过大，令嘉刻意压低了声音："球球这边接下来我会照料，你可以走了。"鉴于方纫秋今晚的表现，令嘉没有对他再说重话。

方纫秋今日不知道为何，性情大转变，没有横眉冷对着威胁她，他叹了一口气顺势弯腰拿起一个抱枕："我在这里守着，你早点休息。"

令嘉没动，方纫秋接着道："你白天要坐整天的飞机，小孩子通常半夜会吵闹，会影响你休息。我保证，只待在客厅。"知道她要拒绝，所以换了另一种方式，他知道这种方式会让令嘉心软。

令嘉的性格吃软不吃硬，他就早深谙此道，但从来都只会在有所求时才会这样温柔地说话。

"方纫秋，你是不是遇到什么事儿了？"令嘉怀疑地看着方纫秋，忍不住要抬手去摸他的额头，但手伸到半空中就停下了，"脑子抽了？"令嘉看着自己尴尬的手，再看看方纫秋没有表情但感觉柔和的脸，左手用力抽了一记右手背，"随便你。"

说完她转身去了客房，为了表达自己的不满，令嘉将房门用力地关上，发出了咣当的响声。

令嘉在客房的洗手间里胡乱地洗漱了一番，做完一切后和没事人一样躺在床上来回翻动，显然客厅里没有发出响动，不会打扰到她，但就是睡不着。一股脑地从床上弹起，令嘉决定去客厅的冰箱找一张面膜敷上，此时的客厅里灯管调成了安睡状态，灯光昏暗，只有沙发一角影影绰绰地露出一丝光亮，方纫秋端坐在沙发上，双手托着头，不知道在想什么。听见令嘉翻动冰箱发出的响声，回过头来看见令嘉带着发带将整张脸露出来，一张干净的脸上有一丝尴尬。

方纫秋没说什么，令嘉撇撇嘴拿着面膜再次回到了房间。敷上面膜后的令嘉依然无法安睡，再次给自己找了借口，去厨房倒水喝。

路过客厅的时候，拿眼角不停地瞟方纫秋。他依然没有反应，听见响动时回过头来看了两眼。令嘉立马收回视线，假装没有在看他。

令嘉觉得纳闷，不知道方纫秋到底要做什么。正神游着，身后突然有一丝热气环绕，令嘉忙回神，一双手拦住了她的肩膀，方纫秋的声音从耳后传来，一只手已经接过了她拿着的水壶："水溢出来了。"

令嘉这才从惊恐中回过神，忙松开手后退一步。方纫秋就站在她身后，像是一堵墙，她整个人撞上他的胸膛，这个姿势看上去就像是方纫秋在背后拥抱她。令嘉蹙眉，手肘一抬，落了空，没有碰到预想中的阻碍。方纫秋早她一步倒退，没有让令嘉找到动手的机会。

"老狐狸。"令嘉在心里冷哼了一声。自己的发难落了空，令嘉有点失望，咕噜咕噜灌了水之后还想再来一杯，抬手却被方纫秋拦住了，"这么晚了喝水对身体不好。"

"放手。"令嘉怒瞪他。

方纫秋抬手看了看那昂贵的手表说："很晚了。"语气有些无奈。

令嘉愣了愣，方纫秋何时变成这样了？她挑眉与他对视一番，却没发现方纫秋有什么讯息，令嘉觉得无趣，讪讪地撇嘴："多管闲事。"推开他往外走。方纫秋腿长，大步一跨就拉住了她的手，捏在手心里，却什么也不说。

令嘉挣了挣，怒气冲冲地对上方纫秋一双清明的眼。原本心里还有一肚子的火，但看方纫秋这副样子顿时不知道如何是好。

她就是太容易心软了。

客厅里挂在墙壁上的复古大钟发出了整点到站声，令嘉回过神，想要说什么，却忽然听见主卧里传来一阵哭声。球球不知道什么时候醒了，身上穿着的令嘉的睡衣 T 恤被他踩了一半在地上，小可怜样哭唧唧地揉着眼睛喊："表姑姑，呜呜呜，球球害怕，有大猫。"

在客厅里的两人看见这副模样，松开手。方纫秋先令嘉一步抱起了球球，轻声哄着："球球做噩梦了？"

胖脑袋和短手一起动："嗯嗯。有可怕的大猫。球球怕，姑姑陪球球睡。"

令嘉觉得头痛，拉了拉那双肉乎乎的手："球球是小男子汉，都上幼儿园了，怎么还能怕大猫呢？"

"呜呜，球球就是怕……"赵球球听了令嘉的话心情更不好了，感觉自己是爹不疼娘不爱的小可怜。方纫秋脾气好，忙拍着小家伙的背，还半指责地瞥了令嘉一眼："表姑姑和叔叔都陪着你，你放心睡。"

说完他便再次将球球放在了床上，并给令嘉使眼色让她附和自己。

令嘉不动，方纫秋就看一眼球球，球球立马哭唧唧的一张脸，捶着小胸口："姑姑不疼爱球球了。球球好难过，好伤心。"

我靠，戏精啊简直是。令嘉冲天翻了翻白眼，头疼得揉着脑门，无奈道："好吧。我等你睡着了再走。"

赵球球是个上道的，马上用小胖手抓住了令嘉一根手指头，另一边也抓住了方纫秋的手指头。令嘉好像突然明白了什么，斜睨方纫秋，对方冲自己眨眼，露出一张笑脸。

"令嘉，既然是球球的要求，不如你先在这里睡，我就站在这里守着你们。"他指了指球球躺着的另一边，还很空的位置。果然，方纫秋话一落，球球立马像只小虫子一样扭动着身体挪出更多的空位给令嘉。

"我……"令嘉感觉自己被算计了。但看球球那殷切的目光。只能在心里把方纫秋骂了一遍，无奈地和衣躺在球球的侧面，拍着他的小胸膛，"你给我乖乖睡觉，再闹幺蛾子我就把你关在门外。"

球球达到目的，一改方才的愁眉苦脸，喜滋滋地点头："嗯嗯嗯。球球乖。"又摇晃了两下拉着方纫秋的手，"叔叔也躺下，在球球这边。"

方纫秋当然乐意之至，但看令嘉，她连眼皮都懒得睁开，没有精神再跟这一大一小演宫心计了，干脆眼不见为净地闭上。

仿佛受到鼓励的方纫秋也学着她，侧身和衣躺在球球一旁。一大一小的人对视一眼，偷偷摸摸地抬起手击了一掌。

神经病。令嘉虽然没看见，但心里明镜似的。只能在心里骂一骂，明天再说吧，这一天她实在太折腾了，困得不行。迷糊间令嘉真的睡沉了下去。半梦半醒间听见有人小声对话的声音，令嘉很想睁开眼睛去看，但努力尝试了两次也没能睁开，索性就算了，过了一会儿，感觉床侧另一边没有人，一双手温柔地在自己脑袋上摆弄着什么，箍在头上的发带被人取了下来，感觉舒服了很多，这一觉，令嘉没有再醒来。

令嘉是被敲门声吵醒的。

睡眼蒙胧的令嘉从床上坐起来，手上却没有摸到任何多余的人。仿佛做了一场梦的令嘉突然惊醒，从床上跳下，房间里和客厅里都没有方纫秋和赵球球的身影。客厅的矮柜上留了字条，是方纫秋的字迹，她一眼就能认出来。

"我带着球球，你放心出行。等你回来，我有话要说。"

令嘉拿着纸条半天没缓过劲来，眉头深锁，方纫秋有话要跟她说，是要说什么？这一整晚反常的方纫秋都让令嘉心里很不是滋味。

好像有什么事情发生了变化，但方纫秋是闷葫芦，除非他自己愿意，否则是撬不开嘴的。

　　飞机落地马尔彭萨机场时已经是午夜，令嘉这次工作，随行之人只有助理小喜。由于飞机晚点，从机场走出来时，周围也没什么人。在这异国他乡，也不至于会遇上粉丝，令嘉也就连墨镜也懒得戴了。

　　金主派来接人的翻译是在米兰工作的华侨，她为中介公司接过不少前来米兰参加大秀的明星，心里多少对令嘉有了自定的印象，本以为会见到一个摞满了箱子的行李车、戴墨镜的女人趾高气扬地走来。却不料，自动门一开，她只看见一个素颜女人。令嘉穿着普通的T恤和破洞牛仔裤，一只手推着行李箱，另一只手还拎着两个看起来很沉的背包，大步流星地穿过同航班的其他人。

　　临近米兰一年一度的时装周，来米兰的明星不少，哪怕是国内来的在国外没什么知名度的明星，也总会带上自己的摄影团队拍一些街拍照。令嘉这样的，周菁还是第一次见到。

　　隔着一段距离她都能感受到令嘉那强有力的手臂上，肌肉线条有多结实。周菁吞咽了口水，看了眼令嘉身后手里提着食物、眼神谨慎盯着令嘉背影的助理小喜，短腿小喜屁颠颠跟在令嘉身后。

显然令嘉没注意到站在接机人群里发愣的周菁。等到周菁反应过来追上去时，令嘉和小喜在机场大厅里已经转了一圈，没找到人，于是自己走到了机场大厅门口。

沿街边，小喜惊喜地发现了手推车，正打算推来，令嘉挥了挥手，没有松开手里握着的两个背包。

"车子应该已经到了，你给他们打个电话告诉他们我们的位置。"

小喜弯腰从令嘉手中的背包里掏出手机，周菁的电话刚响，捏着手机寻到两人追了来。她没想到令嘉的步伐如此之快，一点儿也不像个普通的女明星。

"嗨，请问是令嘉小姐吗？"周菁比令嘉矮，踮着脚在背后询问道。

令嘉猛地一个转身差点儿撞上，但好在她动作快速，及时收了手。

"周小姐？"令嘉询问。

周菁当即点了点头，伸手就要去帮忙接令嘉手上的两个背包。令嘉也没多想，下意识就松了手。周菁没想到这两个包如此沉重，没有准备的她单手接过，差点儿一个趔趄，连忙用到另一只手，这才站稳。周菁倒吸了一口气，尴尬得只好对令嘉露出一张看似毫无波澜的笑脸。

"令嘉小姐你只带了一只箱子吗？"

令嘉不失礼貌地笑了笑，"嗯。我的箱子我自己拿，我助理的背包有点儿沉，麻烦周小姐了。"

周菁偷偷瞥了眼小喜，脸露狐疑。忙摇头，"不辛苦。车停在停车场。可能要麻烦两位移步随我来。"

对于女明星来说，令嘉的东西不多，可以说是相当精简了。尤其是到米兰这般的时尚大之都，多少明星把这里当成秀场，上午一套正装，下午一套出街服，晚上一套晚礼服。

只是周菁不明白，一个大明星还要帮助理提东西？

上了车，小喜照例坐在最后。周菁和司机并排坐在副驾驶上，司机是当地人，显然听不懂周菁和令嘉讲了什么。他自然也没想到令嘉会懂些许意大利语，车子行驶在路上，忽然他低头碎碎念了一句话，是一句还算文明的，骂人的话。

周菁无奈地附和，回了一句意大利语，示意他小心说话不要得罪客人。

两人都以为令嘉没听懂，却不想令嘉拍了拍周菁的肩膀："让司机把空调关了，开一下窗户吧。"

周菁微微蹙着眉，视线也尴尬地扫到了令嘉身后的小喜。小喜虽然看上去甚是健壮，但身体却不算太好。长时间的飞行，一路睡过来，也没吃东西，让她有点儿犯低血糖。过了海关后，令嘉见机场里有卖一些小吃食，便让她去买了点，车上吃，又担心小喜会晕倒，顺手帮她提了包。

浓烈的芝士味道在车子封闭的空间里，确实不太好闻。那司机自然不敢甩脸色，也就嘀咕了一句。

周菁惊讶令嘉还懂一些意大利语，低声道了歉："对不起……"

"没关系。小喜低血糖，这一路没吃东西，身体有点不舒服，到酒店会好一些。"

周菁这才回头再次看了一眼小喜。小喜也露出了抱歉的眼神，小心翼翼地将手中的食物包裹起来，不敢再吃上一口。

"谢谢。"周菁也不多废话，转头用意大利语告诉司机小喜身体不适。那司机也略显抱歉地微微一笑。

到酒店办理了入住，周菁跟随工作人员带两人去了酒店别墅。安顿好之后，令嘉送周菁到门口，突然想起来问她："对了，广告会议是明日开。单小姐也是今日到的米兰？"

"单小姐因为私人行程，昨日便到了米兰，就住在您隔壁的那栋房子。"

"好的，谢谢你。"令嘉没多言，送周菁离开以后便独自回到了这栋小别墅里。这次的广告，也算托了单丹这位顶级女星的福，广告方出手很阔绰，别墅一共有两层楼，游泳池和厨房一应俱全。小喜率先去厨房里转了一圈，就连咖啡豆都是顶级的。

小喜吃饱了身体舒服了一些，见令嘉在房间里转来转去，摸起抱枕下的手机给远在阳城的陈尔报平安。

"陈姐，一切正常。"

收到短信的陈尔满意地点了点头，由于时差，这个时间的阳城还是大白天。而陈尔破天荒地接到了杨冠军的第二次约会请求。此时她正如坐针毡地在包间里，等着杨冠军到来。在那之前，她特意吩咐了小喜等令嘉睡着以后，偷偷把闹钟调到早上六点。根据她的调查了解，单丹每天早上跑步运动是雷打不动的固定项目。指望令嘉去套近乎可能是没什么用了，这重任自然也就落在小喜头上。

一整天的舟车劳顿，令嘉疲乏不已，洗完澡敷了面膜打算睡个美美的觉。

岂料，令嘉刚躺下没多久，房间里的闹钟便疯了似的响了起来，气得令嘉直抓头发，迷迷糊糊地找了一圈，也没找到闹钟。令嘉总算是彻底清醒了，顶着一头鸡窝阴森森地打算找小喜算账。有先见之明的小喜早在昨晚就准备好了她早上要穿的运动服，大门紧闭，誓死不开门。

"好你个小喜，看姑奶奶我精神了怎么收拾你！"小喜贴着门听见令嘉咬牙切齿的声音，一阵瑟瑟发抖。

令嘉发起怒来可不像别家女明星那样，阴阳怪气地指桑骂槐。真得罪了她可是要吃皮肉之苦的……虽然至今小喜也没尝过这味道，但看令嘉平日里那暴躁样，她是定然不敢试一试的。

虽然不争气的令嘉对扰了自己清梦的小喜表示很不满，但为避免那恼人的噪音，她还是识时务选择了换运动服去酒店休闲区偶遇单丹。

令嘉的运动细胞不差，早些年做运动员时期的根基一直都在，身体素质倍棒，走起路来健步如飞，更何况是跑步了。一好端端的慢跑都让她风风火火地变成了比赛。连绕着人工花园跑了两圈，她也没遇上单丹。

用毛巾擦着脸的令嘉就琢磨着，自己怎么如此听话地就当真在这里假装偶遇单丹了呢？

"真没个性。"令嘉狠狠地吐槽了一番自己。打定主意，她最后干脆找了个隐秘的地方，坐在地上打瞌睡。

老远，单丹就透过雾蒙蒙的天，看见令嘉蹲在地上东摇西晃地点着脑袋。原本以为有人发生意外事件的单丹小跑上前。

令嘉呼吸均匀，睡得还挺香。

单丹微微一愣，盯着令嘉看了一会儿，才笑着摇了摇头。抬脚想走，但又犹豫一阵倒回来，拍了拍她的肩膀。

"令嘉，令嘉。你别在这里睡觉啊，会感冒的。"

令嘉在睡梦中感受到来自外界的干扰，猛地一个点头，忽然睁开眼看见眼前一双鞋尖，晃晃地站起来，看见眼前的单丹，吓了一大跳。

"单……老师。您怎么在这里？"

单丹无奈地皱眉："应该是我问你才对。你也来运动？"

令嘉精神劲不错，瞬间清醒过来，抹了一把下巴，庆幸自己没有流口水："我已经跑完两圈了，觉得有点累，就在这里休息一会儿。"

单丹也没有追究话里的真伪，只是向前慢慢踱着步子。令嘉跟在一旁。

"你昨天应该很晚才到，没睡好吧？"

令嘉深有同感地点头："也就睡了三四个小时吧。跑一下，呼吸了两口大米兰的空气，倒是清醒了不少。"

单丹已经慢跑结束，找了个地方做拉伸运动。令嘉也跟着照做，毕竟前辈都这般致力于塑形健身。出于私心，令嘉对单丹也是欣赏的。

"你常运动？"拉伸运动过半，令嘉大气不喘一下。单丹放缓了动作，挑眉看她。

女人之间建立友谊说来也挺简单的，拥有相同的爱好或习惯，又彼此欣赏，是相当容易的。在单丹看来，令嘉很擅长此道，但不令人讨厌。

令嘉正压着腿，她是个实诚的孩子。单丹没开口的时候，她不会主动搭话。

单丹问一句，她会答一句。

"我从小练体育，后来出了点儿事才没继续下去。"

单丹点头："对了，我差点儿忘记了。你是杨老先生的女儿。"

令嘉微微一愣，从两腿之间抬起脑袋来站直了身体，意外地看向单丹："您怎么会知道？"

单丹微微一笑："我跟你父亲在几年前见过一面。"她停下了手中的动作，转身朝别墅的方向走去。穿过人造公园，令嘉正想告辞单丹忽然回头，邀请她："进去聊聊？"

令嘉想了想，点头同意了。

进了院子，房门被人从里面推开了。推门走来一个年纪稍长的中年女人。女人戴着黑框眼镜，一派严肃的样子，伸手接过了单丹手中的毛巾，递了一瓶拧开口的矿泉水给她。单丹走到洗手间对着镜子冲洗了脸，再出来时，那人又递了一张撕开的面膜给她，她就是单丹的经纪人Meryy。单丹敷上了面膜，瞥了一眼令嘉。

"你要来一张吗？"

令嘉想到自己满脸的汗渍，正打算摇头，单丹已经翘着兰花指拉开了冰箱，最外面一层摆满了各种各样的面膜。

"对我们这样的女明星，面膜就是命。刚跑完步，脸上缺水，你也补一补。"

令嘉道了一声谢。早餐前十分钟，两个女人摊在沙发上半仰着脑袋靠在椅背上，此时窗外太阳刚刚升起，阳光透过落地窗落进来，Merry将窗帘拉开，一窗之隔外有一个露天凉亭，还有一张餐桌，已经陆续走来了几个穿制服的服务生，手里都端着食物。

Merry 敲了敲窗户，提醒两人："早餐准备好了。"

单丹邀请了令嘉一同进早餐。

早餐准备得很丰盛，从西式茶点到中式靓汤，有许多的选择。令嘉暗自咂舌，没想到居然还有比她能吃的女明星。

单丹用指腹弹了几下敷着面膜的脸，随后将废弃的面膜撕下来扔进了垃圾桶。见令嘉始终盯着那满桌子的食物，她淡笑着解释："他们应该是听说我在香江住的时间比较久，怕我不习惯吧。"

令嘉了解地点头，这些靓汤和早点的确很像是香江那边的早餐标配。

单丹吹着热汤，浅抿了一口，见令嘉手拿着早点，吃东西的速度不减，忽然提醒道："工作人员会在十点之前来接我们去定妆，我们还有一些时间。"

令嘉这才注意到自己的动作迅雷不及掩耳，她这人性子急，吃东西也比其他人动作流畅。速度是快一些，但动作也不难看，只是比起单丹这般格外注意仪态的人来说，显得格格不入。

令嘉放缓了速度，两人都没什么话聊，四周很安静，只听得见刀叉碰撞的声音。

早餐过半，单丹才似想起什么来一般，跟令嘉有一搭没一搭地聊天。

"剧本收到了吗？"单丹说的是这次广告拍摄的剧本。其实他们这次前来米兰除了要在米兰取景之外，还会拍摄几组时尚大片作为广告片。有了单丹的加盟，令嘉丝毫不担心会出现在哪一家杂志上。

"收到了，我很喜欢。"令嘉这次的确是撞大运了。她饰演的是一位初出茅庐的调香师，执着地迷恋着香气；单丹饰演她自己，举世闻名的巨星。调香师为大明星调配属于她的香味，在试香的过程中，两人成为无话不谈的好姐妹。自卑的调香师为了能与大明星并肩作战，踏上了聚光灯之路，后来两人却在事业上成为了竞争对手，斗得两败俱伤，香水梦破灭，最后结尾，单丹卫冕成王，而令嘉饰演的角色变成了美艳无双的女明星，紧跟其后。红毯阶梯上，拥有同一款香水的两人一前一后，没有停止地追逐。整个广告片长十分钟，两个人分饰的角色都各有千秋，比重分庭。剧本没有明确说出广告中这两人的关系，但字里行间，令嘉也看出了那一丝丝女女之间的暧昧感。

广告策划人很会抓点。的确，有时候两个漂亮的女人站在一起，比金童玉女还养眼。令嘉很喜欢这个角色，哪怕最后播出时自己只占最多一分钟的剧情，她也觉得很满足，只是不知道拍摄时是否会有点难为情。

显然单丹没有令嘉这般烦恼，她若有所思地说道："我们第一次合作，期间需要磨合一段时间，但我希望这时间不要太久。"

令嘉听出单丹的意思了，她在提醒自己不要砸场子，更加不要耽误她的时间。

站在一旁的 Merry 也插话道："这次广告分成两部分完成，一部分在米兰，另一部分在香江，广告拍摄结束以后，杂志大片也会在米兰拍摄完毕。我们在米兰的时间最多十天。我订了十天后回香江的机票。"这话，是对令嘉说的。

令嘉见 Merry 那严肃的表情，瞬间觉得压力巨大。但还是硬着头皮点头："单老师您放心，我不会耽误工作的。"

单丹抿了抿唇角，自觉方才的话给人压力了，手掌轻拍了拍令嘉的手背："别紧张，我相信你的能力。当然，如果你不行，无论你是谁的女儿，有什么背景，我都不会给情面。"

令嘉瞪大了眼，有一些诧异单丹话里的意思。

"怎么？你在想我怎么会知道你父亲是谁？"

令嘉点头，不明所以。

单丹笑出了声音："我跟你父亲在十几年前就见过，那时候你才十岁。你不用觉得意外，如果你知道我先生叫方炎亭，应该知道是什么原因。"

方炎亭？天哪，方纫秋那个最小的叔叔。

令嘉张了张嘴，她是做梦都没想到单丹居然在香江结婚了，而结婚对象居然是方纫秋的叔叔！关于结婚的事情，媒体没有透露半点风声。尽管外界多次揣测，却始终没有实锤，大家也就当捕风捉影的无聊八卦看看而已了。令嘉咂吧了两下嘴巴，不是很明白："您为什么……"

"放心吧。我不担心你会走漏风声，其实在我这个年纪，结婚的新闻不再是什么惊天大秘密。我只是不想刻意去提及。"

"这……这个消息太震惊了。我需要消化一下。"

单丹没有觉得有令嘉拍胸脯的样子什么不对。她安静地听令嘉呼吸了几声。Merry 毕竟是经纪人，关于单丹的事情比她本人还紧张，虽然单丹没说什么，但 Merry 还是想交代几声："虽然我们不觉得这是大新闻，但令嘉小姐面对媒体时说话还是要注意保密。"

"Merry 姐放心，我坚决封住自己的嘴，就算别人威逼利诱我也不会透露半点风声。"

Merry 见令嘉做了一个封口的动作，这才缓和着表情。她见两人早餐吃得差不多了，拿了 ipad 来，翻出工作日程，对单丹汇报工作："《Dream》的总编五天后抵达米兰，我约了晚饭。广告拍摄完毕之后，就是时装周，看来这次，大约是要热闹一番了。"

令嘉听两人的对话，也惊觉，这次广告拍摄的目的地选在米兰，居然正巧撞上时装周的日子。

"所以，这次我们的广告片会在《Dream》上刊登？"令嘉手上无聊地切着面包片，没放进嘴里，就是切着好玩。

令嘉有一双细长的手，很容易吸引人的注意力。就连单丹也不例外，视线扫过她涂着红色指甲油的手，微抿起唇角点头："怎么样？有没有兴趣跟我一起上封面？"

单丹说了一件吓人的事儿，惊得令嘉手中的叉子落在餐盘上，发出了哐当的声音，引来了单丹一个大大的白眼。令嘉见单丹这表情知道自己丢人了，忙扯着嘴角镇定地赔笑："不是逗我玩的？"

单丹从喉咙里哼出一丝气："我有那闲情？"

令嘉想来也是。单丹是何等人物，哪用得着跟自己虚情假意？但这消息一时半会儿令嘉也消化不了，吞咽了几下口水，又不想显得自己多没见过市面，硬撑着挺了挺腰杆，似要摆出一副自己没猴急的模样，一本正经地装模作样起来。

《Dream》杂志在时尚圈的地位无须多言，谁听了都是竖大拇指的。上内刊的四封之一就算你是小花级别了，哪怕在娱乐圈没奠基地位，起码在时尚圈是圈了不少知名度的。单丹也是多年不上杂志封面，如今可是距离几年前以一挑十后的头一遭。单丹是什么人？她可是凌驾四大花旦之上的独一人，以她的战绩，算得上国内女明星第一人了。但显然，还不够。从她肯在结婚后依然坚持两年一部作品，且每部作品都制作精良来看，她也不会就止步于嫁入豪门的。总而言之，单丹的地位不可撼动，也不会过时。她就是神话。娱乐圈的神话不多，扳起手指头来数一数，也就十来个。但单丹必定会是其中之一。

以往单丹上杂志，那都是独一无二的单人封面，从她走红以来，没有开过先例。令嘉还是不敢相信，单丹肯为自己开先河。

"《Dream》这些年一直在寻找气质不错的女星加入时尚圈。这次，也算是帮白羽的忙，我们俩多年关系。"单丹不等令嘉说话，自是猜到分毫她的心思，不慌不忙地解释了一番。她肯带着令嘉，不是要捧令嘉，不过是要帮白羽一个忙罢了。

"这意思是，您觉得我气质还不错？"

单丹没见过令嘉这般厚脸皮的，当即愣了愣。细想一下，她好像说的也没错，努着嘴勉勉强强算是承认："觉得你行不行不是我说了算，白羽还是要看过样片以后再做决定的。"

言下之意是要看令嘉在这次拍摄中的表现了。机会当前，令嘉就没打算错过，忙点头附和："是，肯定要看样片的。单老师，您如此提携后辈，我就算是丢了饭碗也不能让您丢脸啊。您说是吧？"

见令嘉那嬉皮笑脸的姿态，单丹算是有点了解令嘉了。她倒不讨厌，无意地冷哼一声，说道："别高兴得太早。广告拍摄要是不顺利的话，我照样撤掉你。"

令嘉经过和单丹的"交心"，自来熟地抬手捶了两下自己的胸口，"单老师，您等着我好好表现啊。"

单丹白了她一眼，敲了敲桌面问她吃饱了没有，吃饱了就滚回自己的房间去，她这里可容不下迟到的小主子。

令嘉得令，一溜烟地跑回去准备。

第
四
十
二
章 ／ 广
告
花
絮

　　令嘉回到酒店第一件事是打电话吵醒了在睡梦中的陈尔。此时的国
内正是下午时分，陈尔因为暂时甩掉令嘉这个麻烦精，又在昨夜经历了
和杨冠军痛苦的第二次约会，身心俱疲，特意选择在下午补眠，哪知，
刚换好睡衣躺下，越洋电话就打来扰人清梦。

　　"这个时间你应该在准备广告拍摄的事情，突然给我打电话一定没
好事……"

　　捏着电话整个人蹲在沙发上扮猴子的令嘉有些气急败坏："你怎么
就不盼我好？"

　　此时的她脸部潮红，不了解情况的小喜还以为她刚刚在哪处遇到了
白马王子害羞呢。陈尔没见令嘉这般沉不住气过，想来是真有事了："说
吧。什么情况？"

　　令嘉沉吟半晌，还是决定第一时间跟陈尔汇报单丹的邀请。陈尔耐
着性子听了令嘉的话，不愧为金牌经纪人，脑子转动快，不过说话的工
夫就把情况了解清楚了。

"她既然能跟你这么说，那你同她一起上封面的事情八九不离十。只是单丹这人傲，定然不会让你轻易过关。你还是要上点心。"比起令嘉来，陈尔心里才是翻江倒海般欣喜，但她作为经纪人，知道在这个光怪陆离的圈子里，什么机会都有可能，这点小事不足以让他们开心成这样。所以说话间，陈尔已经很快调整了心态，飞快地做了下一步的决定。

"这期间好好表现。白羽这个人，我也是了解一点的，她的喜好说来也不复杂，我有预感，她会参考单丹的意见，所以在这件事上单丹才是关键。"陈尔停顿了一下，忽然想到某件头痛的事情，"两人同时上封面，必定是要争奇斗艳的，以你现在的知名度，如何也不是单丹的对手。以往，双人的封面也多是一男一女搭配，最终出现你们两人的片子，怕是要引起一番舆论。"而令嘉必定是占据下风的。

陈尔说得没错，单丹给的既是机会也是考验。

单丹的风头可是不好抢的，在众多苗条的女明星中，她的确是属于另一种风情美的那类，一点儿也不瘦，尤其是胸和臀。在这娱乐圈中，如此丰满但风情万种的女明星少见了，多少人也修炼不到她这样的气场。令嘉压根没想过要跟单丹抢风头，这次的广告大片，说好听点，两人一起上，就算白羽也认同她了，但令嘉目前依然是为单丹做陪衬的。不过无妨，哪怕是陪衬，也是许多人也高攀不上的绿叶。

"我很清楚自己的位置。"

令嘉的回答让陈尔很满意，她就怕令嘉不小心出格了，得罪了单丹。此时的陈尔已经全然没了睡意，她打开了电脑，翻看了一下接下来自己的日程安排。自从令嘉和公司续约以后，令嘉就是公司力捧的未来一姐，陈尔因此推掉了原来带的两个小明星的工作，专心"伺候"令嘉，最近她已经在交接工作了，忙完这一阵就有了时间。

手忽然翻到屏幕上跳出来的娱乐新闻，陈尔想起什么来，对令嘉说道："看来，过些日子我也得去一趟米兰。"

"你来做什么？"令嘉皱眉，"你还不相信我？"

"我说你有时候傻吧你还不信，过几天可是米兰时装周，大日子。

前几年，因为你一直在演戏，戏倒是不少，但人不红，所以也没受到过时尚圈的关注，如今，大好的机会就摆在面前，我怎么可能让它就这么错过？"

令嘉没想到陈尔居然还打了这主意，愣了愣，随即说道："你想让我去走秀啊？"

"是有这个想法。"

"不行。陈尔，就算以后我要去参加时装周也要光明正大地去。"别说现在令嘉在时尚圈没有知名度，哪怕是日后收到了某品牌的邀请，她也不会去丢人现眼。谁都知道，走欧洲的秀场，亚裔女星多吃亏。

陈尔一听令嘉这认真的态度就知道她的心思了，放缓了语气："我目前也只是有这个想法，再说了，单丹既然肯给你一个机会，她就愿意给你第二个机会……"

"打住。单老师不是那么好忽悠的，你随口胡诌那一套不管用。"

"令嘉，咱们这个圈子就是这样。你想要出头就得脸皮厚，以前不知道就算了，现在我既然知道你是杨家的千金，如果可以，我希望你为自己的事业做一些考虑。"毕竟富二代的身份还是挺好用的，如果早知道这一茬，陈尔恐怕早就让令嘉如此做了。

"不，想都别想。"令嘉在涉及家庭的事上，是非常有原则的。她从进入这个圈子起，就没想过要靠着家里分毫。不是令嘉矫情，她只是觉得，如果非要到动用家里关系的那一步，自己一定是完全没有任何商业价值了。到那时，她的身世就是底牌。令嘉从来不否认自己的身份，她拿得出手，也不畏惧被人在背后说靠背景。但既然自己尚且有能力，她就会坚持走下去。

陈尔还想说服令嘉，但令嘉已经不想再说下去了，直接挂断了电话。

"令嘉姐，你为什么不听陈姐的建议，我觉得她说的没有错啊。"小喜见过多次两人闹不愉快的场景，听筒里的话她多少也听见了，非常认同陈尔。谁不想跟着一个大红大紫的明星？讲出去多威风啊？"你瞧乔云珠，不也没脸没皮的……"

"你的意思是，乔云珠不要脸，我也得没脸没皮？爷们是大气之人，宁做走狗也不做汉奸。"

"你这比喻好像也没好到哪里去。"

令嘉撇嘴，将手机扔在沙发上横了小喜一眼："你再插嘴小心爷削你。"

姑娘胆小，缩起脖子果然就不敢再说话了。

剧组的人在十点准时来接人，令嘉和单丹分别有属于自己的商务车。令嘉的翻译是昨天接机的周菁，得知令嘉会一点意大利语后，周菁说话办事都小心着，利索地引着人到了摄影棚，造型师和摄影师也都早就准备好了，只是令嘉没想到，化妆现场居然还有跟拍的摄影师。

令嘉虽然觉得云里雾里，但还是全程配合。在化妆这个漫长的过程中，她也小小地与摄像机互动了几下。

摄像师是个上了点年纪的外国中年男人，原本板着一张脸，见令嘉对着镜头眨眼睛，脸上也露出了一丝笑容。这是广告方安排的，他们打算拍一些花絮，到时候会制作成有趣的 MV 放在社交网站上做推广，毕竟单丹和令嘉这样奇怪的组合，一旦公布，势必会引起不少人的关注。多少人好奇这两个八竿子打不着的人牵扯到一起是个什么样。

妆容快画完时，令嘉的化妆室的门忽然被人从外面推开了，进来几个人，令嘉吓得张大了嘴巴，直到看见单丹和 Merry 一同走来，这才反应过来。

"单老师您怎么来了？"令嘉从镜子里看见妆容精致、已经穿上了金光闪闪高定礼服的单丹，很是意外。

单丹上妆后气场十足，让人不敢逼视。

令嘉担心她没注意到摄像头，正想提醒，单丹已经抬手挡住了摄像头的屏幕："我知道他们在拍花絮，剪辑的时候内容不多，所以你不用担心。"

"所以您也是配合拍摄才……"

单丹点点头，松开了手。她全程没有看镜头，也没有跟镜头互动，但仅仅是她的出现，就足以吸引任何摄影师的注意。单丹很有镜头感，她知道镜头在拍自己，绕到令嘉身后，一手撑着桌面，半侧着身体去细看令嘉的妆容，一手轻触到令嘉的脸颊，那强大的气场，让化妆师都自动让了让位置。

"马克，你把年轻小姑娘化得这般好看，我可是要嫉妒的。"

化妆师是意大利人，有着深邃的眼窝，微眯着眼睛冲单丹笑："不是你让我照顾你这位后辈的吗？化得好看有什么用，你才是这场戏的主角，等会儿还是要换装。"语气娴熟得不得不让人怀疑两人关系还不错。

这猝不及防的举动，让令嘉微愣了半响。这是广告片里的台词，刚刚踏入娱乐圈的调香师在前辈的带领下，渐入佳境。片子里的巨星第一次见到调香师上完妆后，也如此对化妆师说过。

令嘉很快从震惊中回过神，对着镜子弯了弯眼角，捧着脸不敢相信地看着镜子中的自己，急切又高兴地扭头看着单丹。剧中她是没有台词的，需要演出那一份惊喜、意外、高兴又不得不抑制兴奋的劲儿。

"小姑娘，多谢你的好前辈吧。我可是不轻易给人化妆的。"马克见令嘉的表情，调笑道。

令嘉张了张嘴，正要说话，单丹却先一步笑了起来："瞎说，我明明是想让你把她化丑一点。"这就不是广告里的台词了。显然，单丹是故意这么说的，马克假意无奈地摇头，叹气道："女人心啊，海底针。快些拍点照片，我们待会儿还要换装。"

换装？

造型师见令嘉不明白，这会儿又笑着解释："原本是要上你今天第一场戏的装扮，但单丹老师觉得假小子的妆容不够美，毕竟这花絮是在正片出来之前，她希望你也能美美地出镜。"

"就你大嘴巴。"单丹白了造型师一眼。

其他人知道她这是在镜头前假意护短，都配合地笑了。明眼人怎么看，都不觉得令嘉这妆容丑，单丹明显是在说笑，让这个花絮看起来有意思一些。

令嘉当然也不落后地配合她演出，对着镜子撩起头发："单老师后悔了，现在后悔还来得及，我可以退出的。"这是广告片结束后，调香师对巨星说的一段话，但在此时听来仅仅是玩笑的意味。

"你个小丫头，当真以为自己能威胁到我？"

"不不，小女子只是倾慕于单老师惊为天人的容颜而已，我可是颜狗，为了您，我愿意退出，不让我的貌美如花威胁到您半分……"

所有人都跟着笑起来，单丹佯装怒了，敲了敲令嘉的脑袋，十足前辈的口吻："演技略浮夸，对自己又过于自信，看来还有的锻炼。"

花絮取景到这里基本上结束了。单丹给令嘉上了一课，如何不动声色地抢镜且不让人讨厌，这样的花絮播出去以后，也会让看客们有更多讨论的点。只是令嘉没想到单丹居然肯配合花絮演出，以她的段位，只要安安静静地出现在镜头之前，就是满满的格调。

"单老师，您为何要配合他们？"待到摄影师离开后，令嘉才开口询问单丹。

不拍花絮的单丹在看剧本。剧情很短暂，片子成片拍出来十分钟，但剪出来却只要一分钟。有几幕不仅要延续故事情节，画面还必须如电影画报般美艳动人，难度实在不小。单丹听见令嘉的话，眼皮也懒得抬，只说："让你提前适应下我的感觉，你应该感谢我。"

令嘉鼓着腮帮子，努力回忆着方才的感觉，真诚道："刚才的感觉就是，我差点儿被你掰弯了……"

单丹怎么也没想到令嘉会这样说，剧本砸在她脑袋上："我结婚了！"

令嘉笑嘻嘻地得寸进尺："没事没事，我不介意，西门庆还喜欢人妻呢。"

单丹做影后这么多年，还没遇到在自己面前耍流氓的，居然还是个女人。明眼人都知道在说笑，又不好发作。于是她故作严肃地板起脸来："少给我动歪心思，好好拍戏。"顿了顿，她又想起什么来，说着："你的感觉是对的，这广告片导演虽没明说，但给人的感觉是有点儿歪。"

令嘉见单丹自己都如此说了，捂着嘴呵呵偷乐了一阵。单丹扯了扯衣领，很想一巴掌给令嘉呼过去，但良好的修养只是让她合上了剧本，抬头来看令嘉，目光如严师。

令嘉收敛了笑脸，方才单丹突然对戏，她没想太多，顺着接话。但她太了解自己了，遇到真实拍摄的场景时，难保不会紧张。

这时，有人过来通知准备第一场拍摄了。

令嘉跟在单丹身后走进片场，盯着忙碌的片场工作人员。灯光师"啪"的一声打开了聚光灯，令嘉一个激灵，回过神，猛然瞧见单丹在看自己，大气不敢出一声。

"我给你三次机会，允许你破坏我的情绪。但超过三次之后，你就卷铺盖走人吧。"单丹明显看见令嘉垂放在两侧的手了，她不留情面地说着。

其实熟悉单丹的人都知道，三次 NG 的机会难度也不小了。没有几个人在面对单丹强大的气场时能自若地表演，导演对令嘉的要求不高，只希望她不要拖后腿，哪怕是跟随着单丹的节奏来，被带动也好。

导演艾尔是典型的英国绅士，在开拍之前，他就细心地注意到了令嘉的状态。

令嘉拍戏多年以来，还是头一次被导演单独叫到一旁来安抚：

"听着，我看过你的即兴演出，你很棒。比起丹来说，并不差。开拍的时候，你不要紧张。台词都记住了吗？"

全程就几句台词，令嘉忙点头，知道导演是担心自己，绷着神经一脸的严肃。

艾尔觉得自己的安抚没有效果，又双手拍了拍她的肩膀："放松点，OK？"

令嘉继续点头。

艾尔叹了口气："给你五分钟调整。"说完，也就没有再理会令嘉。

第四十三章 ／ 广告拍摄

　　五分钟时间一过，艾尔便不再迟疑。所有人准备就绪，随着一声"action"响起，演员就位。

　　第一场戏是令嘉为单丹试香，一条长达二十秒的长镜头。

　　镜头推近，一个身穿裸色晚礼服的女人进入眼帘，镜头里只有一个背影，但那双修长的腿和婀娜多姿的身形已经足够让人神魂颠倒，躲在幔纱后的假小子一手拉开帘子，一手捏着一瓶淡紫色香水背在身后，慢慢入了镜头。

　　坐在椭圆形的宫廷镜子前的美丽尤物似乎从镜子里瞧见她了，对着镜子微笑着招手，"过来。"

　　她朝假小子伸出雪白的手，五根指头细散地摊在眼前。假小子看得失了神色，愣了一瞬才想起来弯腰低头将一滴香水落在圆润的指尖上，紧张地上前，小心翼翼地为女神在手腕处涂抹上了那散发着香气的液体。在女神的眼神鼓励下，调香师微微倾身，嗅着那在空气里的魅惑的香……

　　"卡。"艾尔从监视器后站起了身。

令嘉慌忙从剧情中回过神，焦急地看导演，脸都红了，更加别提去看单丹了，她甚至连脸都不敢抬，想起单丹说过的话，羞愧得无地自容，一个劲地在想自己是哪方面做得不对，是哪根手指头没到位还是……

艾尔导演没有找上令嘉，而是走到单丹面前两人窃窃私语了一阵。令嘉竖起耳朵听，半句都没听见。直到声音停止，单丹忽然抬头向她看来，令嘉这才放下那不安的双手，乖乖宝宝似的垂放在两边，半低着头假装不知道发生了什么。她的确什么也没听见，只是不知道单丹会对她说什么。

正想着，导演冲她招了招手："过来，令嘉。"

艾尔的态度还算温和，令嘉深吸着气走过去，此时的她还是假小子的装扮，穿着破旧的背带工装裤、长筒袜，头发乱糟糟的，脑袋上戴了一顶磨损的贝雷帽。模样显出几分娇俏可爱。

"导演，我方才是不是拖了单老师的后腿？真是该死啊，单老师，导演，请你们严格批评我，我会虚心接受的。"令嘉这人欺软怕硬，在看不上眼的人面前装大尾巴狼，但也知道审时度势，这会儿在大导演和单老师面前又一副虚心聆听的模样，倒是跟广告中得寸进尺的流氓调香师有几分像。

在一旁偷偷捏了一把汗的小喜在内心里鄙视她：小人啊小人，狗腿啊狗腿。

艾尔满意地点头，倒不是认同令嘉主动道歉，而是她此时给人的感觉的确像极了剧中人物。导演张口想解释一遍，他喊卡并非令嘉的缘故，这一场戏令嘉表现得中规中矩，没有特别好但也不算差，反倒是单丹出现了一点小意外，但话还未出口单丹咳嗽一声，打断两人的对话，她视线扫过令嘉凉飕飕的，抬手指尖撩起刘海，不在意地说道："哦，方才是我分心了，导演重来一次。"

听到单丹如此说，令嘉刚要松口气，又听见单丹说："令嘉你还有两次机会。"

令嘉张大着嘴想要辩驳，这不是她的问题，如何也将 NG 的事算在她头上？

单丹抢先一步："这当然也与你有关，是我们俩配戏，如果不是你影响我的发挥又怎么会 NG？我的情绪好不好，表演如何，当然跟你脱不了干系。"

仔细想一想，她说的也没错。令嘉并非对自己没有信心的人，单丹也不是完人，不会永远不 NG，她这样的影后在同自己配戏的时候出了岔子，自然跟对手方也有一定的关系。

导演蹙眉也说道："丹说的没有错，令嘉你这个角色要尽可能勾引你的女神。"

勾引？

令嘉傻眼，她没听错吧？

仿佛是猜到令嘉的傻眼，导演嘴角微弯解释道："丹是这个世界的女王，就像玛丽莲·梦露，让男人趋之若鹜、女人羡慕嫉妒，她是绝代佳人。"

而令嘉这个角色，崇尚一切美好的事物，单丹的美就是这个时代的产物。令嘉想起曾看过的电影，在中世纪时期，一个出生于海边的小男孩，被人称之为傻子，他为了收集这世上最极致的香，杀了少女和妓女，成为令人闻风丧胆的恶魔，最终被审判以极刑而死。

艾尔的话，令嘉听懂了。她聪明得一点就通："我知道了。导演，可以开始了吗？"

艾尔看了单丹一眼，单丹点头，他便转身回到机器前。随着再一次开拍声响起，长镜头推近，画面里戴着贝雷帽的假小子眉眼清秀，长指落在那白皙如雪的手腕上时，指尖轻滑，冰凉滑过纤细的青筋，引得那倾国倾城的美人终抬起眼，媚眼如丝扫过假小子的脸。

假小子红着脸，仍是大胆地微微倾身吹了一口气在她手上，惹得她手腕麻麻痒痒，单丹想挣脱开手，却被她抓紧了。

两人全程没有台词，只能靠眼神和动作来推戏。导演看着镜头里的两人津津有味，单丹抬眼怒瞪令嘉一瞬，好看的眼眸里蕴藏着娇羞以及愤怒，万般情绪只一眼就暴露无遗。令嘉的回应也相当到位，嘴角轻轻勾起，执起单丹的纤纤玉手，置于鼻息间露出一个怯生生、既满足又不容拒绝的微笑。

"卡。"艾尔站了起来，拍了拍手，"不错，这一条两人的表现都很棒。"

这是过了？令嘉回过神，站直身体，看看单丹又看看导演，得到导演的点头后才恍然大悟，自己的表演获得了认可。

单丹虽然没说什么，但这场戏推进得很顺利，她在中间并没有阻碍。

原本以为两人第一次合作要耽误一些时间，所以在今日只定了一场戏，如今这场戏过了，导演便忙着让人收拾换下一个场景，打算一鼓作气多拍几条。两人正要离开，突然听见一道相机的拍摄的声音。拍摄重地是不会让媒体随意进入的，两人均是一愣，朝着闪光灯处看过去。

只见一个背着双肩背包的男摄影师身边站了个身穿纪梵希套装、气场十足的女人，正摘了墨镜朝两人招手，确切地说是对着单丹在招手。

那女人令嘉在杂志上见过，正是单丹曾提到过的《Dream》的总编，白羽。

单丹很惊喜，张开手臂上前同白羽拥抱了一下："Merry 告诉我你要一周后才来。"

白羽有着一头利落的短发，红唇是她的标志，讲话的时候格外引人注目："我与周文来参加时装周，周文公司签了新人，是当红小花，C家有意让周文带着她上 T 台。但周文那人你也知道，什么都懒得动，这不，我便先过来带那小花适应一下这边的环境。"

这么说起来，这次的时装周现场真的是巨星云集。令嘉在路过的时候听见两人说了几嘴，但眼下她又不好明目张胆地偷听，简单收拾一番就想要去后台换装。不料，刚要路过，她便又被白羽叫住了："这位就是你跟我说过的那位令嘉吧。"

白羽不是在对令嘉说话，却自来熟地拉住了她。

令嘉一时不知道说什么，只好看单丹，见单丹对着白羽点头，也不给她说话的机会，大咧咧地打量起她来。

"形象倒是不错，气质也还挺……独特的。"白羽对令嘉还算满意，"方才我在现场看了一会儿你们的拍摄，如今的圈内怕是没几个人能轻薄单丹的，胆子很大哟。"

白羽笑眯眯地握住了令嘉的手："令小姐，我是白羽，很高兴认识你哦。"

令嘉想了半天，才明白过来白羽是在夸奖自己，忙笑着回握她的手："白姐姐，我哪是胆子大，都是导演逼我的。"令嘉心想自己哪敢非礼单丹，如果不是戏份需要，她才不敢……靠近……她呢。果然抬头就看见单丹铁青着一张脸怒瞪着白羽。

"哈哈哈，你瞧，她还生气了。"白羽不嫌事大地继续挑衅。

单丹冷哼一声，扫过两人不发一言地转身走出片场。

"对了，我刚让人拍了几组照片，我看令嘉这感觉挺好的，你们两人要一起带着品牌上杂志走这路线就挺不错。"

"这就定了？不再考虑考虑？"单丹跟着造型师去了后台，白羽本就是来探班的，自然也就跟了过去。

"嘿，你这人……不是你跟我推荐人家小姑娘的吗？现在我给你面子，定下来了，你反倒不自在了？"白羽自己找了空位坐，随手翻开杂志，"这次周文也是给我找了个大麻烦。"

"怎么？她签了何方神圣，如此大手笔地力推？"在圈子里，大花带小花是不成文的规定。女明星的荧幕年纪本来就短，不趁着年轻的时候捧两个后继之人，以后也就只能眼红别人赚钱了。周文跟单丹不同，单丹自己的事业线可以说是几代人的经典，又有一个能赚钱的老公。周文今年四十好几了，还没有结婚，虽说有钱有能力了，但总担心有一天老了没有依靠。

"唐梦，这姑娘红的速度跟坐火箭似的。长得也好看，就是，不适合时尚圈。"白羽说起来的时候也有些可惜。

对于唐梦，单丹是有印象的。长相和人气都有，据说无论什么衣服只要她穿着街拍都能成为爆款。正是因为如此反而不好，对时尚圈来说，不够有特点。

"你这么帮令嘉，难道是打算……"白羽抬头时正巧看见令嘉路过门口，忽然想起什么来。

单丹摇头，她没有开工作室的心思。

"这丫头是威廉推荐的，我看过她的资料，戏演得不错，但没有蹿红。应该是没什么歪心思的，性格也还不错。适合走大银幕，就是缺少机会，倒是可以试试另辟蹊径。"她避开了令嘉和方纫秋的关系，将这层关系引到威廉头上。

白羽认同地点头，虽然她对令嘉不算了解，但平日里也看过不少新闻。之前令嘉接的剧的确很难发挥她的长处，如今白羽亲眼见过又是一番想法。

单丹绝对不是娱乐圈的圣母，谁都能帮一下。

但对这个令嘉嘛，白羽的想法也挺简单的，先让她试试看，如果可以，上一期杂志，又或者带着去各大秀场走一圈也不是难事。

"既然如此，这次的大秀你何不带她一起？"

单丹微挑眉，看着镜中的自己没说话，白羽还是了解她的，这人啊，明明热心肠还要装严肃。

"得了，我会给她经纪人发邀请函。"

第四十三章 ／ 广告拍摄

第四十四章

绯闻爆发

令嘉不知道，自己未来几天的工作行程就在这两个女人闲谈之间有了巨大转变。

白羽不知道单丹为什么一定要帮助令嘉在大银幕上奠定基础，就像单丹同样不明白方纫秋这样骄傲的人居然主动来找她，希望她帮令嘉在娱乐圈大放异彩一般。

方纫秋虽是方家人，但在方家生活多年的单丹清楚地知道他在方家的地位有那么一点尴尬，但她和丈夫对方纫秋本人是没有任何意见的，甚至在某些方面是欣赏他的。起码方纫秋不像其他几人，不学无术。未来方家会如何，谁也说不准。

单丹乐意给方纫秋这个人情，便应了下来。在接触中，单丹觉得令嘉这姑娘还挺讨人喜欢，也就没有再顾虑。

无论怎么想，令嘉也没猜到这一层关系。她才不相信方纫秋会帮助自己在娱乐圈继续下去，但在广告拍摄结束前一天，她接到陈尔电话，确认《Dream》杂志给她发了邀请函，让她出席米兰时装周的大秀时，脑海里瞬间出现了方纫秋那张嬉皮笑脸。

"令嘉，你撞大运了。"

陈尔的兴奋之声还在耳边响起，令嘉已经神游太虚。白羽走后的几日，单丹半点风声也没有透露，在之后的拍摄之中两人没有再出现任何不和谐，一切进展都很顺利。

令嘉虽然觉得奇怪，但新的机会也让她无比兴奋。

"你是说，单丹会跟我一起走红毯？"

陈尔在电话那头疯狂地点头，"所以我会在后日到达米兰，你的服装将由威廉为你制作，公司也请了摄影师为你拍照片，这一次你会红的。"

"红不红我不知道，但是话题度应该有。方……诉讼那边的情况如何了？"

比起接下来未知的事情，令嘉更担心国内的情况。公司已经正式起诉几家营销号了，如今她身在国外，根本不了解实情。

提到这茬，陈尔心情更是出奇的好。

"令嘉你可以啊，方纫秋这种律师都能请来。你是不知道啊，我在现场看他舌战群雄，直接控诉营销号毁坏你的名声，导致你错过不少代言和广告，原本是一桩简单的名誉侵害案件，硬是被他控诉得让对方不得不赔偿你一大笔损失费。"

令嘉接电话的同时正在被造型师捣鼓。今天是最后一场戏，令嘉的装扮随着剧情发展有了大幅度的转变，不再是假小子而是拥有万千粉丝的性感尤物。尝试过聚光灯的调香师恢复了女儿身，成功打入了娱乐圈，她一举走红但眼前唯有单丹这个绊脚石，对于调香师来说广告中的女神曾经让她又爱又恨，爱她的美丽，恨她的美丽。令嘉要演出这场复杂的戏，在秀场里两人针锋相对，香水被打破，两人正式决裂，所以连带着妆容也很浮夸。她已经在镜子面前坐了两小时。

疲倦的令嘉听说自己马上要入账不少钱，当即双眼放光，"这么说起来方纫秋不是个废物吗？"

目睹了方纫秋上庭时的风采后，陈尔早已经是方纫秋的迷妹，听不得令嘉说他坏话，不满道："你才是废物。不许侮辱我男神。"

令嘉刚要翻白眼，便被造型师狠狠地按了头。

"别动。"造型师比陈尔还凶。

令嘉有些委屈，冲电话里的陈尔哼了一声："我觉得你可以不用来米兰了，我不欢迎你。"说完她就挂了电话，压根没感觉到自己面对方纫秋时那小气的态度。

陈尔果然在令嘉挂了电话后也吐槽了一句："这家伙该不是吃醋了吧？"

不过鉴于令嘉最近表现很不错，她也就不计较了，转头高高兴兴地去安排令嘉即将跟单丹同时出现在秀场的事情了。

因为大秀而走红的女星不少，但谁也没有令嘉这般走运，有影后保驾护航，成为国际品牌的座上嘉宾。加上公司再吹嘘宣传一番，必然会在网上引起一番轰动，只是她没想到，在这事情之前，在网上引起更大的轰动的却是另一件事。

不出半日，刚刚败诉的橘子娱乐发了疯似的再次在网上抹黑令嘉。这次它们打着有图有真相的名义，在微博上大肆传播一张偷拍照片。

昏暗的照片里，透过窗户可以看见令嘉和一个男人相对而立，最震惊的是，男人手里还抱着一个小孩。两人都看不太清楚面目，但很明显那是在一个封闭的空间里。

狗仔将它称为令嘉和某男人的爱巢。

这误会就大了。

看到新闻时的老邹第一时间将陈尔叫到了办公室，两人都一脸懵懂，以为令嘉背着公司偷偷结了婚。但再仔细看那照片，陈尔就发现端倪了。

"这不是令嘉表姐的儿子吗？"

老邹原本一脸焦急，听见陈尔如此一说，这才放下心来："这么说起来，又是橘子娱乐在搞事。"

陈尔愤恨地点头："我这就去发声明。"

陈尔的原则是有了负面新闻立马解决，但老邹却不这么认为，他当即拦住了陈尔，眼睛眯着坏主意又冒出来："我看啊，这事情还能炒点热度，你不是要去米兰吗？你先陪着令嘉把那边的工作完结了，这边的事情让它再发酵一段时间……"

"你的意思是借机炒一炒绯闻？"陈尔拿不准老邹的意图，可是她盯着那报道上的照片，怎么看都觉得那男人像某个人。陈尔知道老邹忌惮方纫秋，虽然她不知道方纫秋的真实身份，但如果让方纫秋知道她们要借着两人炒作，会不会……"可是，这个男人未必会同意吧？"陈尔见老邹一脸亢奋，她没忍心告诉老邹自己对照片里的男人可能是方纫秋的猜想。

老邹经陈尔提醒，刚意识到新闻的严重性。就算这个孩子不是令嘉的，但这个男人总归是出现在令嘉家里，狗仔们会追究到底。

"你给我调查一下令嘉的感情生活，我不希望她刚续签合约就闹出谈恋爱的新闻。"

老邹能想到的陈尔自然也想到了，她虽然不清楚令嘉和方纫秋这对曾经的青梅竹马到底如何了，但两人关系绝不简单。

"我会去了解情况。只是眼下这新闻要如何处理，是要找媒体声明还是撤热门？"

"声明还不能发，热门也让它就这么放着。我会交代米雪把握新闻的走向，尽量不要走偏，先发热一段时间。"老邹没明说，但陈尔通过敏锐的理解能力马上就明白了。老邹是想借着这次绯闻事件炒一炒热度，一面把关这新闻走向，等新闻热度稍微过去后，令嘉和单丹合作的消息也就传回国内了。

网络时代吃瓜群众们的特根性就是围观时间短，这其中除了有许多看热闹的人以外，还有一部分人是理智的，他们更看重明星本身的价值。令嘉成为互联网群嘲的对象，无非就是因为她没有更有力的作品证明自己。人只有强大起来，世界才会为她让道。

陈尔觉得这是好事，马上答应下来，"行，我让摄影师多拍点秀场照片，公司这边让宣传部做好准备。"

事情就这么定下来了。

新闻爆发后48小时占据了微博的热点，吃瓜群众看戏的心情很激动，当事人的微博却死气沉沉，似乎并没有人要回应。

有人认为令嘉心虚默认，也有人觉得橘子娱乐在报复令嘉"较真"，当然也有一堆人在说风凉话，比如有人不理解令嘉一个没有特别知名度的明星，最近是不是中了降头，频繁出现在新闻上，大家也觉得看厌烦了。

然而远在米兰拍摄广告的令嘉却并不知道国内爆发了如此恶劣的绯闻。

绯闻事件发生第一天，顾明朗便找上了门。方纫秋从"高申"辞职的事情闹得很大，交辞职报告那天，方纫秋在自己办公室收拾东西，老高亲自带了人来检查方纫秋携带的资料，几个人关在房里不知道说了什么。

据那天在办公室里的职员们提及，虽然老高气势汹汹地去了，但出来的时候却是满脸丧气。反观方纫秋却是一脸的从容与好心情。这一次，所有人都猜到，方纫秋和老高算是分道扬镳了，两人师徒缘分已尽。

顾明朗倒是不担心方纫秋的仕途，门敲了许久才打开。

"在工作啦？"顾明朗是个人精，一进门就直奔方纫秋的书房，房间里开着灯电脑还闪烁着余光。他跟发现什么大秘密似的兴奋地红着脸："怎么，这就要动手了？"

方纫秋没有正面回应顾明朗的话，若无其事地关了电脑，自顾自地走到客厅里的沙发上坐下。

没有主人家的书房顾明朗也不好多待，但这人就是不太会看脸色，方纫秋摆明了不想多说的态度，顾明朗非要抖机灵个没停："你就老实交代吧，你肯定在搞大动作。堂堂方大少爷，自然是看不上我那小破公司的，我三催四请也没请到你，我就在想你到底要对老高做什么，今天……"

顾明朗的话多到让方纫秋头疼。他不耐烦地扒了一把头发："顾明朗，你能不能闭嘴？"

"你不喜欢我说这些啊，那我们说说八卦绯闻吧。"顾明朗本就带着满腹八卦而来的，如今见了当事人瞬间兴奋得涨红了脸，"你跟大美女什么时候结婚生的小孩，这秘密保守得也太严了吧，你别以为我不知道，这照片里，不认识的人认不出来，我跟你这么熟了，一眼就认出来了。"

连日来忙工作的方纫秋显然没看过新闻："你在胡说八道什么？"

为了证明自己没有胡说的顾明朗特意将手机翻出来，递给方纫秋："你自己看。"

照片拍得很模糊，但隐约能看清楚令嘉的脸。方纫秋眯着眼看了个仔细，才想起来这是上回在令嘉家里的事儿。他第一反应是打电话让助理起草对橘子娱乐的再次诉状，但刚拨通电话他想起什么来，又飞快地挂断了的电话。

顾明朗见状，笑得贼贱，跟自己发现了什么不得了的新闻似的。

"不是吧？你俩不仅有一腿，还整出了一个这么大的孩子啊？方大少爷，你该不会是吃干净不认账，才让人大明星对你恨得牙痒痒吧？"

方纫秋懒得搭理顾明朗，打消了追责的想法。不一会儿，他却接到令嘉经纪人陈尔的电话。给方纫秋打电话的时候陈尔正赶往机场："方先生，不知道你最近在忙没有。"陈尔没有直接询问方纫秋关于新闻的事情，而是打算先探一探对方的口风。

方纫秋猜到陈尔打电话来的目的，没明说回答："挺忙的。"停顿了一下，又说，"找我有什么事情吗？"

陈尔顿了顿，不知道是该说还是不说，转念一想，方纫秋这种行业精英怎么会有时间看八卦新闻，陈尔确认方纫秋没看见新闻后便放了心："是有点事情，不过我现在要出差，回来后再联系方先生。"

挂了电话，陈尔心虚地摸了一把脑门，前方司机已经将行李箱提下了车，虽然觉得奇怪但还是下车将此事抛诸脑后。

第
四
十
五
章

——

登
封
机
会

　　大秀在即，微博陆续放出各路明星前往米兰的街拍照片，其中当红
小花唐梦即将在米兰走秀的新闻也随之而来，有人在 Antico Caffe Greco
店内看见唐梦与巨星单丹以及时尚教母白羽喝咖啡。

　　照片一经爆出，网上又爆出了一系列的声音。

　　唐梦的追随营销号带头在微博上发声，表示唐梦未来前途光明，就
连巨星单丹也非常看好。粉丝纷纷为自己的爱豆点赞打 call，自豪于自己
的偶像居然有如此好的人缘和资源。更甚至有人爆料，唐梦即将与单丹
同台走秀。尽管有一拨时尚博主跳出来说是假新闻，但碍于唐梦的粉丝
众多，不同的声音很快被淹没。

　　唐梦的通告铺天盖地而来时，广告片拍摄已经接近尾声，拍完最后
一场戏白羽便赶到了科莫湖码头，安排剧照拍摄。这一期杂志大片里，
剧照也将收录其中。

　　广告片末尾，女神香消玉殒，调香师褪下了精美华服，身着黑色西
装在海边送她最后一程。没有摘下墨镜的调香师站在码头遥望，一阵幽

香传来，她回过头来，摘下了墨镜，镜头画面里的最后一幕便定格在此。

镜头前的白羽愣了一瞬，听见艾尔大喊了一声"卡"之后，才回过神来。

艾尔上前给了令嘉一个大大的拥抱，"很好，亲爱的，你完成得很好。"

突如其来的拥抱让令嘉愣了愣神，她在这些日子里习惯性得到单丹的认同，一时还不能接受这就杀青了。抬头看了一眼站在白羽身旁的单丹，收到她鼓励的眼神，令嘉这才笑逐颜开暗自夸奖了自己一番。

"干得漂亮！令嘉。"

令嘉收到工作人员送来的杀青鲜花，忙又挨个去道了谢，正高兴得昏了头的她压根没注意到出现在片场的陈尔。下了飞机，陈尔拖着行李箱直接到了片场。让她意外的是，令嘉这个嘴贱的人居然跟大家关系融洽。陈尔松了口气，又找机会同单丹等人打了招呼。

回到酒店，令嘉似沉浸在杀青的喜悦中，正沾沾自喜。陈尔对令嘉恨铁不成钢，但刚从工作人员那里打听到她的表现不错，忍一忍也就没有发作，任由令嘉在房间里对着镜子哼着歌敷面膜。

只有三人在房间里正是商谈大事的好机会，陈尔习惯性地刷微博看新闻，她对令嘉的绯闻事件无比上心。这一查不要紧，居然愤怒地发现唐梦占据了热门第一，把令嘉的绯闻给挤下去了，心里很不是滋味。当即拿了手机找来小喜询问情况："这是怎么回事啊？"

小喜还一头雾水，看到新闻才知道唐梦团队到处买热门发通告打造小花搭上单丹这棵巨树的新闻。

"这不是前天的事吗？"

陈尔一听这话就知道有什么地方不对："你知道？"

小喜乖乖点头："前天收工早，白羽老师来了片场说大家一起喝咖啡，令嘉姐和唐梦都去了。不过，这新闻里怎么没提令嘉姐？"

这么一说，陈尔心里就有数了。

原来只是白羽顺道做个人情邀着大家一起去喝咖啡了，这唐梦的团队也是人精，找人发微博居然还特意将令嘉截掉。想着，陈尔有点生气了，冲到令嘉房间就打断了她哼歌的兴致："你还得意呢，明天的拍摄你给我上点心。咱们这边还没怎么着呢，人家已经开始赶着爬了。"

令嘉被陈尔这一吼，一脸懵懂："陈大姐，你更年期到了没药救？"

"你自己看看，人家唐梦多会给自己加戏。"

令嘉看了陈尔扔过来的手机，并没有放在心上。

"就这点事情就让你生气了？唐梦能走上 T 台是她的本事，至于这个新闻嘛，如果不属实最终也难看。喏，就像你现在的样子。你要不要照照镜子看看自己一脸怒容的样子，多像一个被年轻大学生抢了老公的怨妇。"

经令嘉这么一说，陈尔顿时消了气，被令嘉骂了也不当回事。

"你说得没错，我们要低调一些。"

令嘉这才满意地点头："这就对了嘛，我们要让全世界都知道我们低调。谁买热搜谁傻。"

唉……

陈尔顿时不知道应该如何告诉令嘉，不久前米雪发来消息，公司内部已经决定为令嘉的绯闻买热搜了，瞥了眼正对着镜子比画 Delvaux 送来的晚礼服的令嘉，陈尔将到口的话吞了下去。

杂志的正式拍摄就在第二天，这天陈尔守着令嘉做足了面膜保养后才睡过去。

关于杂志片的构想，此前白羽自然是以单丹为重心，好花需要绿叶的衬托，令嘉就是一片还不错的绿叶。但现在，显然白羽改变了想法。

回看广告片视频的时候，白羽突然对单丹说道："单老师，我觉得这个丫头跟你还挺配的。"

单丹皱着眉头白了白羽一眼："你什么时候能改改你口无遮拦的毛病？"

白羽丝毫没受到单丹的影响，哈哈笑了几声："我说真的，你要不考虑看看？"

"白羽，我警告你，不要乱来！"她知道白羽这人脑洞清奇，有了念头立马就会付诸行动。果不其然。在第二日的杂志拍摄时，白羽让造型师给两人上了妆，一到拍摄地便引起众多工作人员的惊呼，居然还有小姑娘拿着手机对着两人一阵猛拍，嘴里还惊叫个不停。

"天哪，好帅。"

"是的呢，两位真配。"

"哦，我想……粉 CP 了。"有人终于喊出了白羽心中的想法，当事人听了尴尬地互看一眼，但还是以工作为重，排除万难地上了游艇。

"你们私下拍的照片不能发出去，听见没有？"白羽见事态朝着粉丝会发展了，赶紧上前交代工作人员。在国外拍摄大片唯一的好处就是没有众多围观群众，她可不想自己的大片还没放出去就已经被人预告了。

转头喊了一声："艾米丽。"

艾米丽是《Dream》杂志从总公司邀请的首席摄影师，见白羽昂着下巴指了指不远处的两人，顿时明白过来，招呼助理上前用相机先取了几处景。

不得不说，令嘉以前的硬照没有到达令人惊艳的水准确实是因为拍照的人没有找准她的美点。在助理的镜头下，两米开外的两人身穿 Delvaux 提供的高级定制女士黑色西装，敞开到腰部的领口露出一截白衬衣，白衬衣的领口微敞，衬得白皙的颈脖更加修长，下颚有型。两人都架着墨镜，令嘉靠在游艇一侧，单臂搭在扶手上，侧着脸与单丹相谈甚欢，单丹不输好莱坞动作大片里女主的气场，即便是微微蹙眉也让人感受到一股压力。

令嘉倾身说话，单丹则偶尔回应一句。尽管看上去不太熟络，但两人默契十足，举手投足尽显风采，俨然整个米兰城的一道旖旎风景。

艾米丽擅长捕捉女性之美，看了助理送上的取景照片，便也飞快地将摄影装备准备好，冲着白羽比了一个 OK 的手势。

对艾米丽来说，这场拍摄就是一场盛宴。两个女人，都美丽如画，这一身打扮却没有遮掩她们的耀眼，反而加深一种介于男人和女人之间的帅气，酷劲十足。令嘉回头的一瞬，海风将头发吹得纷乱，艾米丽捕捉到她嘴角微弯的笑容，竟然让人看到一丝从骨子里散发的媚态。

"Oh……"艾米丽低呼了一句，将相机从眼前拿下，回头看她的同事，Delvaux 请来的摄影师，大卫，他难得地露出来一丝笑容。

这个早已经享誉摄影界的男人，见过多少美若天仙的模特，但还是因那一抹笑容愣了片刻。他见过她，在 Delvaux 广告片的面试上，他是评委之一。他投了一票给令嘉，在她露出姣好美背的那一瞬。

"我想请这个女孩做我的模特。"他对艾米丽说，知道艾米丽在看自己。

艾米丽耸肩，"或许你可以为她拍摄一组美国版的杂志大片。"

艾米丽在总部《Dream》的地位不比白羽低，在她的认可之下，白羽很快也跟总部取得了联系。如果不出意外的话，令嘉很可能登上美国版《Dream》，这对一个年轻女演员来说，是被认可的殊荣。

杂志拍摄很顺利。在继唐梦可能与单丹合作的新闻之后，令嘉的绯闻渐渐沉寂，但就在大秀前一天，微博上忽然爆出一张模糊的码头照片，让人意外的是，这张照片里不仅仅出现了单丹的身影，还有一身黑衣的令嘉，尽管照片很模糊，但熟悉令嘉的人还是将她认出来了。

照片是被一个游客 Po 上微博的，博主发文表示想让微博的各位大神帮忙认一认这位同单丹一起拍片子的女生是谁。

有令嘉的粉丝转发到了微博，怀疑地表示可能是自家爱豆，但很快被唐梦的粉丝给群嘲了一番。有好事者跳出来爆料说，自己亲眼看见两人一起出现在米兰，怀疑令嘉接了一个知名大品牌的代言。听了该爆料人的话，唐梦的粉丝更怒了，直接上阵撕转发微博的粉丝，最终导致那粉丝删除了微博。唐梦的粉丝战斗力惊人，一口咬定令嘉蹭热度，就连一些好事的时尚博主也跳出来说，自己没有一手消息听说哪家大品牌换了代言人。好事者一度将事态渲染到连粉丝都不敢替令嘉说话的地步。

全程围观了这场战争的陈尔气得跳脚，但在官方没有公布之前，她只能按兵不动。但不久后，米雪打来电话，听说令嘉的粉丝团的人联系了公司的营销人员，大家对公司这种不回应、不出头的态度表示很愤懑，甚至有几个热血的想要撸袖子等着公司发号施令，被助理劝住了。

"我的粉丝这么热心吗？"令嘉听着陈尔和米雪开视频会议，很是怀疑地问着。

小喜刷着粉丝群，嫌弃地瞥了眼令嘉："这你就不懂了吧？粉丝就是你的后盾，你们是一根绳上的蚂蚱，你混得好她们也扬眉吐气，你要是混得不好，他们也嫌丢人，自然就脱粉了。"

"那现在是脱粉的多还是觉得长脸的多？"令嘉啃着苹果虚心请教，粉丝后援会的事情一直是小喜在跟他们对接。

只有在自己擅长领域才能找到点存在感的小喜顿时气焰高涨，再次露出一张嫌弃脸："你就别想了，你的粉丝跟着你丢脸习惯了……"

令嘉也不跟她计较，只是一只空着的手捏着拳头咔咔响，小喜当即反应过来，惊悚着一张脸，端着电脑躲在陈尔身后。

"陈姐，救命……"

陈尔哪有空理会她，嫌弃地看两人。

"你们可以再幼稚一点，这都什么情况了，你们还有心思闹？咱们的人，都快被他们骂没了。"原本就那么点可怜的小粉丝，这么个状况下去，就算广告片出来，也没几个人看了吧？

令嘉倒是不担心，她虽然没几个忠粉，但路人粉却不少。这还得多亏了她精湛的演技，"以实力征服世界的女人"不是白叫的。

第
四
十
六
章

／

米
兰
大
秀

在大秀前，Delvaux 为两人准备了出战服。

令嘉在收到衣服的时候，忍不住也发出了一声惊呼，这是 Delvaux 明年即将推出的新春限量高定裙，不会在这次的秀场里公布。由于时间紧张，Delvaux 的定位又太过高端，这也是 Delvaux 鲜少在时装周的秀场开秀的机会，主办方怎么会让令嘉这个唯一的中国区代言人丢脸？于是大手笔地奉上了未公开的新设计。

裙子是从英国人肉空运过来的，设计师的助理也跟了过来，在不确定令嘉尺寸的情况下，可以尝试着修改。但幸运的是，这条裙子似乎跟令嘉很合拍，上身后很贴合。

尽管出战装备一切齐全，但令嘉还是在下车之前有些怯场。

Delvaux 中国区负责人见令嘉深吸了几口气，跟单丹交换了一个眼神，两人都无奈地笑了笑。

单丹抬手捏住了她的手："这不是电影节，我们也不是要走红毯。我们只是去看秀而已，来，手给我，我们一起下车。"

偌大的保姆车里，陈尔倒吸了一口气。

令嘉这是何德何能啊，成为品牌的嘉宾之外，还能被影后亲密对待。即便不是走红毯，只要单丹和令嘉亲密携手进入会场的画面被媒体拍摄传回国内已然能引起不少人的讨论吧。陈尔感觉自己的心跳加快，然而还是淡定地看了看邀请函上的排位。心想，Delvaux 不会让令嘉同凯特·布兰切特坐在一排吧？

令嘉知道自己方才的表现有点小家子气，听话地伸了手出去。但还是趁着人不注意凑到单丹耳边小心说着话："我以前可没这么美过。"

同时有人从外面推开了车门，几道闪光灯袭来，所有的灯光都是冲着单丹而来的，Delvaux 在米兰的秀场就在眼前，签名板前早已经汇聚了不少媒体。场外的媒体和工作人员没有料到随同单丹一起下车的还有令嘉。

随之而来的便是 Delvaux 的高层，那人弯腰替令嘉捋了捋长裙，金色的长裙刚好到脚踝的位置，露出了她白皙素净的一截肌肤。往上，金色高立领镶金丝的蕾丝裙剪裁妥帖地包裹着她曼妙的身材。令嘉转眼间看见单丹在冲自己笑，挺直了腰板，正面对上各路摄像机，露出温婉的微笑，一束光正巧打来，落在她的侧脸上，姣好的轮廓让拍照的人恍了神。

在一旁正巧带着唐梦的白羽见了，暗自看身侧的唐梦，美则美矣，只是在众多身材高挑、气质出众的人群里却不显得那么出众了。

"啧啧，真是个妖精啊。"

白羽忍不住在心里低声说了一句，尽管没明说，但聪明的唐梦也顺着她的视线看到了正在入场的令嘉和单丹，两人有说有笑，Delvaux 品牌的高层绅士地紧随其后，时不时地为两位女士服务。

"这是令嘉吗？"人群里有几个国内的时尚媒体人士也在看清楚那张脸后面面相觑。

"不会吧……我这边没有收到风声她来参加时装周了。"

"看来是真的了，我看见她经纪人了。"说话的是一个年轻的时尚博主，在国内的互联网上人气颇高，许多品牌也会请他观秀。今天是听说单丹难得会出现在 Delvaux 秀场特意赶来拍照的。

人群里果然有人觉得不可思议，"单丹？和令嘉……这是什么组合？"

"我看八成不简单。令嘉身上那条裙子，做工精细，据我所知，今年各大品牌里没有出过这一款高定。如果不是我看走眼的话，那可能是某个品牌未公开的限量版新装。"依然是那个年轻博主，他有个奇怪的名字，明明是个男人却非要取名叫什么小草莓。

其他人听了他的话压根没当回事，只当他是夸张了。

小草莓懒得跟这群国内所谓时尚杂志的媒体说下去，转头看见白羽和唐梦也快要入场，白羽无比亲密地凑到单丹和令嘉跟前，说着什么话，三人都笑了，反倒是被晾着的唐梦尴尬地一人拿了笔签名。

"奇怪，唐梦不是要替 Delvaux 走秀吗？"小草莓觉得奇怪地摸了摸脖子，伸手拿出了自己的手机正想点开，助理突然拍了拍他的手臂，"大新闻，快上 ins。"

助理的惊呼声之后，在座的几个人也纷纷掏出了手机。

Delvaux 官网在三分钟之前发布了一条更新，内容配图有两张，分别是单丹同令嘉在游艇的照片，两人身穿西装并坐在游艇之上，手中拿着墨镜，令嘉修长的手搭在扶手上，痞痞地微侧身，一双修长的腿虽被裹在西装裤下，也能感受到无死角的美感。单丹则酷酷地坐着，没有取下墨镜，两人这样搭配竟然无比和谐，并没有所谓的谁抢了谁的镜。另一张照片则是令嘉的独照，背对着镜头的令嘉半褪的裙子悬悬的挂在身上，她微微低头，用握着香水的手掩住了身前的春光，露出了半截光洁健康色的背。她的身体微微弯曲着，呈现一种优美的弧度，露出的半张脸则更显得轮廓精致，碎发和眉宇间都透露着妩媚。较之二人合照，明明是同一个人，却有着截然不同的气质。

照片很美，完完全全将令嘉这些年来隐藏着的美都暴露出来了。

最具爆炸性的是 Delvaux 发布的文字，寥寥几个英文单词翻译过来便是："欢迎我们的中国区代言人，令嘉"。

混迹在 ins 的时尚博主都炸开了锅，纷纷评论转发。

"这是我认识的那个令嘉吗？她什么时候变得这么美了？"

"这些年也没见她有过街拍和走秀，自然不会让你看到她什么时候这么美过。"有人在那人之后评论。

"天哪，这完全就是我女神啊。看来回国以后又要写一篇长篇大论了……"

"我已经在用手机打字了。"

也有外媒和粉丝在看了照片后，纷纷表示自己快成为这个中国女孩的粉丝了，有一手资源的令嘉粉丝无意间上 ins 发现重大新闻，激动得一边手抖着一边替外国粉丝科普令嘉的演员身份，并将令嘉曾经获奖的照片也 Po 了出来。

众人还来不及消化，Delvaux 品牌不到十分钟再次更新了内容。

这次是一张在米兰时装周秀场上的照片，坐在单丹身旁的令嘉格外引人注目，不仅因为今日她的装扮很美，更是因为她居然同单丹以及凯特·布兰切特这等巨星坐在第一排，明明都是大咖，但令嘉在其中并不突兀，出乎意料地，气场十足又和谐。

"我的天哪，令嘉这是……吃了什么如此受到大牌的青睐？"纵然小草莓博主见惯了大风浪，也暗暗吃惊，令嘉这是要跻身一线的行列了吗？

ins 的热闹很快传播到了国内的微博上。

起初只是一两个粉丝截图发了微博，之前攻击过的唐梦粉丝却又再次找上门，diss 令嘉粉丝不死心居然 p 图发微博。大战在即，然而还未来得及开战，耀星娱乐官网发布了正式的消息，直接用了 ins 上的两张照片，发文字表示祝贺令嘉迈入时尚圈，很快，中国版《Dream》杂志也转发了该条微博，在刚刚发布完唐梦登上大秀的消息之后，中肯地评价了此次在拍摄大片时令嘉和单丹的合作，表示很感激和满意。

吃瓜群众获得了官方认可，终于炸了锅。

尤其是令嘉的粉丝也纷纷站出来指责唐梦粉丝粗鲁的行为，甚至还

有一些路人粉讽刺唐梦粉丝打脸。

热闹之际，知名时尚博主小草莓也发微博了。配图便是在秀场内自己所拍到的关于令嘉和单丹同坐一排的照片，以及 ins 上的两张硬照。图片简单修过，没来得及精修，但这样的令嘉足以让吃瓜群众惊艳万分。

令嘉成为国际大牌的代言人，以及即将登上中国版《Dream》，同国际影后单丹关系融洽。这些足以让国内的吃瓜群众消化了。

新闻一度发酵。令嘉那两张硬照也彻底圈了不少粉丝。

小喜负责国内的粉丝维护，突然接到后援会会长的消息，这才登录了微博去看。小草莓的微博下，一片好评，只有极个别讲酸话的人。在陈尔的授意下，小喜登录了令嘉的微博，自己更新了一条微博，为了保持一贯低调的作风，小喜没有发硬照，而是配了一张在米兰街头的街拍照，米白色的套头针织卫衣配上牛仔裤，露出一双修长的腿。而她微微抬头，露出好看的笑容，沐浴着阳光，手心里捏着 Delvaux 的香水，没有只言片语，只是一个心动的图案。如此高冷的风格似乎跟她其他的微博一点儿也不搭。

微博发出去不出十分钟，已经有人陆续评论。

"天哪，你快成我女神了。"

"女神你现在在米兰时装周吗？就坐在影后单丹身边对吧？你的左边还有伊娃对吧？帮我好好看她一眼好吗？她是我的女神，从今天起，你也是我女神了！"

"美了美了，真美……"

"老婆，你是我老婆吗？"

"不夸张地说，我从以前就觉得令嘉的颜是最舒服的，既没有攻击性，气质还很独特。"

"听说你隐婚生子，你不解释一下吗？有图有证据！"

"支持楼上，别以为出了趟洋相就能翻篇了，你欺骗大众隐婚生子的行为实在恶劣，就应该抵制这种人在娱乐圈里作威作福！"

"令嘉滚出娱乐圈。"

令嘉的人气本就不特别高，夸奖的言论一阵风似的过去得快，很快也不知道从哪里吹来一道邪风，似有组织有纪律地开始跟风提及令嘉隐婚生子的新闻来。

众人虽然觉得奇怪但无暇顾及这几个黑子的言论，毕竟在这件事上，唐梦的粉丝实打实地吃了败仗，原本耀武扬威地声讨令嘉不成，自己却先被打了脸。唐梦与单丹合作走秀的谣言也因为单丹坐在观秀台上不攻自破，好在唐梦的秀还是要走，不然路人的嘴脸别提多难看。

一夕之间，时尚博主的通告都在说令嘉这次拿下国际大牌代言的功绩。这在国内，也就周文空前的盛况。像是单丹这般在国际上获过奖的人，却也因为自身没有接下过这份工作，但无疑单丹是要和 Delvaux 长期合作的，她为 Delvaux 拍过不少推广片，那么令嘉与单丹捆绑合作的机会也会更多。

吃瓜群众闹一闹也就散了。但似乎任何事情总是物极必反，不过短短几小时的时间，网上那几个被众人忽略不计的黑粉团体居然集合起来忽然袭击令嘉。不到半小时，微博上居然高高挂起一个"令嘉隐婚生子的话题在热门上。

吃瓜群众再次炸了，这个新闻前些天看过。好像是橘子娱乐先发布的，这个才在诽谤起诉中吃了败仗的丧家之犬发布的消息原本没有特别多人在意，只当这无良媒体在报复，但人云亦云，说多了，总有那么几个不明真相的群众信了。

一些直男癌开始在微博上疯狂地黑令嘉，甚至批斗她在微博上引起广泛关注的那张露背照，甚至有人提及少时那张"裸露"的十八铜人照片。

这些人跟疯了似的抹黑令嘉，一些刚刚被令嘉圈粉的颜粉看不过去，瞬间纠集起来展开了骂战。

这一天注定不太平。

后知后觉的才子新贵方纫秋在经人提醒下才以游客身份上了网。休养院的网络不好，点开的照片转了许久才打开。此时的病房里，再次播放着前几天的娱乐新闻，这是方纫秋找护士调的频道，护士听说这房的病人喜欢看娱乐新闻还挺意外，于是特意找出了前些天爆出令嘉隐婚生子的新闻。

方纫秋熟练地找到了令嘉的官网，一眼看见了置顶的两张照片。点开那张个人照，保存在了手机上，设置成了屏保。抬头看见电视上的新闻，微微弯起嘴角，全然没注意到床上病人捏紧的拳头青筋微跳。

那人怒瞪方纫秋，"你……你们结婚了？"连声音都在颤抖。

方纫秋这才回过头来看他，嘴角微微勾起。他没有回答他，而是指了指放在矮几上的文件，视线却瞟向了手机上那高高悬挂的热门话题。

"你什么时候签字？我会让护工照顾你到你能自力更生那天，我给你的钱，你尽管狮子大开口。"

方纫秋冷淡的态度俨让病床上的人不由动了怒气。他抬手推倒放在床边的水杯："你以为有钱就能买到所有吗？"

方纫秋从沙发上站了起来，不甚在意地瞥他："不能。但没有钱，你就只是一个废物，那你那什么跟我置气？你不就仗着自己是受害者吗。"

"这就是你补偿我的方式？"那人猩红了眼，显然恨极了他。

"怎么？你觉得委屈，伤了自尊心？呵呵，如果觉得自己可怜，就振作起来起码当一个人。"

那人咬着唇，看他的眼神从厌恶变成了怨毒。

"方纫秋，你究竟想从我身上得到什么？"

方纫秋抬起的脚顿了顿，他原本想离开，但听了这话却无声地笑了笑："从你那里得到？"

"你照顾我多年并非良心过不去，你赎罪，也只是因为你害怕我出现在她面前。她会恨你。"

"你是不是太高看自己了？"

"就算你不想承认我也要说。只要我在一天，总有一天，会让她对你恨之入骨。"

方纫秋看见那张年轻的脸上狰狞的表情，无奈又冷漠道："无须你出现。我跟她之间，从来就没有别人，任何人都不是障碍。"

"可惜十年前，你却还是因为这不应该存在的任何人做了错事。"男人不断地在揭他地短，攻击力十足地想让他毫无反击之力。但方纫秋是个律师，他最擅长的事情就是睁眼说瞎话。他可以面不改色地说谎，"她没有喜欢过你，这些我都知道。你以为能欺骗我多久？我不过是被你刻意制造的假象蒙蔽了，你以为她不知道当年你找过我？"

"你……"那人震惊地瞪大了眼。

方纫秋对他也是极恨的，若非这样，他当年怎么会冲动之下做了那样的事情？这十年，她恨他，讨厌他，躲着他，无非就是想让两人之间变成再无交集，怎么可能？他方纫秋从来不知道放弃二字如何写。只是，常常因为她闪避的眼神、假装陌生人的眼神而刺痛。想到这里，方纫秋感觉自己的心脏猛然跳动了几下，就连说出口的话也咬牙切齿，"当年如果不是因为你，我们又怎么会如此？"

罗野。这个名字在他梦里百转千回许多次，这些年来，一直扰乱着他的心神。一面因为痛恨，一面因为愧疚。他恨他当年为了与自己争夺那些虚名，刻意接近令嘉。甚至在后来，让心高气傲的他误会她。他那样骄傲的人，在听见令嘉母亲说那样的话后，怎么不会闹别扭？可是闹完别扭发现她开始躲着自己，他恼了，又生气，看见她跟别的男生走在一起，怎么可能不愤怒？

他恨不得掏出整颗心去问她到底怎么了。就因为他交了女朋友吗？可是……令嘉不知道，在他与她的关系上，他小心翼翼着，生怕把"爱情"二字玷污了。

这世界上最不长久的就是爱情，他要跟她一直在一起……不会老死不相往来，比朋友、比亲人还要深厚一些。这些……他都说不出口。所以，最后，变成他必须承受罗野在自己面前耀武扬威，最终，他犯下错事，他不得不远走高飞，做了一次懦夫。

无声地叹气。方纫秋瞧着医院洗手间里老旧的镜子，看自己满脸的水珠，第无数次无奈地妥协，终于还是掏出手机拨通了助理的电话。

"帮我撤掉微博上第一的话题。是，多少钱都行。"

第
四
十
七
章

／

斗
图
比
赛

　　令嘉是在大秀结束后才拿到自己的手机，第一件事便是刷开微博看了新闻。很可惜，她错过了十分钟之前那被微博官方忽然撤销的热门话题。这对围观了上热门、再突然被撤销全过程的陈尔和小喜来说，倒是无比庆幸。

　　陈尔不敢保证，令嘉如果看见那话题里充满了限制级字眼骂她的话会如何，只能私底下和小喜躲在角落里研究，是哪位大神出手撤掉了热门，顺便还将令嘉夺得奢侈品代言的话题顶上。

　　陈尔已经打电话询问过公司了，米雪也不明所以，那证明就不是公司的人干的。那会是谁呢？

　　正头痛着，令嘉已经换好了衣服'将自己裹得严实'上了保姆车。

　　这些日子又是忙拍摄又是准备看秀，她暂停更新微博许久，听说小喜发了微博之后，马不停蹄地就要去看自己的微博是什么状态了。

　　显然早已经预料到自己会被一堆人夸上天的令嘉压根没发现被撤销的话题，反倒是看见了官微下个别质问她隐婚生子新闻的八卦。保姆车在行驶中，令嘉捏着手机一头雾水。

"你们有谁能给我科普一下，关于我隐婚生子的传闻是什么吗？"
她晃了晃自己搜到的照片，盯得陈尔眼神发虚："这种假新闻，为什么
没有人解释？"

陈尔心虚地吞咽了口水，心想坚决不能让令嘉知道米雪他们为了炒
热度还买了热搜，尽管买了热搜其实也没过多久就被唐梦强大的粉丝团
给打压下去了，这说出去不仅制造厚颜无耻的炒作假新闻，还丢份。尤
其是今天还突然被一群不明黑子再次炒上热门的事情，更没有道理让令
嘉知道了。

"这……公司觉得，这种事情吧，你自己去澄清会好一些。这些日
子你不是忙吗，我们担心影响你的情绪所以就没告诉你。"

后者她可以理解，但前者……"你让我自己发微博澄清啊？要不要
再开个新闻发布会啊？这就是宣传部办事情的态度？"

陈尔继续结巴："我……我们这不是担心万一你真的谈恋爱了吗？
孩子的事情好解释，但这个男人……大半夜出现在你家里，怎么都说不
过去吧？"

令嘉听到陈尔如此一说，也犯了难。总不能说方纫秋大半夜去她家
里是谈公事的吧？谁家谈公事非要大半夜还要抱个孩子？

不管怎么说，令嘉没想到回应方法之前还是强势地反驳了恋爱说：
"我就算死也不会跟方纫秋谈恋爱。你放一百个心在肚子里。回应的事情，
你跟米雪商量下如何解决。"

陈尔听了也松口气，忙说："没谈就好。其实你谈了也没事，只是
咱们背不起这隐婚还生了孩子的锅。其实这事情好解决，我早已经想好
对策了。"

"什么？"

"照片上你们也没做什么亲密的举动，咱们只要澄清孩子的身份就
行了。至于男人……吃瓜群众会主动脑补成孩子的爸爸。"

"你是想让赵家禾背锅？"

第四十七章

"孩子本就有一个爸爸不是？这也不算背锅，我们又没说方纫秋是她丈夫。"

关于公关，令嘉和陈尔有几次纷争都是关于家人的。陈尔说的也没错，赵家禾毕竟是圈外人，也不露面，正好照片拍得模糊，挡挡枪不过举手之劳。只是……

"这事情我要问过赵家禾之后再回答你。"

陈尔也没有急着让令嘉做出决定，毕竟现在追问隐婚生子新闻的人不多，大多数人只当是假新闻，所谓的有图有真相，也很难界定，那张照片实在模糊，除了令嘉之外其他人都看不清楚。照片里的人也没有任何亲密互动，要硬说成是假的，也是可以的。怕只怕令嘉这次也算得罪了唐梦等人，之后黑子会咬着这件事不放。

当然，如此盛大的事情，令嘉也没有自己发微博说点什么，只是在发布会结束后，发了一张自拍照，配了文字：今天搬完砖，明天的砖还要继续搬。养"孩子"真累！（愤怒表情包）

陈尔一不留神，发现她又发了一条脑残微博照。但此一时彼一时，今日的粉丝格外亲切，回复的评论都很温和。

孙悟空不是你："我求你了，女神，不要再自拍了。"

是橙子啊："你的自拍照有多难看心里没点数吗？"

和我吃火锅吧："我就知道女神是来搞笑的对吧？这是涨粉新技能吗？"

哈哈哈哈："求你了，以后拍照的事情都交给别人吧。你的技术真的……很差。丑爆了，别人拍是女神，自己拍是女神经，简直是自拍界泥石流。"

宇宙无敌我最美："如果你真的喜欢自拍，请拜个师傅好吗？@小草莓"

一本正经："呵呵，总算承认了吧。隐婚生子，大骗子！"

6666："楼上的你是不是傻，语文没及格吧？没看见打双引号了吗？"

Liruirui："楼上智障……"

令嘉拿着电话兴奋得睡不着，自动忽略了那几条说她自拍丑的话，转而询问小喜："他们是在夸奖我美没错吧？"

小喜嫌弃地伸长脖子看了一眼手机上的评论，吐了吐舌头："算……是吧。"

得到满意的回复之后，令嘉这一天晚上都打算抱着手机睡觉了。第二天要赶回阳城，陈尔收拾完行李后才发现令嘉又发了微博，恨不得要弄死她。可等她上了微博再看时，发现令嘉那条微博居然上了热门。

这还是第一次不花钱买也上热门，罪魁祸首居然是令嘉的粉丝，开了一个"自拍界泥石流"的话题。

原本陈尔还有些担心网上对令嘉的评价会一黑到底，但点开话题居然意外地都在夸奖令嘉本人长得好看，陈尔震惊得半天合不拢嘴巴。不少吃瓜群众觉得好玩，纷纷找了几百年前的路透照和剧照以及自拍的对比照到微博，纷纷表示令嘉是一个被自拍照毁容的奇葩。

但事情远没有那么简单。回到酒店不出一小时，小喜惊叫着抱着平板电脑冲进令嘉的房间。

正在敷面膜、做睡前运动的令嘉被她那一声吼叫吓得差点儿从床上跌下来。

"大半夜的你鬼叫什么？"另一间房里的陈尔睡衣穿了一半就跑来了。

小喜捂着嘴，又是跳脚的说："你，你们快看微博。"

令嘉狐疑，接过平板一看。那条话题居然冲上了热门第一，然而话题首页里的第一条内容并非之前粉丝群嘲的那条，而是一条半小时之前更新的微博。

"聂洋这是不是脑子被猪咬了？"令嘉一看到那熟悉的头像就头痛，登录上自己的微博，发现不少人给她发了私信，最引人注目的便是聂影帝那条。

"快关注我，给你涨点粉。"（挖鼻孔表情包）

令嘉眼皮微跳，视线移到他发的那条所谓给她涨粉的微博上。两人在片场时经常不修边幅，聂洋为了整蛊令嘉偷拍了令嘉窝在躺椅上睡觉的照片。赶戏那几天两人都忙得脚不沾地，互相黑对方便成了减压的唯一方式。令嘉有一种奇怪的体质，疲劳时她睡觉就容易翻白眼，上下眼皮合不拢，加上冲天仰面头发乱糟糟……双脚还蜷缩成一团，这副鬼样子纵然是令嘉这么不修边幅的人也看不过去。

简直太丑了！

再看聂洋厚颜无耻的文字：#自拍界泥石流#我的拍照技术还不错吧？@一嘉之言你觉得呢？

令嘉指尖移到聂洋的头像，发现他果然关注了自己。再点开那条微博下的评论，果然不愧是影帝，短短半小时评论已经超过两万条。像聂洋这般常年不出现在社交网上故作清高的老古董，人气也太高了点吧。

聂洋突然关注令嘉，还发微博直接艾特她，这对聂洋的粉丝来说，无疑是一个炸弹，无故地掀起三层浪。

洋洋得意："我咩居然发微博了！惊悚！"

咩~："羡慕嫉妒恨，老大求给我们拍！再丑都可以。"

我爱喜洋洋："闻到了JQ的味道……该不会是我想的那样吧？"

羊宝宝："我吃醋了，老大居然发一个老女人的照片！我要去黑令嘉了。"

去年十七岁了："我洋千万不要看上令嘉啊，我洋这么牛的技术都没把她拍好看，真人一定也没好看到哪去。"

聂洋家的小可爱："老公，你居然发女人的照片，我要生气了，快哄我。"

聂洋的粉丝都是戏精吗？令嘉感觉自己越往下看越生气，最后手指不受控制地颤抖起来。陈尔见状，忙上前一把抢过平板电脑，以她对令嘉的了解这事情没完。

"影帝他这是要黑你呢还是要帮你的节奏啊？"小喜接过平板电脑眉头紧蹙，又指了指令嘉微博的粉丝，"我觉得影帝一定是好心……粉丝暴涨了六十万。"

"这臭男人绝对没安好心。"

陈尔听了小喜的话，一点儿也不担心。在她看来，聂洋这举动无疑就是在帮助令嘉了，试问谁有那个能耐将一个粉丝建立的话题不到两小时炒上热门？

但见令嘉鼻子都气歪了，还是好声好气地安慰她："不是你自己说要自黑到底的吗？"

话是如此，但别人黑和自己黑有天壤之别！令嘉握着拳头的手咔咔响，"这个仇我一定要报！"

令嘉伸手就问小喜："把电脑给我！"

陈尔就怕她冲动，眼锋扫过，小喜便颤颤巍巍地不敢当真送上电脑："令嘉姐，要不你就别管了吧，陈姐会看着办的。"

果不其然，不出半分钟，陈尔的电话响了，不用想也猜到是米雪了。

令嘉最近新闻不断，搞得整个推广部都人心惶惶的，米雪这天已经是第三次给陈尔打电话。陈尔走到客厅接电话，压根没注意到令嘉趁她不注意翻到了背包里的手机，以迅雷不及掩耳的速度藏到了枕头下。小喜看她那鬼祟的模样张口要喊，令嘉挥了挥手上的拳头，她便闭了嘴，不敢再说话。

陈尔挂断电话，见天色已晚了，交代令嘉："米雪刚来了电话，现在的舆论挺好的，极个别黑粉好像也突然销声匿迹了。你就安心睡觉吧，明天赶早飞机。"

令嘉拉起一半被子点头如捣蒜，积极地送走了两人。

熄了灯，等到隔壁都没什么动静了，她才摸出藏好的手机登录上了自己的微博。米兰的夜深人静也是阳城的青天白日，陈尔千算万算忘记算时差了，自己关了手机打算睡个好觉，却不想令嘉这边不甘示弱地在手机里找出了聂洋在片场的照片。和武术导演对戏的时候聂洋被一掌推倒在地，毫无准备的聂洋整张脸都惊恐万分，整个五官被扩大了两倍，尤其是那张开的鼻孔，好几次都让令嘉笑得前仰后翻。

忍着笑的令嘉熟练地用 P 图软件给武术导演打了马赛克，又在他往外推的掌心上添加了一簇火苗特效，当然，她没忘记为聂洋也好好 P 图，在他背后画了一条长披风，眼睛上画上了美国队长的面具。

编辑好了之后，令嘉亲自下海"手撕"聂洋。

一嘉之言回复 @ 聂洋：前辈，喜欢我给你搭配的新装吗？美国队长好帅的哟～

回复完令嘉心情好到爆，抱着手机美滋滋地偷笑，网络另一头的聂洋正蹲马桶刷手机，看到这一幕瞬间什么都不想了，又翻找了自己的手机相册，从里面挑选出一张令嘉穿着七厘米高跟鞋打斗成劈叉的照片回复了过去。

聂洋回复 @ 一嘉之言：喜欢得不得了！我谢谢你啊。

睡梦中听到提示音的令嘉在看见照片那一刹那瞬间清醒了："很好，跟我斗图是吧，姑奶奶今天不陪你玩就不姓杨！"

瞌睡被惊吓走的令嘉不惜挂着黑眼圈再次找图，P 图，怒怼，回复！

陈尔在两人斗图斗得一发不可收拾时才惊觉此事，连滚带爬地来捶门，令嘉早已经将房门反锁上，铁了心要跟聂洋斗到底。完全不关心窗外的陈尔和小喜急得团团转、不是打电话就是砸门的声音。

两人斗得浑然忘我，压根没关注到网络上一片热闹，毫无意外地上了热搜。

名为"令嘉大战聂洋"的热搜旁边出现了爆字，不明所以的观众还以为两人约架了呢。

钟爱我羊一生：天哪，是我眼瞎了吗？

阿云晕：我也眼瞎了！这两人是要干吗！

6666：好了好了，场地让给你们，扯头发打一架好吗？

安安：这明显是要约架的节奏啊！太可怕了，这俩两人到底怎么了……

我看悬：这是在……秀恩爱吗？

懒癌患者：为什么我觉得这两人应该是关系很好的样子？（星星眼）

轮黑粉一万遍：哈哈哈哈哈哈哈哈哈哈哈啊啊啊啊只有我一个人觉

得很好笑吗？感觉像是两个幼稚园小朋友在互相报复！

我羊是本命：眼瞎的人都看出这两人关系好着呢，哈哈哈哈太逗了。

萌萌哒的小迷妹：感觉两个智障在较劲哈哈哈哈哈。

令嘉感觉自己的微博要炸了，私信扑面而来。她甚至都不想点开看，已经猜到有一些拎不清的脑残粉在骂她。

天快亮了，两人都耗尽了洪荒之力，没有力气再P图了。令嘉如霜打的茄子一般瘫在床上，决定最后在微信上逗个嘴炮。

"羊咩咩，你的粉丝说你是幼稚园的小朋友呢。"

同样因为斗图耗尽了心血，此时不仅要正面迎上经纪人发疯般咆哮还要一面装酷的聂洋，见了令嘉的话，更是气不打一处来。

"闭嘴！他们还说你是智障呢。"

"嘻嘻，羊咩咩！"

"闭嘴！"

"嘻嘻，羊咩咩咩咩~！"

聂洋拧着眉看自己的微信界面，他怀疑自己真的在跟一个智障说话，顿时泄了气，无奈地抄起手机，懒得搭理连易的痛哭流涕，躲进厕所里，在相册里翻出一张令嘉在《黑客帝国》里的剧照。

剧照很美，令嘉微卷的长发披在肩上，一身黑色的干练装扮，艳红的唇露出一丝邪笑，完爆的气场。

令嘉捧着手机傻眼地看着聂洋最后回复自己的那条微博，他居然转发到自己微博上。

聂洋回复@一嘉之言：手机没存货了。你们要想看丑照下次赶早，最后送上我们的剧组之花的照片给大家洗洗眼睛。

聂洋这条微博发出去后不出几分钟，已经有无数条评论。

月亮下的映：哇！好美。

我羊最棒：老大你最棒了，果然是为了宣传新戏闹这一出的，对吧？

七七七七柒柒：I服了你们！两个弱智很开心是吧！

仙人掌与小绿：哈哈哈哈哈哈，我羊咩咩最善良了，还不忘记给令嘉正名，笑死宝宝了。我羊最厉害了！

令嘉看着聂洋凭短短一条微博就又炒了热度，勾着唇角笑了笑，"这个老狐狸，炒作手段很高明嘛。"

很快，她也编辑了一张聂洋在《黑客帝国》里的剧照发了微博，并且厚颜无耻地呼吁大家要关注《黑客帝国》的首播。

《黑客帝国》的戏份拍得差不多了，这次回国后基本能结束，然而播出的平台早已定下，想来不用多久，这个时间放出剧照也不显得突兀。

其实令嘉心里清楚，聂洋到现在这个地位，根本不需要亲自炒作。

吃
醋
嫉
妒

令嘉和聂洋大战几个小时的斗图八卦在网上引起了前所未有的热度。

一夕之间居然让令嘉的橙 V 变成了红 V，不仅如此，陈尔在痛骂令嘉一顿后竟然意外地发现她粉丝暴涨了一百万，她终于从一个不到几百万的小粉红进阶成了千万户。这是跨历史的意义，不过一夜的时间，这是何等的速度啊。

"现在的粉丝都是什么口味？"这不禁让陈尔表示怀疑，就连另一边的连易也是摸不着头脑，跷着二郎腿一副想兴师问罪又迟迟开不了口的怂样，摸着下巴装不经意，哎唉，我说你要想帮人家小姑娘可以明摆着说两句好听的话，这下可好了，两个人在网上来这么一出给别人看笑话就算了，还会让粉丝伤了心的。"

聂洋也是一夜未睡，耷拉着一双眼在洗手间里漱口，嘴里含着泡沫哼哼唧唧地回答："我要直接发微博说你们都关注下这妞，你觉得这方式更好？"

如果真这样，指不定令嘉刚下飞机就被他粉丝撕碎了。这下帮人不成，最后他还会成为令嘉不共戴天的仇人。

连易被聂洋反问得很不爽："我说，你是不是喜欢那丫头啊？"

别人怀疑就算了，他连易跟自己多少年了？

"怎么连你也问如此没有水准的问题？你看令嘉那牛脾气、臭德行能是我喜欢的类型吗？"镜子面前依然是一副帅得一塌糊涂的男人用力刷牙的样子，但脑海里却乍然闪过一道人影。聂洋为自己突发的幻想很是头痛，用力地摇晃着脑袋，终于才将那抹身影扫出去。

连易完全相信聂洋的审美，他绝对不可能会喜欢令嘉这种脾气冲的无脑姐，就冲聂洋那一屋子的手办他就能猜到他那对御姐充满性幻想的奇葩口味。不过，这家伙的说辞也未免太敷衍了点，很难让人信服啊。"你要不喜欢人家，干吗绕这么大的弯去帮人家？你不担心前些日子令嘉爆出来那则隐婚生子的新闻来，我还担心呢。万一有无良媒体让你背这锅，你想让我怎么办？"

这时聂洋已经洗漱完毕，又是清清爽爽的帅小伙，事不关己高高挂起地抽出一张面纸擦掉嘴角的泡沫，"你慌什么？人家正主都没慌。"

"正主？"连易不明所以，拧着眉头见聂洋已经跷着二郎腿窝进了沙发，心满意足地掏出了手机，也不知道给谁打电话。电话声音响了两下，很快被人接起了。连易凑着耳朵听见对方是男人的声音，这才放了心。

"什么事？"书房里夹杂着各类敲击键盘的声音，方纫秋瞟了一眼手机屏幕，表情很不耐烦。

"我的方大律师在忙什么呢？"

方纫秋用脖子夹着电话，敲击键盘的手没停下。"忙着，没事就挂了。"

"别急嘛，听说最近有不少媒体收到了你们的律师函，我瞅了瞅，还真是那几家意有所指抹黑令嘉那丫头的。我想告诉你，我们这个圈子有自己的规则，你这么做对她来说不仅毫无帮助，甚至……"

"挂了。"方纫秋没空听聂洋跟自己絮叨，直接挂断了电话。

方纫秋面无表情地扔开了手机，继续沉溺在一堆资料中。辞职后，他将自己的书房暂时空出来工作，此时这间不算大的房间里有三两个精算师在忙碌，而他从高申带走的助理小荣正哭丧着一张脸慢吞吞地在微博上找碴儿。

心里一边骂骂咧咧地诅咒令嘉这个祸害精，一面偷偷观察方纫秋的眼色，尽管不敢反抗但还是硬着头皮举手表示了意见。

在高速工作状态的所有人里，只有娘炮助理颤颤巍巍地举了手，所以方纫秋很快发现了他的存在，一抬手示意他报告。

"那……那个，方总。"小荣没忘记现在方纫秋是要自立门户总字辈的领头羊，早早改了口，"您那个还要再给发律师函吗？我看发给几个说话难听的营销号就差不多了吧，得罪了吃瓜群众好像会……"

方纫秋听了小荣的话非常不满，拧着眉停下来看他。

"你不想干了？"

小荣哪敢啊，忙摇头摆手："不不，我只是……提出我的建议。"

"继续发。不仅仅是有资格的媒体、营销号，如果发现嘴里吐粪的黑子也给我发公函警告。这种人不配提她。"

小荣吞咽了两下口水，心道不妙。敢情这类警告公函不要成本就可以压榨他了？

"老板……"

"你还有什么意见？"方纫秋冷起脸来让人不敢反驳，小荣当即闭了嘴，垂头丧气地应了一声，继续在网上扒拉公开指名道姓骂过令嘉的人。熬了一天一夜，总算发得差不多了，小荣也暗暗为自己抹了一把汗，心里越发忌惮令嘉这个害人精，到底使了什么邪魅之术勾引得他帅气无比的方大状跟入魔了似的？

上了飞机的令嘉连打了几个喷嚏，空服看不过去，给她拿了毛毯来。陈尔在一旁狠狠地瞪了她一眼："看你还敢不敢整夜不睡觉地玩手机，这下感冒了吧。"

令嘉知道自己一旦搭理陈尔，她就会无止境地絮叨下去，索性用毛毯蒙住脑袋呼呼地睡了过去。

陈尔恨铁不成钢，无奈地叹气，用手拧了一把令嘉的手臂泄愤。令嘉皮糙肉厚，陈尔那点力道压根没什么用。对牛弹琴这事挺没意思的，陈尔也不为难令嘉，只管安安心心睡过这十来个小时的行程。

向来没有什么机场秀意识的令嘉依然像早前一样穿着普通、舒适的衣服下了飞机。在行李提取处令嘉老远就看见一堆人了，还张望着询问陈尔："是那个流量担当的小生今天到阳城吗？"

心不在焉的陈尔也没多想，随口敷衍了一句："是谁也不会是咱们，小喜你快点，我们要早点儿出发。"多年不红的低调演员果然是很有自知之明的。

纵使千算万算陈尔也没想到，居然有如此多的媒体来接令嘉的机。两人走出来时，为时已晚。刚走到大厅的令嘉就被一堆提着长枪短炮的摄影师对准了。外围甚至还有一圈拿了牌子来接机的粉丝。

"令嘉，刚刚从米兰回来，接下来会有什么工作安排呢？"

"令嘉，说说看和超级影后合作的心情吧。有没有很激动？"

"听说你接了某个大品牌的代言，你认为这种大牌凭什么会选你啊？是不是你使用了什么非常手段？比如，被某某拍到的男士资助了呢？"

令嘉被陈尔和机场保安护送着离开，忽然在人群里听到有人挑衅，她顿了顿脚步，扭头去看那张熟悉的面孔。橘子娱乐某记者，从很早之前开始就阴魂不散地致力揭短，此时正扬扬得意的表情。

"这位记者先生，想必贵公司在败诉之后并没有深思，还是这般没有教养。"

那男记者显然一点儿也不担心令嘉动怒，居然咧开嘴讽刺地笑了笑，流里流气的："你一个大明星当众为难我一个小记者就很有教养吗？令嘉小姐，我真怀疑你的粉丝喜欢你这种偶像会被误导成什么样，我真为他们的身心健康担心。"

这话说得很直白难听了，简直就是要干架的姿态。其他停下来的媒体怎会料想到来跑个日常居然还能拍到如此劲爆的一幕，纷纷将镜头对准那位男记者。说实在的，在场的各位，谁不知道橘子娱乐和令嘉团队刚上完庭的恩怨，讲真的，做娱乐八卦狗仔的有几个人是凭良心写新闻的，但为什么橘子娱乐偏偏被告了呢？还不是因为嘴贱，每次报道字眼都不堪入目，这番挂羊头卖狗肉的行为抢了多少同行的饭碗，少不得让人恨得牙痒痒，都在等着出丑呢。哪知道，这橘子娱乐也不是省油的灯，败诉了还是要逮着令嘉不放。

大家心里别提多希望令嘉出口恶气了！

令嘉见大家做足了看好戏的姿态，撇撇嘴巴，不顾陈尔在私下拉扯自己衣袖的手，勾起嘴角居然笑了笑，抬手指了指那男记者的工作牌："朱先生是吧？这些年你处心积虑地牙尖嘴利，无非是想抛头露面，混点名气，是不是你的金主给的赏金不够啊？要不，索性我就帮你上明天的头条，让你红一把，谁让你是这么与众不同的……"傻瓜呢？最后两个字，令嘉没有讲出口，只消音做了口型。但现场的媒体可是拍得一清二楚，"朱先生，等着收律师函吧，加上你以前诽谤加污蔑我的那些事情，你们的报道就是证据，有你署名哦。赔偿金是天价，你该不会怕了吧？"

那姓朱的记者愣了愣，但还是死鸭子嘴硬，他不信令嘉敢冒着公然挑衅媒体的危险，如果说上次状告橘子娱乐是情有可原，那么今天令嘉这样公然挑衅就有点过了。令嘉的团队就算不看僧面也应该看佛面。

正想开口再挑衅两句，一直对令嘉的做法不支持的陈尔突然站了出来，看到那人的工作牌："朱翔是吧？法院的传票寄到贵公司你本人应该可以收到吧，我们耀星娱乐会追究你的个人法律责任到底。"

陈尔难得公然支持了令嘉一次，霸气地唬了一把人。见状的令嘉总算是没有再后悔自己选错了经纪人。这些日子陈尔的保守做法，让她一度觉得自己当初选错了人。

得到令嘉眼神嘉奖的陈尔并没有松口气，转头又附耳提醒令嘉等会儿粉丝围过来的时候让她表现亲切一些。令嘉面带微笑，露出八颗牙齿回复陈尔："我懂，这一招在三十六计里叫什么来的？"

陈尔瞪眼："这时候你还想什么孙子兵法？赶紧给我在粉丝面前温

柔地圈点死忠粉。"

令嘉依然笑着迎接了第一波上前来要签名的粉丝,她都一一亲切地接过来签了名。机场的工作人员见她逗留了许久,不得不出声提醒她不要扰乱公共秩序。令嘉这才搁下笔,无奈地冲几个没有签到名字的小粉丝露出抱歉的笑容。

几个粉丝一路护送着令嘉来到了停车场,来接机的保姆车早已经候着了。令嘉的粉丝遵守秩序,没有推让,只是目送着她上了车,还有人在周围大声地表白,令嘉都一一表示了感谢,对粉丝的呵护,令嘉不是装出来的感激,她是真的放在了心上。以前鲜少有人来接机送机,事到如今,她走到这一步格外珍惜。

令嘉摇下车窗跟大家挥了挥手,又说了几句寒暄的话,并让陈尔将各位的本子收了来,还要了地址。陈尔承诺给大家签了名后会按照地址让工作人员寄过去。粉丝们何时有过这种真诚的待遇,当即搞得几个小粉丝在现场激动得要流泪:"令嘉你好温柔哦。"

令嘉见对方是个小姑娘,浅浅地笑着点头。正要摇上车窗,也不知道是不是错觉,忽然在人群里听见了一道格外突出的声音,在喊她的名字。

"顺心……"

令嘉愣了愣,粉丝中没有人知道她曾经的名字。更何况,那声音既熟悉又陌生……令嘉狐疑地再次摇下了车窗伸出头望去,人群里什么也没有,都是她的粉丝,一个个都望着她笑,没有看见任何不合适的身影。

粉丝们见原本要离开的令嘉突然又探出头,又欣喜地挥了挥手。令嘉回过神,又温柔地笑了笑:"谢谢你们来接我,但以后大家就不要特意跑这一趟了,不然那得多累呀。"

能来接机的这几个大部分都是后援会里的人,所以知道她的行程。她们既然是令嘉的死忠粉,自然是听话的。加上令嘉不是什么偶像明星,也就没有出现什么跟车事件。

即便有人想跟上去,却也因为腿脚不便没有来得及赶上出租车。

罗野站在人群之后，默默地注视着那辆醒目的保姆车消失在眼前。这么多年不见，但他还是第一时间在电视上认出她了。护士站有一个小护士是她的死忠粉，跟护士长请假来接机的时候被他无意中听见，所以他为了避开耳目拖着走路还很勉强的双腿来到了机场。

他以为自己会有勇气冲到人群前面去质问她，为什么这么多年不曾来看望自己，又或者忘记了自己？但是看到她气势汹汹对峙那记者时的样子，还是自卑了。这么多年，她除了变漂亮了，其他没有改变，还是什么样喜好都难以隐藏。而自己……明明知道自己从心到外，都腐烂了。哪里有资格去见她、控诉她啊？

来接令嘉的人中还有米雪，她见证了全过程的事态发展，也知道令嘉跟那名记者产生口角的事情，现在便已经开始四处打电话拉拢关系好的那几家媒体，让他们帮忙在这件事上，写令嘉的好话。

不少媒体都是拿钱办事的，既然是耀星娱乐的宣传部老大亲自打电话来了，面子和钱都是要赚的，欣然地接受了这个提议，反正不少同行看橘子娱乐不顺眼也不是一天两天了。

经历过几次危机问题后，陈尔大多数时间是跟米雪站在统一战线的，安心地等米雪打完电话这才开口寒暄起来。米雪并不想跟他们寒暄，立即抓住了方才在机场的重点，从副驾驶座上扭过头来询问令嘉："怎么样？现在是真的要告那个记者？"

关于状告朱翔的事情，陈尔是站令嘉的。她也早已看那人不顺眼，几次活动上都是他们捕风捉影，颠倒黑白抹黑令嘉。这次她想要出口恶气。

"既然我们话已经放出去了，不实际行动有点过不去。"

"但是我们跟一个……"

陈尔猜到米雪要说什么，出声打断她："米雪，这件事情我觉得令嘉说得没有错，别人已经欺负到头上来了。相信今天现场不少记者已经将那人的口出恶言录下来了，令嘉也当众反击了，如果我们只是过个嘴瘾那没必要让全网络看笑话。"

"是呀，米雪姐。我都看不过去了……"平时没什么存在感的小喜也附和道。她不得不说，令嘉虽然有时候讨人厌，但论骂人，她真的毫不嘴软，直截了当也不担心被人抓住把柄。这么耿直已经少有了。

米雪见三人都如此说，低头叹口气翻了翻手机，突然想起方纫秋来："那既然要打，我们就不能输。这个官司找个有经验的人打最好。"

"不仅不能输，我们还要那狗嘴里喷臭气的狗崽子输得倾家荡产。"令嘉冷哼，"我说出的话，不能成为虚言妄语。"

"律师找方纫秋，我这里没有他的联系方式。可能要麻烦陈尔了。"

"不要找他！"令嘉听说米雪要找方纫秋，脸都绿了。

"我看米雪的建议挺好的，方纫秋不是你签了合同的代理律师吗？又是自己人，这样办事简单。"陈尔瞧着令嘉的表现很不简单，故意加重了"自己人"三个字。原本想试探令嘉，却不料她撇嘴吧，又小人得逞的模样说道："也对，反正签了约，不用白不用。"

陈尔见她这样子，陷入了迷茫。这两人搞什么鬼？看令嘉的表现吧，两人好像有深仇大恨，但偶尔又好像特别亲密。超乎想象的关系……真是让人难以捉摸。

　　方纫秋是在工作中接到医院通知，才知道罗野不见了的消息的。

　　他丢下工作驱车赶回了医院，到病房里看了几眼便确定罗野会再回来，他也就没有发动人去找了。

　　罗野一瘸一拐地走回病房时，方纫秋好整以暇地坐在阳台上品茶。

　　见了罗野进门，方纫秋眼皮都没有抬一下，低垂着头吹着那漂浮在液体上的几片雪白花瓣。小护士不知为何送来了花茶，方纫秋念着左右不过是打发时间，也就没有再换。

　　罗野反手关了门，面对他也是一言不发。他们都心知肚明，互相看不顺眼，没什么可寒暄的。去卫生间换了病号服出来，罗野安静地掀开了被子重新坐上了病床。这副病容的少年样，很难让人去讨厌，但方纫秋怎么看他都不顺眼。

　　一刻钟过去，最终还是罗野沉不住气，他开口提出新的要求："上次你说的那些，我要再添加一个要求。"

　　跟方纫秋在法庭上打过照面的人都知道，他从来不向任何人妥协。

但他愿意听一听罗野有什么需求："说说看。"

罗野抿起了唇角，抬头时看见反光玻璃上印出自己如今狼狈的样子，他凄凉一笑："钱我收了，但我错过这些年，很难适应一个不错的职业。你也毁掉我的职业生涯了，不是吗？我需要一个新的身份，从头开始。我要你们方家的举荐。"

罗野不算一个技巧成熟的谈判家，但这点人情方家人给得起。方纫秋也给得起，所以他指尖敲击着桌面时已经做出了决定。

"我会帮助你去国外留学，你可以带着你的钱和新身份出国。"方纫秋停顿了一瞬，"永远不准再回来。"

这是一个非常有利于方纫秋的交易。但罗野已经没有筹码再同他讨价还价了。他捏紧的拳头藏在被子里咔咔响也无用，方纫秋给出了自己的条件，话说绝了，没有商量的余地。要么，他什么也得不到，找上令嘉，将一切曾经丑陋的谎言和内心都剖开给她看。当然，他相信，令嘉会念及旧情帮助他，她甚至会对他抱有愧疚。但是这份愧疚……他不想要。是方纫秋欠他的，不是令嘉欠的。他受了，反而越发难受。从此以后，他们也就止步于旧朋友和一个需要同情帮助的朋友之间了。男女之间的感情，再无可能。

罗野在跟方纫秋耍心机，他知道自己现在答应他是唯一的路。但未来……他也可以用另一层身份做另一个选择。

方纫秋如此聪明，怎会不知道他的想法？只是对于罗野这样的男人，方纫秋太过自傲，他几乎可以确信自己完全能掌控罗野的一举一动。他逃不过自己的手心。想要接近令嘉？没可能。

正是这份自满，罗野讽刺地弯了弯嘴角，点头。

"好。我答应你。"

"新的合约我会让人尽快起草，签了字，我们就互不相欠。"一千万，买断罗野和令嘉所有的可能。这对他来说，是值得的。

方纫秋不再逗留，拿了放在藤椅上的西装外套离开。

微博上刚刚没消停半日，很快有人上传了上午在机场令嘉手撕无良记者的一幕。

几家主流电视台娱乐频道也很快在微博上转发了这条新闻，并证实现场有猥琐记者出言不逊、令嘉为民除害的壮举。

就如陈尔所说，如今粉丝的口味奇特。傻白甜人设已经满足不了他们了，反而是令嘉这种耿直出声教训的人获得了青睐。

连续三日，微博上的反转起伏给令嘉涨了不少粉。

这会儿刚送令嘉到家，陈尔便捏着手机不敢相信地数着令嘉微博粉丝后面的零，最终捂着胸口问小喜："这几天突然涨的六百万粉丝都是为了看那丑爆了的自拍照而来的吗？"

小喜心情甚好地刷着平板电脑，思考了一会儿才用所有人都能听得见的音量凑近陈尔耳边说："我看不仅如此吧，有八成是来看二货的吧？毕竟像令嘉这般正面怒怼记者的明星，智商也实在跌到谷底了。"小姑娘胆子变肥了，意有所指令嘉和聂洋两个幼稚园小朋友。

小喜居然背地里说令嘉是二缺，这让作为经纪人的陈尔很不高兴，当即板着脸："你说什么呢，我看他们大约是看弱智来的吧？"

"噗……"

"你们两个说够了吗？"在一旁感觉自己的耳朵受到了侮辱的令嘉，不敢置信这两人居然合起伙来在背后吐槽自己。"你们懂什么，我这种方式叫自黑，塑造出一种平易近人接地气的人设，跟大众没有距离感圈路人缘。相信我很快就会凭着这些话题成为大众心目中的国民女神。"

微博的确有明星靠自黑扭转形象的，但没人像令嘉这样，自黑就算了，粉丝群起而黑之，还黑上了热门话题。

令嘉严肃的脸不得不让两人附和起来："是是，你最聪明了。哈哈，按照这样继续发展下去，你离成为国民女神经离越来越近。"

陈尔一语成谶，明明两个人开玩笑的话，报应却来得如此之快。

将令嘉送回家后，陈尔一行人便回了公司。处理了一番新行程到临近下班，天快黑了。网上再一次热闹了起来，突然出现了一些不同的声音。

有营销号站出来指责说令嘉没有教养，当众给一个打工仔难堪。不久后，这位"受害者"还在微博上控诉令嘉仗势欺人的证据，方纫秋律所在新闻出来不到一小时便起草了公函发给了朱翔。朱翔借此博取同情，录制了一段视频哭诉起来。

这一哭诉不得了，众人见到"方纫秋律师事务所"几个字就头大。有几个曾在话题里骂过令嘉的网友也纷纷晒了自己收到的警告公函，侧面印证令嘉的确仗势欺人，并非什么媒体所说的大快人心怒怼无良媒体。

突如其来的反面新闻一度又将令嘉推上风口浪尖。最近几日令嘉和唐梦轮着上热门，吃瓜群众也看腻了，渐渐也有了一些反对的声音，开始质疑起令嘉是不是因为拿了一个大牌代言便心比天高了，学人天天炒作。

令嘉深陷进了炒作阴谋之中，被一些路人黑以及唐梦的粉丝逮着机会怎会还不往死里黑？

陈尔带着这个消息赶到令嘉家中时，令嘉正在跟赵家禾收拾衣帽间。

两姐妹许久不在一起聊天了，赵家禾得知她回来便急匆匆赶了过来，一来为上次照顾球球被拍的事情道歉，二来替杨冠军打探令嘉的口风。

"上次那则新闻，你公司有说如何解决吗？"

令嘉耸了耸肩，她力气大，一股脑儿地将一大包行李塞进了衣帽间的最顶层，喘着粗气不太在意地说："还能怎么办？晾几天应该就过去了。这种新闻，没有实锤，谁也认定不了。假的真不了，真的倒有可能变成假的。"

其实赵家禾想问的倒不是真的解决方法，这不，吞吞吐吐地就牵扯出下面的话来了："你哥上次看了新闻给我打电话，问我你是不是跟方纫秋和好了。我瞧着你没那个心思也就跟他说不知道了。他好像现在挺希望你跟纫秋在一块儿的。"

令嘉不高兴地努嘴："也不知道方纫秋给他下了什么迷药。我哥以前那么讨厌他。"

"毕竟这么多年过去了，大家都是成年人了，成年人哪里分喜欢还是讨厌。"

"是。他们只看利益。"老哥和方纫秋打的主意她当然知道，就连老杨说不定也是这么想的吧？老杨从小就希望两个小家伙能搭到一块儿去，也只有令嘉的老妈杨夫人心里还是介意方纫秋的出身。毕竟，方纫秋在那样扭曲的家庭长大，性格的确也够臭。杨夫人希望令嘉平平凡凡，找个能爱她、护着她的人。

从小看到大，方纫秋这孩子对令嘉如何她看在眼里。只当是自家闺女在一厢情愿，所以当老杨提及此事的时候，她才出声反对了。只是没想到，反对的那些说辞却被方纫秋给听了去。

哎，旧事不想再提。

令嘉原本想问点赵家禾关于聂洋的事情，忽然听见房门被敲得咚咚响。不喜欢按门铃这个习惯大概只有陈尔了，令嘉连看也懒得看猫眼就拉开了房门。

"你不是去公司了吗？"

令嘉对陈尔的到来很嫌弃。如果没有重大事件，陈尔怎么会这么着急？"我给你打了电话你没接。"

令嘉这才想起自己关机了。

"发生什么事情了？"

赵家禾见状也觉得大事不妙，果然听见陈尔直截了当地问道："令嘉，你得跟我说实话，你跟方纫秋到底有没有一腿？"

令嘉不明所以："这又怎么了？我这刚回来，还没见他呢。"

"你自己看看！"陈尔鼻子都气歪了，"方纫秋这是要做幕后英雄？给上十来号人发了律师函不说，居然发这种公函去警告那些黑子。你到底哪点得罪了他，要这么给你招黑？"现在就算方纫秋站在面前说他和令嘉关系一般，陈尔恐怕也不信了。哪有这种人啊？

令嘉和赵家禾面面相觑，两人都很惊讶。

这是方纫秋的办事风格的确没错，但是方纫秋确实没有必要将事件搞得这么僵啊。

"还有，要跟朱翔打官司的事情我们的人还没有联系他，他倒好，先发了律师函过去了。这个朱翔也是个不要脸的，居然拍了视频在微博上哭惨。"

令嘉也惊讶得哑口无言，掏出手机就要给方彻秋打电话，她非臭骂他一顿不可。刚要拨号，被赵家禾拦住了，"令嘉你先冷静一下，我觉得小秋不是这么办事的人，你再等等看，说不定会有……"

"转机"两个字还未说出口，这边陈尔的手机先一步响了起来。陈尔见是米雪来电，头大地找了角落接电话。

陈尔挂了电话，表情松动了一丝。

令嘉忙问："怎么了？"

陈尔没有急着解释，而是按照米雪的指示打开了微博。耀星娱乐的的蓝 V 号更新了微博，一共两条。

第一条是某人与此时在微博蹦跶得厉害正致力黑令嘉的一个小号的对话记录，小号在对话栏里提到自己是某明星请来故意抹黑令嘉的黑子，并且表示像他们这种黑子还有许多，这位胆小的网友因为突然接到律师函着急了，急急忙忙地供出了该罪魁祸首，希望冤有头债有主找源头。

官网很有节操地将这个明星的名字涂抹了一些，但网络大神何其多，偏这涂抹痕迹好像很不专业似的，很快就有人分析出那两个字拼凑出来是"唐梦"。

当然金牌律师又怎么会不知道在如今聊天记录并不能成为证据。第二条更新的内容更加劲爆，官微直接放出了一段录音。询问者的声音被改了声道，但是那位网友在音频里提到了自己的姓名住址，明确地说出了自己是某营销公司的负责人，并在音频里提供了证据证明的确有人买了营销故意抹黑令嘉的事实。

原本这等录音也是有不能信的理由的，但官微在发布这条微博的同时也附上了一张对该公司正式提起诉讼的公文。吃瓜群众看了谁敢不信？

"这是怎么回事？"这眨眼般的反转，不仅让那几个在微博上蹦跶的黑子措手不及，就连令嘉自己也有些发蒙。

陈尔努努嘴，有些不好意思地说："算我刚才的话没说。这些是方纫秋的助理提供的，说是他们不方便知法犯法擅自放出音频等证据，所以都给了米雪。看来，他们是早有准备了。"

令嘉大概明白是怎么回事了，但心里仍然是不理解："真的是唐梦的团队在搞鬼？"

陈尔耸肩，无可厚非地道："不管是谁，这圈子是这样的。谁高踩谁，更不缺落井下石的人。更何况这次你的确在打脸唐梦这件事上出了一部分力，虽然跟你没直接关系。你在这圈子这么多年，应该早就习惯了。"

是。令嘉的确早就适应了这个圈子，可是："唐梦她有什么必要？她的资源一向跟我扯不上半点关系。她的人气跟我的，就是天壤之别，她还有什么不满意的？"

"我的好姑娘哎，这说明什么？说明你……的存在的确威胁到她了。按照这个发展势头，你是会压过她一截的。人家这才叫未雨绸缪，早早要把你这个竞争对手扼杀在摇篮里。"

赵家禾听着两人的对话，似懂非懂。但道理还是明白一点的，"这个唐小姐的确是未雨绸缪，不过现在恐怕只能叫搬起石头砸自己的脚了吧？"

第五十章 / 低调做人

就像赵家禾所说，唐梦这次可算是搬起石头砸自己的脚。虽然官微没有明确指出这位花钱黑令嘉的人是唐梦，但通过"技术大神"的扒皮，发现了不少蛛丝马迹，整个一部悬疑大片很快被搬上了网络。

有好事者开始纷纷嘲讽起唐梦的作风问题，尽管唐梦的粉丝诸多狡辩还是将"黑粉教主"的外号给叫开了。

令嘉去公司的时候，也不知道是否因为最近战斗力惊人，其他艺人见了她纷纷避之不及，生怕一不小心惹到了令嘉，被送上热门。

就连乔云珠在电梯里遇见令嘉也挺了挺胸阴阳怪气着："哟，大红人，好久不见了。最近日子过得可还顺心？"

令嘉双手反撑在电梯壁，微微低着头侧目，就静静地看着乔云珠要说什么。

乔云珠也是戏精本人了，对着镜子又是撩头发，又是涂口红的。不知道在哪部电影里学的故作神秘，翘起一根小手指擦拭着嘴角边多余的口红，从反光镜里观察令嘉的表情，惊恐地发现令嘉一直地在盯着自己，那眼神就好像在说："我就静静地看你装。"

乔云珠觉得自己次次都在这种时候落了下风，不甘示弱地挺直了腰杆，一手掐腰，从鼻孔里冷哼了一声："哼，听说你现在跟唐梦闹得不可开交，微博上天天挂着你俩的热门。你胆子挺肥的嘛，唐梦可是金娱的一姐，听说现在她还签了周文工作室。小姑娘，别怪姐姐我没提醒你，你可长点心吧，别以为自己拿了点资源在手上尾巴就翘上天了，谁也敢得罪。人唐梦那手上的资源，随便拿出一个来，碾死你就跟碾死一只蚂蚁似的。"

令嘉觉得好笑，微微抿着唇角抬手装作无意地扶了扶额角。

见令嘉皱眉，乔云珠以为是自己的话让她担忧了。嘴上又是个没把门的，扬扬得意地继续要说："听姐姐一句话，你可赶紧地去跟唐梦道个歉，这不什么事情都没有了吗？"

"好啊。这位姐姐，你还有什么要指教的吗？"令嘉差点儿笑出了声音，她很想提醒乔云珠，她方才的样子着实有点好笑。还别说，她发现了乔云珠一个潜在的价值，这人还挺适合去做拉皮条生意的，将唐梦的黑暗势力夸得天花乱坠，绘声绘色的样子，就像自己见过似的。

令嘉如此听话，这不科学。习惯了两人不对付打嘴仗的乔云珠居然一时之间有点蒙了，愣了愣，竟然忘记要说什么了。

令嘉见状推了她一把："愣着做什么，继续说呀，我还在等着看你的表演，你快开始，是不是要我鼓掌啊？"

"我只是没想到你居然答应得这么痛快。"乔云珠眨了眨眼睛，压根没注意到令嘉喊她大姐的事。明明先前是自己厚着脸皮要喊令嘉师姐，现在过了那时期，又自动认账。

"这不是你说的嘛，你说的都对。"令嘉含笑。

令嘉突然态度这么好，乔云珠总觉得后背发凉，"令嘉，你是不是有什么阴谋？"

令嘉忍不住哈哈哈笑出了声音，看乔云珠那小心翼翼的模样，忽然觉得自己在这个圈子里朋友少得可怜。她向来独来独往，这么些年，反而是乔云珠跟自己不曾变过地互相看不顺眼。好在乔云珠还不是那种在背地里阴人的人，起初她只是看不惯她天天招摇，现在想来，自己还是太过以貌取人了。比起唐梦这种表面上跟谁客客气气的、私下蛇蝎心肠的，乔云珠可爱多了。

"令嘉你笑什么？"乔云珠一头雾水。

令嘉直起腰，摆摆手："没事，没事。乔云珠，你实际年龄比我大没错吧？我叫你一声姐也应当，我虽然不知道你是不是真为我好，但既然你好心提醒我了，我也转告你，甭管唐梦是什么背景货色，我令嘉都不怕。"

"谁……谁说我是为你好了！"乔云珠红着脸死不承认，"我只是不想你不自量力。"

"行吧。你要怎么说是你的事情。"令嘉不再跟乔云珠多费口舌，电梯的门正巧开了，她抬脚走了出去。乔云珠来公司是要去制作部谈点事，也就没跟她一起去。

令嘉直奔老邹的办公室，却不料，刚闷头走过去，房门正巧从里面被人拉开了。一个高大的身影走了出来，令嘉一脑袋就撞了上去，正好撞在那人的胸膛上，铁铸一般的胸部抵得令嘉脑门生疼。

"你在想什么？走路不看路。"声音从头顶传来，微扬的尾音，熟悉的语调。

令嘉后退一步，抬头瞧见方纫秋昂着脑袋看自己。

"你来这里做什么？"

话音刚落，老邹随后而来，见两人站在门口，呵呵地笑道："方先生，需不需要我腾个地方让您跟令嘉单独聊聊？"

瞧这老邹谄媚的模样，令嘉忍不住翻了翻白眼。也不知道方纫秋跟老邹说了些什么话，他一个做律师的没事跑来人家公司做什么？

"那就有劳邹先生了。"方纫秋倒是脸皮厚，想也没想就同意老邹的建议，掉头又回了老邹的办公室。

老邹这人令嘉多少了解一些，他不过讲一讲客气话。没承想方纫秋还真是个木鱼脑袋，还当真了。老邹显然不敢得罪方纫秋，忙点头哈腰地跟了过去。令嘉本就是来找老邹的，抬脚也跟了过去，方纫秋自顾自地在沙发上坐了下来，瞥了眼方才矮几上的还冒着烟的茶，正要开口，老邹已经服务周到地忙叫了自己的秘书进来。

"给方先生重新沏一杯茶，令嘉喝什么？"

令嘉在方纫秋对面坐下，已经在动手拆脖子上的丝巾，只说："白茶。"

老邹的秘书应了声离开了，老邹在另一方沙发上正要坐下，方纫秋突然咳嗽了一声，扭头看了过来。

老邹正弯下的腰尴尬地停在半空中，他惶然一愣，瞬间会意，忙直起身无不尴尬地说："瞧我这忘事的脑子，你们聊，我去看看秘书准备的茶怎么样了。"

令嘉冷眼旁观着老邹走出了办公室。她都替老邹抹了一把虚汗，这人的心理承受能力得多强大才能如此觍着脸地抱大腿。方纫秋这种人也挺无聊的，明明不是方家得宠的儿子，却打着方家的旗号在外面招摇撞骗。老邹之所以对方纫秋如此，难保不是看上方家的势力，压根不用方纫秋自首，令嘉也猜到方纫秋跟老邹在密谈时，说了什么。

"方纫秋，你非要这么仗势欺人才能找到存在感吗？做人能不能低调一点，就不能学一学我？"

方纫秋感觉自己被令嘉从头到脚地鄙视了。他拧起眉："天天上热门的人，难道不是你？"

"我天天上热门证明我红啊。"

方纫秋到了任何地方都爱装，这会子见令嘉好像有话要说，便沉默着听她说完。但等了半响，令嘉也没有接着往下面说。方纫秋沉不住气，问她："你就没有什么想问我的？"

"我见你摆酷装死人，还以为你要跟我比赛谁是最佳闷葫芦。"令嘉笑得言不由衷。

"你在等我自己坦白。我知道。"

令嘉给了方纫秋一个眼神，想让他自己体会。既然知道，为什么不说。这短短半年来，方纫秋都在利用各种缝隙强势进入她的生活。她心里多少有点数，只是没有细想。今日方纫秋突然间从老邹办公室走出来，她的脸就垮着，看得出来她很不高兴，笑起来都像是在哭，她从来都会用这些冷暴力来反抗方纫秋。

但方纫秋似乎感受不到她的愤怒，既然她想听，他就如实地说。

"出国后，我爸给了我一笔资金，他们打算扔我在外面自力更生。那笔钱我用作我的第一笔启动资金开了一间关于法律咨询的公司，后来这间公司更名为'高申'，但两年前，我发现我的合伙人出了问题，所以我撤出了资金转投了两家新公司，我很幸运，公司做得很不错。也或许，是我爸还顾念着父子之情，给了我一些资源，公司的起色很好。"说到这里，有人来敲了门，是秘书送来了茶。

两人都没有再说话，等秘书离开后，方纫秋才接着说："所以，当我听到顾明朗提及耀星娱乐最近在拉资金做上市准备后，投了一笔钱。我希望以我股东的身份能让你在这个公司里更自在一些。"

方纫秋的声音很好听，尤其娓娓道来时，他说任何一项决定都像只是在说今天天气很好一般，不熟悉的人会觉得他谦谦君子温润如玉。只有令嘉知道，他就是擅长伪装，明明肚子装满了阴谋诡计，老谋深算，还说的自己特别在理。

令嘉知道方纫秋很擅长隐瞒重点，但不巧的是，她因为太了解他所以知道他哪一句话是漏洞。

"你从什么时候开始跟老邹谈收购事情的？"

方纫秋诧异地看令嘉："没有收购，只是入股。"

"不管是收购还是入股，你只要告诉我你是什么时候跟他谈合作的。我的续约合同是你改的，所以老邹才半个字没反对。方纫秋，你隐藏得够深。"

方纫秋不说话，令嘉咄咄逼人："就是你所谓的两年前吧。"

"没错。"终于还是承认了。

"你说得很好听，铺垫了前因后果，却没有告诉我真正的重点，你从回国后就在一点点伸长手进入我的生活，处心积虑，步步为营，等着我续约了合同，你是不是觉得自己特牛？看，当年那个傻瓜又落在我手上了。你就认定我这辈子逃不出你的手掌心是不是？"

方纫秋见她情绪激动，抿了抿唇角，平静地说："你哥哥他也入了股。"

"我是不是应该感谢你啊？"令嘉感觉自己都要被他这样子气得没脾气了，这是重点吗？

"不用感谢。公司不会有变动，以前是什么样就是什么样。不管你怎么想，我做的一切都是为了让……"

"闭嘴！"令嘉气得直接从沙发上跳起来，手里正好提着包，一把砸在方纫秋脑袋上。包上的金属正中方纫秋的脸颊，刮出了一道细细的红痕。方纫秋下意识地偏开了头，脸颊有些痛，但他没在意。扭过头来见令嘉也被吓到了，她大概也没猜到自己会动手，脑子一抽怒从心来就上手了。

"我没事，你别担心。"叹了口气，他反过来安慰她。

"你……你怎么不去死？"令嘉气短，她抽了抽鼻息，"算我求你们了，不要打着为我好的旗号替我做决定。解约吧，方纫秋，我没办法在这个公司待下去了。"

方纫秋没想到她会在这个节骨眼上提出解约。

"令嘉，你先冷静下来。"方纫秋知道如何对付她，这种时候他是万万惹不得她的，令嘉已经红了眼眶，他知道她是真的生气了。因为在乎，才小心翼翼，伸出去的手想要握住她的两肩，明知道会被甩开，还是捏住了她瘦弱的两肩，"不要哭了。"他在回国之初，答应过自己，再也不要让令嘉哭。

那时他嘲笑自己，令嘉这样的人怎么会哭？

但令嘉在这个圈子十年，她凭自己的努力才有了今天的成绩，一夕之间，就要因为讨厌的方纫秋放弃掉所有。她在意识到自己说出口的"解约"二字代表什么之后，一时竟然没忍住泛酸的眼睛。

令嘉吸了吸鼻子，抬头望天花板，硬生生逼着自己吞回了眼泪，彻底冷静后，她挥手拍开方纫秋的爪子。

"我要解约，解约金你给我打个一折，也算买断我们这么多年的人情关系。"

脑子还算清楚的令嘉没在金钱上含糊，既然方纫秋这么担心自己哭，那她就哭给他看。哭完了，再利用这个机会让自己脱身。但这转变来得太快，方纫秋又不是傻子，怎么会被她套路？他可是曾经套路了令嘉十几年的方少爷。

"很抱歉，你的合约在公司。我只是股东，不参与决策。"

"方纫秋，大家都这么熟了，你不会到这个时候还这么抠门吧？"

方纫秋被她凶神恶煞的模样逗笑："这个时候是什么时候？"

令嘉张了张嘴，好半天才挤出一句："大家撕破脸的时候啊。你以为我会陪你玩什么霸道总裁和女明星的游戏？做梦！"

方纫秋太过分了，居然扑哧笑出了声："你是不是想太多了。"

"嗯？"令嘉美目怒瞪。

"你哥最近发现你们这个行业还挺赚钱的，他也想瞒着你爸做点投资，所以以个人资金转交给我入股了耀星娱乐。你哥的原话是，钱不能往外流，既然你也是员工，赚的钱，当妹妹的，流一部分进哥哥的口袋好像挺有意思。"

"什么……"令嘉不敢相信自己听见的。居然不是自己想的那样吗？"你这么骗人有意思吗？"

"不然你以为是什么？"方纫秋挑眉，屈身弯腰将一张大帅脸凑近了令嘉，"你该不会以为我为了你一掷千金，就想把你圈进我的牢笼？你是不是偶像剧演多了？"上帝啊，原谅我说谎吧。

方纫秋是决计不会自认其实看多了电视剧的那个人是自己。

令嘉的猜测一点也没有错，他就是处心积虑为了接近她，做了很多事情。多到她难以想象，因为内疚，因为胆怯，更因为害怕看见她疏远的眼神，他总能找到各种体面的理由说服自己，做这些不过就是自己想做罢了，跟令嘉半点关系没有。

令嘉没有注意到，方纫秋停留在她脸上的双眼有一瞬间的暗淡。此时的她正在懊恼自己为什么会自作多情，心里正在埋怨自己为什么要提出来解约，她应该将这个公司里杨冠军拥有的所有股份变成自己的才对。

杨冠军这个家伙！居然敢夹带私货，在外面开设公司，还利用"健力"为自己的公司"敛财"。如果这个把柄落到老杨手里，她是有机会成为耀星娱乐的老板娘的，呵呵，到时候什么宋允儿、乔云珠，还不得跪舔自己叫爸爸？哈哈哈。

想到这里令嘉有些兴奋了，压根忘记了方才信誓旦旦要解约的人是她。

"怎么样？你还解约吗？"方纫秋见她偷偷地笑了，也勾起了唇角。

令嘉干咳一声，故作姿态地嗯哼了一句，"暂时……就再看看。"说完，她转身就要去拉门，突然想起什么来，忽然又回头恶狠狠地瞪了他一眼："你不要再插手我的事情。"

没等方纫秋回复，她哗啦一声拉开了办公室的门。几个以陈尔为首趴门缝偷听的人也都齐刷刷地暴露在眼前，靠在最前边的陈尔差点儿跌倒撞到令嘉身，吓得令嘉连退了两步，直接撞进了方纫秋的怀中。令嘉明明感觉自己离方纫秋挺远，他是有什么分身术吗？什么时候突然出现在身后的。

但令嘉这会无暇顾及方纫秋是不是故意的，从方纫秋怀中挣开，她气势汹汹地撸起袖子一把抓起正准备掉头跑掉但没来得及的陈尔的衣领。

陈尔也挺尴尬的，她不过是在办公室听说来了一个好帅的男律师，令嘉来了之后，老邹特意将两个人关在了房间里。心里担忧的陈尔特意跑来看看情况，刚到门口听见令嘉大喊方纫秋的名字，陈尔这才趴在门边偷听了一阵。岂知，爱八卦的人那么多，见陈尔听得热乎，也都凑了上来。

这下可好，令嘉和方纫秋说的话，大家都听到了。

原来这个长得超级帅的男律师就是公司的另一个股东，难怪老邹如此阿谀奉承。看起来是个大股东哦。那令嘉是不是傍上大金主了？

可这怎么越听下去越觉得不对劲，令嘉怎么好端端的就要解约了，还有，令嘉的哥哥又是什么情况？知道真相的陈尔生怕被人听了八卦去，干脆将人都轰走了，现在只留下她、小喜和米雪。

米雪看来是早知道的，一面偷听还一面振振有词。

"啊，难怪方先生这么爱管闲事，原来是为了令嘉啊。"

可是现在被抓包了，另外两人早已溜之大吉，陈尔感觉自己背了一口大黑锅。想她也是几十岁的人了，居然偷听墙角，说出去实在有点丢人。想到这里，陈尔的脸先红了起来，局促得双手都不知道怎么放了。令嘉力气大，拎着她的后领子，陈尔就跟小鸡一样踮着脚，姿势别提多滑稽了。

"那个，那个令嘉，我不是故意偷听的。"

"陈尔女士，你怎么能这么没节操呢？枉费我对你如此信任。"呵呵，你总算落在我手里了吧。令嘉一把松开了陈尔，陈尔一个踉跄差点儿跌倒，正要怒吼两句，令嘉又撸袖子了："走吧，我们去角落里交流交流。"

说罢，令嘉一把架着陈尔走出了老邹的办公室。走廊上遇见老邹和米雪讲话，两人都做了亏心事不敢面对令嘉呢。老邹呢，则是现在发现方纫秋和令嘉的关系，早前他还打压过她呢，这会儿正心虚。米雪则是因为刚才偷听的事情，慌忙背过身去不敢面对令嘉。

令嘉又不是眼瞎，早早看见这两人了，竖起两根手指头指了指自己的眼睛，再恶狠狠地做了一个抹脖子的动作。

关于跟陈尔交流的事情，令嘉其实没下狠手，最多压榨了陈尔一顿饭。陈尔这个抠门鬼，还以令嘉是女明星为借口，只是叫了外卖到公司。

这顿饭也不是那么好吃的，陈尔借着吃饭的由头好好地八卦了一番。

她心里总觉得令嘉这丫头是个有故事的妞儿，跟方纫秋肯定有过那么一段奇葩的过往。以前不知道方纫秋是公司的大股东反对她谈恋爱就算了，现在嘛，既然知道了，陈尔可劲地想要将两人凑成一对。毕竟朝中有人好办事。

只是没想，这令嘉平时大嘴巴，关键时刻居然严防死守，半点风声都没透露。没有了解到任何八卦的陈尔心里老大不乐意，饭吃到一半就没什么胃口了，抖着腿对令嘉冷嘲热讽，一个女明星居然比她一个经纪人吃得多。

但今日陈尔德行有亏，也不敢大呼小叫，只能眼巴巴地看着令嘉继续吃。

好巧不巧，米雪路过办公室，原本想凑进来听八卦，跟陈尔两人你一言我一语地表演着双簧。

"之前我还纳闷呢，方律师也不是我们公司的法律顾问，怎么对令嘉的事情这么上心。"

"我先前也没想到方先生居然是我们公司的大股东。"陈尔偷偷看令嘉的表情，"是啊，他好帅！这下公司里这些小妮子心花怒放了吧。"

"不过方总现在不怎么来公司走动。"米雪表示很遗憾地摇头，她已经在听过八卦的同时，又去找了老邹求证后自动地将方纫秋的称呼转为总字辈了。

你个狗腿子。令嘉翻了翻白眼，筷子戳着饭碗发出声响。

"哟，令嘉该不会是吃醋了吧？"

被突然提到名字的令嘉用一种看白痴的眼神扫过这两个八卦妇女，耸耸肩摊手示意两人继续刚才的双簧表演。

她才不会吃什么醋！方纫秋那烂人，看上眼的都瞎了眼。全然忘记年少时自己也瞎了眼才会对方纫秋心生爱慕的令嘉再次翻了翻白眼。

全身心投入表演的两人见她不掺和，表明了是什么也不会透露的态度，也觉得浪费表情，悻悻然地有一搭没一搭地聊着，聊着聊着说起工作的事情来了。米雪今天也是一头雾水。

"刚刚老邹过来找我，让我找人撤掉令嘉这几天的热门微博。"

陈尔不懂老邹的意图："为什么啊？多好的数据，这对令嘉接广告代言来说是一件非常好的事情。"

米雪瞥了瞥令嘉的眼色，见她没太在意，这才和盘托出："是方先生要求的。大概，他不太喜欢令嘉太过抛头露面？"当然这只是米雪的猜测，令嘉一听这话就皱了眉头。她了解的方纫秋不是这么无聊的人。

"你们一个做经纪人的，一个做媒体的，这点道理都不懂还用方纫秋那个半吊子来提醒？"

"那你说说老邹这是什么意思嘛。"陈尔虚心求教。

令嘉恨铁不成钢地咬牙，只怪自己当初找了猪队友合作，怪不得别人。瞪了瞪眼珠子，令嘉无奈地叹口气："你们听没听过物极必反这个道理？凡是什么好事，被人宣扬多次，最后都会变成坏事。"

米雪不愧是做媒体宣传的，脑子当即转过弯来。

"所以，所以……你的意思是，我们如果用逆向思维的话，撤销你的热门，给唐梦买黑粉的话题买话题度。"令嘉虽然欣赏米雪举一反三的机智，但还是撇撇嘴巴，不赞同地道："得了吧，我们还是低调做人，别给自己招黑门。"

她的立场已经表达清楚了，至于米雪具体会怎么做，令嘉也管不了。

一语惊醒梦中人。米雪听了令嘉的话，哪还有时间八卦，噌地就站了起来告辞："我先去忙工作了，你们慢慢吃。"

米雪的办事效率向来是陈尔佩服的，果不其然，不出十分钟，再刷开微博，令嘉的那两条热门话题被撤下了榜单，独独留下了那一条飘红的唐梦黑人事件。

在陈尔看来，令嘉一直都不是圣母，怎么这会儿却一反常态？陈尔问道："你怎么会反对米雪给唐梦买话题？"

站在旁观者的角度看，唐梦果真干了这种事情，令嘉在这个时候就不应该心慈手软。但她漏掉了一点。

"你以为唐梦的团队是傻子？我们可以撤热门话题，他们难道不能？"

陈尔恍然大悟，自己果然被八卦新闻冲昏了头，这时才想起正事来。"对了，今天叫你来公司，是想告诉你，大众最近对你的反响还不错。公司收到不少品牌的邀约，我正在帮你一一筛选。毕竟你身上有大牌在，代言这方面还是谨慎一点好。"

令嘉也吃得差不多了，认同地点头。

"还有别的事情吗？"

其实陈尔是有两个好消息告诉她的，不过在说之前，还特意卖了个关子："令嘉，你有兴趣再唱歌吗？"

唱歌？

令嘉刚出道的时候确实是因为唱歌有一点知名度的，但十年过去了，谁还记得她是以歌手出道的？她摇了摇脑袋："还是不唱了吧。怕自己再唱歌吓到人。"

"我现在有两个好消息。这两件事，我都参考过了，我觉得你都应该去。"

好消息？

令嘉来了兴致："快说说看。"

"喏。"陈尔从背包里取出平板电脑打开了滑给她看，"这个呢，是王牌综艺《蒙面歌手》的邀请。他们的制片人就是你出道时带你的肖松老师，他给我打了几个电话，之前因为你在忙着拍戏，我都回绝了。这次……"陈尔停顿了一下，指尖又滑动了一下电脑，换到另一个界面："连易给我打了电话，提了提叶森导演的事儿。他要开新戏，聂洋推荐了你，叶森导演这边想让你去见一见。"

令嘉没想到聂洋随口说说的那些好听话居然兑现了。叶森导演……那可是捧红第一代国际影星的著名大导演，在电影界他就是泰斗、前辈。这位老师擅长武侠剧，又能将具有中国元素的江湖儿女拍得就连外国人看了也无不拍手叫好。

作为金龙奖的终审评委，叶森已经有几年没有拍戏了。

有这个机会令嘉当然想去试一试，只是……"叶森导演的戏，我只怕没那么容易过关吧？"

陈尔打了个响指："这就是我想让你去参加《蒙面歌手》的原因。我和肖松老师研究过了，你的音色跟二十几年前去世的歌星张梦君很像。叶森可是张梦君的疯狂粉丝，张梦君去世的时候，叶森发誓终身不再爱任何人。"

令嘉听了半信半疑："这……还有这种操作？"

"当然，这不是全部。你的演技和对角色的揣摩才是重点，叶森也不是那么好忽悠的。只是他肯不肯给你一个公平试镜的机会，就看这一次了。他们这一代的老人家啊，最是念旧了。"

陈尔说的八九不离十。这的确是娱乐圈里惯用的伎俩。也说不上什么上不得台面的阴谋，这种小儿科的手段笼络的都是人心，一个愿打一个愿挨。叶森当然知道她在耍心机，可如果叶森吃这一套也无可厚非。不就一个公平竞争的机会，还能抠门到哪去了？

令嘉想了想还是点头同意了："既然如此，那我就去丢人试试看。反正是蒙着脸的对吧？"

陈尔鄙视地看令嘉："你就对自己这么没信心？"

令嘉挠了挠脑袋："也不是没有信心吧，只是，还是有点胆怯。"

陈尔愣了愣，脸色缓和起来，揉了揉令嘉的肩膀给她打气，"放心吧，我知道你会做得很好。"

令嘉敷衍地点头。

《黑客帝国》的戏份已经进入尾声，因为要拍摄都市戏，整个剧组已经搬回阳城，令嘉只需每天早上赶到现场。整个电视剧中主创人员里，令嘉是最早杀青、结局也最凄惨的那个。

最终蓝蝶还是被自己曾经最信任的学员逮捕了，在输得一败涂地时，她选择了自杀。

最后一场戏是蓝蝶的个人秀，这场戏里她穿上了囚服，被关在一个狭小封闭的空间，从最初的不服输，到终于意识到自己失败了，这一段心路历程很重要。一开始蓝蝶在欺骗自己，紧接着她要表现出挣扎和反抗，在意识到自己无力回天时终于接受了事实，深深陷入了绝望，结尾是她寻到一个机会结束了生命。

"这场戏你要注意的是蓝蝶这个人物的情感变化，这是重点。"化好妆后令嘉穿着囚服，站在楚天身旁一脸严肃。

这场戏最考验演员的功底，楚天和令嘉都格外重视。

陈尔接到连易助理电话赶到片场时，戏已经开拍了。她也就没敢打扰，只能客客气气地将叶森的助理请到边上暂且休息。

"那个，我们……"

叶森的助理看上去特别冷漠，听见陈尔说话冷不丁地嘘了一声，皱起了眉头："别说话。"

陈尔只好乖乖闭嘴。

她知道叶森不好对付，但没想到会这么麻烦。连易突然打电话通知她，叶森的助理到《黑客帝国》剧组了，她这才飞车赶过来接待。叶森也想事先了解一下令嘉的实力，楚天的戏正好能看清楚是人是鬼。叶森这人，就算是面试也不想浪费半点无关的时间。

令嘉演这场戏不算特别顺利，鲜少 NG 的她也吃了两次叫停。

这是第三次从头开始。近镜头推近，第一幕就是令嘉的脸。她需要在短时间内调整好自己的所有表情，刚刚进入监狱时，蓝蝶很不屑。她的骄傲让她自负满满，她怎么可能从心里认同自己输给了豹子？

蓝蝶的脸色苍白，嘴角已经泛起了青色，一双美目却仍然倔强地紧盯着前方，若隐若现的泪光晶晶亮，她微微眨眼，眼泪滚落，或许是因为那眼泪滚烫了眼眶。她用力地闭上了眼，镜头推近，眼角轻颤，已然能看到微微跳动的青筋，细长的睫毛也像是赋予了灵魂一般，惊悚地颤着。好似感觉到有危险接近，她猛然睁开了眼睛，一脸茫然与无措，微微张开的嘴呼着气，明明她的动作幅度很细小，但让镜头后的人也毛骨悚然地感受到了她的恐惧，像是有一双无形的手扼住了她的脖子，要杀了她。

气氛很紧张，片场的人都安静了，只有导演耳机里发出细微的声响来。楚天原本靠在折叠椅背上，不知道何时已经直起了身体，脸挨近了显示屏。

令嘉缩起了脖子，她微微张开了嘴，没有发出声音。原本苍白的脸颊，在短短的几秒钟里涨红，却不是所想的那般，应当是在愤怒和挣扎下憋气产生的红晕。摄影师捕捉到了她收紧的瞳孔，镜头虚晃了一下，聚焦到了她的双眼。

这是一处近镜头，只拍到脸部以上的位置，这就是所谓的用五官表达。这种镜头不仅考验演员的演技，还考验演员的颜值，以往令嘉演的正剧妆容很平淡，这次的剧，大咖云集加上令嘉的角色设定是一个妖艳的女反派，此时的蓝蝶虽然褪下了厚重的妆，但眉眼间依然保留了蓝蝶的媚。

楚天的摄影师找角度很棒，前几次陈尔跟令嘉一起看过片段，在楚天的镜头下，挖掘出了令嘉隐藏的傲骨，别样的优雅。

仅仅这些还达不到楚天的标准，但显然，现在的镜头总算触动他了。镜头里五官精致的女人细微的一举一动，都是一幕画报，不，是一幕生动的画报。没有女囚犯能美到这般惊心动魄，明明她披散的头发和简单的衣着看上去那么寒酸。正因为如此，楚天注意到令嘉垂在两腿之间交叠的手，细长的手指捏着另一只手的指尖，原本艳红色的指甲如今换成了白皙干净的裸色，指甲修剪得很干净，令嘉的手本就细长，在光晕折射下格外抢镜，楚天看到她的指尖动了动，很细小的变化，但这一幕足以证明她开始退缩了。明明刚刚还那么愤怒。

楚天扬手，与他合作多年的摄影师清楚地知道他想要什么，三号镜头的屏幕缓慢拉远，一副完整的画面出现了。令嘉靠墙而坐，就连影子看上去都那么凄凉。

陈尔听见耳边响起了倒吸气的声音，她侧目，看见一张帅气的脸，那人还带着妆，正跟其他人一般，全神贯注地盯着屏幕。陈尔心里一惊，这人她知道，是从国外回来的流量担当，新晋小生，这人是长得极好的，陈尔曾见过电视荧幕上的他，却没想到真人居然这般的惊艳。也难怪他粉丝尤其是轻粉丝众多，是两个唐梦加起来都比不了的。平日里单单发布一条微博，无论是什么，都能达到十万的评论。

陆周似乎感觉到有人在偷窥自己，却先脸红了。他低头掩饰眼里露出的憧憬，微微一笑着回看陈尔。他一动，陈尔便想起要去观察陈森助理的脸色，正巧避开了陆周的视线。陆周尴尬地张望了两下，顺着陈尔的视线看见一个年轻的男子。

这个人……好眼熟。

叶森的助理不是别人，正是叶森的亲侄。叶森因单恋张梦君多年，跟前妻离婚以后便没有再娶，也没有孩子。这些年，他的大小事都是由这个亲侄在打理。陆周觉得他面熟并不奇怪，叶森在电影还未正式公布启动之初，片方曾推荐过他去参演电影里三王子一角，虽不是主角，但能在叶森的戏里做一会儿演员也是莫大荣幸。

只是陆周做梦也没想到，叶森的助理是来看令嘉的。

楚天喊了"卡"，这一条总算是过了。陈尔懊恼地发现，自己仔细看了也没能从那人脸上看出什么情况来。她正要上前说话，几个工作人员一窝蜂地冲上前，那人也转身往外走。陈尔忙追了出去："叶助理，你这就要走了吗？"

叶沉淡漠地点头，什么话也没说。陈尔小跑了两步追上前："我送你。"

叶沉依旧没有说话，只是礼貌地微笑着点头，随后上了一辆黑色的轿车。陈尔不知道他什么意思，只得站在路边等车子开走后才离开。

回到片场的时候，工作人员已经一窝蜂地将令嘉围住了，制片人不知何时来到了片场，亲自捧了花送给了令嘉。

"恭喜杀青。"像梦一样的剧情结束了，令嘉还未来得及回神，造型师忙帮她接了花，一手忙碌地用化妆棉按压着她的眼角，边说："我帮你上点妆，大家一起拍张照吧。"

令嘉这才忙接过了身侧之人递来的纸巾擦了擦眼泪，她还心有余悸，担心自己的表现没能入楚天的眼，毕竟之前 NG 多次，楚天喊出过的一瞬间，就跟坐过山车一样。令嘉松了口气，见楚天也走了过来，跟在他身后的是今天没有戏的聂洋，以及还没有卸完妆的陆周，两人都捧了花。

聂洋在没有戏的情况下亲自前来祝贺杀青，可想而知两人的关系似乎挺不错。

原本早前工作人员还对两人之间是否存在暧昧而八卦，后来两人在片场又常常没节操地互相抹黑，伤了不少 CP 粉的心。渐渐地，大家也觉出味来了，这两人哪里有什么暧昧，根本就是塑料兄弟情嘛。吃不了糖没事，看这两个人在微博上斗得死去活来，最终受益却是片子的事儿，也算做了一次大宣传。

制片人心情好啊，乐呵呵对令嘉另眼相看，又送花，又送蛋糕。

聂洋和令嘉的关系无须多说，陈尔不太明白这个时间原本应该下戏回家的陆周怎么突然又跑来凑了热闹，人家女主角都没来呢。虽然女主角的戏被删减得七七八八了，好歹也是名义上跟男主并肩作战的女生，不是女主是什么？

陆周的经纪人是能办事的，深谙娱乐圈生存之道。虽然令嘉没有自家陆周红，但毕竟是前辈，最近令嘉又风头正劲，所以早早就订了花。原没想让陆周亲自送，但方才她抱着花走来的时候，陆周要了花过去。一点也不想让陆周沾上花边新闻的经纪人原本心里老大不乐意，但转眼见到陈尔送走了叶沉，心里一琢磨，又高兴了起来。

林燕妮和乔云珠人没到场，花还是及时送到了。此时令嘉和小喜感觉被鲜花淹没了。大帅哥陆周的花一时也不知道往哪里塞了，他一米八几的个头，这么看过去令嘉捧着两束超大号的花，脸都被遮住了，只剩下个毛茸茸的脑袋露出半截在外面。

陆周觉得无从下手，又觉得好笑，隐着笑间听见令嘉从花束里传来闷闷的声音："那个……陆……陆周啊，不好意思，我好像没有手拿了。谢谢你的花哦。"

陆周乍一听见她叫自己名字，还有些不适应。之前在片场拍戏，经纪人对陆周守得很严，每天怒瞪着一双猫头鹰眼戒备地看着剧组里的女演员，好像所有女人都会扑上去吃了陆周一般。所以，令嘉和陆周除了在有对手戏的时候，私下几乎零交流。

陆周微愣片刻才点了点脑袋，但似乎压根没将她的话当回事，抬手就把花放在另两束花捧之上，这下子是满当当地将令嘉给遮住了。所以在拍集体照的时候，官网发出去的照片里压根没有看见令嘉的脸。官微还调皮地在恭喜令嘉杀青的字眼后打了括号俏皮地写着"歉意"的话：啊，团宠＠一嘉之言 被花淹没了。（偷笑）

令嘉刷到微博的时候，顺手就转发了照片，压根没将陆周站在她身侧的事情当回事，然而这条微博却在几分钟后炸开了锅。

起因不过是陆周也顺手转发了令嘉的微博，陆周还顺手关注了令嘉。演员之间，互相关注转发微博原本是很正常的事情，只是陆周早前的微博更新得少不说，几乎没有添加过年龄差距不大的异性明星。陆周的转发没有说什么，只是发了一个鼓掌送花的小表情，然而眼尖的粉丝却将那张照片扒了个彻底。

粉丝们发现这张照片里，陆周就站在令嘉身侧，一张酷酷的脸罕见地眼露羞涩。多心的粉丝就在意上了，居然开始分析起当时的场景。当然，这仅仅是一小部分粉丝的臆想，这种说法没得到更多粉丝的认同，更多的粉丝则认为陆周跟令嘉私下关系不错，又为了宣传才单单转发了令嘉的杀青微博。

这个说法得到大部分粉丝的认可，爱屋及乌，大部队到令嘉的微博上旅游了一番，翻到以前令嘉的微博，发现这个姑娘好像还挺好玩的，于是又学偶像加上了关注，成为了路人粉，间接导致令嘉的粉丝再次怒涨了一波。

陆周粉丝围观的事情在微博上没有引起大新闻，但对令嘉熟悉的人还是关心上了。这不，令嘉刚回到家还没来得及洗澡就收到了小喜的微信。

"姐！！！陆周跟你什么时候关系这么好的？我怎么不知道？"刚刚从八卦帖子里看到新闻的小喜激动道不能自已，连打了几个感叹号。

作为陆周的颜粉，小喜属于比较幸运那类，能亲眼见到陆周的盛世美颜，每天在片场流口水，她也是全程围观过陆周和令嘉在片场零互动的人，自然对陆周这突然的举动很感兴趣。

令嘉被突然问起，自己也不知道作何回答，敷衍地回了一个表情包，无奈道："我也很想知道。"他对陆周的印象很深刻，长得如此帅气的小哥哥，很难不让人惦记。不过令嘉这人是有职业操守的，加之她觉得自己也是颜值不低的人，就没特别放在心上。

今天翻开微博的时候，她自己也是一头雾水。正纳闷，微信突然跳出一条提示，令嘉点开通讯录发现一个新好友验证。

Rocky：我是陆周。

令嘉的眼珠子都快瞪出来了，她眨了眨眼，下意识地看了看四周，空无一人，别说什么狗仔了。思考了半分钟，她还是点了通过，加了好友的陆周和令嘉没有下文，就好像僵尸粉一样默默地躺在了对方的好友栏里。令嘉担心了半天，确定他不会给自己发任何信息后去洗了澡，回来时，发现朋友圈多了两条赞，是陆周点的。

原本令嘉还没什么想法，这会儿见陆周居然赞了半年前自己随口吐槽的一句话，心里顿时咯噔一下。

陆周在翻她的朋友圈？为什么？！

令嘉捏着手机懊恼地抓了一把头发："难道……这个人被我的美貌吸引了？"自言自语着的令嘉已经走到了梳妆台边，对着镜子做了一番鬼脸。刚洗完澡的令嘉发现自己比平时美上一百分，忍不住又夸了自己一句。

本以为这件事随着《黑客帝国》的完结便不再有任何风波的令嘉总算睡了一个美美的觉，第二天日上三竿起床后，令嘉眯着眼闻到了一股咖啡香。这个时间怎么会有咖啡的香味？令嘉蓬头垢面地摸出卧房，刚一抬脚踏入客厅就被眼前的景象给惊吓到，忙缩回了脚。

她不敢相信地再次探出脑袋，确定自己没有眼花，更加没有做梦！

"你怎么进来的？给我滚出去。"令嘉的瞌睡都被方纫秋给吓跑了，现在整个人精神百倍。

方纫秋不愧为厚脸皮的金牌大状，丝毫没有因为令嘉的质问而怯弱，明知道自己的做法是犯罪，却仍旧面不改色慢吞吞地说着："我对你很了解，从头到脚……这些你清楚。知道你房间的密码不困难。"大约这世上也只有令嘉这种傻子用四个零做房间密码了吧。

方纫秋那一句对她很了解简直是火上浇油，令嘉恼羞成怒，冲上前就一把抓起了方纫秋的衣领，正想打他个措手不及，豪迈地一把拎起整个人再扔出去。然而设想很丰满，现实却很骨感。方纫秋这般大块头哪里是她说拎就能拎的？令嘉试了两次，无果，一抬头就瞥见方纫秋眼中带笑地斜睨着自己。

生气的令嘉一把松开了他衣领，还顺手推了一把，未料方纫秋是个老手，顺势拉住她的手臂，和她整个人一起倒向沙发。

令嘉在脸着地之前掩耳盗铃地闭上了眼，然而预想中的毁容并没有到来，她感觉自己的脸贴到一处柔软的地方，还有一丝热气传来，令嘉意识到自己跌入了方纫秋怀中，猛地张开眼就要退出来，然而腰上一双有力的大手紧紧地扣着不让她动。

两人挨得很近，她的长睫毛似羽毛般轻扫过方纫秋樱红的唇角，麻麻痒痒的感觉让人很奇怪，明明觉得不舒服却不想松开手。

"方……"

吵死了。厌烦的方纫秋不等令嘉将他的名字喊出口，扣住后腰的手猛地向下压，低头便顺势吻了上去。唇印恰恰落在她的眼睑下，柔软的触感像风拂过。

方纫秋的行为激怒了令嘉，她奋力挣扎出一只手要去抓他的头发，却反手被他在空中捉住高举而上。

方纫秋回身，再次低头，扫过眉眼，衔住她还没有来得及说出一句完整话的樱唇。

"唔……方……"

海上月是天上月，眼前人是心上人。所爱隔山海，山海不可平。

这两句话就是写给他和她的吧？

明明心上人在眼前，他们曾一起长大嬉笑，曾是最耳贴面的两个人，却兜兜转转多年，隔着山和海。

令嘉横行惯了，本就轻敌的她没料到方纫秋这次来劲了，简直使出了浑身解数来控制她的身体。她现在恨不得杀了他，眼珠子都快瞪出眼眶，但……鼻息和唇齿间嗅到的咖啡香味直蹿脑门，就好像喝了酒一般，灌得她有一些醉了。

不行！令嘉……你不能妥协。

脑子在跟自己说话，但手上已经没有力气。直到方纫秋松开了手，她才如惊弓之鸟从沙发上跳起来，一面恶狠狠地用手背去抹唇，一面挥手要去捶打他。

令嘉在生气，气自己的不坚定和男女力量上的差距。比起她的坏心情，方纫秋餍足地笑了笑，就像什么也没发生过一般抬手理了理自己的被令嘉揉皱的衬衣。

"衣冠禽兽！私闯民宅，非礼轻薄……你简直……不是东西！"令嘉恨不得咬死他，第一次气到不知道如何再说下去。

"你所说的这些罪名，都可以起诉。我接受制裁。"方纫秋厚脸皮道，"但是亲你的事情我不后悔也不道歉，很多年前我就想这么做了。"

"你……你给我滚！"她当然不可能去告他，不要名声了？只是气得要跳脚，瞄到桌上的咖啡杯，设想了无数种打死眼前人的方法，没有一种是可行的。方纫秋比她反应还要快，扬手就将咖啡杯和壶推远了一些。

"今天这个吻就当你还我的，比起你，我更生气。"

令嘉的情绪激动，压根不可能冷静下来："到底谁给你的勇气说这种无耻的话？"

"谁？呵……当然是你。是你先招惹我，先逃跑的也是你。你难道不觉得你欠了我很多？如果不是你告白不成转头找了个小白脸，我也不会生气……"

令嘉感觉自己的肺都要气炸了，如果现在面前是别人，她已经上拳头了。但方纫秋……这个家伙什么时候去练的拳头？使起劲来十个她都不是对手。恨得牙痒痒的令嘉咬着牙关，比自己还厚脸皮的人真难缠！

"怎么？知道自己错了，不说话了？"方纫秋最让令嘉反感的，也正是他的得寸进尺吧。

"无耻！"

"我是无耻，总比你跟谁都能成为朋友好。"

"你给我闭嘴，方纫秋，我不欠你的。我爱跟谁交朋友是我的事情。你休想拿一些莫须有的屎盆子扣在我头上。"什么鬼朋友，她怎么不知道？

方纫秋小气起来是真的无敌超级小气鬼，冷哼着："屎盆子？你跟陆周到底怎么回事？令嘉，我想我有必要提醒你，你们俩不配！非常！超级不配！你不要妄想吃嫩草。"

"没……"令嘉忽然意识到自己干吗要跟他解释，吼了一声，"关你屁事！你到底滚不滚？"

"不滚。我刚煮了咖啡，我要喝完。"

令嘉双手叉腰急的已经在客厅里来回走了，这次，她发誓自己一定会改密码了！

"新密码会是你的生日。反正我都猜得到，你还是别费劲了，四个零最适合你这种脑子简单的。"

"你……"一口血吐不出来，令嘉心痛无比地捂住胸口！心想，我这次不改生日，我换……

"让你别乱打主意了，你的密码来来回回不就那些？你爸妈、你哥哥的生日。不然，最多就是你的准考证号，让我想想，还有什么来的。哦……还有我的生日，对吧？没想到，这么多年，你果然对我旧情难忘。"

方纫秋不要脸地说了一通，令嘉感觉自己都要听吐了。她无奈地翻着白眼，脑子里一团乱麻，就没有人能治一治方纫秋这个祸害吗？

"旧情个……"最后的脏字，令嘉用口型说了，没发出声音。

"你不承认也没关系。大家心里有数就行了。"方纫秋似乎对于惹毛令嘉这件事很有兴趣，他就不想让她好过，又不想让她不太好过。这种纠结的情绪很复杂，有时候就连他自己也怀疑自己是不是个变态。

"变态！妄想狂！神经病！我最后说一次，你到底走不走？我叫保安了。"

方纫秋老神在在，还顺便多倒了一杯咖啡给她。

"有话好好说，你今天官司缠身，还有不少地方用得着我，就算你不当我是旧情人，我们好歹是合作伙伴，你的态度实在不太礼貌。"

"你不走是吧？我走！"令嘉感觉自己没救了。最终妥协，干脆没脾气地转身回了自己房间，"啪"的一声重重关上了房门，对方纫秋这种人，反而生气的是她，难受的也是她。他呢，屁事没有，还有好心情喝咖啡，不仅如此，过一会儿，他又死皮赖脸地来敲门，询问她是不是要吃早饭。令嘉捂住耳朵不想听，方纫秋又跟牛皮膏药一般发了短信，打电话。

令嘉不想向陈尔打电话求救。躲在房间做晕死状态的令嘉绝望地想，好不容易得来的一天休息时间，就要被方纫秋这个烂人给毁掉了吗？

无比绝望的令嘉吸了吸鼻子，她越想越觉得自己不能这么窝囊下去。她总不能因为方纫秋连饭也不吃了吧？刚想到这里，肚子就咕咕地叫起来了。令嘉噌地一下从床上弹起来："不行，死就死吧。大不了打一架。"她大步流星地拉开门走了出去，本以为要大干一场的令嘉却发现方纫秋这家伙早就没了人影，她在房间里巡视了一圈，闻到了饭菜的香味，转着步子到了餐厅，桌子上放着一个保温盒，下面还留了纸条。

"保姆煲的汤，拍戏这段日子辛苦了。好好休息。"

纸条被令嘉揉成了团扔进了垃圾桶，嘴上依然不饶人，"精分，死变态。"没事装什么情圣？方纫秋阴晴不定的性格，她觉得讨厌极了。

但讨厌归讨厌，饭还是要吃的，吃饱饭才有力气干活。

令嘉的工作在续约了合同之后被安排得满满当当，第二天她便同陈尔去见了《蒙面歌手》的制片人。肖松在令嘉出道之时有过接触，那时候肖松还是有名的爱情歌曲作曲人，是人人敬重的长辈，这么些年过去，他发福了结了婚离了婚，现在卷土重来，做的第一个节目就一炮而红，捧红了许多在歌手事业上濒临完结的旧人。

肖松相当有才华，资源面也很广。他挺喜欢令嘉这个姑娘，她十年前唱歌有灵性，现在做了演员，戏也好，实在没什么可挑剔的。他还曾为她做过两首歌。听到令嘉担心自己会走音时，他扑哧一声就笑了出来。

"你也对自己太没自信了吧？"

陈尔嫌弃地瞥了眼令嘉，"就你谦虚是吧？多嘴。"哪有艺人自己说自己不行的？上网去查一查，哪一家的艺人不是满天飞的通稿夸来夸去？

令嘉喜滋滋地点头，"我这是让肖松老师先有心理准备，进了录影室万一丢人就丢大发了。"

肖松掩嘴笑了笑，不过令嘉说的也没错，她确实有好些年没有唱歌了。在他看来，唱歌这件事，八分靠天赋，两分靠练习。他对令嘉有信心，但为了节目效果还是提议道："不然等会录音棚空出来，你去试试看。"

令嘉想也没想就答应了下来："没问题。哇，好紧张。"

"这时间录音棚有人在用，我先问问他们还有多久结束。"打完电话的肖松请两人喝了咖啡，又邀请令嘉参观公司的新设备，路过1号录音棚的时候，肖松突然想起来："好像我们要用的1号录音室今天正好在录你拍的新片《黑客帝国》的主题曲，你要不要进去看看？"

《黑客帝国》的主题曲？令嘉没听说这件事。毕竟跟自己息息相关，加上她也有点好奇，这便答应了。

令嘉没想到会在这里遇到陆周。透过厚厚的隔断玻璃，陆周自然也看到了刚进来的三人。

没有拍戏的令嘉穿着看似简单，但显然也是造型师精心搭配过的，整体看上去让人很舒服。两人的眼神在空中交会，好歹是同拍一部戏的熟人，令嘉自然而然地露出一个礼貌的笑容示意打招呼。因为一段转音始终不满意的陆周原本的满心怒火居然奇迹般地治愈了。

深吸一口气，陆周没有对令嘉回以微笑，只是抬手比了一个手势让外面的人再录一次。

制作人见肖松带了人来，简单打过招呼后也便忙碌去了。

《黑客帝国》的主题曲带点热血的快节奏，配以饶舌，令嘉站在一旁听了一会儿，觉得非常适合陆周本人。这孩子的脸就给人难以驾驭的感觉，不熟的人或许会觉得他冷漠，但令嘉在片场见了不少他关心粉丝的画面，大概知道他是腼腆，所以话少。

"没想到这个陆周不仅长得好，唱歌也不错。"陈尔在一旁夸奖，她现在看陆周完全以一种类似姨母般的关爱眼神。陆周帮着令嘉涨了不少粉，她对他印象很好。

令嘉点头，她也觉得很不错。但陆周显然不算特别满意，他比了一个 OK 的姿势，有人给他送了水进去，他昂着头咕噜咕噜地灌了一大口后又表示要再来一次。

制作人不解，"陆周，我们觉得很好，可以不用再录一次。"

陆周摇了摇脑袋，不知道为何，令嘉总觉得他瞥了自己一眼，倔强地说道："不，还不够好，再来一次。"

制作人无奈叹气，还是听命重新再来一次。

他对自己的要求很高，这首曲子已经磨了一周，连续熬了几夜。黑眼圈都出来了。陆周透过镜子看见自己的影子，觉得这个时间的自己肯定不帅，他有点着急，想要在令嘉面前表现得更好。

压根不知道少年心事的令嘉全然没将心思放在这方面，她侧耳听肖松说了什么。没过多久，有人过来敲门，肖松招呼着令嘉三个人又走了出去。

令嘉和肖松一走，陆周就摘掉了耳机。

"陆周，怎么了？"制作人不明所以。

"你们说的没错，上一次的应该可以用。我先去休息了。"说完也不等自己的助理过来，大步走出了录音棚，看到令嘉等人进了 2 号录音棚，他顿了顿，也跟了进去。

令嘉进了棚里戴上了耳机。乐谱是现成的，肖松让人打印的张梦君的作品是一首令嘉很喜欢但没有大红大紫、许久不被人提及的抒情歌曲。令嘉知道这首歌，二十年过去，许多人也就没有再翻唱过了。肖松需要听一听令嘉的音色，然后进行改编。

虽然陈尔对陆周的尾随而来表示意外，但她无暇顾及，现在只担心令嘉会不会真的出洋相。肖松亲自下场录制，他见令嘉紧张地缩了缩肩膀，半笑道："别紧张，拿出你以前的水平就可以了。"令嘉张口试了试音，忽然听到自己的声音出现在耳机，她下意识地抬手捂住了话筒。所有人都愣了愣，令嘉尴尬得脸涨得通红，忙解释说："新设备太高级了，没玩过，有点不知道怎么玩。"

肖松知道她这是准备好了，便没有嘲笑她。

陆周站在陈尔身后，却低头勾起了嘴角。他比令嘉小五岁，对令嘉原来做过歌手的事情没什么印象，所以很好奇令嘉会唱成什么样。原本以为会难以入耳，却不想，音乐声响起时，光是听见她低声哼的调子也觉得很悦耳动听。

令嘉的声线轻柔，没有如今流行歌手的独特音色。但配上张梦君的歌曲竟然格外适合，仿佛原唱一般，轻歌曼舞，柔情似水。

陆周惊讶地看了看令嘉，昏暗的录音室里光线柔和，一束光落在她的脸颊上。他又想起上次在片场看的那一场戏，镜头下放大的她的五官美到令人窒息。陆周感觉自己的心扑通扑通地跳了几下，他抬手捂住胸口，近乎逃跑地退出了录音室，走廊上，脑海里不停地闪过令嘉的脸。

陆周用力地摇晃了两下脑袋，迟疑地拿出手机，点开微信。令嘉的微信头像是她拍的一组杂志照片的样，没有她本人好看。指尖在那头像上停留了片刻，他还是打了一行字过去。

"唱歌很好听。"

令嘉从录音室出来，打开手机第一时间看到了陆周发来的信息。她眨了眨眼，见陈尔正跟肖松两人道别，回了两个字：谢谢。也就没有放在心上了。

第五十三章 ／ 新星崛起

　　肖松觉得令嘉参加《蒙面歌手》的事情可以完全定下来了，令嘉和陈尔商议后，决定两天后正式签订合约。

　　事情进展很顺利。但陈尔最近心里很焦急，上次叶沉离开片场后一周也没有消息，陈尔找连易打听也没个结果，陈尔每天打听叶森新电影《卧龙》的选角动态。行业大佬几乎都不太了解情况，最终还是聂洋透露了信息，让陈尔安心等待，叶森还在国外。陈尔放心了一大半，总算开始热情地投身于其他工作中。

　　等了一周，仍然没等来叶森的消息，却忽然接到了美国方面的邀请——《Dream》杂志美国版的邀约。明年三月上市的美国版增刊，令嘉将成为封面人物。

　　惊喜一波一波传来，陈尔和令嘉忙得晕头转向，忙碌之中迎来了《黑客帝国》的宣传期。

　　《黑客帝国》正式杀青以后便进入了紧锣密鼓的宣传和制作期。电视剧开拍之前令嘉和聂洋合拍的杂志大片也已经出了刊。拍摄的时候，令嘉没有如今的热度，主编为了销量考虑把原计划两人的合照撤出了封面计划，而是定了聂洋的单封。但不久前，《Esaly》杂志得到令嘉获得Delvaux的代言的消息，主编临时叫停了下厂的出片文件，换上了两人的合照作为封面。

尽管如此，《Esaly》杂志还是慢了一步。

死对头《Dream》杂志在《Esaly》发行当天，公布了一组令嘉和单丹在米兰拍摄的精装大片。

继几年前单丹一人单挑十人封之后，时尚圈又一次拉开了战役。令嘉做梦也没想到，有一天这股火蔓延到自己身上。

令嘉和单丹的时尚大片在微博上引起一阵热议。单丹已经很久不拍杂志封面了，这些年她在香江生活，日子过得很低调，以前的种种都似乎成了传说，这次，她居然出山了。《Dream》中国版的杂志上居然不是单丹的个人单封，一个名不见经传的二线女星突然过起了开了挂般的人生。

前脚和影帝聂洋演戏，上了《Esaly》杂志封面，多少人等着看笑话，但成品出来后居然十分和谐。令嘉和聂洋两人的封面照片没有过度的亲密，两人站在一起，令嘉在身后，半侧着身，露出姣好的面容，一身艳丽华服背后是隐藏的祸心。令嘉的眼神太有戏了，这分明是一个腹黑女boss伪装的真面目。

转眼，令嘉又和成为"传说"的影后单丹一起登上了《Dream》的封面。许多人在收到风声的时候曾嘲笑过，令嘉在单丹面前无非是绿叶一片，也没什么好得意的。Delvaux官方公布的广告片剧照也没能打断这些嚼舌根的人的嘴。

然而，这一期作为圣诞节特辑的大片在平安夜前夕整点悄悄地公布了，单丹工作室低调转发，白羽个人以小迷妹的姿态特意夸奖了令嘉。

"拍摄那天，我简直被我嘉哥 @一嘉之言 迷得不要不要。敬请期待，美国版《Dream》的嘉爷。"

白羽这条微博无疑是在平底上溅起了浪花。

这时网上的时尚大咖们才意识到这位曾经不红不黑的二线女明星是真的要崛起了，令嘉要上美国版的杂志封面？这种机会几乎没有国内的明星拿下过，倒是享誉国际的那几个超模上过。

杂志官网公布的照片中令嘉和单丹各有一张单人照，不同的是，角色与实际广告片中交换了。这次，令嘉是艳压群芳的超级巨星，而单丹是不可一世痞帅的调香师，帅气而妖艳。总共五图，剩下的则是两个人的合照，主色调是灰暗的，每一张都让人印象深刻。

网友们表示很纳闷。这让人很不能理解，以前一直在荧幕上见到的令嘉是从什么时候起变得如此高级了？

在时尚圈，好看和美都算不了什么，一定要显得高级才符合时尚大咖的审美。

两人的合封上，没有锦衣华服。两人都是黑白色基调，单丹穿黑，令嘉穿白。没有浓妆打底，再正常不过的姿态，在前的单丹闭上眼，长睫毛微翘，面部表情隐忍而恬静。而令嘉却相反，微微睁开的眼凝视着前方，像是包含了无尽的故事。

干净又自然，所有的聚焦点都在表情上。这一组照片，说不上多么惊艳，但看过的人都爱上了这种隐藏在宁静下的暴风雨。预想中，只能作为绿叶出现的令嘉没有被单丹掩盖锋芒，这一白一黑、一反一正之间的结合，和谐到想让人站 CP ！

我是路人甲："太、太美了！"

我的妈妈咪呀："这个 CP。"

小草莓 @Dream ：个人以为，这一次两大杂志大战中，Dream 再次以压倒性的姿态胜利。PS：令嘉真的给了我惊喜，想起在时装周上她跟布兰切特坐在一起也毫不怯场的模样，大将之风。

小草莓转发后，微博下出现了很多支持粉。令嘉的粉丝量在这天又一次噌噌的上了一个高度，如今的她也算是一千五百万粉丝的大 V 了。

陈尔的手机在这一消息公布后被几个以前没有来往的时尚品牌顾问给打爆了。然而外面闹得沸沸扬扬，令嘉和陈尔正在前往机场的路上。

临上飞机前十分钟，陈尔还在不停地接电话，令嘉则低调地转发了白羽的微博。

一嘉之言@白羽：这个马屁拍得嘉爷喜欢。

白羽看到令嘉的回复后，一口咖啡喷在了电脑上。

果然不久后，再刷微博，底下的评论全部变了味道，全是站CP的人在吵架。

我的女神去那里了："我有点想站这一对CP了，嘉爷和妖艳货白羽姐，绝配！"

我就是这么66："嘉＆丹党默默飘过"

楼上的是二货："楼上的等等我，我也是！好巧哦。"

白羽千算万算没想到把自己也算进了CP纠纷之中，她气得给令嘉发微信控诉，等了老半天也没有回复。猛然才想起，令嘉这回估计在去纽约的飞机上。白羽心情好得又刷了一发微博，发现微博上一片站单丹和令嘉CP的粉丝，白羽摸着下巴咯吱咯吱地偷笑，等单丹下次出现在媒体面前，应该会大吃一惊吧。

远在香江的单丹结婚后就没有再时刻关注网上的新闻，几乎到了一种两耳不闻窗外事的状态。网上传得沸沸扬扬的新闻单丹还是通过老公才知道的，老公吃起醋来连未来的外甥媳妇都不放过，第一时间给方纫秋打了电话，让方纫秋务必加速将令嘉娶到手，让她不要在外面祸害别人家的媳妇。

方纫秋挂了电话笑得前俯后仰，顾明朗就没见过他这么开心。

顾明朗身边的女人不少，还没寂寞过。但最近，他看上了乔云珠，送了几次花都被无视了。可恶！居然一再地无视他，搞得他很不爽，偏偏这里还有个不会看眼色、我行我素的方纫秋，人还没追到手，便先以令嘉的男朋友身份自居，也不嫌丢人。

每次顾明朗表示不满的时候，方纫秋都会无比自豪地告诉他："我们是从小就有感情在，你能一样吗？"

顾明朗还是第一次因为没有小青梅被欺负得这么惨的，可怜兮兮地望了望单手捧脸盯着屏幕上令嘉的照片发出痴汉笑的方纫秋，嫌弃道："我记得某些人叫我过来是想跟我商量令嘉状告朱翔的案子，既然某些人这么没诚意……"

顾明朗话还未说完，一袋文件"啪"的一下砸在他头上。

"朱翔拿钱抹黑令嘉的证据都在里面，这些东西足够他赔到倾家荡产。"

被砸了脑袋的顾明朗觉得自己很委屈，揉着发痛的脑袋龇牙咧嘴，冷哼一声："哼，就你牛行了吧。你这么有能耐，自己干吗不上庭？"既然证据都准备齐全了，上庭分分钟的事情还要他一个堂堂的大律师亲自出面，"你这个奢侈的土豪。"

方纫秋依旧埋首在电脑前，连半点眼神都没分给顾明朗："这种小案件你上足矣，何须让我出面丢人？"

顾明朗简直气炸了！一脚踢翻了垃圾桶，夺门而出。

方纫秋听见响声，这才抬头瞥了瞥顾明朗的背影，不甚在意地继续打开了微博。原本将罗野送走以后他一直持续好心情，但现在翻到微博，刷到热门，居然又是令嘉的。

Delvaux 官方在当天正午正式公布了长达 12 分钟未删减以及增加了拍摄花絮的广告片，电视台黄金时段同步播出删减到五十秒的精华部分。因为单丹，广告片受到广泛的关注，也有许多时尚大 V 想看一看自己支持的令嘉能否担当得起 Delvaux 的青睐，当然有一批人是去看笑话的。

这部广告片里的令嘉没有让任何人失望，当然这不仅仅是令嘉的功劳，导演和后期制作超一流水准。短短十分钟，却犹如看了一部大女主题材的大片。镜头的画面很干净，第一幕就是小痞子调香师手握香水背对着镜头的画面，画面由调香师的走位推近，富丽堂皇的宫殿和一身华衣的巨星终于一点一点儿地进入了视野。

镜头终于扫到小痞子的侧脸，昏黄的打光下，这一张微微俯下的脸露出线条优美的轮廓，许多人都被她低头那一抹邪笑震惊了。

现在这条微博下已经有两万多条评论，点开往下翻，全是嚎叫声音，隔着屏幕都能感受到他们的激动。

"我的妈呀！帅惨了，这是哪家的小哥哥？"

"好帅！"

"这真的是令嘉吗，好帅啊，笑起来简直想把她藏起来。"

"预感到一大拨妹纸要弯了……"

看完视频的方纫秋感觉自己真的没办法淡定了。一个罗野不够，又出来个陆周就算了，怎么现在这么多女孩子都要跟他抢老婆了呢？

方纫秋早上的笑颜如花瞬间荡然无存。下午来他家里工作的精算师看了大气都不敢出一声，好不容易找到机会才小心翼翼地汇报最新的结果："方总，你让我调查方氏集团在海城的分公司，的确有财务问题。"

方纫秋从网络八卦新闻中回过神，正色道："这家分公司是谁在负责？"

"原先是您大哥，方淮安。现在是吴家的小少爷，也就是您大嫂的弟弟。"

方纫秋哼笑了一声，完全不似方才守着电脑因为太多人喜欢"未来老婆"而气鼓鼓的大呆子。从"高申"离开以后，方纫秋不仅注资了耀星娱乐，更大一部分时间组建了自己的团队，联手杨冠军通过"健力"的线，查到方东林和方淮安手上的资本来源。这一查，问题可不小。

方东林等人利用世佳集团获利，并成功将资金转移到海外。如今还想拉"健力"下水，如果不是杨冠军在中间顶着迟迟反对入股收购案，恐怕如今方东林和他那几个小伙伴现在正在海边数着钱度日。比起方东林来说，那个自诩方家未来继承人的方淮安却要谨慎得多，看似为集团鞠躬尽瘁，不过就是没什么能力，将一个小小的分公司做得不尽如人意，最后干脆把这么一小块不痛不痒的小分公司低价卖给自己的小舅子，也算是给自己的岳家一份薄面。但至于这里面到底有什么利益纠葛就难说了。

"方淮安处就从小舅子这里查起吧，总有一天要露出马脚的。"

"是。"

"世佳集团的调查怎么样？尽快查出他们在什么地方平的账。"

另一人回道："还没有。但是最近，我们走访了旗下几个卖场，生意火爆，但新开发的商场却发现多处出现罢工以及停工状态。"

"你们找几个人伪装成实习生到工会去了解情况。"

"您是担心……"

"我了解我高老师，他做事最忌讳留下尾巴，定然不会在财务上留下把柄，账目很干净。这些工人肯定有问题，从他们身上下手应该有收获。"

方纫秋上次在"健力"对世佳集团的注资讨论大会上看过财务报表。账目很干净，盈亏持平。然而据杨冠军的私下调查显示，世佳集团不像是亏空的样子。不然那三人为何荷包鼓鼓？

杨冠军的电话来得及时。方纫秋这边刚发现蛛丝马迹，那边第三轮关于入资世佳集团的事情再次在股东大会上被方东林提上了日程。在多位股东的支持下，杨冠军不得不答应了下来，但同时他提出再次盘点世佳集团预算的建议。关于这件事情会专门成立清算小组，杨冠军则以方纫秋为健力集团的法律顾问为由顺利帮他成为清算组的负责人。

不知道这一切的令嘉正安心地在纽约拍摄杂志大片。等到她回国后，广告片的热度已经过去两日，然而关于她的新闻却没有消停。

国内的社交网上最近发生了一连串事件。

第一件事就是令嘉状告"可怜"八卦狗仔的案件落下了帷幕，毫无悬念，朱翔赔偿精神损失费一元，但要写一万字道歉书。

赔偿金和道歉书是令嘉和方纫秋通过电话确认的。第一次听令嘉这个财迷说只要一元钱赔偿金时陈尔还不敢相信，直到朱翔真的将万字道歉书发到网上后，她才感受到令嘉所说的她要用这一块钱去侮辱朱翔的意思。

朱翔的道歉信披露了许多细节，自己如何收到高层的通知，致力于抹黑令嘉，又细数了一番过往的一些报道上故意对令嘉人身攻击的前因后果，总之一切的责任都是杂志社领导要求的，作为一个小记者他也无力反抗。

这出戏引起了大家的广泛关注，有截图有细节。毕竟朱翔说了许多有的没的，众人纷纷开始猜测这些年令嘉为何一直没红，如今突然蹿红。不明所以的粉丝将脏水一波一波地泼向了有过前科的唐梦，引得唐梦的经纪人大发雷霆，公司正面回应说大家谣传的事情都是子虚乌有。

唐梦在接受访问的时候，也表示对令嘉的遭遇很遗憾，但事情绝对不是她做的。唐梦跟令嘉无冤无仇，令嘉这边自然也不想得罪人，通过陈尔回应表示自己跟唐梦没有不合之说。陈尔的微博上还附带送上了那唯一一次两人的合照。但很快，有眼尖的人扒出这张照片的背景正是上次在米兰时，唐梦、单丹、白羽和令嘉四人喝下午茶的场景。

唐梦抹黑令嘉的事情洗白了，但落了一个故意冷落令嘉的说法。上次唐梦的公关团队发布她与白羽以及单丹的合照，故意截掉了令嘉。这些都是事实，唐梦无从辩解。

令嘉给陈尔此举竖起了大拇指。她当然知道陈尔故意放出照片的用意，一面是真想替唐梦澄清，另一面则也要让大众知道唐梦多么虚伪。不过，这仅仅是一张照片，证明不了什么，令嘉自然也不会再去回应。

"不过这样下去，我们算彻底得罪唐梦的粉丝了。"

陈尔干了不厚道的事情，还是有一些担心。毕竟对令嘉来说，现在算崭露头角，刚有了一定的粉丝量。

令嘉则丝毫没有同情心地比较担心实际性的问题："难道我们的粉丝干不过他们？"

小喜一听说自己统领着的上万粉丝团干不过别人就不高兴了："再来十个唐梦我们都可以干过他们！也不看看我们的粉丝质量能是他们比的吗？"小喜虽然有王婆卖瓜的嫌疑，但话是在理的。令嘉的粉丝群体大多是社会上的精英，这种人，不轻易下场去撕，不过一旦撕，就会撕得百花齐放，精彩如大戏。

令嘉对小喜暴增的信心很满意，慎重地拍了拍她的肩膀，严肃道："很好，不愧为我令嘉头号狗头大粉。"

"谁是你的粉丝！我可是陆周的颜粉。"小喜不满地嘟囔。

令嘉假装没听见，挖了挖耳朵："那么，我们现在就看看我们的头号军师那边事情办得如何了吧。"

陈尔会意地打电话。

接到电话的米雪和顾明朗这会儿正在办公室密会朱翔。

朱翔很紧张地坐在沙发上不停地抖腿，时不时地看看顾明朗又看看米雪，语气里满满的担忧，"你们答应过我，只要我把事情都写出来你们就不会再追究我的责任，现在我被公司开除了！你们是不是应该负责？"

当日在法庭上，顾明朗在方纫秋的授意下先找过朱翔谈判。

他将所有的证据摆在朱翔面前，让他在法庭上自己承认罪行，并且在事后将所有抹黑令嘉的事情写出来，那么他们将不追究赔偿金问题。如果朱翔拒绝，那么，他们会不停地起诉并让朱翔赔得倾家荡产。

最终朱翔选择了跟他们合作，就在道歉书发出去后的两小时内，橘子娱乐的负责人发声，自证清白，把一切的过错推到朱翔身上，并诽谤朱翔与令嘉勾结，故意抹黑公司。

朱翔被开除是预料之中的事情，但耀星娱乐是万万不能收他的。如果真这样做了，不正是证实橘子娱乐的说辞吗？

橘子娱乐这种翻脸不认人的态度自然在网上也没能讨好看客，然而朱翔确实成了一个问题。这个人现在是丧家之犬，如果再乱咬人，也是一件麻烦事。

为此，米雪致电了顾明朗。

顾明朗在电话里骂骂咧咧："我什么时候成方纫秋的助理了？"尽管如此，他还是乖乖地来了，现在跟米雪同样皱着眉头头痛如何解决朱翔这个大麻烦。

最终还是令嘉给出了个主意，让朱翔去"健力"集团曾收购的传媒公司做了一个天天写文案的广告狗，令嘉还特意让部门领导对朱翔"好好"关照。

经过朱翔以及广告片的事情，网友们开始热烈地讨论起令嘉的身家起底。

有人在著名的八卦网站无涯网专门开了帖子扒令嘉突然蹿红的原因。帖子不出一天就上了榜首，飘着长长的红条。

#深扒某二线女星的时尚资源起底#

帖子的开头就是令嘉参加米兰时装周和伊娃以及布兰特坐在同一排的照片，甚至有人截图了小草莓的微博以及外网上的某些照片和评价。帖子八的很彻底，也写得很详细，众说纷纭，有人说令嘉有了大金主，也有人觉得令嘉是被单丹看中，天后想要培养自己的势力，于是力捧。

当然这些都是大家的猜测。然而楼主是个清醒的人，经过层层分析，最终找到了一个关键的人物。

一张令嘉在机场的照片上，人群里出现了一个人影。这个人晃眼看过去时，谁也没注意到。但细心的楼主反反复复地看了几次，终于找到蛛丝马迹，激动地分享到网上，并用红色线条将此人给圈了出来。

楼主XX：经过楼主几天几夜不吃不喝彻夜分析，终于皇天不负有心人，让楼主我给找到关键人物了！发声来给大家看看！

123456名字随意点不好吗：楼主这是谁呀？快给我们科普下啊。

我很听话：楼主不要说话说半截啊！！

楼主当然没有那么无良，不过五分钟，这位见多识广的楼主便发了一大堆资料上来，360度无死角地科普了该白西装人士的资料。

威廉，时尚人士。周文在C家获得一席地位后，C家才重金聘请给周文的造型师。但在周文之前，威廉是欧洲时尚圈的座上宾式的人物，几大知名奢侈品牌的秀场都有他参与的痕迹。这人是连时尚圈老佛爷也会给薄面的人。

"我惊奇地发现，令嘉现在的造型师就是这个人。"

"对，我也发现了。天哪，好可怕的资源。"

"她是得多有钱，能请来周文的造型师给自己做造型。看样子还是御用的。"

"楼上的孤陋寡闻，对于威廉这种时尚大拿，金钱是请不动的。人家看中的是明星的自身条件，侧面说明我们嘉爷很有气质，没毛病啊，只是以前所托非人，被埋没了。"

听过楼主科普之后，有不少网友也纷纷发上自己的发现。有时尚博主放了长图出来，分析了令嘉近日来被拍到衣服的装扮，并附带了衣服的牌子，还有一些资深博主提到，这些牌子都是著名造型师威廉经常合作的品牌。

这帖子的红火程度早就被令嘉的团队关注到了。

赶着录制《蒙面歌手》的令嘉就在车上默默地开了马甲，狠狠地留言夸奖了自己一番，发完后，她还假装什么都不知道默默收起手机，戴上墨镜，一派严肃地盯着前方。

小喜在看 iPad，刷着刷着，忽然眉头一皱，指着屏幕递到令嘉面前："这条评论是你发的吧？"

令嘉藏在墨镜下的眼珠子动了动："你在说什么？哦，这个网友说的很不对嘛。"

陈尔也凑了脑袋看过去，露出嫌弃的神色。她果然了解令嘉，一眼就认出来那条评论绝对是她写的无误。实在有够无耻。

"楼上那位粉丝说得很对，没有错哦。嘉爷长得那么美，又富有气质和才华，看那身段，简直就是超模的身材，衣架子啦，穿什么衣服自然都好看。威廉老师能给令嘉做造型肯定看中她的优秀啦……呕——"

陈尔念着念着，自己都要吐了："令嘉，臭不要脸！"

"就是。哪有人这样夸自己的？"小喜也附和着陈尔的话，嫌弃地点开那条评论的ID，幸好令嘉这个马大哈没有在资料中暴露自己的身份。

《蒙面歌手》这个节目在播放前对所有参加演唱的嘉宾身份都是保密的，但有五位资深歌手以及歌曲制作人作为驻站观察员在现场，他们需要根据唱歌的人的声音猜到歌手的身份，没有被猜测身份的人在节目之后要角逐卫冕歌王，另外，每一期还会有一个大咖到场作为嘉宾。

令嘉已经告别歌手圈多年，就没关注观察员具体是谁。

节目录制时间很长，令嘉化好妆在后台等了将近两小时才轮到她。从彩排到真正录制，化妆间里进进出出的明星个个头上都戴着各式各样的面罩或者大头套，各自都在忙着准备自己的录制，也就没有人来打招呼了。只是在走廊遇见了，就挥挥手嗨一声。

上台前五分钟令嘉都觉得自己来这里是一件很莫名其妙的事情。主持人跟她一样觉得莫名其妙，盯着台词卡上的名字愣了愣。

"下一位歌手，三位观察者可要擦亮眼睛猜了哟。她可是一个连主持人我都觉得惊讶的人物！话不多说，下面就请我们的'会劈叉又会说相声的绅士'为大家献唱。"

令嘉今天的装扮是一个雅痞绅士的模样，大大的礼帽遮住她整张脸，变声器藏在帽子里，唱完歌之后责任导演就会打开。

随着音乐响起，灯光缓缓打开。张梦君的这首歌带点旧上海的吴侬软语，令嘉的声音虽然辨识度不高，但开口脆，那歌声莺声婉转，也唤起了许多人对张梦君的回忆。但这首歌被改编过，有张梦君的影子在，但更多的是不同，张梦君的声音更像是潺潺流动的溪水，低唱浅吟。而令嘉的声音则是海洋，似一波未平一波又起，唱功竟然好到让观察团里的各位资深歌手遗憾少了一个有天赋之人。

令嘉惊讶地从眼缝里看到了陆周，让她竟然有点紧张。

没想到陆周居然作为这一期的特别来宾也参加了这个节目，令嘉没忘记陆周听过自己唱这首歌的事，她原想多留两期，让叶森注意到自己。现在恐怕是会被揭穿了吧？

整首歌里，陆周没有私下跟其他人交流。一曲终了，陆周身旁的前辈女歌手扭头来问他有没有猜到是谁，陆周迟疑地摇了摇头："我也不太确定。"但令嘉知道，其实他很笃定，因为他抬头看自己时，眼里带了笑。

令嘉移开目光假装不去看他。主持人走到台前，这个环节是让观察团提问，并让演唱者表演节目，好让观察团有更多的机会猜到是谁在唱歌。

观察团里有一位曾有过主持经历的歌手，她猜人最准，但一时半会儿也很莫名："请问这位会劈叉又会说相声的绅士，你是真的会说相声吗？"

令嘉昂头，用开了变声器的声音答："当然。"

"听这回答，当然有自信啊。但我还是不信，我见过会说相声的歌手可不是你这个体形。"

"为什么？因为我身材比较好吗？"令嘉大言不惭地说道。

"噗……不，因为你胸比较平。"

另一个人说道："我觉得你现在在故意误导我们，你一定是个天后级别的歌手，对吧！"

"绝对的天后！能把张梦君的冷门歌曲唱得这么好的人，加上这模特般的身材，我只知道有两个人！"

"嗯，我认同马前辈的话。"新晋超热门歌手继而又问道，"请问，你的职业是歌手吗？"

令嘉躲在面具下笑了笑："不是。我的职业是演员。因为我会劈叉。"

"噗……"

坐在陆周身旁的女歌手好奇地看了眼陆周，有这么好笑吗？居然让冷面陆周都笑了。当然其他人也都笑了："这么说，你到底演过多少影视作品呢？"

令嘉想了想，又掰着手指头数了数："很多。"

"这么说起来，你在影视圈很有地位咯。是影后吗？"

"当然……不是。"

"啊！这个人好贱，好想打一顿。"

几个人更加一头雾水了，凑在一起又是一阵骚乱的猜测，那位最年长的马长辈说出了他自己所知道的唱功棒又与令嘉身材符合的人选。

"你是蔡海迪，对吗？"马老师特别笃定的样子，也感染了其他人。

几个人纷纷点头，其中一人提出："既然你说你是演员，我们不信。那你就给我们表演一段相声吧。"

这是什么逻辑？

不过令嘉还是很高兴地答应了，说相声是她的拿手好戏，加上变声器的效果，说出来可是要笑死人的。

令嘉说了一段在春晚上两位相声老师的经典相声，一人分饰两个角色，一会儿东北话，一会儿台湾腔。

彻底把在座的各位逗得哈哈大笑。

马老师抹着眼泪说："这简直太有才了，我现在怎么觉得你不太可能是蔡海迪了，你真的有可能是个喜剧演员。哈哈哈哈。"

"这大概就是一个人孤独的表演现场版吧。"女主持也哈哈大笑。

但这么下去大家反而更混乱了。这个环节一过，主持人马上掌控全场，让大家开始投票。在别无选择的时候，所有都把票投给了蔡海迪。唯独陆周选择了弃票。

令嘉没有被猜出来，被请下了场。

看完了节目的陈尔对令嘉的表现表示了赞赏，果然不愧是会唱歌还会劈叉更会说相声的演员，演得很好，也唱得很不错。

"这个节目在网上很火，你这一段，我觉得一定能在播出后引起许多人的猜想，令嘉，谢谢你。"肖松不知道什么时候摸到了化妆间，摸着大大的圆肚子一脸的兴奋。

肖松的话让令嘉也很高兴，她谦虚地道了谢。

"哈哈，是我应该谢谢节目组。"

"对了，下一期的歌你选好了吗？"肖松毕竟还是个音乐人，虽然有点可惜令嘉不再唱歌，但能通过这次机会再次听到她唱歌，也算是一件值得庆贺的事情。

令嘉摇头，在开场之前，她不知道自己能否坚持到下期，也就没有准备。

"但我还是想继续唱张梦君的歌。"这是必须的。

肖松点点头，他也认为，这次令嘉唱的这首歌改编得不错，可以继续下去，说不定还能成为节目的亮点。

打定主意后，肖松决定将这期节目的通告标题定为"张梦君经典重现"，应该能唤起许多人的回忆。肖松的计划正中陈尔的意，听说后，也积极地配合宣传。

说到公关的事情，陈尔激动地跟肖松私下商量去了。令嘉一边卸妆，一边刷着手机，忽然刷到一条微信，是陆周发来的。

Roacky：下一期，我们合作？

令嘉愣了愣，发了个问号过去。

陆周回复很快。"下一期我也参加这个节目，跟你合作。你会弹吉他吗？"

跟陆周合作不是坏事，热度起码是保证了。但是……陆周还想自弹自唱？令嘉当然会弹吉他，这还得归功于方纫秋。年少时期的方纫秋一度是中二病少年，学了许多乐器显示自己的学霸身份。那时候令嘉跟着他在锻炼之余也没少跑培训学校。

"会，但是有点担心会出洋相。"

"别担心，我们可以先练习。"

陆周居然是这么热心的人？令嘉觉得这件事还有待商量，就没有立即回复。等到陈尔在的时候，她才提及这件事。

陈尔一听说陆周要跟她合作就炸了："合！肯定要做，陆周的人气……逆天了好吗？"

事情就这么被陈尔一锤定音下来，毫无商量的余地。

第五十五章

／

面见家长

　　跟陆周合作的事情还未正式提上日程时，陈尔等了许久的电话，终于也打了过来。叶沉打电话的时机非常不好，陈尔已经在睡梦中，忽然被电话吵醒，一看是陌生号码，当即就爆了粗口。

　　正要挂断，忽然听到对面的男人冷漠道："我是叶沉。"陈尔瞬间清醒，从床上差点儿掉下来，明明看不见对方，但她还是一脸毕恭毕敬地答话，就像是个小学生："叶先生，您好啊。"

　　"这周五令嘉有时间吗？导演想请她喝个茶，到家里来就行了，不用准备礼物。"

　　叶沉说的每一句话，陈尔都点头如捣蒜般地答应了下来。挂了电话后，她才想起来，叶森家是住在香江的，今天周三，距离周五只有一天了。她忙翻出手机来看了几眼令嘉最近的行程，好在周五这天她没有特别重要的行程，于是她继续骚扰了小喜，让她定了周四晚上去香江的机票。

　　第二天一大早，陈尔就去令嘉家里敲门了。

　　"这么火急火燎地找我什么事情？"令嘉披头散发地来开门，睡眼惺忪。

"你赶紧爬起来去收拾，我们今天要早点儿去见广告商，行李等会儿小喜会来你家里收拾，你就不用操心了。"

令嘉哦了一声转身去了洗浴间，不过半分钟，清醒了过来，一脸纳闷，"今天要见广告商签订雪糕代言的事情我知道，可收拾行李是什么鬼？"

"你别浪费时间了。快换上。"陈尔趁她说话的时间，已经在衣帽间按照威廉发来的搭配图找了衣服出来，扔给她，"我们今天晚上要去香江。"

令嘉咬着牙刷，"去干吗？"

陈尔白了她一眼，"去见叶森，你好好准备一下吧。你看，今天晚上要不要约单丹吃饭，他们俩有过合作，你可以先跟她聊聊。"

令嘉愣了愣，随后用比平日更快的速度刷完牙，套上衣服，简单化了妆。今天没戴隐形眼镜，就挑了一副最新上市的新款眼镜架上。

陈尔惊讶得陈尔半天合不拢嘴，愣在原地。这会儿轮到令嘉反过来骂她："愣着干什么，走啊！早点儿解决了早点去机场。对了，我还不能忘记给单丹打电话。你说我这么贸然地打电话过去，真的好吗？毕竟人家单丹是巨星……"

进入了碎碎念模式的令嘉将所有还没有发生的事情担心了个遍，最后陈尔也听烦了，她才住了嘴。

关于跟单丹打电话套近乎的事情，令嘉最终还是没能厚脸皮去做。反而是下飞机后不久，她忽然接到单丹经纪人的电话，询问她的位置。

令嘉很惊讶："Merry 姐，你怎么会知道我来香江？"

Merry 接到令嘉后，没有嘘寒问暖，而是直接带她去了四季酒店的顶楼吃饭，单丹已经等在那里了，饭局上听说还有方纫秋的小叔，方炎亭。令嘉曾在很小的时候见过这位性格还不错的小叔，但随着方家人离开阳城回到香江后，就很少再有机会见方家的人了。

Merry 永远都是一板一眼的样子，她坐在副驾驶位置上，对令嘉的提问表示一点也不意外。她严肃地回答问题："应该是方小少爷告诉了丹。方总想见见你。"Merry 口中的方总应该就是方炎亭了。

多管闲事的方纫秋！令嘉再次在心里记上了一笔。想来是方纫秋现在作为公司的股东，对自己行程了如指掌，才会如此。

与方家世代相交的杨家女儿令嘉来香江出差，方家人想要见一面无可厚非。毕竟曾经关系要好，只是，令嘉从未想过要见方家任何人。她既不是哥哥，在生意上有跟方氏集团的往来，也不是爸妈，父亲和方世伯曾经是战友。

但是既然长辈主动约了，这顿饭她不愿意吃也只能去吃了。

酒店的顶楼是露天的，晚风徐徐吹来，穿裙子的令嘉冷得哆嗦，她祈祷着会餐尽快结束。见了面由单丹出面给了令嘉一个大大的拥抱，作为长辈的方炎亭则让服务生取了一支昂贵的酒来。

"很久没见到世侄女，今天一定要一醉方休。"显然，方炎亭的兴致很好。

单丹作为这次会餐的女主人，自然要客套起来："明天令嘉有正事，少许就好，就当助眠。"

方炎亭似乎是个妻管严，单丹说完后，他便没有强求。

三个人的会餐其实很尴尬，为了不冷场，令嘉只好询问单丹去面见叶森需要注意什么。

"嗯……叶森这个人吧，相处起来很好。关键是得看他是否愿意跟你结交。如果你这么想要拿到角色，为何不找方纫秋帮忙？"

方纫秋？令嘉蹙起眉头。

单丹无奈地笑笑："方家人跟叶森的关系不错，方家投资过娱乐公司，也曾跟叶森有合作过的项目。如果是方纫秋出面，你不需要这么紧张。"

难怪方纫秋认识威廉了。

其实上次八卦帖子事件之后，令嘉也曾怀疑过，所以特地偷偷摸摸地调查了关于威廉的事情，后来她发现，威廉居然跟方纫秋认识。那么，威廉莫名其妙冒出来充当造型师的事情就说得通了。

单丹见令嘉仍然皱着眉头，以为是自己的话伤到了令嘉的自尊心，又补充道："其实走后门什么的，没有什么，你有资源也是你的实力。"

其实令嘉赞同单丹的话，但她还是摇了摇头："我其实对红不红没有那么强烈的欲望。如果能演当然最好，毕竟从叶森那里一定能学到很多。"

单丹点头，知道话说到这里没什么继续下去的意义了，只好说："放心吧，你的性格，叶森一定不会讨厌。平常心就好。他这个人，用谁不用谁，表象都不重要，重要的还是演技。"

"对了，令嘉什么时候离开？"方炎亭忽然问道。

令嘉愣了愣说："后天。"

"如果明天晚上没事，同小秋一起到方家坐坐。他也回来得少，正巧这次，你们都在，也应该见一见长辈。"

见一见长辈什么意思？

"方纫秋也在香江？"

方炎亭点头，一脸的惊讶："你不知道？"

令嘉摇头，她当然不知道。她为什么要知道别人的事情？显然方炎亭和单丹都不认为他们两人是陌生人，压根就将她当方家未来媳妇在对待。

"哦，这次他回来是为了工作的事情。想必，没有告知你。"

令嘉没有点头，只是尴尬地切着牛排。没有人再提及这件事，以为明日晚上去方家的事情也就此不了了之的令嘉却并不知道，当天晚上回去后，方炎亭就扬扬得意地去方纫秋处邀功，信誓旦旦地说，自己已经成功邀请令嘉明天晚上上方家聚一聚。

方纫秋在电话那边头大如牛。

连着几个通宵清算了世佳集团的账目，账目果然如他所想，做得很干净，没有什么蛛丝马迹。但他还是发现了一丝不对劲，比如，前去工会打探消息的同事汇报说，原来最近世佳集团旗下几个工程都有人在罢工，原因是世佳集团以经营不善为理由削减工人的工资，甚至大裁员。

工人们拿着越来越微薄的工作却加重了工作量。任谁也不乐意干！

这件事被世佳集团隐瞒了起来，并没有上报给即将要成为大股东的"健力"集团。其实这件事，有了证据，再找机会查到他们真实的账目，他甚至可以以连带关系将方东林一伙人一锅端，可惜，现在世佳集团的财务状况隐瞒得密不透风，他们甚至查不到，原本获利的资金到底是以什么方式流出的。

事情遇到了难题。方纫秋在和杨冠军商议后，决定先去香江探探口风，他需要知道，父亲对自己的这两位哥哥所做的事情了解多少。如果他明明知道，却只是放任的话，他和杨冠军就必须采取强硬的态度来阻止这次关于入股世佳集团的事情。

问题很严峻，现在所有的股东都在支持方东林这个计划，这不是一笔小数目，而他和杨冠军都知道，钱丢出去后铁定打了水漂。

然而幸运之神降临得如此之快，在刚刚得知令嘉也会去方家的欣喜还未过去时，安珂时隔多日给他打来了电话。来者不善，方纫秋在接到电话的刹那心里已经在抗拒。他是个干脆的男人，从未想过跟前女友藕断丝连，也不会利用女人。

但安珂执意要见一面，他选择了在别墅附近的小面馆里与她碰面。

安珂带着公文包而来，她的面色不太好看。两人面对面坐着，方纫秋在吸溜着吃面，他快饿死了，连着熬了几天的夜。但显然，安珂没有任何食欲，面前摆放的热气腾腾的面条，她连手都没有抬一下。

方纫秋吃完了一碗面，安珂的耐心也用光了，问道："你就不想知道我来找你什么事情？"

方纫秋抽出纸巾擦拭嘴角的污渍，视线却扫过她的公文包，声音冷漠。

"不要做。不管你想做什么，我都不接受。"

原来他早已经猜到她来的目的，可是那又怎么样？他需要，她能给，为什么不给？

安珂将公文包摆在桌子上，手掌心拍了拍："这里，有你想要的东西。

我知道你在费尽心思调查世佳集团的钱到底去了什么地方，这些我都知道，里面都是证据，你能查到比想象中还要多的勾当。"

"你拿回去吧。我不收。"

安珂噙着嘴角笑了笑，也不知道是讽刺自己还是讽刺方纫秋的假仁假义："我曾说过不管我们是什么境遇，我都会站在你的身边。这句话，始终有效。"她停顿了一下，方纫秋没有作答，她便继续说："这里面的东西比你想要的多。方东林原来在香江方氏集团工作时，也拿了不少钱，留下的线索都在世佳集团出现。他的老巢，你可以掀翻。"

不得不说，安珂送来的东西真的很诱惑。

但是……"不至于，安珂，我们之前没有爱情，你没必要做到这个份上。"他不会想看她商业犯罪。

"我当然是有条件的。"安珂抿着唇角笑，说出来的话却功利，"我想知道，你到底有多爱她。这些东西来交换够吗？"

她在逼他。要么从他口中听见再也没有回转余地、能让她彻彻底底死心的话，要么，她看清一个人，再也无法继续爱下去。

方纫秋的回答没有让她失望，却让她伤透了心。

他坚定地摇头："我与她之间，任何金钱物质都衡量不了。安珂，我爱她，很多年。跟你在美国那几年，我总觉得自己应该是死在阳城了。但每天夜里，我总是梦见她，一遍又一遍地撕开我的心脏，让我流血痛苦。后来，我知道，哪怕是死了，我也爱她。我对不起你，安珂，我从未认真跟你道过歉。今天以后……我们再也不要见面了。是我错了。对你或者她。我再也不想错下去了，因为我的胆小、怯弱，我体验过一次心痛到窒息已经够了。"

安珂从未听过他在感情方面说过这么长的一段话，那么深情又无情。

深情是属于令嘉的，而无情是属于她的。

她轻轻地咧开嘴角笑了，也不知道同情自己还是同情方纫秋。他们都好可怜啊，所爱之人都那么执着。他是执着地爱着别人，而令嘉则是执着地恨着他。

安珂知道自己总算是真的彻底地死心了。她放弃了挣扎，崩溃地站起来，肆意地一边笑着，一边流眼泪。

"好，我知道了。你可以为她做任何事。我也可以。"她的哭声让人不忍看，"这些东西我无条件送给你，就当还给你们那些年支持我留学的情。"

"安珂……"

"我走了。再也不会打扰。"

安珂抓了包，匆匆忙忙地掉头跑了。方纫秋追出去，却只看见她上了出租车的身影。他知道，这次是彻底不会再见了。安珂……应该是辞职了，她会逃回美国，然后重新开始。方纫秋捏着公文包的一角，攥紧了拳头，他深深地意识到了。

原来这么多年，全是他一个人做错。就算没有罗野，就算没有发生那件事，他放不下的骄傲都会伤害最爱的女人，同时也伤害了另一个原本不相干的女人。所有的一切，都是因为他……令嘉恨他，是应该的。

可是，无论她多么讨厌，他也放不下……这辈子，如果没有同令嘉走到最后，他想，自己还不如现在就死掉算了。

出发去见叶森之前，陈尔来敲令嘉的房门。

一大袋子橘子出现在面前，令嘉不明所以，问她怎么了："你不是说叶沉让你不要带礼物？"

陈尔撇嘴："几个橘子就是礼物啦？这哪算礼物，我让你带过去跟叶森一起吃。"

"你不去？"令嘉接了橘子，对陈尔不跟着去的事情不太理解。"万一他要跟我谈合作的事情，你不在现场我可是一点也不会谈判的。"

陈尔叹气，白眼已经懒得翻了。

"你以为你是谁呀？人家叶森请你吃顿饭就要让你做女主角了？"

令嘉不好意思地抓了抓耳边的头发："我在跟宇宙下订单，你懂不懂宇宙法则？"

"你最近是不是又看什么乱七八糟的鸡汤书了？"陈尔对令嘉没好气："我让你带过去就带过去。"方纫秋的话，至今为止陈尔是确信无疑的，既然让带肯定没错。

早上起床的时候，陈尔收到陌生号码的短信，让她记得买橘子带过去。一开始她以为是谁恶作剧，不过很快，那陌生号码又发了信息过来，告诉自己他是方纫秋。陈尔这才半信半疑地让司机大清早送自己去早市买了新鲜的橘子。

叶森还有这癖好？

虽然觉得莫名其妙，但令嘉还是遵照吩咐提着橘子准时出现在了叶宅。来开门的人是叶家的菲佣，见令嘉提了橘子，也没说什么便接了过去。令嘉一头雾水，但还是规矩地跟着菲佣穿过院廊走到偏厅。

偏厅靠近厨房，有几个人正在忙碌，时不时传来说话的声音。令嘉竖起耳朵听，还以为自己耳朵出了毛病，怎么出现幻听了？她听到了方纫秋的声音？

"那个……"

"小姐有什么吩咐吗？"菲佣似乎并不觉将令嘉带到一个没有主人家的偏厅有什么问题。

"叶先生……"

"叶先生和客人在厨房里忙，稍后便出来。"

叶森亲自做菜？令嘉感觉自己坐在沙发上浑身都有点不舒服了，她冲菲佣点头，那人便退了出去。不过一会儿，听见菲佣对厨房里的叶森说道："先生，杨小姐带来的橘子。"

叶森回了什么令嘉竖起耳朵没听清楚。只是不一会儿听见有脚步走动的声音，她这便正襟危坐起来，摆出一副自己没有偷听欲盖弥彰的样子。

方纫秋一进门就看见她这副样子，低头轻笑了笑。别人不了解令嘉，他可是从头发丝都清楚她在想什么的。

令嘉想，叶森一定是个强迫症。她带来的橘子被剥好了，一瓣一瓣整整齐齐地摆在碟子上被方纫秋端在手里送了进来。再看叶森，是以前在电视上见过的样子，只是本人更清瘦一些，他似乎没有觉得自己现在这副样子见人有什么问题，围在身上的围裙还没解开，见令嘉站起来要打招呼，他挥了挥手让她坐下，示意她不用这般客气。

气氛其实挺尴尬的，叶森没明说关于电影的事，只是礼貌地感谢了令嘉带来的橘子，在吃第一瓣的时候，他吩咐人把偏厅里的家庭影院打开了。

加上叶森的助理，四个不太熟的人坐在一起看影像资料。最让令嘉尴尬的是，叶森专门搜集了一些关于她的影视作品，从低成本制作里的女警察到高水准的生活剧中的女二号，以及行业剧的主角。他居然还有《黑客帝国》的影像资料，这几乎是剪辑过的部分成片，说明这些东西拿到手的时间并不长。

对于令嘉惊讶的表现，叶森也稍做了解释："我跟楚天有点私交，便问他要了一些资料过来看。"

令嘉点头，其实她现在心里挺紧张的。叶森看了她的资料后，没有特别的表示。不知道何时坐在她身边的方纫秋也感受到了她的紧张，黑暗下，他握住了她的手。令嘉感觉自己的手被人突然捏住了，状似不经意地扭过头，背对着叶森对方纫秋瞪眼。

聪明的方纫秋这时却像大傻子一样，什么都没看见，视线紧紧地盯着屏幕上方的令嘉，她哭或笑，每一幕都震惊了他的心。他从未认真地看过她演的作品，因为在他看来，演员这个职业，只要令嘉想玩，大不了就让她玩一玩好了。

攥在手心的那只手被他捏得更紧了，她想要挣开，却抵不过他的力气。他强势地分开了她的五指，用力，将十根指头纠缠在了一起。幻灯片似的屏幕不停闪烁着灯光，那一双紧紧交握的手，其实格外引人注目。

叶森早已看见了，他与方纫秋交换了眼色。偏只有令嘉一个大傻子，还欲盖弥彰地想要躲开叶森的视线。小女孩似的脾气，引得两个男人发笑。

很快，影像播放完了。叶沉打开了灯，回身的时候令嘉飞快地将方纫秋不放开的手用包遮了起来，慌乱地抬头，却撞上叶森戏谑的眼，尴尬不失礼貌地笑了笑。

"我早上还在想，小秋你为何会突然来拜访。原来是有这层原因在。"叶森笑得了然，令嘉极力想解释，但怎么也没说出口。"你是连夜赶回香江的吧？看你的样子似乎很没有精神。"

经过叶森提醒，令嘉这才注意到方纫秋的脸色蜡黄，眼皮下还泛着青。估摸着是熬夜了。

方纫秋昨夜的确没有休息，安珂送来那些资料后，他便紧急召集大家来了家里加班工作。因为他今天必须赶到香江，正好借此机会，在家庭会餐上将方东林的事情公之于众。

看见方纫秋点头，令嘉愣了愣。

他该不会是为了自己？

但很快这个念头就被令嘉打消了，方纫秋这家伙死没良心，怎么会如此。想到这里，她再次挣开手，仍是没有成功。

"对了，导演，不知道您……"令嘉不想这样耗下去了，是生是死也要在这个时候有结果了。

但她的话还未说完，叶森抬手阻止了她继续说。

"小姑娘不要性急，吃饭的时候我们慢慢聊。"

令嘉心里叹气，但还是点头答应了。不一会儿，菲佣在餐厅里准备好了食物，来通知大家。叶森这才揭开了自己的围裙，邀请大家入座。

令嘉以为这次叶森还要继续卖关子。打定主意还是先吃饭，什么话都不说。低头，饭碗里，方纫秋已经自以为是地给她夹了爱吃的糖醋里脊，引来令嘉一阵嫌弃。她拨开那块里脊肉，只扒米饭。

"怎么了？做得不合你的胃口？"叶森忽然问道。令嘉怎么敢答应，忙说："不是，我最近减肥。"

叶森上下瞧了瞧她，点头道："要上我戏的话，的确是要再瘦一点。"

令嘉咀嚼着米饭差点儿咳嗽出声，但给忍住了，只是丢人地打了个嗝。于是忙伸手去端水来喝，却先一步被方纫秋送到了嘴边。

这次令嘉没有矫情，咕噜咕噜灌下了冰水。

"哈哈，我从未见过小秋这样对一个女孩子。听说你们俩是青梅竹马？"

令嘉正要反驳，方纫秋已经替她回答："青梅竹马算不上，只是小时候一直打打闹闹着过来了。"

也不知道方纫秋是什么意思，叶森微微眯着眼，淡笑了一声。像是在回忆很多年前的事："我跟梦君年轻的时候也打打闹闹的。你们这样很好，这么多年，也没有错过对方。年轻人，要懂得惜福。"

方纫秋没有开腔，只是笑着。

叶森似乎是觉得吃得差不多了，放下了筷子。

"原本我这部新戏并不想找新人来演。"

令嘉点头，她认可叶森的话。对他来说，自己的确是新人。她没有插话，只是等叶森继续说，他肯定有下文。

"这本子，创作之初我跟几个人也做了沟通，也定了几个角色，玉娇龙这个角色，我看也不算适合你吧。杨小姐，有没有想过，换个本子？"

虽然令嘉不明白叶森口中所说的玉娇龙是什么角色，但想必就是叶森这部戏里缺的人选了。这么说起来，自己是没戏了吗？

"导演的意思？"

"我这里还有个本子，想来是适合杨小姐的。"

叶森的话落，叶沉便解释道："这是叔叔自己写的剧本，预计在《卧龙》之后会开始启动的文艺片。故事是以二十多年前过世的张梦君为原型而创作的爱情片。这是叔叔打算留作纪念……"

令嘉抬手打断了叶沉的话："对不起，我无意打断。"

叶森没有介意，令嘉继续说。

"我知道导演您或许是看在谁的面子上，有这个打算给我一个新的机会。我当然也不是排斥演另一个本子，只是，这次我来找您，是为《卧龙》做争取，如果在有第二选择的同时便放弃了自己来的初衷，我想，我是做不到的。希望导演您能理解，我的确是迫切地想要跟您合作，但哪怕试过之后不行也没关系，我希望您能再给我一次试镜的机会。"

"你不合适……"叶森说着。

"我知道，我未必是您心目中的人选。但是如果我连试镜都没有过，就放弃了，我会很不甘心。叶老师，请您给我一次机会。"令嘉已经站了起来，深深地鞠躬。

说完这番话，叶森很长时间没有给她答复。

这些年来找他，哭着闹着要上他戏的人很多，每个人都很真诚。令嘉跟她们没有什么不同，但他却犹豫了。

"如果你一定要一个死得甘心的理由，可以。我可以让你试镜。"他说着。

令嘉惊喜地抬头，她没想到，叶森居然同意了。为什么？因为方纫秋吗？当然不是。

"你以为我会因为谁谁的面子就给你一个机会的话，那你就想错了。你的外形的确不适合玉娇龙那种一板一眼、刚硬又像臭石头的脾性。她是个女人，却不通人情世故。你跟她完完全全相反。但是……"他的视线扫过她，"我给你这个机会，是因为你拒绝了我提出第二个选择的机会。"

令嘉听懂了他的话，一次试镜，直接导致她错过了叶森的下一个本子。

但是她不后悔！这世上，傻子才后悔自己的决定。

"谢谢导演。"

"不要谢得太早，试镜的结果还没有定下来。"

令嘉觉得叶森这个人挺讨厌的，按照她的脾性，真的很想一巴掌扇过去，揍得他求饶。但她知道，叶森是自己不能得罪的。她这时还能谄媚地笑出来，不计形象地挽起自己的衣袖，亮出膀子上的肱二头肌给他看："导演！其实我觉得，你说的那个角色，我是可以胜任的！不信你看，我还有肌肉呢。要不，导演，您能不能先给我看点剧本，让我在试镜的时候也不至于……"

叶森是严肃惯了的人，没想到令嘉能做到这一步，一时竟然没绷住，傻了眼。

方纼秋则扑哧一声笑了起来。他原本只是来叶森这里替令嘉刷一刷好感度，并不打算插手游说此事的，但眼下，他见令嘉已经这般没脸没皮了，也没好再端着。

"叶老师，如果可以的话……"

"小秋，你不用说了。我会让这丫头如愿以偿的。"

哎？

令嘉这是真傻眼了。叶森笑眯眯地招了招手，叶沉就送了剧本到她手上："你给我好好看看剧本。试镜的事情，就在周一。你可没几天准备了。"

这就拿下了？

令嘉双手接了剧本，感觉自己这是撞了大运，忙点头如捣蒜。

"好！我一定不会让导演失望。"

饭已经吃过了，正事也谈完了。大家也没有其他事情可聊了，叶森便让人送两人下山。这小区离市区远，很难找到车。

方家其实住在附近，但显然方纼秋没有回家的打算，跟着令嘉一起上了车。

叶森和叶沉站在门口送两人离开，车子跑远了他才转身回去。

叶沉跟在身后，很是不理解。

"叔叔，为什么您还要专门演这么一出来考验她，我倒是觉得她挺适合玉娇龙这个角色的。"

叶森笑笑："对了，关于那个本子，找团队做一做吧。"

"什么？"叶沉愣住了，这不就是专门说出来考验令嘉的幌子吗？什么时候变成真的项目了？

"做吧。令嘉挺合适的，如果她来演的话，梦君的身影应该能在这一辈人中更有影响。"

叶沉咋舌，这么说起来，叶森还当真要信了单丹的话，捧一捧这个令嘉了？

"那，《卧龙》……"

"怎么？我这把年纪已经不配再捧一个森女郎出来了？"

怎么会？如今多少走在娱乐圈最前沿的巨星不是叶森培养的？就算已经老到不能动弹了，叶森想要捧的人，也一定能大红大紫。

"跟方小少爷合作的事情……"

"答应下来。令嘉是潜力股，总归到底，我们还是生意人。"其实这次，方纫秋来找叶森，还真是为了令嘉。他带了自己在耀星娱乐的股份，来跟叶森交换。只要叶森同意，他就是耀星娱乐的大股东，而令嘉就是他的艺人。

那些股份，不容小觑。虽然叶森不是一个为五斗米折腰的人，但他看好令嘉，这是不争的事实。

然而这一切，方纫秋为她所做的所有，令嘉都不知道。更加不知道，不久后的她，就要走上人生巅峰了。

此时她正在跟方纫秋赌气，一副你不下车，就让我跳车的样子。然而，谁也没能下车，叶森的司机成功将两人送到了令嘉居住的酒店，方纫秋跟屁虫一样跟了上去。

讲真的，令嘉对方纫秋的讨厌，不是本质上的厌恶。只是，她害怕自己原谅了方纫秋就是轻看了自己，她不能成为一个为感情付出一切的人。

知道自己甩不掉方纫秋，也知道他有够执着，令嘉已经懒得挖空心思去摆脱方纫秋的纠缠了。上了楼，两人一前一后地进了房间，关门的时候令嘉无奈地叹了口气。

令嘉采取的无视之法没有击退厚脸皮的方纫秋，两人就这么无声地在酒店房间里坐了一下午。方纫秋借了电脑在客厅里查看邮件，顺便准备晚上会用到的资料。令嘉则在自己的房间补眠，一觉过去已经是三小时后。

方纫秋不得不去敲门让她起床。

令嘉反复地用枕头捂住了自己的脑袋，她心里好烦，一点也不想起来，但门外的人锲而不舍的精神实在让她没办法再逃避下去。

她从床上爬起来，烦躁地揉了一把自己的脑袋，气冲冲地拉开了房门："方纫秋，你可以滚出我的世界吗？"

当然不能。

方纫秋脸上挂着笑，依然厚着脸皮："到时间了，我知道你们女生打扮需要一些时间。你有一个小时挑选衣服和化妆。"

"……"令嘉已经无计可施，杵在门口就是不动。

"别这样看我。长辈们都知道你会去，如果现在忽然听说不去了，不太礼貌。"

"那些人又没拿你当家人，你那么在乎他们做什么？"令嘉知道对于方纫秋来说，这是他最深的伤口，因为知道，所以才要故意去戳破。她以为这样能伤害到方纫秋，失去了骄傲的方纫秋被嘲笑以后一定会夺门而出。

然而她低估了方纫秋的韧性。

他假装心痛地捂住了心口："哦……你以为我会心痛对吧？这一招已经过时了。他们不把我当家人，我自然也没有相同的感情。"

"那你巴巴地去参加什么家庭聚餐？"令嘉暗自咬牙，感觉自己越来越不了解方纫秋了。这不是一件好事，让她很没有安全感。

安全感？令嘉不知道自己为什么需要这种东西。她抿了抿唇角，等着方纫秋的回答。方纫秋没有回答她的问题，而是偏头指了指浴室。

"跟我去，你会知道的。"他总有一些不能说出口的秘密，要到最后才会揭晓。

令嘉迟疑着，脑海里在做着斗争。一面是她的确对方纫秋好奇，另一面又的确在担心两家人的关系。父亲对方家始终心怀感激。尽管小时候令嘉并不喜欢方家的人，但还是遵照父亲的意思表现得落落大方。年纪大了以后，她反而更加不能肆无忌惮了。

方纫秋见她眉毛都皱成一团了，他无声地叹息，用指腹将那一团抚平："我知道你不相信我。但你给我一个机会好不好，我用余生来证明给你看。19 岁的我没能送花给你，希望 29、39、49……到 99 岁的时候，我都能陪着你，无论做什么都好，你死了，我也跟你去死。"

这是认识方纫秋以来，他对她说过最示弱的一句话。

她知道，能让方纫秋说出这样的话有多难。她竟不争气地红了眼眶，从前如果听过他说一句，哪怕只是一句"我需要你，请你原谅我"或许他们就不会像如今一样。

"你知道的，我没办法忘记过去。"她总是一次又一次地想起在高速路上的那场车祸。她为了追赶他，伤了韧带，再也不能运动。然而这不是最心痛的。最痛的事情是，他逃了，差点儿害死了一个人，却逃了。跟一个女人……从她眼前，冷漠地走了。

这是噩梦，一辈子都忘不掉。这伤疤，让她害怕。

令嘉怯弱的表情让方纫秋的心抽了起来，他清楚地知道自己伤害她有多深。因为，切身体会过。

"我错了。我知道，我做错了事情。我伤害了一个无辜的人，尽管在我看来，罗野他并不无辜。只要你能重新考虑我们之间的事情，你想要什么我都给你。"

"罗野他……还活着吗？"她吸了吸鼻子，没让自己落下眼泪。

"他很好。"他的声音有一丝喑哑。不想她提到别的男人，哪怕明知道这个人是他的手下败将。

令嘉松开了握住门把的手，还未来得及说话，方纫秋先一步抓住了她的手。他在害怕，怕她又一次逃避。

令嘉感觉自己的手被他捏在手心里，生疼。她愣了愣，忽然明白了他的用意。

"好吧。我跟你去。但这不代表什么。"

已经能代表很多了，方纫秋没有急着证明。他已经心满意足。这些年，他做的每一件事都是为了能在她面前出现时，一切都显得那么自然。他有耐心，跟她耗尽余生。

令嘉换了一身正式的衣服去了方家。

记忆中的方家大院是很大的，也很凄凉。她跟父亲曾不止一次来做客，那时方纫秋住在她们家，是没资格随意地进出方家的。所以每次老杨前去拜访，他都会非常高兴。他竭尽所能地在父亲和爷爷面前表现成一个乖孩子，杨父会把他夸得天花乱坠，他则只要乖乖站着浅笑着不说话便够了。

有时候令嘉看着他，都替他难过。

自己的亲生父亲和爷爷，却永远以戒备的状态伪装着。她知道他有多累，所以尽可能地迁就他，甚至会在背后偷偷地报复他那几个哥哥，被抓住后，只能是老杨不停地道歉外加揍她的屁股。

所有人都将方纫秋的委屈看在眼里，只有她为他出了头，却被揍得鼻青脸肿。

所以，令嘉知道，方纫秋同自己一样，对这栋大宅子是厌恶的。尽管它富丽堂皇，是这座城中最显贵的象征。

菲佣来开门，几乎认不出来这是自家的少爷。

既然是家宴，方东林和方淮安自然也回来了，远远地就能听见他们坐在院子的玻璃亭里说话的声音，方东林献宝似的将自己最新得到的字画供奉给老爷子，他将字画的出处说得天花乱坠，老爷子坐在轮椅上微闭半目，没有半点反应。

他一挥手，身后的老管家就上前接过了字画。方东林也不觉得尴尬，高高兴兴地交了过去，回头看见方纫秋领着一个女人走了来，吹了一声口哨，流里流气的模样："哟，老四带女人来了。爷爷，他这大礼，我可是比不了。"

方老爷子依旧没有搭理他。

方东林幸灾乐祸地笑起来，他捅了捅自己的大哥："我看这女人眼熟，好像是个什么演员。老四也真是长胆量了，什么货色都敢往家里带。"

花花公子方东林自然不记得令嘉便是曾经扔过毛毛虫到自己裤裆里的小丫头片子，只当方纫秋特意在老爷子生日这天来触霉头的。深以为会有好戏看的方东林不忘记拉上另一个人，迫不及待地要把自己的发现转告给大哥。

老大方淮安看起来比方东林稳重，他没有就此事发表意见，只是扭头去看老爷子的表情，这时老爷子已经睁开了眼，饱受风霜的脸上，眼如饥鹰。那一眼看过去，多少人都会吓得连魂都丢了。但令嘉却迎上了他的目光，丝毫没有胆怯。

她不怕方老爷子，因为他对她没有任何需求，就像是对待陌生人。

方炎亭含着笑听完自己的侄儿将令嘉说得不堪入流，方东林当着他的面称呼女明星为货色，自然是没有顾及他这个小叔叔的脸面。那他又怎会顾及他的面子？

"哼，东林既然如此瞧不上演员这个职业，怕是连你小婶婶也叫不出口了。"

方东林愣了一下，他是方家的少爷，蛮横惯了，对这个小叔叔也没多恭敬，这些年来方炎亭一直在外生活，对他也是瞧不上眼，两人早就不对付。但这般当着老爷子的面，指桑骂槐地牵连到小婶，就算他方东林平日里再蛮横也无用。

无须方炎亭教训，方东林的父亲便怒喝了一声，"东林，怎么说话呢？还不给你小叔道歉？"

方炎亭是炎字辈里年纪最小的长辈，从小就聪明，所以老爷子也看重。长大后，方炎亭叛逆，在国外过了一些逍遥日子，放弃了方家的一切光环，独身一人打拼出了一方天地。这样的人才，自然得到方老爷子的宠爱，只是在他的婚事上，父子两人也曾不对付，这么些年过去了，方炎亭没有认输，自己在外混得风生水起，老爷子疼爱这儿子，也舍不得夫妻两人受委屈，也就慢慢地接受了。

对方炎亭来说，这一大家子的人都是神经病。只有方纫秋最像他，所以他喜欢方纫秋，虽然他是方纫秋的长辈，但没有年长多少，也就一直拿他当兄弟。

"大哥你对待儿子不公允、偏心，做弟弟的不好说什么，但纫秋也是你的孩子，你不应该这么对他。他带的女孩自然是好的，还能由得自家人在这里乱嚼舌根？也不怕被人看笑话？"

方炎亭对自己大哥早就看不惯，加上他性格本就桀骜，说话自然不中听。

方炎欢听了心里自然也是不痛快。奈何自己的侄子方东林偏要站队，马上站出来为父亲说道："小叔这就是你的不对了。他老四要带个不入流的东西回家，难不成这还是父亲不公允的错了？"

"呵，真是让人失望。这就是方家教育出来的少爷？说话就跟放屁似的。"方炎亭也不是好惹的，平日谦谦君子的模样，生起气来也就不顾及什么礼仪了，"这要是让你杨伯伯听见你说他女儿不入流，只怕大哥出面也不好使。"

"这关他杨家什么事？"方东林对杨家心怀怨气，总觉得，当年那跟在老方家屁股后面沾光的人如今事业如日中天，风光无限，实在是够招人恨。

小辈的心里不平衡正常。做长辈的自然要顾及家族的利益，方炎欢意识到弟弟话里的意思："那是……顺心？"

方炎亭冷哼一声："不然呢，你以为你儿子喜欢的女人还能有谁？"

杨家如今在国内的势力已经不容小觑，方家人再傲也不敢轻易得罪。

方炎欢也是多年不曾见过令嘉，贵人事忙自然忘记了。这会子被自己弟弟提及，他未觉得老脸羞愧，只是再次呵斥了一番方东林，让他说话小心。

方东林压根没想过杨顺心跑去做明星了，这居然是当年经常对自己拳脚相向的丑八怪。难怪"健力"旗下的运动饮料一直找她做代言。方东林一想到小时候的事情就恨得牙痒痒，是真恨，现在一看方纫秋又跟她走得近，心里更是一肚子的坏主意。

老爷子全程没有打断几个小辈的话，只是盯着走来的两人看。谁也摸不透他到底在想什么。

这时方纫秋和令嘉已经走近了。

方东林一见他们就发难："哟，老四。今儿可是老爷子的生辰，你该不会什么礼物也没准备吧？这是准备带个媳妇儿给老爷子瞧吧……"

"礼物？自然是有的，吃饭的时候你们就知道了。"方纫秋笑了笑，他一手揽过令嘉的腰，将她带到面前。本以为，她会不适应这场景，但显然他的担心是多余的。令嘉压根没有将眼前的几人放在眼里，她怎么会害怕？

"爷爷，这是顺心，她现在改名了。"说起杨顺心的名字，方家怎会有人不知？

老爷子抬起鹰眼，淡淡地从令嘉身上扫过。令嘉则不慌不忙地微笑道："爷爷，许久不见，您近来可好？家人都惦记着您。"

"我一个老头，谁也不用惦记。"老爷子摆摆手，显然不受用这套。

令嘉没在意，只是露出一个抱歉的笑容："实在不好意思啊，爷爷，我不知道您今天生辰，所以也就没有准备礼物……下次见了您，您可要给我一个机会补上。"她哪里是因为不知道，更多的只是不想假惺惺地虚伪罢了。她从不奢望在方家得到什么，也就不想讨好了。

"老四媳妇倒是多礼，你的礼物跟老四算在一起不就好了？"站在一旁几乎没有插嘴的大哥方淮安忽然说道，他礼貌地笑了笑："我前些日子还曾在魁北克见过杨伯伯，他老人家身体健壮，如今放心把事业交给了你哥哥，怕是悠闲自在着了。"

关于父母的事情，令嘉很少打听。如今听方淮安如此一说，反倒觉得别扭。

"闲是闲了。只是因为想弥补母亲早年的辛苦，一直带着她周游世界，也没能来得及为爷爷送贺礼。"

这话说得可有意思了，这是想说杨家早和方家不似往年那般亲密了吗？

坐在轮椅上的老爷子却没有生气的迹象，只是硬声道："无妨，你父母已经致电过了。"众人听见老爷子开了金口，也就没有再插嘴。老爷子伸手，老管家就送来了拐杖，他从轮椅上站起来，拄着拐杖转身走进了客厅。

这时间忙碌的佣人和女眷们已经准备好了餐点，正打算出来邀请。

单丹今日不在，想来也是不想应付这种貌和神不和的家庭。忙前忙后的都是方淮安的老婆，见了方纫秋，就算心里不屑也还是做了简短的介绍。

老爷子过生辰，早些年，这门庭怕是都被人踏平了。今天偏奇怪，老爷子也不知道是抽了什么风，早早地拒绝了宾客们，关起门来办家宴。令嘉放眼望去，长形桌子上坐满了人，个个都是正宗的血脉，连个旁支亲戚也没有。然而所有人都心怀鬼胎。你来我往唇枪舌剑的场景也够书写成一本豪门恩怨了。

令嘉忽然不明白，老爷子这是要做什么。看起来是要做大决定。当然，她最不理解的是，方纫秋为何带她来了这种场合。这不应该是她来的，既然带来了，不需言说，大家自然将她和方纫秋硬凑成对。

这也难怪方淮安会叫她四媳妇了。

令嘉觉得自己上当受骗了，偷偷拿眼睛瞪方纫秋，然而方纫秋只是低头夹着菜，似乎有心事。他没有注意到她。

在方家，这般的家宴实属难得，在场的各位，有点想法的人都猜到一些，更何况方纫秋。这也正是他如此急忙也要将来龙去脉的证据拿到手的目的。

果不其然，饭吃到一半，老爷子搁下了筷子，其他的小辈见了，自然也不敢再动筷子，所有人都在等老爷子的下文。

这群人里，只有方炎亭和令嘉两个例外。

一个是不觊觎方家的东西，另一个则是完全不在乎。老爷一双手扶着桌沿，唤了一声："老严。"

老严是方家的老管家，不用明说他也知道自己这时间是要拿什么。老严转身一走，方纫秋便站了起来："爷爷，在您说话之前，孙子有'大礼'要送给您。"

在座的所有人都将视线转向了方纫秋。似乎有人等不及了："老四，什么了不起的礼物非要这个时间打断爷爷的话？"

方纫秋瞥了眼阴阳怪气的方东林，弯嘴一笑："自然是会让有的人跳脚的东西。"

"行了。"老头没有让孙儿吵下去，他瞥向方纫秋，目似剑光："有什么话，饭后再说。"

"爷爷，您只怕不想听也得听了。"方纫秋显然不接受老爷子的安排，他早已经翻出了自己的平板电脑，双手送到了老爷子面前。老爷子怒目而视，一巴掌拍响了桌子："你给我闭嘴！"

老爷子不喜欢方纫秋。这是毋庸置疑的。

方纫秋强势的举动更加触怒了他，他当然知道方纫秋要干什么，但他并不想知道真相。

"老四，你非要在这个时间惹……"

"爸，您何不给小秋一次机会说明？毕竟，家里房梁有了蛀虫，不清扫，总有一天房梁会塌。"方炎亭好笑地瞥了几眼那几个着急的侄儿，没心没肺道："如果您不想看，儿子帮你看。"

说着话，方炎亭已经伸手去接。

老爷子一怒之下摔了手边的拐杖，一手抬起，猛地打在方纫秋脸上，"混账东西，你这是反了！"

"啪"的一声，响彻整个大厅里。方纫秋一点也不惊讶，他站在原地，丝毫没有理会嘴角的受伤。令嘉原本在和遥远的食物奋战，忽然听见响声，也猛地抬头，一瞬间，方纫秋的脸颊便红了。她捏着筷子的手僵在原地，久久没有反应。

令嘉想起了小时候，有一次，她见方东林一伙人正朝着方纫秋扔石头，怒从心来，她上前就扇了方东林一个大耳光。这事情被方东林告到老爷子那里去了，老爷子没有惩罚令嘉，反而是拿着拐杖一下又一下的殴打方纫秋。

他说，这都是方纫秋的错，是他引起的纠纷。

令嘉永远都记得，那时躲在门后的自己看见方纫秋那绝望的眼神，他对这家人，彻底死了心。即便这样，他还得叫自己讨厌的人为爷爷、父亲、哥哥。

令嘉咬着牙，收回了在半空中的手，扭头，忽然看见了方东林的笑脸，像小时候那样，让人厌恶！

她狠狠放下了筷子，正巧方东林回头看她，她连想也没有想，一巴掌拍了过去。这一巴掌，让在场的人都震惊了。来不及闪躲的方东林简直蒙了，他没想到这个杨顺心居然敢……她怎么敢当着这么多人的面打他！

"杨顺心你这个婊……"

第五十七章 家族斗争

"爷爷，既然您不想听，那孙儿只好把这些发给股东们，以及媒体们看一看了。"就在方东林对令嘉出言不逊甚至要上手时，方纫秋冷笑出声。

所有人都暂时忘记了令嘉方才的不礼貌。尤其方东林和方淮安两人都如猎物一般死死地盯着方纫秋。

"你敢！"方炎欢猛地拍了桌子，他没想到，那个被自己放养、自生自灭的儿子有朝一日居然敢威胁他们。

"呵，我怎么不敢？"方纫秋再也不像以前，犯了错总是小心翼翼。

方炎亭添油加醋，又瞥了瞥自己的大哥："大哥，您就别掺和了吧？毕竟您为我们方家也没贡献多少。"

"你……"

方炎欢还要说什么，被老爷子打断。

"你给我闭嘴。"老爷子干脆直接将眼前的碗砸向了大儿子，"这都是你给我教育的孙子！"

"爸……"

老爷子深吸了口气，做出了妥协。他冷冷地看向方纫秋："你，还有炎亭你们跟我到书房。"说完，他又扫过令嘉，"顺心也来。"

令嘉抬手指了指自己鼻子，不敢相信老爷子说自己。

老爷子点头，确认。

老爷子的书房在二楼走廊最靠南的位置。书房很大，老严在令嘉进去以后便从外面带上了门，随后他一直未曾离开，显然是不想被其他人偷听。

方纫秋在老爷子坐定后，便送上了平板电脑。

老爷子没有很快说话，他拉开了书桌下的抽屉，取出了一沓盖了公章的文件，当着三人的面，撕毁了。

"这些，都是我原本今日要公布的。"

所有人都安静地听着，没有插嘴。老爷子也忽然老了许多般，长长地叹了气，对方纫秋说道："你两个哥哥这些年做的什么事情，我很清楚。但从未动摇我改变继承人的想法，既然今天，你拿了这一堆东西来找我，想来是做了充足的准备。"

"老头你也真是的，你早对小秋……"

"你以为我只是因为他母亲才不喜欢他这么简单？"老爷子回视方炎亭冷哼，"方家根基深厚，在香江是大户，我怎能让一个……的孩子来做继承人？方家的声誉，不能毁在这。"他没有说出那两个字，但语气里满满的蔑视已经足以让人不满。

方纫秋蹙起的眉头多深，令嘉知道他的心就有多痛。她有些不忍心，只好别开了脸。

"罢了。方家的基业不能毁在你那两个不成器的哥哥手上，你要的条件我答应。但你也得答应我一件事。"老爷子没有计较方炎亭的出言不逊，转而对方纫秋道，"你和顺心马上结婚，顺心也要辞掉演员的工作。"

令嘉一听这要求就怒了，这关她什么事？正要开口拒绝："我不……"

方纫秋抢了话头，丝毫没有犹豫地拒绝了："爷爷，我不能答应。"

这下轮到令嘉傻眼了。什么，原来你说的一切都是屁话，压根没想娶我？很好，反正姑奶奶我也没想嫁……

"我不能让顺心放弃自己的事业。我当然会娶她，给她我的所有。如果我连她喜欢的东西都不能守护，我又怎么配做她丈夫？这个要求，我不能答应。"

老爷子对方纫秋是没辙了，只好转头看令嘉，用眼神施压让她回答。

只是他却不知，令嘉比方纫秋还任性："方爷爷，实在不是我说您……您放眼望去，您这一大家子有哪一个能胜任方氏集团董事长位置的？方伯伯就不说了，自己的事情还没整理干净，女人关心系跟麻团一样麻烦；方淮安，我不清楚，也就不说了，总之我看着不像好人，方东林，我都懒得提；但您又不可能将家业交给三姐对吧……听我一句劝，您就别挣扎了，方纫秋最合适。毕竟，两败俱伤的事儿，也不算好事。"

老爷子显然没料到令嘉会这么说，脸色瞬间变得铁青。

在场最事不关己的方炎亭则扑哧一声笑了出来。忍不住多看了几眼令嘉，心里呐呐地想，这是个人才啊，人才。多配方纫秋那小老头似得人物。

令嘉的话还没说完："话又说回来，这是你们的家事，其实跟我们老杨家没多大关系。方纫秋结婚也不能硬凑啊，我这还没考虑好要不要原谅他呢，你们就迫不及待地凑成一对，也不问问我这个当事人同不同意。退一万步说，就算我同意了，可是我的职业也没碍着谁，我正当赚钱，兴许一年的工资比你请个职业经理高。再说，我出身也不差，好歹算个豪门世家，家族的帮助不小，我怎么就整不明白，您总嫌弃我做什么？"

这是当真不给老方家一点面子了。

老爷子一口老血没吐出来，颤着手指着令嘉："你，你……"半天也没说出句话来。

"我知道我这是惹爷爷生气了，但是爷爷，您总归得明白，这是我的人生，要如何生活跟您没多大关系。老爷子，您听明白我的话了吧？不如让我下楼再去吃点，我还没吃饱……"

"滚，你给我滚出去！"老爷子总算是吼出了一句话。

令嘉也不赖着，既然有机会走了，还不高高兴兴的告辞："那行，顺心就谢谢爷爷了。"说完，她也懒得理另两人什么神色，噔噔地跑下了楼。

令嘉想走，当然没这么容易。下了楼，刚出大厅，就被方东林给拦住了。他早等在这里了，就等着令嘉出来好实施报复。但偏偏他选了个没有人的院子，不太明智。

"杨顺心，你既然敢打你小爷我，看我今天不……"

令嘉哪是省油的灯，对付不了方纫秋不代表她打不过方东林这傻大个，方东林一伸手，她闪躲时顺便一脚踢中他的要害，顿时响起一声惨叫。

"嗷……杨顺心，你这个变态！"

"知道为什么打你吗？"令嘉可不管这里是不是方家，反正现在大家都在担忧继承权的事儿，谁还有心思管他？趁方东林这时没有反击之力，令嘉又是一巴掌拍了下去，正中方东林的脑门，引来他的哇哇大叫，"其实我打你也没什么特别的原因，就是特别想打你这个狗东西。"

"杨顺心！我要杀了你！！"

"来呀，我等着呢。"令嘉最后又嚣张地踢了他一脚，这才小跑着跑了出去，好在这家里现在一团乱，也没人再理会她，所以她离开得很顺利。

只是，一路上令嘉都在心悸，妈呀，老爷子那眼神真像要杀人。好在她顶住了压力，痛快地说出了自己的想法。这可怕的方家，她一辈子也不想再踏入了。

距离令嘉从方家出言不逊然后被赶出来已经三天，这段日子令嘉留在了香江等待试镜。幸运的是，方纫秋好像变得很忙，没有再来打扰她，所以她做了充足的准备。

试镜那天，令嘉信誓旦旦地去了约定的地点。

然后到试镜公司，令嘉并没有及时地被带到试镜地点，而是被送进了化妆间。造型老师为她上了妆后，这才带她到了摄影棚。

原来大导演试镜的时候要求这么严格啊！令嘉并未多想，只是由着几个人拍了照，随后又换了造型，又拍了几组照片，这一来二去足足到了晚上，令嘉也没能见到前来试镜的老师，不仅没有见到老师，就连其他试镜的演员她也没看见。

令嘉终于忍无可忍询问了身边的负责人，最终那人沉默地将她带到了一个看起来像表演室的地方。而评委席上，只坐了一个人，便是叶森的助理叶沉。

等到令嘉表演结束，她也没见到其他人进来。这让令嘉非常不安，只好买了咖啡去讨好叶沉，试探他叶森到底打什么主意。

然而这时令嘉才听说，原来叶森早已经定了她演女主角。上次在他家中，他不过是想试探她。而现在骗她来试镜，不过是顺便拍了几组定妆照。叶森的电影对细节很严苛，玉娇龙定下来已经在制作衣服，如今演员定下来了，服化组的人自然也要做一番改进。令嘉的剧照，能给老师灵感，也能找到新的设计源。

得知自己被骗了的令嘉居然一点也不生气，甚至非常配合地完成了服化老师的各种要求，有一些问题，明明老师没有提出来，她自己反而追上去要说个明白。

见此情景的叶沉欣慰地将事情转告了叶森。这也让叶森心里放松了些许，对令嘉的演技，他是认可的。但毕竟是自己没用过的演员，又是靠一大笔股份换来的角色，他多少有些担心。但现在看令嘉认真的态度，想来是很敬业的。

令嘉忙碌一天后，终于正式地得到了入组通知——这个巨大的惊喜。

陈尔感觉最近真是撞大运，高兴得差点儿没把令嘉抱起来转圈，急冲冲地便去找公司法务部沟通合同细节了。

然而这部戏并非令嘉所想那般还要要等很久才能正式开机。

事实上，这部戏已经筹备了两年，玉娇龙是最后一个定下来的角色。合同签订下来后不久，令嘉就收到了入组通知，就在她从香江回到阳城后的第二周。

原本正在参加《蒙面歌手》的令嘉不得不提前结束这边的工作，正式进组。但是上一期令嘉参与的节目在播出后，在网上引起了很大的反响，有许多人都在猜测这个"会劈叉又会讲相声的绅士"到底是谁。起初只是陆周的粉丝在炒热度，后来一大拨看了节目的人被令嘉的相声和歌声震惊，人选进入了全民讨论中，这一期的收视率和网播点击率借机攀升。

就在如此好的兆头之时，制片人肖松突然接到陈尔的电话，怎么说他也不能让令嘉如此轻易地离开这个栏目。两人在激烈的讨论之后，终于商定了一个万全之策。

下一期，令嘉和陆周合作。但嘉宾必须按照剧本猜出令嘉的真实身份，只有这样，令嘉才能顺利结束这边的工作进入剧组。然而，这个剧本要如何写，才会显得不那么生硬呢？肖松和陈尔都犯了难。

第一次开会讨论的时候，令嘉没想到陆周这个大忙人亲自来了。显然他的经纪人并不同意他参加这个节目，脸色不太好看。至于最后为什么陆周还是来了，这其中的事情令嘉一点儿也不关心。

陆周提出了一个解决方案，节目组找一个熟悉令嘉的人做嘉宾观察员，由这个熟悉的人来猜出令嘉的身份不是最顺其自然吗？

肖松听了陆周的建议，当即拍大腿赞同，一个劲地夸陆周不仅长得好有才华，还聪明。被夸得不好意思的陆周脸红红的扭头来看令嘉，偷偷地问她："你练吉他了吗？"

令嘉摇头，最近因为进组的事情她在忙着将之前的行程一一完成，哪里有时间练习？

陆周对令嘉的诚实没有意见，他只是提议，"我今天没事，我们去音乐室练习几个小时？"

一听陆周说这话，经纪人回头诧异地看他，但陆周似乎没看见，自顾自地跟令嘉说："如果我们不彩排，这么贸然上场对观众……"

"好。"令嘉为了不听他说大道理赶紧答应了下来。

肖松自然乐见两位大牌对待工作如此认真，欣慰地摸着圆肚子便去找那个跟令嘉熟悉的艺人。跟令嘉关系熟的明星找起来还真不容易，她入这个圈子不少年，但朋友却少得可怜。主要原因还是令嘉不爱去凑热闹，跟谁也都是客客气气的关系。

要说到熟嘛……乔云珠绝对算一个。

肖松和陈尔两人商议着请乔云珠来的时候，令嘉正抱着吉他去音乐室与陆周会合，如果她知道的话，一定是不会同意的。然而当她练完吉他出来，两人早已经联系了乔云珠的经纪人。

原本乔云珠当天有行程安排，但听说演唱嘉宾是令嘉后，她如何也要推了其他的工作来参加了。听到乔云珠回答的肖松感动得泪流满面，心想，没想到这两人关系这般好，一听说朋友需要帮助，另一个赴汤蹈火也要帮忙！

在一旁的陈尔一边听他说，一边独自尴尬，只祈祷，希望当天不要闹出什么新闻才好。

不闹出新闻的可能性……几乎为零。

因为跟令嘉搭档的陆周自带热门，无论是谁与他沾上关系，一定上热搜！心惊胆战的第二次录制很快就到来了，在令嘉还没有完全准备好的时候。

陆周的面具已经定制完成，是一张可爱的小丑脸。陆周的个人色彩太明显，即便是五颜六色的小丑宽袍穿在他身上半点也没遮掩他的光芒。

两人在后台遇见的时候，令嘉一眼就认出了他，不由得担心道："你这也太明显了吧……"

陆周无奈地耸肩："没办法，我会尽量压低我的声调。唱歌的事情交给你了，吉他你就简单在旁协助，主调交给我。"

令嘉点头。她对陆周的专业知识还是很看好的。有他带着上场，令嘉没有特别紧张了。

这次节目录制他俩是第一队，等的时间不长，上台就开唱。令嘉的声音清扬秀气，配上吉他乐，有一种说不出来的清爽舒适感。很快，全场也跟着节奏打起了拍子，一切都进行得很顺利，然而合音部分，陆周的声音一出，观众席上便爆发出了惊人的欢呼声。

顶着陆周强大的女友粉丝团压力，令嘉艰难地唱完了这首歌。没有出丑，很好。

陆周还拉着她向观众鞠躬。这一举动有一次引来了粉丝的尖叫声。

观察员里也有老姐姐是陆周的超级粉丝，早已大声喊出了陆周的名字，看热闹不嫌事大地起哄道："你是陆周是吧，绝对是陆周！"

陆周没有回应，只是摇晃了两下握住令嘉的手。

令嘉藏在面具下有点尴尬，但好在陆周没有想引起公愤，很快松了手。主持人上台来，正式介绍下个环节开始。

乔云珠作为嘉宾，主持人将第一个提问交给了她。

拿到话筒的乔云珠故作惊讶地"呀"了一声："小丑鱼是陆周，想必大家都猜到了！但是，这位绅士到底是谁呢……始终觉得好耳熟啊……不如问问粉丝，陆周跟女演员里的谁关系最好呀？居然肯上台帮忙……这两个人绝对认识！"

躲在面具后的令嘉果不其然地翻了翻白眼，这个乔云珠真的是不遗余力地给自己招黑。这么明摆着溜陆周的女友粉，不存心让令嘉找骂吗？

好在做过主持的歌手姐姐及时救场："我怎么嗅到了一丝阴谋的味道？难道只有我一个人觉得，云珠跟'绅士'有仇，她要置他于死地吗？"开玩笑的口吻，却说出了令嘉的心声，"不如我就替大家八卦一下，这个问题要问绅士，你到底是不是跟云珠有仇？"

这么问是想搞大事情啊！令嘉作为耿直的女明星，自然说道："应该是有的吧……大概是她嫉妒我？"

"哈哈哈哈……"台下爆发出一阵哄笑。

常驻嘉宾马老师圆场，"看来两位还真认识，说不定是熟人才能这样说话。云珠你快想想，有没有你认识的人像这位九头身美女的？"

乔云珠也是跟令嘉抬杠习惯了，压根没有接马老师台阶，直接不要脸地笑道："嫉妒你什么呀？"

"还能是什么？你嫉妒我呼吸比你顺畅呗。肺气管没有被挤压。"令嘉说完，身边的主持人和陆周都笑了，意识到自己的笑声太大的主持人尴尬而不失礼貌地掌控全局，马上说道："看来我们云珠已经猜到了，各位观察员，是否要归票？"

照这两人不顾一切地互怼下去，这节目指不定还过不了审核呢。观察员那里哪有意见，一个个点头如捣蒜，忙将归票权利交给了乔云珠。

就在乔云珠说出令嘉两个字时，在座的观众，乃至电视机前的观众都震惊了！

什么？令嘉会唱歌，你没逗我玩？

你不知道就孤陋寡闻了吧！人家令嘉原本就是歌手出道的，只是那时候她是在幕后演唱主题曲。

天哪，我令嘉女神真是……太太让人喜欢了，不仅颜美腿长还有才华。我简直要爱死她了！

这一期节目播出不久后，果不其然在网上惹出一大波留言。网友们纷纷表示要对令嘉重新认识，并且要转为粉丝。另一批陆周的粉丝却更加的惊讶，她们最心爱的小哥哥居然跟令嘉关系这么要好吗？但不管怎么样，陆周好帅，陆周最棒，她们永远都会支持！

粉丝们认为陆周和令嘉绝对不可能凑成一对，所以放心地只当令嘉是陆周要好的朋友对待。每天有一大拨陆粉去令嘉微博下准时打卡。

粉丝们的想法自然没办法影响偶像最真实的想法。

陆周最近正沉浸在自己的暗恋之中无法自拔，他已经无数次倒带回过头去看在音乐室里两人练习吉他的画面。视频是当天他录制的，原本一开始令嘉觉得为什么练习室会架着手机，但后来想着这或许是节目组要求的，也就没有让他撤掉。

只是没想到，没过多久，陆周在微博上传这段视频，再次在网络上掀起了腥风血雨！有敏感的粉丝居然透过视频里两人低头认真练习的互动看出来点猫腻。令嘉是几乎跟陆周零互动的，只是偶尔弹错了一个音节，她会可爱地吐舌头说对不起。陆周笑得很温柔，只说慢慢来，耐心地指导着她。

最终两人完整地弹了一首曲子，在没有背景音乐和嘈杂的观众声影响下，两人在音乐室练习的这段曲目反而让人听来更为心动，明明没有CP感的两个人，却瞬间让人想起了学生时代的初恋，画面如此美好，纯真。

有眼尖的粉丝发出疑问："我鹿最近是不是谈恋爱了？"

这条质疑微博很快得到陆周粉丝的回复，有人自然力争自己的偶像没有谈恋爱，也有一些不那么偏激的粉丝则抱着支持的态度，当然还有一群粉丝担心陆周喜欢的人可能就是令嘉……

网上一时热闹非凡，令嘉和陆周又连着上热搜。

最近已经习惯了上热门的令嘉在听说这件事后，正专心备战剧本。她的个人微博以及工作室都没有任何消息。

第五十九章

/

成人的爱

　　就在全网络都等着陆周和令嘉澄清的第三天，令嘉终于更新了微博。然而这条微博却和陆周没有半点关系。

　　令嘉在进组前一天晚上抽空去了赵家禾家里，这天是她亲爱的宝贝侄子球球的五岁生日。应小朋友的要求，小姨妈和他喜欢的聂洋叔叔，以及方纫秋都到场了。赵家禾为了宝贝儿子举行了小型生日会，到场嘉宾简直闪瞎了眼。

　　令嘉到场的时候，简直觉得这小家伙的生日会是大手笔，来的明星一个比一个大牌。她是真没想到，聂洋居然真的跟赵家禾在一起了……这两人勾搭的速度也太快了。

　　聂洋居然还能因为小朋友的生日会推了工作特意赶来，这简直是真爱了。发现这个事实的令嘉无比惊讶，但她也只能祝福，希望两人能幸福。

　　然而这一切自然不会出现在令嘉的微博上。

　　令嘉发布的那条微博视频里，一个肉乎乎的小朋友双手合十，正奶声奶气地对着蛋糕虔诚许愿。他圆乎乎的脑袋上被贴了卡通贴纸，网友们只听得见声音，胖球球用可爱的奶音许愿："我这辈子没求过人，但是上帝爷爷呀，求您一定要保佑球球的小姨妈找到漂亮叔叔嫁掉！"

球球的许愿引来众人们的大笑。配上令嘉的文字："我家'一辈子'没求过人的臭球球，居然把这辈子的第一个愿望献给了小姨妈，小姨妈好感动嘤嘤，想抱，想亲！"

网友看了也是用力捶地，纷纷表示："妈呀，这小孩太灵了。"

经过一大拨人表示想要偷小孩以后，似乎没有人真将那几个捕风捉影说她跟陆周交往的消息当回事了。

前面说过，令嘉的粉丝里高质量的很多。

这不，很快就派上用场了。一些理智粉通过球球的小肉手找到前些日子爆出令嘉隐婚生子新闻的照片，果然对上号了，这下算是彻底洗清了令嘉隐婚生子的传闻。当然，也有不少人好奇照片里的男人，只是众说纷纭，谁也没有确切的八卦，事情慢慢地也就不了了之了。

网上绯闻是永远也清理不完的，最近令嘉想得很开。她已经不再执着去微博上看自己的负面新闻了，至于陆周和她的事，她更是不放在心上。这对她来说，完完全全地捕风捉影，是没必要上心的。

令嘉不担心，但不代表别人不惦记。

球球生日宴当天，方纫秋就拉长着一张脸闷闷的不怎么说话。令嘉原本还在为上次香江的事情想跟他聊两句，方纫秋半天也没挤出两个字，令嘉就不乐意了，也不想搭理他？见令嘉不搭理自己了，方纫秋又厚着脸皮凑上去了，非要送令嘉回家。

令嘉可不想引狼入室，赵家禾见她喝了酒，说什么也不让她自己开车，最终护花回去的事情还是被方纫秋抢了先。令嘉站在车外打死不上车，闹腾得厉害了，就蹲在地上画圈圈。方纫秋的耐心不是一般的好，由着她站在外面吹了一阵冷风，果不其然，实在抗不住冻，令嘉还是乖乖地上了车。

方纫秋递了水给她，她也乖乖地咕噜咕噜喝了，一口气下去后，还礼貌地说了声谢谢。

方纫秋回头看她一眼，令嘉蹙眉："怎么了？"

方纫秋忙说："没事。我只是没想到，你会对我这么客气。"

车子平稳地行驶在路上，夜深人静，街上已经没有什么人了，人们懒得这么出来吹风。令嘉将车窗打开了，脑袋趴在窗沿上任由夜风吹散了自己的头发，近来，她和方纫秋走得有些近，一切都好似被预定好的日程，所有的人都在为她们制造机会，起初激烈反抗的令嘉到了今天，已经没有力气再去抗争。十年前的她，一定没有想过今天他们如此安静地待在同一个空间里。

令嘉有些难过，甚至想要讽刺自己。这些年里每次想起方纫秋来，她都会咬牙切齿地诅咒他的那份心思去哪里了。

方纫秋没有打扰她，只是偶尔扭过头来看她被吹得乱七八糟的头发，弯着嘴角轻轻地笑。心里的某一处，变得异常柔软。他想，这就是自己的女孩啊。年少时，就一直爱着的那个人，她终于出现在眼前了，她对他终于也笑了。他费尽了心思，好不容易走到这一步，一个陆周算得了什么？

其实他今天晚上拉长着一张脸，不过因为刷了新闻，知道陆周跟她的新闻了。以往只希望能得到她的原谅，陪在她身边就足够。只是情敌越来越多，他觉得自己处于一个危险的境地，哪怕她多看别人一眼，他都觉得自己的心脏酸胀到不行。

这种感觉太难过了，简直要爆炸，这股子醋味也终于蔓延到了车内："令嘉，你跟陆周什么关系？"

"啊？"令嘉耳边是风呼呼的声音，她没听清楚。

方纫秋加重了音量："你离陆周远点！"

令嘉关了窗户，这会儿听清楚了。但她干吗要听方纫秋的话？不满地嘟囔嘴："你是不是管太宽了？"

方纫秋捏着方向盘的手一紧："那小子看起来就对你心怀不轨。"

令嘉又不是傻子，当然感觉得到。

"我跟谁有什么关系，是否做朋友，还要经过你同意？方纫秋，你未免也太把自己当盘菜了吧。"

"你还想跟陆周做朋友？"显然方纫秋没有抓住重点。

"关你什么事！"令嘉就知道，自己和方绐秋安静不了多久，这不，车子刚刚到她家楼下，两人就又要开启吵架模式了。令嘉晚上喝了酒，头晕乎乎的，压根不想跟他磨蹭，车子一停稳，她就要推门下车，却不料拉了几次门都没打开。

车门被方绐秋反锁了。

"方绐秋你给我开门。"

方绐秋装作没听见，他盯着她看，不要脸地摇头："你亲我一下，我就开门。"

令嘉气到吐血："你还要不要脸！"

方绐秋摇头："不要。"说着话，他人已经凑了过去，伸长着脖子嘟起了嘴。令嘉看他这样子真想抬手就是一巴掌，想着，她还真这么做了。掌心还未来得及落下，方绐秋抬手就攥住了她的手，一侧身，反将她压在了椅背上。令嘉喘着气要打他，但四肢都被他压住了，最可怕的是，她居然感觉到身后的椅子什么零件被动了一下，整个椅子被放倒。方绐秋整个人压在了她身上。

"你，你到底要干什么？！"令嘉感觉自己的心猛烈地跳了起来。她不敢相信，方绐秋居然……

方绐秋挨近她的脸颊，闻到了淡淡的酒香。他蹙起眉头，略抱歉："我不是故意的，不过……既然天意都要我们这样，令嘉你就从了我吧。"

令嘉挣扎着要起来，但方绐秋块头太大，她压根推不动。这狭小的空间里，两人挨得很近，彼此的呼吸都能感受到，她越动得厉害，他就越难受，整个人跟没骨头似的，偏要挤压在她身上。

令嘉感觉到方绐秋的呼吸越来越迷离，心里警铃大响，未尽的言语来不及讲出口，瞬间淹没在空气中。方绐秋俯身而下，一把衔住了她的下唇角。微凉的舌尖滑入口中，他像是个深度缺氧患者，贪婪地在她口中攫取、掠夺，抽走了她的每一丝气息。或许是这天晚上夜色太美，也或许是因为这天的风很大，令嘉感觉自己的脑袋越来越晕，她应该是醉了，不然怎么会没有力气反抗？

令嘉的乖顺给了方纫秋足够的勇气，他的手不知觉间已经压在她的后脑勺，用力地将她往自己的怀里带，近距离地听着她的呼吸和心跳声，她身上的淡香就像魔咒，让人无法放手。

黑夜里，方纫秋终于松开了她的唇瓣，半撑起手臂侧头细细地看她。

她的眉眼、鼻尖，一切的一切都是熟悉的。正是自己这十年里日思夜想梦寐以求的人，她终于在自己怀里了，比梦还不真实。方纫秋不敢多停留，再次缓缓吻上了她的眼睑、鼻翼、侧脸。他生怕，自己一旦给她冷静的空间，就再也没办法拥有这一抹温暖了。所以，迫不及待地，想要更进一步，但又温柔得不像话。

一阵凉风袭来，终于还是吹散了这一对情难自禁的小情侣。

令嘉彻底从方纫秋的蛊惑中惊醒，她猛地瞪大了眼，死死地盯着方纫秋。她能从他眼里看到自己的影子，简直不敢相信这个此时接受着方纫秋深吻的人，是她自己。感受到她的眼神，方纫秋咧嘴笑了，半抬起头轻轻在她唇上再次啄了一口。

他知道，她在懊恼，反省，纠结。如此不坚定的她开始怀疑自己。他不想给她思考的瞬间，抬手捧起了她的脸。

"没关系的，令嘉，你爱我。"他像在哄骗一个小女孩。

令嘉没说话，她抬手推着他的胸。手掌却不偏不倚扶上了他的心，感受到他用力的心跳。他也在慌，害怕会被令嘉讨厌。

她很快冷静了下来，咧开嘴角笑了。

但那笑容比哭还难看，她无比冷静地说："没关系的，我们都是成年人，没有爱情也……"

"令嘉！"他不想听她说这样的话。

"你不用觉得不好意思，下去吧。我要回家睡觉了。"令嘉冷漠地别开了脸，她心里很清楚，自己厌恶的不是方纫秋对她做的这件事，她厌恶的是自己。她怎么可以……怎么能够再次沉溺在他怀中？

方纫秋打开了车门，他让她整理好凌乱的衣物，让她下车。但这样的她让他心慌，他怎么可能就这样让她独自离开？

"令嘉，就像你说的，大家都是成年人。今天这事情做得不完美，我们应该给它画上一个完美的句号。"方纫秋说得很隐晦，但令嘉听懂了他的话。

"你要的就是这些？"她眯着眼，看见电梯镜面上方纫秋拧起眉的模样。

让人头痛。

"我要的是你的整个人生，但是我知道，今天就这么放你走了的话，我们一定会没有后来。"

"所以你用成人之间的爱情来说服我？"

方纫秋没有说话，只是安静地跟她上了电梯。他是个称职的跟屁虫、牛皮膏药，她怎么都甩不开。索性不甩开了，她认同方纫秋的话，大家都是成年人了，接吻，上床，能代表什么？什么也不是。

她的默认让方纫秋不知是高兴还是难过。但他没有给她反悔的机会，在推开房门的一瞬间反手将她压在了墙角，随着房门重重关上的声音，他已经一把将她抱了起来，让她双腿夹在他的腰间，直奔卧室。

"方纫秋。"黑暗里令嘉听到他粗重的喘息，忽然喊了他的名字。他沉迷在她的身体里，无法自拔，只是迷迷糊糊地应了一声："嗯。我在。"

然而令嘉并没有话要对他说，她躺在柔软的被窝里，借着月光看着眼前这个自己曾全心爱过的男人。她们都爱得太痛苦了，让人那样累。她忽然不想坚持下去了，想要妥协了，就这么死在现在好了。

他怎么会让她死，每一个落下的吻都那样轻柔。在进入时，听见她闷哼，他便不敢再动了。额头已经蓄了密密麻麻的汗，他忍得很难受，但不能太放肆。他等她终于松口气放松了身体，才敢咬着牙挺身，口中伴随着他的呢喃："顺心，我爱你。"

"好。"她忍着痛回应了他。

好是什么呢？他虽然不明白，但却忍不住笑了，整张脸埋进了她的心口，深深地喘息。

"谢谢你。"谢谢你爱我。

第六十章／步入一线

令嘉在第二日早晨起来时，看到床上躺着的那个熟悉的人，有一瞬间的恍惚。她站在床边静静地盯着方纫秋看了一会儿，他有一张好看到让人怀念初恋的脸，正巧，她的初恋也是他。原本以为自己会逃，但她在收拾行李的时候还是犹豫了，最终选择了留下。

做了早饭，煲了汤。心情好到哼起了歌曲，但这也没能吵醒方纫秋。她只好拉开了窗帘，任秋日的阳光落在了他脸上，他的长睫毛因为感受到阳光的沐浴，轻轻地颤着。

这让令嘉仿佛回到了年少时。他为了等被罚扫厕所的令嘉一起回家，趴在教室里睡着了。夏日的天，黑得晚，阳光实在很毒。她每回路过窗外总爱趴在窗户边上看他单手遮住脸，却独露出长睫毛的样子。

好几次，想要偷袭，但正直战胜了她心里邪恶的想法，她迟迟没有出手，却急坏了总是装睡的方纫秋，恨不得一把把她拉到怀里狠狠地吻下去。

年少时的他们都没能实现自己的想法。

如今，他的脸皮厚度非同一般，单手捂着眼偷笑，趁着她不注意，一把将她拉倒在床上，直接按进了自己的怀里，低头就是一记深吻。

　　令嘉被方纫秋箍着脖子差点不能呼吸，只能抽空仰着脖子喘气。因为缺氧，脸涨得通红。方纫秋这才舍得松开了手："老婆。"

　　"你瞎叫什么？"令嘉一听方纫秋不要脸的称谓就要抬手去打他。

　　"反正你现在不承认也没事，总有一天你会承认的。"昨天晚上之后，方纫秋和令嘉虽然没有明说，但双方心知肚明，他们是彼此余生最好的选择，他们错过了十年，浪费了最青春的光阴。

　　但那又如何？晚点遇到你，余生都是你。

　　关于方纫秋和令嘉好像在谈恋爱这件事，陈尔是从令嘉日渐红润的脸色里看出来的。她似乎闻到了恋爱的酸臭味，第一时间将这件事上报给了老邹，老邹作为方纫秋在公司的狗腿子，当然第一时间提醒方纫秋要注意令嘉被别人拐跑。但方纫秋只是笑得傻兮兮的没有下一步动作，老邹猛地拍脑门，这才意识到，方大律师这是成功拿下令嘉了？

　　得到此消息的陈尔无比震惊，但又在预料之内。这可就成了难题，令嘉的事业正在高峰攀升期，谈恋爱的确不合适。但是方纫秋是大老板，人家现在还是方氏集团的总经理……她哪里敢说个不字？

　　最终陈尔和小喜也只能默默地怨恨着令嘉。

　　好在，令嘉和方纫秋的恋爱中还夹杂着各种忙碌的工作，令嘉在第二周就要正式进入《卧龙》剧组了。缺席了开机发布会的令嘉没有在第一时间认识组内的两位大咖，但却在剧组里再次偶遇了老熟人聂洋。

　　聂洋在电影里饰演不受宠的三皇子，他深爱着父皇的宠妃尤氏，一个媚如妖、心怀鬼胎的女人。原本她不过是丞相李忘赠给皇帝的玩物，小时候家逢厄运，她带着妹妹乞讨为生，丞相培养她们一个成为武士，另一个则会媚术。为了保护妹妹，她心甘情愿地做了丞相的祭品。然而千不该万不该，她爱上了正直且怯弱的三皇子。天理难容的爱情最终将三皇子逼上了夺嫡之路，最终自己葬身火海。

　　令嘉在这部剧里饰演女一号，虽然出现比尤氏晚，却占据了整个电影的核心，是一个举足轻重的人物。起初她不过是江湖人士，游离于江湖不谙世事，直到姐姐进了宫，成了宠妃，死于乱箭之下。她为了报仇找上因为心爱之人死去而变得颓废的三皇子，使出浑身解数鼓动三皇子夺位，懦弱的三皇子终于在她的逼迫之下一点一点成长，最终成为了一个嗜血残暴的君王，然而此时，早已经爱上三皇子的她也终于死在了残暴新君的剑下。

叶森擅长刻画人物，在读完剧本后，令嘉早已爱上了剧中的玉娇龙。她在人生最快意时背负上了仇恨，然而这恨里夹带着皇权斗争、家国仇恨。她的出现牵引了这部电影所有的潮起潮落，尽管她只不过是男人戏中的一株花引，但这个人物的存在独有她的风景。

戏中演玉娇龙姐姐的尤氏是曾在十年前拿过金钟奖影后的春丽。她曾是金钟奖最年轻的影后，这些年出的作品不多，但部部都是精品，随便拿一部出来都能完爆令嘉这种中期才成器的演员。

春丽为人是真低调，尽管她长了一张无比性感的脸。令嘉进组后的第一场戏就是跟她的对手戏，尤氏在死前最后一次接济妹妹，知道自己死期将至，尤氏却还要瞒着妹妹，独自赴死。

春丽的演技非常感染人，只是看了令嘉一眼，便将她完全地带入到剧情里了。

然而她的这种天赋却没有单丹这般超级巨星在演戏时的锐利，几乎没有攻击性，她只是带着令嘉进入剧情，随后一切都是令嘉在发挥。

第一条，叶森在镜头后看得格外认真。两个女人，截然相反，没有一处像是两姐妹。但这两人的演技都很耐人寻味，一颦一笑间，一个眼神，都是满满的情感。叶森发现这两人的戏路都有一种能自动带人入境的魔力，这不是好事。所以他及时喊了"卡"，这一条虽然还算过得去，但对叶森来说，这还不够。

"令嘉，你要弱化你的眼神，这场戏，尤氏是主场。"叶森没有具体跟两人说是什么地方的问题，他只是皱着眉头提醒令嘉。

令嘉愣了一下，想当然地以为是自己表现不够好。

叶森见她脸色凝重，也没有说休息，只是停顿了片刻。春丽是一个很温柔的人，几乎与她的长相相反，她见令嘉有点担忧，便安慰她，说了方才对戏时的感觉。

"其实我觉得刚才的感觉还不错，只是可能我们两人的方式有点相似，导演是不是想要看点其他效果？"春丽的话提醒了令嘉，她很快明白过来，调整了自己的心态和方式。第二条开始的时候，令嘉找到了感觉，她将这场戏的主场让给了春丽，尽量弱化自己的锋芒。

叶森惊讶令嘉调整得如此快速，尽管还没有完全达到他心目中的要求，但这速度足以让他暂时满意。

第一场戏总共拍了七条，总算通过。令嘉是真的感受到了来自大导演的压力，比起叶森的严苛，楚天对她已经算很宽容了。可想而知，她在这个剧组的日子会很长。好在，令嘉虽然是女一号，戏份却不如男二号多，毕竟是男人戏。但叶森这人不喜欢人扎戏，整个剧组都关在了深山老林，一连两个月，令嘉都在啃馒头，加上她有不少打戏，现在的她算是彻底达到叶森最开始的标准了，果不其然瘦了三五斤。

然而被关在深山里的令嘉不知道，在自己上次和陆周的热门过去后，她低调沉寂了两个月后，终于又一次毫无悬念地上了热门。

这次的大新闻，要归功于一直备受期待，阔别多年才拍新片的叶森。

叶森要拍新片的新闻在网络上早已经炒得沸沸扬扬，还有不少小道消息称，叶森见了不少知名演员，甚至不知道从哪里传来风声，说叶森这次要启动如今在圈里活跃的小花。一些叶森的资深电影迷则纷纷表示，几个爆料出来的人气明星演技都太差，实在入不得眼。

当然作为小花中首当其冲的唐梦肯定被自己的团队拿来炒了一次又一次，她既不承认也不否认，多少人都信了。

然而新闻吵了大半年，官网终于在电影已经开拍两个月后正式公布了演员。

这次演员的公开并没有用剧照的形式，只不过是片方在片场拍摄到的演员们拍戏的照片。第一个公布的人自然是大家都呼之欲出的男二号、男一号。男一的聂洋跟叶森早期有过合作，得到了不少人的肯定，这次叶森启用他无可厚非。男二号则是一个在演艺圈多年的老戏骨，举足轻重，这个组合深得网民的认同。

公布完了男演员，接下来便是举世瞩目也最有悬念的女演员。

女三号是老戏骨老前辈，女二号公布春丽时，许多粉丝都沸腾了。春丽的灵气在这个娱乐圈里是罕见的意外，尽管她的长相并不讨女孩子的喜欢，但她却成为了不少女孩心目中的女神。在疯狂为春丽打 call 的同时，官网最终公布了女主人选。那条微博配图是令嘉着戏服在树林里被追杀，吊威压的现场照。她的装扮带着英气和少女独有的柔弱，很反差的一幕，一把剑举在眼前，被吹乱的发丝将将遮住脸上的剑伤，但又没能完全遮住，观众还是能看得见一抹血丝。

许多人不敢相信，令嘉现在已经混到跟超一线导演和一线演员合作了吗？她还是女主角，令嘉这个忽然在今年以各种的形式走红的女明星，完全盖过了许多人气当红的女星。她到底有什么能耐？让楚天、叶森、单丹对她另眼相看？

一个人，不可能永远幸运。所有人都在怀疑和观望令嘉，原本以为她只会是一个花瓶角色，但看这个角色的剧照，并非以往男人大戏中的花瓶角色。

有了解叶森的影评人在第一时间回应了大家的质疑。

"以我对叶森的了解，要么这个姑娘是张梦君再世，不然叶森这样的性格，就算是他女儿他也不可能将一个重要角色给一个不出彩的女演员。在新闻爆出来时，我去看过这位年轻女演员的其他影视作品，不可否认，她的演技可圈可点。"

这位影评大手在粉丝面前的确没什么人气，但在影评圈和电影圈一直是被大家尊称为老师的人物，他的话，很快得到了其他影评人的认可。

这时候令嘉的公司也没有闲着，顺着这股风，公开了不少令嘉出色的试镜以及演出片段。这番实锤送到观众面前，不少人吃了安利，关于令嘉以往的影视剧都被人刷开了。很多年轻粉丝纷纷表示，没想到一些国产正剧比偶像剧好看许多。

令嘉的蹿红和得到的演技认可让即将播出的《黑客帝国》身价水涨船高。原本有聂洋加盟，加上剧情新颖，这部剧已经是天价，现在，令嘉的身价大涨也直接提高了这部剧的价钱。

从前线传来消息，《黑客帝国》已经被几家卫视盯上，正在角逐竞价。

当然最终，制片方选择了口碑最佳的那一家电视台。《黑客帝国》被提档上星，令嘉还在深山老林苦哈哈的时候，片方已经迫不及待地发出了片花。

新颖的题材，如电影般精致的画面，黑客大战时的热血，每一帧都在唤醒着年轻观众。

令嘉这次是彻底红了！

她在《黑客帝国》里的表现完美盖过了女主角，宋允儿一个陪着男主角走到最后的傻白甜被网友们嫌弃到无以复加。甚至有人毫无节操地站起了师徒CP。这一站却站出了问题，直接影响到了《卧龙》。

原本一切都很顺利的电影，却因为突然爆出聂洋的绯闻而闹得沸沸扬扬。

大家都在喊着令嘉和聂洋凑成对的时候，一组聂洋跟一个女人带着一个小孩在停车场上电梯的视频被拍到。视频虽然不是高清，但清清楚楚地让人认出此人不正是影帝聂洋吗？他单手抱着小朋友，另一只手牵起了女人的手。

狗仔拍到的视频是完全的实锤！聂洋无从辩驳。

继令嘉被污蔑隐婚生子绯闻之后，聂洋也不能幸免地被爆出了新闻。然而聂洋却没有那么幸运，他的不解释都成为了他粉丝的伤痛，甚至有CP粉开始恶毒地咒骂视频中的女人，表示聂洋欺骗了令嘉的感情。

得知此事的《卧龙》剧组在事情发生三天后放了假。

聂洋和令嘉双双飞回阳城。早知道赵家禾和聂洋在一起的令嘉看了视频心里也百般不是滋味，她的姐姐和小佷儿居然因为自己的关系被粉丝恶毒地咒骂。火暴脾气的令嘉当天晚上就要发微博骂回去，被连易和陈尔连手摁住了，最后两人不放心她，还不择手段地将她用胶带绑了起来。

结果却让下班后来接令嘉的方纫秋看见。方纫秋脸色铁青地替令嘉松绑，整个晚上都用要吃人的眼神恶狠狠地瞪陈尔和连易。一起商量如何解决此时的工作人员大气不敢出，只能默默假装什么都没看见。

然而大家努力了一夜的公关方法，却在第二天爆出的新闻中被迫流产。

聂洋的事件越演越烈，有知情人士居然爆料女方是未婚妈妈的身份。这一真相被披露，不仅赵家禾的医院，就连聂洋的工作室也遭遇了媒体的骚扰。

这几日，聂洋和赵家禾不敢露面，令嘉被方纫秋守着，偶尔去看两人。作为狗头军师的方纫秋提出方案，聂洋承认事实，保护赵家禾母子。而他和令嘉尽快结婚，打消 CP 粉的念头。

方桌上的几个人都沉默了，纷纷以怀疑的目光看方纫秋。

还是连易这个大嘴巴说出了重点："方总，利用两个绯闻人士达到自己的目的不是大丈夫的行为。"方纫秋的私心一眼就被人看穿。

尽管出了这么大的事情，聂洋似乎没有太难过，他和连易两人更像是要甩掉包袱，破罐子破摔到底了。

聂洋一锤定音："就这么办，我会召开见面会。"他看了一眼令嘉，很是抱歉地道："虽然很不想告诉你，但是我已经与叶森商量过了，电影的男主角会替换成苏城。"

令嘉愣住了："你可以不用这么做的。没有人敢撤掉你。再说，现在的演员结婚生子劈腿酗酒都好好的，你这事情说出去，谁都知道是真爱，还有责任……"她不是很明白聂洋为什么要这么做。她知道叶森绝对不是因为有绯闻就弃用演员的那类导演，因为他的电影不需要卖座的流量小生也能成为票房和口碑双丰收的经典作品。

聂洋很尴尬，他捏了捏赵家禾的手，有一些不好意思："其实……关于我们俩有那么多 CP 粉的事，你姐和你……你家的财狼都挺不开心的。我这是为了家庭和谐才主动退出的，我进组晚，拍的部分不多，苏城又是出了名的零 NG 影帝，很快就会追上进度的。"

搞了半天，令嘉才弄懂聂洋退出这部电影的真实原因。

如果是这样的话，她也只能支持了。苏城的咖位不输聂洋，他可是连续三届拿过大满贯的影帝，他可比聂洋分量更重。苏城这人在二十出头就公布结婚，对象是自己的初恋，两人公开的时候正是他当红的时候，新闻出来，也曾引起许多非议，但很快，他用自己的实力成为了影帝，这些年都安静地生活和拍着戏。都是传说中的戏，好到永远不会出现意外的那类。

跟苏城搭戏，令嘉简直受益匪浅。她还有什么理由不接受呢？

第六十章 ／ 步入一线

第六十一章 / 终于释怀

聂洋在第二天举办了见面会，会上，他大方承认了自己与未婚且有一子的某女士相爱了，这段恋情刚刚开始没多久，还需要维护。为了不让心爱的人受到伤害，他决定暂时不参与演出活动，也将退出《卧龙》的拍摄，这一段时间他会好好地休息，并且很可能转战幕后。

最后，他呼吁媒体记者不要去打扰这位女士，他不想因为自己的职业影响到她们母子的生活。

在电视机前看新闻的令嘉感动得一塌糊涂。经过这些，她现在有点后悔当初那样对待聂洋。他其实只是个看起来张牙舞爪的巨型猫，遇到赵家禾以后，完完全全成为了一个有担当的男人。

聂洋的坦荡和暂时停止工作的新闻刚出不久，令嘉的公司也准备澄清 CP 说的新闻。令嘉以个人名义转发了聂洋工作室的微博。

一嘉之言 @聂洋工作室：好好对她，她是一个一百分的小姐姐。如果让我知道你欺负她，我可是要报仇的哟！

几个字，却让粉丝们看傻了眼。

这意思是，在CP事件中受委屈的当事人压根不是男主人的另一半，而是女方的好朋友？闺蜜？亲人？姐妹？

高举CP的粉丝们梦想破灭，纷纷无语凝噎。这还是双方当事人来拆CP，真是前所未有的操作。再也不粉CP了。

一堆粉丝怒而退出饭圈，却受到了唯粉的欢呼。

微博再一次清静了，令嘉也再次投入了《卧龙》的拍摄。自从跟方纫秋说破以后，两人一直聚少离多，这让方纫秋心里多少有一些不满。离开阳城头一天晚上，令嘉便感觉自己遭到了报复，第二天起床后她感觉全身都散了架，但还是忍着痛去了影视城。

方纫秋送她上飞机，不敢出现在机场，只能送到半路就掉头走人，心情不好的方纫秋在家里请来了关老爷的像，每日三炷香地请求令嘉赶紧失业，然而愿望却没能实现，令嘉的事业在《卧龙》结束后再一次走上了巅峰，变得更加忙碌。时装周、红毯、新戏约不断，压根没办法抽出时间来陪他。

方纫秋从一个翩翩君子、禁欲系男神硬生生地变成了泰迪的化身。

《卧龙》上映一周后便获得了超高的票房和口碑。

那些曾对令嘉抱着怀疑态度的影评人在一夜之间跟进风向标，每一个通告开头都有关她。令嘉的演技无可挑剔，在《卧龙》里完全被叶森激发潜力。甚至有人预言，叶森宝刀未老，是要再捧一个国际影后出来。

果不其然，这部由著名导演叶森、影帝苏城、影后春丽、一线女星令嘉主创的电影在半年之后，毫无意外地获得了金钟奖的提名，令嘉在列，被提名最佳影后。金钟奖是国内三大主流奖项之一，颁奖典礼在香江举行。作为一个和香江有着非凡缘分的人，令嘉自然出席了当天的颁奖典礼了，这期的金钟奖其实没什么悬念，令嘉是最佳热门，她在这个圈子里拿过不少视后，却是第一次拍电影就拿到了影后，这的确是一件值得被媒体们竞相报道的事情。

但作为"老人"的令嘉，怎么也没想到替她颁奖的人居然是方纫秋。

作为方氏集团旗下影业公司的总裁，方纫秋利用职权找组委会要了这个特权，亲手将属于令嘉的第一座影后奖杯递到了她手中。这个臭流氓在交接的时候还故意伸出一根指头抠她的掌心。

令嘉一个大白眼躲着镜头扫了过去，方纫秋却笑容满面。

在主持人要求方纫秋说祝贺词的时候，方纫秋臭不要脸地说："我们演艺界这么多美女帅哥，其实，我最喜欢的是看着美女们赶紧嫁给爱情。希望令嘉的这一天也能早日到来。"

在台下的陈尔等人气歪了鼻子。

公然利用职权……简直太过分了。

令嘉压根没回应方纫秋的话，只是大方礼貌地感谢了导演、同组的工作人员，以及给予支持的影迷们，并在现场许愿，希望《卧龙》在格林奖上获得提名。听到令嘉的话，媒体们才知道，原来叶森不满足于金钟奖，还早早地申报了格林奖的角逐。

刚拿了金钟奖大满贯的《卧龙》的胃口有多大！口碑和票房双丰收不说，奖项也拿到手软，现在居然还想冲刺格林奖。如果这次提名成功，那么……女主角令嘉简直一跃成为晋升最快的电影咖存在。

媒体们说得夸张，令嘉和叶森私下却没有将这件事太当回事。

叶森在庆功宴上说出了自己的真实想法，其实得不得格林奖到他这个成就和年纪已经不重要了，只是想着能试一试就试试好了，希望能有好结果。再问令嘉，她的心态简直不像一个电影新人，她比导演还淡定，只是在纠结如果万一提名，自己走红毯的时候穿什么好。

走红毯的令嘉当然只能穿 Delvaux 的高定。她的担心显然是多余的。

好消息来得很快，令嘉在说了这句话不久后便接到了叶沉的电话。格林奖提名……真的实现了。只是，提名是最佳导演奖以及最佳视觉奖。

尽管令嘉不是这次奖项的主角，却已经很欣慰了。

说好的红毯装，就在不久后实现了。作为令嘉在国际奖项上的首次亮相，造型师威廉终于没有再远程操控，而是亲自带了衣服到令嘉在巴黎下榻的酒店里。这是威廉为令嘉做造型以来第一次如此认真，让令嘉受宠若惊。

令嘉出战格林，作为她的跟屁虫，方纫秋在用最快的速度解决了工作以后也秘密来到了巴黎，就跟她住在同一家酒店。方纫秋此次前来是有目的的，半年前，他找了威廉帮忙，为令嘉设计一款属于她的戒指和婚纱，这一切都瞒着令嘉。

天真的令嘉以为自己只不过在试红毯装却不想，她快把自己人生中最重要的婚纱也试了。

那是一条香槟色的鱼尾裙。令嘉在走到镜子面前时，惊讶地张了张嘴。她忙捂住了自己的眼睛，浮夸地表演着自己被美到了。

"威廉，你不觉得这条裙子……像是要结婚的吗？"令嘉倒是不傻，一眼就看穿了。

威廉脾气大，没好气地扯了扯她："你闭嘴，你是造型师还是我是？给我乖乖地站着就好，不要发表意见。"

威廉总是对她很嫌弃，搞得令嘉以为自己跟他有深仇大恨。

其实威廉哪里是讨厌她，分明是讨厌方纫秋这个一贯会压榨人的家伙，追个女人大费周章不说，还要保密。这样，人家能发现你的心思吗？算了，他在感情方面也是个小白，不想评价方纫秋。

方纫秋找了许多人帮忙，他计划在走红毯后一天跟令嘉求婚。

他甚至还给令嘉周游列国的父母发了简讯，希望得到他们的祝福。杨母自然是不太情愿，但是杨伯伯是举双手赞成，他从很早之前就想收了方纫秋做自己的儿子，儿子没缘分，女婿也不错。一切准备就绪，只等着令嘉入套。

然而忽然出现的罗野，却在计划之外，扰乱了一切。

罗野是特意来见令嘉的。就在令嘉走完红毯，满世界都在报道《卧龙》斩获最佳视觉奖的时候，他在周刊上看到了令嘉的身影。

这一天，也是方纫秋原计划跟令嘉求婚的一天。就连叶森也在帮忙准备现场，陈尔负责带令嘉过去。然而，陈尔出了一会儿门再回来的时候令嘉已经不见了。她接到了前台的电话，挂电话她疯了似的跑下楼，却在临近约定的餐厅门前犹豫了。

十年了。

她会不会认不出来罗野？他的腿还好吗……

虽然那时他不知道罗野伤得有多重，但新闻报道的时候她听说，花样自行车参赛者罗野从高空跌落，摔伤了脑袋和腿。当她找到医院去时，方纫秋的家人为了掩盖方纫秋的错误，已经转移了病人。她根本没机会探视。

想到这里，令嘉的心忽然抽痛了起来，让她不得不弯曲着身体蹲在了地上。她在害怕，害怕面对方纫秋犯下的错。如果罗野不原谅他怎么办？还有她，欠了罗野那么多，要怎么还……如果不是她，方纫秋怎么可能去拔他自行车的气门芯？

"顺心……"

令嘉埋着脑袋，听见了一个年轻的声音。那人在喊她的名字，是他。总归是要面对的。

令嘉抹掉了眼角的泪痕，故意扬起笑脸站起身。罗野比她想象中年轻，他的身体应该很不好，脸色苍白。他微微笑着，盯着她看，仔仔细细，像是要把过去十年都没有见到的面，都一次性统统看完。

"罗野……你怎么样？"坐下来后，她就没有停下来过反反复复地去查看他身上有什么不对劲。

罗野被她小孩般的举动逗笑了："放心吧。我已经好了。完好无损。倒是你，一点也没变。"

她怎么可能变呢？明明那样恨过方纫秋了，最终还是……

令嘉很愧疚，她觉得自己背叛了和罗野的友谊。明明是方纫秋把他害成这样的，她却毫无节操地还是跟方纫秋……在一起了。作为罗野的好哥们、好兄弟，她才是最应该为他报仇的人！就应该把方纫秋大卸八块！

然而她没能做到。

然而罗野并没有生气，他只是拉着她的手安静地听她跟自己哭诉，哭诉方纫秋这个大恶魔是如何一点一点将她骗到手的，这一切都不是她故意的，只是方纫秋手段太阴狠了！

令嘉哭得一把鼻涕一把泪，罗野却哈哈大笑。

他当然知道方纫秋做了一些什么。那个男人，为了扫清障碍，付出了太多。原本在来见令嘉之前，他暗地里发誓，一定要将令嘉抢回来。但是，现在他听见令嘉一一说了后，却犹豫了。

他……对令嘉的爱，比不上方纫秋。

方纫秋是无条件的爱她，而他呢？年少时因为想要赢过方纫秋故意接近她，后来又因为想要让方纫秋难堪说谎让他误会，十年后，他又因为自卑选择逃了。

这样的他，配不上令嘉。

如今，他才明白，方纫秋说的这句话是什么意思。

方纫秋听说令嘉失踪后哪里还顾得上什么求婚仪式，找了几个地方，又找了监控才知道她去了餐厅。然而，他站在餐厅门口却停住了脚步，曾无数次告诉过自己不要再怯弱的方纫秋在面对罗野时，总是在怯弱。

这种怯弱来自于十年前的一个谎言，罗野告诉他，令嘉和他在一起了。原本他是不相信的，那天他疯了似的去找她，却看见罗野背着她跟她亲密无间地回家。这一幕，一直出现在他的噩梦中。那时候他因为自尊心，压根不听信令嘉的解释。

后来，他知道那是谎言。可是，已经来不及了。令嘉跟罗野成为了好朋友，而他嫉妒吃醋也没能战胜自尊心，犯下了大错，他原本只是想让罗野在花样自行车大赛上出丑，却不料，那天车胎忽然爆裂，罗野在高空中落下，成了植物人。

十年，他一直负责着罗野的医疗费和照顾他的家人。为了弥补，也为了挽回令嘉，不惜去争夺，一步一步走到了现在。他是多么艰难才能……怎么可以停在现在？

嫉妒使方纫秋红了眼，他的怒气值爆棚，在看见罗野站起来跟令嘉拥抱时，完全无法忍耐。

"你不用送我了，我自己……"起身告辞的罗野话还没说完，左边一道突如其来的力量忽然打偏了他的脑袋。差点儿让他跌倒，也引起了餐厅里其他客人的尖叫声。

傻眼的令嘉没想到方纫秋会突然冲出来："你……你疯了！"她忙要去扶罗野，却被方纫秋一把抓住了手："不要过去！"方纫秋猩红着眼，声音低沉。

令嘉这才回头看他，发现他情绪不对："你……"

"方纫秋，这就是你对待老朋友的方式？"罗野抢先了话头，他扶着桌子从地上爬起来，指头擦了擦裂开的嘴角，果然出血了。"你还想犯一次十年前的错误？"

看不惯罗野的嚣张，方纫秋差一点又冲上前。但听见他后一句话后，顿时收住了拳头，"你不信守承诺。"他是律师，"我可以告你到倾家荡产。"

罗野讽刺一笑："当然可以。我期待你的表现。"

"方纫秋，你别闹了行吗？！"令嘉不想两人再误会下去，用力地甩开了拦住方纫秋的手，"你要做什么我不管你，但罗野你不能再伤害他。"

"令嘉……"

"还有，罗野是在解释当年的事情的。他……已经不怪你了。如果你要让我再恨你，你就动手。"

"什么？"方纫秋不敢相信地看了看令嘉，再看嚣张的罗野。罗野冲他讽刺一笑，"虽然你害我成了植物人十年，但这些年你也偿还过我应得的，你也遭遇了痛失所爱的惩罚。这些，对我来说，就够了。方纫秋，以后，我们不要再相见，就算遇见了，也要装不认识。"

这是罗野最后的要求。尽管方纫秋很生气罗野破坏了自己的求婚计划，但……这个结局，他是接受的。他缓和神色，点头："好。你不可以再出现在令嘉面前。"

这些，其实他跟令嘉谈过了。

他们不再是朋友了，令嘉原谅了他的谎言，而他作为交换，也原谅了方纫秋的一切。

从巴黎回来之后，令嘉因为气方纫秋的鲁莽，整整晾了他一个星期，直到快要进组拍新戏。

最后还是叶森作为和事佬出面，同时邀请了两人参加《卧龙》斩获最佳视觉奖的庆功宴。宴会定在希尔顿，大家都很开心制作方的大手笔，只有令嘉在汽车上唉声叹气，她其实一点都不想去。这几个月，作为主创人员，她跟着一群大老爷们全球各地地跑，走红毯，宣传，她累得几乎要散架，好不容易熬到结束，她现在只想回家泡个澡，一觉睡到明天中午。但她身为女主角，不到场实在不像话。

叶大导演那张板了几个月的脸上终于露出了笑容，毫不吝啬地对大家这几个月来的努力表示了肯定，作为女主角的她也客套地说了些诸如"谢谢大家的照顾""很喜欢剧组"之类的场面话。

开席后，令嘉瞥了一眼努力围着叶森转的小明星们，自己端了一盘甜点找了个无人问津的角落默默吃起来，老远看见方纫秋向自己走来，她原本还想矫情一下，谁知，方纫秋在半路中就被其他人拦截了。

令嘉只好以吃东西来泄愤。抬头又看见方纫秋似笑非笑，她更生气，感觉自己都被这家伙看穿了。令嘉早吃了个七分饱，见大家都在忙，有些微醺，无人注意到她，便悄悄溜出门去。

这一层半边是宴会场，半边是客房，令嘉走出去才发现走廊上很安静，好在地上铺着厚厚的地毯，高跟鞋走上去也没什么声音。

远远地听见"叮"的一声响，是电梯到了，令嘉刚准备小跑几步赶上，却见电梯里下来了一对纠缠在一处的男女，男的看起来已经喝得醉醺醺连站立都很难了，隔得远瞧得不太真切，却觉得很眼熟。

她收住脚步，贴墙隐藏起来，自己觉得眼熟想必也是个圈内人，碰见这种事情，为免大家尴尬，她还是避一避好。直到那穿着露背装的锥子脸女人将烂醉如泥的男人扶进房中，令嘉才小心翼翼地走出来。

令嘉想起来了，那人是李茂，喜剧界的巨匠，德高望重，在圈内地位不输聂洋。她长舒一口气，只觉得自己这运气实在不知该说好还是说糟，之前看个心理医生听见聂影帝"提不起精神"，如今参加个杀青宴又看见李老师和个小明星开房。

好在这一次李茂没有看见她，秉持着"多一事不如少一事"的原则，令嘉加快脚步离开这是非之地。

"我这边有事过不去，我们家青青今晚傍上了李茂，我得守着。"

刚走出停车场的电梯，便听见一道猥琐游荡的声音，熟悉的名字令她脚下一顿，本能地收住脚步。

只听那人又道："还能有哪个李茂？什么洁身自好，酒后乱性懂不懂，灌醉了扶回房去，他知道个屁。到时候就说被他给睡了，他那么在乎名声还不得乖乖听话？老家伙手上那么多资源，我家青青抱上这根大腿还愁不会红？"

宋允儿和老邹那些破事令嘉也不是没见过，但好歹讲个你情我愿，这种上赶着"被潜规则"的她还真是第一次见到，尤其被这个猪头经纪人用油腻的声音说出来，实在叫人恶心。

犹豫再三，令嘉还是觉得自己不能坐视不管，一边返回去，一边摸出手机来给陈尔打电话。

"什么？"听她说完来龙去脉，那边陈尔声音抓狂，"好好好，我就在停车场，马上赶过来，你别轻举妄动。"

短短一两分钟，她脑中转过无数念头，终于电梯门打开了，她打起精神走出去却见醉醺醺的李茂正扶着墙跟跟跄跄地走过来，虽然仍醉得不轻，但看他衣衫倒还整齐，看来那个"青青"没有得逞。令嘉心中一颗石头落了地，便一手拦着电梯门，低着头假装玩手机，漫不经心地叫道："快点啊，电梯要关上了。"

李茂听见声音果然加快了脚步，等他进了电梯，令嘉才装作刚认出他的样子："李老师？你怎么喝这么多？要不要我找人送你回去？"

李茂一朝被蛇咬，警惕地看向她，好像生怕她是第二个"青青"。

令嘉失笑，便也不再多言，等到了一楼大堂，看见陈尔领着一名酒店服务生也在等电梯，忙对他们招呼道："李老师喝醉了，麻烦你们找人将他送回去。"

李茂本就醉得不行，直到看见酒店服务人员提着的心才放下来，整个人都有些站不住了，幸好服务生反应迅速将人扶住。

"你先回去吧，这事我来处理。"陈尔拍拍她。令嘉原本也是这样打算的，便潇洒地踩着高跟鞋自己叫了辆车走了。

到家先舒舒服服泡了个热水澡，正吹头发时，陈尔电话打过来，告诉她已经将李茂安全送回去了。令嘉随口应了，只当这件事是个小插曲，全然没有放在心上，收拾完倒头便睡。经过这么一番折腾，她真是累到不行，一觉睡到自然醒，还是被肚子的饥饿感给唤醒的。

按开手机打算叫外卖才发现手机被自己按成了静音，显示有好几个未接来电，除了一个是陈尔打来的，其他都是方纫秋。

令嘉有些心虚，刚打算拨回去，门铃响了起来，她只当是陈尔来查岗了，连忙胡乱套了件衣服便去开门，门一拉开，却是方纫秋好整以暇地站在门外。

"你……你怎么来了？"令嘉连忙扒拉几下自己的鸡窝头，只觉得蓬头垢面的自己被西装笔挺的方纫秋衬得像个要饭的。

"还说,昨晚是谁在酒店看见我就跑的?陈尔说你今天在家,我打你电话不接,就估计你这头猪睡死过去了,猪睡醒了自然要觅食,所以我就来了。"方纫秋说着晃了晃手里的食材。

令嘉狠狠瞪他,但肚子却在这时候不争气地叫了一声,方纫秋笑着在她头上拍了两下:"行了,白眼女王,快去洗漱一下,等着吃饭吧。"

方纫秋的手艺她是知道的,令嘉想了想,在尊严和口腹之欲之间毅然选择了后者,但还是忍不住徒劳地挽回一下自己的形象:"我昨天是太累了,才会睡这么久的,平时我都一早就起来锻炼了,你看我这身材显然是练过的。"

趁机在她屁股上拍了一把,方纫秋一边进厨房一边笑道:"嗯,身材是不错,就是胸平了点,可以着重练练胸肌。"

令嘉气呼呼地在心里咒骂着方纫秋,转身去洗漱了。等她将自己重新收拾得光彩照人,方纫秋也做好了一顿令人很有食欲的早午餐,解开围裙的姿势都透着一股子骚包气。

忍不住想要翻个白眼,但看在食物的分上,令嘉忍住了,拉开凳子坐下来毫不客气地大快朵颐。方纫秋却只吃了一口便停住了,目光定定落在她身上收不回来。看着她吃着自己做的饭,方纫秋心里弥漫出一种幸福的感觉,很奇怪,在国外时他也常常做饭,但从来没有这样的感觉,或许……他弯了弯嘴角,伸手擦掉令嘉嘴角沾到的米粒,为爱的人做饭本身就是一种幸福吧。

吃完饭,令嘉很自觉地主动去洗碗,沾着满手的泡泡道:"对了,我后天就要进组了,你别趁着我不在就到处撩小姑娘。"想到这次拍摄电影时,好几个小姑娘跑来和她套近乎,拐弯抹角地打听方纫秋的事,令嘉就气结,说出口的话也带上了些咬牙切齿的味道。

话音一落,突然被人从后面环住,方纫秋把下巴搁在她肩上,温热的气息吹在她耳边:"不撩别的小姑娘,撩这个老树开花的老姑娘行不行?"

"你才老树开花！"令嘉被他撩拨得耳根发烫，用胳膊肘顶他，"我可是要成为影后的女人，你也不看我现在多红。"

方纫秋也不松手，就趴在她肩膀上闷闷地笑："嗯，懂，你可是要红出宇宙的。"

令嘉顿时浑身一僵，这家伙果然看了那期节目，想到自己在那期节目里说的那些，她顿时脸一红，觉得自己有一天如果死了，一定是羞愤而死的。

"后天进组，你明天打算做什么？"过了一会儿，方纫秋问。

见令嘉摇了摇头，他道："既然没有安排，不如我们两个人出去走走？"

说得这么快？令嘉闻到了一股"早有预谋"的可疑气息，果然，下一秒他掏出两张飞新加坡的机票来，出发时间是两小时后。

果然是早有预谋，令嘉忍不住送他一对白眼："等等，你怎么会有我的身份证号码？"

方纫秋笑得欠揍："大舅子给的。"

"杨冠军！"令嘉捏着机票，咬牙切齿谴责自己大哥这种卖亲妹妹的行为。正在与高层开会的杨冠军猝不及防地打了个喷嚏。

"我算过时间，晚餐我们可以尝尝纽顿熟食中心出名的胡椒蟹、蒜蓉虾和炒萝卜糕。吃完晚餐后，去看夜景，逛累了就去夜宵圣地吃超美味的山猫王、田鸡粥和牛河。明天早餐，我们可以去吃牛车水地道的咖椰面包配南洋咖啡，然后去乌节路购物狂欢，顺便买个好吃的面包夹雪糕和老曾记咖喱角，午餐就去尝一尝海南鸡饭和各式各样的本地甜品，回来的时候再买一些水果干……"

令嘉很没形象地吞了下口水，在方纫秋不要脸的美食攻势下节节败退，终于举双手投降："我去！"

方纫秋脸上挂着得逞的笑容，熟门熟路地揽住她的腰："出发吧！再迟来不及了。"

在飞机上补足了觉，下飞机的时候，令嘉容光焕发，觉得自己可以和美食大战三百回合。

方纫秋难得没有出言讽刺她，令嘉竟觉得有些不真实，她从没有想过居然有一天可以和方纫秋像一对普通情侣一样逛街。即使是小时候，他们的相处也没有这么温馨过。

在新加坡这个几乎没人认识她的地方，她做什么都不需要顾忌，没有人要求她一举一动都透着优雅，没有陈尔在她耳边碎碎念这些热量高不能吃，她只需要按照自己的内心想法来就好。

观景摩天轮上，令嘉专注地看着窗外夜景，不时拍几张照片，而方纫秋则一瞬不瞬地看着她。

你在桥上看风景，看风景的人在桥上看你。

在方纫秋眼中，再美的风景都比不上眼前之人，她扬眉得意的样子与小时候一模一样，有多久了，多久没见她笑得这么开心过，脑中忽地闪过十年前那双含泪的眸子，他的心仿佛被狠狠扎了一下，痛得他一个哆嗦，忍不住在心底骂道：方纫秋，你可真是个浑蛋！

双手紧握成拳，突然俯身向前在她额上落下一吻，然后下移落在她眼睛上，接着是鼻子，最后是那娇艳欲滴的唇。或许是夜色太美又或是酒不醉人人自醉，令嘉全然忘记了反抗，感觉温热的手掌贴上了自己后腰，她在这春风沉醉的晚上，沉沦。

从新加坡回来时，方纫秋像是突然转性了，不仅没骂她是猪，还给她买了整整一箱的零食，她激动得差点儿找不着北。

然而，那么多好吃的，她一样都没能带去剧组，甚至一样都没来得及吃。陈尔不顾她的哀号，残忍地将那些食品都没收了。

和她搭档的男主角要赶时间，所以她一进组，连喘气的工夫都没有便马不停蹄地拍摄起来，好不容易熬过炼狱一般的三天，这天她终于只有一场和女配的戏要拍。令嘉坐在场边看了一会儿剧本，觉得眼睛有些干涩，便干脆闭目养神一会儿。

两个场务小姑娘大约是以为她睡着了，拿着手机在她身后嘀嘀咕咕，初时，令嘉也没注意听，直到"李茂""强奸"几个字窜进她耳朵，她一个激灵顿时睡意全无。

令嘉忙拿出手机输入"李茂"的名字，第一条关联词便是李茂强奸女明星。她点进去，果然见又是橘子娱乐爆出来的消息，只是她没想到爆料配了两张被网友称为"实锤"的照片：

一张是李茂和那个女明星进房间的照片，明明当时是那个女明星扶着已经喝得站不稳的李老师进房间，却因为拍摄角度的问题，看起来像是李茂搂着她似的。

而另一张则是李茂慌慌张张离开房间的照片，看起来像是酒后干下了坏事，急匆匆溜走的样子。

橘子娱乐的小编一套春秋笔法使得炉火纯青，顿时就让一众看客群情激愤起来，恨不能替天行道将李茂这个"道貌岸然"的伪君子拉出来游街示众。

作为当时在现场的目击者，令嘉看着这颠倒黑白的东西，只觉得一股子说不清的火气，当初就该让方纫秋告得他们破产。

她细想一下就明白了，李茂这是中了人家的仙人跳。这两张照片上李茂拍得那么清晰，而女主角却连个侧脸都没露出来，橘子娱乐手里的照片是谁给的，已经非常清楚了。

难怪李茂那天能那么轻易地逃出"盘丝洞"，原来对方根本就是存了这样的心思。通过橘子娱乐发出这样的照片，他们则私下找李茂去谈条件，等李茂答应了他们的条件后，再站出来义正词严地谴责无良媒体爆料，同时放出其他照片，证明李茂是无辜的。

令嘉撇了撇嘴，就是因为有这种人的存在，娱乐圈给大众的印象才那么糟糕，这样卑鄙无耻的手段，真叫人反胃。

不过李茂的事也用不着她操心，以他的咖位，他的公关团队一定很强，何况对方只是求利又不是和他有仇，这件事现在炒得这么热，过几天辟谣一出，自然也就消停了。

那时候，令嘉完全没想到，像李茂这样爱惜羽毛、一心扑在艺术上的人，固执起来会有多认死理。

她没将这件事放在心上，因为接下来她又闭关式地赶了三天戏，累得几乎站着都能睡着。终于，饰演男主角的演员要离开剧组去参加一场晚会，令嘉可以休息两天。

令嘉刚坐上回海城的车，便接到方纫秋的电话，这家伙一定是买通了陈尔或者小喜，对她的行程简直了如指掌。电话那头，方纫秋好听的声音传过来，嘱咐她回去先好好休息会儿，晚上他过来接她吃饭，去新开的那家火锅店。

原本恹恹的令嘉听见这句眼睛一下亮了起来，当过演员的都知道剧组的伙食有多令人"减肥"，吃了一个星期，她都快得厌食症了。天知道她有多想念那些高热量的美食。

陈尔将在车上便睡得七荤八素的令嘉送进家门，她行李箱都懒得打开便又扑倒在床上睡着了，直睡到方纫秋的电话打过来，在美食的动力支持下，她迅速爬起来描眉画黛，赶在方纫秋到达楼下前把自己收拾出个人样。

接到方纫秋的电话下楼，却看见一辆骚包的跑车停在楼下，车窗摇开，顾明朗一副花花公子的模样单手撑着车窗，向她抛媚眼。令嘉一愣，后座上的方纫秋推开车门，叫她："上车"，令嘉这才明白过来，今天这顿饭看来是顾明朗做东。

"顾少爷怎么这么好，想着请我吃饭？"令嘉坐进车里，她和顾明朗之间说话向来比较随意。

顾明朗挤眉弄眼，做出一脸苦相："自然是为了庆祝这家伙终于心愿得偿，抱得美人归，从此留我一人形单影只。"

令嘉被他逗得笑出声来："顾少爷还会形单影只？您老不去祸害小姑娘，我就替你阿弥陀佛了。"

趁着两人插科打诨，方纫秋不动声色地将令嘉的手攥进自己手里，有意无意地捏着她的手指，这种情侣间亲密的小动作让令嘉既别扭又喜欢。

车平稳地开着，顾明朗的手机突然响了，他便随手按下了车载电话。一个女声接进来："顾少爷，李老师的律师函已经给橘子娱乐发出去了，但李老师那边随即发了一篇通稿直接爆出了女方的名字，说要同时起诉女方诽谤罪。女方那边显然是没想过他会这么做，如今被赶鸭子上架，为了自证清白只能跑去警局报了案，如今晒出了报案回执和一张割腕自杀的照片，咬死自己就是被强奸了。"

令嘉听见橘子娱乐几个字便提起了精神，她自然知道顾明朗成立了个专门为娱乐圈明星擦屁股的律师事务所。于是，加上"李老师""强奸""诽谤"几个关键词，她心中便隐隐有了猜测。

事情发展到这种地步，令嘉也很吃惊，没想到李茂也真是个不按常理出牌的人。那两张照片拍得那么"犹抱琵琶半遮面"，又是通过橘子娱乐爆出来，显然是女方想隐藏自己，毕竟女明星的要求非常苛刻。她查过那位"青青"，从出道以来一直卖的是宅男女神的清纯人设，这事对她的星途肯定会有影响。这绝对不是当初她策划这场局想要的结果。

待顾明朗那边指使完，挂上电话，令嘉开口问："你接了李茂的案子？"

"这事你也知道了？"顾明朗抬手揉了揉眉心，"我接的时候以为就是个普通的诽谤案，这种我最擅长了，何况又是找橘子娱乐那孙子的麻烦，谁想到李茂会来这么一出。如今倒好，所有的事都摆到了台面上，自诉案变公诉案，还是最麻烦的强奸案，这官司有的打了。"

令嘉愣了一下，欲言又止，被方纫秋看出端倪，疑惑地捏了捏她的手，令嘉深吸一口气："李老师有没有提到当时现场有目击证人？"

"这种事怎么可能会有目击证人？不过这种事那个小明星的经纪人肯定知情，说不定做局时也在场，要是能买通那家伙反水就好了。"顾明朗在开车，所以没看见令嘉的神情，自顾自地说着。

令嘉舔了舔嘴唇："其实……我看见了。"

"嗯？看见什么了？"顾明朗一下没反应过来，车中空气安静了数秒后，"你是说你是目击证人？！"声音里犹带着犹疑，手却激动地一滑，车来了个漂移。

令嘉被颠得七荤八素，方纫秋立刻化身护妻狂魔，忙一手护住她，骂道："你小子驾照是自己写的吧，车是这么开的吗？你当自己是四驱兄弟啊！"

顾明朗理亏，同时也顾不上和他计较，急着追问令嘉："你当时看见了什么？李茂是被那个十八线女星设计了吧？"

"那个女明星是叫'青青'吗？"她问。

顾明朗激动起来："你果然是看见了！快给哥说说那天你都看见什么了？"

令嘉捋了下头发，清了清嗓子，将那天发生的事情一五一十向顾明朗说了一遍。

"杨顺心你可真是我的救星啊！"

令嘉眼神中瞬间闪过杀气："顾明朗你再叫那名字一次，我保证你以后想起这事，都会激动得拍打你的轮椅。"

"姑奶奶，是我错了。"顾明朗这个纨绔子弟简直把能屈能伸四个字发挥到了极致，"太好了，有你这么个围观了全程的吃瓜群众，这案子打起来我们胜算大很多了。令嘉你这么有正义感，肯定会帮我的吧？"

令嘉还没来得及开口，方纫秋打断道："不行，令嘉的身份特殊，贸然出庭万一被娱乐记者拍到，我担心会对她有影响。"

"不是吧，方纫秋你这个有异性没人性的，这可是我事务所的第一个大案，要是输了我以后还怎么在圈内混？你可别忘了这个事务所你也是有股份的！"顾明朗鬼叫起来，仿佛受了天大的委屈。

"我只是希望不到万不得已，不要让令嘉出庭。"方纫秋沉吟了一下，"这样，这案子我接了。"

顾明朗愣了一下，反应过来他是为了令嘉，顿时笑得见眉不见眼，豪气万丈道："令嘉，你可真是我的福星，今天这顿饭不用跟我客气，想吃什么随便点！"

"顾少爷不说，我也没打算跟您客气。"令嘉露出标准的八颗牙齿，笑得端庄。

顾明朗被这两口子怼得有些胸闷，真担心他们以后生的孩子会是个什么妖孽。

那天之后，方纫秋陪令嘉窝在家里，像一对普通情侣一样吃饭聊天看剧。期间，方纫秋一直想调到她主演的电视剧，遭到了令嘉激烈的抵抗，她不知道是不是只有自己会有这种感觉——让熟悉的人看自己的作品有一种莫名的羞耻感。

腻歪的日子只过了一天，她便回了剧组，虽然答应了顾明朗有必要的时候会出庭做证，但公诉案件要等警方侦查终结后提交检察院提起公诉，这应该还需要一阵子，所以顾明朗让她回去安心拍戏，此事应该不会和她的档期产生冲突。

有了要当证人这层关系，令嘉对此事自然格外关注，在拍戏的间隙便拿出手机刷一刷相关信息。听说，李茂作为嫌疑人被传唤了一次，可能是证据不足的原因，警方并未对其进行羁押。

女明星那边抓住这个机会，趁机又声泪俱下地控诉李茂财大气粗，连警方都动不了他，她一个十八线小明星，眼看着投诉无门，还不如死了算了云云。

李茂的公关团队回应很迅速也很干脆利落，直接亮出了警方出具的证据不足不予拘留的通知书，证明李茂老师所有的行为都有法可依，完全合法。最后 @ 了当地警方的账号，示意女明星和广大网友如果对此案有疑问可以直接去询问警方。

令嘉特地看了一眼李茂那边辟谣声明发出来的时间，果然又是十二点之后，是大家最热衷也最方便看八卦的时候，所以每条一发出来就很快被铺天盖地转出去。更重要的是，他这边的声明每次废话不多说，说出来的语言都条理清晰，接着直接上实锤。

再看女明星那边，完全是什么时候写好稿子了就什么时候发，抢着烧头香。而且除了最开始的那两张引人遐想的照片外，根本没有任何实锤，每次发声明都颠来倒去地说一个中心思想——我好惨啊，真的好惨啊。

令嘉啧啧两声，觉得这两边公关团队的水平根本就不在一条线上，要不是女明星这次占了个天然受害者的位置，就看这吊打一般的差距，这个心机歹毒的女人怕是连底裤都要输掉。

不过，加害一方倒霉，自诩正义使者的令嘉自然乐见其成。想到法庭上这倒霉女人还要遇见方绉秋那个毒舌狡猾的家伙，令嘉甚至有些同情这个女人了，"偷鸡不成蚀把米"简直就是为她量身定制的吧。

时间晃晃悠悠，一个月过去了，令嘉的剧杀了青，陈尔这个黄世仁难得大发慈悲，看她这段日子连轴转得人都消瘦了，便替她推掉几份不怎么样的本子，打算让她稍微休息一阵。

令嘉便是在这时候收到法院出庭做证的传唤，等了这么久，这一刻终于到了，令嘉莫名觉得有些激动。

可晚上方绉秋下班回来却一副很生气的样子，问了才知道是因为顾明朗自作主张将她作为证人递交了上去。

令嘉作为一个门外汉，完全不懂："怎么了？我会出庭做证这不是早就说好的吗？"

"太早了！我本来是打算留着你当一张王牌，如今这样，我们手上就没了底牌，不能打对方一个出其不意，白白浪费了让对方律师吃瘪的大好机会。"方绉秋黑着一张脸，以至于令嘉怀疑他当律师就是因为喜欢看别人吃瘪。

令嘉没见过方绉秋打官司，但听过一些关于他的传言，知道他是律政界的传奇，但手段往往不循常理，甚至会有些踩过界的行为。因此劝道："这案子应该不难吧，规规矩矩来，我们应该也能赢的。"

"我担心的不是这个，是你。"方绉秋叹了口气，神情却缓和了不少。

那时候，令嘉还不知道方绉秋这句话究竟是什么意思，但后来发生的事情证明了他的担心是对的。

第
六
十
四
章

唇枪舌剑

　　一周后，开庭。

　　这还是令嘉第一次来法庭，上次她自己的案子，因为担心影响不好委托陈尔去了，没想到这次她居然为了别人的案子来了这里。不过好在强奸案为了照顾受害人的隐私，是不必公开审理的案件，倒不会有记者之类的人出现。

　　"肃静！请公诉人、辩护人依次入庭就座。"随着书记员一声令下，她看见方纫秋坐到了辩护人的位置上。

　　接着便是起立，审判长入庭，敲响法槌宣布开庭。令嘉感觉到了一种前所未有的肃穆气息，莫名紧张起来。

　　"传被告人到庭！"审判长一声令下，只见两名法警领着李茂走了上来，令嘉的心一下提了起来，"被告人"三个字和仿佛押送犯人一样的架势令她感觉一阵不适。后面法官向李茂交代一系列权利时，她脑子都是空的，一个字也没听进去。

　　直到公诉人宣读公诉书，听见"强奸"两字，她这才收回心神。

公诉人念完了公诉书，询问道："被告对起诉书指控你的犯罪事实有意见吗？"

"有意见，我没有犯过公诉书里说的罪行。"李茂坐在被告人的席位上，腰杆却挺得笔直，大有一种身正不怕影子斜的架势。

随着他话音落，方绉秋站起身："我代表我当事人不认罪。"

"被告辩护人是要替被告做无罪辩护是吗？"公诉人愣了一下，继而挂着讥讽的笑问道，"我劝被告辩护人还是谨慎一点，争取替被告请求个轻判的好。"

令嘉觉得这话听起来好生奇怪，打开手机搜了搜才知道原来"无罪辩护"是公认困难的，想到之前她大言不惭地对方绉秋说"这案子不困难，你肯定能赢"，令嘉无端生出几分担忧来。

"自然是要做无罪辩护，我当事人没做过的事，没有理由承认。"方绉秋笑得很有风度。审判人敲了敲法槌打断他们的交锋："既然被告人不承认犯罪事实，那就请辩护人对被告进行发问。"

方绉秋起身走到李茂面前："那就请被告简单陈述下当天究竟发生了什么吧。"

"那天我参加一场庆功宴，结果喝得有点多，投资方带来的一个叫青青的女孩便主动要求扶我下去休息。于是我就去大堂开了一间房，她扶着我回了房，没想到进了房间之后她就不肯走了，还脱了衣服往我身上扑，我酒意顿时吓退了一半，努力挣脱她的纠缠后就跑出了房间，后来在电梯遇上一位认识我的好心人，将我交到酒店的服务生手里，服务生把我扶上了车，我就回家去了。事情就是这样。"

方绉秋摊了摊手："按照我当事人的说法，他才是被害人，而被害人青青女士则涉嫌对我当事人实施强奸行为。当然，强奸案的犯罪对象只能是女人，而我当事人很不巧是个男人，所以青青女士对我当事人的行为没法判定为强奸未遂。"

"请辩护律师不要做与询问被告无关的感慨。"审判长冷漠提醒。

方绉秋忙抬起手做投降状："好的，那么我想请问被告，你可还记得自己是几点进的房间又是几点离开的。"

李茂想了想："我当时喝得太醉了，不记得，但应该是刚进去没一会儿我就逃出来了。酒店应该会有我拿房卡的时间记录，而我逃出去之后立刻就从电梯下到了大堂，监控应该也会拍到我。"

"被告拿到房卡的时间是 21:28，到达大堂的时间是 21：45。拿到这两个时间后，我试着模拟了一下被告当天的活动。"他展示出两张照片和一段视频，"大家可以看一看，我拿到房卡后学着一个醉鬼的脚步踉踉跄跄走到案发房间开了门后随即返回，花了将近 15 分钟的时间。由此可见被告在房间停留的时间绝对不足 5 分钟，我认为这么短的时间内，被告很难完成强奸。"

"反对！时间并不能说明问题，我国刑法对强奸罪的认定是以'插入'作为认定标准的。"公诉人提出异议。

审判长敲了法槌："反对有效。"

方纫秋并不气恼，显然自己也知道这个证据不过硬："被告你离开之后，与被害人还有过联系吗？"

公诉方再次提出异议："反对辩护人提出与本案无关的问题。"

"我保证这个问题的答案与案件答案绝对有关。"

"反对无效，辩护人继续提问。"

方纫秋对李茂笑笑，示意他回答。

"有，青青的经纪人事后联系过我，暗示我对青青多加照顾。我很生气，当场拒绝了。对方对我撂下狠话，让我等着瞧，一定会后悔的。后来，橘子娱乐便发布一条指证我强奸女明星的新闻。而后，青青的经纪人再次联系了我，问我是否改变主意，只要我愿意提携青青，他们可以发声明帮我洗白。这一次我长了个心眼，将电话录了音。"

"电话录音我们已经作为证据提交了，请调取 1 号证据。"方纫秋单手插在兜里，游刃有余的模样仿佛他操控着全场。

但公诉人在证据播放完毕后，对证据提出了异议："录音内容只能说明被害人一方曾试图与被告私下达成一些协议，并不能证明被告没有对受害人实施过犯罪行为。"

方绖秋也不做过多的纠缠："审判长，辩护人询问完毕。"

审判长点点头："下面进行法庭举证质证。首先由公诉人就起诉书指控的事实向法庭出示证据。"

令嘉不了解法庭的流程，见他没问自己，主动权便交到了对方手中。回想一下方绖秋一直以来对她出庭做证的态度都是"不到最后关头不用"，顿时心中一惊，不知方绖秋打的什么主意，就目前看来，己方提出的所有东西都被否了，看起来一点胜算也没有。

公诉人起身举证，审判长示意法警将书证依次交给被告人、辩护人和法庭的两位陪审员观看后，重新交回公诉人手中。

"被告对公诉人出示的这组证据有异议吗？"

李茂摇头："我不知道这些东西是什么，怎么就是证据了？"

"那辩护人对这组证据有异议吗？"

方绖秋微微一笑："当然有异议。我当事人在案件陈述时已经说过，他喝醉了是受害人扶他去房间的，并且被害人还曾经对他有一些非礼的行为，所以被害人衣服上粘有我当事人的毛发、汗液根本不能说明什么。除非，你们从被害人衣物上提取到了我当事人的精液。但我想你们不会有这样的证据，因为这本就是一场嫁祸。而其他的证据，比如房卡和房门上的指纹等同理，都只能证明我当事人没有说谎，但证明不了我当事人对被害人有侵害行为。"

公诉方很生气，但奈何方绖秋说得他们确实无法反驳。

"公诉方还需要继续举证吗？"审判长提醒。

"不需要继续举证。公诉方请求被害人出庭做证，描述一下当时的情形。"

审判长："传证人秦青到庭！"

秦青被带上法庭，审判长依例说明了一下做伪证要承担法律责任，并让她在如实做证的保证书上签名。秦青显然也是第一次上法庭，面对这样的架势，眼中划过了犹豫和害怕，签字的手也有些发抖。

方纫秋将这些都默默看在眼里，嘴角一勾，心里有了计较。

公诉人询问证人的环节中规中矩，没什么意思，无非是让秦青将案发情况详细说了一遍。和李茂的说法大体走向是一样的，只是几个关键点截然不同。

在她的证词里，是李茂要求她送他回房间，她迫于李茂的身份地位无法拒绝，而进了房间之后，李茂立刻变身禽兽，将她扑倒在床上对她实行了强奸，但由于她的激烈反抗并威胁要报警，李茂很害怕于是慌慌张张地逃走了。

方纫秋全程带着意味深长的笑容看着她，好容易等到公诉方问完，审判长宣布："辩护人可以对证人发问。"他一抖衣服，步调优雅地走到秦青面前："被害人刚刚说因为你要报警，所以我当事人便慌慌张张地逃走了，是吗？"

秦青点点头："是。"

"那——你后来为什么没有报警呢？"刻意拖长的语调像在秦青心上拖过的刀，令她浑身一颤："我……我当时太害怕，所以……"

"哦，这么说你当时只是威胁我当事人要报警而不是已经实施了报警？"方纫秋打断她，"能不能详细说一下，从你说要报警到我当事人逃跑之间发生的事情？"

秦青还没从刚刚的紧张里缓过来，听见是复述案情，便松了口气，丝毫没察觉出方纫秋给她挖了什么坑，老实答道："我激烈反抗并威胁他要报警，他很害怕于是慌慌张张地逃走了。"

方纫秋点点头，很满意的样子："这么说，在你说了要报警之后，我当事人不仅没有对你说任何利诱和威胁的话，而且立刻放弃了侵犯行为落荒而逃。"

秦青脸色变了变，感觉自己可能说错话了。果然，方纫秋接着问："如果我当事人当时承诺会提携你，你还会选择报警吗？"秦青的脸色瞬间白了。

"反对辩护人对受害人提出假设性的问题。"公诉人也终于意识到方纫秋要做什么。

审判长敲敲法槌："反对有效，受害人无须回答。"

"OK，那我换个问题，"方纫秋也不执着，"请问被害人事后为什么会打电话给我当事人要求利益交换，私了此事？"

"因为我经纪人劝我说，如今的社会对被侵害的女性并没有很宽容，而我作为一个明星，这件事如果爆出来，会对我的名声有影响，他说伤害已经造成了，报警只会让我承受舆论压力，二次受伤，建议我不如向李茂要一些赔偿，私下解决此事。"

"你同意了，因为你认可你经纪人的这番话，对吗？"方纫秋问得很快，秦青有些迟疑，他却根本没给她回答的机会也没给公诉人反对的机会，接着道，"所以如果我当事人当天没有选择逃跑而是许诺你好处的话，其实就没今天这些事了。"

"反对！"公诉人大声抗议。

"我只是随口感慨一句，并不是询问，被害人无须回答。"方纫秋态度很好，自始至终都很绅士，秦青却越来越怕他，只想着他赶紧问完让她下去。

可是方纫秋偏不如她愿："案发时，你受伤了对吗？"

秦青点点头："是，因为我反抗，李茂对我使用了暴力。"

"麻烦公诉方再出示一下受害人伤痕的照片。"在调取照片时，方纫秋走到一名法警面前，询问法官道："为了证明伤痕照片的问题，审判长能否允许这位法警配合我演示一下？"

得到允许后，方纫秋却不着急演示，而是看向秦青："请被害人再讲一遍案发经过可以吗？"

见不是什么刁难的问题，秦青便依言又说了一遍。

方纫秋听完没什么反应，指了指投影出来的照片："受害人的伤痕是在胳膊上，能看得出来是单手勒的痕迹，公诉方已经证实伤痕与我当事人的手吻合。但是，"他话锋一转，"我却觉得这伤痕的方向有问题。"

招招手示意法警上前，他走过去做压制状握住法警的两只胳膊："大家看，这样的动作，四指造成的伤痕应该是在胳膊外侧，而图片中被害人的伤，四指痕迹却是在胳膊内侧，要造成这样的伤，那么只能是这样的动作。"他换了下手的方向，顿时整个人的动作便由压制住对方变成了努力把对方掰开。

"被害人能解释一下这样的伤痕是怎么造成的吗？"

秦青一阵慌乱，方纫秋的演示让她清晰地回忆起了当日的场景。她双手环着李茂的脖颈，把他的脸埋在自己胸前，本以为十拿九稳，谁想李茂却好像受到了巨大的惊吓，大力地握住她的胳膊把她强行从身上掰了下来。

"我……我记不清了，我当时太害怕，他就抓我胳膊抓得我很疼，然后我好像是被摔在了床上，我一下就晕了，我真的记不清了。"

目的已经达到，方纫秋很大方地装绅士："被害人状况似乎不太好，今天的询问就先到这儿吧。"

秦青的心情却完全没有放轻松，反而被"今天"二字吓破了胆，似乎他的意思是这案子一天不结，自己就还要面对他折磨一样的质问。

等秦青下去了，方纫秋看向令嘉："请审判长允许我方证人出庭做证。"

终于要到自己了，令嘉放在膝盖上的双手不由自主地握紧，手心里全是汗，竟是比她第一次登台演出还要紧张。

随着审判长一句"传证人杨顺心到庭！"她"哐"的一声站起来，动作太大令审判长都不由得说了一句："证人无须紧张，请至证人席。"

在方纫秋面前丢了这么大个人，大概想象一下这个毒舌回去后会怎么怼她，令嘉窘迫无比。

落座后，审判长将方才对秦青说的那段说辞又对她说了一遍，她心中无鬼对这段话并无感觉，保证书也唰唰地签好了，不过签完才发现签的是令嘉，额上顿时渗出一滴汗，她讪讪看一旁的法警："那个，不好意思，我名字写错了，可以重新给一张吗？"

好在现在的她也算当红，庭上的众人几乎都认出她是令嘉，对她保证书签错名字这么乌龙的事情报以了最大的理解。经过这么一个小插曲的调剂，原本沉闷的法庭气氛似乎也轻松了一些。

方纫秋失笑，她这也算是一种本事吧，活得像个吉祥物一样，有她在的地方总能从沉闷中生出花来。

"辩护人可以开始询问证人。"

方纫秋走到她面前，还未开口，便见一双眼睛亮晶晶的，满脸都写着"快来问我吧"。他轻咳了一声，忍住想要摸摸她头的冲动："请问证人，案发时，你在哪里？看到了什么？"

"我刚好也在那家酒店，正打算离开酒店时看见秦青扶着醉醺醺的李老师走过来。我因为工作，虽然和李老师并不相识，但我认识李老师。一开始不知道情况，怕撞破什么不好的事情，我就贴墙避了一下，等秦青扶着李老师进了房间，我才悄悄走出来。结果在地下车库听见秦青小姐的经纪人在和别人打电话，言语中提到秦青想要睡了李老师，以此来换取李老师手里的资源。"

"证人已经说得很详细了，但我还想请证人再细说一下我当事人当时的状态。"

"李老师喝的非常多，隔着很远我都闻到了酒气。秦青非常费力地扶着他，而他步履踉跄，整个人都压在秦青身上，几乎是站不住的。"

方纫秋转向审判长和公诉人："审判长和公诉人肯定不是第一次办强奸案，酒后乱性这句话有多胡说八道，你们肯定比我清楚。依证人所说，我当事人在喝了这么多酒的情况下，是很难进行性行为的，更别说是强奸这么高难度的行为了。"

"反对，证人与被告并未直接接触，对被告的具体情况可能存在判断失误。"

"不，我与李老师有直接接触。在车库听到经纪人猥琐的言语后，我觉得不能坐视不管，于是给我的经纪人打了电话说了此事，并返回那层想要救出李老师。结果我看见李老师自己逃出来了，他当时一副受到惊吓的模样，整个人是扶着墙跌跌撞撞走过来的，当时还是我替他按的电梯，后来也是我的经纪人和司机将他送回去的。"

见公诉方没有再喊反对，方纫秋问："我这边没有问题了，公诉人还有什么想问证人的吗？"

见两边都没有要再问的，审判长示意令嘉可以离开："目前所有证据都已出示完毕，请问被告是否有新证据向法庭提供吗？"

隔了这么久再次被点名，李茂整个人一凛，死死握着手里的一个文件袋，神情凝重，似乎在犹豫什么。方纫秋注意到了便快步走过去，在他手上轻轻一摁："没有，我的当事人和我都没有。"

李茂浑身一颤，定定看向他，方纫秋给他一个安慰的笑容。

"既然没有新的证人和证据补充，那法庭调查结束，下面开始法庭辩论，首先由公诉人发表公诉意见。"

被害人那边证据和证词都遭到了重大打击，公诉意见显得很苍白无力。而轮到辩护人发表辩护意见时，方纫秋却精炼地将案件中所有的疑点一一点了出来，包括没有在法庭上提及的那层楼恰好坏掉的监控、被害人在法庭上两次陈述案情却几乎一字不差，疑似背诵等，令嘉作为一个门外汉都觉得极为精彩。

果然，十分钟的合议庭评议结束后，审判官重新开庭宣判道："根据疑罪从无的原则，本庭宣判，被告人李茂强奸罪名不成立，当庭释放。"

　　赢了一场官司带来的激动心情伴了令嘉一路，直到回到家，令嘉才想起来一件事："对了，刚刚在法庭上，李老师手里死死捏着的文件袋是什么啊？我看你们都很紧张的样子。"

　　方纫秋冷哼了一声，不太高兴的样子："必胜的法宝。"

　　令嘉来了兴趣："还有这种东西，我说你一副胸有成竹的样子，明明网上都说无罪辩护很难打的，到底是什么啊？"

　　"你真想知道？"方纫秋对上她亮晶晶的眼睛，心里突然一痒，凑过去道，"你亲我一口我就告诉你。"

　　"方纫秋你这个死变态！乘虚而入。"令嘉翻着白眼嫌弃着，但还是依言在他脸颊上蜻蜓点水地亲了一下。方纫秋怎么可能因此满足，当下反客为主。令嘉也算是拍过吻戏、见过大风浪的人，奈何方纫秋接吻技能八级，她连抵抗都没有便沦陷了。

　　不知吻了多久，方纫秋这才依依不舍地放开她："李老头的体检报告，他那方面有问题，不具备实施强奸的客观条件。"

令嘉瞪大了一双眼："有这开挂一样的证据直接亮出来不就好了，还折腾这么多干吗？"

提到这个方纫秋就生气："还不是因为李老头觉得这事丢人，不想让人知道！我本来想着有了这个，你就不用出庭做证了，结果不知道李老头给了顾明朗什么好处，顾明朗这小子居然帮着外人坑我，瞒着我偷偷把你作为证人报了上去。"

令嘉终于知道那天方纫秋为什么那么生气了，不过："你为什么这么不希望我上庭做证啊？"

"我说直觉你信吗？"方纫秋反问，"你没发现你体质有问题，特别容易惹事吗？这事说起来其实听龌龊的，我就不想让你卷进来，总觉得有种不祥的预感。"

"你一个留洋回来的人，怎么这么迷信？"令嘉继续翻他白眼，却被方纫秋眼疾手快地拍了张照，"令嘉女王的白眼果然与众不同，简直是天然的表情包。"

令嘉抢了两次，但由于身高和力量上的差距，她只能讪讪放弃，嘴上却不饶人："方纫秋，你现在的样子真像个幼稚鬼！难怪人家说恋爱中的人智商为零。"

占了便宜的方纫秋任她占一点口舌之利，美滋滋地捣鼓着手机，不知弄什么，突然他手一顿："哎，李老头那边速度够快啊，这就发微博了。"

令嘉一听也连忙摸出自己的手机来看，果然见李茂发了一条"天理昭彰，无罪释放"的微博，配了一张自己站在法院门口眼中含泪的照片。

可当令嘉点开下面的评论却是一愣，热门中好几条全是骂李茂的，只是都逻辑感人：要么说他居然真的打官司，良心恶毒要逼死小姑娘；要么说他手眼通天早已收买了法官；居然还有说他这么大年纪不结婚肯定是个变态。

这是……水军吧？令嘉有些迟疑，按说秦青那边都败诉了，怎么还没放弃折腾呢？半信半疑地点到秦青的微博，只见这姑娘居然真的刚刚发了条微博，还是卖惨，满篇控诉体，仿佛这个社会上的所有人都联合起来，就为了欺负她一个小姑娘，可怕的是她那群脑残粉还相信。

人类的多样性果然是个值得深入研究的课题，意兴阑珊地切出来，却发现方纫秋不知看见了什么，脸上乌云密布。

"怎么了？"

方纫秋把手机递过来："你自己看。"

手机屏幕上是一张她在法庭做证的照片，令嘉一愣，看清下面配了一行小字——令嘉上庭力证李茂不是强奸犯。这话写的实在是叫人吞了两只苍蝇一样不舒服。

这是一条长微博，下面还配了一张是她和李茂两人一起吃饭的照片，照片上只有她和李茂两人。配图文字是——李茂与令嘉相谈甚欢或有望合作。

看到这个令嘉真是连气都不会气了，对小编这种"断章取义"的神技能佩服得五体投地。不知情的人看到这张照片当然会以为她和李茂私下有接触，再加上文章中无处不在的春秋笔法，果然不少人便自然而然地得出了她令嘉为了讨好李茂，替他上庭做伪证的结论。

可事实是，赢了官司后，李茂为感谢她的仗义，请她和方纫秋去法院附近一家餐馆吃饭，中途方纫秋离席去了趟洗手间，有人就利用这个间隙拍下了这么一张"私下会面"的照片。

不知是被黑多了麻木了还是怎么的，令嘉翻着这条微博下骂自己的那些评论，竟没什么感觉，只是机械地一条一条翻过去。

"身为女人居然帮强奸犯说话，没节操！"

"我早就说这女人为了想红什么事都做得出来。"

"直女癌令嘉滚出娱乐圈！"

"讨厌令嘉的给我点赞。"

却是方纫秋看不过去，一把抢过手机，声音里带着一点怒气和一点心疼："别看了！"

令嘉就呆呆看着他抽走手机，脑子木木的，真是奇怪，她明明做了件好事，怎么反而惹来一堆骂名呢？

方纫秋看她这样心里也难受却不知道该怎么安慰人，只能以行动代替语言，将她搂进怀里，抱了一会儿感觉怀里人僵直的身体渐渐放松下来，这才用调侃的语气道："你看看这事闹的，真不知道该说我是乌鸦嘴，还是你的惹祸体质太强大。"

令嘉闷在他胸口，瓮声瓮气道："我才该觉得这个社会上的所有人都联合起来害我呢，我可比秦青那种卖惨的真实多了，我是真惨。"

方纫秋有些失笑，感觉跟不上她的思路，这种事情有什么好比较的？突然令嘉一把推开他，站直了一脸认真道："要不我也卖惨吧！"

"唔。"方纫秋为难道，"这个……得看脸。"

令嘉顿时像个泄了气的皮球，又软软倒回他怀里："算了，看开了，反正这也不是我第一次躺枪，无所谓了，该咋咋地吧。"言语间一股子破罐子破摔的情绪，要是陈尔在这儿，估计又要气得满脸通红，一边骂她猪一边来拧她耳朵。

"你也别急，这事交给你们公司的公关去处理就是了，也不是什么大事。"方纫秋安慰她，但话一说出口就后悔了，果然令嘉冷哼一声，"指望我们公司的公关，那我现在可能早被黑成锅底了。整个公关部还没半个陈尔靠谱。"

手机突然响起来，令嘉拿起来一看，真是说曹操曹操就到，屏幕上，陈尔的名字似乎闪烁着怒气。

电话刚接通，陈尔的声音裹挟着巨大的杀气，几乎穿透整个手机："令嘉你是猪啊！瞒着我偷偷上庭还整出这么大事，你是不是又嫌我事少了？我这一把老骨头，你非要折腾死我才甘心是不是啊！"

令嘉这些年被陈尔压迫多了，对她大概生出了一些斯德哥尔摩的情绪，陈尔一发火，她就秒怂。

等陈尔噼里啪啦一通骂完了，令嘉才小心翼翼地问："那个，你在哪儿呢？"

"开门!"回应是粗暴的两个字。

令嘉一愣,连滚带爬地去开了门,果然见陈尔带着一脸怨气,恶毒地看着她,那眼神恨不能在她身上戳出两个窟窿来。

被她看得心虚,令嘉狗腿地将她迎进来:"不就是一条微博嘛,都是造谣,我让方纫秋给他们发律师函,告他们!"

"一条微博?"陈尔声音提高了八度,飞快地在手机上滑了两下,递到她面前。

令嘉一脸奴才相地接过手机,看了一眼顿时傻了,只见首页一条叫"令嘉直女癌滚出娱乐圈"的话题居然被刷上了热门。

她几乎惊掉下巴:"不是吧,这……我第一次上热搜居然是这样?真是没想到送我上热搜的居然是我的黑子。"

"你醒醒吧!"陈尔恨铁不成钢,"那么大对眼睛跟窟窿似的,你也不看看这是热搜第几条。"

令嘉忙数了一下:"哎,第五条?这……是有人给我买的热搜啊!"她呆了半晌,突然猛地一拍大腿骂道,"那个缺德带冒烟的家伙,居然特地买个热搜来黑我!"

"我还想问你呢?你这是得罪哪路神仙了,犯得着下这么大狠手吗?"

"这个疯女人,神经病啊,我当时怎么没打死她呢!"令嘉骂完也反应过来了,这个时间点用这事来黑她的除了秦青不会有别人了。

一直在一旁没说话的方纫秋突然拿起外套便往门外走。"哎,你去哪儿?"

"去帮你揍那个疯女人。"扔下这么一句,他拉开门出去了,留下面面相觑的陈尔和令嘉,半晌令嘉眼角抽了抽:"呃,他应该是说着玩的吧,不会是认真的吧?"

陈尔叹口气:"好在老邹还没发现这事,不过也这么明晃晃个热搜挂在这里,我觉得也瞒不了多久,你准备好怎么面对老邹吧。"

令嘉对此倒是不以为意:"大不了他和我解约咯,我倒要看看他和我横什么，这些年我被黑这么多次，他身为老板帮过我一星半点吗？"

陈尔大概是气累了，也懒得骂她了，拿出电脑开始和微博交涉，看能不能把这个话题撤了或者把热搜压下去。突然她道："哎，李茂又发了一条微博，是给你澄清的。"

连忙摸出手机来看：

官司赢了我很开心，没想到会连累路见不平仗义执言的证人。我与证人从前并不认识，以后应该也不会有机会合作。现实不是演戏，没有只手遮天的戏码，我们是法治社会，请大家相信法律，收到判决书后我会第一时间发出来让大家了解这个案件的全过程。最后，针对网上广为流传的照片，我发一段视频澄清。

视频点开是那家店的监控录像，虽然不是非常清晰，但明眼人都看得出是照片的拍摄地，而视频里一起吃饭的还有第三人，并且可以清楚地看到挂在墙上的电视上的时间，是当天中午，这个时间，官司已经打完了。

令嘉心里有点暖，至少这证明她没有帮错人。之前她就羡慕李茂的公关团队，没想到有一天这个公关团队会来帮助自己。眼看着李茂这条微博发出后，转发量一路走高，不到半小时就破了万，之前一些误转了谣言的吃瓜群众也纷纷加入转发辟谣的队伍。令嘉也开心地看见自己微博下面骂她的评论没有再增加了。

那边陈尔还在火冒三丈地和微博工作人员交涉，对方虽然没有明说，但隐晦的意思她还是听得懂的。就是自然热搜榜可以撤可以压，但热五不行，那是人家花了钱的，他们不能违约。这万恶的金钱社会！

握着的手机振动了一下，是一条信息，陈尔点开看了看，有些狐疑。而令嘉也同时刷出了一个令她差点儿跳起来的微博——单丹居然用她的热搜话题发了一条微博：

如果这个世界不分对错，只分男女，那未免太可怕了。男人只能为男人说话，女人只能帮着女人，不管对方是善是恶。我曾与令嘉合作过，知道她是个正义感很强的姑娘，如果说她站出来做证是错的，那她可能是错在只考虑了正义与否，而不曾考虑过对方的性别。

"天哪，天哪，陈尔你看啊，单丹帮我说话了啊！"令嘉被这条突如其来的微博冲昏了头脑，没发现陈尔愣了一下，而后飞速在电脑上登录上令嘉的微博，十指在键盘上翻飞，迅速也发了一条微博出来。

令嘉倒是没发现陈尔用自己的账号发了微博，因为她又刷出来一条，是聂洋发的，也是带了话题替她说话。接着是林燕妮、楚天、健力官微，还有……乔云珠？令嘉一愣，莫名觉得她好像也没那么讨厌了。

"哎，橘子娱乐那条被删了，删除原因是被多人举报。"陈尔终于露出了一点笑意，看着微博上逐渐平复下来的热度，她长出了一口气，感觉这件事看似闹得很大，但好像也没有她想的那么可怕。

"哎？我怎么也发了一条微博？"后知后觉的令嘉这才发现，在她用小号兴奋地刷着单丹、聂洋他们的时候，自己的大号居然也带话题发了一条主旨在抵制网络暴力的微博，而这条微博被很多大V转了，好多人因此知道了令嘉，继而发现顶级影后、影帝、大导演、金牌编剧、喜剧大咖竟都为这个演员说话，不由得对这个演员产生了好奇。

眼看着自己微博的粉丝数一个劲往上涨，令嘉捧着手机乐得合不拢嘴，真没想到明明是一个非常糟心的话题，只要利用得当结果竟能颠倒乾坤。此时此刻，令嘉真的很想知道花钱替她买了热搜的秦青，看到现在的状况会是怎样的一种心情。

"陈尔你真是个天才！"她丢掉手机。

"其实，那条微博不是我写的。"陈尔是个实诚孩子，不是自己干的事厚不了脸皮去冒功。

"那是谁？别跟我说是米雪啊，她突然对我这么上心，我会害怕。"

陈尔晃了晃手中的手机："是方纫秋。"

令嘉一愣，脑子里灵光一闪，突然什么都想通了。单丹、聂洋等人突然发微博，橘子娱乐的帖子被举报，自己的原创微博，大V们整齐划一地转发，所有的这一切，应该都是方纫秋干的。

虽然她很不想承认，但也不得不承认，那家伙真是个天才，她在娱乐圈这么多年没学会的危机公关这一套，他竟然无师自通并运用得炉火纯青。不过，他做的这一切都是为了她，想到这一点，令嘉嘴角不受控制地向上翘起，眼睛却不知怎的湿润了，这么多年，他们兜兜转转，幸好最终没有错过，这真是……真是太好了。

第
六
十
六
章　　／　　**完结**

　　方纫秋回来时已经是第二天早上，令嘉正在客厅里拉筋，见他回来忙激动地收势，结果动作太快一下子抽筋了，幸好方纫秋眼疾手快才没让她直接脸着地："虽说一日不见如隔三秋，但你这么一大早地就穿这么清凉投怀送抱，我实在是有些惶恐。"

　　令嘉老脸微红，为什么自己犯蠢丢脸的时候总是在他面前，这恋爱还能不能谈了？

　　"抽筋了是吧？别动，我给你揉揉。"看她疼得抽气，都没力气和自己吵嘴了，方纫秋蹲下身轻轻给她按摩小腿肚。

　　令嘉的脸越发红了，别扭地移开眼："那个，昨天的事，谢谢啊。"

　　方纫秋一抬头看见她脸上两片红晕，一愣："你这是不好意思了？"

　　"怎么可能？"令嘉连忙扭头并生硬地岔开话题，"哎，你昨晚干什么去了？"

　　"去替你揍秦青啊。"他一本正经的样子看得令嘉心里一抖，"开玩笑吧？别跟我说是真的啊！"

方绉秋掏出手机拨了两下递到她面前，那是一段秦青在法庭上被方绉秋质问的视频。她的躲闪和狡辩在视频里一览无遗，相信看完这段视频，真相如何明眼人心里应该已经有数了。

"可是法庭上不是不让录像吗，这是哪儿来的？不会犯法吧？"令嘉想起方绉秋的手段，有些担忧。

"你也知道法庭上不准拍照录像啊，那你怎么没想到昨天你做证的那张照片是哪里来的？"令嘉被他问得一愣。

方绉秋："我找到了那个放出你照片的人，让他再放出这段，不然我就举报他偷录法庭并泄露，虽然不是什么重罪，但他的工作肯定不保了。"

令嘉眨了眨眼睛："可是你是怎么查到这个人的？"

"拍摄角度。"方绉秋伸出四根手指，"这案子没有公开审理，因此没有旁听人员，你做证时，公诉人和审判长书记员都在我的视线范围内，不可能那么明目张胆地拍照，那唯一可能的就只有当时在场的法警。根据拍摄角度，我确定了是哪一个法警，于是我昨晚去找了他，并说服了他。"

"原来这就是你说的替我去揍她，果然很解气。"

方绉秋笑着摇摇头："还不止这样，李老头已经以诬告罪对她提起了诉讼。"

秦青的人设全面崩塌，她享受过虚假人设带来的利益，如今也将承受虚假人设带来的反噬。她并不会觉得不忍和同情。

"还有橘子娱乐，我让顾明朗成立了一个项目专门联合那些被橘子娱乐黑过的艺人，对橘子娱乐提起联合诉讼。"

令嘉简直想要给他鼓掌，这可真是大快人心："你知道吗？我这些年最想看到的事情一直都是橘子娱乐被告到倾家荡产。"

"那就如你所愿。"

令嘉笑得合不拢嘴："你这句话说得好像霸道总裁。啊，我忘了你本来就是，那霸道总裁，我们什么时候再像之前那样去国外玩吧。"

"我该不该说我们真是心有灵犀呢？"方纫秋仿佛一个变魔术的，从口袋里抽出两张第二天飞普罗旺斯的机票。

令嘉明明开心得不得了，嘴上却还要嫌弃："你要不要每次都搞这么大的惊喜啊，万一像上次一样又被搞砸了。"令嘉还记得之前在巴黎，方纫秋本想求婚，结果罗野出现了，这家伙还打了人家一拳。这些，令嘉是后来从陈尔那里听说的。方纫秋以为她不知道呢，老脸通红，太丢人了。

"闭嘴，我准备的东西，你乖乖接受就好了。"

如梦如幻的薰衣草花海中，方纫秋刚准备掏出戒指，突然令嘉大声喊道："方纫秋，我们结婚吧！"

方纫秋拿着戒指的手悬在半空，半是无奈半是宠溺，令嘉喊完发现他真拿出个戒指一下傻了眼："还真有戒指啊，方纫秋你刚刚是打算和我求婚？"

看方纫秋极缓慢地点了点头，令嘉讪笑了两下："那重来一次，我转过去，你快速准备一下，我就假装不知道，然后你突然和我求婚。"

"这还能假装？"方纫秋忍住想扶额的冲动，搞不懂为什么自己求个婚也会变成搞笑剧。

令嘉已经转了过去："当然可以，我可是个演员，演技绝对过关，连自己都能骗过去的那种。我数十声就转过来，你快点准备。"

"十、九……"

方纫秋本不想跟她一起胡闹，但看她背影都透着一股欣喜，心里便一软，不忍打破她这份欣喜。无奈笑了笑，他单膝跪下，捧着打开的戒指盒。

"一！"大叫一声，令嘉猛然转过来，她果然演得很像，眼睛瞪得那么大，满眼都是惊喜却很快流下泪来。

方纫秋被她突如其来的眼泪吓了一跳，不等他反应过来，令嘉把手放到了他手里，一边抽泣一边道："我愿意……我愿意……"

这大概就是感动哭了吧，方纫秋低头小心翼翼地捧着她的手给她戴上婚戒而后轻轻在她指尖一吻，抬起头时眼角眉梢都挂着笑意，但这不是他一生中最幸福的时刻，而是幸福时刻的开始，在他往后的人生里，永远下一秒才是最幸福的。

（完）